中国社会科学院创新工程学术出版资助项目

壮族布洛陀神话研究

李斯颖 ◎ 著

中国社会科学出版社

图书在版编目（CIP）数据

壮族布洛陀神话研究/李斯颖著.—北京：中国社会科学出版社，2017.5
ISBN 978-7-5161-8108-9

Ⅰ.①壮… Ⅱ.①李… Ⅲ.①壮族—神话—文学研究—中国 Ⅳ.①I207.7

中国版本图书馆 CIP 数据核字（2016）第 099855 号

出 版 人	赵剑英
责任编辑	张　林
特约编辑	文一欧
责任校对	石春梅
责任印制	戴　宽

出　　版	中国社会科学出版社
社　　址	北京鼓楼西大街甲158号
邮　　编	100720
网　　址	http://www.csspw.cn
发 行 部	010-84083685
门 市 部	010-84029450
经　　销	新华书店及其他书店
印　　刷	北京明恒达印务有限公司
装　　订	廊坊市广阳区广增装订厂
版　　次	2017年5月第1版
印　　次	2017年5月第1次印刷
开　　本	710×1000　1/16
印　　张	26
插　　页	2
字　　数	389千字
定　　价	109.00元

凡购买中国社会科学出版社图书，如有质量问题请与本社营销中心联系调换
电话：010-84083683
版权所有　侵权必究

序

　　李斯颖的新著《壮族布洛陀神话研究》角度新颖，材料丰富，较好地回答了对布洛陀神化及其相关仪式的某些质疑。21世纪初以来，布洛陀公祭仪式规模越来越大，其影响甚至已经走出国门，但质疑的声音依然存在。确实，外省人步入广西壮族自治区的南宁、桂林、柳州街心，很难感受到壮族文化的存在，甚至在壮族分布占多数的县份县城，也是如此。究其原因，乃跟壮族的历史演化和文化特质有关。壮族是水稻农耕民族，汉族是旱地农业民族，但都是农业民族，在思维方式和生活习俗上比较容易沟通。而汉族的儒家文化，是农业社会中比较先进的文化，壮族乐于接受。加上壮族没有自己单独的城市，城市文化以汉文化为主体。多种因素形成了壮汉文化的混融现象，彼此交融。例如在南宁街上的饮食文化，就很难分出壮汉来。但你如果到壮族人口占多数的县份县城以外乡村，和壮人生活一小段时间，会马上感受到壮人深层意识的存在。这就是说，壮族的表层文化比较容易游移，而深层文化及其相关形态的存在是无容置疑的。但由于种种原因，壮族文化出现了断裂现象。特别是历史上一些封建文人屡屡丑化少数民族，在部分壮族人中产生自卑心理。以至当对断裂的文化事项进行补救时，会被认为是"人为"生造，布洛陀公祭仪式就是如此。其实千百年来，右江、红水河一带壮人一直在纪念布洛陀，"文革"时也没有中断。

　　李斯颖企图通过比较的方法，回答对布洛陀文化的质疑，任务是艰巨的。为此，她不得不在论著中选择了对比的神话叙事线，借用他山之石。手法是多方面的，但有三个方面比较突出。其一是引入了威氏神话理论、劳亚古陆体系、冈瓦纳古陆体系以及泛大陆神话概念，这些理论读者也许比较生疏，也还没有消化好，但这些理论可以打开读者的思路，从对比当中感悟到布洛陀神话与其他神话体系的共性和个性，从而感受到它的存在。上述理论的特点，是文艺学、神话学、人类学、语言学、考古学、基因学等文理的综合运用。通过综合探讨，归纳出世界神话的普世结构，大致包括宇宙元初混沌形态、始祖神出现、天地开辟、创造人类和万物、邪恶出现、人类遭难、英雄神救世、世界或人类再生。在不同系统结构当中，以劳亚古陆体系神话叙事线元素最多，达到15个环节。对比布洛陀神话，其结构也接近上述普世环节，从对比表格可知，布洛陀神话环节结构为11个，仅缺少如太阳是人类的父亲、人类和世界毁灭、产生新的宇宙等环节。从这里可知，既然威氏神话已经有几万年之漫长历史，布洛陀神话也起码有上万年。按中国语言学界的研究，语言产生也仅有几万年，神话不可能与语言同时产生，大约有万年左右，可知布洛陀神话历史久远，非后人可以臆造而成。人类社会起源发展路线图表明，母系氏族与父系氏族的交替在地质年代的全新世，距今一万年左右，布洛陀神话正是父系氏族神话，与神话产生的万年历史吻合。

其二，对布洛陀神话的叙事线溯源，比较细致地探索叙事线上的各个环节，描绘这些元素，努力复原神话的原貌。这个工作是比较困难的，这是由于布洛陀神话带有一定的地域性，不同地域略有差别。加上流传久远，不同地域有不同的环节脱落，故而复原比较困难。《壮族布洛陀神话研究》就在这样的情况下，对布洛陀神话做了比较细致的母题解析，还原了天地起源、顶天增地、四兄弟分家、造日月与射日、人类起源、物的起源、文化和社会秩序的出现七个部分，比较完整地展现了布洛陀神话的风貌。文中并不是单线式的叙述，而是每一部分都作了充分的展示。所谓充分，体现在各个田野调查点的异同之中。天地起源是布洛陀神话的开端，也是最动人的部分。著作当中有巴马的"世界的'无'与混沌"，云南文山《布洛朵》的混沌，有广西河池"先是宇宙中旋转着一团大气"的混沌，还有东兰"古时明暗浑一团"的混沌。作者生发开去，将壮族的三黄神蛋裂开成天地水，与布依族的布杰双手掰开清浊二气成天地、傣族叭英将身体污垢与水糊在圆球上成大地、侗族的盘古劈蛋成天地、水族天地漆黑相连被牙巫掰开成天地、泰国泰族混沌中出现大海和陆地、老挝老族天神深呼吸将模糊的宇宙分开成天地等，逐一做了比较，显得丰富多彩。从中可以看出，壮侗（侗台）语族民族天地起源于混沌是比较一致的。书中不是一般陈述，而是进一步揭示神话情节形成的生态环境，指出"'原始的混沌'或'气'在侗台语族神话中十分常见"。这"与侗台语族群未分化之前的生活经历有着密切的关系，是他们对早期生活环境的一种记忆或隐喻"。其中体现出对水的信仰，反映了这些民族生活在雨量丰富的地区，并与水稻耕作有不解之缘。本书的布洛陀叙事线采取了循序渐进、由表及里的叙事方法，文本篇尽力展示其情节结构，铺陈元素，探索细部，但仍属于表层的揭示。接下去的文化篇，深入情节结构后面的深层内涵，特别是壮侗语族民族族群体现在时空上的思维模式，进而揭示其隐喻。在布洛陀神话的特质中，揭示其喀斯特稻作文化、越巫文化、口传文化和群体文化，提炼出了细腻柔美、缜密精巧的风格，比较准确。在奇特的神话叙事中，实际是在塑造人的形象和人与自然的关系，这是隐逸在文本表象叙述后面的深层原因。开辟天地的情节，世界学者普遍认为，这不过是早期人们艰难开辟处女地的原始农业的回声。比较篇则通过同语族民族内部的神话比较，以他者的视角来修饰和定型布洛陀神话。这部分的叙事线，向人们展示真实存在的布洛陀神话。

其三，大量的田野调查。和以往以逻辑分析为主的布洛陀神话研究不同，本书稿以扎实和广泛的田野调查为先导，为全书奠定了比较坚实的基础。壮族神话有一个明显的特点，这就是活态神话。凝固在宁明花山上的蛙神神话，在红水河中段乡间的"蛙婆节"里活生生地存在。凝固在麽教经文里的布洛陀神话，以布麽的法事仪式活在右江、红水河民间。因此，如果仅仅从文本上或近期恢复并扩大规模的公祭仪式来探讨布洛陀神话，会产生"人为"的概念。田野调查给了人们许多感性的存在，使模糊的概念变得清晰。例如麽公周仕长作法时，法服讲究，发冠上有四个角，代表东西南北四面山峰；法服是一件土黄色长袍，右衽。以小铜锣做伴奏，以小铃铛过门，与壮族道公用铜铃、高边锣、镲、铙形成一个小乐队不同。祭桌上要插三炷香，摆上一个熟鸡蛋，先敬请主神布洛陀到位，然后诵经。所唱麽经布洛陀神话系列之一的《麽汉王》，比其他地方的版本要丰富一些。"汉王"即天鹅王，也就是天鹅部酋长、首领。他备受后母和她的拖油瓶儿子祖王的排挤和迫害，雷公同情他，放下天梯让他到天上与雷公共管天界（其他版本为飞上天界）。他愤而给祖王造三年大旱。祖王用泉水灌田，汉王派野猪和熊来咬坏水车和禾苗；还放老鼠咬禾根……经过多次较量，祖王不得已派乌鸦和鹞鹰上天赔罪求和。从这个神话里，我们依稀看到农业初创时，野兽感受到自己的领地被占领，顽强抵抗，人类与野兽进行了激烈的争夺。反映了农耕替代狩猎采集经济模式过程的艰辛，甚至付出沉重的代价。在布洛陀经文中，用"三百六十怪，七百二十妖"来概括。

  为了得到实在的资料，李斯颖首先在麽教的中心田阳乡间做调查，而且不仅调查麽公法事活动，还调查道公的法事仪式，以便对道与麽的异同做对比。而后扩大到右江和红水河各县，再扩大到云南文山壮族乡间，先后采访了文山广南县的李顺平家葬事仪式、贵马村的麽教场所以及多名麽公，麻栗坡县八布乡的多名麽公，进行细致的采访，翻阅他们的麽经，观察他们的仪式，审视他们的珍藏神像，获得了弥足珍贵的材料，丰富了布洛陀神话的内涵。拍摄的珍贵照片，使人对麽教有真情实景的感受。接着将田野调查扩大到贵州的布依族和水族，从布依族布麽（麽公）余后林、韦文弼以及水族的麽教遗迹，获得了布洛陀神话在贵州的变体，使布洛陀神话的外延扩大，让人的眼界大开。在文山麻栗坡时，还和越南的侬族人接触。

  看过《壮族布洛陀神话研究》，读者对布洛陀神话定会有比较清晰的感性认识。布洛陀神话之所以能够流传至今，与其熔铸了壮族的民族精神有关。布洛陀神话实际是稻作民族之魂，它演绎了壮族历代生存和发展的秘诀所在：这就是，一个民族要生存，要发展，要壮大，就要排忧解难，不断有所创造，有所创新，才能够绵绵不绝。所谓开天辟地创造万物，实质就是不断有所创造。壮族之所以能够发展成为中国少数民族中人口最多的民族，从布洛陀神话中可以探知一二。而在当今全球化的情势之下，壮族的创新就是用时代精神武装自己，用前瞻思维来引导自己，像布洛陀一样奋斗不息，开创千山万峦的新局面。

  是为序。

梁庭望

2015年6月于中央民族大学

目 录

绪论 ……………………………………………………………… (1)
  一 研究缘起与意义 ……………………………………………… (1)
  二 布洛陀文化研究概述 ………………………………………… (4)
  三 研究目的、术语与方法 ……………………………………… (11)

语境篇 …………………………………………………………… (27)
  一 布洛陀神话的流传范围 ……………………………………… (27)
  二 壮族麽教与布麽 ……………………………………………… (29)
  三 麽仪式与布洛陀经诗 ………………………………………… (42)
  四 其他形式的布洛陀神话传说 ………………………………… (55)

文本篇 …………………………………………………………… (64)
  一 布洛陀神话母题解析与比较 ………………………………… (64)
    1. 天地起源 ………………………………………………… (64)
    2. 顶天增地 ………………………………………………… (78)
    3. 兄弟分家与雷王、图额 ………………………………… (91)
    4. 人类起源与姆洛甲 ……………………………………… (102)
    5. 日月起源与射日 ………………………………………… (125)
    6. 物的起源 ………………………………………………… (143)
    7. 文化和社会秩序的出现 ………………………………… (165)
  二 布洛陀神话叙事链与侗台语族群神话元叙事 ……………… (188)

文化篇 (193)
- 一 布洛陀形象的多重内涵 (193)
  1. 布洛陀身份的田野发现 (193)
  2. 壮语"布洛陀"释义 (194)
  3. 布洛陀身份的再探索 (202)
  4. 布洛陀神话中的角色关系建构 (209)
- 二 布洛陀神话中的族群思维模式 (212)
  1. 空间结构 (213)
  2. 时间的两段式 (219)
  3. 时空的构造 (220)
  4. 数字概念 (220)
- 三 布洛陀神话的叙事特点 (224)
  1. 语言风格与韵律 (224)
  2. 时序、时长与频率 (228)
- 四 布洛陀神话的多重关系隐喻 (230)
  1. 人与自然的关系及其形象塑造 (231)
  2. 人类社会力量及其关系的投射 (232)
- 五 布洛陀神话的文化特质 (234)
  1. 喀斯特山地稻作文化 (235)
  2. 越巫文化 (238)
  3. 口传文化 (239)
  4. 群体文化 (242)

比较篇 (244)
- 一 侗台语族群的"巫"文化传统 (244)
- 二 侗台语族群典型神祇比较 (247)
  1. 布依族报陆夺和壮族布洛陀 (247)
  2. 水族拱陆铎和壮族布洛陀 (263)
  3. 侗族萨岁与壮族布洛陀 (272)
  4. 侗台语各族群的神祇 (279)
- 三 口传歌谣的形式比较：五言脚腰韵 (307)

四　瑶族密洛陀与壮族布洛陀神话比较 …………………………（320）

附录1　广西布洛陀信仰调查日志 ………………………………（327）

附录2　云南文山布洛陀文化调查日志 …………………………（342）

附录3　贵州布依族报陆夺与水族拱陆铎信仰调查日志 ………（359）

附录4　麻栗坡壮族"麽荷泰"仪式调查日志 …………………（384）

附录5　壮文声母、韵母与声调表 ………………………………（403）

后记 ………………………………………………………………………（406）

绪 论

一 研究缘起与意义

布洛陀神话叙事及其文化在壮族民间世代传承、源远流长，但受时代的局限，其相关研究从19世纪50年代才逐步展开。在数十年的平稳研究阶段后，2002年起始"布洛陀"这个名词逐步受到政府、传媒、旅游与商业等各界人士的大力关注，相关研究也迎来了成果高峰期。2002年6月底，广西诗人古笛首次考察广西百色市田阳县敢壮山，他和田阳县博物馆专家黄明标等提出田阳敢壮山（那贯山）是壮族布洛陀文化重要原生地的观点。2002年7月13日，《南宁日报》发表《田阳发现壮族始祖布洛陀遗址》的新闻。2006年5月20日，由田阳县组织申报的"布洛陀"经国务院批准列入第一批国家级非物质文化遗产代表性名录"民间文学"类。田阳县布麽①黄达佳当选第三批国家级非物质文化遗产代表性名录"民间文学"传承人。中国非物质文化遗产网对非遗名录上的"布洛陀"介绍如下：②

> 布洛陀是壮族先民口头文学中的神话人物，是创世神、始祖神和道德神。《布洛陀》是壮族的长篇诗体创世神话，主要记述布洛陀开天辟地、创造人类的丰功伟绩，自古以来以口头方式在广西壮族自治区田阳县一带传承。大约从明代起，在口头传唱的同时，也以古壮字

---

① 布麽，壮文为 Boux Mo，意指壮族麽教的神职人员。
② 中国非物质文化遗产网非遗条目"布洛陀"。http://www.chinaich.com.cn/class09_detail.asp?id=1384.

书写的形式保存下来，其中有一部分变成壮族民间麽教的经文。

《布洛陀》的内容包括布洛陀创造天地、造人、造万物、造土皇帝、造文字历书和造伦理道德六个方面，反映了人类从茹毛饮血的蒙昧时代走向农耕时代的历史，以及壮族先民氏族部落社会的情况，在历史学、文学、宗教学、古文字学、音韵学和音乐学研究等方面有一定的学术价值。

布洛陀口传诗体创世神话在内容上具有原生性特点，在漫长的口头传承过程中，经过一代代的不断加工和锤炼，艺术性也得到了完善和提高。它不仅可以帮助人们认识历史、满足人们的生活需求，还具有教化的作用。

从 2004 年开始，敢壮山被认定为壮族人文始祖布洛陀文化遗址，参与祭祀的人员，社会地位越来越高，人数越来越多，祭祀规模越来越大。以此为契机，布洛陀文化研究日益集中深入，产生了一股追寻壮族文化根源的新浪潮。至 2013 年，已出版的专业研究书籍超过十部，包括《布洛陀寻踪——广西田阳敢壮山布洛陀文化考察与研究》（2004）等。基于众多专家学者的耕耘开拓，布洛陀文化研究领域不断扩展，并日益走向国际化，在理论探索和中外比较、国外推介等方面都取得了长足进步。

直至今日，虽然相关研究文章已达数百篇，对布洛陀神话和信仰的质疑依然存在，一些网站上仍刊登着相关内容。有人认为[①]，在田阳县敢壮山祭祀布洛陀的相关新闻消息发布之前和之后，被随机采访的田阳县以及周边地区的壮族群众，并不清楚布洛陀是谁。在质疑者眼中，壮族的麽教与道教、佛教内容相混杂，从业神职人员也与道教相似。布洛陀是不是壮族的始祖神？布洛陀神话的内容是壮族先民世代传承的结果吗？布洛陀文化的本真是什么？麽教是否壮族的本土原生宗教？甚至还有人不顾上下文内容，随意截取《壮族布洛陀信仰研究——以广西田阳县为个案》（时国轻，2008）、《非物质文化遗产的生意——敢壮山布洛陀的神话塑造和文

---

① 文章内容见网址：http://club.china.com/data/thread/1011/2724/77/67/8_1.html, http://chinaich.mobi/350/15675/351965/6686706/content.html, http://club.kdnet.net/dispbbs.asp? id = 7699618&boardid = 1. 等。

化创意》（刘大先，2009）、《民间信仰文化遗产化之可能——以布洛陀文化遗址为例》（徐赣丽，2010）等研究专著和论文中有利于其言论的片段，质疑布洛陀文化的真实性。争执之后仍还留有疑惑，在壮族民间生活与民众心里，布洛陀神话到底扮演了怎样的角色？布洛陀信仰及其仪式是否还活跃于壮族民间？

其实，布洛陀神话早在20世纪50年代就已被民间文学搜集者整理成册。《壮族文学史》（欧阳若修等，1986）、《壮族文学概要》（梁庭望，1991）等壮族文学专著都曾详细介绍过布洛陀神话与经诗的内容，对布洛陀信仰及其壮族文化底蕴进行了研究探索。与它们相比，布洛陀文化热已晚了数十年。

针对上述问题，笔者自2002年始在壮族地区进行了持续的布洛陀神话调查，所到之处有广西田阳县、田东县、那坡县、靖西县、巴马县、天峨县、龙州县、云南文山市等。笔者与能够讲述布洛陀神话传说与故事、唱诵布洛陀经诗与古歌的传承人完成了一定数量的学术访谈，掌握了丰富的第一手资料，对他们的个人活动进行了持续追踪。其间，笔者有幸参与了各类与布洛陀相关的民间祭祀活动，深化了对布洛陀文化的整体认识。与田野调查相辅相成，笔者亦不断向学术界前辈与同侪请教，与语言学、考古学等相关领域的学者交流，从不同的研究理论角度出发思考布洛陀文化。近年来，笔者扩大了对布洛陀相关文化调查的范围，通过书面与田野两条主要途径搜集傣族、布依族、侗族、水族及东南亚泰族、佬龙族、岱—侬族等国内外侗台语族群的口传神话及其信仰材料。

这些经历都将笔者引向对布洛陀文化现状的反思：当前，呼唤多元文化、保护中国少数民族语言文化的声浪高涨，但壮族已被不少学者视为"汉化程度最高因而文化特征与主观认同都不甚明显的少数民族之一",[①]布洛陀神话及文化的壮族特征何在？本书力图在分析布洛陀神话母题文化内涵的基础上，通过比较与之相似的侗台语族群神话母题，证明布洛陀神话及其神祇悠久的本土历史，再现它们共同的文化源头以及形态各异的文化发展现状。笔者将布洛陀神话放在侗台语族群文化的研究语境之下，向

---

① 海力波：《道出真我：黑衣壮的人观与认同表征》，北京：社会科学文献出版社2008年版，第22页。

内探索其叙事内容、形态及结构特征，采用神话母题分析方法，再现布洛陀神话叙事的构成与叙事链、传承机制的运转、神话（口头传统）与仪式的关系等，向外追寻其特有的发展模式，思索其背后的信仰、仪式等诸多表现形式及文化整体，这个文化整体是指侗台语族群早期及当下文化。

和壮族的布洛陀神话一样，目前其他民族口头传统也面临着严峻的传承挑战，遭遇被利用与开发、受冲击与同化等问题，这需要学者更快地做出回答，提出解决方案。只有进一步去研究这些文化传统，掌握其发展规律与特点，才能拯救它们，让它们重复生机。因此，该选题不但对解决布洛陀文化及其今后的发展具有一定的实践与现实意义，对国家如何保护各民族文化、制定民族政策也有一定的借鉴作用。壮族作为中国第二大民族（人口1 700万），其文化在岭南地区具有深厚的影响力，在社会经济、制度、文化等各方面对周边民族有潜移默化之效。作为壮族文化源头之一的布洛陀文化，值得深入分析，追本溯源。只有厘清当今多元文化交错现象之下的布洛陀文化实质与特性，深入发掘布洛陀神话的特定形态、内涵及模式，把握其发展动脉及趋向，才能使悠久的布洛陀文化焕发出新的生机，推进壮族文化的进步与现代化，使之更好地服务于壮族人民，服务于人类自身。

二 布洛陀文化研究概述

学界对布洛陀神话及其文化的数十年研究硕果频出，对布洛陀文化的介绍、界定与辨析，观点颇多，材料颇丰，探索颇广，在此进行归纳，以便在"巨人的肩膀"上继续探索布洛陀神话。

1958年《壮族文学史》编写组搜集到"陆陀公公"的神话，这是关于布洛陀叙事的最早研究记录[①]。1964年，《民间文学》刊出了《通天晓的故事》，"通天晓"是当时翻译者覃建真对壮语"布洛陀"的汉语意译，也是布洛陀在壮族人民心目中的形象概括。1977年，覃承勤等搜集整理了第一部壮族《布洛陀史诗》（油印本），正式使用"布洛陀"这一汉语音译。1982年，农冠品、曹廷伟编撰的《壮族民间故事选》（第一集）

---

① 所述概况参考：覃乃昌《布洛陀文化体系述论》，《广西民族研究》2003年第3期。

收录了 20 世纪 60 年代初由覃建才搜集的另一则神话《保洛陀》,"保洛陀"也即"布洛陀"的同音异译。时隔两年,蓝鸿恩在《壮族民间故事选》(1984) 一书中收录了长篇幅的布洛陀神话,材料多达 20 页。1986 年,广西民间文学研究会编印的《广西民间文学丛刊》(第五集)刊登了另一则神话《布碌陀》,"布碌陀"也即"布洛陀"的同音异译。同年,云南省文山壮族苗族自治州出版的《文山壮族苗族自治州民间故事集》(第一集)也刊登了《布洛陀的传说》。此外,胡仲实《壮族文学概论》(1982)、覃国生和梁庭望《民族知识丛书之壮族》(1984)、梁庭望《壮族风俗志》(1987)、黄现璠主编的《壮族文学史》(1988)、梁庭望《壮族文学概要》(1991)和《壮族文化概论》(2000)等都有对于布洛陀神话的记录和介绍。2004 年,广西民族出版社出版了黄明标搜集整理的《布洛陀与敢壮山(传说故事)》和《布洛陀与敢壮山(祭祀歌)》,特定区域的口传叙事进一步丰富了布洛陀文化的研究资料。2007 年,农冠品《壮族神话集成》一书问世,收录了各类已出版的布洛陀神话、古歌、史诗文本,材料较为全面。

布洛陀神话叙事中的韵文形式——布洛陀经诗比重大,且为手抄本。根据方块壮字形成的时间,推测在唐朝以前就已出现早期的布洛陀经诗手抄本。目前已知最早的经书抄录于清代嘉庆十八年(1804 年)。有组织的经诗搜集整理工作从 20 世纪 70 年代末才开始。1978 年,广西民间文艺家协会的工作人员搜集到布洛陀经诗"招谷魂""招牛魂"唱本,此后又陆续有新收获。从 1986 年开始,对经书的研究工作初步展开。同年,欧阳若修主编的《壮族文学史》把第一编列为"布洛陀时代的文学"(? —公元前 221 年),使用了一章四小节的篇幅分析"布洛陀史诗的形成与流传""基本内容及其思想意义""布洛陀的伟大形象"及"史诗的艺术成就及其深刻影响"。这是壮学研究界第一次较为系统地对经诗进行梳理与阐述。此后,广西少数民族古籍出版规划领导小组办公室搜集了《布洛陀经诗》手抄本 22 本,出版了 120 万字的《布洛陀经诗译注》(1991),初步展示了经诗的整体面貌。张元生、梁庭望、韦星朗编著的《古壮字文献选注》(1992)一书也收录并注释了《呍兵布洛陀》482 行。2004 年,《壮族麽经布洛陀影印译注(八卷本)》出版,该译注辑选麽经抄本 29 种,原诗 47 500 行共 500 万字,为布洛陀文化研究提供了丰富扎实的基础材料。同年,《云南壮族文化丛书·壮族经诗译注》一书出版,收录云南壮族三大支系经诗各一部,即侬人支系的《摩荷泰》、沙人支系的《麻仙》和土僚支系的《德傣掸登俄》。经过研究者几十年的努力,经诗抄本的整理、翻译工作为布洛陀文化的整体研究奠定了扎实基础。外国学者也开始关注壮族布洛陀文化,如澳大利亚墨尔本大学亚洲研究院的贺大卫(David Holm)曾在壮族地区长时间考察,对《布洛陀经诗》进行了细致研究,并将手抄本中"杀牛祭祖宗"和"赎魂"的内容翻译成了英文,即 *Killing a Buffalo for the Ancestors: A Zhuang Cosmological Text from Southwest China*(2003)和 *Recalling lost souls: the Baeu Rodo Scriptures, Tai Cosmogonic Texts from Guangxi in Southern China*(2004)。2013 年,韩家权等翻译的《布洛陀史诗(壮汉英对照)》正式出版。英文材料的出现推进了布洛陀文化向西方世界的传播。

随着研究材料陆续充实,近十多年来布洛陀文化备受专家、学者关注,形成了研究热潮,出现了系列研究文章。中央民族大学、中国社会科学院民族文学研究所、广西民族研究所和广西社会科学院壮学中心、云南文山壮学研究中心等重点单位的众多学者和研究人员,如梁庭望、刘亚虎、罗汉田、丘振声、熊远明、覃乃昌、覃彩銮、潘其旭、岑贤安、黄桂秋、郑超雄、蓝阳春、廖明君、潘春见、蒙光耀、王晓宁等专家学者,从民间文学与民俗学、神话学、社会学与哲学、民族学与人类学、考古学、语言学以及文化学等多学科角度深入,对布洛陀进行了阐释,剖析了其中独特的族群文化价值和意蕴、人物形象特色、语言研究价值、壮族审美思维特点,等等,为壮学和中国少数民族文化研究注入了活力。

具体说来,近半个世纪的布洛陀学术研究主要向我们展示了以下十个方面的基本内容。

(1) 对布洛陀身份的界定。学术界代表性的观点包括:布洛陀是半人半神的长者形象,是创世始祖(周作秋,1984);布洛陀是创造英雄(杨树喆,1995);布洛陀是创世神、始祖神、宗教神、道德神、智慧神(覃乃昌,2003);布洛陀是珠江流域原住民族的人文始祖(覃乃昌,2004);布洛陀是华南珠江流域以稻作农业为代表的农业神(覃乃昌,2008);布洛陀是文化英雄(蒋明智,2008)。之后,又有研究者重新定位布洛陀,强调他作为"中界王"的身份(韦世柏,2012)。

(2) 对"布洛陀"的壮语释义。现有的阐释包括：无事不知晓的老人（覃建真，1964）；山里的头人（周作秋，1984）；山里的老人（周作秋，1984）；鸟的首领（周作秋，1984）；孤儿的祖公（黄桂秋，2003）；居住在山间弄场的通晓并会施法术的祖公，或居住在岭坡谷地中的、通晓并会施法术的祖公（覃乃昌，2003）；原始森林里最古老的一棵大树（王明富，2003）。

(3) 对布洛陀文学表现形式与审美人类学的探索。有的学者认为布洛陀神话是散本，布洛陀经诗吸收了神话的内容，编排成韵文（周作秋，1984）。布洛陀的艺术审美价值也得到了肯定，被认为是现实人物形象的艺术概括（农学冠，1983），其叙事总体格局具有崇高之美、有艺术思维的升华之美、细节夸张生动（潘春见，1999）以及想象美、错落美（徐赣丽，2000）。李慧在博士学位论文《麽经神话解读》中提炼了布洛陀神话的母题，对其进行了文化内涵的分析（2007）。王敦对麽经布洛陀的创生机制、审美思维、审美制度等进行了阐释，探讨壮族传统审美文化中创造审美意象的机制及其在新语境下的价值和意义（2011）。

(4) 对布洛陀经诗的语言学研究。从语言角度考察，布洛陀经诗的口语色彩和宗教色彩突出，是丰富的壮语词汇库，能为壮语语法研究提供例证（蒙元耀，1995），而从经文看似一个共时体的平面里能分析出壮族语言文化发展的历时性因素（何思源，2007）。有的学者通过对《壮族麽经布洛陀影印译注》全文字词开展系统整理与词频统计，分析《麽经》中核心词、高频词、中频词和低频词的数据情况，达成对《麽经》用词的系统性认识（黄南津、杨粒彬，2012）。研究者也开始关注布洛陀史诗中文化特色词的英译研究，关注英译壮族创世史诗《布洛陀》时传译壮族文化特色词汇含义的四种主要译法：音译释意、直译、意译和译者注释（黄中习，2012）。有的学者选取《壮族麽经布洛陀影印译注》中内容相似的八个版本分四组进行词汇比较，发现流传于壮语桂边土语区和右江土语区的几个经诗版本中，意义相同的词汇之间无论是在语音还是方块壮字的字形上的相同率都很高（潘小邕，2012）。

(5) 对布洛陀神话的历史学研究。学界普遍肯定了布洛陀文化所具有的高度历史信息价值。有的学者认为布洛陀经诗折射着壮族先民从蒙昧时代进入文明时代、由晚期原始社会发展到阶级化、秩序化社会的漫长历程和生动图景（潘其旭，2003），是研究壮族古代历史、古代百越史、壮族古代文化的宝贵资料（徐赣丽，1999）。有的学者则直接将布洛陀与壮族近代历史进行了更紧密的勾连，认为布洛陀经诗反映了明末清初桂西壮族社会从"化外"到"化内"的社会变迁和壮族"似汉非汉"的地域文化特征（李小文，2005）；或认为它折射出的是右江田州岑氏土司在右江社会中所构建的区域秩序（麦思杰，2008）。

（6）对布洛陀神话的哲学思想与价值观研究。在文学、语言学、历史等学科角度之外，学者还从哲学角度研究布洛陀叙事中的世界观、价值观等。此类主要观点包括：布洛陀神话体现了人定胜天的思想（岑贤安，1984）、朴素的物质主义观点（黄庆印，1984）以及朴素的唯物主义（覃彩銮，1987）。布洛陀神话的文化价值观既在于追求和谐宁静、向往安定，又在于崇尚劳动创造的美德以及对人类自身价值的肯定（熊远明，1994）。《布洛陀经诗》体现了原始思维直观、具象、粗浅的特点，诗中所蕴含的朴素的宇宙结构学说、朦胧的物质意识和辩证方法论思想，折射出壮族祖先智慧的闪光和人类认识发展进步的历程（徐赣丽，1998）。布洛陀文化体现了其性别哲学"伯乜观""阴阳合德""男主女从"等（罗志发，2007）。壮族典籍英译过程中，壮语重具象思维和集体本位思维、英语重抽象思维和个体本位思维矛盾突出，应通过适当转换有效避免硬译、误译或错译（陆莲枝，2011）。

（7）对布洛陀信仰相关行为的研究。对布洛陀及相关神祇的信仰主要体现在壮族本土的麽教体系之中。"麽教"来源于民间称该信仰为"mo"的习惯。有的学者认为麽教不仅保留了人类早期浓厚的巫文化色彩，保存了如自然崇拜、祖先崇拜等壮族原始崇拜的真实面目，还杂糅了阶级社会中人为宗教儒、道、佛等信仰内容，反映了不同历史阶段壮族多元信仰文化的特征（徐赣丽，1999）。有的学者认为，壮族麽教由越巫发展而来，从其经书、教义内容以及组织、活动方式来看，至今仍属于原始宗教信仰的范畴（岑贤安，2003）。随着研究的深入，麽教又被视为从越巫发展而来的民族民间宗教（黄桂秋，2003），是原生型巫教，亦可被称为原生型民族民间宗教（牟钟鉴，2005）。农冠品先生认为"麽"就是"巫"的记音，是方块壮字的异写，此处的"巫"即"越巫"，"麽经"就是"巫经"，"麽教"就是"巫教"，《壮族麽经布洛陀》就是《越巫巫经布洛陀》(2007)。演唱布洛陀经诗的人员身份界定，也经历了从道公和巫公（周作秋，1984）到师公（丘振声，1995），最后到麽公（布麽）（覃乃昌，2003）的发展。

(8) 对神祇姆洛甲的集中研究。壮族民间麽教法事中一般设布洛陀和麽渌甲①神位，麽教经文中常见"去问布洛陀，去问麽渌甲"的对应句，两个人物呈现对偶神出现。对姆洛甲与女娲、少司命的比较揭示了南方百越底层文化的一体性（蓝鸿恩，1992）。姆洛甲被视为壮族神话谱系中早于布洛陀的女神，是创世女神（过伟，2000），以及花王、女王与生育女神（农冠品，2001）。黄桂秋先生认为麽渌甲由壮族创世女神姆洛甲演变而来，麽渌甲与壮族民间生育女神花婆、壮族众女巫崇拜的奸王实属同一个人神，是壮族民间女巫和布麽共同崇拜的女巫头（2006）。

(9) 以布洛陀神话为基础的多层次比较研究。农学冠先生曾将壮族的《布洛陀》与瑶族的《密洛陀》进行比较（1992），认为其神名、内容的相似性来自民间文学的交流、变异规律。布依族学者周国茂先生对布依族摩经进行了深入研究，认为其内容、文化主旨与布洛陀经诗有很大的共通性（2006）。有学者认为盘古的原型来自于布洛陀，布洛陀为壮族布土支系和布侬支系信仰的创世主神，盘古是壮族布壮支系和布依支系信仰的创世主神，是壮族先民原始的开天辟地神（黄世杰，2011）。赵明龙将广西田阳布洛陀始祖信仰与越南富寿省雄王始祖信仰进行比较，认为二者都是不同民族心目中的祖先神，具体来说，布洛陀是壮族始祖神、创世神，雄王则是越南各民族共同的始祖神或"国神"（2011）。将布洛陀与布傣祖先神进行比较，显示了二者在内容以及祭祀仪式上的不同（何明智，2011）。布洛陀与侗族萨岁的比较，展示出布洛陀作为稻作文化神祇在叙事上更为宗教仪式化的特点（李斯颖，2011）。比较布洛陀文化与句町文化，可发现二者的共同文化渊源（兰天明，2012）。对布洛陀的比较研究业已具有国际视野。从修辞、意象和格局的审美特色来比较中国的《布洛陀》和英国的《贝奥武甫》两部民族史诗，《布洛陀》反映了壮族的柔性、积极和集体的思维倾向，《贝奥武甫》则反映了盎格鲁-撒克逊

---

① 麽渌甲又常写作"姆洛甲"、"姝洛甲"、"奸洛甲"、"姆六甲"等。除引文外，本书统一写成"姆洛甲"。

民族的刚性、消极和注重个体的思维倾向（陆莲枝，2010）。

（10）布洛陀文化的重建问题。有的学者认为其重建是以改革开放以来变迁中的中国社会为大背景，以壮族知识分子的成长、壮族文化的复兴、壮族民族意识增强为动力、以田阳县浓厚的民间信仰传统为基础的复杂社会现象（时国轻，2008）。百色市布洛陀民族文化旅游节的一方面是国家权力把传统文化意识形态化，使之成为实现政治经济利益的文化手段；另一方面是民众借用政府行为为民间信仰吸纳正统的文化符号以达到国家权力对地域文化的认同，从而获取利润（彭谊，2008）。有的学者认为由于历史和现实的原因，以布洛陀信仰为核心的布洛陀文化记忆链发生了断裂、松散、变迁或失忆，有必要对布洛陀信仰进行重新审视和认识、研究与重建（覃丽丹，2011）。"后申遗"时期对国家级非物质文化遗产壮族"布洛陀"的传承与保护问题应引起重视，真正实现"名录体系"对非遗保护的价值与作用（刘婷，2013），布洛陀文化在当下生态文化建设中的意义作用也得到了深入探索，包括敬畏自然、崇尚和谐社会、追求内盈的生态审美意识（卢静宝，2013）。

有关布洛陀文化的研究专著和普及读物主要有《布洛陀寻踪——广西田阳敢壮山布洛陀文化考察与研究》（覃乃昌主编，2004）、《布洛陀——百越僚人的始祖图腾》（梁庭望等，2005）、《万古传扬创世歌——广西田阳布洛陀文化考察札记》（廖明君，2005）、《壮族麽文化研究》（黄桂秋，2006）、《壮族布洛陀信仰研究——以广西田阳县为个案》（时国轻，2008）、《壮族始祖——创世之神布洛陀》（廖明君，2009）、《千年流波：中国布洛陀文化》（韦苏文，2011）、《布洛陀》（陆晓芹，2012）、《中华布洛陀神史》（黄懿陆，2013）、《壮族麽经布洛陀语言研究》（何思源，2013）、《布洛陀文化研究——2011年布洛陀文化学术研讨会论文集》（广西壮学学会，2013）、《壮族〈麽经〉神话探析》（林安宁，2016）等。相关研究成果对布洛陀文化的认可与阐释愈加深入，布洛陀传统在壮族文化体系的重要性得到凸显。

综上所述，研究者们将布洛陀文化视为一个体系，它包括布洛陀神话文化、布洛陀史诗文化、布洛陀民间宗教文化、布洛陀人文始祖文化、布洛陀歌谣文化等，它们之间有着密切的逻辑结构关系，并且具有深刻的历史文化内涵（覃乃昌，2003）。布洛陀文化对壮族民间音乐、舞蹈、诗歌形成有深刻影响（王晓宁，1997）。布洛陀文化是以始祖命名的壮民族传统文化的集萃，它在壮民族独特的生态环境中萌生发展，成为有主体、叙事、圣地、祭拜节会、多种仪式和多种功能并影响到民族意识、社会生活方方面面的形态，成为南方民族以始祖神话为根基的文化中发展最齐全、延续最久远的、最具典型意义的形态（刘亚虎，2005）。布洛陀经诗是方块壮字结出的硕果，收在《壮族麽经布洛陀影印译注》中的29种本子，全面反映了原始社会末期壮族先民的社会情状，是壮族古代社会的百科全书（梁庭望，2005）。

已有的布洛陀研究更关注其文化层面的探索，对其文学分析仅限于使用较传统的理论方法，如审美角度、艺术手法、叙事手段等，而鲜有研究采用比较文学研究方法、运用母题作为基本尺度对布洛陀神话进行全面剖析。为了突破樊篱，本书将综合现有的多样资源，以布洛陀神话的概念来统领材料，以母题作为基本单位，并将布洛陀神话与相关族群神话进行比较研究，通过比较发现共性并凸显布洛陀神话叙事的个性。

三 研究目的、术语与方法

布洛陀神话蕴藏着壮民族早期社会的丰厚信息，要对其进行探索和研究，需要调动各学科相关理论，采用行之有效的研究方法。只有课题理论适当、研究方法适宜，才有可能提炼出深刻、全面的观点。本书将借鉴神话学、民俗学、比较文学、文艺学、人类学与民族学、社会学、心理学和考古学等领域的理论成果，运用母题分类法、故事链归纳法、历史分层法、田野调查和比较分析等综合手段，对布洛陀神话进行分析与阐释，对布洛陀文化进行探索。本书将主要从两个层面深入研究布洛陀神话。其一，立足于叙事本身，从内容和形态出发探索布洛陀神话的叙事结构，对布洛陀神话文本进行多维度剖析，发现其叙事特征和规律；其二，在分析叙事的基础上，挖掘布洛陀文化的特征与历史内涵，并通过历时纵向和共时横向比较，实现对布洛陀神话的深度解读。本书将突破某一理论框架的拘囿，综合借鉴各领域可运用的理论，从新的视角来获取对壮族布洛陀文化的新认识。

在此，对布洛陀神话的基本概念和涉及的各学科学术术语进行阐释，以便进一步探讨。

1. 神话与布洛陀神话

古希腊文 mythos 是"神话"一词的起源,意思是"关于神和英雄的故事、传说"。英文"神话"的词形演变为 myth,意思为"虚构或想象的人或物或事"。研究神话的科学称神话学（mythology）。18 世纪,意大利学者扬巴蒂斯塔·维柯（Giambattista Vico, 1668 – 1744）在《新科学》一书中首先对神话的含义进行了学术探讨,认为"神话故事在起源时都是些真实而严肃的叙述,因此 mythos 的定义就是'真实的叙述'"。① 拉斐尔·贝塔佐尼在《神话的真实性》一文中说,"严格说来,讲述起源、宇宙创生论、神谱、超人英雄的传奇（他们发明事物,建立体制或原则）的故事是神话。而且我们还看到讲述这些故事的人认为它们是'真实'的,非常明确地和'虚构'的故事相区别"。②

神话被认为具有"阐释性的功能"③,与各种节日、信仰仪式密切相关。弗雷泽认为"神话是对无论人类生活的还是外在自然现象的错误阐释"④。戈姆提出了"神话属于人类观念的最初阶段,是某些自然现象,某些已遗忘或不知道的人类起源问题,或某些有持久影响的事件的被普遍接受的解释"⑤。简·哈里森将神话定义为"与仪式行为相伴生的口头表达"⑥。

此后,神话的神圣性质得到了强调。《西方神话学读本·序言》⑦ 篇首有云:"神话是关于世界和人怎样产生并成为今天这个样子的神圣的叙事性解释。"马林诺夫斯基认为神话并不是单纯的叙事,"神话的功能就是巩固和增强传统,通过追溯更高、更好、更超然的最初事件赋予传统更

---

① ［意］维柯:《新科学》,朱光潜译,北京:人民文学出版社 1986 年版,第 425 页。
② ［美］阿兰·邓迪斯编:《西方神话学读本》,朝戈金等译,桂林:广西师范大学出版社 2006 年版,第 123 页。
③ 同上书,第 31 页。
④ 同上书,第 33 页。
⑤ 同上。
⑥ 同上。
⑦ 同上书,序言。

高的价值和威望。"① 神话是"神圣的传统"。② "神话是真实的历史,因为它是神圣的历史,这不仅取决于它的内容,而且取决于它具体发出的神圣力量"。③ 米尔西·伊利亚德也说,"神话提供的是一部'神圣的历史'"。④ 虽然不乏反对意见,"神圣"依然是神话学研究领域一贯使用的概念,也是我们在探索神话时必须注意的一个特性。

究竟如何界定神话,吴晓东在《〈山海经〉语境重建与神话解读》一书中提出的观点显得更简洁易行:"神话学诞生以来,学者们一直在为神话下定义,以使这一学科的研究对象有一个明确的范畴,可是,这一理想化的行为一直难以得到一个明确的结果。究其原因,是因为神话是一个'游移不定'的词汇,这种游移不定的根源,基于人们对某一个故事的信与不信。其实,作为神话,必须具有一个基本条件,就是要有两群观念迥异的人,一群人对某个关于生活超自然物的故事信以为真;而另一群人则认为极为荒诞,在后一群人眼中,前一群人所深信不疑的故事就是神话。对一个故事的信与不信,有一个维度,如果某一个故事无人(包括古人或当今缺乏知识的原始部落的人)相信为真,那只能是普通的虚构故事,一个故事曾经有人信以为真,或如今依然有一部分人信以为真,而已经有一部分对其可信性加以怀疑或否定,那这个故事已经沦为神话,也就是说,神话,只是对某一部分人而言,不能针对所有的人。如果某一个故事被所有人信以为真,它便是历史。马林诺夫斯基等学者就曾以真实与不真实来区分神话与传说,其实,真实与否是由人的知识来决定的,在知识有限的情况下,往往认为是真实的,而当知识达到一定揭示真相的时候,原来以为真实的东西变成了不真实。"⑤ 这一观点将成为本书对布洛陀神话选择的重要参考。

布洛陀神话主要以两种形态流传。其一,在麽经体系下,壮族布麽通

---

① 马林诺夫斯基:《巫术科学宗教与神话》,李安宅译,北京:中国民间文艺出版社 1986 年版,第 146 页。

② [美] 阿兰·邓迪斯编:《西方神话学读本》,朝戈金等译,桂林:广西师范大学出版社 2006 年版,第 240 页。

③ 同上书,第 125 页。

④ 同上书,第 201 页。

⑤ 吴晓东:《〈山海经〉语境重建与神话解读》,北京:中国社会科学出版社 2013 年版,第 203 页。

过在仪式上喃诵韵文形式的布洛陀经诗（史诗）使之流传。经诗的主要内容即为布洛陀神话，但行文中也多体现麽教教义，再现了原生型民间宗教的宗教观念。经诗抄本同时受到神职人员创作的影响。其二，民间的普通民众，采用散体叙事的形式，在聚会、教育后代等场合口头讲述布洛陀神话此类受麽教影响小，内容更为古朴，趣味性强。二者虽然体裁不一，但在内容上有交错，可在研究中互相借鉴。本书侧重于对布洛陀叙事内容的探索，故无论韵文与散体形式，只要与神祇布洛陀相关的神话叙事都将是本书的考察范围。

一个民族的神话与该民族的信仰与宗教仪式、生活习惯与行为方式、哲学思想与心理模式、社会文化积累等有着纷繁复杂的关系。本书试图在解读布洛陀神话的过程中阐述自己对于这些问题的理解。

2. 母题

"母题"一词来自英文"Motif"的音译，其词根为"moti"，意为运动、能动。自从文学批评引入"母题"一词后，学术界一般从叙事的角度或功能的角度来定义母题。比较具有代表性的是美国民间文艺学家史蒂斯·汤普森（Stith Thompson）对母题的解释。在其学术巨著《民间文学母题索引》中，汤普森曾对母题作过解释："一个母题是一个故事中最小的，能够持续在传统中的成分。要如此它就必须具有某种不寻常的和动人的力量。绝大多数母题分为三类。其一是一个故事中的角色——众神，或非凡的动物，或巫婆、妖魔、神仙之类的生灵，要么甚至是传统的人物角色，如像受人怜爱的最年幼的孩子，或残忍的后母。第二类母题涉及情节的某种背景——魔术器物，不寻常的习俗，奇特的信仰，如此等等。第三类母题是那些单一的事件——它们囊括了绝大多数母题。正是这一类母题可以独立存在，因此也可以用于真正的故事类型。显然，为数最多的传统故事类型是由这些单一的母题构成的。"[①]

1962 年，美国现代民俗学和民间文学研究的代表人物阿兰·邓迪斯（Alan Dundes）在母题分析的基础上提出了"母题素"（motifeme）和母

---

① ［美］斯蒂·汤普森：《世界民间故事分类学》，郑海等译，上海：上海文艺出版社1991年版，第499页。

题变素"（allomotif）的概念。当母题意指"所有民间叙事作品的情节所必不可少的一个个组成成分"时，可包括两个层面，一个是不变层面，指"关于场景、冲突、事件、行为、评述等项的格式化的概括，即"母题素"；另一个则指"上述格式化的不变模式在个别具体而独立的文本中的现实展示"，即母题变素。二者的关系，类似语言学中"音素"与"语音"的关系。①

1955年，结构主义人类学大师列维-斯特劳斯（Claude Lévi-Strauss）借鉴语言学的术语"音素"（phoneme）与"语素"（morpheme）等，发展出"神话素"（mytheme）一词，用以"指称神话以及民间故事的从语义角度来看是二元对立性质的最小结构成分"。② 美国哈佛大学比较神话学学者麦克·威策尔（Michael Witzel）亦使用了"神话素"的概念，来分析世界范围内的神话叙事。

在《中国民族神话母题研究》一书中，中国神话研究学者王宪昭立足于民族神话研究，提出了关于母题定义的新见解："母题是叙事过程中最自然的基本元素，可以作为一个特定的单位或标准对神话故事进行定量或定性分析，在文学乃至文化方面，能在多种渠道的传承中独立存在，能在后世其他文体中重复或复制，能在不同的叙事结构中流动并可以通过不同的排列组合构成新的链接，表达出一定的主题或意义。"③ 他提出，母题的辨识具有灵活性，在一个神话中可被视为"最小单位"的母题，在另一个神话中又可以继续切分。神话母题具有客观性和直观性、顺序性和模糊性、典型性和神圣性、组合性和流动性。在这种基础上，对母题分类要依据神话文本的叙事性、神话故事情节的独立性等多方面因素来进行考察。本书对布洛陀母题的分类主要参考王宪昭在其书中强调的分级分类方法，注重母题类型的层级性，采取逐级划分的方式，在概念较为统一的一级母题中，可依据母题内容中不同的功能或性质，按研究需求继续分出第二、第三等不同层级，为神话的深入比较提供平台。④

---

① 刘魁立：《历史比较研究法和历史类型学研究》，《刘魁立民俗学论集》，上海：上海文艺出版社1998年版，第111页。
② 同上。
③ 王宪昭：《中国民族神话母题研究》，北京：民族出版社2006年版，第19页。
④ 同上书，第62—90页。

3. 比较文学与比较神话学

美国学者韦勒克将比较文学视为"限定于对两种或多种文学之间的关系之研究"。① 狭义的比较文学起源于19世纪前半叶的德国，在20世纪之后具备了较为成熟的理论体系，比较文学中的主要流派包括德国学派、法国学派、西欧学派以及美国学派等。鉴于国外情况，季羡林先生则一直提倡建立"比较文学的中国学派"。② 直至今日，比较文学的中国学派日益发展。正如曹顺庆在《比较文学论》中所言，"法国学派以流传学、渊源学、媒介学以及异域形象学等构成影响研究的诸研究领域，美国学派则以比较诗学、主题学、文类学、跨学科研究等构成平行研究的诸领域，而中国学派则以异质比较、对话、融会法来构成跨文明研究的比较文学新范式"。③

少数民族比较文学的兴起在20世纪末，以《中国少数民族文学比较研究》一书的出版（1997）为先锋。"一国之内的多民族文学比较同样具有无可置疑的正当性，它因应着文学研究范式的转型和作为文学及文学研究语境的整体社会文化结构的重组。就比较文学话语而言，少数民族文学的比较视野，也是对于欧美比较文学传统的突破。"④ 这种突破国别、在多个相关民族之间进行神话比较研究的思路也是本书得以成型的重要原因。

语言学研究是比较神话学研究的重要基础。马学良先生在《中国少数民族文学比较研究》一书序言中阐述了该书结合语言系属进行研究的方法："按照我国少数民族地区的特点和生产方式所产生的文学背景，分为干栏稻作文化圈、草原游牧文化圈和高地阔叶文化圈，并结合国内各民族不同语言（我国民族语言按谱系分类法分为汉藏、阿尔泰、印欧、南亚、南岛五个语系），通过语言系属了解各民族文学之间存在的一种内在

---

① Rene Wellek & Austin Warren, *Theory of Literature*, Penguin Books, 1976, p.47。转引自杨乃乔主编《比较文学概论》，北京：北京大学出版社2002年版，第94页。
② 刘大先主编：《本土的张力——比较视野下的民族文学研究》，北京：中国社会科学出版社2013年版，第5页。
③ 曹顺庆：《比较文学论》，成都：四川教育出版社2002年版，第118—119页。
④ 刘大先主编：《本土的张力——比较视野下的民族文学研究》，北京：中国社会科学出版社2013年版，第5页。

联系和亲属关系的远近。"① 本书的研究同样离不开语言学对中国南部与东南亚侗台语族群的语言系属研究。在中国壮侗语系的语言系属概念下，将壮族布洛陀神话与其他壮侗语族群的神话进行比较，以期待在考察共性与个性流变的基础上，发现早期神话流传的共性与特殊文化底蕴。中国之外，在东南亚的越南、老挝、泰国等国家也生活着由中国南方迁徙而下的百越族群后人。这些被视为不同民族的族群，其语言都属于学术界认可度较高的侗台语族，由于其文化共性大，他们所传承的神话内容也将被列入本书的考察范围。

比较语言学的发展是比较神话学得以深入的基础。从 18 世纪开始，西方学者就已着力于比较语言学研究，开展构拟"原始印欧语""原始共同语"等工作。著名的德国学者雅克布·格林（Jacob Grimm）在构拟原始共同语的基础上，进一步运用民族学、宗教学等学科材料构拟"原始共同神话"，并提出"日耳曼共同神话""雅利安原始共同神话"等概念，认为民间创作多来源于神话。② 由此，基于比较语言学的比较神话学派出现了，其追随者甚众。英国学者麦克斯·缪勒（Friedrich Max Muller）在《比较神话学》一书中提出，人类历史上，民族未分化的时代是创作神话的时代，"神话世界观"主宰一切。他认为神话的核心及神的最初概念都来源于太阳，主张"太阳中心说"和"语言疾病论"。③ 尽管他的结论遭到了质疑和反对，但这并不影响比较神话学作为一种可行的研究方法在世界范围内得到运用。至今，比较神话学依然是神话学研究的一个重要分支，通过对比不同民族、地域、时代的神话材料，学者能够形成更具有学理性的判断。

本书所进行的布洛陀神话研究，是在比较文学与比较神话学理论与研究方法日益成熟形势上展开的。一项研究不但需要深入研究本体，还需要反观与其具有平行和交叉关系的各类对象。立足于布洛陀神话，比较侗台语族群相关神话内容，可揭示他们共享的侗台语族群底层神话内容与早期

---

① 马学良、梁庭望、李云忠主编：《中国少数民族文学比较研究》，北京：中央民族大学出版社 1997 年版，第 2 页。
② 转引自刘魁立《刘魁立民俗学论集》，上海：上海文艺出版社 1998 年版，第 234—239 页。
③ ［英］麦克斯·缪勒：《比较神话学》，金泽译，上海：上海文艺出版社 1989 年版，第 6、68、100、138—140 页。

文化基因。将属于不同国家的、同一语言系属的民族神话放在一个平面上进行比较，既突破了一国之内民族文学比较的局限，将视野扩大到整个具有早期共同语言与文化基础的多个族群，又冲出了国别限制的樊篱，将更丰富而有启发的个案带入研究视野，增强了比较的深度，有助于得到更为可信有力的结论。

4. 侗台语族群及其迁徙

侗台语族群分布在中国及东南亚地区，人口近9 000万。中国境内的侗台语族群，其语言又被归为"壮侗语族"，属于汉藏语系，人口约有2 900万人（2002年），包括壮、布依、傣、侗、仫佬、水、毛南、黎以及仡佬等民族，还有一些分布在广西、广东、海南、贵州等南方地区的特殊群体，如临高人、村人、标人、茶洞人、拉珈人、佯僙人等。其中，分布在广西、云南的壮族侬、岱支系，在越南人口也不少。在西双版纳居住的傣泐支系，在老挝和泰国北部也有分布，云南金平、绿春地区的"白泰""黑泰""红泰"支系则从越南西北部迁徙而来。中国境外的侗台语族群，包括泰、佬、普泰、黑泰、白泰、红泰、热依、掸、坎迪人和阿含人等，分布在越南、泰国、老挝、缅甸和印度等国家。[①]

目前，侗台语族群包括四大支系，即台语支、侗水语支、黎语支与仡央语支（如下图）。根据这些民族的语言发展与文化特点，梁敏、张均如提出，"侗泰诸族源于西瓯、骆越这两支文化、语言相互接近，在地域分布上稍有不同，但又往往交错、重叠的种族集团。西瓯在广西中部、北部和贵州南部一带，骆越在广东西部、广西南部、云南东部和越南北部的一些地区"。[②] 而其中骆越则是"越人最古老的鸟部落，是百越的本支"。[③] 大约在五千年前，侗台语族群已形成壮泰、侗水和黎三个不同民族集团。四千多年前，黎族就迁徙到海南岛。隋唐始，侗水诸族的先民从广东西部、广西东部向西部、西北部迁徙。而傣、泰、老挝、掸、阿含诸族先民

[①] 李锦芳：《侗台语言与文化》，北京：民族出版社2002年版，第8—15页。
[②] 梁敏、张均如：《侗台语族概论》，北京：中国社会科学出版社1996年版，第16页。
[③] 梁庭望：《壮族文化概论》，南宁：广西教育出版社2000年版，第26页。

则从秦朝开始就往外迁徙，直到近几十年还有少量流动。① 侗台语族群先民的文化主体是占据岭南主流的百越文化。侗台语诸族先民在文化上具有共性，也拥有自己的独立特点。

本书的布洛陀神话比较研究将建立在对侗台语族群语言与文化探索的大量成果基础上，将壮族与具有共同历史文化起源和语言族系划分的其他族群进行神话内容的横向共时比较。这将有助于发现壮族口头传统与文化的特质，阐释侗台语族群神话及其早期文化的共性与内涵。李锦芳曾《侗台语言与文化》（2002）一书中归纳出侗台语族群文化的共同特征，包括先进的稻作文化、干栏文化、滨水文化、金属冶炼、木棉葛麻纺织、有肩石器和几何印纹陶、天和雷神崇拜、饰齿、不落夫家婚俗等11项，② 这也是本书进行壮族布洛陀与其他侗台语族群神话比较研究的重要参照标准。

侗台语族（Kam‑Tai Family 或 Tai‑Kadai Family）：

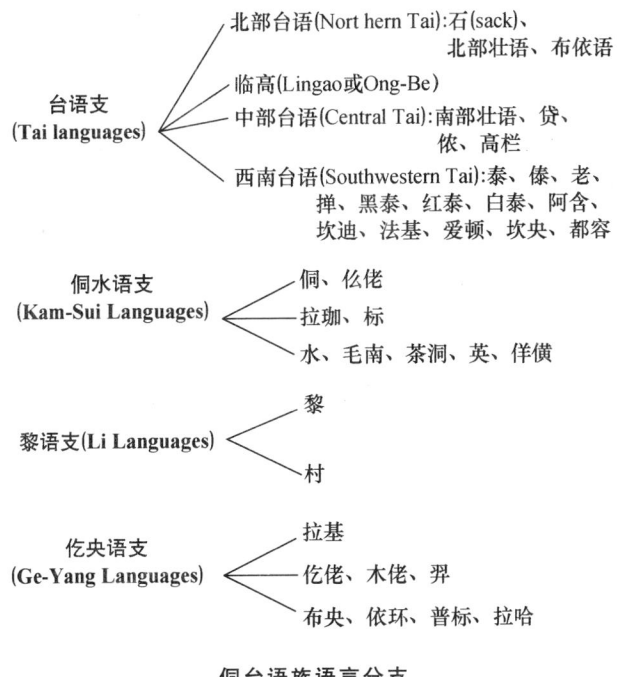

侗台语族语言分支

资料来源：《侗台语言与文化》（2002），第20页。

---

① 梁敏、张均如：《侗台语族概论》，北京：中国社会科学出版社1996年版，第16—38页。
② 李锦芳：《侗台语言与文化》，北京：民族出版社2002年版，第16—17页。

5. 自然崇拜与"万物有灵"

自然崇拜是以人格化的或神圣化的自然物和自然力等为崇拜对象的自然宗教的基本表现形态，其崇拜范围包括天、地、日、月、星辰等天体万物及自然变迁现象。早期人类认为这些自然现象表现出生命、意志、情感、灵性和奇特能力，会对人的生存及命运产生各种影响，因此对之敬拜和求告，希望获其消灾降福和佑护。自然崇拜与人的社会存在有着密切关系，人类早期部落群体因其生活环境相异而具有不同的自然崇拜对象及活动形式，一般都崇拜对本部落及其生存地区的社会生产生活影响最大或危害最大的自然物和自然力，并且具有近山者拜山、靠水者敬水等地域特色，反映出人们对"两种生产"发展的实际需要。人类早期的自然崇拜因对其崇拜对象的神灵化而发展出更为抽象的自然神崇拜，形成天体之神、万物之神、四季之神、气象之神等千姿百态的自然神灵观念及相关的众多祭拜活动。这种具有原生型特点的宗教崇拜形式自远古社会延续下来，成为流传至今的宗教信仰。布洛陀神话产生的时代应是自然崇拜观念依然盛行的阶段。至今，其神话内容仍展示出浓厚的自然崇拜痕迹。研究布洛陀神话，自然崇拜是绕不开的信仰语境。

有的学者认为在自然崇拜之后，图腾崇拜兴起，图腾崇拜也是人类早期宗教发展的重要阶段。"原始人曾先后产生三种'图腾'含义：图腾是血缘亲属；图腾是祖先；图腾是保护神。"[①] 早期人类的图腾观念也随之分为三种类型："图腾亲属观念、图腾祖先观念和图腾神观念。"[②] 在这些观念的作用和促进下，"才会产生图腾名称、图腾标志、图腾禁忌、图腾仪式、图腾神话和艺术等"[③]。杨堃先生在 A.E. 海通《图腾崇拜》中译本序言中说："原始宗教可分为三个时期：一是宗教的起源时期，二是氏族宗教（包括女性生殖器崇拜），三是部落宗教。宗教起源于旧石器时代中期，氏族宗教主要存在于母系氏族时代。到了部落社会，氏族宗教便发展成为部落宗教。而氏族宗教的主要形式是图腾主义。"图腾崇拜的具体

---

① 何星亮：《中国图腾文化》，北京：中国社会科学出版社1992年版，第12页。
② 同上书，第55页。
③ 同上。

对象多为某一具体有形的物象，如自然界中的动植物。壮族的图腾崇拜的意识也融汇在布洛陀神话之中。目前专家较为认可的壮族先民图腾部落包括虎、熊、蛟、鳄、水牛、黄牛、马蜂、羊、蛙、鱼、竹子（潭）和花12大部落。①

6. 互渗律与原始思维

列维-布留尔（Lucien Lévy-Bruhl）借用涂尔干（E. Durkheim）"集体表象"概念为研究切入点，认为早期人类思维在集体表象上的本质是神秘的，在表象的关联上是原逻辑的，而这二者受"互渗律"的支配。他在《原始思维》一书中说，"在原始人的思维的集体表象中，客体、存在物、现象能够以我们不可思议的方式同时是他们自身，又是其他什么东西。它们也以差不多同样不可思议的方式发出和接受那些在它们之外被感觉的、继续留在它们里面的神秘的力量、能力、性质、作用"。② 可以通过想象接触、转移、感应、远距离相互作用，从而使事物间具有神秘、不可言状的联系，即互渗作用。这也是人类低级阶段的思维方式——原始思维。

诚如恩斯特·卡西尔（Ernst Cassier）所言，"客体（意指外在世界）并非预先存在和外在于综合的统一体，而只是由这种综合的统一体所组成；对象不是自身印刻在意识上的确定的形式，而是凭借意识的基本方法、直觉和纯粹思维产生一种形成作用的产物"。③ 对于神话当中出现许许多多超乎现实的、荒诞不经的内容，神话学就是运用了这样的理解作为基础。与自然崇拜一样，图腾崇拜的力量也在布洛陀神话形成过程中发挥了不可替代的作用。立足布洛陀神话的内容，可以进一步理解早期壮族先民图腾崇拜的状况与特点。

---

① 梁庭望：《壮族文化概论》，南宁：广西教育出版社2000年版，第455页。
② ［法］列维-布留尔：《原始思维》，丁由译，北京：商务印书馆2007年版，第69—70页。
③ ［德］恩特斯·卡西尔（Ernst Cassier）：《神话思维》（*Mythical Thought*），黄龙保、周振选译，柯礼文校，北京：中国社会科学出版社1992年版，根据美国耶鲁大学出版社1954年版，第33页。

7. 模拟巫术与接触巫术

英国人类学家和民俗学家弗雷泽在其名著《金枝》中把巫术思维原则分为类似法则和接触法则，将巫术分为顺势巫术（模拟巫术）和接触巫术。"'顺势巫术'是根据对'相似'的联想而建立起来的；而'接触巫术'则是根据对'接触'的联想而建立的"，他将二者统称为"交感巫术。"① 巫术的发展通常起源于交感巫术，即为促成某过程的实现采取现身说法，竭力模拟，或对这个过程加以描写，希望能对自然等进行控制。于是，早期人类用许多方式表演季节循环的戏剧，祈求谷物丰收、家畜兴旺。这样便很自然地出现了对祭祀和奇迹的推崇，以及用来解释祭祀的教条和神话。

交感巫术信奉者认为，事物之间一旦接触，便会产生永久的交感联系。比如，占有某个人身上的一片衣服或占有其身体的一部分如头发或手指，他就会永远处于你的掌握之中；如果你烧掉他的头发，他就会枯萎而死。或者做一个和他相似的小木偶，贴上生辰八字，这样木偶就成了他的替身而在你控制之下。巫术因为人为因素或是巧合，好像是灵验的。经过对巫术象征意义的分析，弗雷泽认为，"交感巫术整个体系的基础是一种隐含的但却真实而坚定的信仰，它确信自然现象严整有序和前后一致"。② 布洛陀神话的表述中常带有巫术思维特点，且不少内容都是通过仪式中的口头叙事保存下来，仪式中的巫术观念也积淀在神话之中，使得神话具有了异常的魅力。从布洛陀神话内容出发，可探索壮族先民早期巫术观念及活动方式。

8. 原型与集体无意识

荣格发展了弗洛伊德的"无意识"理论，认为"个人无意识有赖于更深的一层，它并非来源于个人经验，并非从后天中获得，而是先天地存在。我把这更深的一层定名为'集体无意识'。……它组成了一种超个性

---

① ［英］詹·乔·弗雷泽：《金枝》，徐育新等译，北京：大众文艺出版社1998年版，第20页。

② 同上书，第75页。

的共同心理基础,并且普遍地存在于我们每一个人的身上"。① 如果用海岛来比喻的话,高出水面的部分表示意识,水面以下由于潮汛而时隐时现的部分表示个人潜意识,而所有海岛共同的隐藏在深海之下的海床就是集体无意识。

荣格提出了"种族心理积淀说"。他认为,每一个人都是种族的人,在每个人的心理深处都积淀着种族的心理经验。自原始社会以来,人类世世代代传下来的心理遗产就积淀在每一个人的无意识深处,这就像低能动物的本能也能通过遗传延续下去一样。这种世代相传的心理经验不是个人的,而是集体的、全种族的,是一种"种族记忆"。而且,"集体无意识的内容从来就没有出现在意识之中,因此也就从未为个人所获得过,它们的存在完全得自于遗传。个人无意识主要是由各种情结构成的,集体无意识的内容主要是'原型'"。② 神话、图腾崇拜、怪诞的梦境等所包含的"原始意象"就是集体无意识显现的形式,也就是"原型"。荣格还认为,原型与人的本能相似,都是人类思维中的根本动力。

荣格也谈到了神话表达原型的情况。他认为,"神话是揭示灵魂现象的最早和最突出的心理现象。原始人对显见事实的客观解释并不那么感兴趣,但他有迫切的需要,或者说他的无意识心理有一股不可抑制的渴望,要把所有外界感觉经验同化为内在的心理事件。对原始人来讲,只见日出和日落是不够的,这种外界的观察必须也是一种心理活动,就是说太阳运行的过程应当代表一位神或英雄的命运,而且归根到底还必须存在于人的灵魂之中。至于所有的神话化了的自然过程,例如冬夏、月亮的圆缺、雨季等都绝不是客观现象的喻言,而是内在的无意识心理的戏剧的象征性表现,通过形象化的方式接近人的意识——即在自然现象中反映出来……"③ 他坚信原型与神话有着不可分割的关系。在神话的世界里,可以寻找到各种人类经验的心理凝结物,即"原型"。原型中沉积着人类各种普遍性的文化基因。布洛陀神话中积累着壮族先民早期无意识的原型,

---

① [瑞士]荣格:《心理学与文学》,冯川、苏克译,北京:生活·读书·新知三联书店1987年版,第52页。

② 同上书,第94页。

③ 同上书,第54—55页。

是壮族人民祖祖辈辈的记忆库,运用原型理论去探索与发现布洛陀神话中的集体智慧与文化积淀,将有助于重新解读壮族文化。

9. 世界神话的起源和叙事链

比较神话学者麦克·威策尔(Michael Witzel)在《世界神话的起源》[1]中将神话的历史回溯到6.5万年前。当时的现代人类祖先尚未走出东非,但语言学、体质人类学、基因、考古学以及其他比较科学的大量证据证明,这些人当时已具备发声系统,或可以进行简单的叙事。在占有世界各族群神话材料的基础上,麦克回溯出世界最古老的人类故事——泛古陆神话叙事的神话素,推断在现代人走出东非之前就已经有了神话的雏形。泛古陆神话包括了七个主要的神话素:一个遥不可及的、多余的最高神,他直接或间接创造的人类、人类的狂妄自大,人类遭受的道德惩罚和大洪水,以及一系列创建了人类文化的造物主或计谋之神(trickster)。他还将泛古陆神话叙事的发展分成南北两大体系,即劳亚古陆体系和冈瓦纳古陆体系,这些体系的命名均源自于板块构造理论。

劳亚古陆体系神话的范围涵盖了欧亚大陆、北非、波利尼西亚和南北美洲四大区域。通过整理、比较劳亚古陆区域中发现的大部分的神话,可以找到一个共同的劳亚古陆神话叙事链(Story Line),其涵盖15个主要的神话素:[2]

(1) 原初的水/混沌/无
(2) 原初的蛋/巨人
(3) 原初的山或岛
(4) (父亲)天空/(母亲)大地和他们的孩子(四或五代/世)
(5) 天空被推起来(和银河的起源)
(6) 藏起来的太阳光露出来了
(7) 现在的神祇打败或杀死了他们的前任
(8) 杀死"龙"(和使用天上的饮料),大地的丰收

---

[1] Michael Witzel, *The Origins of the World's Mythologies*, New York: Oxford University Press 2012.

[2] Ibid., p. 64.

（9）太阳神是人类的父亲（或只是"首领"，较晚近的观念）

（10）第一个人和第一件邪恶的行为（通常是一位半神祇（semi-god）做的），死亡的起源/洪水

（11）英雄和女神

（12）文化的出现：火/食物/一位文化英雄或萨满创造了文化；仪式

（13）人类的扩散/地方贵族的出现/地方历史的开始

（14）人类，世界（和）神祇的最终毁灭（多样的、关于四个时代的主题）

（15）（一个新的天空和一个新的大地）

冈瓦纳古陆体系神话①则涵盖次撒哈拉非洲、澳大利亚、安达曼群岛和新几内亚等地区。该区域的神话与劳亚古陆体系神话差异较大，无法被纳入后者框架之中。它们往往不会去追问宇宙和世界的形成，整体内容缺少原初创世和最终毁灭两大部分——尤其是"真实的"创世故事（出现于无/混沌），并且无法形成一个连续的叙事链（从创世到毁灭）。相较而言，劳亚古陆体系神话寻求对事物、神祇以及人类来源的解释，以此作为充分理解这些人和事物的方式。冈瓦纳古陆体系神话最关注的，是人们所赖以生存的土地或者人类的起源和状况。这些神话共享一些单独的母题，例如人类起源于树或岩石，最多起源于最高神祇和他的后代——一个造物主或者图腾神。在冈瓦纳古陆体系不同地区神话材料的基础上也可以总结出一个包括六个主要阶段（母题）的叙事链雏形，以体现该地区人类的"宇宙进化论"：

（1）一开始，天空和大地（海洋）已经存在

（2）一位最高神住在天上或地上，或者后来就上天了

（3）一系列地位较低的神——通常是最高神的孩子们——担当了计谋之神（trickster）和文化英雄的角色

（4）因为最高神的儿子（或人类）做了一些邪恶的事情，原初时期结束

（5）人类从树和泥土（或岩石）中被创造出来；偶尔，他们是神或

---

① Michael Witzel, *The Origins of the World's Mythologies*, New York: Oxford University Press 2012, pp. 279–347.

者图腾祖先的直接后代

（6）人类表现得很傲慢或者犯了一个错误；遭到大洪水的惩罚；人类以各种方式重现

麦克·威策尔将冈瓦纳古陆体系和劳亚古陆体系神话出现的时间回溯到距今4万年前或更早一些，而冈瓦纳古陆体系神话存在的时间甚至可以推至公元前6万年。这两个体系神话的神话素随着现代人的祖先向全世界迁徙，开枝散叶，在不同文化中呈现出大同小异的面貌。

麦克·威策尔关于神话出现时间的推测及其对神话体系的划分仍需要更多的论据支持，但其理论中涵盖世界神话的宏大视野，值得我们借鉴。本书将在母题理论基础上借用其叙事链的概念，通过构拟布洛陀神话的叙事链，以增强对布洛陀神话的理解与把握。

语 境 篇

一 布洛陀神话的流传范围

布洛陀神话流传范围有狭义分布区和广义分布区两种界定方式。狭义的布洛陀神话分布区指仍有壮族人讲述布洛陀神话、举行相关仪式及节庆活动、传承其相关信仰的壮族传统居住区。壮族聚居区是布洛陀神话流传的核心区域。《壮族麽经布洛陀影印译注》（2004）中收录的经诗材料分布范围从广西右江流域、红水河中下游直到云南文山州壮族地区。《壮族神话集成》（2007）一书搜集的布洛陀神话主要分布在广西巴马县、东兰县、马山县、武鸣县、邕宁县、凌云县、田阳县、西林县、象州市以及云南文山州等县市地区。笔者也曾经在广西和云南文山多处搜集到布洛陀神话，与传唱布洛陀经诗的艺人访谈，并亲身参与过不少仪式活动。这些地方包括了广西百色市右江区、田阳县、田东县、平果县、那坡县，广西河池市巴马县、东兰县、天峨县，云南文山州广南县、丘北县和麻栗坡县等。根据已有出版物、内部资料以及个人调查所得，笔者尝试勾勒狭义布洛陀神话大致的流传范围，即红水河流域、右江流域以及云南文山壮族居住区。

除了上述布洛陀神话的狭义分布区，广义的布洛陀神话分布区还包括布依族神祇报陆夺、水族神祇拱陆铎和毛南族卜罗陀等相关神话传承区域，这些神祇在名称上与布洛陀相似，所流传的神话内容也多有雷同，属于百越文化叙事体系发展的结晶，故而可以被划入广义的布洛陀神话分布圈。布依族的报陆夺神话主要流传于贵州黔西南布依族苗族自治州荔波、望谟、罗甸、册亨、贞丰等南部县市以及云南罗平县。水族拱陆铎神话则主要分布在贵州黔南布依族苗族自治州东部都匀市三都、独山、荔波一带，即云贵高原苗岭山脉以南的都柳江和龙江上游流域。毛南族的卜罗陀神话主要流传在广西环江、南丹、都安等县市一带。由此，广义的布洛陀神话分布区主要指南至广西右江流域，西至云南文山州，北至贵州黔南州，东至红水河下游来宾市一带的广大区域。覃乃昌先生曾将布洛陀定义为"珠江流域原住民族的人文始祖"①，此界定从历史纵面上揭示了布洛陀信仰的根源与传统文化基础。本书的立足点是活态传承的神话叙事，故更关注于当下仍有布洛陀神话流传的区域，即上述的广义与狭义布洛陀神话分布区。

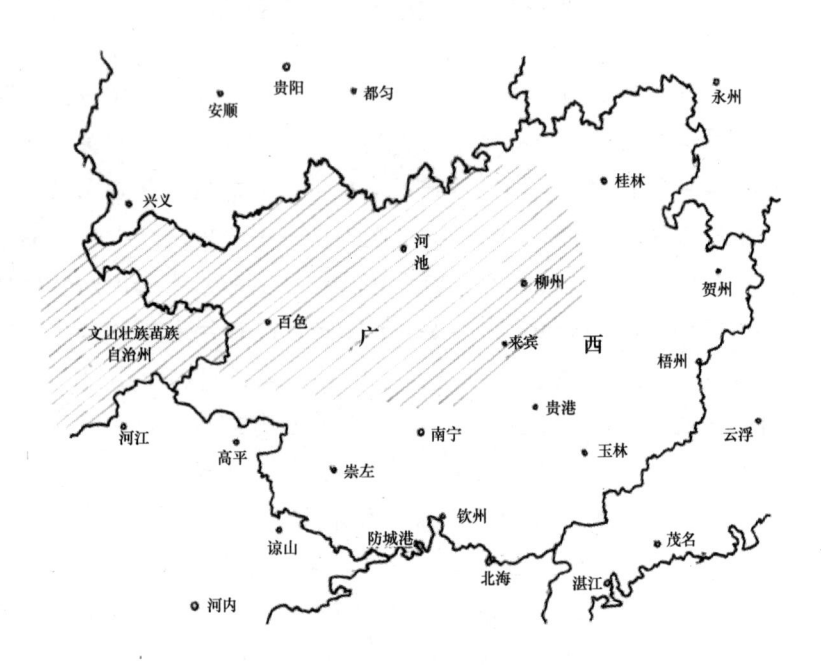

狭义的布洛陀神话分布区示意图

---

① 覃乃昌主编：《布洛陀寻踪——广西田阳敢壮山布洛陀文化考察与研究》，南宁：广西民族出版社2004年版，第260页。

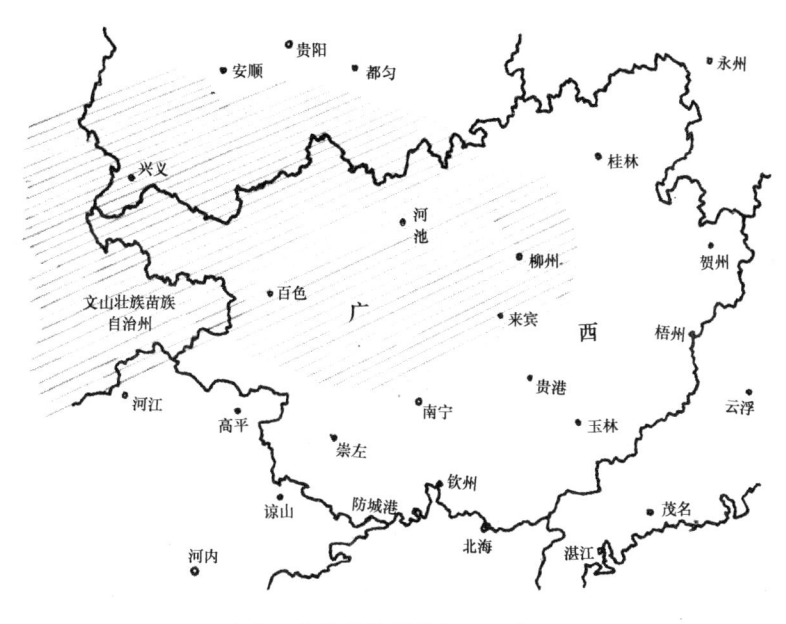

广义的布洛陀神话分布区示意图

二 壮族麽教与布麽

1. 壮族麽教

麽（Mo）教是壮族原生型民间宗教，在越巫信仰基础上受道教、佛教等汉族民间宗教影响而发展至今。布麽是壮族麽教的神职人员。目前，麽教以神祇布洛陀为最主要的神祇之一，兼有大量本土信仰以及佛、道教神祇。整体来看，它已形成初步的教规和仪规，有相对固定的法事仪式"做麽"（Guh Mo），保存了众多方块壮字创编、韵文体的经书，这些经书又被称为"布洛陀经诗"。麽教仪式上吟诵的布洛陀史诗原先靠口耳相传，唐朝之前产生的方块壮字使之成为有文可据的经典，成就了今日规模庞大的经诗系统。经书成为近现代保留和传承布洛陀口头传统的重要方式之一。在经书中，布麽把布洛陀神话等内容进行了有体系的编排，使布洛陀神话各部分之间实现了有机联系。

麽教得到了宗教研究学者牟钟鉴等的肯定。牟先生指出："布洛陀信仰是壮族的民族传统信仰，它源远流长，内涵丰富，从过去到现在，对当地民族的社会生活和民俗文化有着极为广泛深刻的影响，是南方诸少数民族信仰中比较典型的一种具有巫教性质的宗教文化……我……将布洛陀信仰定性为原生型巫教。它是自发形成的，其源头当为氏族社会，因此有许多原始宗教的特点。但它又带有很多跨时代的特征，并深受中华民族主流信仰儒、佛、道的影响，超越了原始宗教的阶段。然而它又没有形成独立的教团和完备的制度，仍然保持着它的民族性、民间性和地方性。布洛陀信仰类似于北方的萨满教、西南的东巴教、本主教、苯教等，都属于历史延续下来的巫教形态。巫教的属性，一是群体自发性，二是民族民间性，三是巫师操作性，四是功能实用性。'巫教'的提法不带有贬义，它是中性的，由于它与巫术、巫师相联系，故用以称谓。巫教有原始巫教，也有后期巫教，故不等于原始宗教。""有的学者把布洛陀信仰称为民族民间宗教，我认为也是可以的，但最好是称为原生型民族民间宗教，以便与汉族在明清时期大量兴起的各种民间宗教相区别……"他还指出了布洛陀信仰具有原始宗教信仰的古老特征，兼有等级和阶级社会的跨时代特征、跨文化特征等。①

麽教是壮族人民精神的寄托，是壮族文化发展的结果。通过师承的方式维系其传承体系，目前麽教已形成一定规模的组织网络。布麽通过方块壮字经诗抄本和庄严神秘的仪式加深麽教在人们心目中的神圣地位。目前，壮族麽教的分布区域主要包括四大板块，即左江流域、右江流域、红水河流域与云南文山州等。各板块的麽活动都各有特点。在左江流域，麽活动主要与当地生产相关，如播种谷物时要请来布麽做"麽迷稼"，祈求土地神让禾苗健康生长，结实多穗；"麽朗"仪式则是向神灵祈求六畜平安，收回六畜魂以保证它们顺利成长、多繁殖。在右江流域，麽活动主要有祭祀布洛陀和超度亡灵两种。在红水河流域，麽教仪式主要包括"杀牛祭祖宗"、送鬼、赎魂、赶鬼、解煞及解冤等。云南文山州的麽教仪式则以葬礼上的超度为主。②活形态的布洛陀神话叙事主要集中在右江、红水河流域以及云南文山地区。

---

① 牟钟鉴：《从宗教学看壮族布洛陀信仰》，《广西民族研究》2005年第2期。
② 黄桂秋：《壮族麽文化研究》，北京：民族出版社2006年版，第23—30页。

纵观之，壮族麽教经历了从越巫到原生型民间宗教的发展历程，形成了自己的特色，在壮族民间依然为民众认可，具有相当宽广的活动场域。正如黄桂秋所言，"壮族民间麽教已是由原始宗教向人为宗教过渡的中间形态"。① 但还缺乏完整的宗教理论，宗教组织结构较为松散，没有形成一神独尊的局面。

2. 布麽

在各种麽教仪式活动中充当神职人员的布麽（Boux Mo）是传承布洛陀神话的主要力量，"布"为壮语中男性人称代词，"麽"为壮语"喃诵"之意。在麽教仪式活动上，主持仪式的布麽唱诵布洛陀经诗或相关仪式歌，通过布洛陀的护佑使仪式生效，保持仪式的神圣肃穆，与神交流使祈愿成真。

早期越巫信仰中的神职人员——越巫是布麽的前身，越巫是最早被记载于汉文典籍的、司巫术之职的越人。按照"万物有灵"以及"互渗律"的观念，生活在氏族时期的越人相信人类死后其鬼魂仍然存在，且世间万物亦有灵魂。在原始思维逻辑的支配下，人们相信这些鬼和灵魂具有人类所不具备的力量，与人类自身的日常行为活动有着特殊关系，需要通过各种方式来与它们进行沟通来达到利己的目的。如《列子·说符》有云："楚人鬼而越人禨。"禨是行卜术来确定需要祭祀的鬼神，再采取有针对性的巫术手段力图愉悦祭祀对象，祛凶祷吉。明朝邝露所著《赤雅》也记录了汉代京师的越巫活动，天子不用龟甲卜卦，而是使用越族的"夷礼"，通过祭祀"上帝"、使用"鸡卜"来行"祠祷之事"。② 可见古时的越巫不仅在本族群社会中有威望、受人尊重，在外族人眼中也是可通达天际与人间、鬼界与人界的。鸡卜之俗是越人的传统。宋朝时"南人以鸡卜，其法以小雄鸡未孽尾者，执其两足，焚香祷所占，而扑杀之。取腿骨洗净，以麻线束两骨之中，拥竹挺插所束之处，俾两腿骨背于挺之端，执挺再祷，左骨为侬，侬者我也。右骨为人，人者所占之事也。乃视两骨之侧所有细窍，以细竹挺长寸余者，编插之，或斜或直，或正或偏，各随其

---

① 黄桂秋：《壮族民间麽教与布洛陀文化》，《广西民族研究》2003年第3期。
② 邝露：《赤雅》，北京：中华书局出版社1985年版，第52页。

斜直正偏而定吉凶"。① 直到今天，壮族布麽依旧在仪式中使用鸡卜之术，并发展出一套较为完整的鸡卜卦理论。云南文山沙、土、侬壮族支系的《鸡卜经》有千余卦象，采用古壮文解释卦象，蔚为详尽，令人叹为观止。除了鸡卜，壮族社会仍然保存了氏族社会时期不少巫术的衍化形态，如念咒等。

到唐宋时期，壮族先民社会的巫觋日渐分离，觋受到道教的启发和影响，分散的巫公逐步向小团体化发展，在明清时期形成准宗教巫教。② 据明代谢肇淛的《百越风土记》，当时医疗条件很差，人们"病不服药，日事祈祷"，"延巫鸣钟铙，跳跃歌舞，结幡楚梏，洒酒椎牛，日久不休。事毕插柳枝户外，以禁往来"。从壮族先民的艺术精华——广西花山崖壁画及各类铜鼓纹饰中可以获得对早期越巫形象的一些感性认识。如花山崖壁画中剪影式的赭红色图绘，反映的是壮族先民集体祭祀的场面。岩画的内容曾经被归纳为祭日、祭铜鼓、祀河、祀鬼神、祀田（地）神、祈求战争胜利、人祭、祭图腾等8种，③ 笔者则倾向于认为岩画在人物动作上形似蛙类，展示了侗台语族群先民早期观念中的蛙神祇崇拜，再现了他们对死亡的接受与再生的期望。④ 岩画集体祭祀场面中的蛙人，围绕首领（越巫）及铜鼓翩翩起舞，宗教仪式的氛围浓厚。首领形象高大、常配刀剑图案。岩画将我们带入了部族大型巫术活动的热烈、狂放与神秘之中。

在西林普驮墓葬出土的铜鼓上，我们也能看到越巫在船中祭祀的生动情形。普驮墓出土的铜鼓共有四件，最大的一件鼓面直径78厘米，高51厘米，鼓面中心有16芒，芒间饰斜线三角纹，有六晕，主晕为20只翔鹭纹饰；鼓腰饰以羽人划船纹六组，船形两头高翘，每船各有羽人9—11人，多戴长羽冠，其中一人跨坐船头，一人在掌舵船尾，一人高坐于靠背台上，两人执"羽仪"舞于台前，九人船中有四人荡桨，11人船中有五人荡桨和一人舞于船尾。鼓腰上半部饰鹿纹12组，其中有九组为两鹿，

---

① 宋·周去非：《岭外代答校注》，杨武泉校注，北京：中华书局1999年版，第442页。
② 梁庭望：《壮族文化概论》，南宁：广西教育出版社2000年版，第451—456页。
③ 王克荣：《广西左江岩画》，北京：文物出版社1988年版，第219—230页。
④ 参见拙文《从侗台语跨境民族的死亡起源神话到广西左江岩画》，《南宁师范高等专科学校学报》2012年第5期。

三组为三鹿；鼓腰下部饰羽人纹 12 组，每组皆为两人，戴长羽冠，着羽吊帔，翩翩起舞。可推测，墓葬铜鼓上的划船纹是一艘祭祀船，站在高台上者和站在船尾者（仅 11 人船中有）是主持祭祀仪式的巫师之类，船中的高台是祭台，台下的器物是某种祭器；而铜鼓上的翔鹭鸟为人们捕鱼，给人们带来丰收，成为人们的崇拜对象。越巫的服饰、头饰具有鲜明的地域和越文化特征。彩绘和铜鼓纹饰展示了壮族地区的鸟、鹿等动物与图腾崇拜的内容。

铜铃，是越巫文化的重要器具与表征。笔者所采访的布麽都曾展示过他们举行麽仪式时所使用的铜铃。他们在仪式过程中往往通过摇铃来表示神祇降临，并在吟诵经诗的过程中通过有规律地摇铃来打节拍。笔者多次和 HDJ（男，1941 年生）、LZG（男，1948 年生）等布麽求证，他们念诵布洛陀经诗时，仅需要一个铜铃做乐器；并没有像道教、师公教那样使用锣、钹等多种乐器，还配上大张旗鼓的动作。如云南文山的布麽 ZTH 老先生（男，1945 年生）将为逝者赎魂的仪式分为三类：第一类是为当地的壮族侬支系赎魂，诵《麽荷泰》后唱只属于侬支系的经文，将逝者的灵魂送回位于广南的祖先居所。在吟诵《麽荷泰》的时候使用铜铃，在吟诵侬支系经文时则完全没有配乐。第二类为祖上是汉族的这部分壮族人赎魂，不但要诵《麽荷泰》，还要唱道教经文《破地狱》等，将逝者救出地狱，送回汉族的老家并送上天堂。吟诵《麽荷泰》时使用铜铃，吟诵汉族道教经文时则使用道教或佛教仪式上常见的木鱼、令牌、铜锣、铙、钹、小皮鼓等进行配乐。第三类是为来自广西的壮族沙支系（bux Yuix）赎魂，将逝者的灵魂送回广西，全程使用铃铛做乐器。可见，虽然都是壮族，但布麽尊重原有的历史事实，宽容地接受民族不同支系文化分流的事实，并将不同民族文化及其宗教乐器融汇于一个仪式之中。

使用铜铃进行吟诵伴奏是壮族后期社会擅唱而不擅舞、擅表达而不擅表演的一个特点。这种使用铜铃的传统可以回溯到早期越巫使用铜铃的考古发现上。在武鸣马头元龙坡、安等秧、平乐银山岭等商代晚期至战国时期的墓地里，分别发现了三个、五个和一个铜铃。据郑超雄先生分析，这些铜铃是壮族先民方国时期巫师的器物。"铜铃形体都比较小，不可能作普通乐器，而是专为巫术活动。"① 炼铜技术的出现是生产力发展的一个重要标志，它改善了人们的生产工具，使生产效率得以提高，故而被视为一种特殊的物质。铜铃的制作，使铜这种金属能够发出乐器之音，因此被区别对待，专用于神圣的仪式之中，作为权威和沟通神灵的象征。正如合金制成的铜鼓也是壮族先民智慧的结晶，代表着他们掌握金属冶炼所达到的技术高度，亦被用于各种庄严的仪典上，被人们所追捧。铜鼓在壮族早期社会中亦被视为权力的象征，甚至被用作王的棺椁。在西林壮族地区发现的汉代铜鼓墓中，出土的铜铃甚至达200余个。在左江崖壁画上也有中心人物头插羽毛、腰饰佩剑、手持铜铃的形象，这些人物既可能是首领，也可能是在主持仪式的巫师，二者身份合一。《隋书·地理志》说壮族先民"俚僚贵铜鼓，岭南二十五郡处处有之"。《隋书·地理志》云："诸僚铸铜为大鼓"，其"俗好相攻，多构仇怨，欲相攻则鸣此鼓，到者如云。有鼓者号为'都老'，群情推服。"裴氏《广州记》曰："俚僚铸铜为鼓，鼓唯高大为贵，面阔丈余。初成，悬于庭，克晨置酒，招致同类，来者盈门。豪富子女以金银为大钗，执以叩鼓，叩竟，留遗主人也。"金属的使用在壮族社会中留下了深刻的印记，并被制作成特殊的巫术道具，其中以铜铃的历史最为悠久。

最早的越巫信仰及其行为体系在壮族社会得到了延续和继承，与壮族社会的信仰发展亦一脉相承，越巫的鬼神体系是壮族今日民间宗教信仰的源头，"麽"是壮族神巫文化的产物。布麽是越巫的近现代传承者之一，如今在壮族民间依然活跃。他们是布洛陀经诗的演唱者、整理者、加工者和保存者，是经诗顽强生命力的见证人。

壮族早期的巫信仰曾与社会政权高度关联，祭师、巫师往往同时是氏族部落首领、特殊的组织者，在有宗教信仰的社会中，掌握了神的语言的人往往也是社会思想和实权的控制者。郑超雄把壮族早期的文明史分为古国和方国阶段，认为在早期的古国和方国政权中"巫"常占据了重要的地位，并多与王权相结合。在古国时代，"一些组织筹备者便成为不事生产劳动的宗教专职人员。其中权威性高者又成为政教合一的首领"。② 到

---

① 郑超雄：《壮族文明起源研究》，南宁：广西人民出版社2005年版，第200页。
② 同上书，第130页。

了方国时代,"君王是最大的巫王,即在人性方面他是人王,在神性方面他是巫王,不管是人格还是神格他都是王"。① 如宋代《岭外代答》② 中曾记载僚人首领"郎火"以 12 个土杯中的水预测来年旱情的行为,可见,古代壮族先民部落酋长兼有祭师、巫师的职责。这种社会组织制度体现在布洛陀神话中,则以布洛陀本人在神性(布麽祖师爷)与首领(壮族始祖)两个身份的高度重合得到说明。正如郑超雄所言:"在壮族《布洛陀经诗》中,麽公(即布麽,笔者注)们只有请布洛陀神到场之后,才能开场念经,布洛陀是个贯通天地的神话人物,人世间所有矛盾,只要请教布洛陀,就能找到解决的办法,他既是壮族创世始祖又是最大的巫师。"③ 关于布洛陀身份与形象的讨论将在后文展开,在此不复赘述。今日壮族社会中政、教分离的现状是社会发展及行业分工的结果。当人们进行社会各类生产生活活动时不再需要依赖巫术的光环,巫术则更注重人们精神层面的单纯需求。这种分工最终造就了今日壮族麽教以民间信仰传承、民间法事活动为主的局面。

田阳布麽 NYS(左一,1980 年生)与助手在做"麽百宿"仪式

---

① 郑超雄:《壮族文明起源研究》,南宁:广西人民出版社 2005 年版,第 130、201 页。
② 宋·周去非:《岭外代答校注》,杨武泉校注,北京:中华书局 1999 年版,第 416 页。
③ 郑超雄:《壮族文明起源研究》,南宁:广西人民出版社 2005 年版,第 201 页。

在壮族历史上，祭师、巫师（布麽的前身）和歌手的历史地位、社会作用都不尽相同。前者偏重于民众的信仰需求与秩序维护，活动范围多为各种仪式场所；后者偏重于民众精神娱乐与审美体验，活动范围多为歌节歌圩和节庆。然而在现实生活中，两者的身份却发生了重合和交错。祭师、巫师作为巫术活动的主角，是宗教经诗的继承者和演唱者。同时，在壮族民间婚嫁活动及各种歌圩中，他们又可能成为娱乐活动的主角，以歌手身份来传播民族的文化艺术。在民间，宗教活动和歌手娱乐性质的演出也多交叉出现，布麽在某些祭祀仪式上唱诵完布洛陀经诗后，又和民间歌手、前来祭祀的广大群众一起参加歌圩活动。于是，宗教活动连着娱乐活动，神圣的娱神色彩与对歌的娱人作用也往往互相渗透，使活动既充满了宗教的神秘意味，又融入了壮人生活的乐趣。布麽 HDJ 在主持完祭祖仪式后，也会投入山花烂漫般的歌海中，用歌声尽情地表达自己的情感和生活，无疑又扮起了歌手的角色。云南文山州的布麽 ZTH，喜欢唱山歌，还组织当地爱唱歌的民间歌手录制壮族民歌对唱的视频。他不但在文山唱歌，还到越南侬族地区对唱民歌，加强了跨境同胞的彼此交流。无论是布麽还是歌手，对韵文体的熟练运用与对民间各类曲调的掌握都成为他们角色互换的基础。

3. 布麽的身份和地位

学界对布麽身份的认知与界定经历了一个不断发展的过程。20 世纪 80 年代的壮族历史文化调查资料中曾记录，当时百色县两琶乡"解放前，每屯至少有四至五个魔公（即布麽，笔者注）"。[①] 但由于种种原因，当时学界对壮族地区三种主要的民间宗教神职人员布麽、道公和师公尚未区分清晰，常存在将三者混为一谈的情形，既有"道公和巫公（布麽，笔者注）演唱《布洛陀》"[②] 的看法，也有"师公演唱布洛陀经诗"的看法[③]。经过了几十年的研究与理辨之后，学界对"布麽"的称呼与身份达成了

[①] 广西壮族自治区编辑组：《广西壮族社会历史调查资料·第二册》，南宁：广西民族出版社 1985 年版，第 265 页。

[②] 周作秋：《论壮族的创世史诗〈布洛陀〉》，《广西师范大学学报》（哲学社会科学版）1984 年第 4 期。

[③] 丘振声：《〈布洛陀〉与图腾崇拜》，《民族艺术》1995 年第 2 期。

较为一致的观点。学者们普遍认为布麽（有时兼有道公身份）是壮族原生型宗教麽教的神职人员，他们是布洛陀经诗（麽经）的吟诵者，使用方块壮字抄本传承了大量的布洛陀史诗。

布麽奉布洛陀为主神，并由此为麽教和自身正名。他们从事法事活动吟唱经诗时，一开始就请出布洛陀，或说巫教为布洛陀所创，或述自己的法术学自布洛陀，是他的正宗传人。有的经诗文本里说布洛陀是世上第一个孤儿，他教后世的孤儿做麽、作法事，这些孤儿就是他的接班人。只有请出布洛陀降临神位，进行护佑，才能达成法事目的。①《麽请布洛陀》说："这家乱如麻，请祖公（布洛陀，笔者注）来一起理顺，这家乱如箩，请祖公来一起梳理，这家又出事，让祖公一起来扶持，今晚多亏祖公帮盘算"，"我在小神位站立，祖公在大神位站立，我在对面前面，祖公在角落后面，漏掉一些句子祖公代讲，少了一些句子祖公补充，漏掉一些句子别责怪。"② 布麽是布洛陀的代言人，他们具有沟通人与神鬼的特殊本领，披上了神秘的面纱，受到人们的尊崇。成为布麽的人经常被说成是受"神启"或冥冥之中受到某股力量推动。如田阳县布麽 HDJ，祖上七代均为布麽。他曾是建筑公司的经理，虽然自小耳濡目染会唱诵麽教的各类经诗，但他起初并没有打算"做麽"。后来，他经常感觉脖子疼痛，经过亲人劝说才最终接过了父辈的担子，成为一位"正式上岗"的布麽。成为布麽后，他的脖子不再疼痛。在他以及周边的人看来，做麽使脖子不再疼痛是个非常合理的解释。③

虽然受人尊重，地位也较特殊，但布麽也受诸多教规限制。比如，有人来请去做麽，布麽一般不能拒绝主家的邀请，也不能主动提报酬方面的要求。主家会根据自己的经济条件来给红包。故做麽得到的红包有大有小，布麽也不得有怨言。笔者采访的布麽都认为做麽是自己在当地的职责，赚钱倒是其次。从客观上来说，做麽常得钱与物，能改善家庭生活条件，故亦能吸引学徒。各地布麽还有一些较为相似的禁忌，比如不能吃牛肉、狗

---

① 张声震主编：《壮族麽经布洛陀影印译注·第三卷》，南宁：广西民族出版社 2004 年版，第 819—832 页。

② 张声震主编：《壮族麽经布洛陀影印译注·第一卷》，南宁：广西民族出版社 2004 年版，第 14—16 页。

③ 2006 年 1 月 13 日，笔者与广西田阳县布麽 HDJ 访谈，依其所述记录。

肉，或在仪式前不能与妻子同房等，受道教影响较深。

　　布麽在民间主要起到了"精神导师"的作用，是信仰领域的特殊阶层，带着神秘的光环。但从近现代的民间资料来看，布麽与政界往来较少，没有享受到政治上的特殊优待，往往是社会普通的劳动生产者。他们作为沟通人神的中介人物，平时却和普通民众一样、下地干活、娶妻生子。只有做麽的时候，他们才带上法器、披上神衣，吟唱布洛陀经诗等祭词作为通神途径，以期达到麽事活动的目的。如前所述，壮族先民历史上经历了政教分离的阶段，这导致布麽不再属于社会的统治阶层。壮族社会中这种政教分离的现状，也与中原汉文化介入有着一定的关系。统治者以中原儒家"不事鬼神"的思想巩固上层统治，逐渐削弱了壮族传统的信仰体系势力。麽信仰只能以民间活动为主要传承方式，与政权保持了"各司其职"、互不干涉的态度，注重于壮族人精神层面的需求。

　　在多次文化运动以及现代文化的冲击与洗礼之前，麽教在壮族民间的活动更为频繁，布麽的影响力也更大。据梁庭望先生回忆，他小时候（新中国成立前）村子里（广西马山县）请布麽做法事的行为十分频繁。隔三岔五，遇到天灾人祸，民众就会延请布麽为其消灾解难。大家对布麽尊敬有加，相信其仪式的效用，布麽收益颇丰，社会地位高。在有些地方，主家要通过民间女巫占卜，才能确定是否要去请布麽以及请哪位布麽做什么仪式，这才能准备礼物前往布麽家约请。布麽算好吉日后按约前往。民间俗语又有所谓"布麽佐（coih）布禁"，意思是巫婆（布禁）也要借助女巫的力量。这又增添了布麽的神秘感，提升了布麽的尊贵地位。

　　尽管其法事活动减少，受众面缩小，但从其现存仪式的隆重和庄严程度、参与者对仪式的态度等多方面考察，布麽的法事仍具有特殊的神圣性及被民间认可的真实有效性，布麽的存在也就有其必要性。至今在广西百色市田阳县仍有一定数量的布麽在活动。据玉凤乡巴庙屯布麽 LHC（男，1947 年生）统计，玉凤乡的华彰村、玉凤村、巴庙村、能带村约有 25 个布麽，他们能够吟唱布洛陀经诗、从事赎魂和消灾去难等仪式。其中，玉凤镇华彰村有 11 个布麽，每个屯有一至四个不等。在玉凤镇华彰村巴令屯的 LHR（男，1934 年生）老人家，我们曾采访了他和 LHL（男，1938 年生）、LHC 以及巴桃屯的 LEZ（男，1942 年生）四位布麽。他们展示了做麽和道的各种法器，其中，做麽时只使用一个直径十厘米左右的小铜锣，做道场时则用到鼓、锣、钹、铙等。LHR 收藏的布洛陀经诗手抄本是他根据记忆重新抄写的，旧的手抄本都已遗失，新的抄本内容涉及布洛陀创世、造万物等。田阳县的布麽传承又有其地方特色。布麽拥有的布洛陀经诗抄本必须是家族世系传承，往往传给长子。但布麽本身又不能做儿子的师傅。布麽的下一代要成为布麽得拜另外的布麽为师学艺，如田阳县布麽 HDJ 并非子从父学，而是另外拜师。他抄有师傅《改帮通义》经书一本，又从父亲手里继承下《字麽测灶君祖宗》等经书。玉凤镇的 LHR 五代家传布麽，传承方式亦是如此。LHR 的长子 LYB 曾任田阳县博物馆馆长，他虽然以长子身份继承了父亲的布洛陀经诗手抄本，但并没有打算继承父业，因此，罗家的布麽世系有可能从他这里断裂。田阳县个强屯的 NYS（男，1980 年生）师从祖父学习做麽，他的父亲 NJQ（1952 年生）则是退休之后才开始做麽，拜的是屯外的师傅。从这些例子可以看出，壮族布麽的传承有着较为严格的规定，既强调世系，亦强调博采众长。

4. 麽教与道公教、师公教的区别

壮族麽教受到汉族道教的影响较大。在东汉末年道教已传入广西，故其被壮族先民接受的时间也较早。隋唐期间，道教传播集中在桂东南地区。宋朝时候，道教在桂西北及左、右江流域逐步被当地民众接纳，日趋兴盛。明代以后，道教的影响日益扩大，与麽教有平分秋色之趋。在传入期间，道教与"信鬼神、好淫祀"的壮族早期宗教不断融合，在壮族地区形成了文道和武道两种具有壮族特色的道教——道公教和师公教。①

道公教又称文道，是道教茅山宗受壮族原生型宗教（麽教）影响而形成的壮族化的道教派别。道公教神职人员在壮语中被称为"布道"（Boux Dauh）或"公道"（Goeng Dauh），即汉语的"道公"，道公由受戒后的青壮年男子担任，均为半职业性的农民。"道公班"（俗称"坛"）是相对稳定的宗教组织，一般有 8 到 12 人不等，道首俗称"掌鬼头道师"，其他人则称为道公。道公作法事活动叫作"开道场"，主要有超度亡灵、安龙祭社、丰收酬神和驱病除鬼等活动。道公的经书有《太平经》

---

① 《壮族百科辞典》编纂委员会编：《壮族百科辞典》，南宁：广西人民出版社 1993 年版，第 349—350 页，"麽公"条。

《灵宝经》《三皇经》《阴符经》《太上感应篇》等，皆为壮族民间抄本，与正统的道经有一定的差距。经文中夹杂了不少用方块壮字抄写的民间歌谣，如孝悌歌、道德歌、恩义歌等，也有一些佛教内容。其开道场时所挂的神图及所请之神除了道教神太上老君、三清、玉皇大帝外，还有佛教的如来佛、观音，以及壮族的本土神祇莫一大王、岑大将军等。①

师公教又称"武道"，据师公们所述，他们属于道教的梅山教派，信仰祖师三元真君唐、葛、周三氏等，在教规教律与法术使用上也多承袭道教传统。广西各地流行的师公教派又有着较大的差异，②例如，师公教都信奉的36神，从桂林始经桂中到桂西，其中的汉族神祇逐渐减少，壮族神祇逐渐增加；经文也由汉文抄本变为方块壮字抄本，主要演唱《十二兄弟》《白马姑娘》《唱秀英》等。因此，师公教是壮化程度较深的道教。师公教不但大量吸收道教的法事仪式，也兼收佛教的上刀山、过火链等法事技巧。杨树喆认为，民间师公教"渊源于壮族先民的'越巫'（亦即sae）信仰，但在漫长的历史发展中，它不同程度地吸收和整合了中原汉族古巫傩、道教、佛教等外来宗教文化因素以及儒家的孝道观念，从而使它逐渐从自发宗教形态向人为宗教形态的方向发展"③。

学者曾对麽教和道教、师公教之间的关系做过大量的探讨，梁庭望先生指出，道教"其法事与巫教（即麽教，笔者注）……经典不同，程序不同。二者在大型法事活动时往往同时进行，各依其轨，互不干扰"。④时国轻则说，"一方面，道教等汉族宗教文化的南传提升了壮族原始宗教文化的层次，促成了麽教这一壮族原生性民族民间宗教的形成；另一方面，作为麽教主体的壮族原始宗教和（形成中、形成后的）麽教接引了南传的道教，从而促生了壮化道教———师公教和道公教。"（2006）在笔者与NJQ、ZSC、HDJ（男，1941年生）、LWG（男，1930年生）等布麽及其助手访谈中，他们都介绍了布麽和道公同时进行法事活动的情况，

---

① 《壮族百科辞典》编纂委员会编：《壮族百科辞典》，南宁：广西人民出版社1993年版，第349—350页，"魔公"条。
② 张声震主编：《布洛陀经诗译注》，南宁：广西人民出版社1991年版，第20页。
③ 杨树喆：《师公·仪式·信仰——壮族民间师公教研究》，南宁：广西人民出版社2007年版，第174页。
④ 梁庭望：《壮族文化概论》，南宁：广西教育出版社2000年版，第464页。

如扫寨仪式。麽、道二者并存的情况在壮乡较为常见。在广西田阳民间有"布道佐（coih）布麽"的说法，佐的壮语意思是"感谢、借助、依赖"等，整句话是说道公需要布麽一起合作来完成仪式活动。①

从已有的调查来看，壮族民间布麽与道公的合作较为广泛。在大型仪式中二者同时出现的现象十分普遍。在小型仪式上，布麽单独主持并完成的现象更多。在民间，民众对于麽、道的区分还是较为清晰的。壮族民众一般认为，用壮语吟唱、有方块壮字手抄本的为"麽"，使用的伴奏乐器往往只有一两种。笔者在跟随 ZTH 老人进行仪式调查的时候，曾向仪式参与者问询该仪式为"做麽"还是"做道"，得到的都是"做麽"的肯定回答，他们区分麽、道的标准和笔者所述基本一致。

如今，很多布麽同时也是道公，他们或先学做麽，有一定积累之后才升格做道；有的则先学道，随着经历的增加也学会了做麽。因此，在同一个人身上，布麽的身份很容易被道公的身份所掩盖。有部分只做麽而不做道的布麽，他的神灵信仰体系、法事活动与经文等也不同程度地受到道教思想的影响。据笔者调查，兼做麽和道的神职人员，一年所从事的道教仪式活动远远比做麽的频率高。NJQ 老人认为，这种现象是由于做道多以预防、祈愿为主，而做麽多是有灾难之后，如出现意外死亡、兄弟相争、难产等情况，才去解决、化解各类冤怪，所以请去做道的时候就更多。② 巴马布麽 HYD（男，1935 年生）则告诉笔者，他平日做道多消除小孩夜间啼哭、解决命相不好等；而吟诵布洛陀经诗的"安祖魂"（Raeuj Fangz Ranz）麽仪式，多在丰收后由家庭或家族一起举办，需准备牛、猪、鸡等祭品，耗资大，故这几年已没有人请他去做。③ 在笔者看来，道教活动的兴盛与麽教活动的急剧衰退，既是民间需求选择的结果，亦有强势文化对弱势文化潜移默化的影响。作为壮族民间知识分子，布麽引入和选择更多的道教仪式，既有兼收并蓄的良好心态，也有对汉文化的认同心理。

---

① 2006 年 11 月 15 日，笔者在田阳县采访布麽 LWG 时依其所述记录。
② 2015 年 11 月 12 日，笔者在田阳县采访布麽 NJQ 时依其所述记录。
③ 2015 年 9 月 5 日，笔者在巴马县采访布麽 HYD 时依其所述记录。

三 麽仪式与布洛陀经诗

壮族麽教对布洛陀神话的保存起到了关键作用。因麽教经文中奉布洛陀为主神，故其经诗又被学界称为"布洛陀经诗"。使用"经诗"一词，突出的是其作为麽教经文的性质。布洛陀经诗经过世代布麽的整理与加工，出现了较为固定的方块壮字韵文手抄本。布麽在各类麽仪式上吟诵和展示布洛陀经诗抄本，以展示自己的学识和权威。布麽吟诵布洛陀经诗的麽教仪式活动主要可分为以下两类。

1. 大型仪式

壮族民间大型仪式中布麽所吟唱的布洛陀经诗整合了丰富的布洛陀神话内容。这些仪式以区域性的群体发起，如红水河中上游地区的祭祖、右江流域的扫寨、广西田阳敢壮山的"春祭布洛陀"、玉凤镇祭祀布洛陀岩石画像以及云南文山村寨祭祀布洛陀树等仪式活动。

红水河中、上游的广西巴马、大化、东兰和天峨等县的布麽，多持有命名如《占杀牛祭祖宗唱》《占杀牛祭祖宗》[①]之类的布洛陀经诗抄本，其内容赞颂始祖布洛陀开创天地、创造万物、安排秩序及为民排忧解难等功绩，追忆族群的历史和先祖的功劳，说明杀牛祭祖宗仪式的来源，确证布洛陀的神圣和权威。"杀牛祭祖宗"仪式几十年前还很盛行，祭仪间隔一般为两到三年，时间一般都在除夕之夜或秋收之后。人口多的家庭可年年独自举行，人口少的地方则整个村寨或同姓宗族一起举办。仪式往往以请当地最有名望的布麽主持。2015年，本人多次与巴马县吉屯的布麽HYD访谈，他说每年秋收之后的"安祖宗"（Raeuj Fangz Ranz）是最隆重的布洛陀仪式，需要准备猪、牛、羊、鸡、鸭、鱼等大小三牲进行祭祀，一般仪式时间为三至七天。因为所需贡品的花费高，仪式多以家族为单位。而现在，由于举办仪式复杂、费用高，加上农村人员流动大，已基本没人来请布麽举办这类大型祭祀仪式。

---

① 张声震主编：《壮族麽经布洛陀影印译注·第六卷》，南宁：广西民族出版社2004年版，第1833页。

右江流域的"扫寨"（村祭）活动间隔为三到七年不等。布麽在仪式上也唱诵布洛陀经诗，内容侧重讲述天地起源、万物与社会的形成，教人们铭记布洛陀创造发明万物之恩，谨记布洛陀的教导及维持壮族社会的繁荣。在田阳一带，扫寨活动一般选在农历十月初十或春节期间举行，大祭（cax）历时七天。小祭一般历时三至五天。祭祀的原因主要有两种：一种是庆祝五谷丰登、生活富足，祈祷来年更比今年好；另一种是如果过去一年村里灾祸不断、六畜不兴、庄稼收成差，则需要清扫晦气，迎接新的一年。

巴马布麽 HYD 用于"安祖宗"仪式的麽经手抄本

2006 年 11 月 28—29 日，笔者参加了田阳县东江村的村祭仪式。适逢今年风调雨顺、粮食大丰收，村寨集体出资延请布麽 HDJ（男，1941 年生）和道公班子一起到村中扫寨，以祈求来年村寨的平安和好收成。整个仪式过程，道公班的人员唱颂道教经文《遣瘟疫科》等，HDJ 则负责进入每一户人家以清水、火焰"扫除晦气"。HR 在道公唱颂道教经文结束后唱诵布洛陀经诗，经诗的内容以布洛陀如何造天地、造万物为主。本人在 2006 年 1 月 18 日采访布麽 ZTY（男，1946 年生）时，他也回忆了以前参与扫寨活动的情形：扫寨时，道公以团队形式行动，既要诵经，又要在村中各户驱邪，踩花灯，放河灯和小船引走邪祟；布麽多以个人为主，另设神坛，诵布洛陀经诗来陈述布洛陀的神奇伟大，描绘他如何创造世界的万物，教人们学会驯养动物，教人们如何迈向文明。

广西田阳县在敢壮山上修复了供奉布洛陀神像的祖公祠与供奉姆洛甲神像的姆娘岩，每年在布洛陀生日期间定期举行祭祀。祭祀仪式从农历二月十九开始，先把祖公布洛陀和姆娘姆洛甲请来入座，从二月十九烧香供奉直到三月初七。到了农历三月初七那天，布麽还要主持祭祀仪式，燃香念诵经诗，恭请布洛陀等诸神降临，并举行民间开对山歌的仪式。活动到三月初九结束，历时20天。田阳方圆数十里各村屯的民众都前来祭祀及参加各类活动。仪式活动中，布麽会引导各地民众依次献上供品，普通民众上祭时诵唱"上祭歌"，民间女巫上祭时唱"十拜歌"等。这些祭词结合了布洛陀在田阳县不同地区造物的神话，表达了民众对布洛陀的感激与爱戴之情。如那贯屯上祭品时，唱词是这样的："从前祖公创建那贯屯/祖公祖婆首先造村/今天来朝拜祖公/今天有猪羊来祭祖公/有心给祖公吃……今天那贯屯供奉祖公/祖公发明厍水上坡田/旱田也可以种水稻/都是祖公祖婆他们发明"；如那务屯上供时是这么唱的："今天那务屯最早养猪/祖公祖婆来发明/今天来朝拜祖公/我们抬烧猪来祭祖公……"[1] 在田阳县玉凤镇亭怀屯，壮族人民恢复了在大年初四至初六祭祀布洛陀、姆洛甲岩石上天然画像的传统，并由当地布麽QAY（男，1952年生）念诵他抄写的布洛陀经诗的全部内容。该经诗除了讲述天地起源、万物形成的过程，还讲述汉王与祖王斗争、王曹故事等。

2012年年初，笔者曾到河池市天峨县纳洞村调查当地的蚂𧊅节习俗，布麽XBY（男，1941年生）老人家说，他在祭祀神树"者"[2] 的时候会请布洛陀来施神力相助，布麽就是布洛陀的代言人。在每年正月纳洞村集体祭祀神树的时候，他都要念诵布洛陀经诗，请布洛陀保佑全屯风调雨顺、五谷丰登、六畜兴旺。布麽XBY所念诵的布洛陀经诗主要是创世神话的内容。

云南省文山州的马关、广南、西畴、富宁等地区壮族民间至今也举行

---

[1] 黄达佳演唱、黄明标翻译整理：《布洛陀与敢壮山》（祭祀歌），南宁：广西民族出版社2005年版，第4页。

[2] 壮语者"cwx"本意为野生、原生、原始，指具有超强的神秘的能力，如大明山在壮语中被称为"bya cwx"。又或为"社"（cwx）之本地发音。壮族地区常以树代表神灵，故"者"引申指象征着原始神秘力量或社神的神树。

有不少祭祀布洛陀的集体活动。如马关县仁和镇阿峨新寨东南面有布洛陀山，山顶上有四棵古椎栗树，其中有一颗树干胸径超过一米、树高约20米的栗树被称为"美洛陀"，即布洛陀神树，当地村民每年都要到山上举行祭祀神树的活动。届时布麽还要看鸡卜卦，以确定来年村寨的命运、收成好坏等。① 文山广南那洒镇贵马村的布麽LZG说，他们在每年农历三月的属龙日祭祀当地布洛陀树，又称为"龙树"②，以祈求风调雨顺、五谷丰登。祭祀仪式上所唱的布洛陀经诗，分别讲述了天地起源、种子的起源、水的出现、坡的出现、箱子中动物和人类的出现、性别的出现。

2. 以个体或小家庭为主的小型仪式

一个布麽能吟诵的布洛陀经诗内容往往分为若干章节，这些章节互相关联，又独立成篇。在小型仪式上，布麽可根据不同的需要选取相关篇章来念诵。这些仪式包括为长者补粮、为幼童招生魂、为逝者赎亡魂、为新房安龙、招谷魂、赎牛魂、祭灶等，篇章内容因仪式而各异。如祈求布洛陀护佑耕牛或牛突然生病时，布麽就会选择"赎牛魂"的篇章来演述，赎回牛魂内容叙述的多是布洛陀造牛的生动过程。

2006年11月14日，笔者采访了田阳县坡洪镇的LWG老人家。他虽然不是布麽，但曾向布麽学习过如何做法事。他叙述了布麽在坡洪镇天安村里举行"赎牛魂"仪式的过程：三年前的农历四月初八（壮族的牛魂节），天安村里有牛的家庭集体出资，延请布麽作法事保佑耕牛平安健康、不生病遭瘟。仪式当日，布麽选一处牛棚，设香案，唱布洛陀经诗中的"赎牛魂"篇章，并不时将牛绳放到香火上缭绕，将牛魂牵回。仪式结束时，布麽用新鲜的柚子叶蘸清水，象征性地为每家的牛棚除秽、给耕牛喂食。仪式之后，还要用白纸剪出与参与仪式户数相等的小纸人，纸人上写下各家户主的名字，放入大的簸箕。布麽再用红纸剪一只牛，放入簸箕，用搅动内的纸人和纸牛，直到有一个纸人和纸牛粘上纸幡。据老先生解释，纸牛代表了布洛陀的牛，粘上纸幡的纸人写

---

① 王明富：《云南省马关县阿峨新寨祭布洛陀神树调查》，《文山师范高等专科学校学报》2004年第1期。

② 龙树的"龙"，音译自壮语的"ndong"，即"森林"之意，也常被写作"竜"。

着哪户人家的名字，代表了布洛陀选择了哪户人家，将牛送给了他们，这也暗示着今年内这户人家的耕牛必定最健康、繁殖最好、耕田更多。被选中的人家高兴万分，另外举行庆祝活动，摆宴席延请布麽、亲朋好友到家中聚餐。被选中的这户人家，他的纸牛、纸人都要放到祖宗牌位旁边一起供奉。

布洛陀经诗"赎谷魂"篇在与水稻有关的各种仪式之中吟诵。如谷魂失散时，水稻"有穗没有粒/畲地谷花死/水稻含苞死/稻田里断穗"，只有按布洛陀、麽渌甲的指示，"你去搭神龛/你去安神龛赎魂/接谷魂就回/接秧魂就成"，才能"畲地谷又生长/水田稻谷又饱满/王又有余粮/王又剩粮食/吃鱼不吃头/吃米不看米桶"①，五谷丰登，衣食无忧。《赎稻谷魂麽经》②抄本曾提及"神农三仓谷法"，即"糯米在脑，粳米在两奶，黏米在女阴"的说法，以女体模拟谷魂，将带有鲜明女性特征的部位视为谷魂之居所，认为"收魂是新夫（妇）相见，神农子是杂粮，神农孙是棉花芝麻也"。"收魂禾合回家入库法"中，收谷魂时以三碗白米祷祝，想象其为女人生产血落田里，将其收回家中，为"收回田地土稼"。"神（农）三栏粪（身）法"即将盛乳水、盐碟、酒肉之竹篮，想象为身上之上、中、下丹田，到下丹田处取魂。取魂时，将三根谷穗、两个竹篮挂在祭亭两边，即"为两奶养田禾"，仪式结束后取下其中一篮和龟符一起挂进仓楼，即"拿收稻魂入库"。从其过程可以观察到，布麽"收谷魂"的仪式其根源来自交感巫术，通过意念性的原始类比思维以及神圣的演绎和表述，将谷魂收回，达到丰收增产的目的。

田阳县琴华乡的老布麽 ZSC 先生，为亡者"赎魂"时要唱诵其手抄本经文《麽汉皇》，抄本讲述了汉王与祖王两兄弟相争之事，最后汉王上天统治天界，掌管人的亡魂，故此要在赎魂时候唱诵此经文，向汉王、布洛陀祷告，请亡灵归宗。有的地方只有在为意外死亡之人"赎魂"时才唱诵有关汉王与祖王的经诗内容。布麽的助手 LWG 曾叙述了 2006 年布麽

---

① 张声震主编：《壮族麽经布洛陀影印译注·第一卷》，南宁：广西民族出版社 2004 年版，第 276—277 页。

② 张声震主编：《壮族麽经布洛陀影印译注·第四卷》，南宁：广西民族出版社 2004 年版，第 1386 页。

为车祸逝者"解凶死"做法事的过程。当时逝者的尸体被停放在村口之外,不能抬进村里。逝者亲属为其搭棚守灵,请布麽来禳除导致车祸的冤怪,为逝者送葬。布麽来了之后,焚香请布洛陀护佑法事,唱"麽汉王与祖王"的经诗篇章。唱完之后,在逝者家中举行"割断冤藤"的小仪式。"割断冤藤"即表示要切断导致逝者死亡的冤怪,让它不要缠上家里的其他人,引发更多惨剧。布麽从家里火塘将藤条铺至屋外某处,用小刀将藤条砍断为约一寸长的若干小段,口中念念有词:"鬼怪断去!鬼怪断去!"之后,亲属还要"过火海"。布麽让人在逝者停尸之处挖好一条浅沟,将燃烧的木炭放入其中,这就是"火海"了。布麽带领逝者的亲属穿过火海,男性亲属将之前砍断的藤条都丢进火里。同时,还要准备一条小狗,走过火海后将狗头一刀砍下。狗头要拿到离村寨很远的地方去埋好,盖上簸箕,插上木剑以示镇压、埋葬邪秽之物。之后,才能择地将逝者埋葬。① 在壮族民间,遇到此类不吉之事必做此类法事,否则,殇死者的家属总会心有余悸,惴惴不安。日后遇到其他不顺利的事或者殇亡事件,必定会将之归结到"未作法事"这个原因上来。

　　有的布麽在每年腊月二十八的夜晚供奉布洛陀和祖师爷,祈求他们保佑自己法事成功,年年顺利。而在这一年遇上灾难或不顺之事的家庭也会请布麽在家中祭祀布洛陀,祈求他消灾去难,带来福气。

　　在特定目的的仪式上也有相应内容的麽经可以使用。如修复兄弟关系吟诵讲述"汉王和祖王"兄弟相争的经诗;解决婆媳闹矛盾就唱"解婆媳冤";赎救因难产而死的妇女之魂或解妇女难产命运的仪式就选择吟诵"麽血塘"等。这些仪式多以"禳灾祈福"为目的,通过念诵经文解除灾祸并迎接新瑞。

　　红水河流域的广西河池市天峨县纳洞村仍有布麽活动的身影。布麽XBY老人说,除了春季祭祀神树仪式中祈请布洛陀外,平时多是在赎魂仪式上请布洛陀现身帮助。当某些人因故失魂落魄之时,就要请布洛陀来指点布麽找回其魂魄,据老人家说每次都颇为奏效。此外,还有节庆上为牛、马等六畜以及稻谷赎魂等仪式,也要请来布洛陀,以祈求平安和

---

① 笔者于 2006 年 11 月 14 日搜集整理。

丰收。①

云南壮族侬人支系《摩荷泰》也是超度亡灵的麼经，叙述布洛陀创造万物、送亡灵等内容。如其中的《杀牲篇》说，为挽救逝者垂危的生命，人们大量杀牲，布麼为逝者叫魂，并祭家鬼、鳄鬼、凤鬼、社鬼、庙鬼等。②但无奈的是，人还是离开了人世。人死了以后，子女要请布麼来为亡灵超度，送走他的灵魂。如《请麼公》篇章中陈述："布麼的家在街上/大布麼住在寨子中间/布麼院子里满是碎铁/布麼大房里都是炭渣……马驮咱们布麼的书/船装着布麼的担子/带着布麼的金魂。"③笔者曾跟随麻栗坡的老布麼ZTH，亲历他所主持的赎魂仪式。仪式中最主要的环节就是念诵麼经《麼荷泰》。除了为亡者赎魂，文山州的布麼也在补粮、招生魂等仪式中请布洛陀保佑。据文山州广南县贵马村布麼介绍，原先村民外出打仗、远行时都要在布洛陀的树下打卦问吉凶，向布洛陀祈求护佑和胜利。如今，人们外出做生意、求学、走亲戚等，也会去向布洛陀祈求顺利。布洛陀甚至能"指点"破解盗窃案件。④

3. 布洛陀经诗与口传布洛陀神话的异同

布洛陀神话传承有韵文与散文两种形式，并有书写与口传传承两类途径，前者以布洛陀经诗为主，后者以口传布洛陀散体神话为主。布洛陀经诗又有"布洛陀史诗""布洛陀神话史诗"（段宝林，2006）之称。使用"史诗"一词，突出的是它对以创世内容为主的早期韵文叙事的传承，这是壮族民间口头传统的重要组成部分。从内容上看，布洛陀经诗以创世为主，兼有早期英雄史诗的篇章，还杂糅了许多与麼教教义相关的内容，故近年来学者倾向于把它定位为"复合型史诗"（朝戈金，2012）。布洛陀经诗以方块壮字写就，以五言为主，布洛陀神话内容在经诗中受到了一定程度的整编，与散体、口传的布洛陀神话在内容上有一定差异，被植入了更多的宗教色彩。

---

① 2012年春节期间李斯颖与XBY（1942年生，男）老人访谈。
② 何正廷主编：《壮族经诗译注》，昆明：云南人民出版社2004年版，第167页。
③ 同上书，第296—300页。
④ 2010年8月9日，笔者与LZG（男，1948年生）老人访谈。

布洛陀经诗与布洛陀散体（口传）神话在内容有交错，也有差异。由于布洛陀经诗与麽教神祇信仰体系密切相关，经诗中不但保存了关于布洛陀的神话内容，还添加了关于多位神祇的叙述，如关于汉王与祖王、王曹、水神图额、吝（童岗）等神与人的丰富活动，有的在民间口传叙事中并不常见。

布麽常奉汉王与祖王为麽教中的重要神祇，如前所述，在为逝者赎魂、消除兄弟相争等灾祸时布麽常吟诵"汉王与祖王"的篇章。该篇章说，汉王父亲娶来后母，后母带来祖王，从此，汉王被欺负受虐待。分家时，祖王抢要好塘好田，抢要大水牛；祖王处处抢好处、占好处，排挤汉王。两兄弟吵架，汉王拗不过祖王，两兄弟结冤仇。雷王、图额救汉王上天，让他跟雷王管天上。汉王让天大旱三年，四年不下雨，但祖王有泉水灌田；汉王派野猪和熊来掘水车咬禾苗，祖王养猎狗咬死野猪和熊；汉王放老鼠来咬禾根，放尖嘴鸟来叮谷穗，祖王用竹笼铁套来套鼠鸟；汉王放三百只蚜虫、七百只螟虫来啃禾穗，祖王用弓箭来射杀。汉王画鬼符妖惑祖王的儿子，放三股大水来淹，祖王用三十头猪、六十只鸡做祭祀敬鬼神化解。最后，汉王造七月太阳火辣辣，八月稻谷变灰黑，九月稻谷掉落地，造疾病源源不断，祖王杀完母猪母鸡祭神，妻儿病还是不好，去打野猪来祭、抓熊仔来杀也没用，这回祖王才知道跟兄弟结怨招致了灾祸，于是请乌鸦上天去喊，请鹞鹰上天去求，答应退还给汉王名分，退还塘田祖屋财产。最后，仙王放布洛陀下来化解兄弟冤家。①

"吝葬母""童岗葬母"等经文则多吟诵于母亲的葬礼之上，既教育后人要孝顺母亲，又解释了丧葬习俗的来源，说明人类如何开始孝敬父母、举办丧葬祭祀的种种仪规。"吝葬母"中说到，从前鸟死鸟吃毛，人死人吃肉。吝去山坡放牛，见母牛生仔不出，前滚后翻，吝回家告诉母亲。母亲说水牛生仔没什么，母亲生吝苦难多，牛仔头部尖，一下就生出，人仔头是圆，生三天四夜。吝记在心里，上山找坚树，攀崖找硬木，砍来做成三副棺，到母亲去世那天，吝抱母尸放入棺，葬下地

---

① 张声震主编：《壮族麽经布洛陀影印译注·第七卷》，南宁：广西民族出版社2004年版，第2492—2493页。

坑。众人得知吝母去世，就提着酸醋、带着簸箕涌进吝家想吃人肉。吝祷问布洛陀、麽渌甲，用水牛肉代替母亲肉给众人吃。众人抹嘴回去了，但有两个恶鬼还赖着不走。吝请教布洛陀，用大的公铜鼓和火红的铜鼓来敲打，饿鬼才逃跑。吝在为母守孝期间，头发乱不得梳，不得敲铜鼓，不得戴手镯耳环，不得喝酒吃肉，不得下地锄草，不得下田耕种。直到守孝期满，请布麽来举行脱孝仪式，烧掉孝巾、孝物，才恢复正常生活，样样才顺利。①

王曹则被认为是水神图额的孩子。广西百色市百兰乡那伏村的麽经抄本中记录了图额与世间女子的恋爱故事，并说明了要祭祀王曹的原因。故事梗概是这样的：

  当地有一对夫妇生有九女，先后"卖"（即嫁）出八女获重金。小女心灵手巧，父亲要强嫁她"吃银子"。小女不从，独自逃到野外哀叹怨命。她看见沟里的鲭鱼自由嬉戏而十分羡慕，很想要鱼儿做丈夫。那鲭鱼于是变成一个小伙子上岸，向小女要了定情物"七梳巾"，小女约他每天晚上爬上栏房来相会，后被父母发现。小伙子为此告辞：我是沟里的图额，海里的龙，我要回去了。小女说，我身上已怀有"额仔"，你要回海里也得嘱咐一些话。小伙子说，若生个男孩，就让他来做"大王曹"。我的弓箭留在烘篮碗柜上，就让儿子来承接吧。

  王曹出生后逐渐长大，因没有父亲，受外家歧视，遭人们欺凌。他与郎章去打猎，王曹先射死野兽，郎章却不分给他兽肉，骂他是无父的野仔，死了也无人来认。王曹把这事告诉母亲。母亲气愤地说：哪样的野兽没有皮？哪个孩子没有父亲？告诉他，你父亲就在泉边，你就拿父亲留下的弓箭到泉口去射便会相认。王曹遵嘱行事，射中父王的案台。父王认出是自己留给儿子的箭，便用手杖击水为他开路。父子终于相会。王曹向父亲诉说不幸遭遇，要父亲为之报仇。于是父王放出上万兵马，把象皮战旗授给王曹。开战不几天，王曹便掠得数

---

① 张声震主编：《壮族麽经布洛陀影印译注·第五卷》，南宁：广西民族出版社 2004 年版，第 1413 页。

十头牛马,连破州城杀死郎章。他还要杀外公外婆,人们劝告不能忘恩亏待外家,王曹才收兵往后撤退。

  官府传闻王曹杀伐勇猛,便下令调遣他去攻打外地官府。临行前,王曹照例杀鸡占鸡骨卜,占得个凶兆卦象,但王曹硬是要出征。母亲急忙劝告,卜得凶卦要多加小心,"下河别下到深处,打仗别往前面冲"。王曹说:"下河不下到深处,怎样抓得鱼来送酒?打仗不冲到前面,怎样割得人头来送官府?"接着在征途中,又出现了各种不祥之兆,王曹仍继续一路攻打州城。后来在与蛮人的恶战中,王曹突然拔不出刀,被蛮人砍杀在城墙脚下。王曹死后成了鬼府中的守水狱之王。那些遭刀枪杀害的亡魂都归他统管,他们又返来妖惑别的人,致使主家屡遭殃祸。经祷诵祈问,祖神布洛陀和麽渌甲才道明了个中的缘由。①

  经诗中布洛陀主要以麽教祖神的身份出现,他创造天地万物和人类的功绩也用于强化他在麽教中的地位。这是麽教改造布洛陀神话的必然结果。在开天辟地部分,布洛陀经诗不少版本都对神话进行了删减,有的仅在诗句中留下零碎的片断。文本开头往往以"三界三王置,四界四王造"高度凝练创世过程。以诗歌形式叙述创世过程,具体情节也只能多是跳跃和零散的,跨度比较大,缺乏连贯性,不像散体口传神话那样具有叙事的表面逻辑。如《麽请布洛陀》经文中是如此描述天地形成的:"造两只大蝶蜂,造两只蜢蜋,蝶蜂会啃树干,蜢蜋会啃枝茎,""咬三个月叽喳,咬七个月叽叽,石头才裂咔啦,像贝盖虚开,""破石头为两边,劈石头为两块,一块往上升,造成天装雷王,造成云相连,造成天和地,造成星星紧密,造成雷公怪样,一片往下落,造成下界装图额,图额造码头、造河沟,九头龙造泉水,感路王造道路。"② 这样的语句,保存了神话的主要内容,有时候省略了主语,有时候被迫忽略人物的个性特征。有时候为

---

 ① 张声震主编:《壮族麽经布洛陀影印译注·第四卷》,南宁:广西民族出版社2004年版,第1292—1293页。
 ② 张声震主编:《壮族麽经布洛陀影印译注·第一卷》,南宁:广西民族出版社2004年版,第20—22页。

了遣词造句的需要，经文将天地开辟与造物等情节交错叙述，影响了神话情节的表达。

从手抄本总体上来看，布洛陀经诗将布洛陀神话中造万物的内容进行了较有条理、有层次的编排，从造人、造火、寻水、造皇帝土司、造文字历书到寻稻谷、造牛、造猪、造鸡鸭鹅、造鱼等，虽然各个版本所造之物不尽相同，具体内容也存在差异，但经诗往往设立单独的章节来叙述这些内容，脉络较为分明。这些篇章表达了对生活生产各类物质灵魂的崇敬，通过叙述这些物质产生的经过，强调只有通过赎魂仪式才能使物质灵魂回归、重新兴盛。这样，麽教赎魂经文融会了布洛陀造万物的神话内容，以此来配合赎魂仪式的操作。如寻稻谷的神话内容在经诗中常常被命名为《赎谷魂》，布麽吟唱以寻稻谷神话内容为主的经文，收回失散的谷魂，从此主家五谷丰登。这种模式在造万物章节里十分普遍，是麽教利用和改造布洛陀神话的惯用之法。布洛陀造麽和禳解法规则的内容使麽教神职人员进一步提高本教及经书地位，使人心存敬畏。

布洛陀散体神话和布洛陀韵体经诗差别比较大的是关于布洛陀制定各种秩序等具体内容。如布洛陀散体口传神话偏向于叙述布洛陀对自然关系的安排，如为世间的动植物制定规则，以此解释各种自然现象。布洛陀规定了天地间花草树木、鸟兽鱼虫的行踪，给它们安名定姓，运用各种法则让世间万物和平共处、秩序井然。他规定，草木不能乱走动，禾苗的叶子不能长得太茂盛，不能光长叶不抽穗，叶子之间不许窃窃私语；猪不能生独仔；狗不能生六七个仔；女人不能在娘家生孩子；蛇不能横躺大路，也不能爬到人住的地方去；鸡鸭不能一次屙两个蛋；母鸡不能啼夜，也不能到别的鸡窝里孵蛋；鹅不能长猫毛；龙不能滚猪槽；老虎一胎只能生一个崽，不能到田里糟蹋禾苗；牛不能拱主人；狗不能坐板凳；鸡不能和鸭相配；黄牛不能和马相猥，也不能和水牛交欢；母牛一年只许发一次情；兔子可以四十天生一窝。由于布洛陀的一时疏忽，人类的交欢就没有时间的规定。布洛陀的这些规定，谁要是违反了，就要受到惩罚。神话里还有很多对这些规定的具体解释，比如老虎问一窝能生几个崽？布洛陀答："十个"。老虎回去，一路走一路数："一窝十个、十窝一百个……"黄猄从山崖上跳下来，老虎吓一跳，忘了数目，再去问布洛陀。布洛陀生气地回答："一窝一个。"从此老虎一窝生一个崽。它怨恨黄猄，见了就扑。①

布洛陀经诗主要表现了对家庭成员关系的调理、对社会伦理关系的维护。其叙述的主要模式是家庭关系不和而引来殃怪、招致祸害，唯有布麽进行禳解仪式，梳理关系、调解争斗，才能驱妖除怪，恢复良好家庭关系，以达家庭兴旺。此外，也有对人与神、人与自然界等关系的梳理。这些梳理的程序与前面的赎魂仪式一样，都和麽教紧密关联，配合布麽的活动仪式而进行。经诗中制定秩序的神话内容相对少一些，而是主要通过诗句来歌颂布洛陀身为麽教主神扶困济难、好善乐施，缺乏完整的情节。如经诗中唱道："哪个人家缺儿缺孙，请祖公（布洛陀）来到就有，哪个人家缺银缺钱，请祖公来便有余，哪个人家有病有疾，请祖公到来就好，哪个人家出事出灾，请祖公到来便散。"② 然而散体神话中的布洛陀就像住在隔壁慈祥和蔼的老爷爷，只要有不懂之处，人们就会跑去向他请教，请他帮助解决。布洛陀常常运用他的智慧帮助壮族先民，教给他们各种技能，而不是通过麽教的法力来取胜。

经诗中还有麽诵长寿等各类祝愿词，表达主家做麽的心愿和目的。如祈愿主家人长寿时，"三界内主人长寿，四界内主家长寿，长寿像长乌桦树的地方，长寿像长松树的山坡……长寿像梨树那样安稳，长寿像泉口的泥沙，长寿像水田边的常青树，长寿像山坳岩洞下的水潭……"③ 这些都是期望借麽教法力造福自身的仪式性祝愿词，在布洛陀口述散体神话中就没有出现。

作为麽教经典，经诗中还记录了大量描绘麽事仪式具体过程的唱词。如《九狼叭》这一部经诗中，就有《祝愿词》《敬三杯酒》《麽砍冤怪篇章》《用鸡送殃怪出门》《送衣筐入内房》等篇章，配合布麽为布洛陀敬献酒、主家子孙为祖先和长辈敬酒、布麽用刀砍断冤怪、献鸡、送衣筐到内房等程序，是麽教活动的内容，与布洛陀口述散体神话差别较大。

综上所述，布洛陀经诗既大幅度地保留、整合了布洛陀口述散体神

---

① 农冠品编注：《壮族神话集成》，南宁：广西民族出版社2007年版，第35—36页。
② 张声震主编：《布洛陀经诗译注》，南宁：广西人民出版社1991年版，第106页。
③ 同上书，第429—430页。

话，以韵体的形式出现，又附着了大量麽教活动的内容，呈现出浓厚的麽教色彩，成为布洛陀神话传播的新形式。祭师和巫师在演唱和记录布洛陀经诗等过程中为其整理加工做出了突出的贡献。布洛陀经诗从古朴、简短的短歌发展成为今日的鸿篇巨制，融进了他们祖祖辈辈的努力。可以想见，在经诗的产生和初级阶段，他们把片断的和零散的祭词、咒语、远古歌谣和神话等进行连接、合并，逐渐形成篇幅越来越长、越来越完整、越来越系统的经诗。今天我们看到的众多布洛陀经诗抄本，就是历代壮族祭师和巫师记录、整理和传承的结晶。他们的工作使经诗的语言更加纯熟，内容更系统、完整，包涵的社会内容更加广泛。关于神话与史诗孰先孰后的争论至今悬而未决，但无论如何，通过各种仪式上吟诵经诗，布洛陀作为麽教主神的地位得到了进一步确立。作为散体神话中一位"智慧出众的人"，他在经诗中的地位俨然更神圣，更为宗教化。在古代社会，布洛陀经诗既是壮族人民的百科全书，也是增强麽教在社会中权威的有效途径。人们往往在聆听布麽演唱经诗时获得了各种生产生活知识，以经诗叙述的仪规约束自己的行为。

布洛陀经诗使用方块壮字书写，使口耳相传的壮族先民智慧与思想穿越时空变得触手可及。方块壮字的出现，是高度熟悉壮族传统文化并掌握汉字的民族文化精英人物的特殊贡献，但由于方块壮字字形的多样与含义的晦涩，影响了壮族史诗的跨区域传播与交流。根据笔者的考察，仍以口耳相传方式活跃在民间的布洛陀经诗，其与手抄本一样，多在赎魂、解冤、丧葬等仪式场景下被吟诵，仪式有一、三、五、七天等长短不同，所吟诵的经诗长度却不会超过数千行。《壮族麽经布洛陀影印译注（第一至八卷）》（2003）中所收录的29个手抄本，虽然主题鲜明内容丰富，但诗行并没有形成突破性的大规模，如卷一中收录的三个抄本，分别有616诗行1232句、1040诗行2080句、756诗行1512句，没有发展为鸿篇巨制。在这种情形下，小范围内的经诗手抄本相同词句较多，而大区域内相同词句则较少，各地经诗内容有重合却难以进一步融会。在某处的大型仪式上，一部经诗要"三顺三逆"，即从头到尾念三遍，又从尾到头念三遍。①

---

① 张声震主编：《壮族麽经布洛陀影印译注·第一卷》，南宁：广西民族出版社2004年版，第39页。

这虽然体现了麽信仰中对经文的重视,但也可看出经诗已高度书面化,由于多种原因而难以突破创新。

四 其他形式的布洛陀神话传说

除了宗教化、体系化的布洛陀经诗,布洛陀神话还以口耳相传的方式在民间传承。壮族民间有大量的布洛陀散体神话讲述人,还有与布洛陀神话有关的古歌、山歌和传说演述人,等等。他们身份各异,有男有女,其从事的职业范围十分广泛,既有歌手、农民、小商贩、一般打工者、女巫等,也有一般行政事业单位里的工作人员、教师,等等。他们对布洛陀神话的传承起到了不同的推动作用。

在广西百色市田阳县能够讲述布洛陀神话的老人很多,LMJ就是其中一位慈祥的老奶奶。她生于1924年,从小就听过各种布洛陀神话。在这些年敢壮山布洛陀祭祀大典上,笔者能见到老人家的身影。她独特的民族服装和满脸慈祥的笑容每每让她成为相机下的主角。她祭祀布洛陀时候虔诚、严肃、恳切,相信是布洛陀保佑她长寿至今、身体硬朗、家庭幸福。笔者曾搜录过她讲述《布洛陀山》:

> 百东河边有一座山,叫作布洛陀山,那里风景很好,挨着水的山边有两块突出的大岩石,我们说它们是布洛陀和姆洛甲变的。逢年过节我们都要去祭祀它们,因为它们经常帮助搁浅的船只。以前,有一艘货船经过布洛陀山的水道峡口时,被冲到沙滩上,怎么推也推不出去。船上的人筋疲力尽,其中有个老人家就祈求布洛陀帮忙。后来他一个人轻轻松松就能拉动绳索,把船拉动了。大家都欢呼雀跃,感激布洛陀的神力相助。他们回家以后,就到布洛陀山的山脚祭祀布洛陀,以示谢恩。从此,大家要行船过峡口,都要给布洛陀烧香,以祈求平安。这个做法至今还灵验呢![1]

---

[1] 2006年11月17日搜集于田阳县田州镇,罗汉田翻译。

田阳县头塘村布洛陀山

田阳县志乐屯的道公 LZJ 老人也曾向笔者讲述有关布洛陀与当地风物相关的传说《布洛陀封锁山洞》，收录如下：

> 从前，往上数三四代人生活的那个时候，我们这里的布洛陀山下有个岩洞。布洛陀当时到处走，查看人心善恶。当他和姆洛甲看到岩洞下有歌圩时，他们就化身成两个老叫花子，披头散发，浑身污秽，到歌圩上请求人们帮他们抓虱子，以此试探人心好坏。人们都嘲笑、嫌弃他们，只有两个十一、二岁左右的男孩和女孩，心生怜悯，帮他们抓虱子。这时，突然电闪雷鸣，大雨倾盆，人们都跑到山洞中躲雨。而两位老人家不让孩子进去躲雨。当那些心地不善良的人都进到山洞里之后，就有两块石头滑落下来，把山洞口给堵住了。一开始，外面的人还可以给里面的人送吃的，到后来，石缝就完全长合拢了，里面的恶人都死了。①

田阳县玉凤镇亭怀屯的 QAY 老人也曾讲过当地关于布洛陀的神话：

---

① 2006 年 11 月 13 日搜集于田阳县志乐屯，罗汉田翻译。

亭怀屯是布洛陀造水牛的地方。他当时造了99头水牛，都没有角。他把它们关在村旁的一座山上。山上现在还有一个很大的水坑，那是以前牛生活的地方。九九重阳节的时候，布洛陀都杀牛给子孙们吃，但第二天，99头牛又完好无损，1头都不少。村里有个老太太，据说曾吃过这种无角的牛肉，寿命很长。有人又问过村里年纪很大的老人，她说她也曾见过这样的无角牛，所以很长寿。山上曾经还有过布洛陀的神庙，可惜没保存下来。

在亭怀，布洛陀除了造牛，还造出了马、猪、狗、鸡、羊等家禽家畜。他还造出一个仓库，仓库里都是金银。因此，这一带的山谷都有各种奇怪的名称，比如宰牛谷、养马田，都是因此而来。各种动物住在亭怀太拥挤啦，只能白天跑出去找东西吃，晚上才回来住。后来，子孙们就向布洛陀汇报，说亭怀太拥挤啦，怎么办？布洛陀就把马、猪、狗等动物放到其他地方去生活，所以这些地方也因这些动物而得名，比如，周边的那笔屯就是养鸭的地方，那鸡屯就是先养鸡的地方，等等。有一个地方据说还是布洛陀放金银的地方，所以现在开出金矿来了。

布洛陀把动物都安排出去住之后，这些动物越走越远，亭怀的地方就空旷旷的了。布洛陀于是说，这里空出来了，你们人类就来这里住吧！所以，"亭怀"后来又写成"停怀"，是因为人类到这里来定居。①

各地的布洛陀传说是当地人民在布洛陀信仰的基础上结合自己本土的风景、习俗进行创作的结果，它再现了各地壮族人民在构建地方知识体系的过程中对神话的运用以及对布洛陀的崇敬与热爱。在广西都安、大化一带有堵娘滩、东兰县雷公滩、大化县断犁滩、马山县鹰山狗岩滩、马山县卧牛滩和十五滩的传说，这都与布洛陀开山开辟红水河的神话有关。②

能够演唱布洛陀古歌的人，有民间自学成才的各类歌手、布麽，也有

---

① 2006年11月14日搜集于田阳县亭怀屯，罗汉田翻译。
② 农冠品编注：《壮族神话集成》，南宁：广西民族出版社2007年版，第35—36页。

民间替人问仙的各类女巫。民间歌手演唱古歌，多采用流行的民歌曲调，如田阳县有田州调、巴别调、古美调、唐皇调和师公调等。身兼布麽的歌手HDJ（男，1941年生）曾用唐皇调唱过这样一首歌颂布洛陀的《唱祖公》：

> 今天我们赶歌圩/来到布洛陀岩洞/大家来听我讲过去/从前有位布洛陀/老婆叫作母勒甲/他们在敢壮山结夫妻/从前我们叫壮人/那时居住在深山密林里/有一年天上电闪雷劈/雷劈森林起大火/大火烧到壮家园/我们逃出森林来躲身，这才看到天下非常宽广/站在地头望不到边/那时壮人住在这里/做人不懂得造房屋/做工累了靠卧在路边/夜晚就到山林里睡/……那时天下乱纷纷，天下人不知道该怎么办/就去敢壮山问布洛陀/就去敢壮山问母勒甲/祖公祖婆教导天下的儿子/祖公教儿孙们砍树/教我们起四根柱的房子/他见我们生吃东西/又教我们击石取火/火苗这烧出来/都是布洛陀造成火/从前用山石犁地/又要卵石来犁田/锄完田地下谷种/都是祖公出的主意/见老鼠吃剩下的谷种/见小鸟吃不完的谷穗/祖公就叫撒在田里/祖公就叫拿去种/四月拿种子去播/十月才收谷进家/把谷子完全收上来/米粒这才真正成粮/祖公又教我们养鸡鸭/又造黄牛水牛给我们/造猪造狗给我们壮人/又造用火炭炼生铁/又造用火来煮饭/到那时才懂得吃熟食/小孩吃熟食这才长高/老人吃熟食才没有病/姑娘吃熟食脸色红润/官人吃熟食脸色才白/祖公又教我们织渔网/教我们围溪来打鱼/祖婆又教我们种麻/用布用棉来包身/又教我们用火炭烤土块/烧了缸瓦烧碗碟/又教我们铸尖嘴犁头/又教制造十二齿耙/样样都是祖公制造/样样都是祖婆发明/祖公祖婆造出千千万万/感谢祖公祖婆造天下。①

男女青年在约会与婚嫁之时要先唱布洛陀古歌向祖先布洛陀致敬，以此展示自己恭敬有礼、才华渊博。如田阳县敢壮山歌圩上，男女青年唱情

---

① 黄达佳演唱、黄明标翻译整理：《布洛陀与敢壮山》（祭祀歌），南宁：广西民族出版社2005年版，第25—28页。

歌之前必须唱布洛陀创世古歌，其旋律和句法以田阳排歌（欢岸）为主。布洛陀创世古歌套路完整，既有单独自唱的叙述排歌，亦有男女对唱的问答之歌，其内容又包括了开头歌、敢壮山岩洞歌、造天地、造万物、造人歌、造火、造水、造稻谷、造牛、造鸡、造猪、造狗歌、首尾歌等。如开头歌《很敢斗郭欢》（上岩洞对歌）：

> 男：今天来对歌，歌原来有根，
> 歌本来有源，根他在何地，
> 歌根是短还是长，在近地还是在远方，
> 是哪个先造，成串山歌给后世，
> 山歌是哪个造成，造栽花结义，
> 造情人同婚娶，问妹你可知。
> 女：哥问这真好，歌有根有源，
> 歌根在岩洞，歌源在石崖，
> 赏花吹树叶，汇合成山歌，
> 一代传一代，天下歌不断，
> 白天去田峒坡地，唱歌浑身添力气，
> 唱歌能解心忧烦。
> 合：造栽花结义，造情人同婚娶，
> 布洛陀先造，姆渌甲先造，
> 造好一代传一代，山歌传唱到今天。
> 我们众兄弟姐妹，今天上岩洞对歌。①

壮族人婚嫁接亲时亦唱布洛陀古歌。如广西河池地区的壮族习俗，接亲时男方亲友八人、歌手四人左右到女方家。晚上八九点钟，男方接亲的人在女方家唱布洛陀造婚姻、风俗、夫妻、家庭、礼仪等古歌，由此找到神定天决的壮族婚嫁礼俗依据。唱过了布洛陀古歌并唱得好，才能以此证明男方家有文化、有教养，女方才能放心把女儿嫁过去。演唱古歌在婚俗中比较庄重，女方亲戚都会来听，有唱不明白、唱漏的，女

---

① 黄桂秋：《壮族麽文化研究》，北京：民族出版社2006年版，第124—125页。

方家都会随时指出。凌晨古歌演唱完毕，男女双方亲友才开始对歌，一直唱到天亮。男女青年对唱情歌，也唱布洛陀造礼仪、婚姻的由来，以此进行智慧较量，普及民族文化知识的精髓。在19世纪80年代，接亲时对演唱布洛陀古歌的水平要求很高，嫁女儿的人家都很讲究这一习俗，但由于会唱古歌的歌手越来越少，接亲变成了一件具有挑战性的难事。如果接亲的男方不会演唱布洛陀古歌，女方可以要求男方改日再来接亲。①

农忙之后人们也会在各种歌圩歌堂上演唱布洛陀古歌。几十年前，广西巴马一带的壮族人民在收完谷子后，便在家里摆歌堂，邀请村里村外的亲戚来家里唱一个晚上的歌。入夜之时，大家唱布洛陀造物歌，也会对起歌来，场面十分热闹。②

年过花甲的老人去世后，除了要请布麽在赎魂仪式上唱送亡的布洛陀经诗，还要请民间艺人来唱布洛陀古歌。年过花甲的老人辞世，按壮族的观点即是成仙归去，因此要用最古老的古歌——布洛陀古歌送亡灵。前半夜由男人来唱，后半夜由女人来唱，或者一晚上由男人来唱，另一晚由女人来唱，不能采用情歌对唱那种男女穿插演唱的形式。演唱古歌也有各类歌本为依据，但歌本也仅提供一个骨架而已，真正唱的内容由歌手自由发挥，因人而异，布洛陀古歌内容也不同。没超过60岁就去世的则不用唱古歌。③

壮族民间歌手为壮族布麽提供了强大的后备军。民间歌手往往熟悉布洛陀神话，会唱布洛陀古歌，这为他们成为布麽提供了良好的铺垫。有的歌手，家族长辈就是掌握经诗的老布麽、老歌手。他们从小耳濡目染，观摩布麽做麽、演述经诗，加上后天的不懈努力，再有师父的指点和教诲，最终能继承前辈的衣钵，成为享誉一方、演唱技巧高超的布麽。再以布麽HDJ为例，他从小就跟着父亲到处做麽、唱山歌。他家系七代布麽传承，来向他父亲拜师学艺的人络绎不绝，于是他经常帮父亲抄写麽教经文和山歌歌词。到16岁时，HDJ在当地已是小有名气的

---

① 2004年5月10日，刘亚虎先生向笔者复述他于2002年初采访覃承勤先生得到的信息。
② 同上。
③ 同上。

歌手。他时常出入各种歌唱场合与人对歌、赛歌，克服各种困难和挫折，潜心学习各地各种曲调的山歌，成为田阳一带闻名的歌王。他1997年又受戒成为布麽（道），法号为HXB，师傅是玉凤镇巴庙村的HDX。受戒之后他可以独立做各类麽仪式活动。其实他在成为布麽之前，对布洛陀经诗已经十分熟悉。他可以用唐皇调、山歌调、经书调及喃调等多种调子演唱布洛陀造万物的歌谣，每次演唱观者云集，听者如痴如醉。

民间女巫，壮语称为"雅禁"（Yah Gimq）、"乜摩"（Meh Moed）等，汉语称为"禁婆"或"师娘"。他们声称可神灵附身助人达成心愿，沟通阴阳两界，能卜吉凶、驱鬼治病。女巫多能说会道，善于察言观色、打听虚实，多是民歌高手。除了女巫，神汉也属于自称可神灵附体的萨满。当女巫的，或曾经得过什么病，昏迷当中说胡话，或精神分裂，得过癔症。当她病好了之后顺水推舟说鬼神附身，吃斋守仙数百天，便可行女巫之术。女巫做仪式通常不要经书，法事仪式简单。在田阳县也有这样一群女巫，她们在敢壮山祭祀布洛陀时唱祭拜之歌以及布洛陀古歌《唱祖公》等，均为自发之举。本人曾采访一位嫁到田州镇的女巫YXX（1951年生），来自田东县义圩乡溯旺村。她自称在祭祀布洛陀时，由于神灵附体而会唱布洛陀古歌，平时是不会唱的。她所唱的布洛陀古歌内容主要是布洛陀造万物，与布麽HDJ唱的《十拜歌》大同小异。HDJ平日里就与当地女巫交流较多，还教她们唱民歌，故当地女巫受HDJ的影响颇多。在此摘录HDJ演唱的《十拜歌》，以作参考：

　　一拜雷神管苍天
　　二拜布洛陀管人间
　　三拜水神管海河
　　四拜北极神星星亮
　　五拜管山土地公
　　六拜光寅神在坡坎下
　　七拜灶神在梯脚
　　八拜守城大将军
　　九拜门神保安宁

> 十拜天地给我成好人
> ……
> 三月初八到这里相见
> 来敢壮山步步都要走对
> 布洛陀造天地
> 定天下造土地做得顺利
> 样样是祖公祖婆创造
> ……①

  如今在民间，讲述布洛陀神话传说、演唱布洛陀古歌等活动不需要特定的场合和时间，对于语境、听众的要求不高。演述者兴致高或者周围氛围良好、环境合适的时候，都有可能讲述布洛陀神话传说、唱布洛陀古歌。但由于现代化娱乐项目的普及，听神话传说和古歌的年轻人数量急剧减少，布洛陀信仰急遽衰落，缺乏传播途径，这也是造成社会普遍不了解布洛陀神话及相关叙事存在的原因。

  无论是布麽，还是民间讲述布洛陀散体神话、唱布洛陀古歌的民众，他们都是传承布洛陀神话的有生力量。他们的行为给布洛陀神话的延续注入了活力，使布洛陀神话在仪式、节日、日常生活等各方面得到充分展示，被世代传承。讲述布洛陀神话、演唱布洛陀古歌的人，以壮族民众为主，也有和壮族一起生活的汉族等其他民族的人民。由于受教育程度的差异，他们对布洛陀的信仰程度不一，如壮族的女巫、当地农民等完全相信布洛陀的神力及其严肃性、真实性。而其他的讲述者，受多重文化的影响，情况不一而足。部分人对布洛陀信仰接触少，故而半信半疑，但仍然在讲述相关神话叙事，这又显示出传统文化的惯性和潜移默化。受过高等教育的知识分子，出于传承壮族文化、兴趣爱好等各种目的在讲述布洛陀神话传说、演唱布洛陀古歌。有的人虽然不信仰布洛陀，但在旅游宣传等情况下得知了布洛陀的相关神话，只是把布洛陀神话当作故事来讲述，以丰富生活、教育孩子，等等。这些情形下的布

---

① 黄明标翻译整理：《布洛陀与敢壮山》（祭祀歌），南宁：广西民族出版社2005年版，第14—18页。

洛陀神话演述，其神圣、真实的语境已经丢失，成为现代文明"移花接木"的新样本。尽管情况各异，我们依然不能否认各类演述行为对于传承布洛陀神话的积极意义。

文本篇

一 布洛陀神话母题解析与比较

布洛陀神话叙事有散体和韵体两种形式，包括了散体神话、韵文经诗和歌谣等。它们形成于不同的历史阶段，拥有不同的文化功能，面貌迥异，内容也有差别。这些叙事虽然异彩纷呈，但仍然因"布洛陀"这一特殊名称构成一个叙事传统，形成一系列叙事文本群。经过几十年多方努力搜集，目前大量相关资料已出版问世。本书以布洛陀口传神话、经诗内容为基础，概述并分析以布洛陀为主要叙事对象的7个主要神话母题。与此同时，布洛陀神话母题并非布洛陀叙事所独有，侗台语族其他民族也保留了丰富的同类母题，维持着独特的侗台语族群文化特色，在文中也一并进行介绍与比较。

1. 天地起源

（1）世界的"无"与混沌

布洛陀神话叙述了壮族先民对天地起源的看法。目前搜集到的口传神话与经诗手抄本显示，世界曾经处于一种"无"或者"混沌"的状态。田阳县布麽ZSC老人家曾说，世界再出现之前是一片混沌，什么也没有。① 文山的布麽ZTH老先生也认为，天地之初世界处于一种"无"的状态，"先无天无地，先无日无月，先无山无水……"②

广西巴马布麽ZCZ所使用的麽经手抄本《広兵叭用》里记载，古时

---

① 2006年1月10日广西田阳县琴华乡琴华村，笔者搜集。
② 2014年8月1日云南文山，笔者搜集。

候,"天未制什么,地未造什么,天未造樟树,地未造榕树,大门口未亮,王城柱未造,金银宝未造,天四角未开,众人不知数,那代未造天……"①

一则流传在云南文山一带的口传神话《布洛朵》也提及了世界曾经的混沌状态:②

在远古,天和地相连,光明黑暗不分,混混沌沌,昏昏沉沉。

另一则流传在广西河池、云南文山一带的《布洛陀和姆六甲》说:

从前天地没有分家的时候,先是在宇宙中旋转着一团大气……

广西东兰县的师公手抄本《姆洛甲》③里唱:

提起古时事,先唱姆洛甲。古时明暗浑一团,古时昼夜分不清;天不分上下,地不分高低;不分横与直,不分东与西……

神话通过强调世界曾经的"无"或"混沌"(气)的状态,引出天地起源的内容。著名神话学家约瑟夫·坎贝尔在《千面英雄》中概括了神话中宇宙的演化周期,"第一阶段就是在无形体的状态中突然出现形体"。④这种混沌状态不但被记录在壮族的神话之中,在汉族典籍中亦有记载。三国人徐整《三五历记》有云:"天地浑沌如鸡子,盘古生其中。万八千岁,天地开辟,阳清为天,阴浊为地,盘古在其中,一日九变。"壮族、汉族先民都保留了宇宙最初混沌状态的说法,该母题在不同族群中

---

① 张声震主编:《壮族麽经布洛陀影印译注·第一卷》,南宁:广西民族出版社2004年版,第225—226页。
② 农冠品编注:《壮族神话集成》,南宁:广西民族出版社2007年版,第40页。
③ 农冠品编注:《中国歌谣集成·广西卷》,北京:中国社会科学出版社1992年版,第17页。
④ [美]约瑟夫·坎贝尔:《千面英雄》,张承谟译,上海:上海文艺出版社2000年版,第277页。

产生的时间也许更早，而并非简单的文化交流结果。正如陈建宪指出："神话中普遍出现的'原始的混沌'母题，既与宇宙的发生史相契合，又与人类的文明史相契合，对于这种契合，我们现在很难做出逻辑的解释。我们只能说，这种契合表现了人类与生俱有的天才直觉，表现了这个物种先天的智慧。我们常说神话俱有不朽的魅力，'原始的混沌'母题之谜，就是这种魅力的一个例证。"① 笔者认为，先民眼中的混沌世界，与自然环境有着密切的关系。尤其是喀斯特地区的清晨，处处云雾缭绕，水汽蒸腾，隐藏了世间的一切，让人捉摸不透，望而生畏，混沌之说是基于这种生活体验的叙述。

（2）磐石成为天地

纵观布洛陀神话，对于世界原初状态的描述并不多，而不少神话版本中从一开始就描述磐石分成天地的过程。

一则流传在广西巴马的口述神话《布洛陀》说：②

> 远古的时候，天和地紧紧叠在一起，结成一块，后来，突然一声霹雳，裂成了两大片。上面部分一片往上升，成了雷公住的天；下面部分一片往下落，成了人住的地方。

《壮族麽经布洛陀影印译注》（2004）所收录的29种经文里至少有7种抄本提及天地是磐石分裂而成的，这也是壮族关于天地形成最主要的一种观点。如《庅兵叭用》里描述世界的"无"之状态后，讲述了磐石分裂的过程："天和地相罩，相罩似磐石，似块大磐石，似块高磐石，石头会翻滚，前人会变化，石头变两块，石头分两边，一片升往上，造成天装雷，一片降往下，变成地装人……"③

磐石在布洛陀神话中被视为造就天地的神奇物质。除了天地起源神话，麽经中也多处提及石头，如天上会掉下磐石变成动物等。在洪水神话

---

① 陈建宪：《神话解读——母题分析方法探索》，武汉：湖北教育出版社1996年版，第93—94页。
② 农冠品编注：《壮族神话集成》，南宁：广西民族出版社2007年版，第35页。
③ 张声震主编：《壮族麽经布洛陀影印译注·第一卷》，南宁：广西民族出版社2004年版，226页。

里，石头又成为生命之源。洪水过后，伏羲兄妹婚配重新繁衍人类。妹妹怀孕生下来的人仔像块磨刀石，他们便把它丢弃在野外。布洛陀告诉他们要杀牛祭祖宗、敬父母，兄妹俩照做不误，人仔才有头有手，变成千人百人，各起姓氏。① 磨刀石所积淀的神奇文化功能至今仍在壮族社会中长盛不衰。广西靖西、东兰、德保一带的壮族民众，至今仍将磨刀石视为传家之宝，祖传之磨刀石必须由长子继承。拿磨刀石泡的水被视为驱邪治病之药，可以拿给病人喝。②

  石头是壮族先民最先掌握的耐用劳动工具，在他们居住的百色地区，就曾出土了80.3万年前的手斧。手斧和最初的其他石制工具是人类智慧的进步，在壮族先民进行生产、获取多食物、保卫自我等活动中都发挥了积极的作用，人们曾经"用砾石犁田，用山石犁地"。而后，壮族先民最先制造出两广类型的双肩石器，以此为工具进行农业生产。③ 石器的使用激起了人们对石的进一步崇拜，长期积淀在岁月之中。神话中石生天地的世界观又为壮族石崇拜提供了支持。广西武鸣县马头乡商代晚期到周代的元龙坡墓地237号墓葬中曾发现有65颗陪葬的小石头，在陆斡镇马山商代岩洞葬中有58颗陪葬的小石子，经人工锤击加工成拇指般大小，有的则经过磨制。考古学家郑超雄推测其为当时的占卜用具。④ 刘锡蕃在《岭表纪蛮》也记录了石头在壮族先民生活中的用处："边蛮不识文字，甚或不晓干支；其生儿女，取竹筒一具，封其口，每月圆一次，即知为一月，投一小石于中；阅岁，出小石，易以较大之石。其人死，开筒数石，石大者若干，石小者若干，即知其人以岁若干月而死。此种记寿法，西隆、凤山、宜北山巅一带之蛮族，至今犹行之。"⑤ 由此可见，石头因其耐久不朽、可用作工具原材料等多种特质，被赋予"长生""延寿"甚至"生殖"等特殊意味，并和人的生命、生育联系了起来。故而，壮族民间多有膜拜于各种形状特殊、含义特别的石头、石祖及石阴之俗，人们通过祷

---

① 张声震主编：《壮族麽经布洛陀影印译注·第六卷》，南宁：广西民族出版社2004年版，第2018页。
② 郑超雄：《壮族文明起源研究》，南宁：广西人民出版社2005年版，第36—42页。
③ 同上。
④ 同上书，第185、197页。
⑤ 刘锡蕃：《岭表纪蛮》，上海：商务印书馆1934年版，第259页。

告心目中的石神以求护佑,获得生育之能力。

喀斯特地貌的生活环境是壮族先民形成特殊宇宙观的客观条件。这种"石生天地"的观念来源于壮族先民的生活体验,展示了壮族先民自我意识的苏醒与探索客观世界的开启,他们开始按自己的方式去理解和阐释自己的生存环境。生活在山间、岩洞的壮族先民出门见山,磐石突兀,天与地连接于一线,大片的喀斯特地貌岩石具有坚不可摧、百年不朽的特质,遂产生了敬畏。他们以地观天,把高高在上、无法触摸的天空也想象成石头,认为天和地的原初形态就是没有分开的石头。随着白昼日光灼热,云霞尽散,峥嵘的溶洞、岩石相继出现,犹如鬼斧神工刚刚造就,与开天辟地神话中的场景几乎无异,与壮族先民创世神话的思维相互呼应。

(3) 三黄蛋为天地

布洛陀神话中有天地起源于三黄蛋的说法。流传在广西河池、云南文山一带的一则散体神话《布洛陀和姆六甲》说:

> 从前天地没有分家的时候,先是在宇宙中旋转着一团大气,渐渐地越转越急,越转越快,最后变成一个蛋的样子。但这个蛋和鸡蛋不一样,它内中有三个蛋黄。
>
> 这个蛋在宇宙中由一只拱屎虫推动它旋转。另外,有一只蜈蚣子每天都爬到上面钻洞,钻呀钻呀,有一天终于钻出一个洞来,这个蛋就爆开来,分成三片,一片飞到上边成为天空,一片下沉成为水,留在中间的一片,就成我们中界的大地。①

另一则流传在大化县一带的《姆洛甲出世》神话则说:②

> 古时候天地还没有分家,空气中旋转着一团大气,越转越急,越转越快,转成了一个蛋的样子。这个蛋里有三个蛋黄。
>
> 这个蛋由一个拱屎虫推动它旋转。还有一只蜈蚣子爬到上面钻洞,天天都来钻,有一天钻出一个洞来,这个蛋就爆开来,分为三

---

① 农冠品编注:《壮族神话集成》,南宁:广西民族出版社2007年版,第47—48页。
② 同上书,第20页。

片。一片飞到上边成为天，一片飞到下边成为水，留在中间的一片，就成为我们中界的大地。

世界各地的神话常描述世界起源于"蛋"或模糊的圆状物，如汉族神话中的"天地混沌如鸡子"。但壮族这个"原初的蛋"与汉族等其他文化中出现的"蛋"都不同，它是一个三黄蛋。这个三黄蛋分成三片，一片为天，一片为水，一片为地。这是壮族先民在特殊时间和地域中形成的自身宇宙观和世界观。

对自然环境中由蛋发展成生命现象的长期观察，诱发了壮族先民对宇宙原始生命形态的感悟。约瑟夫·坎贝尔曾指出："宇宙之卵的壳是作为宇宙的框子的空间，而里面的繁殖力则代表大自然无穷无尽的生命力。"①对这无穷生命力的信仰不仅表现在对三黄蛋的描述中，且沉淀在壮族社会长期以来的卵崇拜习俗中。如前所述，史书上曾记录壮族先民以卵占卜②。如今，麽教布麽在各类仪式上仍广泛使用鸡蛋。文山广南县壮族布麽为主家祈求安康时，将鸡蛋立于生米之上，念诵经文时不断用生米洒向鸡蛋，如鸡蛋上立有米粒则表示已获得神灵的认可，人与神达成了共识。麽教的叫生魂仪式中，鸡蛋更被视为灵魂回归的居所，仪式结束后，病人把鸡蛋吃下，灵魂也就重新附体了。新年时，各家各户也会请布麽为男女老少叫魂，每个人吃下属于自己的鸡蛋，以保证魂魄的安康，稳固安稳。在壮族节庆仪式上，鸡蛋多用红纸染成红色。在农历三月三歌圩上素有男女"碰蛋"之习俗。情投意合的青年男女以碰蛋表达情意，并将碰碎的蛋送给对方吃，以此增进感情交流。红水河流域的青年男女在集会中亦常有"碰蛋"之习俗，但不限于钟情之对象，而是以此作为交友与娱乐的方式之一。壮族儿童和女性亦喜欢在编织的饰物中放上彩蛋，悬挂在胸前或衣角做装饰。逢年过节人们也制作红蛋，以增加节日的喜庆气氛，同时获得蛋中"生生不息"的生命力。有些地方，结婚时男方要给女方送去红蛋馈赠新娘的姐妹们。新媳妇生了孩子要用红蛋报喜，在第三朝将红蛋

---

① ［美］约瑟夫·坎贝尔：《千面英雄》，张承谟译，上海：上海文艺出版社2000年版，第277页。
② 明邝露：《赤雅》，北京：中华书局1985年版，第52页。

送回外婆家，同时分赠亲朋好友以报喜讯。

蛋和石的崇拜叠加还出现在一些布洛陀神话叙述中，使二者的信仰在壮族民众心目中的地位得到增强：太古洪荒时代，大地一片荒凉，什么东西也没有。突然一天从天上掉下一颗大石蛋，落在河滩里，被太阳晒了99天，石蛋裂开，生出三兄弟。老三上天，成了雷王，老二下海，成了龙王。老大布洛陀留在陆地上，成为壮人的祖先，他创造了世界和人类。① 无论是石还是蛋，都具有世界原初物质的特性，是壮族先民运用神话思维探索和理解世界的折射。

从三黄蛋到磐石分裂，壮族神话在叙述"从混沌到世界出现"这个过程中展示了壮族先民早期创造世界的积极性与丰富的想象力，天地的出现并不是一种自我发展的因果使然，而是外力作用的结果。不论是三黄蛋的破裂还是天地的分离，都有劳动付出的影子，这些叙述超越了无为状态下的天地出现模式，迈出人类思维从混沌到清晰、从蒙昧到开智最艰难的第一步。它们是壮族先民主动改造世界、主动探索世界的最早反映。

壮族神话中明显表现出"三分"的特征。无论是磐石还是三黄蛋，对应的天、地、水被视为世界的物质基础。由混沌孕育而成的世界把水摆在了一个十分重要的位置。除了天和地，水始终是壮族原初世界观中特别重要的一个元素，是世界创世之初就已然存在的客观物质。在壮族先民制造的铜鼓上，三界观念也明显地表现在其鼓面纹饰上：鼓面为上界，修饰着太阳纹、云雷纹；鼓身为中界，饰有羽人纹、鹿纹等人间景象；鼓足为下界，有一两道水纹代表着水的世界。②

（4）神造天地

布洛陀神话中也有神造天地的说法。在麽经中常见"三界三王制，四界四王造"③ 的句子，凝练概括了天、地、水等三王造三界的神话内容。天界雷公为王，地上布洛陀为王，水界图额为王，他们同时也是这三

---

① 丘振声：《壮族图腾考》，南宁：广西人民出版社2006年版，第335页。
② 郑超雄：《壮族文明起源研究》，南宁：广西人民出版社2005年版，总序第17页。
③ 张声震主编：《壮族麽经布洛陀影印译注·第一卷》，南宁：广西民族出版社2004年版，第10页。

界的制造者。①

流传在广西西林县一带的排歌中也有布洛陀造天地的内容:②

> 很古很古时,天地混一起。布洛陀开天,布洛陀造地。先造一杆秤,称天和称地。称天放得高,称地放得低。从此天和地,上下两分离。

神话还常提及造天地的另外两个神祇,即太上老君和盘古。麽教在发展过程中受到了汉族道教的影响,故而麽经之中出现老君造天地的说法:③

> 老君造天地,老君制阴阳,老君巡六国,造成天下地……

在壮族民间,"自从盘古开天地,三皇五帝到如今"的观点亦颇为盛行。盘古造天地的也和布洛陀信仰杂糅在一起。《姆洛甲生仔》神话中就把盘古和布洛陀、姆(姝)洛甲进行了整合排序,认为天地是盘古开出来的,而布洛陀则是与他同时代的创世者:④

> 从前,地上只有两个人,就是姝洛甲和布洛陀。那时候,盘古刚刚开出天地,在渺渺茫茫的地上,什么东西也没有,姝洛甲和布洛陀要造出很多很多东西。

麽经《占杀牛祭祖宗》手抄本里,盘古是布洛陀派到地面上的,布洛陀的地位高于盘古,但具体造天地的神却并非布洛陀本人,来自不同文化的神祇整合痕迹明显:⑤

---

① 关于四界的讨论详见"文化篇·布洛陀神话中的族群思维模式"。
② 农冠品编注:《壮族神话集成》,南宁:广西民族出版社2007年版,第124页。
③ 张声震主编:《壮族麽经布洛陀影印译注·第一卷》,南宁:广西民族出版社2004年版,第24—25页。
④ 农冠品编注:《壮族神话集成》,南宁:广西民族出版社2007年版,第22页。
⑤ 农冠品编注:《壮族神话集成》,南宁:广西民族出版社2007年版,第93—94页。

那时未有人，地和天相合，未懂黑懂夜，未懂高与低，未曾造出地，未曾造日月，公（布洛陀，笔者注）在上看见，仙在上做主，传下印来分，派来盘古王，天就开两半，天就变两方，成路给他下，变路给他来，盘古来造地，盘古先造地，盘古造石头，造出月亮和太阳，盘古样样造，盘古真能干……

总体来说，布洛陀神话中极少出现布洛陀造天地的大幅描述，这并非布洛陀个人行为的重要内容，布洛陀作为人神的主要神迹是从下一个将要被讨论的母题"顶天增地"开始的。壮族先民似乎更关注世界的改造，并带有一种锐意进取的豪情。

（5）其他侗台语族群神话中的相关母题

天地起源母题亦流传在其他侗台语族群的神话叙事之中，在此选取主要的内容进行介绍，更多可见本小节末的"天地起源"母题列表。

布依族神话中提到清、浊二气：很古的时候，世间仅有清、浊二气。清浊二气连在一起，四面八方一片昏暗，没有植物也没有动物，布杰用清浊二气造就了天地。"他把清气捏在左手掌／又将浊气握在右手心／两眼瞪有铜铃大／牙齿咬得紧绷／蹲好桩子好运气／慢慢抬起脚后跟／"嗨哟"一声用力扳／清气浊气两分离／清气呼呼往上冒／浊气噗噗往下沉／清气上升变青天／浊气下沉变大地。"[1] 从混沌到清浊分离、天地造就，始祖布杰具有很高的主观能动性。

西双版纳傣族的神话《英叭开天辟地》[2] 也保留了天地混沌的叙事：古时候没有天地万物，茫茫太空中只有滚滚气体和烟雾，强风吹着烈焰。不知过了多少年，气体夹着烟雾逐渐结成一团圆球，这圆球慢慢变成了人形，他就是创造天地和万物的英叭神。英叭神一睁开眼睛，就看见茫茫的太空飘着一个圆圆的物体，随后又看见圆物体下面是一片无边无际的水。英叭搓下身体的污垢，用水与污垢拌合，糊在那圆圆的物体

---

[1] 韦启光、石朝江、赵崇南、余正荣：《布依族文化研究》，贵阳：贵州人民出版社1999年版，第133—134页。

[2] 岩峰、王松、刀保尧：《傣族文学史》，昆明：云南民族出版社1995年版，第78页。

上。做完之后,污垢圆体变成了大地,飘动着的气体、烟雾和狂风便成了天。

毛南族《创世歌》中第一代创世皇就叫作"昆屯":"'昆屯'初开天,尚无人世间,'昆屯'下地来,开辟世间变。"① 将一种状态拟人化,这是毛南族神话的具象化发展。

侗族史诗《嘎茫莽道时嘉》说,远古时世界苍茫混沌,祖婆萨天巴生下天地。民间又传说她左乳房造天,右乳房造地。② 古歌中也唱到:"太初混沌无光明,世界朦胧黑一团。"世界漆黑一团,像个鸡蛋,不分天和地。混沌孕育了盘古,盘古一出世就"挥动大斧劈天地,劈得天地两相分";青天"薄薄腾空去,留层厚土垫脚跟"。③

水族双歌《开天地造人烟》描述:"初造人/上下黑糊,初造人/盖上连下,初造人/黑咕隆咚,天连地/不分昼夜。地连天/连成一片。""哪个来/把天掰开?哪个来/撑天才得?牙巫来/把天掰开,牙巫来/把天撑住。她一拉/分成两半,左成天/右边成地。"④

仫佬族神话《天是怎么升起来的》说,"天和地原来是重叠在一起的,天上的神和地上的人互相往来,和睦相处。地上的人经常到天上玩"。⑤ 天地重叠的状态在前述布洛陀神话中也曾出现,但仫佬族神话中引入了玉皇大帝作为升高天的角色。

仡佬族神话提及了世界出现前的黑洞时代,这种相当于混沌的世界,带有人类懵懂、未开智的隐喻。仡佬族先民把山水视为世界上最早出现的物质,并把龙蛇一类作为开天辟地的先锋,有"张龙王造天、李龙王造地"的神话内容,这与他们所生存的环境及早期信仰密切相关。⑥ 流传在

---

① 曾宏华、谭亚洲:《毛南族古歌研究》,《歌海》2010年第3期。
② 杨保愿翻译整理:《嘎茫莽道时嘉》,北京:中国民间文艺出版社1986年版,第6页。
③ 杨权编著:《侗族民间文学史》,北京:中央民族学院出版社1988年版,第29页。
④ 潘朝霖、韦宗林主编:《中国水族文化研究》,贵阳:贵州人民出版社2004年版,第408—409页。
⑤ 龙殿宝、吴盛枝、过伟:《仫佬族文学史》,南宁:广西教育出版社1993年版,第28—29页。
⑥ 王宪昭:《中国神话母题W编目》,北京:中国社会科学出版社2013年版,第230、218、234页。

贵州遵义、平坝一带的仡佬族神话说，布什喀制天，布比密制地。① 黎族神话也认为世界最早是一片混沌，水是世界最早存在的物质。②

泰国泰族神话《布桑嘎西和雅桑嘎赛》说，"很久很久以前，没有世界，没有地和其他的任何东西，空气、金翅鸟、龙、天堂、地狱、神仙、帕英神等都没有，太阳和月亮都不会放射光辉。后来有了空气，但四处一片昏暗、混沌。过了很长时间又有了云和烟，云和烟在空气中翻滚、飘浮。当风吹来的时候，把云和烟吹来吹去，吹到北边又吹到南边。过了很长很长时间以后成了大海。大海在空气中飘来飘去，被风吹得不知该向哪里飘。风刮着水，很长很长时间以后，就有了小小的陆地，陆地只有麋鹿那么宽大，树只有蜡烛那么高。后来风又把这块小小的土地吹成了两块，飘进了大海里。过了很长时间以后，这两块小小的土地不断扩宽。……后来，狂风把两块土地吹拢在一起……"③ 世界起源于气，混沌依然占据主题。

老挝佬族神话《公鸡报晓》说，在很久很久以前，天地模糊一片，模糊一团。天神为了重新安排天地，做了一次长长的深呼吸，于是天地渐渐分开，出现了天空和大地。④ 按照人的理解去想象神的作为，而神的力量强大，通过呼吸就可以分离天地。越南黑泰神话《勐添的故事》则远古时世界一片虚空，天神才下凡成为人。⑤

如上所述，"原始的混沌"或"气"在侗台语族神话中十分常见，"我们只能把这个母题看作一个不朽的象征。从混沌转化为宇宙，象征着从黑暗转化为光明，从虚无转化为实有，从气态、液态转化为固态，从无知转化为有知。正像一些研究者所说的那样：'混沌，实为人类对体验的自我描述。''宇宙起源于混沌，实际上是说人类精神起源于混

---

① 中国作家协会贵州分会、贵州省民族事务委员会编：《苗族、布依族、侗族、水族、仡佬族民间文学概况》，贵阳：贵州人民出版社1987年版，第253页。
② 王宪昭：《中国神话母题W编目》，北京：中国社会科学出版社2013年版，第216页。
③ 刀承华编译：《泰国民间故事选译》，北京：民族出版社2007年版，第1页。
④ 张玉安主编：《东方神话传说·第六卷（上）》，北京：北京大学出版社1999年版，第116页。
⑤ 刀承华：《傣泰民族创世神话中的原始观念》，《民族文学研究》2005年第3期。

沌。混沌，是人类文化的起点；这混沌，就是体验'"。① 侗台语民族神话中对混沌的描述，与族群未分化之前的生活经历有着密切关系，是他们对早期生活环境的一种记忆与隐喻，也展示了他们对世界和周围环境的逐步认知。以上列举的侗台语族群神话母题，多说天地的出现是开辟、分离而成的，还常有祖先或所信仰神祇的参与，表现出侗台语族先民开拓视界的积极性。而傣族、泰族、佬族的天地开辟神话则明显受到南传佛教的影响，故叙述天地自为形成或假借天神之力，强调自然与神的力量。

侗台语族先民神话中的气、水都体现出对水的信仰，对水的依赖是侗台语民族文化的一个重要特征。"侗台先民较早就以稻作为主要经济手段，因此离不开水，由此而衍生出形形色色的滨水文化，包括善用舟船（有人认为侗台先民首渡美洲大陆）、断发文身（利于水事）、崇拜龙蛇、划龙船、放水灯、鸟田以及喜食水产等等。"② 他们自古依水而居，在迈入农业社会之前他们以采集、渔猎为生，自然而然地对水产生了各种丰富的情感，其中既有对水中能找到食物的感激，对水满足人类饮用、洗濯等诸多需求的亲切感，也有对水中凶猛动物和各种水灾的恐惧。进入农业社会以后，水与稻作种植生活的关系更直接了，水是水稻的命根子。因此，在多种因素的综合作用下，侗台语族群的水神崇拜形成了一个系列。水神按形态不同，有河神、泉神、井神等，甚至还有池塘之神。

布洛陀神话中水神"图额"是壮族早期神祇之一，他掌管三界中的水界，已经上升为复合神的形象。其形态以鳄为主体，兼有犀牛、河马、美男子等多种变化。古时，岭南地区河流众多，水中最凶猛、最难对付的要数鳄。刘恂《岭表录异》有云，"鳄鱼，其身土黄色。有四足，修尾。形状如鼍，而举止趫疾。口森锯齿，往往害人。南中鹿多，最惧此物。鹿走崖岸之上，群鳄嗥叫其下，鹿怖惧落崖，多为鳄鱼所得，亦物之相摄伏

---

① 陈建宪：《神话解读——母题分析方法探索》，武汉：湖北教育出版社1996年版，第93—94页。

② 李锦芳：《侗台语言与文化》，北京：民族出版社2002年版，第16页。

也"。① 人们对之又畏又敬，自然而然地把它视为水界的代表了。它后来又发展为壮族的十二大图腾之一，地位很高。图额为江河之神，九头龙则是泉水之神，先民理想的自然对应法则充满了独特的意蕴。到后来，汉文化中主管雨水的"龙"形象逐渐为壮族人民所接受，人们也将水神称为"蛟龙"，供奉龙王也是供奉蛟龙。

壮族人祭祀水神的活动多在各种重要节庆举行，到后来甚至演变为一种脱离于仪式的习俗。十万大山地区的壮族人民在每年除夕和正月初二、正月十五都要到挑水的地方祭奉水神。人们燃香请神，然后摆上各种祭品，包括三杯茶、五杯酒、一碗糯米饭或者素粽子，以及煮熟的整鸡（还包括一块圆形的整鸡血）或一块猪肉，请水神享用。过程中，还要为水神添茶添酒，烧送纸钱，并燃放鞭炮以示吉利。祭祀结束后，担上一担水返回。歆享供品之后，水神将会让饮用水的人畜平安健康、灌溉的五谷丰登。② 至今，很多地区的壮族人民还保留了大年初一挑新水的习惯，挑水时或焚香，然后往水里投一些纸钱或硬币，意思是向水神买水。这种行为已演变成一种民间习俗，而祭祀内容则逐渐减少或消失了。在一些固定的节期，人们也会祭祀水神，各地习惯不一，约定俗成。如广西靖西壮人认为农历三月三是鹅泉神的生日，每年都要在鹅泉举行隆重的"喊布"祭祀活动。届时，州官都要出席祭祀仪式。仪式上，屯中的杨姓长老念诵祭词，祈祷泉神保佑来年丰产丰收、百姓安宁。祭词很长，"祭歌声声把源溯"，讲述了杨媪养的一双鹅化身鹅泉的生动故事，祈望"万物沐浴鹅泉水，年年季季随人意，岁岁迎来五谷丰，喜庆丰收太平日"。③ 传统上，广西田林一带的壮人几乎每个月都有祭祀河神的活动，除了正月初一之外，二月初二、三月初三、四月初四、五月初五、六月初六、七月初七、八月十五、九月初九、十月初十都要行祭祀之仪。云南文山地区的壮人在农历三月属龙之日，准备丰厚的荤、素、糯米、水酒等供品前往水边酬祭水神，过程隆重虔诚，祈求神灵赐福。仪式之后，人们还要清理水源河

---

① （唐）刘恂：《岭表录异》，鲁迅校勘，广州：广东人民出版社1983年版，第27页。
② 吕大吉、何耀华总主编，李绍明等主编：《中国各民族原始宗教资料集成·土家族卷·瑶族卷·壮族卷·黎族卷》，北京：中国社会科学出版社1998年版，第510页。
③ 同上书，第509页。

道,主观上是为取悦神灵,客观上亦起到了保护水源的积极作用。

除了年节之外,在一些特殊的情况下人们也要祭祀水神。旱灾时,人们会向水神求雨。如《龙州县志》记载壮族人民进行传统的"闹鱼求雨"活动,"旱魃为虐,祈祷不应,则捣毒草投潭中,物恐害其类,则兴云作雨,潭水高涨溢出堤外,使毒草汁溢出,乃俗名闹鱼"。① 这一仪式生动体现了巫术中"将心比心"的特点,给水神附上了人的思维。壮族民间认为水神很容易把人的魂魄带走,如果有人(尤其是小孩)曾经落水,就要请布麽来安魂。如果落水遇难,就要请布麽来赎魂。布麽拿落水者的衣物,到河边以特定仪式来祭祀水神,念诵经文,将魂魄接回家。船只开行、用水路运送木材等情形同样要祭祀水神,以求路途平安。广西东兰县壮族人民下险滩行船之前要用小猪祭祀水神,并念诵祈神之词:"今日有请,奉敬滩前水神宫。坐到船顶指方向,挡风压浪保平安。请到水底点龙灯,照亮航程好下滩。请到船头摇大桨,排开黑浪过两边。请到船尾把长舵,安安稳稳好向前。……"② 当地人认为山泉之神玩心最重,喜欢把女人的灵魂带走与之同眠共枕,被带走魂魄的人会一病不起,因此妇女到泉边干活时多点上一炷香火祭奉水神,以求魂魄平安。③ 他们还信奉池塘之神,在枯水、涨水时节都延请布麽到池塘边进行祭祀,求他保佑池塘里放养的鱼虾多产丰收,池塘水量维持正常。

壮族的生产生活与水密不可分,普泛的水神信仰是他们对这一特殊物质的重视及其表达方式。至今民间仍遗存了不少的敬水习俗,靖西、德保的壮人在农历七月初七还要过蓄水节。在这一天,人们用清洗过的水缸储存新水,视为"仙水",用来为老人煮长寿面,为孩子熬长寿粥,祈求延年益寿。如前所述,龙王进入水神崇拜体系,甚至佛教中的菩萨也成了求雨对象,水神崇拜日益多元性。龙纹则在壮族先民铸造的麻江型铜鼓上出现,有单独的和雌雄双龙两种。④ 纹饰展示出壮族先民对水的重视。

---

① 转引自《壮族百科辞典》编纂委员会编《壮族百科辞典》,广西人民出版社1993年版,第364页。
② 吕大吉、何耀华总主编,李绍明等主编:《中国各民族原始宗教资料集成·土家族卷·瑶族卷·壮族卷·黎族卷》,北京:中国社会科学出版社1998年版,第509页。
③ 同上。
④ 蒋廷瑜:《壮族铜鼓研究》,南宁:广西人民出版社2005年版,第133页。

天地起源①	
壮族	天地紧挨，磐石分裂形成天地；混沌（气）；三黄蛋炸裂成天、地、水；神造海造地；三王造三界；盘古造天地；用土填海造地；罗扎罗妲造天地
布依族	最早的世界是黑暗的；布杰左右手掌掰开清、浊二气，它们分别变成天空、大地；盘古造上、中、下三界；神用仙气吹出天地；用鞭子分开天地；祖先造五色泥；皇镰开天，皇黎造地；布灵造天地
傣族	最早的世界只有光秃秃的土地和茫茫无际的海水；最早的世界只有风吹火焰；最早的世界是山和水；叭英将身体污垢与水糊在圆球上成了大地，飘浮的气体、烟雾和狂风成了天空；荷花变成天地；佛祖造天地；两个神分别造天和地
侗族	世界混沌，萨天巴生出天地，或用左乳房造天，右乳房造地；最早的世界是荒凉的/炎热的/气温变化的/软的；混沌像鸡蛋，盘古用大斧劈出天地；巨人分开天地；撕裂天地间的大裂缝把天地分开；怪人的尸体变成泥土
毛南族	宇宙像个鸡蛋；创世皇"昆屯"开辟天地；宇宙上为天，中为地，最下是地下
水族	天地相连黑漆漆，牙巫掰开天地；风分开混沌
仫佬族	天地重叠
仡佬族	从前有个黑洞时代；最早的世界是山和水；张龙王造天，李龙王造地；蛇开辟天地；天神造天；布什略制天，布比密制地
黎族	最早的世界是混沌；最早的世界是水
泰族	"无"到空气，混沌、昏暗后大海出现，然后陆地出现
佬族	天地模糊，天神深呼吸分开天地
黑泰人	天地一片虚空

2. 顶天增地

（1）顶天增地

布洛陀神话中往往把天地的存在作为叙事的开端，作为一种已存在的语境。《壮族神话集成》中收录的11则布洛陀口传散体神话，并未过多

---

① 除文中所引文献外，其他神话内容出自：王宪昭：《中国神话母题W编目》，北京：中国社会科学出版社2013年版，第206—245页；何正廷主编：《壮族经诗译注》，昆明：云南人民出版社2004年版，第572页。

涉及天地的创造。其中，只有两则讲述了天地的来源，其余的都把天地的存在当作一种自然的状态。如流传在马山县一带的《布洛陀故事》说：①

  古时候，天很矮，盖到地上，人举手就可以碰到天，做起工来很不方便。

流传在象州一带的神话《陆振公公》说：②

  在远古的时候，天地分为三界。天上叫上界，由雷公管理；地上叫中界，由陆振公公（即布洛陀，笔者注）管理；地下叫下界，由龙王管理。

流传在武鸣县一带的《保洛陀》说：③

  古代，天地间分上、中、下三界，天上叫上界，地面叫中界，地下叫下界。

流传在巴马县一带的《布罗托惩罚雷公子》说：④

  传说，很古以前，天离地面很近，高个子的人，伸手就可以摸到天。

流传在东兰县一带的《保洛陀的故事》⑤也说古时候天地分为三界。

故此，布洛陀神话叙事的起始时间点，往往是已有天地而尚未完善的时期，由于天地未完善，二者相隔太近，影响了人类的活动，故而要将其顶高增厚。这也是布洛陀神话"顶天增地"母题的发生前提。布洛陀智

---

① 农冠品编注：《壮族神话集成》，南宁：广西民族出版社2007年版，第45页。
② 同上书，第58页。
③ 同上书，第59页。
④ 同上书，第62页。
⑤ 同上书，第63页。

慧的显现一般从"顶天增地"的母题开始。云南文山流传的《布洛朵》①说布洛朵（布洛陀）用铁柱顶起天，用铜钉钉地，天被顶住，地被钉稳。流传在马山一带的《布洛陀的故事》②是这么说的：

> 为了处理好天上人和地上人的关系，米洛甲（即姆洛甲，笔者注）叫布洛陀去解决。布洛陀首先到天上去，与天上人协调把做工和休息的时间统一起来，天上的人不同意。布洛陀回到地上，他叫儿孙们每人拔来一根铁木，然后带大家来到一座山上。他叫大家把铁木顶着天站好，然后他双脚一踏，他的身子像一座大山顶立，双手紧握铁木往上顶住，然后大喊一声："天快升高！"这天像有灵性，就在布洛陀的一声大喊中，徐徐往上升高，高到今天人们所看到的这个样子，由于有铁木顶住，天再也压不下来了。于是人们把布洛陀称为聪明的大力士，称为顶天立地的人。

神话通过描绘作为巨人的布洛陀与高耸的山、坚韧的铁木等意象，叠加了顶高天的多重内涵，并增强了顶天的可行性。大多数布洛陀神话中天不但被顶高了，地也被顶得下沉增厚了。天和地对应分离，显示出一种平衡和"三界"并行的世界观。广西巴马一带流传的《布洛陀》③说，天地离得太近，人们便找布洛陀商量治理天地的办法：

> 布洛陀是壮族三王中的一个，大家把来意一讲，布洛陀说："那我们就把天顶起来吧！""顶天？天这么大，这么重，怎么顶得起来呢？"
> 布洛陀笑呵呵地说："能！人多力量大呀！你们到树林里去选一根最高最大的老铁木来做擎天柱，我和你们一起把天顶上去。"
> ……
> 擎天柱有了，可是太重，大家扛不起。布洛陀说："大家齐心合力跟我来。"说着，马步一蹲，把擎天柱扛到肩上。大家抬着树头、

---

① 农冠品编注：《壮族神话集成》，南宁：广西民族出版社2007年版，第40页。
② 同上书，第45—46页。
③ 同上书，第35页。

树尾,把它抬到洛陀山顶。布洛陀把洛陀山当柱脚,竖起铁木柱,抵着天,他用力一顶,把重重的天盖顶上去,把宽宽的大地压得往下沉。布洛陀又一顶,柱顶把雷公弹到高高的天上去,柱脚把龙王压得往地下跑。布洛陀再一顶,把重重的天变成轻轻的十二堆云,把龙王压得钻到海底去了。新的天地就这样造成了。

流传在广西武鸣县一带的神话《保洛陀》① 中以保洛陀(布洛陀)发号施令的方式,命令天地两界之王将天拉高、地拉低,描述的也是天升高、地增厚的对应:

……

这样,保洛陀就叫雷公把上界升高,雷公问:"要升几丈几尺几寸高?"保洛陀说:"三十三条楠竹那么高,三十三峯藤条吊不到。"

保洛陀又叫海龙王把地加厚。龙王问:"要加几丈几尺几寸厚?"保洛陀说:"三十三座山那么厚,三十三峯藤条穿不透。"

于是,天升得很高很高,地加得很厚很厚。从那时候起,天高攀不上,地厚不见底,三界人的讲话,彼此听不到。上界和下界的人都说,这是布伯搞的鬼,暗中怀恨他。中界人需要水和火时,叫上界和下界都不灵了。保洛陀就烧通天香,点红蜡烛,敲锣打鼓,上界听到了,就把雨降下来,下界听到了,就把火生起来。

在讲述顶天增地的同时,神话还顺便解释了我们需要通过各类仪式与上界、下界沟通的原因。

在壮族神话中还有舂米推高天的说法,如《古时候的天》② 说:

过去天很低,只不过像人那么高。人舂米的时候,杵把天戳破了一个窟窿,水就流到地上来,人就拿花棉被来堵塞,后来天渐渐升高了,现在看见天上有星星那就是堵天用的花棉被。

---

① 农冠品编注:《壮族神话集成》,南宁:广西民族出版社2007年版,第61页。
② 同上书,第181页。

该叙述显得更为古朴，至今在壮族民间还常见女性（媳妇、老婆婆）舂米顶高天的说法，还有因为被人类咒骂而自动升高的天。① 巴马一带还流传布洛陀智斗雷公子而使天升高的说法。② "顶天"母题具有多种变形，在壮族先民的哲学世界观里占据了重要位置。

布洛陀在顶天增地行为中的特殊言语、行为及智慧，隐喻着他沟通天地的独特作用。丁山先生在《中国古代宗教和神话考》一书把撑开天地的情况叫作"绝地天通"，认为这始于颛顼指定重和黎来专司神职仪典，不再有"民神杂糅"、人人通神的情况。③ 王孝廉则认为："这种绝地天通之后（宇宙秩序的破坏），人类无法再直接回归乐园，而必须透过神的代言人神媒（巫）才能回归，与希伯来人创世神话所见，失去乐园的人类，必须透过原罪的救赎，透过神的代言人耶稣才能得到回归是同一类型的神话。"④ 那么，在壮族神话把天撑高的母题中，把天撑高的是布洛陀，他便是这个最早"绝地天通"的巫师，是神的代言人，也是壮族先民与神沟通的渠道。神话中所提及的铁木、铁柱，是树木的变形。而树木，在壮族民间又被视为神祇布洛陀的寄生之所。云南文山广南县贵马村的村民将村子北面布洛陀山上一棵古老的栗树称为"美洛陀"，意为"布洛陀神树"。祭祀布洛陀一般在每年农历3月间，和祭祀竜林⑤一起举行。流传在文山的《布洛陀》神话里也说，"布洛陀没有衣裳穿，长年歇在一棵万年青树下，死后也埋在万年青树下，一块磐石上还留着他摸过的手印。直到现在，壮家都把寨子边的万年青树当神树祭奠，以此悼念造物主布洛陀。"⑥ 在广西壮族民间也流传着布洛陀因为忙于帮助别人盖房子而没有房子住，一直住在树下的说法。作为与树意象密切结合的始祖神祇，布洛陀本身就具有沟通天地的巫师特质。

---

① 农冠品编注：《壮族神话集成》，南宁：广西民族出版社2007年版，第182页。
② 同上书，第62页。
③ 丁山：《中国古代宗教和神话考》，上海：龙门联合书局1961年版，第311—330页。
④ 王孝廉：《中国的神话世界》，北京：作家出版社1991年版，第109页。
⑤ 竜，也写成"龙"，实为壮语"森林"（ndong）的汉字记音，竜林即为森林之神所在之处。
⑥ 农冠品编注：《壮族神话集成》，南宁：广西民族出版社2007年版，第44页。

"顶天增地"的母题后来又变形为"天梯"的故事，流传很广，天梯也是天地之柱的一种变形。如《淮南子·地形训》中记录的建木："建木在都广，众帝所自上下。日中无影，呼而无声，盖天地之中也。"汉末高诱注："众帝之从都广山上天还下，故曰上下。"可见，建木就是众帝往来天上地下的"天梯"。壮族《卜伯的故事》也说，过去天地是可以上下的，后来雷王为了防范卜伯，把天升高起来，只留巴赤山上的日月树作为天梯沟通天上地下。

顶天的神话母题与壮族先民深厚的树崇拜观念密不可分。岭南地区雨量充沛，气候湿热，适合植物生长。直到明清时期，这里还随处可见森林，巨树参天，千里蔽日，大有聚风雨、啸阴晴之势。在壮族的神话里，森林（ndong）常被视为天、地、水之外的第四界，以老虎为主宰者，成为人们信仰世界中的一个重要部分。壮族先民自古多与森林打交道，与树为伴，甚至以树为屋，以求遮风挡雨、躲避虫兽之害。《太平寰宇记》载："僚者……依树积木，以居其上，名干兰，干兰大小，随其家口之数。"干栏最早是树上建造的房子。树木还有诸多益处，如以花期报季节、固水土、作燃料、提供果实让人类果腹等，这使人们对树木产生了深厚的依赖感和亲近感。同时，树木生命力顽强、枝干高大、风吹过树木所发出各种声音等都给人们留下了神秘印象，促使人们在早期思维模式作用下生发出一系列的树木信仰，塑造了观念中的树神。今日壮族村寨中仍然多树，榕树、枫树、木棉树、龙眼树、柚子树等，其中整个村寨中最古老、最茂密的树常被视为守护神，受到人们的特殊礼遇，逢年过节各家各户必焚香、供以祭品，祈求村寨安宁繁荣。在节日期间，广西田林壮人都要祭拜树神。仪式一般以户为单位进行，多数情况下主妇成为活动的主角。傍晚时分，她们各自端上节日佳肴以及米、酒等前往供奉，焚香请树神享用，边烧纸钱边念祷词："有榕树有龙眼树，有榕树保村，龙眼树保地，保养鸡鸭碍脚，养猪狗碍腿。有低的，有高的，低树保子孙，高树保公婆，保公婆平安，保子孙富贵。"① 村寨神树与土地神或社神常

---

① 吕大吉、何耀华总主编，李绍明等主编：《中国各民族原始宗教资料集成·土家族卷·瑶族卷·壮族卷·黎族卷》，北京：中国社会科学出版社1998年版，第521页。

在一起，有些地区的壮人将神树根部的石头供为土地神，或者在树旁边搭建社神之庙，一并祭祀。壮人对待树神的态度十分恭敬，禁止随意折断或砍伐树枝或树根，不准在神树旁边说脏话或做污秽之事。人们认为冒犯树神之人会受到惩罚，或断手断脚、生病死亡，或丢魂落魄，自食恶果。树神惩戒不敬之人的种种传说多有流传。

除了守护村寨的树神，壮人还相信一切树木皆有神灵，尤其是高大威武或形状怪异的树神力也很强大，故而时常焚香祭酒，以求其眷佑。人们还祭奉果树之神。每年春节期间，有些地区的壮人在果树根部烧香、贴红纸，让果树多结果实，丰产丰收。一直没有生育的人也可趁机向果树祈求年内得子。壮族民间亦有认树作"寄养父母"的习俗。如果孩子身体瘦弱，或命中五行缺"木"，就要将八字交给古树，称树为"寄父"或"寄母"，让它保护孩子身心健康、平安成长。此后逢年过节，尤其是春节、中元节等重要的节日，都要让孩子拜祭寄养的古树。人们坚信树叶有辟邪的作用，尤其是柚子叶，可以扫除污秽、迎福祛邪，婴儿刚出生的时候要用柚子叶水洗澡，在产妇房门上还要按"男左女右"的原则插上树枝。人们参加完葬礼回家前也要用柚子叶水洗手。被认为带"克夫命"的寡妇再嫁时，要到野外与大树"成亲"，让大树带走歹命，保新夫平安。此外，民间还曾有种树补命、向树赎魂等习俗，带有早期巫术的遗迹。诸如此类的风俗习惯，均源于壮人对树木神灵的崇信，人们笃信它的强大力量和神秘特质，并以各种方式求得心理的寄托与安慰。

壮族民间许多关于树的神话故事和歌谣生动地解释了人与树之间的亲密关系，展示出历史与文化的积淀。《祖先神树》[①] 说木棉树、大榕树和枫树是壮人子孙相认的标志。《婚源歌》[②] 里说，人们在那雅种下一棵大树，在树下男女婚配、生活，后来人越来越多，人们才分家，他们去到哪里，就把树种栽到哪里。树木带有灵性，它既是一种认同的象征，又成为

---

① 蓝鸿恩整理，见《三月三》创刊号，转引自梁庭望、农学冠编著《壮族文学概要》，南宁：广西民族出版社1991年版，第22—23页。

② 农冠品编注：《中国歌谣集成·广西卷》，北京：中国社会科学出版社1992年版，第33—34页。

壮族人的庇护神。《砍金枫》① 的故事说，月亮上的金枫树飘下金叶救济贫困善良的弟弟，惩罚了贪财黑心的哥哥。树木在这里又成为正义和公道的主持者。

布洛陀神话中的顶天增地母题也隐喻了神与人之间地位的差距及天地秩序的建立。神祇高高在上，不与人类为伍，但人类拥有了自己充分的空间，远离神灵的意志，依靠自己的双手来描绘新的生活。这样的绝地天通又展示了人类自我信心的提高，他们虽然仍需要与神祇沟通，但这种沟通已不再占据生活的方方面面，他们有了属于自己的空间，靠自己的智慧、勇气和双手来支配自己的生活。这在壮族先民的历史上无疑具有重要的标志性意义。日本学者大林太良指出："造成天地分离的原因，不论是捣米的女性也好，天父地母的孩子们也好，或者火和太阳也好，其分离的结果，在人和宇宙之间规定了新的秩序。而且这种新秩序是由于向天神的反叛而被确立起来的。"②

有的布洛陀神话进而叙述了修整天地的内容，解释了地貌的来源。神话《布洛陀》③ 里说，天顶高、地增厚了之后：

> 可是因为先造天，后造地，天的样子像把伞，盖不住大地。天小地大，怎么办？布洛陀想了个巧办法，他用手指把地皮抓起来，做成了很多山坡，这样，地面就缩小了，天盖得住地了，天地被造得很好了。

通过比较《壮族神话集成》（2007）一书中收录的 11 则布洛陀口传散体神话，八则提到了顶天或顶天增地的内容，而只有一则提及了修整天地的内容，它并不是散体口述神话描述的重点。《壮族神话集成》（2007）一书所叙述的女神姆洛甲神话，也有"以手抓地"的情形。《姆洛甲出世》说：

---

① 农冠品等主编：《壮族民间故事新选》，南宁：广西人民出版社 1992 年版，第 34—36 页。

② ［日］大林太良：《神话学入门》，林相泰等译，北京：中国民间文艺出版社 1988 年版，第 56 页。

③ 农冠品编注：《壮族神话集成》，南宁：广西民族出版社 2007 年版，第 35 页。

上界和下界分开时，螟蛉子向天上飞去了，地下留的是拱屎虫。一个造天，一个造地。拱屎虫勤快，造得很宽；螟蛉子很懒，造的天很窄。天盖不严地，姆洛甲把大地一把抓起，把地皮扯得鼓起来。这回天把地盖严了，大地上鼓起来的地方成为山包高地；凹下去的地方成为深沟峡谷；水往低处流就有了江河湖海。

男神布洛陀神话与女神姆洛甲神话母题中都出现的修整天地母题，或为同一神话母题的变形，其所涉及的神祇更迭与演进将在探索姆洛甲形象的章节进行重点分析。①

（2）其他侗台语族群神话中的相关母题

侗台语族群神话中也多见"顶天增地""修整天地"的母题，这个母题在侗台语民族文化中具有特殊意义。如布依族的创世神话《力戛撑天》说，相传大初年代，天和地只隔三尺三寸三分远，人们在狭窄的天地间劳作，深感不便，人人怨声载道，希望天地距离拉开一些，布依族有个力大无比的后生力戛，他为了解除人们的苦难，决定把天地撑开。在众人的帮助下，他把天地的距离撑开了千万丈远。为了使天地不再靠拢，他拔牙当钉把天钉牢……②布依族创世古歌《造天地》则叙述布灵撑天："布灵真能干，布灵最聪明，扛着神竹竿，忙把天地撑。神竹实在少，撑天天不稳，撑了南面北面垮，撑了西边东边倾，布灵气呼呼，找来四根大神竹，一方撑一根，才把天撑住。神竹显神灵，节节往上伸，伸了十二节，天就有了十二层。"③

傣族史诗《巴塔麻嘎捧尚罗》中则说布桑嘎西、雅桑嘎赛用身上泥垢补天地，布桑嘎西用他的七颗神牙钉稳了地，作为神柱顶着天。④ 傣族中还有天神指甲延长隔开天地的说法，又有天神搓泥垢成架子稳固天地的

---

① 详见"文本篇·人类起源与姆洛甲"。
② 《布依族文学史》编写组：《布依族文学史》，贵阳：贵州民族出版社1992年版，第27页。
③ 覃乃昌：《壮侗语民族创世神话是盘古神话的主要来源——盘古神话来源问题研究之六》，《广西民族研究》2007年第3期。
④ 西双版纳州民委编：《巴塔麻嘎捧尚罗》，岩温扁翻译，昆明：云南人民出版社1989年版，第153—178页。

说法。有的则说石做天柱,或神像支撑着天地。① 元江傣族支系傣喇人则认为宇宙之初天与地挨得太近,一位妇人用木头舂米,木头往上顶,才将天地分开的。②

毛南族神话中既有混沌神用四根柱子把天地分开的说法,也有揭开天盖分开大地的说法,甚至还有鱼翻身把天地分开的说法。③

侗族史诗中祖婆萨天巴让姜夫、马王修整天地,姜夫造玉柱把天撑高,"从此分出了地下和天上"。天地摇晃,萨天巴口吐玉蛛丝,织出拦天网托起天篷。马王造出五湖四海,把地变圆。④《起源之歌》里则说,"赐广、乐尉来造地,颠先、枉谊来造天。造天的人造得窄,造地的人造得宽。天窄地宽盖不过,报亥力大,卷地成折,置冲置岭,天地才均匀"。⑤

水族女神牙娲则在造就天地后以铁柱、铜柱来支撑晃动的天地:"造铁柱/撑住两边,炼铜柱/衬天肚囊。撑一次/高七万丈,撑二次/天际高耸。"⑥ 天被柱子顶得越来越高。

仫佬族的天地起源神话《天是怎么升起来的》中说,玉皇大帝把稻谷和玉米种子交给人类,并让他们耕作、收获,以此为食。不料磨坊仙子把玉皇大帝交代的"三天一顿"说成"一天三顿",人们吃得多拉屎多,臭气传到天上,玉皇大帝就把天升高了。⑦

黎族神话《大力神》里也说因为天地离得太近,太阳和月亮把大地

---

① 王宪昭:《中国神话母题W编目》,北京:中国社会科学出版社2013年版,第272、284、278、276、280页。
② 王宪昭、郭翠潇、屈永仙:《中国少数民族神话共性问题探讨》,北京:中央民族大学出版社2013年版,第20页。
③ 王宪昭:《中国神话母题W编目》,北京:中国社会科学出版社2013年版,第270、271、272页。
④ 杨保愿翻译整理:《嘎茫莽道时嘉》,北京:中国民间文艺出版社1986年版,第13—21页。
⑤ 《侗族文学史》编写组编著:《侗族文学史》,贵阳:贵州民族出版社1988年版,第41—42页。
⑥ 潘朝霖、韦宗林主编:《中国水族文化研究》,贵阳:贵州人民出版社2004年版,第409页。
⑦ 龙殿宝、吴盛枝、过伟:《仫佬族文学史》,南宁:广西教育出版社1993年版,第28—29页。

烧得热烫，像个大热锅，人们生活很艰辛。"有一个大力神，他想，这样挨日子，叫人们怎样活下去。因此，他在一夜之间使出了自己的全部本领：把身躯伸高一万丈，把天空拱高一万丈。"① 大力神在黎族民间被称为"袍隆扣"，与布洛陀的发音相似、推测为同一信仰发展的结果。

流传在贵州遵义、平坝一带的仡佬族神话说，布比密勤快把地制宽了；布什咯手脚慢把天制窄了，天盖不了地。布什咯着急了，伸出双手用力把天绷大。哪晓得，一下把天绷破了，女娲才去炼石补天。天虽然绷大了些，但还是不够盖地，布什咯和布比密就牵起手把地抱起来箍。哪晓得又把地箍得皱巴巴。现在的那些山坡、山洼、山冲、河沟就是这样箍出来的。②

顶天增地母题呈现出多种面目，大多数时候是一位特殊的神祇推高了天而使天地分离，但有时候这一任务通过其他形式——如一根杆子或柱子、一棵树甚至一座山、一个巨人——来实现。泰国泰族神话中"顶天增地"的母题已经有所变异，说布桑嘎西和雅桑嘎赛夫妇创造了须弥山作为宇宙的中央。③ 而老挝佬族神话中则说葫芦藤爬上了天，遮住了太阳，坤布隆请天神帕雅因帮助，帕雅因派下神仙把葫芦藤砍掉，让太阳普照大地。④ 这个神话中没有提及天地分离以及顶天等内容，顶天的工具演化为爬上天的葫芦藤，而"阳光普照"则是与顶天相似的结果，有助于环境的改善和人类的发展。

其他侗台语民族也流传着相似的母题。如老挝琅南塔省的泰央族群中传说，以前天地离得很近，人们用杆子舂米老是捅着天，人们很讨厌天这么矮，老是有人骂天，天就慢慢离开人间，越升越高了。⑤

---

① 陈立浩、范高庆、苏鹏程：《黎族文学概览》，海口：海南出版社/南方出版社 2008 年版，第 10 页。
② 中国作家协会贵州分会、贵州省民族事务委员会编：《苗族、布依族、侗族、水族、仡佬族民间文学概况》，贵阳：贵州人民出版社 1987 年版，第 253 页。
③ 刀承华编译：《泰国民间故事选译》，北京：民族出版社 2007 年版，第 1—2 页。
④ Wajuppa Tossa with Kongdeuane Nettavong. *Lao Folktales*, edited by Margaret Read MacDonald, Westport: Library Unlimited, 2008, p. 131.
⑤ 2012 年 7 月 11 日，在老挝琅南塔省南发（Nanfa）村采访 LC（男，65 岁）老人，屈永仙翻译。

越南奠边府 Uva 村的黑泰人也流传着天升高的神话：从前，天离地面很近，Uva 村口的湖水中有一棵大树系着天，形状像线一样。大家去干活的时候觉得这个树很碍事就把它砍了，于是天就漂上去了。这个地方现在还是文化旅游胜地呢！① 还有说寡妇用刀子割断天地的联系，天才升高的。② 老挝琅南塔省 Luang 村的红泰人 LD（女，62 岁）则说天地紧挨着，人们在地上老是咒骂，天神生气便发下大洪水。③ 这里虽然没提到天地分离，但仍保存了天地相近的母题，这是顶天增地的重要前提。

　　以上例子展示出侗台语族群对于"顶天增地""修整天地"母题的重视。把天撑高的母题展示出侗台语族先民对于天地相隔的理解。虽然神话中所使用的工具有铁木、铁杵、铜柱、人体、神仙之令等多种形式，但最终要达成的目的是一致的。这有一个重要的隐喻，即人类所涉猎的世界不再是开智初期的狭窄空间，也囊括了视线所及和所不及的天空和地下。人们形成了空间的上下与东西南北等方位概念。侗台语民族先民对周边世界空间关系的梳理与认识，有助于他们在茫茫宇宙中定位自己，并为将来的探索打下了良好基础。合拢天地边缘提供了对山峦起伏、平地低谷等自然地貌的解释，该行为被归结成巨人或神灵所为，这是侗台语族先民所发挥的瑰丽想象以及对地理环境的一种理解。不少侗台语民族还保留了使用舂米秆撑高天的描述，大林太良认为这种母题"在文化史上它无疑是属于谷物栽培文化"。④ 侗台语族群先民应在各族群尚未分化、迁徙时，就已开始了农耕劳作，该类母题的传承是稻作文化生产的深刻反映。根据分布地域和异文比较，此类叙述应为同一个母题发展的结果。顶天增地的母题也往往和天地分离母题相交错。

---

① 2012 年 7 月 16 日，V T（女，43 岁）讲述，阮氏梅香翻译。
② 张玉安：《东南亚神话的分类及其特点》，《东南亚纵横》1994 年第 2 期。
③ 2012 年 7 月 11 日搜集整理，屈永仙翻译。
④ ［日］大林太良：《神话学入门》，林相泰等译，北京：中国民间文艺出版社 1988 年版，第 56 页。

	顶天增地①
壮族	布洛陀和众人用铁木撑天增地；布洛陀让雷王升高天，让龙王增厚地；女性舂米顶高天；人骂天而天升高；盘古把天升高；霹雳分开天地；天神怕人到天宫找麻烦，故把天升高；人做饭熏着天使天升高；洪水使天升高；布洛陀擎天，姆洛甲压地；用大磐石稳固天地 盘古的四肢化为四极；12根天柱顶天；罗扎罗妞箍地
布依族	力戛拔牙钉天地；力戛撑天；布灵用神竹撑天；众人把天升高；众神撑天；始祖的手脚变成四根天柱；神用耙耙出平原；巨人把地踩低；神犁天耙天时耙着的地方形成平坝；分开天地时日月星辰在上，山川河流在下
傣族	布桑嘎西、雅桑嘎赛用泥垢补天地，布桑嘎西用七颗神牙钉地顶天；妇人用木头舂米时撑开天地；天神的指甲延长隔开天地；神象用鼻子支撑天地；用石做天柱；天神搓泥垢成架子稳固天地
毛南族	混沌神用四根柱子把天地分开；揭开天盖分开大地；鱼翻身把天地分开；四根天柱是四兄弟；圣母分开四大洲
侗族	姜夫造天柱使天地分开，马王造五湖四海，使地变圆；地上出现山和树后天地分离；天大地小；天窄地宽，报亥卷地
水族	牙娲用铁柱、铜柱撑高天；劈断马桑树把天地分开；鳌骨撑四边；地貌源于神或神性人物的活动
仫佬族	玉皇大帝把天升高
仡佬族	布什略把天撑大，布什略和布比密用手箍地；雷神分开天地；劈断马桑树把天地分开；造地者推压大地形成平川；鳌足撑四极
黎族	大力神用身躯拱高天；神用耙耙出平原；用鞭分开天地；神的手做天柱
泰族	布桑嘎西和雅桑嘎赛夫妇创造了须弥山作为宇宙的中心
佬族	葫芦藤爬上天，天神砍掉它，阳光普照大地
普泰人	人们骂天，天升高
黑泰人	砍掉系着天的大树，天漂高；寡妇用刀子割断天地联系，天升高
红泰人	天地紧挨着，人骂天导致天神降洪水

---

① 除文中所引文献外，其他神话内容出自：王宪昭：《中国神话母题W编目》，北京：中国社会科学出版社2013年版，第246—278页。何正廷主编：《壮族经诗译注》，昆明：云南人民出版社2004年版，第572—751页。

3. 兄弟分家与雷王、图额

壮族神话中常见布洛陀与雷王、图额（蛟龙）、老虎等为兄弟的说法，其中一个《四兄弟分家》的散体神话说：

> 传说布洛陀有四兄弟，老大是 duzbyaj（雷王），老二是 duzngieg（蛟龙），老三是 duzguk（老虎），老四就是布洛陀。
>
> 老大很有本事，能放天火，还有很大的力气，到处袭击人，雨水也是他管的。老二也很有本事，能放水淹没人畜，水是他管的。老三长着尖牙利爪，可以随便咬人吃人，风是他管的。布洛陀没有什么本事，他只有智慧。什么事他都懂，什么道理他都知晓。因此取名为"布洛陀"——壮语就是"无所不知，无所不晓"的意思。
>
> 老大、老二、老三都凭着他们的本事欺负布洛陀，最后还想把布洛陀吃掉。
>
> 但是，他们谁都想独吞，不给另外一个沾光。
>
> 最后他们商量一个办法，要大家赛本事。谁的本事最大，赢了就可以独吞布洛陀。
>
> 赛本事的时候，也通知布洛陀参加。
>
> 赛本事的办法是这样：把三个兄弟关在半山坡上一间茅草屋里，另外一个则在外边舞弄自己的本事，在屋里的人害怕了，就算输了。
>
> 开始，由老大（雷王）在外面舞弄本事，老二（蛟龙）、老三（老虎）和布洛陀关在房子里。
>
> 雷王先下一场暴雨，把茅草房搞得湿淋淋的。里面的蛟龙和老虎怕雷王赢了，就想方设法顶住屋里的柱子。因此，尽管雷王擂鼓跺脚，把大地震得乱抖，茅屋还是没有垮下来。
>
> 雷王急了，就放天火，但因为先前下了场暴雨，茅草湿淋淋的，所以也烧不着，结果雷王输了。
>
> 接着是蛟龙来显本事了。他把江河湖海的水都掀起大浪，但雷王和老虎怕他胜了独吞布洛陀，所以也紧紧护住茅屋，加上茅草屋在半山坡上，水浪再高也淹不到。结果蛟龙弄得精疲力竭，只好收场了！
>
> 再就轮到老虎显本事了。

他先刮起一阵大风,几乎把茅屋掀翻。雷王和蛟龙怕他胜了独吞布洛陀,也都把茅屋顶住。所以风虽大,可房子丝毫没有动摇。于是他又张牙舞爪,用头来拱房屋,房屋也被里面的三个顶住了,老虎虽然吼得大地都震动了,但里面的三个一点都没有害怕,又算是失败。

最后轮到布洛陀来显本事了。

布洛陀待他们三个进屋以后,便把门拴住,又因为老虎刮了半天风,把茅屋吹干了。于是,布洛陀便在茅屋四面烧起火来。这时,屋里的三个还商量,只要布洛陀显的本事失败了,他们三个一冲出来,便把布洛陀分来吃了。谁知布洛陀一放火,火点燃了茅草,一下子满屋浓烟,把他们三个呛得够受,眼泪和鼻涕直流。眼见火焰就要烧到身上,大家都想跑出去,谁知门给布洛陀拴住,开不了,只得在里面乱拱、乱钻。

老大(雷王)首先从屋顶钻出去了,一跳就跳到天上,但眼已给烟火熏黑,从此不敢再到下边来了。老三(老虎)力气大,向周围拱,拱倒了一面墙,便逃到森林里去了,身上也给烧成一道道黑斑纹,从此再也不敢到平原来了。

老二(蛟龙)等到老三(老虎)拱倒了墙才逃脱。他的伤势最重,伤痕最多,逃到海里去躲,好了以后伤痕变成一身的鳞斑,从此再也不敢到岸上来了。

布洛陀不但保全了自己的生命,而且也保全了人类的性命。从此,人类才不再受大自然和各种野兽的欺凌。①

在早期人类的思维观念中人与周围的万物有着密切关系,既存在竞争关系,有各种冲突,潜伏着各种危险,但他们也都同为天地精华之子,他们的斗争导致了世界秩序的形成。雷王、图额(蛟龙)、老虎都可危害人的生命,在人间恣意妄为。布洛陀通过比试本领,战胜其他三者保存了自己的性命,把他们从人类的生存地域上赶了出去,维系了人类的生存权利。他代表了人类的新一代神祇和祖先。该母题隐喻着壮族先民早期思维方式的转变。人们从"物我同一""人兽杂处"的状态中分辨出自我与他

---

① 农冠品编注:《壮族神话集成》,南宁:广西民族出版社2007年版,第49—50页。

者的不同,具备了更明确的人类群体意识,曾经控制与影响人类早期生活的自然生物已没有那么可怕,对自我的肯定展示在与自然生物斗智斗勇的各类神话母题中。

该母题中布洛陀之外的其他三个叙事主角——雷王、图额(蛟龙)和老虎,他们在壮族信仰与文化与传统中长期占据一席之地。

(1) 雷王

雷王是天界权力最大的神,又被称为"雷公"。他统管天界,调风遣雨,与壮族的稻作生产生活有着密切联系。壮族俗语说"地下舅公大,天上雷公大",足以证明民众对它的重视。在民间,这位至高神祇的形象十分生动细腻。人们传说他的脸是青蓝色的,双眼能发出闪电,鸟嘴、鸟翅和禽足,整个身体仍保留人形。他右手拿斧,左手握凿,既掌管向人间降洒甘霖雨露之事,亦是扬善惩恶的正义化身,毫不留情地处罚不忠不善的人。许多民间故事里都生动演绎了此类母题。旧时人们在暴雨过后看到露出地表的古老石斧,便以为是雷公施雨后落下的,称它"雷公斧"。在红水河一带,壮族人民信仰雷为女性,称其为"雷婆"。

壮族地区祭祀雷神的历史记载很多。如民国《同正县志》载,扶绥"坡只村渌挞岭有大树一章,相传雷神寄此。遇旱,村庙首事捐钱备七牲,延巫设祭祈雨。五官肢体不全者、妻孕者、鳏居者禁入百步内。毕事,祭物分为三,其二归首事,其一用荷叶分裹,鸣锣散叶广野"。① 民国《来宾县志》载,"乡间多以夏历六月初二椎牛祀雷神,称之曰'雷王'。其寺谓之庙。祭拜酾饮……若岁旱无雨,乡众亦于是就祷焉"。② 以七牲或耕牛为祭品,诚意高,对参加祭仪的个体还有各种具体要求,可见民众之虔诚。每年农历九月初九上思壮族人也要过传统的送雷神节,这时,家家户户带上祭品前往村头,向庙中的雷公和土地神致谢,以示对雷公赐予一年风调雨顺的感恩之情。祭雷也有诸多禁忌,不触神怒,显示祈祷者的圣洁之心,以求达成其愿。有的地方祭雷时人们不准说"盐"与"鸡"(二者为雷王所恶),甚至有在春雷响时禁止劳动的习俗。忌雷习俗

---

① 丁世良、赵放主编:《中国地方志民俗资料汇编·中南卷(下)》,北京:书目文献出版社1991年版,第916页。

② 同上书,第983页。

也反映在男女婚嫁中,如新娘过门时逢天上打雷,则认为今后夫妻不和睦。

布麽 ZTH 老人家所使用的雷神挂图

民间文学中以雷神为主角的作品也很多,涵盖了神话、史诗、传说和故事等各种类型,其中的经典作品之一就是讲述人类与雷王斗争的史诗《布伯》。《布伯》[①] 里说,雷王嫌民间给的供品不够丰盛贡,便制造了三年大旱,人间处处干涸,田块龟裂,人们无法插秧种稻,心急如焚。英雄布伯以大无畏的精神上天与雷王斗争,雷王假意答应给人间降雨。布伯一走,雷王便做好准备下来找他算账。雷王打着闪电来到布伯家屋顶,被事先铺在那里的水草滑了脚,掉到院子里化成公鸡、猪、马和牛,都被布伯

---

① 梁庭望、农学冠编著:《壮族文学概要》,南宁:广西民族出版社1991年版,第131页。

识破，抓住关在谷仓里。布伯的子女伏依兄妹可怜雷王，给他喝了一点潲水，雷王恢复力气就逃回天上。他气急败坏地放水淹没世界，布伯坐着打谷槽去找雷王，恰巧雷王正伸出一只脚来丈量水位，布伯"咔嚓"一斧就把雷王的脚砍掉了，吓得雷王只好躲到金坛里保全性命。洪水过后，人类灭绝，只有伏依兄妹藏在雷王牙齿种出的葫芦里躲过一劫，二人结为夫妻重新繁衍人类。壮族人民将关乎农业生产的自然气候拟人化，塑造出雷王的生动形象并演绎出生动曲折的情节。该史诗既展示了气候对生产的影响之大，体现了集体想象力的恢宏气势，更讴歌了壮族人民战天斗地征服自然、改造自然的勇气和毅力。

（2）图额（蛟龙）

如前所述，图额主体为鳄，可变化为人形。鳄作为壮族先民信仰中的一个重要部分，在布洛陀神话中地位崇高。图额不但是创世时期四王之一，还是物质世界的创造者之一，与世界的形成、秩序的分配有很大关系。他是创造河流、泉水、深潭的功臣，在多部麽经文本中都被提及。如《庒呒佈洛陀》中说："雷鸣响天上，额赶河海水……雨落到下方，九头额造河沟，九头龙造河，抬头造得坡连坡，伸颈造成山连山，甩尾造成溪，用脚刨成河，造成天下宽，造成田峒广……"他①《麽叭科仪》也提及图鳄造河沟、泉溪、深潭和河滩。② 作为参与开创人类生存之所的神祇，鳄受到崇敬是理所当然的事情。

在壮族口头传统中，图额不但是创世者之一，亦拥有早期文明象征之一的"火种"，占据了海、河、湖、潭等水域。早期社会中人们十分重视火，人类可以用它驱逐虫兽，驱走黑暗。更重要的是，火让人们告别了茹毛饮血的时期，进入熟食阶段。这种饮食习惯的改变对于提高人的体质、促进人体人脑的发育尤其有着重要作用。因此，火的使用被视为文明的标志之一。各民族口头叙事中常见丰富的火种起源神话，如希腊普罗米修斯盗火种、壮族布洛陀造火种等，都说明了人类对火的重视。

壮族先民在神话叙述中把火分成了不同类型并各有所属。经诗《麽

---

① 张声震主编：《壮族麽经布洛陀影印译注·第一卷》，南宁：广西民族出版社2004年版，第309页。

② 同上书，第335页。

请布洛陀》里描述了布洛陀、姆洛甲指导人们造火的过程："布洛陀就讲，姆洛甲就说，造火有何难，会造火容易，造火草根下，造火无花果树下，你割木为段，你砍木为节，两人齐拖拉，两人放艾花，一木块在下，一木块在上，木拖去拉来，木擦去擦来，出第一粒火星，萤火虫拿去，出第二粒火星，草蜈蚣拿去，往上变成雷火，往下变成额火，出第三粒火星，火星高似膝盖，拿艾花来捂，放草把上吹，造火就成火，制火就成火……"① 这段史诗把世界上最早的三粒火种分别归为雷火、额火和人间的火，对应的是天、水、地三种想象中的世界和不同的文明。《麽叭床能科》② 中提到了五类火种：雷火、额火、虎火、萤火虫（草蜈蚣）之火，以及最后的人类之火。其中，雷火、额火、虎火以及人间的火，都与开天辟地初期的四位王有对应关系，可见，火具有着特殊的信仰意义。在《麽兵甲一科》经诗抄本中也说，布洛陀、姆洛甲指导两兄弟造火，两兄弟摩擦木块得到了额火、老虎火、萤火虫以及草蜈蚣之火，最后一颗才是人类之火③。比较这些史诗内容，额火的概念存在范围广且被多次提及，可见，它在早期壮族先民信仰中受到了高度重视。

同时，信仰图额的部族也是壮族先民的部族之一。麽经抄本里说："老君巡万部，造十二部族，上天十二姓，地下十二族，下方十二官，村子十二王，天下十二六族，部族不同部族，一群叫像水牛，一群花纹如马蜂，一群说话如青蛙，一群叫像羊，一群吼声成图额，"④ 壮族先民很早就将图额（鳄）作为族群的崇拜对象和标志物并视为族群的祖先，认为与它具有血脉上的亲缘关系。

壮族先民在口头叙事中塑造了一个立体生动的图额形象，他不光是人们崇敬的主要神祇之一，还有着多变的面目和丰富多彩的生活。图额喜欢对歌，与人相恋，表现出人类常有的爱好和情感，形象并不可怕丑陋。

《布洛陀孝亲唱本》里叙述了情节复杂的图额故事：

---

① 张声震主编：《壮族麽经布洛陀影印译注·第一卷》，南宁：广西民族出版社2004年版，第51—52页。

② 同上书，第654页。

③ 张声震主编：《壮族麽经布洛陀影印译注·第三卷》，南宁：广西民族出版社2004年版，第938页。

④ 同上书，第230页。

古时候粮多没人管，钱多没人花，混沌叫婶母伯娘帮忙找女人来做妻子，祖宜婆知道后，自己找上门来，想做混沌的妻子。混沌走到哪儿她就跟到哪儿，混沌在河的上游洗澡，祖宜婆在河的下游玩水，混沌的污垢进入祖宜婆的体内，怀孕后生下八男二女。女儿很笨，不会纺纱织布染蓝靛。于是他们把女儿嫁到河那边，去嫁给交人。不久女儿又生下十个女儿。其中，有一个女儿不想出嫁，晚上她下竹楼，夜间她去潭边，半夜她去海边，去和图额结交，和图额交换信物，不久怀上"额种"，继而生下额儿。儿子刚生下来时，脸上长胡须三把，头上戴双帽，身上衣三色，脚上穿双鞋。亲戚邻居来看到后，都说此儿会败家财、衰家当。可是，在一旁的同伴姑娘却说这是皇帝仙儿，这是海中额儿，今后要掌皇印。额儿长大后，塘养不成鱼，田不长稻米，养牛不繁衍，老婆不生育，不得掌皇印。……最后通过询问布洛陀、麽渌甲，才知道要举行禳解仪式让一切恢复正常。①

女儿与图额的孩子被认为是"皇帝仙儿""海中额儿"，还能够执掌皇印，这是壮族先民图额崇拜的心理使然。但经诗中又叙述了他被诋毁会"败家财""衰家当"等，可能是图腾信仰退却以及不同部族信仰冲突的表现。

除了史诗篇章，在民间亦流传不少关于图额的叙事，如《稍厄的传说》《柱厄的传说》② 等，与麽经手抄本内容有部分重合，其中的图额形象更加丰富，它和铜鼓的关系也得到了强调。

《稍厄的传说》③ 说，从前，磨戛有柱厄（即图额的池塘，笔者注），柱厄里住着两个迪厄（即图额，笔者注）。迪厄留恋人间，变成美丽的壮族姑娘从水里出来找小伙子对歌。迪厄变的姑娘称为稍厄。稍厄来和善唱

---

① 张声震主编：《壮族麽经布洛陀影印译注·第六卷》，南宁：广西民族出版社2004年版，第1835—1836页。
② 厄即壮语"ngweg"的记音。
③ 农冠品编注：《壮族神话集成》，南宁：广西民族出版社2007年版，第217—219页。

的老重对歌,老重把两个稍厄视作孙女,便请她们到家里做客,可是她们不喜欢睡在床上,而是睡在大簸箕里,老重才发现她们是迪厄。……磨戛的一群小伙子尾追稍厄对歌。老重悄悄地教训说:"孙们!不要唱了,她俩是稍厄!"小伙子们不信。老重为了让他们看个实落,天不亮就约小伙子们到柱厄边,爬到大树尖上躲着。阳光刚撒到柱厄,人们就见两位稍厄坐在树脚烤太阳。直到太阳落坡,人们不敢吭声。只听到稍厄议论:"他们不是邀请我俩到这里对歌吗?天黑了,明天再来等吧!"说着,稍厄起身走到河边,把花伞丢进河里,然后手挽着手渐渐地往水的深处走去,最后消失在深水塘里。人们下树来瞧漂着的花伞,原来是两张广芋叶。从此以后,人们再也不敢跟稍厄对歌了。这则神话中,稍厄爱对歌,也并没有害人,却引起了人们的恐惧。

《柱厄的传说》①里图额不但引起了人们的恐惧,还做出伤害人类之事。神话更言明了铜鼓"镇"图额的来历:

> 鸡街区有个壮族寨子,叫古鱼。古鱼有一条河流,属鸡街河的中段。河流的急弯处有个大水塘,水深莫测,漩流吼叫。当地的壮族称水塘为柱厄。
>
> 从前,柱厄附近几个寨子的壮族去赶街或劳动都得经过柱厄边。每当有人拉猪拉狗路过柱厄那个地方时,转眼间就不见了猪、狗,手里只拉着空绳套。有时妇女们背着小孩路过柱厄,背带里就变空了,小孩不在了,后来人们便很少到柱厄边去。
>
> 有一次,在街头突然出现两个壮族小伙子拦路缠着姑娘们对歌。小伙子长得很漂亮,歌声很动听,姑娘们都愿和他俩对歌。唱到天黑,小伙子邀请姑娘们同路。有位白胡子老人悄悄告诉姑娘说:"孙们!去不得,我亲眼见他俩从柱厄里出来呀!"姑娘们听了十分害怕,婉言谢绝了小伙子的邀请。从此以后,人们知道柱厄里住着迪厄,谁也不敢路过柱厄了。
>
> …………

---

① 农冠品编注:《壮族神话集成》,南宁:广西民族出版社2007年版,第219—220页。

那时，古鱼寨有一对恩爱的新婚夫妇，妻子被迪厄偷走了。丈夫发现妻子纺的棉线夹在枉厄的树根缝里，但每当他砍出小洞，第二天被砍断的树根都会自动合拢。

…………

过了一天又一天，丈夫无法进洞，只好坐在枉厄边等迪厄出洞。等了一天又一天，还是不见迪厄出洞。丈夫没办法，又回村去问长老们。长老们想出了个好办法，叫众人带铜鼓到枉厄边，一边击鼓一边呐喊助威。这次树根被丈夫砍断，再也不能长拢了。

丈夫进洞后，枉厄的水涌起几丈高，水溅到附近的旱田里，使旱田变成了水田。人们知道那个丈夫正在跟迪厄搏斗，众人使劲击鼓呐喊。最后铜鼓自行飞进河去跟那个丈夫一起战迪厄。

丈夫和铜鼓在洞里战了三天三夜，枉厄的水时涌时静。众人一直守在枉厄边，只听见洞里的铜鼓声响如雷，又见从洞内喷出的血染红了整条河。红红的血水淌了三天三夜，后来水平静了，铜鼓也不响了，新婚夫妇也没有出水面。从此以后，再也没有迪厄出来作祟了。原来是旱田的地因斩迪厄时被水溅泡成了饱水田，至今还是饱水田。

这两个关于图额的传说与麽经叙事存在重合，如图额喜欢对歌，会与人类来往甚至结合等，应源于相同的神话母题。铜鼓作为镇压图额利器的观念在壮族民间流传也甚广。

丘振声先生在《壮族图腾考》中曾指出，"在壮族地区至今仍广泛地流传着形形色色的图额的故事，实际上是古代鳄鱼传说的演化。壮族所崇拜的蛟龙，其原型便是鳄鱼，当然也融入了蛇的一些特征，可以说蛟龙是蛇、鳄的整合与升华"。[①] 鳄鱼、蛇与龙的信仰与文化存在相似之处。但审视相关的口头叙事，其实有关龙、蛇、鳄的神话传说等内容各有侧重，形成了特定的母题，如关于蛇的蛇郎故事、关于龙的秃尾龙传说与龙母故事，等等。比较有关鳄（图额）的口头传统，可以总结出关于图额信仰

---

① 丘振声：《壮族图腾考》，南宁：广西人民出版社2006年版，第240页。

的一些核心叙事母题：其一，图额是世界上最早的神祇；其二，图额参与了世界的创造，尤其是河流、泉水等水世界的创造；其三，图额拥有作为文明象征的火种；其四，图额喜欢与人对歌，并与人结合，有后代。

（3）其他侗台语族群神话中的相关母题

国内外侗台语族神话中人与动物同源的神话母题很多，与壮族布洛陀神话具有内容与结构上的对应。

西双版纳傣族认为，最早为人类造房子的桑木底与帕雅恬、那伽是三兄弟，他们都是天神的孩子。三兄弟志向各异，帕雅恬喜欢天空，就住到天上去了；桑木底喜欢人间，就留在人间；另外一个兄弟那伽，喜欢水，就跑到水里去生活了。① 据史诗演唱家章哈 AL 解释，"桑木底"中的"桑"为"神"之意，"木底"是他名字。帕雅恬也即"天神"。"那伽"（Naga）为南传佛教的神祇，融合了傣族先民本土的图额信仰。

侗族神话《洪水滔天》里讲述松恩、松桑开亲以后，生下了王龙、王蛇、王虎、王雷（又叫雷婆）、丈良、丈美、王素等兄妹12个。一天，12个兄妹上坡玩耍，斗智比法，最小的兄弟王素用锯子锯珙桐树发出火来，又悄悄用火绳拴在王蛇尾巴上，恫吓王蛇取乐。王蛇惊慌往青山里躲，结果王蛇尾巴上拴的火绳把山上草木点燃，酿成巨大火灾。雷婆因为躲避不及，被火烧伤而发怒，连续用沉雷打烂王素九座房屋。② 史诗《嘎茫莽道时嘉》里则说，松恩与松桑相恋结合，来到交生养育后代。后来子孙宜仙、宜美生六胎，即龙生、蛇生、虎生、雷生以及姜良、姜妹。后因蛇生、虎生欲杀雷王，雷王得姜良、姜妹搭救，发下洪水淹没世界。③ 兄弟姐妹之间的争执和纷端成为人与其他物种分道扬镳的开端。

水族古歌唱道④："初造人，有个伢娲。伢娲婆，造四兄弟：头一个，就是雷公，第二个，便是水龙；第三个，才是老虎；小满崽，是我们人。

---

① 2014年云南西双版纳州景洪勐龙曼栋村，傣族章 AL（男，50岁）讲述，笔者搜集。
② 中国作家协会贵州分会、贵州省民族事务委员会编：《苗族、布依族、侗族、水族、仡佬族民间文学概况》，贵阳：贵州人民出版社1987年版，第150—151页。
③ 杨保愿翻译整理：《嘎茫莽道时嘉》，北京：中国民间文艺出版社1986年版，第59—71页。
④ 中国作家协会贵州分会、贵州省民族事务委员会编：《苗族、布依族、侗族、水族、仡佬族民间文学概况》，贵阳：贵州人民出版社1987年版，第222—223页。

四兄弟,各说各大,争地方,比武斗法,哪个胜,地方归他。"虽然龙兴风,虎掀土,雷下大雨又刮大风,都没有把人吓倒。人请雷龙虎坐进茅草屋,击石点火燃起茅草屋,把老虎烧得"皮癫毛焦",把水龙烧得"浑身起泡",把雷公烧得"脸面通红",虎跑进了山里,龙逃进了海里,雷逃上了天空,人获胜了。另一则《人虎龙之争》的神话则把斗争集中在了人、龙、虎身上,情节内容与前者相差不远。① 《十二个仙蛋》则说,仙婆牙线在月亮山淋雨怀孕,生12个仙蛋,变成了12种动物:人、雷、龙、虎、蛇、熊、猴、牛、马、猪、狗、凤凰。② 人类与自然界万物有着肉眼无法识别的血脉联系。

黎族中也有葫芦生人与其他动物的神话母题,这些动物包括牛、猪、鸡、飞鸟、蛇、蜈蚣等,人与动物同源,与它们有着不可割断的联系。③ 布依族神话中人类和野兽分别是老祖先布灵的心和牙齿变的,④ 虽然没有提及兄弟分家,但仍保留着人战胜雷王、野兽后成为世界主宰的叙事。⑤

	兄弟分家
壮族	雷王、蛟龙、图额、布洛陀四兄弟比试本领,布洛陀以火取胜
傣族(西双版纳)	桑木底和帕雅恬、那伽分家
侗族	松恩、松桑生下王龙、王蛇、王虎、王雷、丈良、丈美、王素等12个兄妹,王素用火吓唬王蛇,闯下灾祸,引发洪水;松恩与松桑的子孙宜仙、宜美生六胎,即龙生、蛇生、虎生、雷生以及姜良、姜妹,蛇生和虎生欲杀雷生,引发洪水
水族	雷公、水龙、老虎和人四兄弟(或人、龙、虎三兄弟)斗法,人类以火取胜;牙仙生下仙蛋,孵出人、雷、龙、虎、蛇等12种动物
黎族	葫芦生出人与牛、猪、鸡、飞鸟、蛇、蜈蚣等动物
布依族	人战胜雷公和野兽成为世界的主宰

---

① 黔南州文艺研究室、三都县文史研究组编辑:《水族民间故事选:石马宝》,都匀:都匀县人民印刷厂1981年版,第8—10页。
② 王宪昭:《中国各民族人类起源神话母题概览》,北京:民族出版社2009年版,第270页。
③ 王宪昭:《中国神话母题W编目》,北京:中国社会科学出版社2013年版,第532页。
④ 周国茂编:《布依族摩经文学》,贵阳:贵州人民出版社1997年版,第45—55页。
⑤ 王宪昭:《中国神话母题W编目》,北京:中国社会科学出版社2013年版,第908页。

壮、傣、侗、水、黎等民族中保存的兄弟分家母题及其异文凸显出侗台语族先民对自身与自然界关系的一个定位,内容十分古朴,体现出人类早期从"物我不分"到认识自我的思维发展特点,与族群早期的宇宙观高度对应,其产生的时间应较为久远,所以其他侗台语暂未发现。

4. 人类起源与姆洛甲

(1) 人类起源与洪水神话

壮族的人类起源神话与布洛陀有关。一般布洛陀不直接造人,他往往在造人最困难的阶段给予关键指点,促成真正意义上的人类出现。这特殊的指导展示了布洛陀的重要地位。如麽经《布洛陀孝亲唱本》里说天王氏造了人,却无肉无喉、无腰无身无脚、无奶无睾丸。后来伏羲造了稻草人,稻草人才变成正常的人。古时候米粒大,人吃了不聪明,伏羲王造12个太阳让人间大旱三年直到河水断流,后再造水淹天地,人类只剩下伏羲兄妹。这两兄妹做夫妻后,妹怀孕生下来的人仔像磨刀石,被丢弃野外。后经布洛陀的指点兄妹杀牛祭祖宗敬父母,人仔才有头有手,变成千人百人,各起姓氏。① 该韵体神话中的造人经过了三个阶段,首先是天王氏造人,其次是伏羲王造了稻草人,最后才是伏羲兄妹生育天下的人。

云南文山一带口头流传的《布洛朵》中有洪水后"娘侄通婚"的内容:

> 天上原来有12个太阳,被射落了11个,突然一声霹雳,下起雨来。
>
> 雨从东方来,雨从西方出。雨颗有大有小,小的落高山,大的降低凹。小雨颗像罐子,大雨颗像坛子。雨下了五天,雨落了七夜。水碓窝冒洪水,水碓尾有洪水冲。大地浪连天。水淹七年那么久,水淹八年那么长。
>
> 天下只剩娘侄俩没被淹死,只有一个大葫芦还漂着,娘侄俩躲入

---

① 张声震主编:《壮族麽经布洛陀影印译注·第六卷》,南宁:广西民族出版社2004年版,第1833—2015页。

葫芦里。风吹往西,葫芦漂往西,风吹往东,葫芦载娘侄俩往东。

洪水淹了12年,除了葫芦别的什么也不见。天不转了,地也不动了,浪平息五天,洪水消退了七夜,先露出波汉弘,又露出囊迪星,最后露出波洛朵。葫芦停在波洛朵,布洛朵高兴地说:"好啰!留下你俩做人种,剩下你们传人烟!"

娘侄对布洛朵说:"我布呀!我布!我俩是娘侄,让我们做人种,叫我们传人烟,我们还要上山劈松明,我们还得进林砍松树,上山怕雷打,进林怕狮咬。"

布洛朵说:"孙们呀!我要你俩成为夫妻,叫你们做人种,让你俩传人烟。你们怕雷打,雷打有我拦;你们怕狮咬,狮咬有我挡。"

娘侄俩说:"我布呀!我布!我们是娘侄。要我们传人烟,叫我们做人种,我们怕种田跌坎无人拉,我们怕过河落水无人捞!"

布洛朵讲:"好啰!孙呀!要你们像蜂娘一样繁殖,叫你俩像蜂窝一样传人烟。如果种田跌坎有我拉,过河落水有我捞。"

娘侄俩又说:"我布呀!我布!叫我俩做人种,让我们做人根,同筷条用餐,同枕头共担,我俩是娘侄!"

布洛朵说:"你们说是娘侄不同餐共枕,你俩一人拿针,一人拿线,站在两边山顶丢针丢线,如果针和线能穿连在一起,你们就该同桌共餐;你俩一人扛一盘磨上两边山顶上放,如果两盘磨能滚拢合在一起,你俩就得同枕共床;你俩一人上这座山顶烧堆火,一人上那座山顶烧堆火,如果两堆火的烟缕能缠绕在一起,你俩就该做成夫妻!"

娘侄俩按照布洛朵说的办,结果针线穿在一起,磨盘合拢在一起,两缕火烟也缠绕在一起。娘侄俩无话找布洛朵,无言再商量,只好合为夫妻做人种,传人烟。

娘侄俩鞋袜同放三个月,身体变了样;娘侄俩共枕六个月,腹内怀婴的脚杆像青蛙腿。怀孕九个月,该生而不生,娘侄俩又问布洛朵,怀到16个月,婴儿生下地。

婴儿生下地,没头又没脚,没眼又没手,婴儿像块肉砖,中间颤动不停。

娘侄俩又去问布洛朵,布洛朵说:"好啰!孙呀!婴儿是肉墩,你们用刀切，拿刀来分，切他丢四角，分撒在四方。人烟就会生，人就能繁衍！"

娘侄俩按照布洛朵说的去办，切肉砖撒四角，砍碎肉墩丢八方。落大坝水头的变布汉、布侬；落高山深箐的变布苗、布孟；落菁头林间的变布瑶、布泰。人烟就这么重生，人间就是这样再繁衍。古人这样讲，先辈就是这么传。①

纵观布洛陀神话，人类起源母题并非十分突出。在《壮族神话集成》中收录的26则姆洛甲和布洛陀口传神话中，仅有《布洛朵》一则有洪水淹天、娘侄婚配的内容，四则神话说布洛陀和姆洛甲婚配、姆洛甲生人。常见的布洛陀神话均侧重于布洛陀造物、安排自然与社会秩序、帮助人类解决问题等内容。收录了29个麽经手抄本的《壮族麽经布洛陀影印译注》中，只有《布洛陀孝亲唱本》和《麽荷泰》两个抄本中涉及造人与兄妹（娘侄）婚配内容。另外，三个抄本《麽请布洛陀》《叭兵全卷》《麽兵甲一科》之"造皇帝土司""造土官"等篇章说神祇造出了官、头人、皇帝等，但这里的"造"是将社会秩序和统治阶层的出现冠以"神授"之名的结果，并不强调人类出现的原因和过程。从具体过程来看，布洛陀神话主要有神祇造人、娘侄/（伏羲）兄妹婚配造人两种方式，且和洪水神话母题相衔接。相较而言，《壮族神话集成》一书收录的15个姆洛甲口传神话中，七个讲述了姆洛甲以各种方式创造、生育人类的过程，流传在广西大化一带的《姆洛甲分姓》《姆洛甲叫仔女分家》在叙事中明确说人类是姆洛甲的仔女。姆洛甲或受风孕或与布洛陀相结合，怀孕生下了第一批人类；又者，用蜂蛋和蝶蛋/湿泥造人，并用辣椒和杨桃等植物分男女，天下的人才繁衍起来。姆洛甲造人的神话母题没有和洪水神话结合在一起。

布洛陀叙事中人类的存在常被视为常态，或在讲述布洛陀神迹之前被简单提及。在壮族人民的思维观念中，布洛陀是一位男神，他并不必然和人类的起源相挂钩。神话中的布洛陀更侧重于人类文化的创造、秩序的制定等，对社会的和谐与正常运作起到更重要的作用。洪水与人类起源母题

---

① 农冠品编注：《壮族神话集成》，南宁：广西民族出版社2007年版，第41—42页。

虽然出现在布洛陀神话之中，但数量少，此类母题主要集中在布伯斗雷王、伏羲兄妹神话以及单独的洪水神话和古歌之中。① 在这些叙事中，布洛陀所起的作用往往被雷王所替代。陈建宪曾指出，"世界各国的洪水神话，其形态无论是怎样千差万别，都由两个主要内容组成：一是淹灭世界的大洪水；一是洪水后幸存的少数遗民重新繁衍出新的人类。中国洪水神话在内容上一般也由这两部分构成。不过，它们在具体表述方式和细节上又有自己鲜明的民族风格"。② 洪水神话母题在中国南方人类起源神话中很常见它产生的时间可能非常早，巧妙地解释了世界变迁的由来，或许还有着更深层的含义等待我们去探索。

（2）人类之母——姆洛甲

布洛陀神话中常提及女神姆洛甲（Meh/Mo Lug Gyap），方块壮字亦写作"麽渌甲""姆六甲""麽渌甲""姝六甲""姝洛甲""妹六甲"等，她被说成是世界上第一个人，常被视为直接造人或生人的神祇。如：

> 宇宙虽然分为上、中、下三界，但是，各界中，什么东西也没有。
>
> 突然，中界的大地上，长出一朵花来，这朵花说不上是什么颜色，花一开，中间却长出一个女人来。
>
> 这个女人就是我们人类的始祖。她披头散发，浑身一丝不挂，满身长毛，却很聪明，因此后世人叫她姝六甲（即姆洛甲，笔者注）。因为她有智慧，足以做聪明人的师傅，所以又叫姝洛西。
>
> ……
>
> 姝六甲见大地毫无生气，便想造起人来。她撑开两脚，站在两座大山上，突然吹来一阵风，觉得尿很急，便撒一泡尿。尿湿了土地。她便用手把泥土挖起来，照着自己的样子捏了很多泥人，用乱草蒙盖起来。经过七七四十九天，打开蒙盖的草一看，这些泥人竟活起来了。
>
> 活了的泥人到处乱跑乱跳，叫也叫不住他们，姝六甲便到树林里

---

① 农冠品编注：《壮族神话集成》，南宁：广西民族出版社2007年版，第255—349页。
② 陈建宪：《中国洪水神话的类型与分布——对443篇异文的初步宏观分析》，苑利主编《二十世纪中国民俗学经典·神话卷》，北京：社会科学文献出版社2002年版，第349页。

采集很多杨桃和辣椒，向人群中撒去，这些活了的泥人便来捡，结果抢到辣椒的便是男人，抢到杨桃的就是女人。从此，这宇宙间才有男人和女人的出现。①

《姆洛甲造三批人》中说她用泥巴、生芭蕉、蜂蛋和蝶蛋三次造人，用辣椒、猫豆和槟榔、酸杨桃分男女。② 姆洛甲造人的神话与汉族女娲抟土造人的神话情节有些相似，但又有自己的特色。文中男女性别的出现，与壮族生活环境中常见的植物有关。神话内容展示了壮族先民对于人自身生理现象的认知，并将女性神祇与人类起源母题捆绑在了一起。

广西田阳敢壮山上的姆洛甲神像

姆洛甲是布洛陀神话中出现最为频繁、性质较为稳定的一位神祇。她

---

① 农冠品编注：《壮族神话集成》，南宁：广西民族出版社2007年版，第48页。
② 同上书，第48页。

和布洛陀常作为对偶神出现。如流传在广西大化的《姆洛甲生仔》① 神话讲述的是姆洛甲与布洛陀婚配后生下人类：姆洛甲、布洛陀是地上的两个人，姆洛甲想和布洛陀结婚，创造天下婚姻之源，布洛陀却不懂得夫妻的含义，赌气跑到下界和图额一起生活。后来，布洛陀看到姆洛甲在山顶上盼望自己回来，就对着姆洛甲喷了一口水，射中她的肚脐眼。姆洛甲回到家就怀孕了，生下12个孩子。孩子们叫布洛陀"爸"，壮语里也是"喷"的意思。流传在广西西林的《巨人夫妻》② 则说姆洛甲是天上神仙的女儿，她是个生于人间的巨人。有一天，她在山里遇见了布洛陀，两个人互不服气，就比试本领。结果两个人本领不相上下，按照姆洛甲的要求，两个人结为夫妻。在这些神话中，两人被视为壮族先民的配偶祖先。更有意思的是，姆洛甲作为女性，在婚配中却常常居于主动地位，要求和布洛陀结为连理。这与壮族传统社会中女性地位高、掌握家庭事务决定权有很大关系。

  姆洛甲不但常常在叙事中作为布洛陀的配偶，她还常常取代布洛陀，成为类似神话母题的主角。如流传在广西大化一带的《姆洛甲分姓》说："那时候，天下分成四界，每一界都有一个王：天是上界，雷公做王；水底是下界，'图额'做王；森林是边界，老虎做王；地是中界，姆洛甲做王。"③《姆洛甲造红水河》里说，"自从天地分开，雷公到天上去管天，姆洛甲在地上管人，兄妹俩就一直不相往来，更说不上早晚相帮了。雷公在天上造雨，高兴的时候就给地上几滴，不高兴的时候，大旱几个月，人们不但种不上五谷，连水都没得喝，靠天实在难呀！于是，姆洛甲就去造河流"。④ 姆洛甲和雷王、图额和老虎四人各管一界，代替布洛陀成为中界之王。她与雷王也保持了血缘关系，二者被视为兄妹俩。姆洛甲和布洛陀的神迹也多有重合和对应。如广西东兰的师公唱本《姆洛甲》中就说她压平了地面、造出了月亮、天地，开辟了泉水，找到了黏谷种，织出了百草衣，造出了母牛，等等，多为与布洛陀创世对应的内容。她还让人类

---

① 农冠品编注：《壮族神话集成》，南宁：广西民族出版社2007年版，第22页。
② 同上书，第28页。
③ 同上书，第48页。
④ 同上书，第25页。

分家创业，才形成了今天不同的族群。① 她造出红水河，为人类造福。她规定水牛的发情期，让水牛安心耕田，为人类服务。她还规定了世界上的婚姻，给鸟兽穿上羽毛，给草木分配颜色，让草木不再会说话、固定在泥里，规定鸟兽的行为，等等。② 姆洛甲甚至被视为创造了"禳解""疏理"等麽教仪式的神。麽经《広兵叭用》手抄本重复提及"Yah vuengz meh caux beng, Yah vuengz muengz caux saj"（婆王母造禳解，婆王茫造疏理）③ 之句，这里的 yah vuengz 指的就是姆洛甲，也即后来民间神话中的"娅王"（雅王）；meh 为"母亲"之意，充分表达了壮族人民对伟大母亲神的敬意与赞颂，muengz 为"厉鬼"之意，yah vuengz 不但管理人间，也管理鬼界。与布洛陀相似，这位女神可与神鬼沟通，创造了麽信仰中重要的仪式方法，能够为人类除灾祛难。据有的布麽解释，姆洛甲（麽渌甲）是渌甲地方的巫师。壮语里，"麽"有喃颂、施法之意；"渌"有剥脱、剥开、使两者脱离之意，也即禳除法术；"甲"原意指似鳞甲一类的附着物，可喻指殃怪。麽渌甲指能施法剥离殃怪的布麽。④ 这种解释主要契合麽教禳除法事。由此可见，姆洛甲和布洛陀的身份、神迹高度重合。

和布洛陀一样，姆洛甲也是壮族先民鸟图腾中的重要角色。图腾崇拜发生在旧石器中期，繁荣于旧石器晚期和中石器时代。于是，在"只知有母，不知有父"的时代里，以氏族祖先、始祖名称等形式出现的动植物图腾就开始出现了。蓝鸿恩先生在《布洛陀和姆六甲》神话的一条注文中提到："姆六甲的姆，乃是母亲之意，六甲是一种鸟名，这种鸟在壮族人民当中常常作聪明的象征，所以谚语中有'聪明不过六甲鸟'之句。姆六甲可译成聪明智慧的母亲。姆六甲在壮族其它传说里还有另外一个名字，叫做姆洛师，意思就是智慧师傅的母亲。"⑤ "姆洛甲"的"甲"在

---

① 农冠品编注：《壮族神话集成》，南宁：广西民族出版社2007年版，第24页。
② 同上书，第17—31页。
③ 张声震主编：《壮族麽经布洛陀影印译注·第一卷》，南宁：广西民族出版社2004年版，第232页。
④ 同上书，第330页。
⑤ 转引自丘振声《〈布洛陀〉与图腾崇拜》，农冠品编注：《壮族神话集成》，南宁：广西民族出版社2007年版，第760页。

壮语里还有"鸽子"之意，因此，这个称呼还可理解为鸽始祖母。据覃晓航先生考证，姆洛甲本意为"乌鸟娘"，是壮族乌鸟崇拜的凝聚。她在史料中常被记录为"六乌娘""六乌婆""六乌圣母"等。① 如1968年的《桂平县志》中有载："壮俗每数年延师巫、结花楼祀圣母。""按圣母不知所指，据邕中武平里诸壮所祀，则为六乌娘，又名六乌婆，庙在六乌山，壮人每遇瘟疫，则异六乌娘巡游村市热闹。"② "六乌"与"六甲"系记音与方言差异，六甲鸟也可被视为乌鸟。无论是布洛陀还是姆洛甲，都带有鸟图腾的标签。

姆洛甲和布洛陀的关系亦值得反思。有的神话把姆洛甲和布洛陀当成前后不同时代的人。在广西河池、云南文山一带流传的《布洛陀和姆洛甲》神话，把姆洛甲视为天地间一朵花变成的女人，她用泥巴制作了人，"人中就出现一个非常聪明和有智慧的人，名叫布洛陀"。③ 氏族社会始于母系。母系氏族阶段，妇女作为主要劳动力以及人类生育行为的具体体现者，在社会中享有崇高的地位。因此，姆洛甲作为独立的人类创造者、壮族的生殖大神，展现着人类的生育行为，与壮族先民顶礼膜拜的形象相吻合。女神姆洛甲在神话文本中也被视为"中界之王"，具有独尊地位。

更多的神话内容中把布洛陀作为第一主角。造天地时，"布洛陀下来造，麽渌甲下来造"，人类遇到困难疑惑的时候，就会想到"去问布洛陀，去问麽渌甲（即姆洛甲，笔者注）"，把情况叙述之后，"布洛陀才讲，麽渌甲才说"，从而给人类指点，解危救难。布麽做麽时，先祷请布洛陀和麽渌甲降临神位，布洛陀居于专设的"床能"即高台座位，故常以"布床能"意即"坐在高台神位的祖公"为其代称；麽渌甲居于专设的"檸桐"即凳子座位，亦常以"奵檸桐"意即"坐凳子神位的祖婆"为其代称，以此显示其地位的主次之别。④ 但大多数经诗手抄本中的"麽渌甲"抹掉了女性神的气息，被视为一位布麽，形象十分模糊。有时候，

---

① 覃晓航：《壮侗语族语言研究》，北京：民族出版社2012年版，第312—315页。
② 黄占梅修，程大璋纂：《桂平县志》，台北：成文出版社1968年版。转引自覃晓航《壮侗语族语言研究》，北京：民族出版社2012年版，第312页。
③ 农冠品编注：《壮族神话集成》，南宁：广西民族出版社2007年版，第48页。
④ 黄桂秋：《壮族麽文化研究》，北京：民族出版社2006年版，第62—82页。

麽渌甲还被视为布洛陀的兄弟。[①] 到了广西东兰县的《姝洛甲》师公经抄本里，布洛陀和姆洛甲已经成为创造天地的对偶神，天地混沌之后布洛陀、姝洛甲出生，“布洛陀擎起天，姝洛甲压平地；布洛陀造太阳，姝洛甲造月亮……”[②]《姝洛甲断案》里也说，天地分开之后，布洛陀上天去造日月，姆洛甲留在地上造山河田地。[③] 男女神展示出上和下、天和地的对应。这与人类早期社会从母系氏族社会跨入父系氏族社会有着深刻的联系，是社会状况变化的鲜明反映。顶天行为及顶天柱，都被赋予男性为主导的隐喻色彩。

根据以上材料，笔者认为布洛陀与姆洛甲或为同一个形象演化发展的不同阶段。两者在身份地位、创世神迹等方面保持诸多的雷同，是图腾信仰在不同历史阶段、不同社会语境下的变异发展。在麽经中还出现“奷渌啚”（奷洛陀）和“咟六甲”（麽渌甲）的说法，[④] 可见两者身份其实是可以互换的。追溯起来，姆洛甲应为壮族先民母系氏族社会最远久、最高的艺术形象代言人和精神领袖，比布洛陀出现的时间要早。壮族神话谱系中，姆洛甲和布洛陀亦前后衔接。[⑤] 最初，壮族先民鸟图腾信仰中形成的神祇是姆洛甲，她被视为开天辟地的始祖，是人类的祖先。随着生产力的发展进入父系氏族社会后，社会生产劳动强度越来越大，体魄强壮的男子逐渐取代了女子在劳动中的重要地位，同时，生育与“男女构精”之间的关系被了解，男子在社会和家庭生活中的影响日益重要并被逐渐实现。与此同时，信仰不断地演化，女权思想开始受到压制，男权文化企图通过文学等途径使其统治合理化、合法化，并用于对抗实力不断衰弱的女权思想。随着时代的发展，姆洛甲形象受到较大的改造，它虽然遗存着母系氏族社会图腾崇拜的因素，也只能将原本独立的母系氏族大神融入父系氏族社会的叙事中，衍生出一个男性神形象——布洛陀。随着时代的发展，布

① 张声震主编：《壮族麽经布洛陀影印译注·第六卷》，南宁：广西民族出版社2004年版，第2284页。

② 农冠品编注：《壮族神话集成》，南宁：广西民族出版社2007年版，第17页。

③ 同上书，第26页。

④ 张声震主编：《壮族麽经布洛陀影印译注·第八卷》，南宁：广西民族出版社2004年版，第2955页。

⑤ 同上书，第5页。

洛陀在壮族先民信仰体系中的地位愈加巩固和提升，从姆洛甲的晚辈上升为姆洛甲的同辈，姆洛甲被降格为与之相配的副神。虽然神话中以婚配等方式完成了神祇统治秩序的更迭，显得更为温和，但现实社会中男权取代女权的历程冲突却依然激烈。

布洛陀无法完全取代姆洛甲之处，是姆洛甲作为女性本身所具备的生殖功能。这一无法掩盖的事实使这位女神形象得以继续保留和存在，并衍生为壮族民间花婆和娅王（又写作"雅王"等）信仰。① 花婆最大的职责就是掌管人间的生育，为人间送来红花（女孩）和白花（男孩）。② 回头再审视布洛陀神话中的人类起源母题，即使布洛陀取代姆洛甲成为创世、造物的新神祇，他依然无法把创造/生育人类的功绩从姆洛甲那里完全夺走，而只能以指导造人、洪水后兄妹婚等形式重新铸造神话中的人类起源篇章。

（3）其他侗台语族群神话中的相关母题

在侗台语族其他民族神话中，也不乏人类起源的叙述，在此选择一些较具代表性的进行介绍，其余相关母题可见节末列表。

布依族神话《洪水滔天》③ 中人类的出现也经历两次更迭：因为雷神懒惰贪睡，严重失职，造成人间特大干旱，于是，布依族第一代人类布杰上天抓雷神关在家里的笼子里进行惩罚。雷神骗取了布杰儿女伏哥羲妹并帮助其逃回天上，放开天池水酿成滔滔洪水之患。布杰再次上天，用玉帝的龙头杵在东边天脚捅了81个洞消除了洪水，布杰也累死在天边。伏哥和羲妹坐着雷神给的葫芦种种出来的大葫芦，逃过一劫。洪水之后，人烟灭绝，只剩下伏哥羲妹。为了繁衍人类，天上的太白金星劝说兄妹俩成亲，兄妹不肯答应。经过穿针眼、滚磨盘和赛跑的考验，两人终于成亲。伏哥羲妹成亲后生下一个"无手无脚的肉砣砣"，兄妹俩把它砍成99块，丢到各处。这些肉块分别变成了各种姓氏的村寨。从此人类又繁盛起来。

西双版纳傣族神话提及了前后三次创世：第一次是原始的开天辟地④，

---

① 黄桂秋：《壮族麽文化研究》，北京：民族出版社2006年版，第62—82页。
② 关于花婆与娅王的分析详见"比较篇·始祖女神与生育女神"。
③ 中国作家协会贵州分会、贵州省民族事务委员会编：《苗族、布依族、侗族、水族、仡佬族民间文学概况》，贵阳：贵州人民出版社1987年版，第29—30页。
④ 岩峰、王松、刀保尧：《傣族文学史》，昆明：云南民族出版社1995年版，第78页。

但一场大火把一切全部烧毁了,神们只得进行第二次开天辟地;同样,不久之后,洪水又把天地万物冲毁消灭了;于是,神又进行第三次创造天地。相应地,在人类起源神话里就有三代人种:最早的第一代人种称为污垢泥人①,他们是被那场大火灭绝的②。再造的第二代人种叫神果园人③,大洪水淹没了世界,神果园人也灭绝了。最后造的第三代人种叫葫芦人,葫芦人约相与宛纳经过线穿针、滚磨盘的考验结为夫妻,繁衍人类第三代。

毛南族古歌《创世歌》中说,格射下太阳后,用狗耕田,狗吠天造成暴雨,盘和古逃生后,结婚生人。《盘古兄妹和他们的神祖神孙》中说,汉王造了一些人,死亡后,天皇又造一代人。洪水后,盘与古兄妹结婚,生壮、瑶和毛南人。人类亦经历了三次更迭。④ 此外,民间还有岩浆爆人、磨刀石变人、卵生人、竹子生人和榕树精变人等说法。⑤

侗族的人类起源神话也描述了人类三代更迭和旷世大洪水:从棉婆孵的蛋里出来世界上最初的两个人松恩和松桑,他俩配成夫妻,生了12个兄弟姐妹,有雷婆、丈良、丈美等。因为兄弟姐妹之间的斗争,雷婆用大洪水淹没世界,只剩下丈良、丈美两兄妹坐着雷婆牙齿种出的瓜逃过一劫。丈良、丈美两兄妹在蛇、黄蜂和马蜂的帮助下斗败雷婆,智退洪水。但大地上已找不到其他人。最后在岩鹰的劝说下,两兄妹只好做了夫妻。婚后丈美生下一个肉团,浑身长满了眼、鼻和嘴巴。他们把肉团剁碎扔进大山,形成了不同民族的人。⑥ 史诗《嘎茫莽道时嘉》则说,萨天巴用白泥捏人不成,把四个肉痣交给萨狇孵出松恩和三只龙狗。萨狇后来又孵化山岗上四个蛋,出来松桑和三只羊。松恩与松桑相恋结合,来到交生养育

---

① 岩峰、王松、刀保尧:《傣族文学史》,昆明:云南民族出版社1995年版,第82页。
② 《大火烧天》里解释说,因为创世神英叭造出的大地一片肮脏,到处都爬满了蛇,到处都是狼藉的尸体,臭气熏天。因此,英叭神大怒,认为造的天地不好,留下它没有用处,要用大火来毁掉。于是,将火神和他的七个太阳儿子叫来,吩咐他们去烧毁大地。
③ 岩峰、王松、刀保尧:《傣族文学史》,昆明:云南民族出版社1995年版,第78页。
④ 王宪昭:《中国各民族人类起源神话母题概览》,北京:民族出版社2009年版,第264—266页。
⑤ 陈路芳:《试探毛南族先民的天人观》,《广西民族学院学报》(哲学社会科学版)1999年第2期。
⑥ 中国作家协会贵州分会、贵州省民族事务委员会编:《苗族、布依族、侗族、水族、仡佬族民间文学概况》,贵阳:贵州人民出版社1987年版,第150—151页。

后代。后来子孙宜仙、宜美生六胎,即龙生、蛇生、虎生、雷生以及姜良、姜妹。姜良、姜妹在雷王发洪水后开亲,生下大肉团。肉团砍碎后变成了天下不同姓氏和民族。①

水族神话中有仙婆牙巫剪纸（木叶）造人与生蛋孵出人等说法,如《牙巫造人》叙述牙巫剪了许多纸人压在箱底,时间未到她就打开木箱,这时候形成的人又矮又小很瘦弱,牙巫就让老虎和鹞鹰把他们吃掉了。牙巫又重新造人,这次造的人成为了世界的主宰者。《十二个仙蛋》里则说牙巫与风神相配,生下了12个蛋,其中一个蛋里孵出了人类。②

仫佬族《伏羲兄妹制人伦》说雷公发洪水后,伏羲兄妹在葫芦中逃生,经难题考验后成婚生肉团,肉团被砍成肉末后变成许多人。③

仡佬族《人皇与四曹人》说,人皇用泥捏千百泥人成为大地第一曹人,却被风毁掉。用草扎第二曹人,被雷神用火烧光。天神下凡繁殖第三曹人,他们好吃懒做,被洪水淹死。最后,人皇派他两个儿女阿仰兄妹繁衍出第四曹人,也就是今天世界上的人。④

黎族也保留了人类起源与洪水神话母题,如《人类的起源》《黥面纹（文）身的来源》《海南三族传说》《螃蟹精》《南瓜的故事》《黎族支系的来源》等,内容大同小异。如其中一则《人类的起源》说,神仙用泥捏成哥妹两人。洪水后,雷公劝两人结婚。妹妹生下一个白白胖胖的男孩,雷公剁碎后筛出四男四女,成为黎族四个支系的祖先。⑤

老挝佬族的人类起源神话中亦常见洪水神话母题,葫芦为常见的载体。如《葫芦生人》⑥说,古时候上帝派了三位天使布郎森、坤勒、坤坎下凡人间,他们使世间变成了鱼米之乡。后来,人们忘记向天帝供奉美味食品,天帝就发下大洪水,霎时间大地被淹没了,人类全被淹死。只有三位天使还活着、他们乘着木筏回到天上。洪水退去以后,天使十分想念人

---

① 杨保愿翻译整理：《嘎茫莽道时嘉》,北京：中国民间文艺出版社1986年版,第45—48页。
② 范禹主编：《水族文学史》,贵阳：贵州人民出版社1987年版,第47—48页。
③ 王宪昭：《中国各民族人类起源神话母题概览》,北京：民族出版社2009年版,第267页。
④ 同上书,第129页。
⑤ 同上书,第259—263页。
⑥ 张玉安主编：《东方神话传说·第六卷》,北京：北京大学出版社1999年版,第113—114页。

间，就向天帝禀告返回人间居住。天帝同意了他们的请求，让他们再次下凡到人间。临走时，天帝还送给他们一头卷角的大水牛。他们在人间用那头水牛耕地种水田，没多久人间又变得富饶起来。三年过去了，那头大水牛突然死去。从水牛鼻孔中长出一根很长的葫芦藤，又结出一个很大的葫芦，葫芦里面人声鼎沸嘈杂一片。三位天使把葫芦打开，里面走出了男男女女和各种动物。天使把这些人分成老听、老宋、老龙三个族群。《南瓜生人》①里有兄妹婚母题：从前在南瓜村中住着兄妹二人。一天，兄妹俩在树林中捉到一只灰鼠。灰鼠可怜巴巴地向两兄妹求情，还告诉兄妹俩说洪水就要来临，一切生灵难逃厄运，让他们赶紧用空树干做船逃离洪水。两兄妹制作了一艘船，逃过洪水。他们结为夫妻，婚后妻子生下两个大南瓜，南瓜里走出了泰、黎、老、克穆族人等。泰国东北部的佬族人有佛祖用汗、水和土造桑格萨与桑格西二人的说法，他们二人交媾生了八个孩子，就是人类的祖先。②泰国泰族也有天神变人的神话母题。③泰国东北部的泰阮人有天神用泥造人的说法，造出的两个人就是 Bu Sae 和 Ya Sae，他们繁衍了人类。④泰国北部清刊（Chiang Kham）的傣泐也保留了天神布桑嘎西、雅桑嘎赛吃土变成人的神话母题，二人结为夫妻繁衍人类。⑤

在老挝琅南塔省汶普卡县（Viengphoukha）泰央族聚居的南发（Nam Fa）村，老人家 C L（男，65 岁）讲述的泰央族洪水神话也涉及兄妹婚母题：

天下发了洪水，兄妹俩做了一个很大的鼓，洪水上升的时候鼓也往上涨。洪水后（世界上只）剩下两兄妹，他们就结婚了，生下一个大葫芦，然后就用铁（棍）去戳，第一个出来的是老听，就是克木人等，他们很黑，后面是其他的族群，皮肤白一点。

---

① 张玉安主编：《东方神话传说·第六卷》，北京：北京大学出版社 1999 年版，第 119—120 页。
② 金勇：《泰国民间文学》，银川：黄河出版传媒集团、宁夏人民教育出版社 2011 年版，第 30 页。
③ 张玉安主编：《东方神话传说·第六卷》，北京：北京大学出版社 1999 年版，第 183 页。
④ 2015 年 5 月 12 日，泰国清迈皇家大学学者 Wannida 提供。
⑤ 2015 年 5 月 7 日采集，讲述人为 A M（女，65 岁），屈永仙翻译。

老挝琅南塔省亮（Luang）村的红泰人 LD（女，62 岁）讲述过这样的洪水神话：①

从前天和地紧挨着，地上的人说什么天上的人都听得很清楚。人生活在地面上，出太阳也骂，不出太阳也骂，天神生气了，就发大洪水要把人淹死。洪水很大淹没了一切，一直淹到天上。只有一只葫芦里躲着一对叫作 Ai Nong 的兄妹，洪水退去后葫芦摔到了地上。地上的人都死光了，两兄妹只好结婚繁衍人类。

老挝黑泰人 GT（男，30 岁）则记得这样一则洪水神话的梗概：

天神"召法"为了清洗地球便降下大雨，水淹天地之后只剩下一对夫妻，他们生下一对男女，子女又结婚生下七个孩子，相互结合繁衍了今天的人类。②

老挝琅南塔省黑泰巫师（吴晓东摄）

---

① 2012 年 7 月 11 日搜集整理，屈永仙翻译。
② 2012 年 7 月 13 日，在老挝勐醒（Muang Sing）的那坎（Nakham）村搜集整理，屈永仙翻译。

泰国塔帕侬府的普泰人ＣＢ（男，58岁）曾讲述过这样一个曲折的洪水神话故事：古时候大水淹天，水里的鱼儿可以吃到月亮和星星。水干后又引发灾害，大火烧着了天地，只剩下最后一根藤条连接天和地。天上住的神顺着这条藤往下来到地上，他们闻到土很香，于是就吃了这些土。因为吃了土，他们的身体就变重了，再想通过藤条爬上天却又老是掉下来。天上的最高神灵帕雅恬（Phaya Thaen）就把这跟藤条砍断了，留在地上的神就变成了人。但是这些神变成的人不能生育后代。帕雅恬就送下来三包药，给男人两包，给女人一包。吃了这个药他们才会有性欲，变成真正的人。但是男人出门了之后，女人偷吃了觉得好吃，就吃了两包。男人只能吃剩下的一包。因此，男人总是像猫一样，饿的时候会叫。女人则不喜欢乱叫，比男人能干活能负重。有的人曾经顺着藤子爬到天上，帕雅恬就送给他们一个葫芦籽，种了之后结出葫芦，葫芦里还有声音。于是，有人用烧红的铁钉捅开葫芦，出来克伦、克木、阿卡等黑皮肤的人，又有人用镰刀割开葫芦，出来普泰、白泰、黑泰等白皮肤的人。① 泰国加拉信府（Kalasin）古奇那莱（Kuchinarai）县古瓦（Kutwa）镇古瓦（Kutwa）村，一位佬族妇女ＮＲ（44岁）说，布桑嘎西、雅桑嘎赛生下了人类，他们是人类第一对始祖父母。他们用泥土造出各种动物，有牛、羊、马……但她同时又记得有个神话里说，一头牛死后，它身上长出一根藤，那根藤上长出特别大葫芦。后来葫芦裂开了，出来五个民族，即阿卡人、越南人、佬族人、普泰人等。②

越南奠边府亮村（Mban Liang）黑泰巫师ＶＶ讲述的"葫芦生人"神话说黑泰人是最后从葫芦里出来的：一开始，各个民族都在一个葫芦里面，谁都想先出来。第一个出来的用了（什么）工具就成为第一个出来的民族（Xa，即克木等），出来后他们直接到山上生活，砍柴狩猎，却没有文字。第二个出来的是赫蒙（苗）族，他也到山上，生活中他们听树木的声音、叶子的声音……所以他们有自己的语言和文字。然后，中国人出来了之后，学鸡在地上怎么划，就形成了横着写的那种文字。……没有

---

① 2012年5月17日搜集整理，屈永仙翻译。
② 2012年5月19日搜集整理，屈永仙翻译。

讲到泰族人（即黑泰，笔者注）怎么出来，只说是后来出来的。① 泰国清刊（Chiang Kham）那潘那（Napanard）黑泰村的村民 VS（男，64 岁）则说最早的一对人是天神召法用泥造出来的。泥做的躯体造出来之后，召法朝他们吹了一口气，他们就有了灵魂，男的名叫 Ba Dam，女的名叫 E Va，他们两个人繁衍了人类。后来，人类做了不好的事，天神就下了 40 天的雨淹没世界，只剩下一对父母和他们的三对子女。后来，这对父母的孩子互相婚配，生下了更多的孩子。召法让这些人类分开居住，但是他们不听，还要居住在一起，其中有六对孩子与他们的后代留在中国。只有一对孩子以及他们的后代往南迁徙，来到越南的就是黑泰、白泰和红泰。② 还有黑泰神话说 10 位天神钻进葫芦摔到地上，成了各种人。③

在越南勐莱麻波村（Mban Makbon）与白泰老人 M W（男，78 岁）访谈时，他曾提及一个关于族群来源的神话：越南人的祖先是洛龙君和他的妻子瓯姬，他的妻子瓯姬生出来一百个蛋。这些蛋经过孵化后，就生出一百个儿子。后来这些儿子就分成两批：一批 50 个跟母亲上山去生活；另一批 50 个人跟父亲下水去生活。直到现在，有的还生活在山上，有的生活在水边。如今生活在山上的就是那些撒人（即克木等）、赫蒙人，生活在平地上的是京族，生活在山谷、低地的就是泰族。④ 这一神话明显受到京族神话《雒龙君》的影响，又加入了族群的概念。但《雅门雅卖》则说洪水淹世界后，添（恬）神派雅门和雅卖下凡。他们两个用泥土捏人。⑤

综上所述，布洛陀神话中的人类起源部分与其他侗台语民族的相关神话具有一定的共性，把本民族视为对偶神的后裔很常见。布洛陀神话与其他侗台语族神话都保留了人类起源过程中的若干次更迭，有二、三、四次不等。人种的更换展现了人类自我意识的觉醒和文明的进步。人种的更迭常常与洪水神话相衔接。洪水成为人类更迭中的重大"洗礼"。洪水与兄妹婚母题是侗台语民族保留的共同神话基因，与此同时，葫芦或者瓜类常

---

① 2012 年 7 月 15 日搜集整理，阮氏梅香翻译。
② 2015 年 5 月 6 日搜集整理，屈永仙翻译。
③ 刀承华：《傣泰民族创世神话中的原始观念》，《民族文学研究》2005 年第 3 期。
④ 2012 年 7 月 17 日搜集整理，阮氏梅香翻译。
⑤ 刀承华：《傣泰民族创世神话中的原始观念》，《民族文学研究》2005 年第 3 期。

常成为避水工具，在侗台语族文化中十分重要。人类起源母题有深厚的侗台语民族文化根基。

国内侗台语民族神话中雷神与洪水神话结合得较为紧密。与雷公有关的洪水神话，在壮族中也有不少，如流传在广西凌云、乐业一带的《雷公故事》、广西宁明的《捉雷公》、广西上林的《道白杀雷公》、广西崇左的《雷公换世》、广西百色的《卜伙斗雷公》、广西马山的《布伯斗雷王》等，都属于雷公报仇亚型洪水神话。梁庭望先生在马山县搜集到的《布伯》① 中说，虽然雷王做了天上的主宰，可以变化出风、晕、雨、水，但却不关心人类疾苦，不体察人间苦难，一天到晚遣妖作法危害人间，使得人间病魔、瘴疠作怪，民不聊生。他嫌祭祀牲少，不让雨水落尘凡，人间大旱三年。人们于是请来布伯作法求雨。但布伯求雨并没有效果，雷王并不答应下雨，"天边红得像血浆"。布伯气得怒发冲冠，第二天直接提着斧头就往天上奔去了。雷王见斧脸煞白，答应"明天定给雨下凡。"没想到，布伯一走，雷王就变卦了，他磨刀磨斧，准备到人间和布伯决战。雷王在天上磨刀磨斧，人间则感觉到天上雷鸣不已，天摇地动。布伯听见声音，赶紧捞来水草铺满自己的房顶。水草又湿又滑，无论是放火烧还是用雷劈，都不管用。雷王气得连连跺脚，引起天地晃荡。"布伯听见雷公怒，拿网檐下等雷王。雷王举斧跳出殿，大地九天都震荡。闪第一下到云头，闪第二下到半空，闪第三下斧猛劈，左摔右滑脚朝天。跌落檐下身未起，布伯已跳到近旁。双手一扬网一撒，撒开收拢捉雷王。"雷王三次变化都被识破，被关入谷仓。布伯准备到集市上买金坛，把雷王杀了吃肉，叮嘱一对儿女说伏羲兄妹不要给他水喝。雷公最后从兄妹俩那讨到一点猪潲水，由此得救。他送给他们一颗牙齿做奖赏并让将牙齿种下。雷王回到天上，往人间降下几个月的大洪水，把人类都差不多淹死了。伏羲兄妹躲在牙齿种出的葫芦里呼喊，让雷王停止下雨。洪水尽消，人间只剩伏羲兄妹两个人。经过金龟、乌鸦、竹篁的劝说和验证，兄妹俩结为夫妻。三天之后生下一个磨刀石一样的孩子，雷王用匕首剁碎肉团洒向四方，天底下的人类才繁衍起来。

洪水与兄妹婚神话母题的结合在中国南方至东南亚一带十分普遍，但

---

① 农冠品编注：《壮族神话集成》，南宁：广西民族出版社2007年版，第268—271页。

神话中神的信仰却出现了两大阵营,一部分以雷神为主角,主要分布在中国广西、贵州、云南地区,如布依族、侗族、仫佬族、仡佬族、黎族等;另一部分以天神为主角,如天帝、天使、天神、帕雅恬等,此类神话主要分布在从中国云南到东南亚的傣泰民族聚居地,包括了信仰佛教的民族与不信仰佛教的民族,如傣族、佬族、泰族、黑泰、红泰等。因此,壮族洪水与兄妹婚神话中出现的布洛陀也许是壮族先民早期叙事的内容,信仰形态较为古老。

侗台语民族中普遍都存在洪水与兄妹婚的神话母题,从其文化传统考察,这一联合神话母题或在侗台语民族分化、迁徙之前就具有了雏形。结合考古发现,侗台语民族的洪水灾害神话或为海侵的反映。从考古学上看,华南沿海的"礼乐海侵"出现于冰川后期,时间为距今11000—6000年,海侵导致海面比现在高3—7米,逐渐影响了珠江、西江以及邕江流域。侗台语族先民的生活环境受到了破坏,生活食物日益减少,活动领域缩小,使他们的生存面临危机。① "只有在沿海、沿江居住的族群由于海侵引起的大面积水灾,才可能产生如此广泛的神话故事。"郑超雄指出,长江流域的洪水灾害演绎出大禹治水的故事,珠江三角洲的海侵引起的洪水灾害则演绎出兄妹婚姻故事。② 从布洛陀神话到侗台语族群神话中丰富的洪水与兄妹婚神话,与"礼乐海侵"的历史事实可能有很大关系。而兄妹婚主角中出现的伏羲或盘古,应为直接受汉文化影响的结果。

洪水神话中,最常见的避水工具就是葫芦(瓜类)。有的人类起源神话甚至描述葫芦(瓜类)直接生人。李福清曾指出,"葫芦生人神话是中国大陆南部及印度支那半岛民族的神话,很特殊"。③ 葫芦(瓜类)之所以成为此类神话中经常提及的植物,有其特殊原因:一是葫芦(瓜类)作为植物,具有了"生命母体"的外部特征;二是葫芦(瓜类)内部则多籽,又被打上了"丰产"的信息;三是葫芦(瓜类)同时还是人类早期的食物来源,为人类提供了一定的生存保障;四是葫芦(瓜类)可以

---

① 郑超雄:《壮族文明起源研究》,南宁:广西人民出版社2005年版,第65—66页。
② 同上书,第67页。
③ [俄]李福清:《神话与鬼话——台湾原住民神话故事比较研究(增订本)》,北京:社会科学文献出版社2001年版,第87页。

作为盛器、兔水之器。这些特性使它成为人类多个族群早期崇拜的对象，被纳入人类起源的叙事之中。"没有造人素材的葫芦，便没有避水工具的葫芦，造人的主题是比洪水来得重要，而葫芦（瓜类）则正做了造人故事的核心"①，葫芦的重要性可见一斑。葫芦又可变形为南瓜等其他瓜类。侗台语族群的洪水与人类起源神话中广泛提及的葫芦（瓜类）也与文化上的这些隐喻有关。

此外，洪水神话中"种牙"的母题与侗台语族普遍的凿齿习俗有密切关系。正如李锦芳指出："侗台先民曾流行凿齿（断牙）之俗，可能是一种'成年礼俗'，后演变为'饰齿'，如包金箔，咀嚼槟榔使牙发紫变黑等。"② 这一习俗在侗台语族群文化中的重要性也被美国人类学家克娄伯（A. I. Kroeber）、中国民族学家凌纯声等屡屡提及。在历史上，关于侗台语族先民"僚""蛮"之属的汉文记载，多提及"凿齿"之俗。《太平寰宇记》载："（贵州）有俚人，皆为乌髻……女既嫁，便缺去前齿"，"（宜州）悉是雕题凿齿，画面人身""（钦州）又有僚子，巢居海曲，每岁一移，椎髻凿齿。""蛮僚之类凿齿、穿耳。"元代李京《云南志略》载："土（都）僚蛮，叙州南、乌蒙北皆是，男子十四五则左右击去两齿，然后婚娶。"《博物志》云："僚妇生子既长。皆拔去上齿各一，以为身饰。"这属于成年拔牙。《炎徼纪闻》云："父母死，则子、妇各折其二齿投棺中，以赠永诀。"这无疑是服丧拔牙了。③ 直到现在，壮、布依、傣族等现代侗台语民族都或多或少保留了染齿、饰金齿等习俗。因此，"牙"在侗台语民族文化中具有特定的成年、纪念等意义，被交付出来的雷神之"牙"更带有神圣的意味，它联结着人类不得不面对的洪水的洗礼，又为幸存的人类提供了庇护之所。这种种附加的内涵是侗台语族群文化发展的结果。

另外，人类起源神话值得注意之处是它对族群关系进行的深层界定。它帮助传承该神话的族群进一步评价自己与周边族群的关系，找到自己在

---

① 闻一多：《神话与诗》，北京：古籍出版社1956年版，第47页。
② 李锦芳：《侗台语言与文化》，北京：民族出版社2002年版，第17页。
③ 转引自黄现璠、黄增庆、张一民编著《壮族通史》，南宁：广西民族出版社1988年版，第21—22页。

社会多个群体生活环境中的位置。有些神话里提出，不同民族或出自同一个瓜（葫芦、南瓜等）或来自同一块砍碎的肉，强调的是多族群的共同的起源，以此促进和谐的族群关系。神话也往往解释了不同族群的特点，如因为神仙开凿瓜所使用的器具不同，或肉块洒落的地方不同，导致了不同族群的肤色和习俗都有所不同。这让人们学会尊重彼此文化、体质等多方面的差异。侗台语民族的人类起源神话中，既有基于自称和文化而形成的认同，也有基于现代民族划分产生的认同等，容纳了丰富的侗台语民族历史和政治、文化信息。

	人类起源①
壮族	天王氏造人；伏羲造人；洪水淹天地，伏羲兄妹结为夫妻生下像磨刀石的人仔，变成千百人；洪水淹天地，娘侄俩结为夫妻生下肉砖，砍碎后变成布汉、布依、布苗等人；布洛陀指导造人，姆洛甲（和布洛陀婚配）生人；姆洛甲造人；蜥蜴造人；洪水后鼓中生人；人与虎生得铜鼓生人；石生祖先；山洞生人；菜叶生人；石卵生人；水中孕生人；喝海水孕生人；蛙变成人；芭蕉刻人成活；茅草变成人；芝麻种变为人；牛变成人；洪水后葫芦中幸存的兄妹结婚繁衍人类；星女下凡与罗俊结婚繁衍人类
布依族	洪水过后，伏哥羲妹结为夫妻，生下肉坨坨变成了各种姓氏的人；神/人与鱼婚生人；人与仙女/月亮/公猴婚生人；伏羲姐妹与天上来的哥哥婚生人；石头与石头相碰生人；木头刻人成活；水中洗浴孕生人；神教猴子耕作变成真正的人类；布灵用汗毛造人
傣族	神造污垢泥人、神果园人、葫芦人，葫芦人约相与宛纳经过线穿针、滚磨盘的考验结为夫妻，繁衍人类；佛祖造人，人与神鸟婚生人类；天神生人；龙生人；石生人；神蛋生人；牛生人；牛/树的卵生人；感牛/虎/金龙/象孕生人；虎变成人；蛙变成人；多种无生命物变化为人；火焰凝结为人；水火土风/土与水气化生为人；虎与熊婚生人

---

① 除文中所引文献外，其他神话内容出自：王宪昭：《中国神话母题W编目》，北京：中国社会科学出版社2013年版，第410—573页。何正廷主编：《壮族经诗译注》，昆明：云南人民出版社2004年版，第622页。

续表

	人类起源
毛南族	暴雨过后，盘和古结婚生人/用泥捏人；汉王造人；天皇造人；恶人造人；乌鸦把泥人衔四方成活；混沌中生人；蜈蚣变人；岩浆爆蚪；磨刀石变人；卵生人；竹子生人；榕树精变人
侗族	棉婆的蛋孵出松恩、松桑，二人婚配生出丈良、丈美；洪水淹没世界，丈良、丈美婚配生下肉团，剁碎成了不同的民族；萨天巴的子孙姜良、姜妹开亲，生下360种姓氏的人；九个兄弟造人；张古王和盘古老生人；天母生人；古神松土生人；天降的百合花生人；神的某个部位变的卵生人；蛇化生人；桃化生人；神人的肠子变成人；肝变成人；蛤蟆变成人；肋骨变成人；人的毛发化为人
水族	牙巫剪纸（木叶）造人；牙巫与风神相配，生下12个蛋，其中一个蛋孵出人；伏羲、女娲种的葫芦生人；感雨孕生人；
仫佬族	洪水过后，伏羲兄妹结成夫妻，生下肉团砍成肉末后变成人；女子与人熊婚生人；感魂孕生人
仡佬族	人皇用泥捏人、用草造人；天神下凡繁殖第三曹人；阿仰兄妹成婚，繁衍出现在的人类；天神生人；仙体凡人生人；竹子生人；星星婚生人；星宿投胎的男女婚生人；人与犬/蛇婚生人；星宿变成人
黎族	神仙用泥捏出兄妹俩，洪水后兄妹俩结婚，生黎族四个支系的祖先；天狗与天皇的女儿婚生人；洪水后天女与儿子婚生人；孤儿与仙女婚生人；男子与雷女婚生人；猎手与梅花鹿婚生人；大地和太阳婚生人；葫芦/瓜生人；牛生人；瓜壳生人；卵生一女；神带来的卵生人；蛇卵生人；蟾蜍变人
佬族	天帝发洪水淹没人间，三位天使带着一头大水牛返回人间，三年后水牛死去，长出葫芦，葫芦中走出了老听、老松、老龙三个族群；洪水后兄妹俩结为夫妻，妻子生下两个南瓜，南瓜里走出了老挝各民族；布桑嘎西、雅桑嘎赛生下人类；佛祖造人
泰族	天神变成人
泰阮人	天神用泥造人
傣泐人（泰国）	天神布桑嘎西、雅桑嘎赛吃土变成人
泰央人	天下发洪水，兄妹俩坐着鼓躲过洪水，二人结婚，生下一个大葫芦，打开出来老挝三大族群

续表

	人类起源
红泰人	人们骂天,天神生气发下大洪水,AiNong 兄妹躲在葫芦中幸存,结为夫妻,二人繁衍人类
黑泰人	天神降下大雨清洗地球,剩下一对夫妻,夫妻生下一对男女,子女又结合生下七个孩子,繁衍了人类;一开始各民族的人都在一个葫芦里,第一个出来的是 Xa 族,第二个出来的是苗族,后来中国人、泰族人都出来了;天神召法用泥造人类;天神变成人
普泰人	大水淹天,吃了土的神变成人;帕雅恬送药给人,人有了性欲,变成真正的人;帕雅恬送给人一个葫芦种,葫芦里出来各种肤色的人
白泰人	雒龙君和瓯姬婚配,瓯姬生出 100 个蛋,孵化成 100 个儿子,根据生活的地方,分成泰、Xa、京等民族;雅门雅卖用泥捏人

(4) 死亡的起源

与人类起源相对应的神话母题是"死亡的起源"。有生就有死,人们在面对躲避不掉的死亡时,百思不得其解,内心充满了恐惧,出于抚平内心的创伤、消除绝望的情绪、更理性地对待死亡以及配合仪式等诸多需要,死亡起源神话便产生了。世界范围内常见的死亡起源神话有两种类型:其一为信使型,即某种信使(动物)传错话或更改最初的规则而导致人死亡。如非洲霍屯督人神话说月亮派兔子给人传口信:"就像我死掉又复活一样,你们也将死掉而复生。"但兔子不知是因为忘了还是出于恶意,带给人们却是相反的口信,结果人类死后就不能复活了。事后月亮虽生气地打裂了兔子的嘴,但死亡从此降临人间了。① 其二为蛇蜕皮型,即人本可以像蛇一样蜕皮后长生不死,但由于某种原因人失去了这种功能。如大洋洲超卜连兹人的神话说,人类原来通过蜕皮返老还童。有一次,一个老太婆与她的孙女到河边洗澡,她走到没人看见的地方,脱下她的皮,重新变为一个少女。然而她的孙女看见她之后,认不得她了,很害怕,要她离开。她生气了,又回去找到旧皮穿上,这回孙女认识她了,对她说:

---

① 转引自陈建宪《神祇与英雄:中国古代神话的母题》,北京:生活·读书·新知三联书店 1994 年版,第 245 页。

"刚才一位少女到这里来了,我很害怕,将她赶走了。"老太婆说:"你不乐意认识我。好吧,你会变老的——我则要死去。"从此,人类就不会蜕皮了,老了就得死去。① 这两种类型的神话内容亦时常交织于一个神话中。

广西百色达江乡布林村的壮族也流传有《蛇老脱皮人老死》的神话:

相传很久很久以前,人间的创世人布洛陀曾给人类订下了约言说:"人老脱皮蛇老死。"有一天,布洛陀就吩咐蚂蚜到人间去喊话,蚂蚜很爱漂亮,那天它正好忙着去染黑牙,还不得到人间去喊话。布洛陀吩咐蚂蚜的时候,适巧被屎壳郎路过听见,屎壳郎最爱出风头,他听见布洛陀的话,暗暗高兴并自言自语地说:"好啦,明天我抢着你去喊。"

第二天,屎壳郎果然早早就到人间,不停地高喊:"蛇老脱皮人老死,蛇老脱皮人老死。"布洛陀听见喊声非常生气,就去找蚂蚜:"蚂蚜,你怎么这样喊呀,喊错啦!"蚂蚜赶紧说:"不是我,我还不得去喊,是屎壳郎抢着去喊的。"布洛陀又去找到屎壳郎,生气地说:"喂,屎壳郎,谁叫你去喊话的,全喊错啦!"屎壳郎不紧不慢地说:"不错,哪里是错?"布洛陀说:"你还顶嘴,不认错?"屎壳郎还嘴硬反驳说:"没有错呀,人老脱皮,以后天下还装得下那么多人吗?人老了死,以后才有一代接一代呀!"布洛陀虽然很生气,但是喊过了的话也没有办法改,于是又说:"那么就人吃人好啦!"从此以后,天下的人死了,人们就拿他的肉去吃啦!

由于屎壳郎到人间喊错话,布洛陀便用铁钉打在屎壳郎的头顶上惩罚它,又拿锉子来锉它的额头,所以现在屎壳郎的头顶上有颗钉,额头也是扁扁的。布洛陀为了加重惩罚,还对屎壳郎说:"从此以后不给你吃米,只给你吃人粪、人屎。"说完,吹号角赶走屎壳郎,所以现在屎壳郎不但一世在人间吃人粪、人屎,而且飞到哪里,哪里就有"轰轰轰"的声音,人听见了人讨厌,这也是屎壳郎好出风头又

---

① 转引自陈建宪《神祇与英雄:中国古代神话的母题》,北京:生活·读书·新知三联书店1994年版,第26页。

喊错话被布洛陀吹号赶走的缘故。①

这则死亡起源神话属于信使型和蜕皮型神话的复合型，它是壮族先民对于人类生命终结原因的探索。在残酷的现实面前，此类神话，使死亡变成大家能够接受的一个既定事实。神话还解释了"人吃人"的缘由。这样的神话虽然带有不可逆转、万般无奈的情绪，仍保存了对永生的向往与希冀。

世界范围内的死亡起源神话很多，内容也不尽相同。南非的克依桑人、达马拉人和赫雷罗人等，把文化英雄 Gauwa 视为挂起太阳的神，同时，他也带来了死亡。②居住在澳大利亚中部的阿兰达人（Aranda）认为，只有地面上才有死亡，人们都要死因为天空和地面的连接被割断了。有时候，洪水和死亡都是对人类的惩罚。在毛利人那里，死亡被带到地球是因为一个单身男人娶了天神女儿后造成的失误。麦克·威策尔指出，所有的传统文化都讲述死亡的起因，死亡的事实影响了人类。在马来西亚神话中，一个好奇心强的妇女想要知道死人如何在地面之外重生的，这为人类死亡埋下了罪恶的根源。在更多的文化中，罪恶变成更为普遍的原因，因为人类违反了某些禁忌导致死亡降临。如在澳大利亚，杀死某些图腾动物的邪恶行为导致了黄金时代的结束——在这个案例中，由于最原始的图腾动物都要死，所以人也不例外。③

5. 日月起源与射日

（1）日月起源与射日

太阳、月亮这两个与人们生活最为密切的天体是人们早期崇拜的主要对象。布洛陀神话叙事里不少母题试图合理解释它们的存在和运行规律。在广西河池、云南文山一带流传的布洛陀神话把太阳和月亮出现的原因说成布洛陀的功绩：

---

① 农冠品编注：《壮族神话集成》，南宁：广西民族出版社2007年版，第386页。
② Michael Witzel, *The Origins of the World's Mythologies*, New York: Oxford University Press 2012, pp. 333 – 339.
③ Ibid., pp. 333 – 334.

人类安宁了，但大地黑沉沉，只有天上的雷王不时闪出一丝光亮，有时他耍一下威风，劈下森林来，森林就起了大火，人们才有亮光。

大家找来布洛陀，不能老等天上的雷王来给亮光呀！于是，布洛陀决心造太阳。

布洛陀和大家商量："我们要造什么样的太阳哩？"

有的说造一个像量米桶那样小就可以了；有的说，造一个像三脚灶的圆圈那么大才好。

布洛陀说："造成这种东西怎么挂到天上去呢？"大家又在想，不知谁看到火塘上面那个吊着烘烤东西的竹篮，便说："就造个像竹篮一样的吧！"

于是，布洛陀便和着泥巴，捏成一个像吊篮那样的东西，拿到天火里去烧，待到烧得红彤彤的时候，就找来一根铁链捆绑住，拖到山顶上，向天上一甩，那竹篮似的东西便抛向天空，挂在天上了。可这太阳被天上的风一吹，脸孔就变惨白了，也没有光芒。人们没有得到温暖。

大家又来找布洛陀。

布洛陀说："要到海里去找蛟龙，扯来他的眉毛和睫毛才行。"于是，大家到海里见到蛟龙，便擒住他，扯下他的眉毛和睫毛来给布洛陀。

布洛陀又和着泥巴，照着火塘上烘烤东西的竹篮又捏成一个，把蛟龙的眉毛和睫毛在周围贴住，又拿到天火里去烧，待到烧得红彤彤的时候，又拿一根铁链来捆绑，拖到山顶上，向天空用力一甩，又把它抛到天空里挂上了。这回，这个用蛟龙眉毛和睫毛贴边的东西便能发出万道光芒来，人间不但有亮光，也得到温暖了。布洛陀前边做的那个脸孔惨白的东西就是月亮，后做的这个有光芒的东西就是太阳。[①]

日月起源神话母题在各民族神话与史诗中很常见。首先，太阳、月亮的出现，为人类世界的昼夜更替、时间运行提供了一个规范，让人们的生活有了坐标，这是它们存在的第一层意义；其次，它们为人类带来的光

[①] 农冠品编注：《壮族神话集成》，南宁：广西民族出版社2007年版，第50页。

明，尤其是太阳的光辉对从事稻作生产等农事活动而言意义非凡。故而，其作为光源与能量源的第二层意义尤为重要。"天地分离之后，为了让新的世界适合人类居住，首先就需要光。"① 太阳光的出现是人类迈向新生活的第一步。有了光，人们才能创造条件满足口腹之欲，饱暖之需。光的出现是人类生活展开的开端。在日月起源和射日母题中，太阳、月亮被进一步"拟人化"，它们不只是具有发光、发热特点的生命体，而是和人一样可以谈恋爱、结婚甚至生孩子，还有高兴、害怕、恐惧等各种情感。

历史上，壮族先民对太阳的崇拜一直持续不断。广西宁明一带赭红色的花山岩画，是壮族先民留下的瑰宝。有学者认为，"它是祈求日出的巫术仪式。岩画中有光束、无光束或有'+'形的圆圈，都是太阳形象，众人双手高举，做祈求日出状……是人们为了祈求日出而举行的模拟巫术仪式"。② 有些地区的壮人仍有悬挂"日月牌"的传统。云南文山马关西畴等地的壮人还保持着祭祀太阳的传统。马关县的祭祀场所选在寨子周边东西方向的山上，朝向太阳。人们以猪供奉，祭品中用一只白公鸡和一只红公鸡分别代表阴、阳。对参加祭祀的人员也有严格限制，只有本寨的成年男子才有资格去祭拜太阳。祭拜时，族长燃香，率领众人向太阳跪拜、斟三轮酒，以祈求太阳带来光明、照耀万物、促进作物丰收。③ 这些仪式和习俗是太阳神话流传至今的重要语境。

布洛陀神话中日月起源的母题有时也联结了射日神话：

  太阳和月亮在天空里，一个是男性，一个是女性，感到很寂寞，他们就结婚了，一下子便生下十个太阳来。

  开始，太阳和月亮及儿女们轮流晒大地，每个晒一个月就休息。谁知太阳的儿女们个个都调皮捣蛋，竟一同来晒大地，搞得大地热得像一个火海，人们都受不住了。

  有一天，有个名叫特枕的人出去打猎，留他的妻子在家舂米。她

---

① Michael Witzel, *The Origins of the World's Mythologies*, New York: Oxford University Press 2012, p.77.
② 何星亮：《中国自然神与自然崇拜》，上海：上海三联书店1995年版，第173页。
③ 吕大吉、何耀华总主编，李绍明等主编：《中国各民族原始宗教资料集成：土家族卷·瑶族卷·壮族卷·黎族卷》，北京：中国社会科学出版社1998年版，第500页。

背着孩子在背上，一面用脚踏舂碓，一面用长竹竿来扫散落在舂碓旁边的米粒，谁知背上的孩子竟给太阳晒死了，害得她大哭起来，一气之下她用竹竿向天上的太阳直刺，结果竹竿也给烧着火了。

这时她的丈夫特桄打猎回来，一见自己的孩子给太阳晒死了，心里很气愤，就用箭向太阳射去，谁知十支箭射上去，都给太阳光烧掉了，他就去找布洛陀。

布洛陀叫他到森林里去找"埋恩"来做弓，用桄榔木来做箭，并且用狗血来泡。

特桄做好了箭，就一连向天上射了十支箭，十个太阳儿女们便落下海里去了。剩下太阳和月亮也害怕了，便到海里去躲起来，天下又黑暗起来。

大家来问布洛陀，布洛陀叫特桄到山上去看看，究竟太阳逃到哪里躲藏起来。

特桄爬到高山顶上去望，见太阳躲在东海里面一个山洞里，怎么叫喊也不敢出来，怕特桄再射他。

布洛陀说："你声音太粗，叫喊起来太凶，我看公鸡叫声就像唱歌一样，又响亮，又清脆，很悦耳，还是叫公鸡请太阳出来吧！"

于是，特桄叫公鸡去请太阳出来。

公鸡走到海边，下不了水，特桄又叫来母鸭，要母鸭驮着公鸡到海中心去。

母鸭驮着公鸡游到海中心，便对公鸡说："我今天帮了你的忙，你将来怎么帮我的忙呢？"

公鸡说："这样办吧，将来你下蛋不用孵，让我们家母鸡来帮你孵吧。"

所以后来母鸭不孵蛋，生下蛋来都是母鸡帮助孵的，因为它们早已订好了约。

公鸡在海中对着那个岩洞叫喊三声，太阳和月亮听到悦耳的歌声，知道不会加害于他们，于是他们又姗姗地升上天来了。

特桄问布洛陀说："将来他们再生小孩怎么办？"

布洛陀说："你把他们阉了吧，阉了就不会再生仔了，而且，规定他们三年才得见一次。"

于是，特桄把太阳和月亮阉掉了，并限制他们三年见面一次，要他们一个管白天，一个管黑夜。

所以现在三年有一次日食。①

射日神话的起源有图腾说、历法说、仪式说（日食与祭日、救日等）及"日晕"说等，尚无定论。"世界各民族的射日神话，集中体现了人类在生产力极为低下的状态下企图战胜自然力，控制自然力的斗争精神。相对于创世、造人、洪水等其他神话母题而言，原始人对于自然的态度，在射日神话中有了一个根本的变化。他们再也不是神灵手中无足轻重的泥偶，也不再听凭神灵任意决定他们的生死存亡。在自然面前，他们再不仅仅是匍匐哀祈，而是试图运用自己发明的武器来加以抵抗。这一变化，可以说是原始人心理的一个历史性的转折。"② 射日神话又具有区域性特征。据李福清的研究，环太平洋的神话中多通过"射日"的方式解决人和太阳的矛盾。这一区域向北到达中国北部的黑龙江、西伯利亚地区，向西最远到达印度东部，向南到达菲律宾、印度尼西亚。③

壮族射日神话亦是壮族先民力图在有限能力范围内改变自然的一种尝试。中国南方气候变化多端，时而暴雨，时而日晒，不易生存。但阴雨天时有可能十天半月都见不到太阳。于是，壮族先民更渴望通过行之有效的办法，解除太阳对人间的曝晒，让太阳以温和的方式提供光能。射日神话就是这种尝试最典型的再现。这种尝试亦带有早期仪式的影子。如特桄使用特殊的"埋恩"、桄榔木，还需要用狗血浸泡，这都有巫术的意味。特别的材料使道具具有想象中的"神力"，符合巫术仪式的需求。《山海经·大荒南经》里一条关于太阳的叙述说："有女子名曰羲和，方浴日于甘渊。羲和者，帝俊之妻，生十日。"郭璞对此做出了注解，说羲和"作日月之象而掌之，沐浴运转于甘水中，以效其出入旸谷虞渊也，所谓世不失职耳"。羲和通过使用日月模型模拟它们在天际的起降、循环，以此保

---

① 农冠品编注：《壮族神话集成》，南宁：广西民族出版社2007年版，第50—51页。
② 陈建宪：《神祇与英雄》，北京：生活·读书·新知三联书店1995年版，第159页。
③ 北京大学外国语学院网站：《李福清院士第二次讲座：射日神话比较研究》，http://sfl.pku.edu.cn/show.php?contentid=1019。

证其正常运转。这在古人眼中是十分严肃的事情,只有这种模拟巫术的仪式做好了,日月的运行才不会出错,人间才能风调雨顺。射日具有浓厚的巫觋文化传统。

在环太平洋区域尤其是中国南方地区,射日和公鸡唤日的母题更为集中。它在壮族神话中也是世界恢复常态的必要条件。壮族的射日神话生动地解释了太阳要躲起来的原因——英雄射日,它与洪水神话形成了较为稳定的叙事结构。文山壮族地区为逝者赎魂的仪式上,布麽以鸡祭祀时要唱"鸡之源"的祭祀词,讲述仙人造鸡、洪水淹天下及鸭驮鸡过河后鸡帮鸭孵蛋的内容。

民间流传的射日神话中太阳的数目不一样,此处引用的布洛陀神话使用了"十个"太阳的说法。吴晓东说:"目前我们看到的各族日月神话中日月数目千差万别,那只是各族人根据本族对数目偏好的任意使用,并没有历法的依据,也找不到相应的叙事场景,只能认为是《大荒经》日月神话的变异。"① 壮族民间日月神话中太阳的数目也受到各种观念的影响,既有两个之说,也有 10、11、12 个等说法,并不存在一个标准。

(2) 找天边

壮族民间还流传着一类特殊的"找天边"神话,与射日神话的"找太阳"有特定关联。流传在桂西地区的《妈勒访天边》② 讲述,由于大家好奇天的边在哪里,就打算派人去寻找天边,看看它到底是个什么样子。一个孕妇主动请缨说,自己就算找不到天边,生下的孩子还可以继续找。大家觉得她说得有道理,就同意她去找天边。她一直向着太阳升起的东边走去。后来,她生下了一个男孩,男孩子长大了之后,继承妈妈的愿望继续走下去找天边。

与"找天边"情节相似的文山壮族神话古歌《祭太阳歌》,内容变成了"找太阳"。《祭太阳歌》流传在云南文山西畴县上果村。至今,每年农历二月初一正午,村中 18 岁以上的女性都要到河里沐浴更衣,着盛装到当地太阳落下的太阳山祭祀太阳神树,并由年长者领唱《祭太阳歌》,

---

① 吴晓东:《〈山海经〉语境重建与叙事解读》,北京:中国社会科学出版社 2013 年版,第 225 页。

② 农冠品编注:《壮族神话集成》,南宁:广西民族出版社 2007 年版,第 205—208 页。

歌词内容为：远古，天上有 12 个太阳，轮流挂在天上，大地被烤得一片焦黄。由于不分白天黑夜，人们一睡就是几十年，等醒来，地板藤爬满了全身。那时昼夜不分，人们认为是太阳在作怪，去求教大神布洛陀，布洛陀召集人们射太阳。众人推举郎星去射太阳，射落了 11 个，留下一个做白天。11 个太阳被射落了，剩下的那个太阳躲着不出来，天地一片漆黑。没有白天不能生活，妇女们聚众商量，推举身强力壮的一位妇女去找回那个太阳。身怀六甲的乜星主动承担了去找太阳的任务，并说："我现在怀有身孕，如果我找不到、追不上太阳，但我生下的孩子会按我们的意图继续去找太阳。"众人同意乜星去找回太阳，乜星朝着鸡叫的方向（酉方）去寻找太阳，翻山越岭，一路靠吃野果来充饥，并在途中生下一个女孩。她又带着女儿寻找了 20 年，终于找到了躲着的那个太阳。她们请求太阳返回天上照亮大地，太阳对母女说："我是一个女人，没有衣服，光着身子怎么能出现在人们的眼前？"在母女的百般央求下，太阳被请回村头的树林中，还是不愿上天。乜星又去求教布洛陀，布洛陀说："你们叫太阳带上金针、银针上天，谁看她就用针戳他的眼睛。"太阳同意带着针上天了，从此有了白天和黑夜。人们想偷看太阳女神那美丽的胴体，她就会用针戳眼睛。① 另外，一个神话异文《乜星与太阳》则说太阳是男性，他化身为壮族小伙子躲在歌场，壮族首领鸟母乜星找到他后，托着他飞到空中，从此只要郎星变成的雄鸡一叫，她就托着太阳准时在空中翱翔。乜星的女儿则变成月亮，追随着她的情人——太阳。②

  射日往往还要经过很长、很艰难的路程。流行在广西都安一带的《特火请太阳》叙述特火带着乡亲们和妻子的嘱托，出门寻找太阳带回亮光。他跋山涉水路过十万大山，打败了饿虎和蟒蛇，才来到昆仑山向天神爷爷问出太阳的去处。原来，太阳（雄鸡）被天上的天神特很射死了 11 个，剩下的一个躲到了东海底下。特火吃下仙桃，变成雄鸡，唤出了太阳。在黑龙江地区的射日神话中，英雄要走许多天，才能走到太阳神的住处。而且很多情况下，需要翻越高山。李福清曾指出，"找太阳/天边"

---

① 王明富：《那文化探源——云南壮族稻作文化田野调查》，昆明：云南民族出版社 2008 年版，第 86—88 页。

② 王明富搜集整理：《乜星与太阳》，内部资料。

的母题更像是射日旅途的变形。①

此类"找天边/太阳"神话中,获得大家同意外出寻找某物的孕妇是主角。《妈勒访天边》《祭太阳歌》都强调了孕妇的特殊身份和意义,带有母系氏族社会的色彩。《妈勒访天边》虽然遗失了寻找太阳的目的,但仍然隐藏了相关信息:目前提及的4个异文中,孕妇都是往太阳出来的方向——东方前进。故事中母子的追求并没有终点,这与民间叙事通常追求"原因—结果"、回答问题的模式不太相符,故更可能是"寻找太阳"母题的变异,是射日神话中脱落出来的情节。

"找太阳/天边"中孕妇与太阳、腹中的孩子构成了一个较为稳定的三角关系,这也是人类社会一个最基本家庭单位的构成。神话母题在进入父系氏族社会之后获得了新的意义。故事中与孕妇对应的、缺失的男性主角,由太阳来填充。在《乜星与太阳》神话中,太阳就具有男性的身份,变成一个男青年躲在壮族人的歌场里。美国比较神话学家麦克·威策尔曾指出,在早期劳亚古陆地区神话中就已有神话素"太阳神是人类的父亲(或只是"首领",较晚近的观念)"②。这个神话素帮助我们发现了"寻找天边/太阳"神话中的深层叠加意义。可以看到,"找太阳/天边"神话既与射日神话相关,又隐喻着太阳与人类的关系。在早期的信仰里,由于太阳能够发光、发热,具有促进万物生长的特殊作用,因而获得了人类的崇拜并被视为人类的父亲。这一关系还可以通过图示来表示:

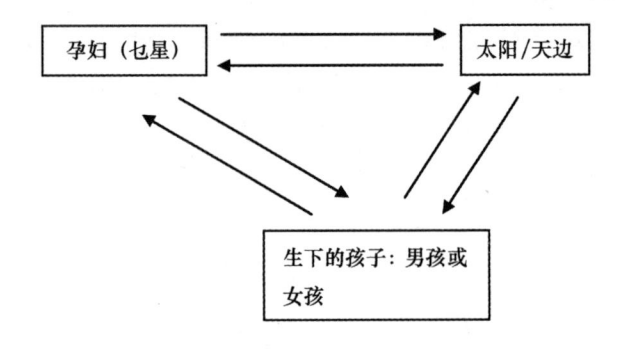

```
   孕妇(乜星) ⇄ 太阳/天边
          ↘   ↗
       生下的孩子:男孩或
       女孩
```

---

① 《李福清院士第二次讲座:射日神话比较研究》,北京大学外国语学院网站,http://sfl.pku.edu.cn/show.php?contentid=1019。

② Michael Witzel: *The Origins of the Word's Mythologies*, New York: Oxford University Press 2012, p. 64.

在这个关系中孕妇和太阳可以构成一对夫妻关系，孩子则是太阳的孩子，太阳是人类的父亲（《妈勒访天边》）；或者，孩子化身成月亮，太阳和月亮亦可以组成一对配偶关系（《乜星和月亮》）。早期神话中太阳和月亮往往呈现出对称结构。斯拉夫神话讲述太阳和月亮一起被囚禁在地下的堡垒或山洞中。中国的牛郎和织女传说也可被视为太阳和月亮分离神话的变形。①

《乜星与太阳》强调了太阳与鸟之间的特殊关系，此类母题中太阳还有女性、男性两种身份。参照人类历史从母系氏族社会演变到父系氏族社会的观点，带有浓厚女性主导色彩的《祭太阳歌》《妈勒访天边》早期叙事产生的时间应比布洛陀造日月、英雄射日神话要早，神话中着力刻画的、为了族群利益而敢于站出来的孕妇形象，就是对女性孕育生命这一特殊现象的礼赞。相较而言，布洛陀神话中造日月的布洛陀展示的是男性的力量与创造性。布洛陀神话与《祭太阳歌》《妈勒访天边》除了共享射日这个共同母题外，其余的母题并不相同，应为不同时代思维的产物。值得注意的是，鸟母乜星是鸟图腾氏族女性首领，与此同时，不少学者都认为布洛陀中"洛"就是"鸟"的意思，两者作为鸟图腾的隐喻，与太阳仍存在深层的对应关系。

和太阳形成对称关系的月亮在壮族民间也颇受关注。流行在广西上思一带的壮族神话《太阳和月亮的由来》把太阳和月亮说成是兄妹俩，广西南宁的《太阳和月亮》、隆安一带的《日月夫妻》和上林的《太阳、星星和月亮》等都说太阳和月亮是夫妻，星星是他们的孩子。而广西贵港的《月亮与太阳的传说》则说太阳是女的，月亮是男的。文山一带的神话中太阳则有男、女两种身份。壮族的天体神话中太阳多是男性身份。太阳神话或许在女性占统治地位的母系氏族社会就已经产生，但它得到兴盛应是在父系氏族社会时期，太阳的重要意义进一步被人们所察觉，信仰和神话受到追捧。

---

① Michael Witzel, *The Origins of the World's Mythologies*, New York: Oxford University Press 2012, p. 156.

(3) 月亮神话与信仰

广西河池一带流传的《救月亮》神话①把月亮作为唯一的主角。神话叙述狐狸精把月亮关了起来，人民再也无法在皎洁的月光下唱歌、织壮锦。玛霞和刚都救出了月亮，为人们带回了月光，而他们也搬到了月亮上，守护着月亮。受汉文化影响，壮族人也接受了月宫中居住着嫦娥、玉兔以及吴刚伐桂等说法，有《后羿与嫦娥》《嫦娥奔月》等故事。壮族民间故事中还有一位葬在月亮上的人物——达汪姑娘，被视为"月神娘"。传说她因为被土司陷害，含冤而死，鸟雀把她的尸体葬在月亮上。② 达汪神话是姆洛甲信仰的延续与继承，将在关于姆洛甲的分析部分展开论述。③

历史上，壮族人民也保留了多种多样的月崇拜习俗。农历八月十五是祭月的隆重节日。当明月东升，家家户户都要在庭院中摆设祭台，焚香拜月，供上月饼、柚子、芋头、茶水等各类祭品，祈愿家庭团圆、月神护佑。家庭成员聚在一起赏月吃月饼，品尝秋天的果品，谈天说地，讲述各种关于月亮的民间故事。这天夜里，孩子们拿着形形色色的花灯到处嬉戏，还可以到水边放柚子皮做成的花灯。天上明月皎皎，水中漂着盏盏闪烁的小花灯，天上水间相映成趣，令人浮想联翩。有的地方，男女青年在拜月之后便到野外对歌，寻找自己的心上人。在桂西，"请月姑"是八月十五的传统节日项目，在农历正月中旬也举办这一活动。祭月请神从农历八月初十即可开始，一般在八月二十日前结束。该活动的组织和参加者主要为女性。她们推举有威望的几个妇女负责主持这一活动，准备祭品及活动用具等。活动分为请月神、神人对歌、神算、送神四个阶段。活动一开始，大家在司仪或祭师的安排下唱诵"请月咒歌"。唱到一定阶段，月姑就会下凡附身于某一妇女身上，与人们对唱各种内容的山歌，包括盘歌、情歌、估解歌（谜歌）等。之后人们还可以请月神算命，大家将自己所求之事编成山歌，请月姑给以解答，指明吉凶祸福。问毕，月亮落山之

---

① 农冠品编注：《壮族神话集成》，南宁：广西民族出版社2007年版，第191页。
② 同上书，第196页。
③ 详见"文化篇·布洛陀神话中的族群思维模式"。

前，大家就要唱"送神咒"，和月姑相约明晚再来。①

日食和月食现象也曾引起壮族先民的关注，出现在神话中。他们认为日、月食是"日月相会"或太阳月亮在相互追逐、吞吐，天峨壮人认为月食是吉祥之兆，当年容易发财，人们在当晚缝制口袋象征装银钱。② 有些地方则认为这类现象是"天蛤蟆吃日月"或"狐狸吃日月"。当日月食发生时，人们就要击鼓鸣锣将吞噬日月的怪物赶走，否则当年会有灾难。这些都是日月崇拜在民俗行为上的具体表现。神话结构主义者列维－斯特劳斯曾指出，"太阳和月亮在更基本的对立功能方面是可交换的，它们使得有可能表达这些对立：明/暗、强/弱、冷/热等。而且，在特殊的神话和仪式的语境中，按照各自必须承担的功能来看，赋予它们的性别似乎也是可交换的。当太阳和月亮具有不同的性别时，它们可能发生联系，也可能不发生联系。在前一种情况下，它们是兄妹、夫妻或同时是两者，如关于太阳与月亮乱伦的神话中所发生的那样，已由南北美洲所证实"。③

（4）其他侗台语族群神话中的相关母题

在侗台语族群神话中也常见日月起源与射日的内容，太阳、月亮等天体的产生有巨人化生、创制、物体变化而成等说法。有意思的是，其中"公鸡唤日""鸭驮鸡"的母题十分常见。

布依族有巨人力戛化生太阳、月亮和星星的神话，也有当万、蓉莲变成太阳、月亮的叙述。《辟地撑天》里说，祖先翁戛造了日月，用火烤红了太阳，又用水洗白了月亮。神话《射太阳》说，相传在古老年代，天上有12个太阳，分别以12地支命名。它们喷吐烈焰，把大地晒得龟裂，花草树木枯萎，人们不堪其苦。布依族神箭手勒戛决心射日拯救人类。他跋山涉水，历尽千辛万苦，登上高入云天的大榕树，挽弓搭箭射落十个太阳，剩下的两个一个钻进云层，一个跳进天河，再不肯露面。人们因没有太阳照耀陷入黑暗之中，于是请公鸡去唤太阳，公鸡得鸭子帮助渡过大

---

① 吕大吉、何耀华总主编，李绍明等主编：《中国各民族原始宗教资料集成：土家族卷·瑶族卷·壮族卷·黎族卷》，北京：中国社会科学出版社1998年版，第501—502页。
② 《广西壮族社会历史调查·第1册》，南宁：广西民族出版社1984年版，第24页。
③ ［法］克劳德·列维－斯特劳斯：《结构人类学——巫术·宗教·艺术·神话》，陆晓禾、黄锡光等译，北京：文化艺术出版社1989年版，第217—218页。

海，终于请出太阳。跳进天河的太阳被天河水泡冷，变成了月亮。此后，每天公鸡引颈高唤太阳才肯出来，公鸡也因此得到太阳赠送的云彩衣，披上了一身五彩斑斓的羽毛。① 有的版本说从此"鸭子只管下蛋，鸡来管孵蛋。"②

傣族神话《布桑该雅桑该》里说布桑该、雅桑该把仙葫芦破开，把仙葫芦籽撒向天空，天空顿时布满繁星，出现了日月光亮。③《太阳的传说》里保留了射日母题，讲述火神王之子七兄弟，为了烧死用乌云蔽日的神皮扎祸，都跳上天空。霎时，天空出现七团熊熊的烈火，把天地照得通红透亮。七兄弟战胜了皮扎祸。可是，他们再也不能回到地球，变成了七个太阳高高挂在天空。七个太阳烤热了天空，引起大火燃烧天下。一万五千年以后，地球上出现了一个魁伟的青年："青年看到天上的七个太阳，无情地给人类投下光热，他发誓要把七个太阳射落。他做了一张弓弩，重十万五千斤。接着，他又到大石山上挑来了七块坚硬的岩石，磨成弩箭。他天天磨石箭，整整磨了六年，把六座大山磨成了平地，六块岩石磨成了六支各重一万八千斤的大石箭。到他着手磨第七块岩石时，由于用的力过猛，轰隆一声，竟把岩块折成了两截。……火性暴躁的青年，左手提起十万斤的巨弩，右手抱起六支石箭，怒气冲冲地走上山头。他睁圆大眼，仰起巨头，双脚叉开，准备射日。……青年就挽弓搭箭，瞄准天上最大的一个太阳，'当'地射出第一支箭，把最大的那个太阳射落了，炎热随着降低了许多。接着，他又射掉第二、第三个，炎热渐渐降低。就这样，他射落了六个太阳，天下变得温和起来。当他挽弓还要射最后一个太阳时，才想起七根石箭磨时已断了一根，感到十分扫兴。但最后一个太阳被留下来了，给我们带来光明。"④ 史诗《巴塔麻嘎捧尚罗》说火神七兄弟变成了太阳。⑤

---

① 《布依族文学史》编写组：《布依族文学史》，贵阳：贵州民族出版社1992年版，第27—29页。

② 王玉贵、刘衍芬编译：《布依族摩经——"王母圣经"精华选编》，望谟：望谟县民族和宗教事务局2012年版，内部资料，第74—75页。

③ 岩香主编：《傣族民间故事》，昆明：云南人民出版社2009年版，第11页。

④ 同上书，第14页。

⑤ 西双版纳州民委编：《巴塔麻嘎捧尚罗》，岩温扁翻译，昆明：云南人民出版社1989年版，第118—119页。

傣族花腰傣支系保留了"鸭驮鸡"的母题，不过与射日无关，变成了揭示动物习性的故事：

> 鸭子只下蛋，不孵蛋，说起来还有一段故事哩。
>
> 很早很早的时候，地上发了大水，洪水把大地变成一片汪洋大海。鸭子见到处是它的乐园，高兴极啦！它"嘎嘎嘎"地叫着，自由自在地游来游去。洪水中，有一棵大树的树梢上，歇着一只母鸡，它听到叫声后，伸长脖子，焦急地向鸭子呼救："鸭妹妹，你快来救救我吧！"鸭子远远地看见它那失魂落魄的样子，也觉得十分可怜，便很快地游到鸡跟前："来，母鸡大嫂，我背着你走吧！"于是，鸡跳到鸭背上，鸭驮着鸡到了安全的地方。
>
> 后来，洪水退去了，大地上恢复了平静。鸡鸭生活在一起，和睦相处，亲如姐妹。鸡很懂感情，受恩必报，为了酬谢鸭子的恩惠，它对鸭说："好妹妹啊，我能活下来，全靠你的帮助呀。今后，你生下来的儿女就交给我抚养好啦。"鸭子觉得鸡的话是诚心诚意的，从此就放心地把儿女交给鸡孵了。①

毛南族神话说第三代神"天皇"神造出12个太阳，大旱连续13个月。人们许愿请求天神杀太阳，格听到后就与人讲定条件，射落11个太阳。② 鸡帮鸭子孵蛋是为了答谢鸭子驮它们过河。③

侗族史诗中说萨天巴造火团融化天地的冰雪，照亮大地。她又造了一个冰团，冷却大地。她让火团和冰团轮流巡天，分别叫它们太阳和月亮。后因为雷王发洪水淹没天地，她又造了九个太阳晒干洪水。没想到物极必反，十个太阳曝晒人间，皇蜂又用金弓箭射下九个。④ 侗族北部方言地区

---

① 陶贵学主编：《中国云南花腰傣民间文学作品集》，北京：中国民族摄影艺术出版社2007年版，第71页。
② 蒙国荣、王戈丁、过伟：《毛南族文学史》，南宁：广西人民出版社1992年版，第63—64页。
③ 袁凤辰、苏维光、蒙国荣、王戈丁、过伟编：《毛南族、京族民间故事选》，上海：上海文艺出版社1987年版，第345页。
④ 杨保愿翻译整理：《嘎茫莽道时嘉》，北京：中国民间文艺出版社1986年版，第22—28、79—86页。

流传的民间念词《开天辟地》讲述盘古老开天辟地、盘古洋创造万物。他们生下天王12兄弟，地王12兄弟和人王九兄弟。天王12兄弟造出乌云遮天，造出雾罩遮地，造出太阳巡天府，造出月亮照九州。① 散体神话《洪水滔天》则叙述被四兄弟抓住后侥幸脱逃的雷王蓄意报复人间，拿了天王给的一瓢水全倒下人间，酿成了洪水滔天。天王要退洪水，放出12个太阳把洪水晒干。洪水退后，12个太阳晒得大地一片炽热。人们无法生存，姜良爬上马桑树射落十个太阳，留下两个就是太阳和月亮。② 起源之歌《鸡之原》里唱道："芝优河头又出现鸭背鸡，鸭背着鸡紧紧相靠难分开，'如今你们想得周到背着我们来过河，日后我们报答帮助你们去孵仔'。"③

水族《开天辟地》歌中女神伢俣"取清气来造太阳来造月亮"，她造十个太阳十个月亮，"热烈烈泥化成糊，烫呼呼融成浆"，鱼虾告仙告王说口渴肚枯，她便射去九日九月，留一个母太阳一个公月亮光照人间。④

仡佬族神话的射日内容则显得较为温和，说从前有七个太阳七个月亮，一天晒得没个完，只有山洞里头的水没有干。后来，有一个勇敢的汉子从山上一颗最大的树爬到天上，用竹竿打掉了六个太阳和六个月亮。这一打，剩下的那个太阳和月亮也不敢出来啦！天底下到处黑漆漆的。人们就打发牛去接太阳和月亮。牛去了，太阳和月亮不出来。又打发羊去接，太阳和月亮还是不肯出来。最后叫大红公鸡去接，太阳和月亮还是不出来，公鸡急了，"喔，喔，喔——"地一叫，太阳才从东边山口慢慢露出头来，到了晚上，月亮也就出来了。⑤

黎族神话《苍蝇吃日月》里讲述天神番焦塔的扁担挂在天边成了彩

---

① 《侗族文学史》编写组编著：《侗族文学史》，贵阳：贵州民族出版社1988年版，第46页。
② 《侗族文学史》编写组编著：《侗族文学史》，贵阳：贵州民族出版社1988年版，第57页。
③ 杨权、郑国乔整理译注：《侗族史诗——起源之歌》，沈阳：辽宁人民出版社1988年版，第202页。
④ 覃乃昌：《壮侗语民族的创世神话及其特征——盘古神话来源问题研究之五》，《广西民族研究》2007年第2期。
⑤ 中国作家协会贵州分会、贵州省民族事务委员会编：《苗族、布依族、侗族、水族、仡佬族民间文学概况》，贵阳：贵州人民出版社1987年版，第25页。

虹，七只金箩筐和七只银箩筐分别变成了七个金太阳和七个银月亮。①《大力神》里说天上有七个太阳和七个月亮：大力神做了一把很大的硬弓和许多支利箭。白天，他冒着热烈的阳光去射太阳，一箭一个把六个太阳射落下来。当他射第七个太阳的时候，人们纷纷说："留下这最后一个吧！世间万物生长离不开太阳哪！"大力神答应了人们的请求，留下了一个太阳。夜晚，大力神又冒着刺眼的强光去射月亮，他张弓搭箭，射落了六个月亮，射第七个月亮的时候，因为射偏了，只射缺了一片，当他准备重射时，人们又纷纷说："饶了他吧，让它把黑暗的夜间照亮吧。"大力神答应了。这样，月亮便有时候圆有时候缺。②《土地公与土地婆》则说洪水过后，公鸡第一个从南瓜中出来，看见太阳照耀大地并报晓。③

射日神话母题是世界性的，中国南方的苗瑶语族、藏缅语族口头叙事中也不乏此类母题。至 2010 年，国内已出版的壮侗语族射日神话异文多达 37 个，其中壮族 12 个，布依族 9 个，傣族 2 个，侗族 3 个，水族 3 个，毛南族 2 个，黎族 4 个，仡佬族 2 个，仫佬族则没有。④ 杨原芳《中国西南少数民族射日神话之母题类型研究》（2012）一文收录了近 50 个西南少数民族射日神话异文，其中壮族 10 个，布依族 4 个，苗族 3 个，土家族 2 个，侗族 4 个，水族 3 个，傣族 2 个，仡佬族 2 个，瑶族 2 个，珞巴族 2 个，彝族 1 个，景颇族 2 个，布朗族 2 个，佤族 1 个，德昂族 1 个，哈尼族 1 个，傈僳族 1 个，纳西族 1 个，阿昌族 1 个，羌族 1 个，独龙族 1 个，毛南族 1 个。《中国少数民族射日神话类型与分布研究——67 篇神话及异文射日母题初步分析》⑤ 一文中采用了 67 个射日神话异文，壮族 3 个，侗族 2 个，水族 2 个，毛南族 1 个，布依族 1 个，仡佬族 1 个，黎族 1 个，满族 2 个，蒙古族 2 个，瑶族 1 个，

---

① 王海：《黎族神话类型略论》，《广东技术师范学院学报》2009 年第 5 期。
② 陈立浩、范高庆、苏鹏程：《黎族文学概览》，海口：海南出版社/南方出版社 2008 年版，第 10 页。
③ 姚宝瑄主编：《中国各民族神话·高山族 黎族 畲族》，太原：山西出版传媒集团/书海出版社 2014 年版，第 55 页。
④ 高海珑：《中国壮侗语族射日神话形态结构分析》，《民间文化论坛》2010 年第 5 期。
⑤ 张勤：《中国少数民族射日神话类型与分布研究——67 篇神话及异文射日母题初步分析》，《贵州师范大学学报》（社会科学版）2008 年第 2 期。

土家族4个,高山族7个,珞巴族1个,彝族11个,哈尼族1个,傈僳族1个,纳西族1个,苗族12个,佤族2个,畲族4个,景颇族2个,羌族1个,布朗族2个,阿昌族1个,独龙族1个。从数据上看,国内侗台语民族的射日神话较其他族群而言异文多,在其神话体系中所占比量大。

通过添加国外侗台语族群的射日神话材料,有益于发现侗台语民族的族群文化特点。

老挝佬族的神话《公鸡报晓》说,天神在天空中造了十个太阳、九个月亮以及许多星星。由于所有的太阳、月亮并出照耀大地,大地被烧得龟裂,人类饱受煎熬。有一个青年砍下大树制成强弓和利箭,射掉了太阳和月亮。剩下的太阳和月亮吓得躲进东方的天边,大地变得漆黑寒冷。这时,有一只大公鸡伸长脖子引吭高啼,躲在天边的太阳忍不住悄悄露出脸来,想看个究竟,听一听那只公鸡高昂嘹亮的叫声。于是,太阳的光芒又照耀着大地,大地充满着光明和温暖。公鸡也得到了一顶大红帽子作为感谢,那就是它漂亮的鸡冠。① 泰北泰阮人的佛教经文中则说,"世界最初一片荒凉,后来出现了两个太阳,又不断增加到六个,引发了世界七天七夜的大火灾"。太阳是自行产生的。②

老挝琅南塔省南发(Nanfa)村的泰央人LC(男,65岁)曾叙述了一个射日神话:从前,天上有七个太阳,晒得动物、植物、人类都要死光了。有一个英雄制作了弓箭去射太阳,射得只剩下一个。剩下的太阳十分害怕,就躲起来了。最后,只有公鸡优雅的啼叫声把太阳唤了出来。直到现在,太阳有时候睡懒觉,还是公鸡把它叫出来的呢!③

越南奠边府亮(Lieng)村的黑泰人VV(男,82岁)说他曾听过大洪水的故事:很久以前,天下落起暴雨,把人都淹没了。鸡过不了河,鸭子将鸡驮过河去,鸡感激鸭子救了自己一命,从此为鸭孵蛋。④ 老挝琅南

---

① 张玉安主编:《东方神话传说·第六卷(上)》,北京:北京大学出版社1999年版,第116页。
② 金勇:《泰国民间文学》,银川:黄河出版传媒集团/宁夏人民教育出版社2011年版,第30页。
③ 2012年7月11日搜集,屈永仙翻译。
④ 2012年7月15日搜集,阮氏梅香翻译。

塔省南发（Nanfa）村的泰央人中也流传着相似的"鸭驮鸡"母题。

泰国东北部那邦（Na Mbang）村的普泰人 SWS（男，78岁）曾向我们讲述天体形成的原因：普泰人的祖先布桑该、雅桑该吃了土，仙气跑到身体外，就变成了太阳、月亮和星星，日月运行才有了白天和黑夜。①

老挝、越南和泰国等国的侗台语族群日月神话与国内侗台语民族的相关神话内容有所重合。侗台语族群的日月神话集中在祖先造日月、射日、公鸡唤日等母题上，公鸡唤日母题中又常见鸭驮鸡、鸡替鸭孵蛋的母题。这些母题在侗台语民族神话中频繁出现，与这些族群早期的思维模式、生产与生活方式有密切关系。叶舒宪曾指出，"神话思维在'日出而作'和'鸡鸣而起'这两种由来已久的作息活动模式中早已找到了将鸡同太阳相类比的逻辑根据，一种是诉诸视觉的时间信号，另一种是诉诸听觉的时间信号，传递信息的方式虽异，所传达的时间信息却是一致的。因而鸡与日被归为同类事物"。② 侗台语族群中日与鸡的关系也可以被如此解释。不但如此，侗台语族群先民作为逐水而居的民族，还注意到了鸡与鸭之间的可合作关系。他们是世界上最早种植水稻的民族之一，随着农业的发展，人工饲养鸡、鸭等家禽家畜的副业生产很快出现，壮族麽经中也出现了专门为鸡、鸭、鹅、鱼等赎魂的篇章。"鸡"在侗台语大部分语言中属于同源词，梁敏曾构拟出原始侗台语 *qiɛi，而韦树关则认为侗台语族群在分化前就已经人工养殖家鸡，汉语"鸡"是从侗台语中借入的。同时，"鸭"在各侗台语中都可对应，被认为是源于台语或南亚语的一个词。③ "鸡为鸭孵蛋"母题的广泛存在与语言学的证据，再次为侗台语民族早期先进的稻作农业生态链添加了佐证。

---

① 2012年5月17日搜集，屈永仙翻译。
② 叶舒宪：《中国神话哲学》，北京：中国社会科学出版社1992年版，第264页。
③ 转引自陈孝玲《侗台语核心词研究》，成都：四川出版集团/巴蜀书社2011年版，第35—36页。

母题\族群	日月的起源①	射日及其他	
壮族	布洛陀造太阳和月亮；姆洛甲造日月；盘古造日月；伏羲造日月；太上老君造日月；雷公造太阳；日月是神人在天上画的圆圈；兄妹被分去造日月；罗扎罗妞用石头造日月	特桃射日，日月躲进海里；侯野/特康/郎正/汉弘/平义/后羿/特很射日；天神从宗爷爷射日；佛陀派她的九个儿子射下11个太阳；达香用竹竿戳日；寡妇戳日	达香/特火变成公鸡请太阳出来；公鸡唤日月，鸭驮鸡到海中心；鸡帮鸭孵蛋
布依族	翁戛造日月；布灵造日月；巨人力戛化生日月星辰；当万、蓉莲变成日月	勒戛射日；盘古的儿女布杰和布缅兄妹射日；巨神布杰射日；巨人保根多打太阳；英雄年王/卜丁/德金射日	公鸡请太阳；鸭子驮鸡渡过大海，公鸡唤日；鸡帮鸭孵蛋
傣族	布桑该、雅桑该用仙葫芦籽造日月；火神的儿子变太阳；七个火神变成太阳；铁水和石水婚生日月；人变成日月；葫芦变成日月	青年射日；射神唯鲁塔射日	母鸭在洪水中救了母鸡，母鸡帮它孵蛋；鸭背鸡过河，鸡帮鸭孵蛋（与唤日无关）
毛南族	天皇造12个太阳；汉王造太阳；龙喷火形成太阳；分开天地的清气上升变成日月；乌龙和白熊变成日月	格（父子）射日；猎人父子射日	鸡帮鸭孵蛋（与唤日无关）
侗族	萨天巴造太阳；天王12兄弟造日月；雷婆造太阳	姜良、姜妹兄妹射日；皇蜂射日	鸭背鸡过河，鸡帮鸭孵蛋（与唤日无关）
水族	伢侯造十个太阳十个月亮；火神造太阳；仙人搓出太阳，织出月亮	伢侯射日；地仙旺虽射日；大力士阿劳射日	—
仫佬族		两个老人射日月	公鸡喊（请）出太阳

---

① 除文中所引文献外，其他神话内容出自：王宪昭：《中国神话母题W编目》，北京：中国社会科学出版社2013年版，第315—331、1525—1546页；农冠品注：《壮族神话集成》，南宁：广西民族出版社2007年版，第181—197页；何正廷主编：《壮族经诗译注》，昆明：云南人民出版社2004年版，第572—622页。

续表

母题\族群	日月的起源	射日及其他	
仡佬族	天神造太阳；神人造太阳	汉子用竹竿打掉多余的日月	大红公鸡唤日月
黎族	天神造七个太阳和七个月亮	大力神射日；造日月的神射日；万家射日月；天神儿子黎射日月；雷公除掉多余的太阳	洪水后公鸡报晓
泰阮人	太阳自行出现，有六个之多	—	—
佬族	天神造十个太阳，九个月亮及许多星星	青年射日	公鸡唤日
泰央人	仙气变成日月	英雄射日	公鸡唤日；洪水中鸭驮鸡过河，鸡为鸭孵蛋
黑泰人	—	—	洪水中鸭驮鸡过河，鸡为鸭孵蛋
普泰人	布桑该、雅桑该的仙气跑到身体外变成日月星辰	—	—

6. 物的起源

布洛陀神话也叙述了一些与人类休戚相关的物之起源，包括火、水、稻谷、牛、鸡、鸭和鱼等。布洛陀对发现和创造这些物质起了关键作用。如云南文山布麽LZG先生在祭祀仪式上所唱的布洛陀经诗就涉及种子的起源、水的出现、动物出现、性别的出现，等等。在此将选取火、稻谷和牛的起源母题进行分析。

（1）火的起源

史诗经《麽请布洛陀》手抄本里说"前世未造火/前世未制火/吃生肉如同乌鸦/吃鱼生像水獭/吃谷子像猴子/吃血肉像老虎"。人们祈问布洛陀、麽渌甲（姆洛甲），才懂得造火的方法。"你割木为段/你砍木为节/两人来拖拉/两人放艾花/木块放下面/木块放上面/木拖去拉来/木擦去擦来/出第一粒火星/被萤火虫拿去/出第二粒火星/草蜈蚣拿去/上升的变雷火/下降的变额火/出第三粒火星/溅起到膝盖/拿艾花来捂/拿火把来吹/造火就成火/制火就成火。"① 布洛陀和麽渌甲又告知人们只要用七根木为"公"、九根木为"母",围在火种四周置于家中,再舂泥安好火塘架,供奉灶神,就能烤鱼煮肉,家庭兴旺似火。

散体神话《布洛陀》里说布洛陀首先发现雷公送来的火可以取暖,他就把火种取回来取暖烤肉,开始了熟食生活。有一天火被大雨浇灭了,布洛陀按照雷公劈榕树的样子,拿起板斧朝树干上砍去,树干冒出火星,他拿艾花壅上,添上干草,火就燃起来了。②

火的使用是直立人与猿分化的标志之一,也是人类旧石器时代开始的象征。③ 人类对火的掌控是社会前进与自我发展的一个重要因素。火不但让人们告别了生食阶段,有了持续的光源与取暖源,能够抵御野兽的攻击,它更"是一种生产力,是从事生产活动,改进工具,提高生产的有效手段(它对原始独木舟的制造,狩猎,制陶,垦殖,冶炼铜器等都是必不可少的)"④。越人古苍梧国文化区内的石峡遗址就已有以火驱鬼的习俗。遗址中的大部分墓穴都有在下葬前用火焚烧处理的痕迹,以此驱除恶鬼,让入葬之人安息。⑤

对火的利用使壮族先民的生活发生了质的变化,让他们向文明社会迈进了一大步。他们的日常饮食、照明、取暖等基本生活需求离不开火,生产中也曾使用"火耕"。所谓火耕,就是放火烧掉大片森林或草地,开辟出一片平地以种植谷类,以灰代肥。此外,人们制造各种生活生产用品也离不开火,如冶炼金属制作铜鼓和兵器、烧制陶器,等等。火虽然给人们带来诸多好处,但也带来各种潜在的危险,用火不慎就会酿成大灾小祸。人们最初使用的火源多来自雷击引起的森林大火等,使火又带上了神秘的

---

① 张声震主编:《壮族麽经布洛陀影印译注·第六卷》,南宁:广西民族出版社2004年版,第51—52页。
② 农冠品编注:《壮族神话集成》,南宁:广西民族出版社2007年版,第36页。
③ 林耀华主编:《原始社会史》,北京:中华书局1984年版,第156页。
④ 张振犁:《华夏族系"盗火神话"试探》,苑利主编《二十世纪中国民俗学经典·神话卷》,北京:社会科学文献出版社2002年版,第277页。
⑤ 郑超雄:《壮族文明起源研究》,南宁:广西人民出版社2005年版,第201页。

色彩。壮族先民对火这一自然物质既存在崇敬、依赖的感觉，也伴随有忧虑、恐惧等心理阴影。因此，人们在早期思维模式的作用下抽象出火神的概念，并在历史发展中形成了丰富的火神崇拜文化。

壮族信仰史中曾有一位"甘歌"（Gamj Ga）火神，根据民间传说他是布洛陀的儿子。他受布洛陀安排在山上造火。他用樟树搓榕树，三天三夜才引燃出火苗。后来甘歌把火种挂在屋檐下，造成了大火灾。他自己也被烧死，被奉为火神。① 甘歌在民间信仰中的地位很高，在布洛陀经诗中时常与皇帝并举，有时被称为"敢卡王"。但在有的地方他又以女性身份出现，扮演着壮族生育神的角色，"敢卡"在壮语里也有"腿下洞"的意思，带有生殖崇拜的意味。在广西东兰、巴马、凤山等地，人们心目中的火神是一个黑脸红唇、灰眉白须的男性形象。乡村里还保留了除夕之夜祭祀火神的习俗。人们用一小方红纸代表火神之位，贴在灶台或火塘边的墙壁上，焚香祷祝，以酒肉祭奉，烧纸送钱，以此感谢火神之功，希望来年不发火灾、家庭红红火火。其他节庆时也要祭火神，请他管好火种。倘若发生了火灾，人们就要请来布麼来禳解，向火神谢罪，请他宽恕平时礼遇不周或犯过的错，让他今后费心看管火种。②

对火灾的畏惧还形成了一系列送火星、送火神、退火星等仪式，它们来源于壮族早期的模拟巫术仪式，产生的历史年代应该很早。农历正月初四，云南师宗县高良、五龙乡的壮人举行送火星的仪式。在布麼的带领下，青少年组成赶火星队把火星神从各家各户赶出，送到河边沙滩供奉。黑尔乡的壮人还用竹轿抬走火星神，边送边用土块、泥巴追赶，到河边则放火烧轿，又用河水将火扑灭。广东连山壮族人民在每年农历九月初九举行送火神仪式。傍晚之时，各寨搭建好茅草屋，大家手举火把围着它又跳又唱，最后一起将火把投入茅草屋，同时发出"咿哟""谢呦"的声音以示欢送火神趁火势上天。之后的整个晚上大家都摸黑行动，以示不将火神引入家中。这一天也被称为"猎非节"（Laep Feiz），即壮语"黑火节"

---

① 张声震主编：《壮族麼经布洛陀影印译注·第一卷》，南宁：广西民族出版社2004年版，第41页。
② 吕大吉、何耀华总主编，李绍明等主编：《中国各民族原始宗教资料集成：土家族卷·瑶族卷·壮族卷·黎族卷》，北京：中国社会科学出版社1998年版，第523页。

的意思。① 在以上各种仪式中，将火星神送走、举行"水灭火"等各种模拟巫术体现了壮族纯朴而凝重的民间心态，以此达到远离火灾、保护村寨的目的。

仪式之外，民间亦多各种与火崇拜相关的习俗。如大新县宝圩乡一带的壮族保留了火把插秧的传统，带有火崇拜的遗迹。插秧时节，姑娘们手挎竹篮到街上等候雇主，篮中除了她的用品，还要有一个猪脚形的粽子。主家选中谁，她们到主家当晚便会有村里的小伙子前来对歌，对到两情相悦，她们便把篮子送到意中人手中，取出粽子放在桌上，主家上酒菜，主客同欢。姑娘们白天继续对歌幽会。一到晚上人们便燃上火把，把田野照得一片辉煌，各家与应聘的姑娘们一起下田插秧，直到天明。火把插秧把歌圩、爱情和劳动融为一体，强调了火的功用，是一种富有诗情画意的活动。这一活动亦避开了白天的烈日，减轻了插秧的劳累。武鸣、马山一带的壮人在炒菜做饭时，会将一点米饭或肉片丢入火中，象征与火神同享，向火神祈福。

火神信仰进一步演变，就出现了灶神（王）崇拜。灶与一日三餐关系密切，也是保存火种的地方，因此，备受重视。布洛陀经诗中说，布洛陀和麽渌甲让人们用七根木为"公"、九根木为"母"，围在火种四周置于家中，再舂泥安好火塘架，供奉灶神，就能烤鱼煮肉、人家兴旺似火。② 农历十二月二十三是送灶节，壮族人家多厚飨灶王。灶王在这天回到天上，汇报主家一年的表现，家家户户都要隆重地为他"饯行"。很多壮族地区的人们供上糯米汤圆，吃了汤圆，灶王的嘴就又黏又甜了。壮族人民祭灶时还要杀一只公鸡，让灶王当马骑到天上去。有些地方的壮人仍然视甘歌为灶神，灶神实质上仍是火神。

由于火的潜在危害，壮族各地普遍都有对火和灶的若干禁忌，以示不伤害火神和灶神，并寻求其护佑。火塘和灶台是家中神圣之所，人们绝不可以向火或灶吐痰或撒尿，并严禁用脚踩踏火塘架和灶台。壮人曾视孕妇

---

① 吕大吉、何耀华总主编，李绍明等主编：《中国各民族原始宗教资料集成：土家族卷·瑶族卷·壮族卷·黎族卷》，北京：中国社会科学出版社1998年版，第524—525页。
② 张声震主编：《壮族麽经布洛陀影印译注·第一卷》，南宁：广西民族出版社2004年版，第4页。

为不洁之人，禁止她们靠近火塘。

（2）稻谷的起源

壮族先民很早就摸索出挖塘养鱼、造田种地的生存之道。经诗《麽赎稻谷魂》中说，人们三月犁地，四月播种，五月插秧，八月水稻成熟。可是种出的谷粒像柚子一般大，谷穗像马尾一般长，"禾剪割不了/扁担挑不动/三人吃一粒/七人吃一穗"，种出的稻谷不能拿去供养天下。一场大雨引发洪灾，洪水滔天，淹没了天下所有的平地，只有郎老、敖山等大山未被淹没，天下所有的稻谷都堆积到这些地方。90天后，洪水消退。混沌、盘古"造村造地方/造做府做县/造畲地水田/造三百个鱼塘/造五百块稻田"。但由于稻谷留在案州的郎老、敖山等高处，用船和竹筏都运不回来，仍饿死很多人。"地上有民众/下方有百姓/有人没有米/吃坡草做餐/吃牛草当饭/吃坡草粗糙/吃茅草也倦/孩子吃了长不大/孤儿吃了不白净/姑娘吃了脸菜色。"于是，人类让鸟和老鼠去运回稻谷。谁知鸟和老鼠虽然取到稻谷，却只顾各自享用，躲到深山老林里不再出来。布洛陀、麽渌甲教人们编笼结网捕鸟鼠，捕到后就撬开它们嘴巴取出谷种来种。稻谷成熟，谷粒仍像柚子一样大，人们"用木槌来捶/用舂杵来擂/谷粒散得远/谷粒飞沙沙/拿去田中播/拿去田峒撒/一粒落坡边/成了芒芭谷/一粒落院子/变成粳谷丛/一粒落寨脚/变成了玉米/一粒落在墙角/变成了稗谷/一粒落在畲地/它变成了小米/一粒落在田峒/变成了籼稻/变成红糯谷/变成大糯谷/变成黑糯谷……"人间才有了各种各样的谷种。但人们把谷种种下去之后，禾苋不抽穗，抽穗不结粒。布洛陀和麽渌甲指点人们把消散的谷魂赎回来，从此稻谷丰收，天下繁荣兴旺。① 在广西巴马流传的散体《布洛陀》② 神话说，布洛陀亲自骑着蛟龙到案州去找谷种，带回人间。鸟、鼠类动物，在布洛陀神话中成为私藏稻种的重要角色。它们食用野生稻种的行为，指引着人类发现了相对稳定的果腹之物——稻米。人们还通过人工栽培稻米，获得了相对固定的生活资源。

神话中的谷魂观念是在"万物有灵"的基础上抽象出来的。早期人

---

① 张声震主编：《壮族麽经布洛陀影印译注·第一卷》，南宁：广西民族出版社2004年版，第260—277页。

② 农冠品编注：《壮族神话集成》，南宁：广西民族出版社2007年版，第37页。

类试图理解自身和世界，他们对同类的死亡有所感应并进行思考，同时受到睡眠和梦境经验的启迪，以当时的思维能力抽象出一个虚幻的（在他们看来却是真实的）灵魂世界，这便成为他们理解宇宙的精神基础。他们把这种观念推及整个大自然，便认为世界上的万物——无论动物、植物或其他物质，都和人类一样具有灵魂，形成了"万物有灵"的观念。他们认为自然物的灵魂和人没有太大的区别，都具有与人相似的各种情感和行为。水稻是壮族先民重要的粮食作物，是他们赖以生存的非常资源，因此，他们在"万物有灵"的基础上抽象出了"谷魂"的概念，认为稻种从发芽成苗、抽穗扬花到结实成谷，是谷魂生长、还原的一个过程，这一阶段关乎民族生计大事，需要恭谨对待。他们尊敬谷魂，从播种、插秧、护苗到收割、入仓的辛勤历程中，举行不同的仪式对它进行祭拜。谷魂信仰后期上升为谷神崇拜，受重视程度很高。谷魂神话的存在既验证了谷魂信仰的悠久历史及其神圣性，也在世世代代的口耳相传之中增强了壮族谷魂崇拜的意识，并生发出一系列的神话叙事与仪式文化。

赎谷魂是壮族最重要的"麽"仪式之一，布洛陀经诗专门有"赎谷魂"一章，用于祈求丰产、收回谷魂的相关仪式。至今开耕之前，各地壮族都保持着一些相应的习俗，以利农事。如贺县壮族人除夕守岁至子时，拿锹到自家田中翻三块土，点三炷香，插二支烛，并以纱纸所搓纸绳系一张红纸做幡，系于竹枝插在田中，放一串鞭炮，祝开耕大吉。

散体神话中的谷种起源母题与麽经中的大同小异，有一个流传在百色一带的神话则稍显不同。该神话说以前人和动物都吃草，但草很快就被吃完了，牛就向布洛陀告状。布洛陀吩咐男人拿着花布盖在身后，用四脚走路，穿过山洞走12个月就能取回谷种。当男人用嘴含着谷种回到家，他的孩子们都把他当成了老虎，从此世间才有了老虎。人间从此也才有了大米、玉米等五谷，人们开始吃米饭了。而牛马则继续吃草，鸟类改吃害虫。[①] 在布洛陀神话中，老虎是森林之王。但随着稻作农耕的开拓，壮族先民应对自然的能力增强，自信心提高，他们逐渐重新审视自己与自然界万物的关系，并从稻作文化的视角解释彼此的关系。

---

① 农冠品编注：《壮族神话集成》，南宁：广西民族出版社2007年版，第404页。

壮族民间还有不少其他谷种神话，有一个《谷种和狗尾巴》[①]说古时候天上有谷子，地上没有。地上的人越来越多，可吃的东西越来越少。人们求天上的人给些谷种，天上的人却不肯给。没办法，人们就派了一只九尾狗到天上去找谷种。九尾狗到了天上，见天宫门前晒着谷子，便在晒谷坪上打滚，让浑身粘满谷粒。不巧天上的人看见九尾狗，追赶来用斧钺朝它乱砍。九尾狗拼命地跑，九条尾巴被砍了八条，最后身上的谷粒被刮掉了，只剩一条尾巴下夹的一些谷粒。从此，人间有了谷种，狗也只有了一条尾巴。人们为了报答狗，就把狗养在家里。现在种出来的稻谷，根根都像狗尾巴，就因为谷种是粘在狗尾巴上从天上带到地上来的。至今桂西一些地方的壮人收回新谷做的第一锅米饭，得先打第一碗来喂狗，以此感谢它偷来谷种的功劳。这给我们留下一个重要的信息，也许人们是在带猎犬打猎当中发现野生稻谷的。该神话大概源自早期的狩猎文化从侧面反映了狩猎过程中人们对狗身上粘谷种现象的关注与思考，狗也是壮族先民狩猎时代重要的图腾。

壮族先民的稻作生产活动也被诸多考古发现所证实。位于大明山麓的武鸣县马头乡元龙坡古墓群出土了达110多件的青铜器，包括铜犁、铜镰等铜制农具，反映了当时稻作生产的水平。铜犁高约10厘米，其结构和形状与现代的犁十分相近，整个犁呈弯月形，中间有柄，柄上有銎，一侧形成三角形孔。铜镰长度在12厘米左右，宽度在四厘米左右，镰身一面平行有条纹，延长至刃部形成锯齿，柄部有"8"字形侧栏。这些铜质生产工具尺寸大小不一，造型容实用和美观为一体，形态多变。铸造它的主人具有设计精巧器物的智慧，善于观察和仿效，善于在实用工具上注入审美情趣，使一件件劳动工具脱离呆滞的外形而具有艺术的形态美。

整个稻作文化的发展，都始于稻种的出现，它使人们迈入了新的文明阶段，故而在神话中得到了高度重视和多重阐释。此外，还有如《再生的稻谷》《堵稻管》《吃谷骨》《达英与墨米》《稻谷和懒婆》等神话，讲述了稻谷为什么一年只长一次、不再自动回家、割了的稻谷为何不会再长、人们如何学会吃谷粒以及墨米的来历等。[②] 东南亚的傣泰民

[①] 农冠品编注：《壮族神话集成》，南宁：广西民族出版社2007年版，第397页。
[②] 同上书，第397—402页。

族也传承着彼此呼应的相似母题,这是侗台语民族稻作文明源远流长的见证。

(3) 牛的起源

散体口传神话《布洛陀》里讲述了牛的起源：

> 神牛死去以后,没有牛犁田,只得用人拉。一个人扶犁,几个人拉犁,地犁得不好,田也耙不平,年年累得死去活来。布洛陀看了十分难过。
>
> 一天,他到池塘边,用黄泥捏了一头黄牛,又到河边用黑泥糊了一头水牛。黄牛身和水牛身糊成了,用枫木来做脚,摘奶果来做奶,用弯木来做骨头。用野芭蕉叶的茎来做肠,用风化石来做肝,用红泥来做肉,用葵扇来做耳朵,用千层皮树来做角,用苏木泡水来做血。各样都安好以后,拿到嫩草地里去放。这嫩草地离家不远,布洛陀三天去看一次,九天去瞄一回。后来,泥牛真的长成活牛了。牛的眼睛会转了,牛的嘴巴会动了,牛角又开了,牛尾巴翘起来了。布洛陀多么高兴啊!他赶忙回来告诉大家,要大家去把牛牵回来。众人带上了麻绳,来到嫩草地牵牛,可是黄牛怎么也牵不来,水牛怎么也拉不动。他们去问布洛陀,布洛陀说:"你们用麻绳穿它的鼻子,在脖子后面打个结,派一个人拉,它就站起来,轻轻地牵,它就跟着走。"大家按照布洛陀说的去做,一牵,牛"哒哒"跟着走。把牛牵到嫩草地和田垌里,牛"刷刷刷"地吃起草来了,吃得非常欢快。太阳快要下山的时候,把牛牵回来,拴在屋前木桩上。男女老少跑来围着看稀奇。
>
> 这两头牛是牛种,满一年后,它们生了崽,后来崽又生崽,慢慢地繁殖起来了。
>
> 有了牛,人再也不用肩膀去拉犁了,人就开了很多田地,种了很多谷米,可以养活更多的孩子了。黄牛和水牛越生越多,多得像虾米一样,牛栏都住满了。后来因为牛破坏田地,皇帝杀了很多牛,牛魂逃散,牛群得了牛瘟,经过再次购买牛、布洛陀给牛治病,牛终于又成为人们耕种的好帮手。①

---

① 农冠品编注：《壮族神话集成》,南宁：广西民族出版社 2007 年版,第 38—39 页。

布洛陀经诗里也有类似的布洛陀造牛神话，如《麽诵赎水牛魂》①《呼社布洛陀》② 等。其他的布洛陀散体神话还添加了许多有意思的细节，比如牛为什么不会说话、没有上门牙以及恨芭蕉树等，充分展示了壮族人民对于周围世界的解释与对事物有机关联的观察力。③

壮族先民种植水稻，离不开用牛耕田劳作。耕牛的驯化推动了生产工具的改进，促成了组合石犁的制造。早在七千多年前的河姆渡第四文化层时期，人类已经学会养牛，广西新石器时代的遗址中亦多出土牛骨，当为驯化后的家牛。依靠耕牛拖拽穿孔犁耕作降低了人们的劳动强度，这是人类借助自然界力量的最生动案例。在广西苍梧倒水乡一座东晋墓中出土了一件陶质耙田模型，反映了当时壮族先民生活区的生产力状况。④ 模型为长方形，长宽各为18厘米、15厘米，以田埂筑起。水田以田埂一分为二，两块田中各站一头牛，牛鼻穿环，耙的轭架在牛颈上缘，后有人俑两手扶耙。耙耕节省劳力，便于操作，大大提高了耕作效率。石寨山型和麻江型铜鼓上多有牛纹。其中石寨山铜鼓上的牛纹，"细肚，长腿，长尾，长角，高峰，高臀。长角似水牛；肩峰隆起，又似黄牛；嘴似猪。综合观察应是一种瘤牛"。⑤ 瘤牛是水牛的祖先之一。在麻江型铜鼓上的耕牛图有单独的牛形象。宁明花山崖壁画中有一组栩栩如生的"驯牛图"，驯牛的人远离倔强抵抗的水牛，拉着拴在水牛脖子或角上的绳子，有人手握棍子协助赶牛，还有人站在远处助威。距今两千多年的崖画仿若无字的天书，为壮族先民如何驯养耕牛作了生动注解。这重重的艺术作品，都是对牛在稻作文化中重要作用的礼赞。

壮族民间多用水牛耕田，故以水牛崇拜为主，黄牛崇拜次之。自从驯服了耕牛之后，壮族先民的田间耕作从人力转向牛力，变得轻松多了。人们感激耕牛长年累月地在田地中劳作，减轻了人类的耕作负担，同时又钦

---

① 张声震主编：《壮族麽经布洛陀影印译注·第四卷》，南宁：广西民族出版社2004年版，第1109—1288页。
② 张声震主编：《壮族麽经布洛陀影印译注·第六卷》，南宁：广西民族出版社2004年版，第2148—2281页。
③ 同上书，第63页。
④ 广西梧州市博物馆：《广西苍梧倒水南朝墓》，《文物》1981年第12期。
⑤ 蒋廷瑜：《壮族铜鼓研究》，南宁：广西人民出版社2005年版，第126页。

服于它的气力与坚韧，于是逐渐形成了牛图腾崇拜。牛图腾崇拜在壮族文化中影响深远，至今仍有相关节庆、习俗与口头叙事等。

壮族四月八日过"牛魂节"，又叫脱轭节、牛诞日，这一天常常被视为牛的生日。据说牛由于传错天上圣旨而被贬到人间犁田，于是人们要在它生日这天犒劳它，感谢它为农家的默默奉献。牛魂节这一天，人和牛都要停止劳动，主人用枫叶水浸糯米蒸饭，第一团先给牛吃。牛栏外安个小桌，摆供品，点香烛。人们还要唱山歌和彩调，欢庆牛的生日。有的地方则请布麽来唱诵"布洛陀经诗"中的"赎牛魂"篇章，保佑牛儿魂魄安然，身强体健，为人们多做贡献。在东兰县，人们还取下牛鼻绳，脱下轭和竹筒铃，给牛洗澡、梳毛、捉虱和抓痒。平常牛死了，牛角骨取下挂在堂屋顶梁下，农历四月初八这天在骨上贴红纸条，以示纪念。还有些地方的壮人说这一天牛魔王从天上下到凡间，保佑牛不瘟死。龙胜有牛魔王庙，人们要杀猪去祭祀。

图腾圣餐的遗存亦生动地说明了牛图腾崇拜的影响力。布洛陀经诗中"吝葬母"的篇章讲述了壮族以牛代人进行"圣餐"的原因。① 在他们心目中，牛是先祖，是亲族，正如弗洛伊德在《图腾与禁忌》中指出，"献祭的动物被当成同族人看待，参加祭典的人、神和献祭的动物都被认为具有相同的血缘和同属于相同的部落"。② 红水河上游的壮族仍保留了除夕夜"杀牛祭祖宗"的习俗，这些都是"图腾圣餐"的遗迹。

壮族地区普遍有迎春鞭牛、对歌的传统习俗。春牛即土牛，古时用泥土塑制，现在则多为纸制。民国时候壮族聚居的融县（今柳州融水县）"'立春'前一日，行户办抬阁，画工制花鞭，迎土牛于东郊广化寺。回至县署辕门，民舁土牛以耕，长吏执鞭三策，一曰风调雨顺，二曰物阜民安，三曰天下太平，观者如堵。立春时，官吏祭神、打春，以小土牛颁布绅士。"③ 扶绥等地的壮族民众还以土牛颜色辨别来年的丰歉晴雨："又以

---

① 张声震主编：《壮族麽经布洛陀影印译注·第五卷》，南宁：广西民族出版社2004年版，第1407页。

② ［奥］弗洛伊德：《图腾与禁忌》，文良文化译，北京：中央编译出版社2005年版，第147页。

③ 丁世良、赵放主编：《中国地方志民俗资料汇编·中南卷（下）》，书目文献出版社1991年版，第950页。

春牛太岁之色为占验，为金色属稻，白色属水，赤色属旱，黑色属风，青色属蓝靛，而太岁白带则属瘟疫……"① 桂西泗城府（今西林、凌云一带）的壮族开耕仪式上，壮人要用稻草扎一头"春牛"，外糊泥巴。祭天之后，土官象征性地扶犁开耕而后鞭打"春牛"，祭师随诵《打春牛》："一打风调雨顺，二打国泰民安，三打万民乐业，四打五谷丰收，五打牛头落地。"随即砍下"牛"头，百姓一拥而上，抢回一把稻草或泥巴拿到自家牛栏设祭，以求丰年。这些节日与习俗是早期壮族牛图腾崇拜延续、发展的集中体现。

对牛的崇拜也衍生了一系列的神话传说，异彩纷呈。壮族《鲤鱼岩里的十八罗汉》说，18个兄弟偷走一头大水牯，没想到它是天上的五谷神变的。由于五谷神在察看人间五谷时摘了三串沉甸甸的谷穗以便向玉帝汇报，却被玉帝以偷盗的罪名罚到人间来做牛。扶绥县壮人中流传的《水牛恨芭蕉》②说，水牛原来很老实，耕地是不用人牵绳子的。但后来它听了狐狸的教唆，不好好干活，人拿它也没办法。溪边的芭蕉树告诉人对付水牛的一个好办法，就是用绳子把它的鼻子穿起来。从此，水牛便被人牵着鼻子走，失去了自由。水牛一直恼恨芭蕉树给人出主意，每当来到溪边，它都要用锋利的双角把芭蕉树戳得稀巴烂。

壮族的牛崇拜传统还孕育了一些抒写民族英雄神迹的口传叙事，如壮族史诗《莫一大王》等。"莫一大王"的"莫"在壮语里为"牛"之意，"一"为"首领、第一"之意，"莫一"可解释为"牛的首领"，这一人物形象中有壮族先民牛图腾崇拜的痕迹。莫一的父亲死后变成一头大牛牯，赋予莫一大王神奇的力量。莫一大王以此成就一系列伟绩，是壮人心目中崇高无比的英雄。③ 以农家之宝——水牛为图腾并演绎出生动神异的史诗内容，这是稻作文化超乎世人的想象的影响力。以忻城为中心的壮族莫氏土司家族，其姓氏也来源于壮族的牛图腾崇拜。

对牛的信仰又滋生出新的壮文化艺术形式，如春牛舞。春牛舞原是壮

---

① 丁世良、赵放主编：《中国地方志民俗资料汇编·中南卷（下）》，书目文献出版社1991年版，第914页。
② 农冠品编注：《壮族神话集成》，南宁：广西民族出版社2007年版，第403页。
③ 同上书，第428页。

族先民古句町国艺术,曾在句町腹地西林县一带广泛流传,清末后渐渐式微。春牛舞的起源或许带有巫术祭祀的成分,但后世多以它表达对耕牛辛勤劳作的感谢。如今,邕宁、靖西等地春节期间仍有春牛舞的表演。牛身用竹片编织而成,黑布或灰布做套。绵纸做头和角,画上中眼。两人一头一尾钻入布套中,边唱边舞。一人头包毛巾,手扶犁架跟在后面,做犁田状。其他人或提灯笼,或敲锣鼓,或领唱春牛歌,热闹非凡。

牛的出现与耕牛的驯化提高了农业劳动的效率,加速了水稻生产的进度。牛耕逐渐代替人耕,使部分劳动力从解决温饱的基本生产中解脱出来,向手工艺等其他生活领域转移,促进了早期社会文化的全面发展。这也是布洛陀神话中特意提到"牛之起源"的缘故。

由于物的起源与人类生活密切相关,是人类步入文明社会过程中用以提高生活水平、推动人类生产力发展的重要工具,故而在布洛陀神话中多有涉及。"物的起源"涉及宽泛,除了上述火、稻谷与牛的起源之外,还有关于鸡、鸭、鹅、鱼等动物起源的内容。这是壮族先民对物质世界积极探索的再现,是对人类逐渐掌握自然资源的一种反映。布洛陀神话阐释这些客观物体的神圣起源与特殊意义,描述这些物何以来到人间,何以为人们服务,更着力告诫人们应该以怎样的礼节和方式去对待这些来之不易的"物"。神话既具有阐释的功能,又具有马林诺夫斯基所强调的对风俗、传统的规范作用。

(4) 其他侗台语族群神话中的相关母题

侗台语其他族群的神话对物的起源也多有论及,与布洛陀神话极其相似的母题较多,在此择取有代表性的内容进行介绍。

布依族古歌《造火》说,"王子去打野猪,王子去打黄麂,得来怎样吃?要火无火煮。王子很气愤,用斧子乱砍,砍在树枝上,砍在干柴上,突然冒火星,突然闪火花。王子很高兴,王子很惊奇,他用艾草去包,他用火草去接,带到家中来,从此人间有火种"。[①] 还有的说勒灵教人们用石块搓出火来,大家用来烤肉、烤鱼。[②]《茫耶取谷种》说茫耶在仙翁的帮助下得到金钥匙、弓箭和宝剑三样宝贝,通过了洪水、虎豹和火焰山三

---

① 周国茂编:《布依族摩经文学》,贵阳:贵州人民出版社1997年版,第84页。
② 同上书,第58—59页。

道难关,在西天神洞中取得谷种。回到半路,茫耶劳累死了,他的狗用尾巴带着几粒谷种漂洋过海而来。从此人间才有稻种。① 布依族摩经《赎谷魂经》里则说,古时候天上出现 12 个(十个)太阳,晒得大地干裂,岩石熔化,植物枯萎。王许愿说,谁能射下太阳,赏给他好田地。比香(或曰金)自告奋勇,翻山越岭找来金折树做弓,茅草秆做箭,飞上天射落了十日(或曰八日),射伤一日,王高喊住手:"留下一个晒谷,留下一个照姑娘搓麻。"比香(金)下地找到受伤的太阳,并要求王履行诺言。王食言后,比香(金)一气之下抓龙虾当犁,抓巨蛇做纤绳,捉母猪龙(或曰狗)去犁田,激怒了天神。天神降下大雨,造成洪水泛滥,谷种全被冲走。洪水过后,人们发现斑鸠嗉囊里有谷种及各种粮食种子。人们将它们取出栽种,人们和动物又有了食物果腹。② 布依族神话里还有创世大神力戛身上的虱子变成了牛的说法。

傣族布角人《火的神话》说,在古时候,人像鸟一样会飞,想到哪里就到哪里,但是却没有火。在严寒时,人只得躲进山洞,吃的全是生食。在大森林中居住着一种鸟叫"飞罗",它有火,但不会飞翔,整天停在洞中,望着别的能飞的鸟发呆。有一天,一位猎人从它身旁飞过,看到飞罗闷闷不乐,就问它发呆的原因。飞罗诉说了无翅膀的苦恼,猎人就提出用翅膀换它的火。飞罗听后,非常高兴,很乐意地和猎人交换了。飞罗插上翅膀,鸣叫着飞向天空;而猎人得到了火,却不会飞翔了。有了火,人们天天能吃熟食,严冬时能得到温暖,黑夜中能驱走猛兽。火使人们得到极大的益处。③ "用翅膀换火种"的母题也出现在景颇族、拉祜族神话中,如景颇族神话说人用翅膀从老鹰那里换来了火。傣族与景颇族、拉祜族比邻而居,相互之间文化交流较为频繁,鉴于其他侗台语民族神话中并没有出现该母题,故推测该神话母题是通过族群文化交流而获得。

傣族史诗《巴塔麻嘎捧尚罗》中安排一切的天神撒下了谷种。"起初谷子很大／谷子会讲话／身上有翅膀／大得像个瓜／／它们离开天／飞朝人间来

---

① 中国作家协会贵州分会、贵州省民族事务委员会编:《苗族、布依族、侗族、水族、仡佬族民间文学概况》,贵阳:贵州人民出版社 1987 年版,第 110—111 页。

② 周国茂:《一种特殊的文化典籍:布依族摩经研究》,贵阳:贵州人民出版社 2006 年版,第 31—32 页。

③ 陶阳、钟秀编:《中国神话(下)》,北京:中国商务出版社 2008 年版,第 1116 页。

/途中遇大风/谷子被打碎/破碎成小粒/谷粒像雨点/盖天洒下来/落到地上时/受伤飞不起/老鼠跑来啃/雀鸟飞来吃/谷粒被吃光//谷在雀肚里/谷在鼠肚里/透不过气来/实在太难熬//谷魂没有死/谷命还活着/不久雀屙屎/不久鼠屙屎/谷随屎排出/掉在水沟边/掉在树脚下/有的成颗粒/有的就发芽/从此天上谷/在人间定居/养活罗宗补。"雀屎、鼠屎中发芽的谷种启发了耕作之道。① 傣族的散体神话《一颗萝卜大的谷子》②说，原来谷子就有萝卜大，又香又甜。种下去后施肥浇水，长得大，成熟后还会自己飞进谷仓中。但是后来，一个懒婆娘不干活，谷子飞回家时，她手中正拿着竹竿。她嫌谷子到处乱飞妨碍她做事了，于是就用竹竿打谷子。谷子就这么碎了。从此以后，谷子变小，再也不会飞了。还有说桑嘎赛女神用海底的黄泥巴捏成了世间万物，包括野牛。"她对泥巴动物祷告/又给它们生命/所有的泥捏动物/就一一睁眼变活。"③

毛南族《天地歌》里也有"燧王钻木取火种""神农制成五谷种""权善养牛耕田地"的内容。④

侗族神话也涉及了火、稻谷、黄牛和水牛等多种物的起源。如《火之原》说："火焰闪闪长在仙界，去到仙界出雌火，去到龙潭遇雄火，雄火拍打身子变火种。/得了火，火得了。章良连接竹竿去取火，章良取火章妹来点燃，章妹点燃篝火给众乡亲来取暖。"⑤ 史诗中还说松恩、松桑的孙辈铜罗、萨可造火镰和火塘，"从此世人随时能生火"。洪水过后，姜（章）妹让云雀到天边讨回五类谷种。⑥《稻谷之原》以问答形式唱出稻谷的起源，问曰："你猜最初稻谷在什么地方生长？禾苗冲出土皮高几

---

① 西双版纳州民委编：《巴塔麻嘎捧尚罗》，岩温扁翻译，昆明：云南人民出版社1989年版，第254—255页。

② 王宪昭、郭翠潇、屈永仙：《中国少数民族神话共性问题探讨》，北京：中央民族大学出版社2013年版，第97页。

③ 西双版纳州民委编：《巴塔麻嘎捧尚罗》，岩温扁翻译，昆明：云南人民出版社1989年版，第193页。

④ 蒙国荣、王戈丁、过伟：《毛南族文学史》，南宁：广西人民出版社1992年版，第54页。

⑤ 杨权、郑国乔整理译注：《侗族史诗——起源之歌》，沈阳：辽宁人民出版社1988年版，第182—183页。

⑥ 杨保愿翻译整理：《嘎茫莽道时嘉》，北京：中国民间文艺出版社1986年版，第47、88—90页。

杆？稻棵有多大、要用什么去砍伐？砍伐倒地哪些人去把稻穗剪？颗粒有多大、一烙装多少？谁去采摘往家搬？"答曰："我猜最初稻谷生长在溪边，禾苗冲出土皮高九杆，稻棵像枫树大、要用斧子去砍伐，砍伐倒地全寨众人去把稻穗剪，颗粒像瓜大、一萝装一颗，萨玛采摘往家搬。"①《黄牛之原》说："天上放牛落尽耶在山，扮宰看见把'牛'称。藤子牵身轭套颈，辛勤耕耘来献身。"②《水牛之原》说，"当初水牛无外皮，它没有外皮肚子红彤彤，它没有外皮肚子彤彤红，它在山上吃草但见肉色红冬冬。/甫年锻造牛毛周身插，甫尼锻打蹄壳和头角。牛蹄牛角打齐全，水牛得到蹄和角，跳跃又奔跑"。③可见，侗族人民心目中的火同样是来自天上的神圣之物，它为人们所用，带给人们温暖。稻谷起源神话保留了谷种从大变小的母题，这是人们在人工栽培水稻的过程中认知世界角度变化的结果。牛的出现是侗台语族先民稻作农业社会的重要生产工具，备受重视。

水族神话《阿呾送火种》说，管火种的仙女阿呾背着天母将火种带到人间，与心爱的人结成夫妻。后来天母发现，派雷公劈死仙女丈夫阿宝，仙女悲愤跳进火坑自焚，从此这火坑烈火终年不熄。④古歌《开天立地》歌则受汉文化的影响将燧人氏奉为造火之神："燧人王，来教造火，造出火，教烧教煮。烧葛根，吃来当顿；烧菌蒿，吃也会饱。""神农王，教造耙锄。造锹钎，教挖山坡。宽平处，挖作田塘；陡斜坡，留给牛住。野黄牛，爬满山坡，捉回家，穿鼻子啦。哞哞叫，不会说话。不会说，它吃什么？去问王，王说吃草。神农教，砍树造犁。造犁耙，牵牛犁田。空肚子，跟在牛后。犁完田，上坡挖土。田种稻，坡栽小米。三月播，五月耘薅。八月里，人人收割。村村喜，处处欢笑。神农教，哪样都好。"⑤《鸡和稻谷》则说老人欣让鸡飞到天上带回稻谷，因为他用绳子勒在鸡的

---

① 杨权、郑国乔整理译注：《侗族史诗——起源之歌》，沈阳：辽宁人民出版社1988年版，第210—211页。
② 同上书，第188页。
③ 同上书，第189—190页。
④ 陶阳、钟秀编：《中国神话（中）》，北京：中国商务出版社2008年版，第942页。
⑤ 中国作家协会贵州分会、贵州省民族事务委员会编：《苗族、布依族、侗族、水族、仡佬族民间文学概况》，贵阳：贵州人民出版社1987年版，第221页。

颈子下边,形成了嗉包。①

仫佬族神话说洪水后阿仰用石板压在石头上,搓出了火。②《达伙》则告诉我们,稻谷、玉米种子都是由人神达伙从玉皇大帝那里带回人间的。③

仫佬族认为洪水后,兄妹二人在一岩脚下把泡木皮卷成筒,压在下面搓出火来。④《家畜的来历》说,最初地上没有人烟,天神叫人和狗先从天上下来住,他们来到地上后,没有粮食吃,狗才回天上要谷种。天神给了谷种,还派马、牛、鸡等和狗一道下来帮人做活路。狗看家,牛耕田,马驮粮食,鸡报晓……后来,牛和马做活累了,就到处乱跑,人没办法,叫狗去问天神,天神告诉说,用笼头把马套起,用绳子把牛鼻子穿起。人们照做,牛和马就听人使唤了。⑤

黎族神话《姐弟俩》说姐弟俩在山里找到一只死鹿,就准备把鹿肉烧来吃。他们叫山雀帮他们找火,山雀找来火放在自己的草窝里,火就燃烧了起来,把整个山都给烧了,人类就有了火种。⑥《山兰稻种》则说猎人阿虹与妻子邬鲜住在五指山下,为反抗峒主而逃到一座"常年云笼雾罩"的高山上,两人生活艰难,盼望着能够找到谷种种植。一位白发苍苍的老翁托梦给他们说:"有一只山鸽,将山兰稻种送来,你们刀耕火种,日子就会好起来。"后来,两夫妻在一棵大香椿树的枝丫上,看到一只少见的山鸽,还咕咕地叫着。阿虹喜出望外,说:"它带山兰稻种来啦!"阿虹把山鸽射死,在肚子里找到了金黄色的山兰稻种子。春天到了,他们就动手在石洞边烧过篝火的那块地上,把种子点下去。后来,果

---

① 黔南文学艺术研究室编:《水族民间故事》,贵阳:贵州人民出版社1984年版,第335页。
② 姚宝瑄主编:《中国各民族神话·仫佬族 壮族 京族》,太原:山西出版传媒集团·书海出版社2014年版,第15页。
③ 王宪昭:《中国早期稻作文化与种子神话传说》,《理论学刊》2005年第11期。
④ 张振犁:《华夏族系"盗火神话"试探》,苑利主编《二十世纪中国民俗学经典·神话卷》,北京:社会科学文献出版社2002年版,第289页。
⑤ 中国作家协会贵州分会、贵州省民族事务委员会编:《苗族、布依族、侗族、水族、仫佬族民间文学概况》,贵阳:贵州人民出版社1987年版,第254页。
⑥ 王海:《黎族的火神话传说》,《琼州学院学报》2009年第4期。

然长出了山兰稻……①神话《伟代造动物》说，远古时期世界万物都会不断长大，越长越大的石头渐渐把人们耕种的田地都挤占满了。造物主伟代便决定要重新创世，于是发一次大水，将大地淹没。事前，伟代将人和各种动物都雌雄配对放进了一个大瓜壳里。洪水退后，黄牛跑出来了，黄牛被太阳晒得难受，只得跑上山去躲避，但皮已被太阳晒红了，因此今天的黄牛全身都是红色的，而且放牧在山上。跟着跑出来的是水牛，水牛更怕热，就躲到水潭里，潭里的污泥把它身体都染成了黑色，因此今天水牛都是黑皮肤，而且喜欢浸在水里。②这则神话中有诺亚方舟的影子，本土气息也很浓郁。

泰国泰族神话《谷粒为什么那么小》与国内侗台语民族的神话大同小异：在远古时期，谷物会自己生长，不需要人工栽种，谷粒有南瓜大，当成熟时会在动滚进粮仓，因为有谷神咩颇索安排和照管。一个寡妇寡居多年，心情极为不佳，当看到成熟的谷物自动滚进她家，堆满了她家的楼上和楼下，她更是心烦意乱。于是，她一边拿起刀子砍谷子，一边赶谷子出门。谷物神咩颇索听了她的骂声非常气愤，觉得她不懂得谷物的恩德，就跑到山里和隐士住在一起，致使村里的谷子不知不觉消失，人们忍饥挨饿，死了不少。一对老夫妻常年住在森林里，丈夫叫布热，妻子叫雅热，好几百年没有和人群联系，当粮食吃光时，他们饥饿难耐外出寻找食物，来到隐士住的岩洞，隐士告诉他们谷物消失的原因是咩颇索因人类不懂得谷物的恩德而生气逃离世人。出于同情，隐士为他们向咩颇索讨要谷种，咩颇索将小粒谷种赐予老夫妻。老夫妻拿回家种植，但谷种不会长出庄稼，因为咩颇索没有跟随而至。老夫妻去禀报隐士，隐士将咩颇索的翅膀折断，叫她和谷粒在一起，这样老夫妻才种出了庄稼。隐士告诉老夫妻要尊重咩颇索，种田时要先到田里祭咩颇索，秋收时节用牛踩谷子使之脱粒时，要向咩颇索请求宽恕。从那以后，稻谷长得茂盛，粮食获得丰收，人们纷纷向老夫妻讨要谷种去种，大家生活富足美满，繁衍了很多后代。从此以后，人们尊重咩颇索，牢记咩颇索的恩德，在秋收用牛踩谷子使之脱

---

① 陈立浩、范高庆、苏鹏程：《黎族文学概览》，海口：海南出版社/南方出版社2008年版，第40页。

② 王海：《黎族神话类型略论》，《广东技术师范学院学报》2009年第5期。

粒时要祭祀咩颇索，将粮食挑回家时要举行"叫谷魂"仪式，并请布热、雅热一同享用美味佳肴，感谢他们将谷种分发给大家。①

另一个《谷物女神》神话说，女神受小鸟粪便启发，穿越河流在稻田里找到了谷种并带回人间，交给村民种植。但七年以后，村民渐渐不尊重谷物女神，脾气暴躁而懒惰，粮食不够食用的时候还责怪女神。女神伤心地逃进了雪山林中。于是，村庄谷种大丰收的时代也结束了。村民们这才意识到自己的错误，请志愿者去接回女神。大鱼克服重重困难，到达雪山林中告诉谷物女神说人们已经悔改了，谷物女神才同意继续留在村里，从此，村庄里的谷物才重新大丰收了。②《恬神创造世界》则说牛是恬神的赐予，第一头牛在洪水后随人类来到人间。③ 泰国东北部的普泰、些克人中也都流传着相似神话。受佛教影响的泰族神话中还有因梵天功德而出现稻谷的说法，梵天变成人吃了稻谷，有了男女之别。④

泰国东北部佬族的神话则说布桑嘎西、雅桑嘎赛（人类第一对始祖父母）用泥土造出各种动物，有牛、羊、马……⑤清刊（Chiang Kham）的傣泐佛寺主持PS曾告诉我们，当地有谷子由大变小的说法，谷子还有翅膀会飞，是因为女人的原因才变成今天的样子，但详细的叙事已遗失⑥。

老挝川圹省Nasy村黑泰老人TN（女，78岁）说，鸟把谷粒吃到嗉囊里，带到人间交给人类，但人们不知道如何取得谷种，就射死鸟儿剖开嗉囊取谷种。鸟类因为人们的残暴行为而气愤不已，从此就不再把谷种藏在嗉囊中，而是藏在头部后面。⑦ 她还讲述了一个与壮族《吃谷骨》十分相似的神话，说从前人们把稻谷收割回来，以为外面黄色的谷壳是肉，里面白色的米粒是骨头，所以人类只吃外面的"谷肉"。有一位寡妇，因为

---

① 刀承华编译：《泰国民间故事选译》，北京：民族出版社2007年版，第8—9页。
② 同上书，第249—252页。
③ 同上书，第2—3页。
④ 张玉安主编：《东方神话传说·第六卷（上）》，北京：北京大学出版社1999年版，第183页。
⑤ 2012年5月19日，泰国加拉信府（Kalasin）古奇那莱（Kuchinarai）县古瓦（Kutwa）镇古瓦（Kutwa）村佬族妇女NR（44岁）口述，屈永仙翻译。
⑥ 2015年5月5日采集，屈永仙翻译。
⑦ 2012年7月6日采集，屈永仙翻译。

贫穷只能吃"谷骨",但人们发现她吃了"谷骨"之后反而面色红润,而吃"谷肉"的人却面黄肌瘦。人们知道这个道理之后就改吃谷粒而不再吃谷壳了。

老挝琅南塔省 Ban Pasak 的黑泰老奶奶 L L（103 岁）也熟知当地的谷种神话：谷种是帕雅恬交给人类祖先布热、雅热的，他们两个从天上飞下来，所以，谷种也是从天上飞下来的。以前的谷种很大，像椰子一样，长有翅膀，成熟了会自己飞回家。有一个寡妇，到了时间却没修好谷仓，等谷子飞进家里，她生气地拿着刀乱切把谷子都切小了。如今，稻谷就是小粒小粒的了。① 老挝、泰国的傣泐人中也流传相似的神话。

老挝佬族神话《布纽祖先》把人间火种的来源说成祖先布纽用生命换来的。他不顾天帝的禁令，飞上天庭，从天空中光芒四射的火球中挖下一团烈火，带着它迅速飞回大地，把这团烈火塞进大地的中心。有了火，大地变得温暖，人间恢复了生机。布纽祖先却被恬神（帕雅恬）烧死了，变成了一座巨大的火山。② 神话《老挝民族的祖先》说谷粒是在鹧鸪中发现的。③ 他们也保留了狗上天取谷种的故事。④ 老挝佬族创世神话也提到了牛的出现：

  布纽（Pu Nyoeu）和雅纽（Nya Nyoeu）住在天上，但他们丑陋的外貌吓到了天神帕亚（雅，笔者注）恬的孩子们，因此，他们被天神王国的国王所驱逐。那时候，地球还不存在，但是到处都有水。天神给这对老夫妻下了任务，让他们用脚踩踏水面创造出世界来。但居住在新创造的地面上，他们感觉到十分孤独，于是他们返回天界请求给他们一些同伴。他们又把天神的孩子吓着了，因此又被送回地面；但在离开天界之前，他们收到了三颗南瓜种子作为礼物。后来，这三粒种子长出了三个大南瓜。当他们成熟的时候，这对老人家听到

---

① 2012 年 7 月 10 日采集，屈永仙翻译。

② 张玉安主编：《东方神话传说·第六卷（上）》，北京：北京大学出版社 1999 年版，第 114—115 页。

③ 同上书，第 113—114 页。

④ 黎莉：《以葫芦神话为切入点探讨我国壮族与老挝佬泰族群的文化》，硕士学位论文，广西民族大学，2008 年，第 32 页。

了里面的声响,因此他们回到天界询问该怎么做。天神的孩子又被吓到了,天神国王十分愤怒。这对老人家被告知南瓜里有人,他们还拿到了一个钻子、凿子和斧子,这些工具是用来打开南瓜的。从第一个南瓜里出来了阿卡族,从第二个南瓜里出来了佬族,从第三个南瓜里出来了汉族。天神给了他们衣服、工具和三对泥做的动物——水牛、老虎和癞蛤蟆。①

越南奠边府亮村(Ban Lieng)的黑泰老人 DW(男,70多岁)则说,之前水稻并不这么矮,而是一棵棵高大的树,它们长出的谷穗又大又长。但是,有一个寡妇因为没有丈夫的帮助把谷穗摘下来,她很生气,就用长杆子去捅它,等谷穗掉到地下,她把它切碎了,之后谷粒就变成了现在的样子。② 泰国清刊(Chiang Kham)那帕那(Napanard)村的黑泰人 VS(男,64岁)说谷种和牛都是天神召法造出来的。以前的谷粒很大,一株水稻只结一颗果实。因为这果实太大太沉,装不进袋子里也扛不动,所以人们用刀把谷粒切成片,这样才能把它们挑回家。从此也就有赎谷魂的习俗。召法将牛馈赠给人类,让它帮助人们耕作。③ 老挝琅南塔 Ban Luang 的红泰人 WX(男,73岁)则说谷种是鸟带来的,但不知道它原先生长于何处。④ 白泰则有雅门雅卖用泥捏出各种动物的说法,这里面自然有侗台语民族生产生活中少不了的牛。⑤

侗台语族群的稻谷起源神话母题较为集中,"自然生成""鸟带来"以及"神授"三种方式出现较多。"飞来"型母题解释了谷种从自动飞入谷仓到不会飞的变化,以及谷种由大变小的原因,在各地侗台语族群神话中十分常见。⑥ "苗族人在国内没有发现这一类型(即'飞来型',笔者注)的神话故事,在东南亚各国中,知道这一故事的也不多,在广度与

---

① John Clifford Holt: *Spirits of the Place: Buddhism and Lao Religious Culture*, Honolulu: University of Hawai'i Press 2009, pp. 37–38.
② 2012年7月15日采集,阮氏梅香翻译。
③ 2015年5月6日采集,屈永仙翻译。
④ 2012年7月11日采集,屈永仙翻译。
⑤ 刀承华:《傣泰民族创世神话中的原始观念》,《民族文学研究》2005年第3期。
⑥ 史军超:《哈尼族文化英雄论》,《民族文学研究》1998年第3期。

深度上都远不及壮侗语族的民族。从我们所搜集到的资料看，他们很显然是在进入东南亚各国之后才接受到这个故事类型的。""同属于南亚语系的佤族与德昂族目前没有发现谷粒由大变小的神话故事，因此我们猜想，这一类型的神话故事产生于汉藏语系壮侗语族的可能性更大一些。"① 而国内侗台语族群神话中常见的"狗取谷种"型，在国外侗台语民族神话中却流传更少，这或许亦是国内侗台语民族受到苗瑶语民族神话影响的结果。吴晓东提出"狗盗取谷种的故事应该是来自盘瓠神话的演变，而盘瓠神话又来源于蚕马神话……这一故事在长期的演变中，变异出盘瓠神话，并进一步变异出各类型的狗取谷种神话"，② 换皮是神话的关键。前述"老虎盖花布带回谷种"的壮族谷种神话是这一观点的有力支持者。

侗台语族群神话中除了"飞来型"母题，在赎谷魂与失而复得、用物造牛等母题上也极其相似。这些母题的集中呈现表达了侗台语族先民对于农耕生产的重视，他们通过各种途径的叙述让人们明白敬重谷物和牛的道理，以防止历史上曾经发生的悲剧重演。这其中隐藏着他们步入农耕社会的经验总结与历史信息，是他们长期的精神信仰。

	物的起源③		
	火的起源	稻谷的起源	牛的起源
壮族	布洛陀、麽渌甲教人们摩擦木块生火；中界的火是下界给的；雷公送火种；一对夫妻造火；蜈蚣把天火带到下界；一个叫石燧的人击石产生火	洪水后，鸟和老鼠取回谷种，人们把柚子一样大的谷粒捶小了变成了各种谷粒；神农婆造稻种；天神和妻子用泥沙造五谷；老虎从嘴里吐出五谷种；狗到天上取谷种	布洛陀用黄泥捏黄牛，用黑泥糊水牛，用枫木、奶果等做牛的各种器官；始祖娘造水牛；布洛陀造公牛，姆洛甲造母牛

---

① 吴晓东：《南方跨境民族粮种起源神话调查》，"南方跨境民族创世与起源神话田野研究"课题成果，内部资料。
② 吴晓东：《狗取谷种神话起源考》，《楚雄师范学院学报》2014 年第 11 期。
③ 除文中所引文献外，其他神话内容出自：王宪昭：《中国神话母题 W 编目》，北京：中国社会科学出版社 2013 年版，第 1155—1162、773—778、615—618 页；吴晓东：《南方跨境民族粮种起源神话调查》，"南方跨境民族创世与起源神话田野研究"课题成果，内部资料。

续表

	物的起源		
	火的起源	稻谷的起源	牛的起源
布依族	王子用斧子在树上砍出火星；勒灵摩擦石块造火	茫耶通过考验取得谷种，他的狗漂洋过海用尾巴把谷种带回来；洪水过后，斑鸠嗉中有谷种和各种粮食，人们取出栽种；勒灵到天上向天河祖奶讨来谷种；狗上天从神农处取回谷种；翁嘎造五谷	大力神力戛身上的虱子变成了牛；玉皇大帝从天上把牛放在地上；布灵的板牙变成野水牛
傣族	人拿翅膀和飞罗鸟交换火种；人从猴子那里学会用火	天神从天上撒下谷种；从雀屎上发现谷种；谷种在鼠王那里；天神造谷种；麻雀送谷种；泼妇咪纳教人种谷子；野牛和人生的儿子叭拉武找到谷种；谷种在天上，雅韦鸟带到人间；谷种会自己飞回家	桑嘎赛女神用海底的黄泥巴捏成野牛；黄牛是黄泥造的
毛南族	燧王钻木取火种	神农造五谷种；第二代人种出谷种	权善养牛
侗族	章良、章妹到仙界、龙潭取来火种；松恩、松桑的孙辈铜罗、萨可造火镰和火塘	姜妹让云雀到天边讨回五谷种；稻谷长在西边，颗粒像瓜大；谷种在南海，乌龟送谷种；后生用狗从海的对岸取得谷种	天神放下牛，甫年、甫尼为牛造牛毛、蹄壳和头角
水族	管火种的仙女阿暄把火种带到人间；燧人王教造火	神农教人在田里种稻，在山坡上种小米；蒿欧其带着小黄狗到东河坝去取谷种；阿波向天上的仙大王要种子；欣让鸡飞到天上带回稻谷	神农驯化野黄牛；天上的牛因打架被贬到人间；卵生牛
仫佬族	阿仰用石板和石头搓出火	达伙从玉皇大帝那里带回稻谷、玉米种	牛以前在天上守仓库
仡佬族	洪水后，兄妹二人用泡木皮搓出火；向太阳要火种	狗上天取来谷种；玉帝给人类五谷种	天神送来牛给人耕田

续表

	物的起源		
	火的起源	稻谷的起源	牛的起源
黎族	姐弟俩要烧肉吃，让山雀找来火种；山神取火	白发仙翁叫山鸽给猎人夫妻送来金色的山兰稻种；葫芦生出谷种	造物主伟代发下洪水，将黄牛、水牛放进大瓜壳里；神造牛；葫芦生牛；天皇的小女儿变成小母牛
泰族普泰人些克人		谷物神咩颇索跑进深山，布热、雅热拿回谷种；谷物女神受小鸟粪便启发，在稻田里找到谷种并交给人类种植；众梵天的功德使稻谷出现（仅泰族）	恬神让人类把牛带到人间
佬族	布纽飞上天庭从火球中挖下烈火塞进地心	鹧鸪鸟嗓子中装着稻谷；狗取谷种	布桑嘎西、雅桑嘎赛用泥土捏出牛；天神用泥做出牛；葫芦中出来牛
黑泰人		鸟带来谷种；谷种从天上飞来	天神召法造谷种，造牛帮助人耕作
红泰人		鸟带来谷种	
白泰人			雅门雅卖用泥土涅出动物

7. 文化和社会秩序的出现

文化的发展是人类进步的象征。在布洛陀神话中，文字隶书的创造被赋予神奇色彩，是一次偶然事件和人类的幸运；神话背后的信仰与宗教力量被"神圣化""合法化"，昭显其必要性与存在的价值；皇帝、土司等统治阶层的出现成为"神的旨意"，变得名正言顺。除此之外，其他文化和社会秩序的形成，如人类会说话、学会造房子、会捕鱼、姓名的出现等，都与布洛陀有密切关系。

（1）造文字与历书

布洛陀经诗中说，布洛陀造出了黑色的根源书、做干栏用的书以及经书，等等。① 另外一种叙述更为奇幻，说文字是虫子爬出来的：前世未有文字历书，人们做事不知道择吉避凶成灾难，连种田时都遭虫害，螟虫吃掉敢卡王地里的庄稼和皇帝田里的禾苗。王大为恼怒，于是捉螟虫来上夹。螟虫乞求饶命，让王用纸包上它。过九天王打开来看，只见螟虫爬来爬去，纸上出现笔画字样，造成了一行行大字和小字。王将这些画满字的纸订成本子，就成了历书，制定了年月，定出了凶日吉日，按照历书来管理国家。敢卡王和皇帝送书给百姓，以历书通天下。人们起房子、娶媳妇择吉日、葬坟择定方向，有病等都按书行事。历书从此世代相传。② 目前，散体布洛陀神话中尚未发现与此相关的神话母题，这与文字使用的对象、神话叙事者的文化水平有很大关系。

  文字记录人类语言，使思想得以更快、更远、更久地传播，它对人类社会发展的重要性不言而喻。它的出现也被视为一个民族迈入文明社会的标志之一。壮族文字经过三个发展阶段，首先是刻画文字时期，其次是始于唐宋的方块壮字时期，最后是新中国成立后的新壮文时期。布洛陀神话中称壮族先民在上古时期就已经使用的刻画文为 Sawgoek（根源书）或 Sawva（花纹书）。目前发现最早的刻画文出现在广西钦州市大寺镇那葛村马敬坡出土的商代石磬上。桂林平乐银山战国墓出土的陶器上也有刻画符号 40 多个，其中的十多个更是多次出现。武鸣马头安等秧战国墓葬也曾出土有刻画符号的陶器，形制与平乐银山发现的十分相似，但字数仅有 20 个。此外，岑溪市花果山的战国墓中也曾发现类似刻画符号 11 个。1980 年在象州县罗秀乡征集到的 3 件陶器上有 3 个刻画符号。隆安县岩洞里出土的玉锛，其柄上也刻有 3 个符号。③

  在广西南宁市大明山天坪山上也曾发现一些被誉为"天书"的符号。它们大部分是直线条的几何形符号，圆形、曲线形的较少。多数符号虽看似随意刻画，难以断定含义，但少数带着图画状的象形符号，如蛇鸟组合

---

  ① 张声震主编：《壮族麽经布洛陀影印译注·第三卷》，南宁：广西民族出版社 2004 年版，第 255—256 页。
  ② 张声震主编：《壮族麽经布洛陀影印译注·第一卷》，南宁：广西民族出版社 2004 年版，第 40—49 页。
  ③ 郑超雄、覃芳：《壮族历史文化的考古学研究》北京：民族出版社 2006 年版，第 340—341 页。

符号、弓箭符号、剑戟形符号,可被视为象形文字的雏形。据考证,这些刻画文应为生活在这一带的骆越国(商代中期——秦朝初期)居民的文字雏形。正因为有了统一的骆越政权,作为文明象征的刻画文字才有了发展的契机。①

近年来,在广西百色市平果县发现的感桑石刻又为寻找壮族先民早期的刻画文提供了新证据。感桑石刻得名于其发现地"感桑",也常被写作"甘桑"。感(甘)为壮语"岩洞"(gamj)的汉字记音,桑则为"高"(sang)之意,其地位于平果县城西北约十公里的右江北岸,出土了大小不一的石板,石板上刻有各种字符。目前统计各处石板上的字符约为1万个。② 文物专家认为,甘桑石刻字符应为古骆越方国时期创造的文字。其中少数文字已得到初步破译,内容涉及雨水、水田、巫师仪式和王权等,据推断有可能是骆越方国统治者或祭司举行仪式时吟唱的祭词。③

刻画文传承在中原汉文化进入岭西地区后发生了断裂,壮族先民在中原中央政权的统治下使用逐步统一的汉字。尽管如此,各地壮族先民仍然留下了诸多刻画文,有待专家学者继续破解。它们的存在至少表明壮族先民曾迈入新文明时期,创造了一定数量的文字符号,拥有了自己的文字雏形。这与布洛陀神话中对文字出现的描述遥相呼应。

在中原汉文化进入岭南之后,壮族先民又参照汉字的偏旁部首创造了可以表达壮语读音与意思的方块壮字。方块壮字在唐朝就已被使用,广西南宁市上林县的唐碑上刻有目前发现最早的方块壮字。布洛陀麽经经文以方块壮字写就并流传至今。创造文字的尝试是壮民族为了寻求自身文化发展、民族进步而做出的努力。他们对文字的重视深深隐藏在文字起源的神话母题之中。

(2)造麽及其仪规

经诗抄本《麽请布洛陀》说,从前未有禳解仪规时王家出现各种怪异事象,出现各类不祥之兆。布洛陀和麽渌甲(姆洛甲,笔者注)为人

---

① 梁庭望主编:《古骆越方国研究》"第十八章古骆越方国的语言文字"之"骆越古国的文字",2017年即将出版。
② 数据由甘桑石刻收藏家与研究者、百色学院中文系教师李志强提供。
③ 张天韵:《揭开甘桑石刻字符的面纱》,《广西日报》2013年2月19日。

类创制麽教，编订消灾解难的经书，把孤儿培养成布麽。当出现邪妖怪影时，人们只要及时延请布麽做法事进行禳解梳理、供猪头、编竹笆摆放钵头、将茅草相交打结，就可以祈求除凶解难。这些禳解法事仪规传到全天下，传给那些聪灵的人，传给后世人遵循，才能世代平安美满。①

神话学家麦克·维策尔曾推断神话的最初讲述者为主持各种巫术仪式的萨满（巫师）。② 在前科学时代，巫术仪式及其信仰体系是人们维系日常生活和社会运行的一种方式和有效手段。《西太平洋的航海者》一书也以特罗布里恩德岛居民为例，指出了巫术在民众生活中曾具有的重要作用。詹姆斯·G. 弗雷泽在该书序言中说："（特罗布里恩德岛的）人们相信巫术是所有劳作中绝对核心的要素，与机械性操作——例如，独木舟的堵缝、髹漆和下水、园圃的栽种、捕鱼装置的设置——同样必要。马凌诺斯基博士说道：'对于巫术的信仰是一种导致特罗布里恩德岛经济活动组织化和系统化的重要心理力量。'"③ 对于前科学时代的人类群体而言，巫术的重要性不言而喻。在壮族先民的世界中，布麽的前身——越巫为维系民众精神世界的安宁有序、信仰与道德规范起到了无法估量的作用。麽和禳解仪规的出现是壮族先民文明秩序的一种象征，无须使用现代科学的观点去批判和解读。布洛陀经诗中对麽文化的叙述是对壮族先民精神世界的再现，是对精神世界秩序的强调。这类文化起源神话侧重于归纳人类精神世界的创造，与物之起源对应构成了一个精神与物质世界相生共存的文化整体。

布洛陀神话母题"造麽和禳解仪规"也展示了巫术与政治力量的结合。张光直曾指出，"研究古代中国的学者都认为：帝王自己就是巫的首领"。④ 岭西地区的壮族先民社会最初也表现出精神领袖——越巫与社会实际领导层相重合的情形。麽经经文中多次提及布麽为王进行占卜，王自己也

---

① 张声震主编：《壮族麽经布洛陀影印译注·第一卷》，南宁：广西民族出版社2004年版，第5页。

② Michael Witzel, *The Origins of the World's Mythologies*, New York: Oxford University Press 2012, p. 422.

③ ［英］马凌诺斯基：《西太平洋的航海者》，梁永佳、李绍明译，北京：华夏出版社2001年版，序。

④ 张光直：《美术·神话与祭祀》，郭净译，北京：民族出版社1999年版，第33页。

可祷问布洛陀、姆洛甲，祈求祛病消灾。一般情况下，只有巫教神职人员才可祷问，故王也带有"巫"的成分。如麽经《造禳解》中说："从前未懂造禳解，王家乱如麻，王家歪如簸，王家倾如篱，王家掉如网。王家散如网，王独子生病，王婴孩患疾，病倒一个个，得痧一个个，王才想不对，王才知不好，去问布洛陀，去问麽渌甲……"① 正如郑超雄所言，"巫是方国（骆越——笔者注）内的精神领袖，巫术思想是人们的行为准则。方国王权集团是靠巫术思想来统治。就某种意义而言，方国内的王权集团，除开人的本性外，他们的外表就是一群巫集团……"② 越巫控制着早期壮族先民社会的精神世界，同时也控制着它的实际运作。

（3）造领导者

经诗手抄本《麼兵甲一科》里叙述，从前村寨无篱笆桩、无寨门，天下无官无主，人们互相打斗，地方混乱不堪。布洛陀造出土司和皇帝，造官府做州县，天下人才有主，地方才和软得像糍粑。人人听从土司管理，向土司缴粮纳税，不敢造反打架。即使是自家兄弟相争、父子翻脸，也有土司来理顺，有布麽来化解。③ 神话母题"造领导者"至今只出现在布洛陀经诗抄本之中，仪式上吟诵经诗是一种更有效的意识形态传播途径，表达出一种主动接受教化的意识。

布洛陀经诗中提及了皇帝、王、土司和土官等，是历代社会政治体制的叠加再现。壮族先民所建立的古国，最早有历史文献记载的是苍梧古国④。在桂西南一带与其同时期的古国为古骆越国，以石铲文化为代表。这个时期的领导者主要是具有部落酋长性质的"领袖"，不能揽权独裁，重大事情还得由长老会议研究决定。如新中国成立前，壮族社会遗存的"都老"制度以家族长老为尊，保持了联宗祭祖的传统，是古国制度的缩影。古国时期的主要生产工具为打制、磨制石器。⑤ 进入方国时期，岭南

---

① 张声震主编：《壮族麼经布洛陀影印译注·第一卷》，南宁：广西民族出版社2004年版，第78—79页。
② 郑超雄：《壮族文明起源研究》，南宁：广西人民出版社2005年版，第201页。
③ 张声震主编：《壮族麼经布洛陀影印译注·第三卷》，南宁：广西民族出版社2004年版，第939页。
④ 郑超雄将壮族先民早期的社会形态发展分成尧舜时期的古国和商代的方国阶段，参见郑超雄《壮族文明起源研究》，南宁：广西人民出版社2005年版，第61页。
⑤ 郑超雄：《壮族文明起源研究》，南宁：广西人民出版社2005年版，第102—103页。

地区主要的大方国包括西瓯、骆越以及句町等。在广西那坡感驮岩曾出土最早的牙璋，武鸣县陆斡镇出土石戈、玉戈，都与王权象征有关。牙璋是祭祀的礼器以及王权号令的器物，石戈作为兵器也是王权的象征。方国初期采取以石器为主的锄耕经济，铸铜开始出现后，方国进入青铜文明时期；兴盛阶段则出现了铁制农具。① 方国时候的阶级分化日益明显，贵族阶层占据了统治地位，方国的王权日益集中。初期的方国有苍梧、瓯、骆、桂国、损子和产里等，曾被记录在《逸周书·王会解》中。根据史书材料，后来西瓯、骆越逐渐兼并了其他方国，实力日益增强，其主体是今日操北壮、南壮语方言的壮族祖先。在秦始皇进入岭南之后，方国都被统一在秦汉大帝国之内，社会制度与结构发生了重大调整。②

从用词上看，"昭"（召、朱、周）、"侊"和"郎"是壮语中最早代表"君王"含义的词。③ 春秋战国时东、西部的百越首领名为"周章""周繇""朱句"等，百越传统文化中，人无姓且短语中心词前置，故首字应为"首领""王"之意。④ 宋代时"郎火"既是首领又是巫师。⑤ 秦始皇在岭南设立郡县之后，王、皇帝、土司和土官等汉语词汇才逐渐随着统治者的使用而传入，在麽经中广泛出现。首领和巫师的职责也日益分开，形成了两套系统。神话通过强调"君权神授"，为统治者正名。

（4）让人会说话

流传在云南文山一带的散体神话《布洛朵》⑥ 说：

在远古，世间万物都会说话，遇到不如意的事都跑去找布洛朵（即布洛陀，笔者注）告状，世间很不好管理。布洛朵想：不应该让一切都会说话。什么东西都讲话呀，这个世间就会吵闹不止，乱哄哄的大家都不得安宁。

布洛朵召集大家来商量，说："不能让世间所有的东西都会讲话，

---

① 郑超雄：《壮族文明起源研究》，南宁：广西人民出版社2005年版，第158—169页。
② 同上书，"绪论"第5—10页。
③ 同上书，第144页。
④ 李锦芳：《侗台语言与文化》，北京：民族出版社2002年版，第159页。
⑤ 宋·周去非：《岭外代答校注》，杨武泉校注，北京：中华书局1999年版，第416页。
⑥ 农冠品编注：《壮族神话集成》，南宁：广西民族出版社2007年版，第43页。

应该让一种动物会讲话就行咯，要不然，大家都不得安宁。我已准备好露水、雨水、泥塘水、河水和河源头水等，你们各自选一种水喝，谁喝着会说话的水，鼻孔里头会长出毛来，他就永远会说话啦！"

安排喝水的那天，各种动物都按布洛朵说的去找水喝。鸭子喝河水；猫舔露水；牛喝泥塘水。各种动物都喝着了，只有人还在找源头水喝。人顺河找了一年又一年，喝着了河源头水。

大家喝水后都成了哑巴。过了很久，布洛陀又召集大家来查看，发现人的鼻腔里长出毛来，就指定说："只有人的鼻孔里长毛，以后就只能让人会说话吧！"

古人这样讲，老辈这么传：从此以后，世间只有人才能说话。

苍茫天地间只有人类掌握了语言。通过语言来实现广泛而清晰的交流，这是人类被赋予的特殊技能之一。因此，语言往往在神话中被视为神的馈赠或规定。相关的神话解答了为什么只有人类会说话的困惑，并赋予人类高度的自信。人们对语言的特殊信仰体现在各个方面，如巫术仪式中巫师念诵的咒语和对神灵下达的言语命令、日常生活中的语言禁忌以及避祸求福的各种顺口溜等。

与此同时，神话也常被视为与信仰与仪式有关的特殊叙述，是一种神圣的语言。[1] 至今，许多民族仍保留了讲述神话的特殊场合与时间等，这都是语言魔力的再现。在许多壮族仪式中，巫师要吟唱韵文体的布洛陀神话（即经诗），以达到与神沟通的目的。

(5) 安名定姓

流传在广西巴马一带的口述神话《布洛陀》[2] 描绘了布洛陀为世间万物安命定姓的内容：

> 天地造好了，可是天地间的花草树木、鸟兽鱼虫、任何畜类等都无名无姓，不知如何称呼，也不知如何传宗接代。布洛陀一一给他们

---

[1] ［美］阿兰·邓迪斯编：《西方神话学读本》，朝戈金等译，桂林：广西师范大学出版社2006年版，序言。

[2] 农冠品编注：《壮族神话集成》，南宁：广西民族出版社2007年版，第35页。

安名定姓。

安名定姓体现的是壮族先民对世界万物认识的深入,他们开始将周边动植物分出不同的群体并进行归类。分类中包含着人们认识事物、归纳现象的能力,展示了他们早期的哲学思想。广西东兰县流传的姆洛甲神话也讲述了姆洛甲为天底下子女取名的过程,这类安名定姓的内容则较为具体,仅限于人类的姓氏。①

(6) 教人捕鱼

流传在广西河池、云南文山一带的散体神话《布洛陀和姆洛甲》描述了布洛陀教人捕鱼和捉蛇的过程:

> 人们找东西吃很难,因为每次打猎经常和野兽拼搏,经常要受伤,于是布洛陀教大家捕鱼,这样就安全多了。
>
> 开始,河里海里鱼很多,人到旁边也不跑,用手一抓就能抓到,后来抓的人多了,鱼也学乖了,见人就远远躲开。
>
> 人们去问布洛陀,布洛陀说:"你们去找竹子来编成鱼梁和鱼帘。"
>
> 人们把鱼梁和鱼帘编成了,鱼梁放到河里去,鱼帘放在流水的地方架起来拦着。真的,鱼穿进鱼梁就被抓住了,鱼跳进鱼帘也被抓住了,人们得到很多很多的鱼,甚至还得到鳞子像脸盆、胡子像麻绳、肋骨像耙齿那样的大鱼。
>
> 但是不久,河水不知给什么搞浑了,鱼梁和鱼帘都不上鱼了,人们又去问布洛陀。
>
> 布洛陀到河边查看。原来水里来了一群蛇在作怪。它们有时像箭一样在水面游泳,有时又用尾巴乱搅,把水搞浑,鱼被它们吃光了。
>
> 布洛陀叫大家用竹棍去赶蛇,把蛇赶进鱼梁和鱼帘,把它们统统打死,这样人们又有鱼吃了。
>
> 但是不久,鱼又没有了。人们看到有条蟒蛇占据河沟,人一靠近,它就吐出开叉的舌片,喷出毒气。大家又去找布洛陀。
>
> 布洛陀到河边来看,见大蟒蛇刚刚吃完一条大鱼,慢腾腾、懒洋

---

① 农冠品编注:《壮族神话集成》,南宁:广西民族出版社2007年版,第23页。

洋地爬动着。布洛陀知道蟒蛇怕葛藤，就找来一根葛藤把蟒蛇套住，大家一拥而上，有的砍头，有的破肚，有的剥皮，最后大家把蟒蛇的肉分着吃了。

这样，人们又学会了抓蟒蛇的办法。河里的鱼又繁殖起来，大家不愁没有东西吃了。[①]

这个神话描绘的主要是早期的渔猎生活。壮族先民因稻作生产而定居下来，稻田和水塘中都可以养鱼，这在很大程度上满足了人体的蛋白质需求，使人们的生活日益安定，生活质量愈加提高。壮族先民从动荡激烈的渔猎采集为主的生产方式转换到了农耕捕鱼为主的生产方式。这则神话隐含着社会经济生产模式的一种改变。工具的使用使人们能够更迅速、更高效地达成自己的目标，是提高生产效率、生活质量的有效保障。

鱼曾经是壮族先民的12大部落之一，子孙姓"闭"（bya）。蛇类是岭南常见的动物。百越曾被称为"蛮种"，有些部族还将蛇视为图腾。很难说这则神话暗示着历史上曾经发生的鱼、蛇部族与布洛陀领导的鸟部族的斗争，但人们在生活中的确会面临许多与蛇对峙的情形，如何战胜它们、不被它们伤害也是生活中的智慧。

（7）造房子

广西巴马一带流传的《布洛陀》散体神话叙述了布洛陀教人们盖房子的过程：

鸟有巢，蜂有窝，可是古代的壮人没有屋。他们不像现在的人这样会造房子。他们像猴子一样住在山洞中。那时候，他们来到坪坝上耕田种地，往返都要爬山，收得谷子也要往山上搬，非常辛苦。他们对爬悬崖、住山洞越来越厌烦了，但是总想不出什么办法来解决。后来布洛陀用木头在树苑间搭起了三脚架，架上了横条，上面盖上树叶、茅草，便成了房子。日晒不着，雨淋不着，热天凉快，冬天温和。后来大家都学布洛陀，到平地上来盖房子，不再住岩洞了。这种房子虽好，但不牢靠，不耐久，遇到狂风暴雨，屋顶上的茅草常被卷

[①] 农冠品编注：《壮族神话集成》，南宁：广西民族出版社2007年版，第51页。

走,有时还会崩塌。布洛陀看到这种情景,就想办法建造更好的房屋。他很快造出了许多漂亮的木屋,使周围的人都住上了新房。因为他一直忙着替别人造屋建房,自己的反倒没有时间造,仍旧住在原来那个山洞中。人们听说他会造新式的房屋,到处都请他去帮忙。布洛陀有求必应,忙着替大家造新房。

  布洛陀造房子还有个讲究。他说:"春不伐木,秋冬砍树。"造屋以前,先晒米谷,春好了三四箩,拿一箩煮饭,拿两三箩酿酒。动土那一天,大人进大山,小孩进小林,大孩子拿斧头砍大树做柱子,小孩拿砍刀砍小树做桁条。曲的、直的都砍下搬回来,直的做柱子、桁条,曲的围屋边。材料备好了,布洛陀就择吉日发墨。发墨的第一天,刨好了所有的主柱;发墨的第二天,刨好了所有的边柱。柱子上面下面都凿好,上面的用来安桁条,下面的用来架横梁,中间的用来架横担;发墨的第三天,屋架合起来了;发墨的第四天,合成了所有的屏风;发墨的第五天,木屋架成了。这一天,大人小孩都来看,人人喜气洋洋,个个欢天喜地。布洛陀的手艺高强,个个都争着请他造屋。布洛陀一天忙到晚,一天忙到头,造了一座又一座的房子,建了一个又一个壮村,不幸有一天晚上,他回到自己的岩洞里,睡到三更半夜,一块大岩石裂开落下来,正压在他身上。布洛陀就这样死了。但壮人永远也忘不了他,把他的事编成故事,世世代代流传下来。①

  不会造房子之前,壮族先民一般都居住在能够遮风躲雨的岩洞之中。久而久之,岩洞作为人类的庇护所具有了特殊意义。他们对于岩洞的特殊情感表现在一系列的岩洞崇拜之中。至今,壮族人多认为山洞是祖先灵魂的居所,是人死后将要回归的发祥地。悬棺崖葬、二次葬等都是对穴居记忆的一种追溯和心理认同。桂中一带流传有"短尾蛇"特倔(Daeg Gued)葬母之说,特倔将母亲葬入山顶的石洞里,是集体深层记忆中对早期生活原始本真的一种回归。洞穴又和女性生殖器官有意象上的关联,被赋予更丰富的文化色彩。在姆洛甲神话中,姆洛甲的生殖器也成了人们栖身的地方:"雨下来了,鸟兽和人都没有地方躲雨。姝(姆)洛甲张开双脚坐下

---

① 农冠品编注:《壮族神话集成》,南宁:广西民族出版社2007年版,第39页。

来，变成一个岩洞。从此，人和鸟兽就到岩洞里避风躲雨。"① 可见，岩洞被壮族先民类同于庇护所，人们脱离母体呱呱坠地，死后回归山洞安息，在紧急的情况下还可以在山洞中寻求安全和保护，获得暂时栖息。

房屋的出现对于壮族先民而言意义非凡。有了房子，他们可以更安定地生活，不必寄居在黑暗的山洞之中。出于稳固耐用、安全性能等诸多因素的综合考虑，对制造房屋技术的要求自然不低。汉族有木匠祖师爷鲁班，壮族人民心目中的布洛陀就相当于木匠的祖师爷了。在桂西至云南文山都流传着布洛陀忙于为大家盖房子，最后弄得自己没有好地方或好时辰盖房子的神话。② 布洛陀为人们盖的房子，有的还是"本土化"、壮族特色的干栏房。③

除了上述神话，各地还流传着与人类发明创造、文明进步、习俗形成等种种文化现状相关的布洛陀神话叙事，如布洛陀疏通红水河、规定动物生育的数量、造桥，等等。这些口头叙事展示了壮族先民文明社会逐渐形成的过程，其中文化和秩序日益从无到有、从模糊到清晰。以上列举的七点文化创造与安排，是社会相对稳定与和谐的重要因素，对社会的进步有着特殊贡献。这也体现出壮族先民在发展自身文化上的努力与抉择，他们的聪明才智被映射在布洛陀身上集中展示。布洛陀不但创造了世界，他还是壮族人心目中的文化英雄。"文化英雄是一种具有神性的人物，他为人类获取或首先制作了各种文化器物，例如火的使用、植物栽培、工具发明，等等；他消灭了横行大地的妖魔鬼怪；教人以各种生活技艺，为人类制定社会组织、婚丧习俗、礼仪节令，等等；有时还参与世界的创造与自然秩序的制定；他是初民集体力量的集中体现，是人类原始文化成果的集中代表。"④ 布洛陀神话涵盖了该定义所提及的诸多内容，再现了集体力量之魅力，集创世与文化创造于一身。

（8）其他侗台语族群神话中的相关母题

侗台语族群其他后裔文化中也不乏上述关于文化创造与秩序建立的神

---

① 农冠品编注：《壮族神话集成》，南宁：广西民族出版社2007年版，第21页。
② 同上书，第35—66页。
③ 同上书，第45页。
④ 陈建宪：《神祇与英雄》，北京：生活·读书·新知三联书店1995年版，第143—144页。

话叙事,内容上呈现出多样化的发展趋势。这些族群与壮族先民在社会发展过程中仍保持了一些共同的文化关注点。

布依族摩经神话《造年造月》叙述了人间时令秩序的由来:大地上有了人烟后,由于没有分出年月和季节,人们无事做,到处乱纷纷、闹嚷嚷,太阳、月亮又找到布灵,请他分出季节来。布灵伸出手掌,根据手指和手指关节分出了年、月和季节。于是,大地有了时间、季节和相应的气候特征。① 摩教专职人员布摩敬奉报陆夺为开山祖师。报陆夺创立了摩教,制作了很多经书。他精于卜算,料事如神。他帮助七仙女的儿子认母,仙女认为报陆夺泄露了天机欲惩罚他,嘱其子带一壶"酒"去"答谢"报陆夺。谁知壶中装的不是酒竟是火,火苗蹿出烧掉了报陆夺不少经书,所以后代弟子都不及他会卜算了。② 报陆夺还教王迎请灶神,祭祀灶神,家中万事才顺意。③

罗平布依族的《动物为什么不说人话》说开天辟地时,动物都会说话,后来,天神怕不好管,就在食物里放药,连人都要弄哑,幸亏沾了仙气的癞蛤蟆及时告知了人,人才没哑,其他动物都因吃了药而变哑,只能叫一声同类才懂的声音。④

布依族摩经神话里也描述了人们试图盖房子的过程:"拿芦苇作竹子/用苦竹作檩子/用金丝朗树作椽皮/稻草作篾片/拿'汝'树叶来压/用冬兰菜来盖",发明了最初的房屋。但这样的房屋太简陋了,经不起风吹雨打。后来一个叫作"囊"的人外出周游,学会了建造房屋的技术,回来后便架炉打制铁斧、砍刀,上山伐木,建成了木质结构的房屋。⑤ 有的摩经则说王仿造汉族人的房子建造了布依人的房子。⑥

傣族文字的出现与放高升(火箭)的习俗联系在了一起。传说远古时人间没有文字,只有天国有文字。叭汪背上三块大石板飞到天国去抄写文字却因劳累过度而死去。管大地的叭武告诉百姓,做高升发射上天能让叭

---

① 周国茂:《一种特殊的文化典籍——布依族摩经研究》,贵阳:贵州人民出版社2006年版,第192—193页。
② 同上书,第9页。
③ 同上书,第87—89页。
④ 刘建国:《罗平布依族民间文学的神性意识》,《曲靖师范学院学报》2003年第2期。
⑤ 周国茂:《一种特殊的文化典籍——布依族摩经研究》,贵阳:贵州人民出版社2006年版,第60页。
⑥ 周国茂编:《布依族摩经文学》,贵阳:贵州人民出版社1997年版,第76页。

汪安心。从此每逢傣历新年傣族人都要放高升，并把新年第一天称为"叭汪玛"（意为"叭汪回来了"）。① 还有神话说，人根据小虫在贝叶上面留下的痕迹而发明了文字。② 傣族史诗《巴塔麻嘎捧尚罗》里叙述，玛哈捧让管理日月星辰的捧麻远冉去制定年月日，划分季节。他带领三个助手在高空中划出轨道，设定了"黄道十二宫"，分出12个月，从此"一年有12个月／一年有360天／不分大小月／月月天数相等"。捧腊哈纳罗又得到了玛哈捧的支持，分出冷、热、雨三季和一天12个时辰，并规定了傣历新年。③ 这其中既有佛教的影响，也融合了傣族先民本身的生活经验与智慧。德宏傣族人民则把文字的出现与唐僧西天取经联系在了一起。

傣族民间还有一位创立原始宗教之"神王"——桑木底。桑木底为人们创造了神圣的寨神和勐神，用一些石头和树根分别代表各种寨神和勐神。他还颁布寨神和勐神的规矩，宣布万物都有魂有鬼。一切鬼、魂服从于寨神和勐神。傣族歌谣中还描述始祖神桑木底辅助巫师驱鬼、驱邪，与布洛陀所肩负的指导、辅助布麽的职责十分相似。如《撵鬼词》中唱道："叭桑木底附在我身上／他给我力量去战胜你们／昨天他送给我一把宝刀／今天他送给我一张弓箭／他委任我做捉鬼的首领／他委任我做杀鬼的人王……"④世上人太多了之后，一个地方住不下，桑木底"就传下旨意／把'乃勐'叫来／委任他们当首领／让他们率领部下／迁徙到别的洲／去开劈新寨／去开劈新勐／寻求生存地／把大勐建立／／帕雅桑木底／威望镇天下／他说出的话／天下人都听／各勐新首领／率领自己的部落／在同一个时间里／迁徙到别洲居住／再不回宗补森林／／从此人类啊／就分出一百零一伙／有一百零一个帕雅／产生一百零一种民族／说着一百零一种话"。⑤ 桑木底也被视为盖房建寨的创始者。《抬木头歌》叙述了大家抬木头建房的情形："地基平好了／柱洞挖好了／草排打好了／篾条破好了／只差房柱和房梁／火塘架，

---

① http://www.douban.com/note/312875947/.
② 王宪昭：《中国神话母题W编目》，北京：中国社会科学出版社2013年版，第1129页。
③ 西双版纳州民委编：《巴塔麻嘎捧尚罗》，岩温扁翻译，昆明：云南人民出版社1989年版，第264—270、339—347页。
④ 张公瑾：《傣族宗教与文化》，北京：中央民族大学出版社2002年版，第117—123页。
⑤ 西双版纳州民委编：《巴塔麻嘎捧尚罗》，岩温扁翻译，昆明：云南人民出版社1989年版，第430—431页。

已抬来/楼梯昨日才劈好/今天还得进大山/去把两根中柱抬回来"，"日偏西山头/抬木往回走/人多力气大/十人抬一根//树粗肩难扛/办法有的是/桑木底教给/用野藤捆住/穿上长扁担/扁担再拴藤/藤上加扁担/柱端再加一根老鼠尾"，建造楼梯时，"桑木底/走下来/楼梯台数九块板/块块梯板一样齐/宽窄要相等/象牙齿一样"，最后，"楼梯斗好了/房柱立起来/安上梁/扎床条/只等上草排/只等架火塘/明早房篱就围好/后天就到贺新房/等着吧/要闹它个三晚上"。①

傣族艺人在唱史诗《巴塔麻嘎捧尚罗》的"建新房"部分

出于生产需要，人类还给动物取了名字："人套不着动物/人又得拉犁/累得大人小孩/满头热汗淌/人人都叹苦//这时人群中/有个聪明人/他名叫纳亥/给动物取名/动物有称呼/才不害怕人/从此人见马/就称呼'独独'/马这才讲话/认人做主人。""可在那时候/动物会说话/它们听人说/用动物犁地/牛说我不拉/马说我不干/它们见着人/夹住尾巴逃。"人类还在神的指导下学会了养鱼："神说要堵塘/鱼放塘里养/人就照着做/用石堵住沟/用土筑成堤/做了养鱼场。"②

傣族神话描绘了文字、历法等精神文化的出现，也涉及各类物质生产

---

① 岩温扁、岩林译：《傣族古歌谣》，昆明：中国民间文艺出版社（云南）1981年版，第37—42页。

② 西双版纳州民委编：《巴塔麻嘎捧尚罗》，岩温扁翻译，昆明：云南人民出版社1989年版，第411—415页。

生活资料的出现，比如动物犁田、养鱼以及建造房屋等。神话还专门讲述了族群的迁徙与扩大，这在壮族、布依族等土著族群中较少见。

侗族神话《四也挑歌传侗乡》，说侗族祖先松恩、松桑的妈妈死了以后，埋在河坎上。那里长出一棵树，绿油油的树叶上长出密密麻麻的侗歌字纹，这种字纹，只有丢归神雀能看见、能识别。神雀把树枝上的侗歌都教给四也。识汉字的先生把这些侗歌用汉字把侗音记载下来。四也便挑着这些歌书到处传歌。① 这则神话把树叶上的纹路说成最早的侗族文字，与壮族"花纹"之书异曲同工，或是对侗台语民族早期文字雏形的记忆。《起源之歌》中把孔子视为创造书籍的人，认为是洪王首创巫师，关巩及妻子谋麻造鬼，匠章（巫师）则设立了土地神让人们供奉。②

民歌"款"里唱到了立款、定规矩的原因："只因当初没有款，到处作乱。父亲不知对子女慈爱，兄长不知对弟妹忍让。脚趾对着手指，肩膀对着小腿。家里乱家里，自己乱自己。稗草乱禾苗，簸箕乱筛子。饭盆乱淯盆，锄头乱镰刀。死白牛，杀好人。树脚砍树，寨头扯麻。地方没人管，只因当初无款到处乱。"因此，章良、章妹才教人们制侗款管理侗寨。③ 侗族史诗《房屋之原》讲述了木匠盖房的过程："四请蜂王去接木匠来造屋，他到半路高高兴兴就回还；走到半路遇荫丹，请他建造房间无数间。蜂王建房造楼下，荫丹建房造楼上；楼上楼下都齐全，男女老幼喜开颜。"④《咱们的祖先从前住岩洞》还唱到了侗族祖先是如何从岩洞搬出来的："从前，咱们的祖先，在河边的岩洞里居住，有苦难言，一天熬过一天。与山神为伍，打野兽为生。树皮作衣，生肉当餐。天晴喜笑颜开，下雨愁容满脸，刮风愁眉不展，雷鸣吓白了脸。我们的祖先从前住岩洞，后来巢居树上边。树上摇晃不稳定，砍树建楼才安然。"⑤《鼓楼之原》里

---

① 姚宝瑄主编：《中国各民族神话：土家族·毛南族·侗族·瑶族》，太原：山西出版传媒集团/书海出版社 2014 年版，第 119 页。

② 杨权、郑国乔整理译注：《侗族史诗——起源之歌（上）》，沈阳：辽宁人民出版社 1988 年版，第 50—60 页。

③ 杨权编著：《侗族民间文学史》，北京：中央民族学院出版社 1988 年版，第 128 页。

④ 杨权、郑国乔整理译注：《侗族史诗——起源之歌（上）》，沈阳：辽宁人民出版社 1988 年版，第 217—219 页。

⑤ 同上书，第 222 页。

讲述了鼓楼的来源:"咱请王朝来立鼓楼,王朝立了鼓楼接萨来。"① 《创立人间三百六十姓》说:"创得人间三百六十四姓。姓姓有州,姓姓有县,姓姓有村寨。三百个好姓给汉家,留下的坏姓留给咱侗人。"② 《侗理传万代》把侗理说成人类始祖章良、章妹教导的结果:"天宽广,不及我们宽广。地久远,不及我们久远。讲条条条多,架桥立桥,架座桥,立块碑。让我们的信条传万年,我们的信条传久长,源远流长,让我们的信条传两万七千年。野草不爬蔓,浮萍不长根,要想执行这些信条,就要听从章妹章良的训教。"③ 史诗《嘎茫莽道时嘉》说一开始世间混乱,萨天巴就要造人管理世界。铜罗、萨可学蜘蛛结网,用来捕鱼捉兽做食粮。洪水过后姜良、姜妹让水獭到龙宫取歌本,答应水獭今后可以随便到水塘吃鱼。姜良、姜妹开亲生下肉团,剁碎了成为360种姓氏,姜良、姜妹的幼儿学百鸟的语言,分成了不同的民族。仙鹤教侗族60姓捕鱼捞虾、拆树铺草筑窝房;侗族新族长主要依靠民意推举,如王素族长等。④ 族长领导侗人多次战毒蟒的情节,⑤ 与布洛陀带领族人战胜蟒蛇的神话母题相似,可见,蟒蛇对侗台语族先民生活有着不小的危害。

　　水族人民传说,水族文字是水族的先祖拱陆铎(公六夺)创造的。他花了六年时间创制文字。起初,水族文字多得成箱、成垛,堆满一屋子。后来,因拱陆铎利用水书为一个小孩推算见到生母的日子和方法,惊动了天皇。天皇认为水书太厉害,他怕人们掌握了水书后难于对付,于是派天将用装着火药的小葫芦骗取小孩的欢心,结果,小葫芦里的火烧了装着水族文字的房子,只剩下压在砚台下的几百个字。拱陆铎生怕再遭天皇算计,此后全凭记忆来记住文字,谁也偷不走。从此,水族只剩下这靠口传心记的几百个文字了。还有神话说,开天辟地之后,水族没有文字,记事很不方便。人们推举了六个记性最好、心地和善的老者,到仙人山学文

---

① 杨权、郑国乔整理译注:《侗族史诗——起源之歌(上)》,沈阳:辽宁人民出版社1988年版,第252页。

② 同上书,第144页。

③ 杨权、郑国乔整理译注:《侗族史诗——起源之歌(下)》,沈阳:辽宁人民出版社1988年版,第67页。

④ 杨保愿翻译整理:《嘎茫莽道时嘉》,北京:中国民间文艺出版社1986年版,第1—178页。

⑤ 同上书,第126页。

字。仙人就依照水族地方的飞禽走兽造成了水书。水书的字比较古怪，有的字像家里喂的牲口，有的像飞鸟，有的字像老虎的头，还有不少的字什么图样也不像，就要硬记、硬背它的音和模样。在把文字带回家的路上，六位老人中有五位老人病死，只剩下拱陆铎。一个叫哎任党（水语即"不认识的人"）的人又抢走拱陆铎记录文字的资料并付之一炬。最后，只剩下拱陆铎当时揣在怀里的一本书。尽管加上拱陆铎凭记忆写的一些字，水族文字字数已大大减少，但为避免哎任党的谋害，拱陆铎故意用左手写字，改变字迹，还将一些字反写、倒写或增减笔画，形成了流传至今的水族文字。① 水书包括天干、地支、八卦、天象、时令节气、鸟兽鱼虫、身体五官、率属称谓及数目方位等，有自己独特的"水历"。拱陆铎是水书先生的祖师爷。贵州省独山县水岩乡水东村的水族人仍在用水语吟唱一首古老的民谣，翻译成汉语是这样的："有个老人叫陆铎，四季居住山洞中。青石板上造文字，造得文字测吉凶。所有良辰全送人，等到自己造房时。书上已无好日子，无奈只好住洞中。若问深洞在哪里，就在水岩和水东。"② 讲的也是拱陆铎创造水书的神话内容。

水族古歌还描述拱陆铎在岜虽山上教大家起房造屋、改善生活条件："陆铎最聪明，教用石头做柴刀；陆铎最伶俐，教拿石头当斧头。学用柴刀和斧头，教人起房又造屋。"③ 荔波县岜鲜的水族人说，仙家叫水族、苗族、布依族和汉族一起学说话，但他们却学会了互不相通的语言。④

仫佬族神话《十兄弟》说黄狗和土王之女生了10个儿子。9个哥哥外出朝山拜神时喝了九泉河的水，说了彼此不同的话，变成了今天的少数民族，而在家没喝水的幺兄弟说话没变，就是今天的汉族。⑤

仡佬族古歌里说阿仰兄妹造人烟后，生下了9个儿子，但他们都不会说话，不会找吃的喝的。彻略老人指点他们说："闷林竹子有九节，你去

---

① 邓章应：《水族文字起源神话研究》，《贵州民族学院学报》2012年第1期。
② http：//baike. baidu. com/link？url = zq8PPhVh1PDynE4ePnu1XB9NzMZeIHXFi5m9qGLRK792XFwssl4PBhIj5utQjhCp.
③ 潘朝霖、韦宗林主编：《中国水族文化研究》，贵阳：贵州人民出版社2004年版，第457页。
④ 吕大吉、何耀华主编：《中国各民族原始宗教资料集成：苗族卷、水族卷》，北京：中国社会科学出版社2013年版，第700页。
⑤ 姚宝瑄主编：《中国各民族神话：仫佬族·壮族·京族》，太原：山西出版传媒集团·书海出版社2014年版，第35页。

锯来火中烧。锯一节来烧一节，烧一节来爆一节，爆一节一个儿子会说一种话……爆九节……九个儿子就说九种话……九种部族就从这里分。"①仡佬族的祖先阿利最先造出了房子："阿利没有地方住，阿利没有落脚处，挖高处来填矮处，矮处填得宽宽的，挖平沟儿铲窄处，铲高处来填矮处，矮处填得宽宽的，阿利要往箐林去，斧头拿来狠狠磨。阿利砍树作柱头，最先要砍是什么？最先要砍下中柱。然后要砍是什么？然后再砍下檐柱。"他又砍出椽角、草檩，请来木匠一起盖房子，"藤子牢牢捆面榨，茅草密密盖屋顶。造房子来是房子，修居室来得居室"。②

黎族神话《雅丹公主》中有这样一段有关船形屋来历的描写："雅丹公主因触犯家规受到惩治，被父王置于一条船上，顺水流到了一个孤岛。公主为了躲避风雨，防御野兽，上山砍来几根木桩，竖立在海滩上，然后把小船拉上岸，底朝天放到木桩上做屋顶，又割来茅草遮住四周，白日外出，夜晚睡于船形屋中。后来船板烂了，她割来茅草盖顶，这就是如今黎族船形屋的来历。"③民间神话中也有老先和荷发用椰叶和椰树盖大房子的说法。《黎母山传说》里说，为了纪念祖先黎母才把高山叫作黎母山，后代成为黎人。④

泰国泰族神话说布桑嘎西、雅桑嘎赛叫太阳神和月亮神向世界放射光芒并围绕宇宙行走，于是整个宇宙都可以得到阳光和月光的照耀，就有了黄道十二宫，有了三个季节和历法。⑤《恬神创造世界》里提到人类的君主是恬神（帕雅恬）派下来的，一开始是坤库神和坤框神，但是他们每天只顾喝酒，不关心人民的疾苦，后来恬神再派下来坤坤木统治人类。⑥老挝佬族人说，天使把葫芦里出来的三批人分别称为老听、老龙和老宋，

---

① 中国作家协会贵州分会、贵州省民族事务委员会编：《苗族、布依族、侗族、水族、仡佬族民间文学概况》，贵阳：贵州人民出版社1987年版，第257页。
② 罗懿群、吴启禄编译：《仡佬族古歌：叙根由》，贵阳：贵州民族出版社2009年版，第59—72页。
③ 傅治平：《原生态文化中孑遗的黎族记忆》，《琼州学院学报》2012年第3期。
④ 姚宝瑄主编：《中国各民族神话·高山族 黎族 京族》，太原：山西出版传媒集团·书海出版社2014年版，第55、63页。
⑤ 刀承华编译：《泰国民间故事选译》，北京：民族出版社2007年版，第2页。
⑥ 同上书，第3页。

天使还教人们盖房子。而天使中的布·兰森教人们建筑房屋。① 《偷天火者的后裔》说为人间偷来天火的卡拉萨特上天学习之后，把知识和智慧带回人间，教人们结渔网打鱼、盖房子。②

泰国的黑泰说洪水之后幸存的人类后裔不听召法的话，非要住在一起。他们还联合造了一座很高的房子，快顶上天。召法很生气使让他们分成不同的民族，说不同的话。而人们为了纪念牛就把屋角造成牛角的形状。③ 老挝的黑泰人则认为君主、贵族是天神派下凡间来统治他们的，神圣不可侵犯，普通人则不过是从葫芦里生出来的庶民。天神还派下34位祖先来打理世间的所有事务，每一位祖先分别打理一种事务。山川河流、森林等也都受各自的"皮"（即神灵）控制，故人要敬畏和祭祀这些神鬼。④ 越南山箩的黑泰神话还说天神把各类书装进葫芦里带到了地面："那还有书，巫师的书，萨满的书，历法的书，算命的书。芭蕉叶上记载的古老传统，12村落的习俗，王国的24条法规，第二个月和新年节日的规矩，都已齐全。"⑤

侗台语各族群神话中与这七个布洛陀神话母题相似的母题很多，这是他们在创造和发展自己文化之时都曾遇到相似的困难、都曾关注和致力于解决生活生产中这些关键问题的结果。如壮、傣、侗等民族神话都描述了对人类从岩洞走向树屋最终建造房屋的历史过程。有文字民族都解释了自己文字的由来。在侗台语族群整体文化下对这些母题进行观照，可以看到它们依然保留着稻作农业民族的共同记忆，那些高度一致、彼此呼应的母题，在族群分化前或许就已存在。

---

① 张玉安主编：《东方神话传说·第六卷（上）》，北京：北京大学出版社1999年版，第111—115页。

② 罗长山、张宝贵、张民良译：《老挝民间故事》，昆明：云南人民出版社1990年版，第29—39页。

③ 2015年5月6日采集，泰国清刊（Chiang Kham）Napanard村VS（男，64岁）讲述，屈永仙翻译。

④ 卢建家：《中国黑衣壮与老挝黑泰原始信仰比较研究》，硕士学位论文，广西民族大学，2008年，第20—21页。

⑤ John F. Hartmann: *Computations on a Tai Dam Origin Myth*, Anthropological Linguistics, Vol. 23, No. 5 (May, 1981), pp. 183–202.

泰国黑泰带牛角的房子以及类似"抛绣球"的游艺场所

	造文字与历书(文字历书的起源)①	造麼及其仪规(巫术与祭祀的起源)	造领导者(领袖的起源)	让人会说话(语言的起源)	安名定姓(事物名称与姓氏的起源)	教人捕鱼(捕鱼技术的起源)	造房子(盖房技术的起源)
壮族	螟虫在纸上爬出文字;布洛陀造文字与历书;康王造字	布洛陀和麼渌甲创制麼,编订经书,培养孤儿做布麼	布洛陀造皇帝、土司,造官府、州县;首领让位给孝顺者	人类喝了河源头的水,布洛陀让人类会说话	布洛陀为世间万物安名定姓;姆洛甲给人类分姓	布洛陀教人们用鱼梁、鱼帘捕鱼,擒蟒蛇	布洛陀帮人们造房;首领教人造房子;祖先的房子在树上
布依族	布灵分出年、月、日;报陆夺制作经书	报陆夺创立摩教,教王敬灶神		人类没吃天神放了药的食物	造人者划分姓氏;竹子生的男儿以竹为姓;以取火者的名字为火命名		囊学会技术后回来盖房屋;祖先的房子盖在树上;人结草为巢而居

---

① 除文中所引文献外,其他神话内容出自:王宪昭:《中国神话母题W编目》,北京:中国社会科学出版社2013年版,第662、905、1042—1047、1125—1149页。

续表

	造文字与历书(文字历书的起源)	造麽及其仪规(巫术与祭祀的起源)	造领导者(领袖的起源)	让人会说话(语言的起源)	安名定姓(事物名称与姓氏的起源)	教人捕鱼(捕鱼技术的起源)	造房子(盖房技术的起源)
傣族	叭汪背石板到天国抄写文字；人根据小虫在贝叶上面留下的痕迹发明文字；唐僧取回文字；捧麻远冉和捧腊哈那罗先后制定年月日和季节	桑木底制定寨神、勐神的规矩，并让巫师驱鬼	桑木底委任各个新勐首领；卵生首领；获取粮种者被推为王；除掉害人猛兽者被推举为王；打虎英雄被推为新的氏族首领	桑木底让部下迁徙，形成不同的语言；造人者教人说话	聪明人给动物取名字；造人者为造的人取名字	神教人们养鱼，消灭蟒蛇	桑木底教人们盖房子；哈尼族和傣族共同居住在一棵树上；人从树上迁到山洞中住
毛南族							人住岩石下的山洞；鲁仙造屋
侗族	树叶上长出密密麻麻的侗歌字纹；孔子是创造书籍者；姜良、姜妹让水獭到龙宫取歌本	洪王首创巫师；关巩和谋麻造鬼；匠章立土地神	章良、章妹制侗理教育人们，人们制侗款；人的始祖生人王；萨天巴让人管理世界；侗族人推举六十姓新族长	姜良、姜妹的幼儿学百鸟的语言，分成了不同的民族	姜良、姜妹开亲，生下肉团，剁碎了成为360种姓氏；天神创人间364姓；天王定姓氏；造人者划分姓氏；武王开创姓氏	仙鹤教侗族60姓捕鱼；铜罗、萨可学蜘蛛结网，用来捕鱼捉兽做食粮；王素智勇战毒蟒	蜂王和荫丹造房；王朝盖鼓楼；人从树上搬到洞中，仙鹤又教侗人拆树铺草筑窝房

续表

	造文字与历书(文字历书的起源)	造麽及其仪规(巫术与祭祀的起源)	造领导者(领袖的起源)	让人会说话(语言的起源)	安名定姓(事物名称与姓氏的起源)	教人捕鱼(捕鱼技术的起源)	造房子(盖房技术的起源)
水族	拱陆铎创制文字;仙人造水书,拱陆铎创造水书文字;瓮王造水书历法;纳良力把天上的书传到人间	拱陆铎会卜算,教人们用水书趋吉避凶;瓮王教人们在各类仪式中用水书趋吉避凶		仙家教水族人学讲话		瓮王消灭九条蟒蛇	有巢氏教人们盖房;拱陆铎教人们盖房;拱羡殷造了吊脚楼;仙家教人们盖房;人们住在树上
仫佬族				十兄弟因为喝了不同的水,会说不同的话,成了汉族和九个少数民族			
仡佬族				烧竹子爆竹节形成九部族的语言;众兄弟喝水后形成不同的语言			阿利造房子

续表

	造文字与历书(文字历书的起源)	造麽及其仪规(巫术与祭祀的起源)	造领导者(领袖的起源)	让人会说话(语言的起源)	安名定姓(事物名称与姓氏的起源)	教人捕鱼(捕鱼技术的起源)	造房子(盖房技术的起源)
黎族					天女定姓氏;造人者划分姓氏;根据人的服饰命名姓氏;为了纪念祖先,把高山叫作黎母山,后代成为黎人		雅丹公主造船形屋;老先和荷发用椰叶和椰树盖大房子
佬族		布·兰森教人们举行典礼、祭祀祖先			天使把葫芦里出来的三批人分别称为老听、老龙和老宋	卡拉萨特教人们结渔网打鱼	卡拉萨特教人们盖房子;天使教人们盖房子;布·兰森教人们建筑房屋
泰族	布桑嘎西、雅桑嘎赛制定三个季节		恬神派君主管理世界				
黑泰人	天神把各类书装进葫芦里带到地面	天神派皮(鬼)管理世间万物,人类要向他们献祭	天神派地主和贵族统治庶民;天神派下34位祖先来打理世间的所有事务,每一位祖先分别打理一种事务	天神让人们讲不同的语言			人们为了纪念牛,所以把屋角造成牛角的形状

二 布洛陀神话叙事链与侗台语族群神话元叙事

神话产生于人类的童年时期，至少已有上万年的历史，早期神话内容在后世被不断添加，故而情节更为丰富，叙事更为多样。根据前述七个母题，可尝试回溯布洛陀神话的早期叙事。在侗台语族群分化、迁徙的数千年前，他们的共同神话叙事已然存在，其共性也在前面的论述中进行了分析和探索，在此亦尝试构建侗台语民族的早期神话元叙事，以此把握他们的共同文化特质。

如前所述，布洛陀神话把世界的来源描述为一片混沌的，"三黄蛋"的母题更为常见。布洛陀自己本身也是创世的巨人，最高的山是郎汉居住的那一座。布洛陀或用手推高了天，或者指导众人"立铁柱顶天""用铜钉钉地"①，（或亲自）用柱子把天顶高了。这一母题显示出男性力量的意识。射日神话生动地解释了太阳要藏起来的原因。布洛陀神话中有英雄汉弘、郎正、特桃等不同主角射日。例如，特桃射日之后太阳躲到了东海中的一个山洞里，布洛陀让特桃找公鸡去请太阳出来。母鸭驮着公鸡游到海中央，叫出了太阳和月亮。②壮族的英雄射日神话和神祇布洛陀有密切的关系，其背后的原因，或许与布洛陀神话时代英雄的兴起有密切关系。神话母题"四兄弟比武分家"的内容属于神祇的更替。雷王、图额、老虎和布洛陀四兄弟比试本领，布洛陀战胜了其他三者，保住了自己的性命，也维系了人类的生存权利。他代表了人类新一代的神祇和祖先。兄弟分家母题是人类独立意识的展示。在壮族社会中，无论是雷王、布洛陀还是图额、老虎，在天地分离之初就已出现，他们其实是天地精华孕育出来的神祇。壮族神话中并没有专门阐释（父亲）天空/（母亲）大地，而是注重于对其后代神祇行为的叙述。神祇姆洛甲具有（母亲）大地的特质。她从大地上开的花中长出，带有生育、创世神等多重身份。

壮族至今仍保留了对太阳神的信仰，在云南文山壮族地区，还盛行过太阳节，祭祀太阳。壮族先民铸造的铜鼓，其鼓面中心突起的圆圈及芒纹

---

① 农冠品主编：《壮族神话集成》，南宁：广西民族出版社2007年版，第40页。
② 同上书，第50—51页。

常被视为太阳信仰的遗留。但布洛陀神话中没有保留以太阳为祖先或首领的母题。布洛陀神话保留了洪水后兄妹造人母题的丰富内容，并且与洪水神话母题相衔接。娘侼/（伏羲）兄妹婚配造人神话里叙述洪水过后世间只剩娘侼/（伏羲）兄妹婚配，他们生下磨刀石一样的肉块，后来变成千百人，世界上才重新有了人烟。因为拱屎虫传错话，才导致了人类的死亡。布洛陀神话中提及的英雄不少，包括了射日的特桄和郎正、布洛陀的徒弟布伯以及许多帮助完成创世、文化创造的英雄，如找火的卜冬寒、铸铜鼓的特依兄弟、造大路的感路王、造人的四脚王、造文字的敢卡王、管殇死之魂的汉王和王曹①，等。布洛陀神话中的文化创造事项较之姆洛甲神话显得更为丰富多样，其中比较突出的是创造文字、创造麽信仰与仪式，这标志着新时代文明的开启。人类形成之后，有头人官吏、平民百姓，强调的已不仅是血亲，还有社会的等级和秩序。这也使得布洛陀神话更注重地方贵族的出现和地方历史。

在以上母题的基础上可组合出一个属于布洛陀神话的叙事链。叙事链依据神话中的主要母题而构成，是在多个神话母题基础上的提炼与升华。与一般叙事中的"主题""概要"等不同，叙事链不但从宏观上概括神话所涉及的内容，更简明扼要地再现叙事的单一母题，使受众获得微观上的具象认识。叙事链上的每一个母题，既是对无限叙事文本的归纳，又能产生一面"窗口"的效果，打开这面窗口，我们就能发现每一个母题的多样存在形态。回到叙事链本身，我们又能把握每一个母题在叙事链中的功能与位置。叙事链就如同昆虫的复眼，从整体上看是一个完整的叙事，但其中又包括若干独立存在的母题。它又如同一条璀璨的珍珠项链，每一粒珍珠都是独立的个体，又是构成项链整体的重要部分。叙事链的提出，有助于勾勒布洛陀神话中的主要内容，使研究者和读者在浩繁的材料面前，对布洛陀神话产生一个较为直观的认知，同时把握布洛陀神话的大体与主旨。梁庭望先生曾经将布洛陀神话内容归纳为四点：开创天地、创造万物、安排秩序和排忧解难。叙事链的提出，也是试图通过对这四点内容的扩充展示，将布洛陀神话以较为完整的叙事形式加以呈现。这个完整的叙事链，

---

① 张声震主编：《壮族麽经布洛陀影印译注·第一卷》，南宁：广西民族出版社2004年版，第4页。

也能使凸显布洛陀神话母题，更突出壮族文化及其民间叙事的特点。

布洛陀神话的叙事链可描述如下：

> 远古天和地相连，混混沌沌，昏昏沉沉。一个三黄蛋（磐石）形成了天、地、水三界。天地太近，布洛陀（用铁柱）撑开天。布洛陀与雷王、图额、老虎四兄弟分家。布洛陀还造出了日月。布洛陀（或让其他人）用泥土造人，或让洪水后躲过劫难的兄妹结为夫妻，天下才有了人烟。由于英雄射日，太阳躲进了海里（或山洞）。公鸡被派去叫出太阳，从此大地恢复光明。因为鸡驮鸭过海（河），从此鸡为鸭孵蛋。布洛陀和许多物的起源有关。他教人们摩擦木块生火，教人们取来谷种，还造牛帮助人们耕田。谷物由大变小，也不会自己回家了。布洛陀还是个文化创造者，他帮人们造出了文字历书，还创制了麽教及其仪规，制定出管理者，等等。他让人类会说话，其他动物则不再说话了。布洛陀还为世间万物安名定姓，教人们用工具抓鱼、擒蟒蛇，帮助人们盖房子。

壮族地区流传的布洛陀神话都保留了这条叙事链中的一些母题，但其组合方式都会具有自己的特色，并不遵循固定模式。这也是叙事链的灵活之处——它并不要求所有的故事内容与叙事链完全一致，每一个神话都是早期布洛陀神话叙事发展的独立异文。这些独立的神话异文是在不同语境下形成的新叙事，有着自己的地域和文化特点。布洛陀神话叙事链与情节母题相较，又保持了神话叙事整体的完整性，使得情节内容能够在叙事推进中凸显自己的特殊性。

布洛陀神话的叙事链显示了它独特的关注点，在叙事中更侧重体现对人自身的认识与文明的认同。它强调了社会及其秩序的形成，如管理者的出现、社会秩序的建立等。布洛陀神话也展示人类作为一个群体如何实现文化的进步，布洛陀团结了人类社会，延续了脆弱的个体生命。布洛陀与天的联系更紧密（顶起了天），带有较强的男权社会意识。他与人类文明创造的关系更密切，如仪式和信仰的出现、文字的创造等。这使布洛陀神话带有更多的父系社会色彩，显示出更活跃、更广泛的社会交往与活动特征。

叙事链不但可作为壮族神话研究的重要参照，在侗台语族群神话研究中也可发挥作用。侗台语不同族群的神话依然保留了相似的神话母题，显示出这些神话作为一个集合的特点。这些神话叙事是侗台语族先民的智慧创造与经验传承，与他们的生活经历、底层文化积淀有着重要关联。侗台语族群神话叙事的共性主要集中在创世造物的母题上，如天地起源、顶天增地、造日月与射日与物（部分）的起源等。侗台语族群对天地之初的描述，多有气或混沌之说。对天地分离，多有顶天之说，不少侗台语民族都有舂米把天撑高的说法，颇为奇妙。而一南一北的壮族和老挝普泰族，居然都有骂天使天升高的内容，可见他们对于这一母题记忆之深刻。侗台语族群依然保持了根深蒂固的稻谷起源神话，甚至广西壮族和老挝黑泰都独立传承着关于"谷骨"的母题。谷种宛若精灵，有各种形态，或者有翅膀，或者会自动入仓。作为耕作所需的劳力——牛，也一直在神话中占据一席之地。这都是稻作农耕民族底层文化强劲的生命力在发挥作用。造日月星辰与射日的母题虽已形成分散叙事，但其中的鸭驮鸡过河母题却十分稳定，依然在各族群中被绘声绘色地讲述着。

根据上述七个神话母题，也不难发现侗台语族群在共性基础上独立发展的个性文化特点。相较而言，叙事时间轴上较晚的母题所显示的多样性则较为明显。如信仰小乘佛教的侗台语民族虽然保留了洪水神话，但"人类起源"的母题中兄妹婚的内容萎缩了，常常直接被"葫芦（瓜类）生人"母题所代替。中国侗台语民族中葫芦更多被视为避水工具。人类起源神话中，不同国家的侗台语族群已受到现代国家民族划分及主体民族概念的影响。如佬族神话中常出现老龙、老听、老宋三大老挝官方确定的族群群体名称，而越南侗台语民族的人类起源神话母题逐渐受到京族神话的影响。射日神话逐渐淡出国外信仰佛教的侗台语民族视线，如七个太阳同时出现在泰族神话中被视为"火劫"，漫天大火烧到大梵天就止息了，此后的洪水滔天创造了金碧辉煌的大梵天，而后自行退去。①"物的起源"母题中，由于生活地域、信仰与文化的日益差别，人们虽然依然关注火、稻谷和牛的起源，但其中涉及的造物方式更为多样，母题的演变更为复杂，如佬族说布纽盗取天火塞入地心，这或许与现代自然科学知识有关。

---

① 张玉安主编：《东方神话传说·第六卷（上）》，北京：北京大学出版社1999年版，第181—183页。

"文化和社会秩序的出现"母题在侗台语族群中更为多元化,关注的重点差别较大。如同是"造房子"的母题,既有本民族始祖造房子的说法,也有汉族有巢氏、鲁仙(鲁班)造屋,甚至佛教中的天使帮人造屋的说法。屋型有干栏房、吊脚楼、船型屋等,造屋的材质也五花八门,从常见的各种木头、草到现代的砖瓦等。它们展示的更多是侗台语不同民族在历史进程中的文化选择与个性发展,是他们特有的心路历程和创造收获。

虽然搜集到的国外侗台语族群神话十分有限,笔者依然要在已列举材料的基础上构拟侗台语族群早期的神话元叙事,以此抛砖引玉,推进侗台语族神话的比较探索。筛选在不同侗台语族群中出现次数较多的神话母题,可构拟出一个包含以下母题的叙事雏形:

1. 世界一片混沌(气);
2. 天地形成,人类把天顶高;
3. 多个太阳出现,英雄射日;
4. 公鸡唤日,鸡为鸭孵蛋;
5. 洪水淹没世界,人类起源;
6. 谷种失而复得,神造牛,历法和其他文化的起源。

这样一个侗台语族群神话元叙事,虽然由于材料的缺失和时代变迁的局限,只可能是一个"假设",但从这个元叙事中仍能看出侗台语先民社会的早期文化特征和关注焦点。他们在自我意识日益觉醒的过程之中认识到了天地与自我的存在,并通过顶高天地展示了人类的能力,界定了"人"的概念与本体。对太阳的关注是稻作民族曾经依赖光源进行种植与耕作的必然,对农业副产品的养殖生物——鸡、鸭等生物现象的关注也是稻作生产链扩大的明证。更不用说,谷种与耕牛是满足侗台语族先民最基础生存需求的重要因素,在神话中得到了强调和阐释。历法亦是稻作文明的副产品。

通过比较也可看出,侗台语族群的神话叙事具有跨民族、跨地域的共通性,它体现了侗台语族群不同支系在各地开花散叶的同时,依然继续着先人对于世界和人类本真的追问和解答。这对于我们今日理解、接纳和认同世界各族文明的相似度和多样性有着重要的引导作用。

文 化 篇

一 布洛陀形象的多重内涵

1. 布洛陀身份的田野发现

根据笔者在广西、云南等地进行的田野调查和访谈，可以整理出各地壮族布麽对布洛陀的一些认识和理解。如：

广西田阳县玉凤镇布麽 QAY（男，1943 年生）认为：布洛陀很聪明，力大无穷，能送鬼驱邪[①]；

广西田阳县琴华乡琴华村布麽 ZSC（男，1940 年生）认为：布洛陀无所不知，洞察世上的一切[②]；

广西田阳县田阳县坡洪镇百合村岩屯布麽 ZTY（男，1946 年生）认为：布洛陀能送鬼驱邪[③]；

广西田阳县田州镇布麽 HDJ（男，1941 年生）认为：布洛陀很聪明，是布麽的祖师爷[④]；

广西田阳县坡洪镇天安村布麽助手 LWG（男，1930 年生）认为：布洛陀是护佑布麽法事的神灵[⑤]；

云南文山州广南县贵马村布麽 LZG（男，1948 年生）认为：布洛陀是世界上最聪明的人[⑥]；

[①] 2006 年 11 月 14 日笔者搜集。
[②] 2006 年 1 月 10 日笔者搜集。
[③] 2006 年 1 月 10 日笔者搜集。
[④] 2006 年 11 月 16 日笔者搜集。
[⑤] 2006 年 11 月 15 日笔者搜集。
[⑥] 2010 年 8 月 9 日笔者搜集。

云南文山州广南县贵马村布麽 SZG（男，1949 年生）认为：布洛陀是住在树下的神，保佑村寨风调雨顺①；

云南文山州广南县贵马村布麽 QAK（男，1955 年生）认为：布洛陀是个聪明的人，他懂得识文断字、风水地理，把生命寄在树下而成仙②；

云南文山州广南县小广南村布麽 LMS（男，1947 年生）认为：布洛陀是最聪明的人，管鬼神③；

云南文山州马关县马尾村布麽 DTF（男，1925 年生）认为：布洛陀是位无所不知的神，布麽有疑惑都要请教他④；

云南文山州麻栗坡县八布乡布麽 ZTH（男，1945 年）认为：凡事不知道的都要去问布洛陀，他是壮族侬支系的神。他开天辟地，是壮族的"太上老君"。⑤

布麽眼中的布洛陀是世界上最聪明的。他有神力，洞晓一切，能指导、护佑法事活动。在普通民众看来，布洛陀是世上最聪明的长者。但在调查之中，鲜有人能够说出"布洛陀"中壮语"洛陀"的意思。在漫长的历史发展中，壮族人民"近取诸身"，选择了与他们生活紧密相关的含义进行理解、传承和阐述，历史上曾存在的其他含义已经淡化或丢失。但通过结合壮族的历史，探索传承至今的各种神话叙事，依然可以找出关于壮语"布洛陀"的深层内涵，挖掘其更隐晦的文化意义。

2. 壮语"布洛陀"释义

"布洛陀"是壮语读音的汉字写法，也曾写作"保洛陀""保罗陀""布洛朵""布罗陀"，等等。学术界曾将这三个字对照壮语进行了阐释，目前学界关于"布洛陀"三个字的释义主要包括：

"布"：祖公（覃乃昌，2003）；老人（周作秋，1984）；人（周作秋，1984）

"洛"：鸟（周作秋，1984）；知晓（覃建真，1964）；山谷（周作

---

① 2010 年 8 月 9 日笔者搜集。
② 2010 年 8 月 9 日笔者搜集。
③ 2010 年 8 月 14 日笔者搜集。
④ 2010 年 8 月 18 日笔者搜集。
⑤ 2010 年 8 月 20 日、2014 年 7 月 29 日笔者搜集。

秋，1984）；绿色、生命、灵魂（王明富，2003）；宏伟、兴隆、壮大、巨大（王明富，2003）

"陀"：首领（周作秋，1984）；法术与施法、诅咒（覃乃昌，2003）；全部（覃建真，1964）；单独的（覃乃昌，2003）；摘取、到来、朝向、吩咐（王明富，2003）

"洛陀"：合称可作山名来解（熊远明，1994）

目前学者们对"布洛陀"的整体释义主要包括：

无事不知晓的老人（覃建真，1964）

山里的头人或老人（周作秋，1984）

鸟的首领（周作秋，1984）

布麽的祖公（黄桂秋，2003）

居住在山间峒场的通晓并会施法术的祖公或居住在岭坡谷地中的通晓并会施法术的祖公（覃乃昌，2003）

原始森林里最古老的一棵大树（王明富，2003）

智慧祖神（张声震，2004）

骆越的首领和大祭司（李斯颖，2011）

从天而降的男性人面鸟身神（黄懿陆，2014）

"布"也常写作"佈""舖""褒"等，其含意较为清晰，《古壮字字典》中对"布"（boaeuq）的解释为"公公；翁"的意思，[①]《壮汉词汇》中将 baeuq（布）解释为"翁；家公"，[②] 结合布洛陀神话内容来看，"布"为"男性长者"之意。

在现有经书和口传神话等材料之中，"洛""陀"二字有若干种壮语方言读音。

广西百色市东兰县坡峨乡（壮语北部方言红水河土语区）的读音为：$pau^5\ lo^4\ to^2$

广西百色市右江区百兰乡（壮语北部方言右江土语区）的读音为：

[①] 广西壮族自治区少数民族古籍整理出版规划领导小组主编：《古壮字词典（初稿）》，南宁：广西民族出版社1989年版，第9页。

[②] 广西壮族自治区少数民族语言文字工作委员会研究室编：《壮汉词汇》，南宁：广西民族出版社1984年版，第20页。

pau³⁵ loːk³³ to³¹

广西百色市田东县义圩乡（壮语北部方言右江土语区）、田阳县玉凤镇坤平乡（右江土语区）的读音为：pau³⁵ luk³³ to³¹

广西河池市巴马县燕洞乡（壮语北部方言桂北土语区）的读音为：pau³⁵ luk³³ to³¹

广西河池市大化瑶族自治县板升乡（壮语北部方言红水河土语区）的读音为：pau³⁵ lo⁴² to³¹

百色市东兰县四合乡（壮语北部方言红水河土语区）的读音为：pau³⁵ lo⁴² to³¹、pau³⁵ lok³³ to³¹

云南壮族侬支系西畴县（壮语南部方言砚广土语区）的读音为：pu¹¹ lɔk⁴⁴ to⁴⁴

云南壮族沙支系广南县八宝镇（壮语北部方言邱北土语区）的读音为：pou³¹ lɔk³⁵ to³³

云南黑师宗县耳雨灯寨壮族（壮语北部方言邱北土语区）的读音为①：pou²⁴ lə³¹ tuo³¹

在这些语言学材料的基础上，我们可以对"洛""陀"二字进行一些分析。

（1）"洛"与"骆"

比较以上读音可以发现，布洛陀的"洛"字发音集中在 lu（o/ɔ/ə）上。根据《壮族麽经布洛陀影印译注》的材料，29 个手抄本中有 15 个抄本的"洛"发音都为 luk，具有较强的一致性。② 这样，布洛陀的"洛"与历史上记载的"骆越"的"骆"字读音相似，且具有相同的偏旁。根据中古音及上古音构拟，"骆"字发音为 la（ɑ）k 或 g·raag 等，声母一致，韵母有同属于后元音的发音，且带塞音。③ 将骆越语翻译成古汉语并记录到汉语典籍的过程中，允许存在一些出入。《逸周书·王会》中曾有

---

① 参考中央民族大学侬常生的调研资料。
② 张声震主编：《壮族麽经布洛陀影印译注·（1—8 卷）》，南宁：广西民族出版社 2004 年版，第 1—3042 页。
③ 查询自"东方语言学网"，http：//www.eastling.org/oc/oldage.aspx。

"秦人菅，路人大竹，长沙鳖"之句。清时朱右曾《逸周书·集训校释》云："路音近骆，疑即骆越。""骆"和"路"发音相似，字体相似，这是汉文典籍记音上存在的差异。梁庭望先生也将"路人"视为骆越的记载。① "路"的上古元音构拟为 lɑg \ lak \ lagh \ g·raags 等，到了中古音则被构拟为 lu/luo/lo 等，② 虽然塞音已经丢失，但与布洛陀的"洛"韵母发音更为相近。这为从骆 la（ɑ）k 到洛 lu（o/ɔ/ə）k 的音变提供了佐证。

在郦道元《水经注·叶榆河》引《交州外域记》《水经注》（卷三十七）引《交州外域记》《大越史记全书·外纪全书》中使用了"雒田""雒将""雒侯"的说法，这里的"雒"也被认为是"骆"。《史记·东越列传》载，"闽越王无诸及越东海王摇者，其先皆越王句践之后也，姓驺氏"。《集解》有"徐广曰：驺，亦作骆"。可见"驺""骆"通假。当然更多的典籍使用了"骆"的写法，《吕氏春秋·本味篇》中说"越骆之菌"，《史记·建元以来侯者年表》中有"瓯骆左将""瓯骆兵"的提法，等等，在此不一一例举。因此，"骆越"的写法一开始不可能完全统一，而是在中原文化逐渐对其产生了认识之后才倾向于使用"骆"这一字眼。

汉文典籍使用"骆越"的写法，其影响力不一定能达到骆越内部和底层大众那里，这样就有可能在民间形成了关于自称"骆越"的其他写法，如"洛""罗""录"等。目前汉文典籍中最早出现"骆越"一词的是《吕氏春秋·本味篇》，此外史料记载不多。用汉字记载地名、族名等存在差异和变化屡见不鲜，如清代文人黄君钜《武缘县图经》记载："武缘之水以三江为大，三江者南流江、达蒙江、大揽江也。南流江（参考诸书）又名何滤江，亦作可滤江，皆渭笼、武离一音之转，即古骆越水。"可以看出，"何滤""可滤""渭笼""武离"都是"骆越"或"越骆"的历史叫法，使用了不同的汉字记音，但发音都有相似之处，才会出现"一音之转"的情况。③ 戴裔煊先生曾说过，"老挝与 lao，非中国或

---

① 梁庭望：《壮族文化概论》，南宁：广西教育出版社 2000 年版，第 26 页。
② 查询自"东方语言学网"，http：//www. eastling. org/OC/oldage. aspx。
③ 参考谢寿球《寻找湮没了的一代文明——骆越古都文化遗存考察报告》，收于《大明山的记忆——骆越古国历史文化研究》，南宁：广西民族出版社 2006 年版，第 4 页。

欧洲本有之名称，根本出于音译，与中国最早所称之'骆'为译同一之音。其他为'陆梁'、'俚'、'僚'、'黎'，皆从此出"。可见，"骆"有着多种写法和发展之读音。① 另一个百越支系西瓯的"瓯"也有"区""沤""欧""呕"的写法。百越的"越"也曾写作"粤"。

《壮族麽经布洛陀影印译注》中"布洛陀"的写法也不一致，只有《広哾佈洛陀》中较多地使用了"布洛陀"三个字。"洛"的写法有近十种，包括"渌""碌""录""六""罗"等。方块壮字起到了记音的效果，而壮语方言之间的差异、地域区别、历史演变等原因也使方块壮字无法统一起来，导致经诗抄本使用了不同的字。因此，"骆"的记音应有多种写法。骆越之"骆"用于布洛陀之"洛"时形成了丰富的写法。

同时，布洛陀文化中的鸟图腾信仰和骆越文化所体现的鸟崇拜相一致。布洛陀经诗里曾写到天下十二个种族、"二六个部族"，其中就包括了鸟部落、鸡部落（禽类）。布洛陀神话提及天地之初，世界由三黄蛋分裂而成，天上由图额管，人间由布洛陀管，水界由图额管。卵生的叙述带有早期禽类崇拜的痕迹。② 在神话《布洛陀三兄弟分家》中，布洛陀有四兄弟，老大是雷王，老二是图额，老三是老虎；布洛陀是老四。③ 布洛陀和以"鸟"形象著称的壮族雷王是兄弟，亦带有鸟图腾的基因。骆越典型的铜鼓上亦多有羽人、鹭鸟、渡船的纹饰。《越绝书·记地传》谓："禹忧民救水，到大越……教民鸟田。"又载："大越海滨之民，独以鸟田，大小有差，进退有行。"《交州外域记》说："交趾昔未有郡县之时，土地有雒（鸟）田，其田从潮水上下，民垦食其田。""鸟田"直接来源于鸟图腾崇拜，是骆越早期信仰的展示。布洛陀和骆越的鸟信仰表现出同一性。从语音上来考察，原始侗台语构拟的"鸟"，发音为 *mrok 或 *mlok，④ 经书中的鸟发音多为 l (r) ok^{33}，与布洛陀之"洛"lu (o/ɔ/ə) k 的发音也较为一致。

在云南文山壮族土支系创世史诗手抄本《德傣掸登俄》里，还有

---

① 转引自江应梁《百越族属研究（节录）》，谢启晃、郭在忠、莫俊卿、陆红妹编：《岭外壮族考》，南宁：广西民族出版社1989年版，第29页。
② 农冠品编注：《壮族神话集成》，南宁：广西民族出版社2007年版，第47—48页。
③ 同上书，第49页。
④ 陈孝玲：《侗台语核心词研究》，成都：四川出版集团/巴蜀书社2011年版，第32页。

"雒王"一词出现:"雒王听有理,派人抓蚂蚁,抓蚂蚁上堂,雒王问蚂蚁……"① 同时,还写到一位英雄罗扎。黄昌礼先生等撰写的《布洛陀与文山壮族文化》里认为,"'雒''洛''罗'同音,罗扎和罗妞创世的传说,又与流传在广西一带的布洛陀、么渌甲的创世传说如出一辙,为此我们有理由认为:这里的雒王、罗扎其实就是布洛陀……"② 且不论布洛陀是不是雒王、罗扎,相似的创世叙事内容表明了其背后强大的骆越文化背景。"雒""骆""罗""洛"各类异体字发音可对应,有着共同的文化根源,布洛陀应来自早期骆越信仰体系。

布洛陀经诗中有布麽自述身世"我母本是罗家女,出嫁去到陆家"。③ 其中一个文本叙述陆家、罗家几个兄弟,有的上天跟随雷公,有的下界跟随图额,有个年纪最小的儿子身材高大,"尾巴像拦江网,手脚红似火,皮肉黑像乌鸦,手脚鳞像穿山甲,开口像遮天,咬牙如嚼冰"。④ 他为皇帝赶妖送怪,是位布麽。布麽是布洛陀的后代和事业传人。在壮语里,无论陆(lo:^{31})、罗(lok^{33})都和"鸟"的发音一致⑤,从一个图腾演变成一个家族,或许是布洛陀与鸟图腾信仰一脉相承的结果。

从地域上看,骆越后裔分布的区域和布洛陀神话叙事流传的地区具有重合性。宋蜀华先生认为,"骆越活动的中心地区大体相当于桂西南左右江流域,黔东南(属汉代牂牁郡)以及越南红河三角洲一带"。⑥ 而布洛陀神话叙事的流传中心正是广西红水河流域、右江流域和云南文山州。它不可能脱离地域和族群文化而凭空产生,这种重合是文化上的延续所致。只有在骆越悠久的文化培育下,该叙事才传承至今。

此外,骆越的"骆"被视为山谷、"山麓、岭脚"⑦,宋蜀华先生在

---

① 何正廷主编:《壮族经诗译注》,昆明:云南人民出版社2004年版,第608页。
② 黄昌礼、陆庆怀、陈秀云、侬孝芬、张邦兴:《布洛陀与文山壮族文化》,"2011年布洛陀文化学术研讨会"论文,内部资料,第4页。
③ 张声震主编:《壮族麽经布洛陀影印译注·第一卷》,南宁:广西民族出版社2004年版,第98页。
④ 张声震主编:《壮族麽经布洛陀影印译注·第三卷》,南宁:广西民族出版社2004年版,第798—799页。
⑤ 陈孝玲:《侗台语核心词研究》,成都:四川出版集团巴蜀书社2011年版,第32页。
⑥ 宋蜀华:《百越》,长春:吉林教育出版社1991年版,第196页。
⑦ 宋蜀华:《百越》,长春:吉林教育出版社1991年版,第196页。

《百越》中曾有论述："骆越后裔的壮族称山麓、岭脚之间为'六'（lok），'六'与'骆'音近。故'骆田'就是'六田'，即山麓、岭脚间的田。"后人多采此说。"山谷"一词在《壮族麽经布洛陀影印译注》29个手抄本中发音一致为 lueg，记音 luək^{33}，原始侗台语构拟为 luek，与布洛陀的"洛"之发音亦十分相近。可见，布洛陀之"洛"或隐藏着骆越早期聚居与生产模式的秘密。

（2）"陀"的解释："土"（to^{55}）和"全部"（to^{33}）

"陀"在经文抄本里又写作"托""嗧""途""多"等，其发音更趋于一致，更接近于壮语的和"土"（to^{55}）和"全部"（to^{33}）。它与"洛"相结合具有了多重含义。

壮族先民瓯骆族群是岭南土著民族，不少支系多以"土人"自居。南宋《岭外代答·外国门下》①载："钦民有五种；一曰土人，自昔骆越种类也。居于村落，容貌鄙野，以唇舌杂为音声，殊不可晓，谓之蒌语。二曰北人，语言平易，而杂以南音。本西北流民，自五代之乱，占籍于钦者也。三曰俚人，史称俚僚者是也。……四曰射耕人……五曰蜑人……"从这里可以看出，"骆越种类"自称为"土人"。历史上，汉文典籍中壮族先民自称"土人"的记载亦常见。最早在北宋《梦溪笔谈》中有云，"天圣七年，（广源州）首领依存福归附，……率土人刘川以七源州归存福。"据《壮族通史》，"右江、邕江、郁江、浔江以南的壮族也自称为'土人'（pu tho, kan tho）。史书记载，在云南省广南有'土人'"。②至今，云南文山州壮族中亦有部分曾被称为"土族""土僚"。这些地区都是布洛陀神话和经诗流传的地区，是骆越人生活的区域，因此，以方块壮字"陀""托""嗧""途""多"来表示本地人"土人"的可能性很大。在此基础上，将"洛陀"合并来进行解释，即为"骆越土人"或者"土著鸟部落"的意思。

《布洛陀与坤布隆比较刍议》一文提出，"较早的时候，壮、泰先民可能都称之（即布洛陀——笔者注）为'布洛'（布隆），分开以后，由

---

① 宋·周去非：《岭外代答校注》，北京：中华书局1999年版，第144页。
② 黄现璠、黄增庆、张一民编著：《壮族通史》，南宁：广西民族出版社1988年版，第576页。

于受到不同文化的影响，语音和构词发生了一些变化，随着时间的发展和地理的隔阂，差异性才逐渐增大了。'布洛陀'的'陀'，是形容词，有可能是后来加上的；'坤布隆'的'坤'也应该是更晚的后来才加上的"。① 后人根据壮语的表述习惯，在"洛"后头加上了"陀"，并衍生出新的"布洛陀"的寓意，即无所不知的老人。梁庭望先生对这个定义曾有详细的阐述："后来布洛陀成了麽教主神，成了神话中的英雄神，其名字便叫"Baeuqroxdoh"，rox 是知道、懂得之意思；doh 是遍及、完全、所有之意，Baeuqroxdoh 意思是无所不知的长者、全智慧的神人。"② 这和笔者从田野调研中得到的信息是一致的。该释义应为神话内容衍生的结果，结合语言学材料分析，其产生的年代不会太早。在《壮族麽经布洛陀影印译注》所收录的手抄本中"知道"多念为 lo，与布洛陀之"洛"发音相去不远，只是塞音全无。"知道"的原始侗台语构拟为 *ruo，促声是原始侗台语的一个重要部分，语言学研究显示了不少塞音脱落的情况，而从元音韵变化为促声韵的情况则不太可能发生,③ 故"lo"不太会是布洛陀之"洛"lu（o/ɔ/ə）k 的原始形态。"doh"与布洛陀之"陀"（to）在发音上较为一致，与"知道"一词相结合来理解，则"无所不知"这个整体含义产生的年代应较晚。

综合以上对"洛""陀"的分析，"洛"是"骆"之原意，"陀"为"土人"之意，"布洛陀"则指本地骆越部族（鸟部族）的男性长者。这或许才是布洛陀这一称呼的早期含义。以此推断为基础，布洛陀的至高地位具有了更深厚的历史内涵，"布洛陀"三个字的释义和壮族传统文化更紧密地联系在一起。正如覃乃昌先生所述："骆越是耕种骆田的越人部落群体……神话中的布洛陀就是居住在这种岭坡谷地中耕种骆田的人们的祖公或首领。"④ 此后，"洛"被转释为"知道"，"陀"作"全部"来解，布洛陀被理解知晓一切的男性长者。这个含义在民间得到了更为广泛的接受。

---

① 2011 年广西田阳布洛陀文化研讨会论文：《布洛陀与坤布隆比较刍议》，第 4 页。
② 2011 年广西田阳布洛陀文化研讨会论文：《〈麽兵佈洛陀〉密码诠释》，第 2 页。
③ 石林：《侗台语比较研究》，天津：天津古籍出版社 1997 年版，第 131—144 页。
④ 《布洛陀：珠江流域原住民族的人文始祖》，《布洛陀寻踪——广西田阳敢壮山布洛陀文化考察与研究》，南宁：广西民族出版社 2004 年版，第 302 页。

广西田阳敢壮山上的布洛陀神像及壮族民间 12 图腾像

3. 布洛陀身份的再探索

在上述对"布洛陀"这一名称释义的基础上，结合神话文本、文化语境等可以从多角度进一步分析布洛陀角色的多重身份。布洛陀的形象塑造具有以下三重含义：

（1）带有鸟图腾色彩的骆越父系氏族部落首领

布洛陀的形象和身份表现出骆越族群积淀深厚的鸟图腾崇拜特点。学术界普遍所认同古越人以鸟为图腾，不绝于书。鸟部落曾经是壮族先民社会中力量强大、信仰深厚的一个部落，该部落以鸟的羽毛为神物，插羽毛、戴羽冠、穿羽衣，把自己打扮成鸟的样子，以求得鸟图腾的认同。《山海经》里所说的"羽民"和"羽民之国"，大概就有这一支系的壮族先民。《山海经·大荒南经》载："有羽民之国，其民皆生毛羽。"《山海经·海外南经》说："羽民国在其东南，其为人长头，身生羽。一曰在比翼鸟东南，其为人长颊。"《吕氏春秋·慎行论·求人》有云：禹"南至交趾，丹粟漆树沸水漂漂九阳之山，羽人裸民之处"。东汉许慎注："羽民，南方羽民之国。"根据分布地点推断，这个羽民之国即古代骆越部，与西瓯部齐名，是"百越的本支，实为祖部落或母部落"[①]。瓯骆地区鸟类较多，其民受"互渗律"支配产生了对鸟类的认同和依赖。壮族先民

---

① 梁庭望：《壮族文化概论》，南宁：广西教育出版社 2000 年版，第 26 页。

把自己打扮成鸟类的样子，证明自己和鸟类的亲属关系。此后，图腾亲属观念又演变为图腾祖先观念，图腾物不仅是能够给予他们保护和帮助的亲属，还上升为他们的始祖，被视为族群的来源。①

瓯骆早期父系社会已有固定的部落体系，布洛陀神话叙事中时常有"二六个部族""十二块天下"等说法。布洛陀亦像一位"百事通"长者，透露出浓厚的氏族首领特征。他有号召力，威信高，有着某些超人的能力，为整个族群的发展贡献了自己的智慧和神力。神话里的布洛陀形象已经进化，不再像他兄弟雷王那样，生就一对闪着绿光、灯笼般的眼睛，背上长有一双能在天空飞翔的翅膀，下面接着鸡的双脚。布洛陀履行的是部落首领的职责，他带领壮族先民经历了最初的文明发展阶段，教会人们怎么用火、寻找水源、进行水稻栽培及驯服野生动物等，甚至规定了自然的秩序。他发明了各种工具，教人们如何制作各种文化器物，帮助人们驱赶和消灭威胁人类生命的各种鬼怪，制定了历法和社会管理制度、婚丧习俗和日常礼仪等。因此，他被人们认为是"世界上最聪明的人"。在氏族社会阶段，人类群体内部的斗争还尚未成为主流，人们以群体的方式共同对抗自然力量。大家往往会推举出一名具有特殊才干的人，作为精神和生活的领袖。布洛陀神话表达了壮族早期先民对于带领他们开创生活天地的氏族部落首领的缅怀和歌颂。随着父系氏族社会的发展，壮族内部产生了私有制，出现了财产纷争，于是也导致了各种家庭矛盾的产生，包括父子、兄弟、婆媳与母女等之间的矛盾。神话中的布洛陀作为一个氏族或部落首领的形象代表，有足够的威信来调解各种矛盾，帮助人们解决实际问题。这位领袖，既继承了早期图腾信仰的特征，又成为一个"箭垛式"的文化英雄，为人们所敬仰和膜拜。在这种情形下，布洛陀的形象融合了图腾祖先崇拜的特点，形象从首领演变为祖先神，如经诗《叺兵全卷》②的"请神"篇章，请来天地、天德、北辰、祖师、祖教、布洛陀、麽渌甲、祖公祖婆和三祖五代等，将布洛陀和祖先神都放在了一起。

因此，把"布洛陀"作为早期骆越氏族鸟部落首领来解释，既符合

---

① 何星亮：《中国图腾文化》，北京：中国社会科学出版社1992年版，第63页。
② 张声震主编：《壮族麽经布洛陀影印译注·第一卷》，南宁：广西民族出版社2004年版，第96—99页。

壮族历史上曾经存在鸟图腾崇拜的事实，也符合图腾崇拜发展的规律和过程。由图腾崇拜而进入祖先崇拜，"布洛陀"这一光辉灿烂的艺术形象被赋予了整个壮民族保护神的性质。壮族先民不断加工具备始祖身份的布洛陀形象，把集体的智慧都附集到他身上，使他成为凝聚群体知识和经验的突出人物，表达了壮族先民对于自身早期社会实践的肯定和自豪之情。布洛陀不止是一位创世神，同时也是一位文化英雄。神话中"布洛陀"作为"无所不知、无所不晓的祖公（首领）"，是图腾祖先含义延伸和发展的结果。早期先民借助这一形象，来传达他们团结一致对抗大自然的求同意识和依附渴求。

（2）从早期"越巫"到骆越古国、方国的国家级大祭司

在岭南历史上，越巫的地位十分特殊和崇高，巫师甚至作为统治者的祭司而存在，反映出"政教合一"的趋势。《史记·封禅书》曰："是时即灭南越，越人勇之乃言，'越人俗鬼，而其祠皆见鬼，数有效。昔东瓯王敬鬼，寿百六十岁。后世怠慢，故衰秏。'乃令越巫立越祝祠。"作为地方政权首领的东瓯王敬鬼用越巫，可见，越巫信仰具有其深厚的地域基础，受到从上至下的推崇。明朝邝露《赤雅》也记载了汉代京师的越巫活动："汉元封二年（公元前 109 年）平越，得越巫，适有祠祷之事，令祠上帝，祭百鬼，用鸡卜。斯时方士如云，儒臣如雨，天子有事，不毘命于元龟，降用夷礼，廷臣莫敢致诤，意其术大有可观者矣。"越巫可以进入"天子"之祠为中原王朝所用，其术又"大有可观"，说明它可以登堂入室，自成体系，绝非民间末流之术。它对应的服务对象应该是越人政权系统中的最高层。从以上两条记录可以看出，岭南越巫很早就和国家仪式、地方政权相挂钩，为统治者所重用。

布洛陀身上表现出明显的父系氏族社会越巫的特征。凡布麽做麽，必先祈请祖神布洛陀降临首席神位。布洛陀手持法杖，挎着装有麽经和法具的布袋应时而至，显示神威扶助布麽。请出布洛陀护佑法事时他有着非同寻常的神力："我的头三个人背，我的脚四个人抬，我的身八个人担……今天早上我出门，图额来和我做伴，老虎做我的随行……今早我沿着山坳来，野藤因我而枯萎，今早我沿着山坡来，山坡因我而坍塌……今天早上碰着水牛，水牛角因为我而弯曲，今天早上我碰着强盗，强盗看见我落荒而逃，今天早上遇着河，因为我河水干枯我……我歇息河水静止，我吃饭

河水断流……"① 这些都展示了他作为麽信仰最高神祇的特殊身份和非凡性。布洛陀创建了麽教，替人们祈福禳灾。他可以与鬼、神沟通，将人的灵魂送往祖先故地，知晓如何抚慰万物的灵魂，能够将水、火、谷物及水牛等的灵魂召回，使万物昌盛。麽经叙述的故事里，凡遇灾殃或疑难不解之事，都要祷问祖神布洛陀及其对偶神麽渌甲（姆洛甲），祈求释难解救。布洛陀作为越巫中的师傅，各地的巫师都是他的徒弟。

把"布洛陀"释义为"孤儿的祖公"（黄桂秋，2003）源自对布洛陀身世及麽教的特殊理解。经诗手抄本说，布洛陀没有父母，他从石蛋里爆出来，是世上第一个孤儿。布洛陀经诗里还常有专唱孤儿的一章。孤儿从小无父无母，寄养在外婆家，天天早出晚归干活，但从没吃过一餐饱饭，受尽虐待。孤儿跑到路边哭诉，惊动天地，布洛陀和麽渌甲（姆洛甲）知道他的遭遇后收留他，教他学做麽，带他去做禳解。孤儿出师后经常代表他们去做法事。这样才有了传承麽教的布麽，为世人诵经施法，用麽教秘诀调解纠纷、消除殃祸。②

"布洛陀"具备"通晓法术、善于施法的祖公（首领）""孤儿的祖公"这一含义时，布洛陀形象已跨越图腾崇拜和始祖崇拜阶段，上升为麽教的最高神。布洛陀并非具有神力的一般越巫，结合经诗文本的叙述，布洛陀已经成为地方政权"王"③的大祭司和巫师，他的身份体现出政治和宗教信仰的高度结合。《麽请布洛陀·造火》中，人们食生受冻，"王才觉不对，王才感不好……去问布洛陀，去问麽渌甲，布洛陀就讲，麽渌甲就说，造火有何难，造火很容易……"④ 布洛陀作为一位先知，为"王"和天下众生提供了造火的办法。《麽请布洛陀·造禳解》中也叙述："初不懂造彭（禳解），王家乱如麻，王家斜如簾，王家倒如篱，王家堕如幛，王家散如网，王独子生病，王幼孩患疾……王才觉不对，王才感不

---

① 张声震主编：《壮族麽经布洛陀影印译注·第五卷》，南宁：广西民族出版社2004年版，第1433—1436页。

② 张声震主编：《壮族麽经布洛陀影印译注·第六卷》，南宁：广西民族出版社2004年版，第2019页。

③ "王"虽然是汉字，但在岭南地区有深远影响，在"王"之前、或者同时存在用以表示"首领"含义的亦有其他壮语词汇存在，如"侁""郎"等。

④ 张声震主编：《壮族麽经布洛陀影印译注·第一卷》，南宁：广西民族出版社2004年版，第50页。

好，去问布洛陀，去问麽渌甲，布洛陀就讲，麽渌甲就说，家有十样坏，家有百样妖……你未曾禳解，栏下牛角裂……你不立神龛，你不搭祭台，你不安祭坛，你不行彭所（禳解）……"因此家中乱象丛生。① 接着，布洛陀告诉王怎样搭神台、使用怎样的祭祀方法。禳解之后，王家才恢复了安宁和谐。就是这样，布洛陀解决了王家的问题，并创制了壮族的禳解传统，世代流传至今。他的禳解方法"制给后世人，沿用到这代，我们比照做，世代人遵循，一代代喃诵，彭（禳解）就是如此，所（禳解）就这样做，（禳解后）做万事都好，什么都成功……"② 从此，"择日建仓起屋有经书，也来自布洛陀，择定葬坟吉日有经书，耕田和种地有经书，也来自布洛陀，架桥和筑坝有经书，打醮和祭祀有经书，也来自布洛陀，搭桥修阴功有经书，修桥补命有经书，也来自布洛陀。"③ 布洛陀和地方政权的高度结合，主要表现在他作为掌权者的最高祭司和巫师，负责祭祀、占卜、问询传达神旨意、禳灾等工作。布洛陀经诗里频繁出现"王才觉不对，王才感不好，去问布洛陀，去问麽渌甲"的句式。只有将经诗中这些出现的"王"理解为壮族早期地方政权的领袖，而将布洛陀作为与之相对应的、最高级别的大祭司和巫师，这样经文中的问答才能得到合理的解释。以《壮族麽经布洛陀影印译注·第一卷》中的《麽请布洛陀·造火》④ 为例，该篇章的205句中，王与布洛陀、麽渌甲的问答就出现了四次，可见早期宗教信仰对政权的辅佐关系十分明显，两者高度结合。

　　弄清了"王"和布洛陀之间的关系，我们就可以进一步探究经诗中反复提到的"王"究竟源出何处。结合考古材料可以发现，早在武鸣马头安等秧战国墓、两江镇独山战国岩洞葬、灵川县富足村岩洞葬中曾出土带"王"字的青铜矛，这是地方政权高度集中的证据。《史记·南越列传》载赵佗之言："其西瓯、骆裸国亦称王。"在这期间，壮族已进入"王"权时代，经历了古国、方国的时代。苏秉琦指出"在四五千年前，

---

① 张声震主编：《壮族麽经布洛陀影印译注·第一卷》，南宁：广西民族出版社2004年版，第78—82页。
② 同上书，第84页。
③ 同上书，第103页。
④ 同上书，第49—62页。

两广地区就已有古国社会形态出现",① 郑超雄提出"商周时期是岭南方国社会的初创阶段；春秋战国时期是岭南方国社会的兴盛时期；西汉是岭南方国的衰变阶段"。② 这期间也是史书记载的西瓯、骆越活跃期。专家学者认识到，这一时期的骆越已不再是简单的部落或部落联盟，它已发展成为一个大的岭南方国。梁庭望先生认为"西瓯、骆裸国"之王"肯定不是酋长。……两国势力甚大，已远远超过部落联盟阶段，因之能与秦抗衡数年"。③ 此外，也有学者提出了西瓯、骆越是"吞并战争中坐大的……方国"④。结合以上意见，布洛陀经诗中提到的"王"应该是壮族早期古国、方国政权的统治者。如前所述，壮族先民所使用的语言中虽然出现了"昭""侥""郎"等表示首领的词汇，但骆越族群在与早期中原文化进行交流的过程中，接受并使用了"王"作为地方政权领导者的称呼。正因为有古国、方国的存在，布洛陀经诗中才大量记载了"王（vuengz）"和作为早期宗教领袖的布洛陀之间的往来，这一字眼才会频繁出现。

纵观历史，早期笃信神灵的人类社会中多奉行"国之大事，在祀与戎"（《左传·成公十三年》）的原则，布洛陀作为壮族早期古国、方国之"王"的大祭司，也就不足为奇了。"政教合一"或相辅相成的历史现象数不胜数，布洛陀的多重身份中应包括其作为古国、方国祭司的重要角色。结合前面对"洛"字的释义，"洛"既保留鸟图腾崇拜的痕迹，有"山谷"的含义，又是"骆越"之"骆"的一种记音形式。拂去历史的迷雾，布洛陀源出骆越，他是骆越方国统治者"王"的专属祭司和巫师。

（3）巫师（祭司）与首领身份的合并与分离

在人类社会早期，巫师往往同时扮演着部落首领的角色，而首领亦带有巫师的性质。随着历史的发展，有的巫师成为专职的掌权者，如国王；有的则发展为专属的祭司；二者身份有交错。《金枝》里有专门的章节描述这种情况："在世界很多地区，国王是古代巫师或巫医一脉相承的继承

---

① 转引自郑超雄《壮族文明起源研究》，南宁：广西人民出版社2005年版，第62页。
② 同上书，第209页。
③ 梁庭望：《壮族文化概论》，南宁：广西教育出版社2000年版，第51页。
④ 郑超雄、覃芳：《壮族历史文化的考古学研究》，北京：民族出版社2006年版，第308页。

人。一旦一个特殊的巫师阶层已经从社会中被分离出来并被委以治国安邦的重任之后,这些人便获得日益增多的财富和权势,直到他们的领袖们脱颖而出、发展成为神圣的国王。但是,伟大的、以民主开始而以专制告终的社会革命,是由一次产生王权概念、促进王权作用的知识革命相伴随的。随着时间的流逝,巫术的谬误越来越清楚地被头脑精明的人们所认识,巫术也就逐渐被宗教所取代。换言之,巫师让位给了祭司,祭司则放弃了那种直接控制自然进程去为人们谋利的企图,而寻找一种达到同样目的的间接途径,这就是诉诸神的权威去为他完成那些他已不再幻想可以由自己来完成的事情。于是国王们,也就从当巫师开始而逐渐趋向于把执行巫术换为祈祷和奉献牺牲的祭司的职能。"① 在壮族布洛陀信仰的背后,我们也能看到这种历史发展的变化。

壮族社会中氏族、部落的首领和巫师角色合二为一的情况,直到宋代还存在。宋代周去非的《岭外代答·卷十》中记载了僚人(壮族先民)首领主持占卜仪式的场景:"(僚)无年甲姓名,一村中,推有事力者曰郎火,馀但称火,岁首,土杯十二贮水,随辰位布列,郎火祷焉。经夕集众往观,若寅有水而卯涸,则正月雨二月旱,自以不差。"② 由此可见,首领"郎火"不但是村民推选的领袖,还兼有巫师的职责。这类首领的形象常常被夸大和神化,享有很高的声誉和地位。郎火的祷词虽已不可考,但想必和今日的布洛陀经诗一脉相承。巫师身份既使领袖具有神秘感和威严感,也易使之成为口传文学中统领部族的始祖原型。但随着社会分工的日益精细,巫术向系统化发展,掌权者"王"(vuengz)分离成为单一功能的行政领导者,越巫则成为了沟通人、神、鬼三界的精神领袖。正如《壮族历史文化的考古学研究》一书所述:"自春秋晚期到秦始皇统一岭南以前的二百年间,瓯骆方国从农业生产中脱离出来的人员日益众多,君、将及相关的贵族阶层;担负戍守职责的常备军及亦农亦军人员;采矿、冶炼、铸铜的特殊人群;宗教职业者等。"③ 正是在这种情况下,原

---

① [英]詹姆斯·乔治·弗雷泽:《金枝》,徐育新、汪培基、张泽石译,王培基校,北京:大众文艺出版社1998年版,第138页。
② 宋·周去非:《岭外代答校注》,杨武泉校注,北京:中华书局1999年版,第416页。
③ 郑超雄、覃芳:《壮族历史文化的考古学研究》,北京:民族出版社2006年版,第335页。

先具有首领、巫师等多重身份隐喻的神话人物布洛陀,也日益清晰地脱胎成为壮族麽教信仰的主神。布洛陀经诗里叙述他创编麽教经书秘诀,善于辨明事理,通晓法术,除妖解难,劝世降福。布洛陀身世特殊,或从石中而生,或为迎风受孕而生,居住在山洞里,只要他外出办事,就有虎豹为之开路,高山为之避让,河水为之断流,可见其作为麽教主神的神圣与崇高。

壮族早期的麽信仰与壮族社会的政权曾经高度关联,作为巫师的布洛陀形象在早期可能同样是一位部落首领或者领袖。在有宗教信仰的社会中,掌握了神的语言的人往往成为社会思想和实权的控制者。但随着历史的发展,尤其是古国、方国出现之后,政权和宗教日益分离,布洛陀日渐成为壮族原生型民间宗教中的主导神,此后,秦始皇统一岭南,设立南海、桂林、象郡,汉武帝将岭南划分为南海、苍梧、郁林、合浦、交趾、九真、日南、儋耳、珠崖九郡,唐后中央王朝在岭南地区推行羁縻制,宋朝开始推行土司制度,明、清"改土归流",壮族地区陆续出现了布洛陀经诗篇章中所提到的、从事社会政治事务管理的土司(saeq)、官(guen)等,巫师和祭司则发展为今日壮族社会中的布麽。

综上所述,壮族神话叙事中的布洛陀形象具备多重身份隐喻,他既带有壮族早期社会首领的身份特征,同时也是政教合一的骆越古国、方国掌权者"王"的祭司和巫师。布洛陀名称的诸多释义蕴含了其神格、形象的变迁和发展,他从最初体现壮族先民鸟图腾观念到融入氏族部落首领和巫师的形象,成为壮族先民祖先神、创世神与文化英雄,在麽教形成后又升格成壮族麽教祖神。他的形象既是民族历史文化与生活的映射,又凝聚着民族精神的寄托和理想,在壮族人民心目中占据着重要地位。

4. 布洛陀神话中的角色关系建构

除了姆洛甲,布洛陀神话中还有形形色色的各类神祇,他们和布洛陀构成了叙事中多样的角色关系,总的说来可以分为两类。

其一,布洛陀的协助者。这些协助者主要包括了布洛陀的徒弟布伯夫妻、上天为王的汉王、射日的特康(郎正、特桄)、找火的卜冬寒、造铜鼓的特依、找谷种的狗(斑鸠、老鼠)、造河沟的图额、造泉水的九头龙、造稻谷的神农婆、造猪的七奶婆、造道路的感路王等。其中,既有各种神灵，也有带灵性的动植物甚至山川草木。各类形象的形成与壮族早期的信仰和意识观念有深厚的关系。纵观神话，布洛陀作为第一行为者时，其协助者的作用并不显著，布洛陀身体力行时协助者主要配合他的行为，没有起到积极的作用。布洛陀作为次要行为者时，他的协助者一般按他的指示去做、去行动，上升为第一行为者，布洛陀转换为第二执行者。在很多神话文本中，布洛陀作为第一行为者和次要行为者的角色是持续转换、相互交错的。

其二，布洛陀的对手。在布洛陀神话里，布洛陀及其协助者需要与大量的对手斗智斗勇。这些对手与布洛陀及其协助者构成了对立的关系，推动着叙事情节的发展。这些对手所涉及的角色范围同样也很广，有自然界的各种真实及拟人形态、被抽象提炼出的各种神祇等，比如与布洛陀争夺人间统治权的雷王、图额、老虎，以及干扰人间安宁的各种冤怪，等等。

这些对手中有的直接与布洛陀构成了对立关系，有的与布洛陀的协助者构成了对立关系，从而间接与布洛陀形成抗衡。如布洛陀与雷王、图额、老虎分家的神话中，布洛陀就与他们比智慧、斗勇气，直接形成了抗衡的关系。在"汉王与祖王"的叙事文本中，汉王与祖王形成直接对抗，布洛陀是汉王的支持者，祖王与布洛陀形成间接对立。

在布洛陀神话中，布洛陀与他的助手、对手构成了三元的均衡，在此基础上展开叙事结构的搭建。借助格雷马斯的符号矩阵[①]，我们可以将他们的关系图示如下：

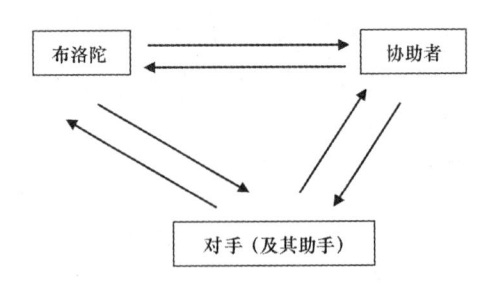

这个稳定的三角结构是布洛陀神话角色的基础关系构建，但同时这一

---

① [法] A. J. 格雷马斯：《结构语义学：方法研究》，吴泓缈译，北京：生活·读书·新知三联书店 1999 年版，第 246 页。

结构也是灵活多变的。三角结构可拆分为二元的协助和对立关系，包括布洛陀与协助者的合作关系、布洛陀与对手的对抗关系、协助者与对手的对抗关系。布洛陀神话中，有的叙事情节采用了较为简单的二元结构，如布洛陀散体神话多以布洛陀与对立者的直接冲突作为角色构架和情节主线，布洛陀经诗则在布洛陀与对立者之间加入了协助者，以协助者的行动提升布洛陀的地位。

法国结构主义理论家格雷马斯（A. J. Greimas）曾经从叙述语法的角度出发，对叙事人物进行划分和分析。他的分析是一种结构模式的分类，认为故事的各个成分之间存在目的论的关系，即行为者有其自身的意图，并渴望达到某种目的。格雷马斯重组了普罗普的七种角色，统称为"行动元"，并将"行动元"与角色区分为两种有差别的概念。他将行动元视为一般范畴，而角色被赋予具体的特性，行动元是角色的类。他归纳的行动元包括了六种：主体与客体、发送者与帮助者以及接受者与反对者。这六个行动元以客体（主题欲望的对象）而为中心而组织起来。图示如下：

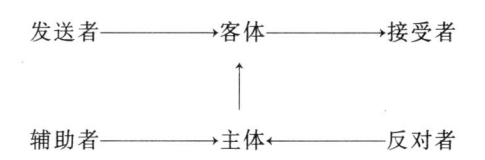

```
发送者————→客体————→接受者
              ↑
辅助者————→主体←————反对者
```

格雷马斯借助此结构模式分析和描述了神话的叙事结构，行动元被视为神话的主语，契约、考验、分离三大语义轴被视为神话的谓语。①

参照格雷马斯的六个行动元概念，布洛陀神话的行动元又可以划分如下：

主体：布洛陀；

客体：世界；

发送者：壮族民间信仰；

辅助者：布洛陀的助手；

接受者：壮族民众；

---

① ［法］A. J. 格雷马斯：《结构语义学：方法研究》，吴泓缈译，北京：生活·读书·新知三联书店1999年版，第257页。

反对者：布洛陀的对手。

用图例表示如下：

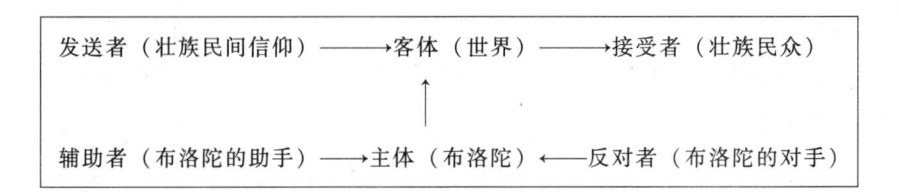

```
发送者（壮族民间信仰）———→客体（世界）———→接受者（壮族民众）
                              ↑
辅助者（布洛陀的助手）———→主体（布洛陀）←———反对者（布洛陀的对手）
```

布洛陀这一"主体"渴望实现改造世界这一"客体"，形成了叙事的基本内容；"发送者"是壮族的民间信仰，其"接受者"主要是壮族民众，从发送者到接受者体现了叙事的交流；叙事中的"辅助者"和"反对者"丰富了情节内容，起辅助功能。在布洛陀神话中，"发送者"壮族的世界观引起了"主体"布洛陀的行动，而其行动又是以"客体"即改造世界为目的，"主体"布洛陀是叙事的主角，时常会面临"反对者"如雷王、图额和老虎等的阻挠，阻挠增加了其获得"客体"的难度，"辅助者"如他的助手姆洛甲、布伯等在此发挥相应的作用来辅助他，最终"主体"布洛陀冲破阻挠，将"客体"改造后的世界交给"接受者"即壮族民众。[①] 由此，行动元之间形成了严密的网络和结构，构成意义完整的叙事世界。

二　布洛陀神话中的族群思维模式

神话可以上溯到旧石器时代，其发轫时间早，传承历史长。布洛陀神话叙事内容和庞大结构体现了族群思维成长和定型的循序渐进之过程，其在一定程度上带有族群历史的痕迹，积淀了民族文化原型并勾勒出壮族的特定特质。所谓思维模式，广义上指的是社会精神生产的生产方式，狭义上则指一个民族或地域的民众在漫长的历史进程中所生成的一种思维定式或思维惯性，是一种相对定型化的思维活动样式、结构和过程。此处所使

---

① ［法］A.J.格雷马斯：《结构语义学：方法研究》，北京：生活・读书・新知三联书店1999年版，第246页。

用的是狭义上的思维模式定义。

布洛陀神话还体现了壮族在历史上形成的特殊空间结构、时间构造与数字概念等，表达了他们看待时空的四维角度。

1. 空间结构

壮族先民产生独立意识之后，开始学会观察周围的自然环境，浩渺的苍穹，广阔的山地与丘陵，大面积的地下溶洞和河流……这些都给他们留下了深刻的印象，并激发他们按族群特有的方式去思考并理解它。

根据布洛陀神话，天地由两块石头分裂而成，或者由旋转的大气团分离而成，不论何种方式，天地最终形成了上、中、下三层。在布洛陀经诗中时常能看到这样的两句话："三界三王置，四界四王造。"民间认为三界的三王，即天界的雷王，中界的布洛陀和水界的图额。梁庭望先生指出，"三层立体结构的'三界观'指的是肉眼可观测到的天空、地面和水域（包括喀斯特地形所形成的地下河、消水洞、地下岩洞）"①。

那么四界是指哪四界呢？这个说法又不一致。考察布洛陀神话的内容，这第四界并非有固定所指，其代表的是壮族先民心目中除三界之外某个不固定的特定空间，有可能是森林界，也有可能是游离在世外的巫界和灵魂界。这表现出壮族人认识世界的灵活性，在他们已认知的、相对确定的、有神灵驻守的"三界"之外，留有"第四界"，它可以是多变的、未知的，让人们保持着对世界的神秘感和不断探索与发现的态度。壮族先民心中所可能存在的第四界论述如下。

（1）森林界，以老虎为王

老虎被视为森林界的首领，麽经手抄本中常有这样的句子："三界三王制，四界四王置"。"四盖即四界，上、中、下三界加上森林界，森林王为老虎。"② 布洛陀神话中也有雷王、布洛陀、图额、老虎四个兄弟③分家的内容，在前面"四兄弟分家"的母题中已经介绍过。

---

① 梁庭望：《壮族文化概论》，南宁：广西教育出版社2000年版，第408页。
② 覃乃昌：《壮侗语民族的创世神话及其特征——盘古神话来源问题研究之五》，《广西民族研究》2007年第2期。
③ 经诗中又有布洛陀五兄弟（雷公、图额、老虎、山鬼、社神）之说。

古时，岭南地区森林延绵数百里，炎热多雨，瘴气弥漫，虫蛇怪兽遍地横行。壮族先民自古多与森林打交道，向森林索取果腹的资源，如瓜果、动物等。森林中的树木又是壮族先民的栖息之所，以此遮风挡雨、躲避虫兽之害。《太平寰宇记》载："僚者……依树积木，以居其上，名干兰，干兰大小，随其家口之数。"人们在森林中活动，森林中出没的"百兽之王"老虎很容易被当成森林的"代言人"。

老虎是壮族图腾里的一大支系，是早期十二图腾之一，它反映的是狩猎时期的氏族文化，是森林守护者的象征。壮族先民信仰老虎的部落分布在左江沿岸和左、右江之间的桂西南角。这里为森林区，人们在森林中生活，对老虎的力量十分敬畏，故而产生了相应的图腾崇拜。人们通过认同老虎为自己的祖先，以期获得其庇护，期待拥有和它一样的力量和威慑力。梁庭望先生认为侬姓壮人是它的后裔，其中的英雄侬智高曾当过短暂的壮族皇帝。①

后来，人们从森林来到平原上生活，盖起房子，对老虎的信仰已逐渐消退。如今壮人的信仰多延续了农耕文明的内容，但老虎这一图腾依然深刻地保留在族群记忆之中，它所占据的森林成为与三界并驾齐驱的"第四界"。

（2）巫界，由姆洛甲管理

如前所述，姆洛甲是布洛陀的对偶神。有学者认为，"'三界'指上界、下界、中界、'三王'指雷王、龙王、布洛陀；'四界'指三界加'人界'……'四王'指三王加上'姆洛甲'"。② 经诗中麽渌甲（姆洛甲）又被称为"奵洛甲"，是布洛陀的陪神，是"女巫的头，即女巫崇奉的始祖神"，"带着创世女神和兼有生育女神光环"。③ 在民间麽教的诸多仪式上，女巫和布麽之间仍保持着分工合作。

在"文本篇·人类起源与姆洛甲"中已对姆洛甲的形象与文化内涵进行分析，在此不复赘述，只讨论姆洛甲形象的后期演变。

---

① 梁庭望：《壮族文化概论》，南宁：广西教育出版社2000年版，第31页。
② 农冠品、过伟、罗秀兴、彭小加主编：《岭南文化与百越民风 广西民间文学论文选》，南宁：广西教育出版社1992年版，第43页。
③ 黄桂秋：《壮族麽文化研究》，北京：民族出版社2006年版，第76页。

巫界的管理者姆洛甲在神话中是送花造人者，人类生命之红花（女）、白花（男）都由她来派发。她的形象与如今民间信仰的送子花婆和娅王一脉相承。

花婆是壮族民间广泛信奉的送花（子）女神。民国时期，刘锡蕃在《岭表纪蛮》中有记载，"僮（即壮，笔者注）俗祀'花母'，亦曰'花婆'。阴历二月初二，为'花婆'诞期，搭彩楼，建斋醮。延师巫喏诵，男女聚者千数百人，歌饮叫号，二三日乃散，谓之'作星'。又僮（壮）人乏子嗣，或子女多病，则廷（即延，笔者注）师巫'架红桥'、'剪彩花'，祈灵于'花婆'，斯时亲朋皆贺。为其岳父母者，并牵牛担米增之"。① 至今在桂西地区，仍多有花婆庙，如百色市平果县感圩花婆庙，当地壮人在每年农历二月十九都要举行盛大的祭祀求子活动。该处花婆的神像盘坐莲花，为椎髻发式，头上饰物为两条蛇状，手中托有象征生命的一个球体，体态丰盈。有的地方虽然没有单独的花婆庙，但依然保持了对花婆的信仰，把花婆神像和其他神像摆放在一起。壮族民间还流传有《花婆奶送鼻子》（柳城）等神话内容。

娅王也是壮族民间的一位女神，主要为女巫所敬奉。现在女巫仍然传说娅王是造物之神，造出了世界万物。她们认为，娅王每年农历七月十七就开始生病，七月十八病重，七月十九去世，七月二十出殡安葬，七月二十一又重生还，年年如此。右江流域还保持着女巫及娅王信徒为娅王守灵、哭送葬②的习俗。流传在红水河、右江以及文山一带的神话传说《娅王》《达汪》《达媓》等讲述了娅王如何安排世间秩序、受飞鸟祭拜等内容③。如流传在红水河沿岸的《达汪》④ 故事说：

> 达汪救下土司要射杀的红眼麻雀，土司发现她貌美如仙，就要强行娶她为妾，达汪不从。七月二十日祭祀雷王的时候，祭品在前夜已被饥饿的鸟群吃光，土司便诬陷陪祭童女达汪偷吃祭品。达汪不肯认

---

① 刘锡蕃：《岭表纪蛮》，上海：商务印书馆1934年版，第196页。
② 黄桂秋：《壮族麽文化研究》，北京：民族出版社2006年版，第81页。
③ 同上书，第77—82页。
④ 蓝鸿恩：《壮族民间故事选》，上海：上海文艺出版社1984年版，第289—294页。

罪，便被土司剖腹开肚，冤死人间。红眼麻雀带着飞鸟把她葬到月亮上。于是每年的七月二十日，壮族人民都要杀鸡宰鸭祭祀达汪姑娘。

红波搜集到的《达汪》故事更明确地说，"每年到农历七月二十日那天晚上，壮家人都要杀鸡杀鸭摆到屋外，点上三炷香，对着月亮祭奠"。① 娅王死而复生的观念或许有更深刻的民俗与信仰含义，待日后考察。

总而言之，"娅王文化是壮族原生态文化中传承年代久远、带有一定普遍性的原始宗教巫文化现象。而从各地对娅王称呼的统一性、祭祀时间的一致性，以及巫文化中特有的鸟雀文化符号等方面来推断，娅王就是壮族女巫崇拜的女祖神，或者说是女巫们共同崇奉的女性的巫王"。② 其早期的形态则是姆洛甲。姆洛甲管理的巫界也以飞鸟为通灵的象征，她在三界之外开辟了具有神秘特质的另一个世界。

田阳县娅王庙里的古钟（梁庭望先生摄）

---

① 红波：《红波诗文集·第6卷》，香港：天马图书有限公司2003年版，第215页。
② 黄桂秋：《壮族麽文化研究》，北京：民族出版社2006年版，第82页。

（3）殇死者的魂界，由鬼王管理

鬼王王曹为图额之子。麽经《叭王曹叭塘》也讲述了王曹的英雄故事，说民女坐在水边的石头上吹禾笛，笛声引来水中一条鱼和她谈情，原来这条鱼是水神图额，图额又变成英俊后生到女方家过夜。不久该女怀孕，生下一个男孩叫王曹，寄养在外公家。人们欺负他，骂他是无父的野种，打得猎物也不分肉给他。王曹回去向母亲诉苦，母亲指点他到岩洞水潭下去找父亲。父亲给王曹宝剑和兵马，让他回去报仇。母亲告诫他不能打外家亲戚，王曹只好去攻打别地的贼。王曹因屡打屡赢而名震京城，被京城官府征调去打"反贼"。在一次已有不祥之兆的战斗中，王曹不听母亲劝阻，勇往直前，最后被"反贼"砍死而成为断头鬼。母亲请来布麽为他祈祷赎魂。从此以后，王曹在阴间就成了专管殇死鬼的大神。此后，布麽凡是去做破狱法事，都要念"麽王曹经"[①]。这些殇死者包括了各种意外身亡的人，其中最常见的是因难产而死的妇女。

经诗中也有专门的章节来表现难产遇难者的世界。在那里，有12个泉：鱼鹰泉、清水泉、三官泉、红水泉、凤凰泉、额泉、鸟泉、蜈蚣泉、情人泉、山林泉、仙女泉、花鱼泉；那里还有12个塘：鸭鹅塘、蛇塘、鱼塘、红塘、花塘、歌塘、竹鼠塘、额塘、情人塘、王曹塘、大血塘、土地塘。[②] 这些妇女居住在血塘里，有自己的快乐和自由，所以不愿意离开这片乐土：

> 我们在深塘就像乘凉，我们在深塘就像过年，
> 我们在深塘住得很好，我们没有一丝忧愁。
> 每天不用耕田犁地，每天梳头打扮两三次，
> 每天都去塘边游玩，在塘边乘凉到天黑，
> 在泉边游戏玩耍，在塘边交换信物，
> 塘深我们住得好，终年舒服自由自在，

[①] 张声震主编：《壮族麽经布洛陀影印译注·第七卷》，南宁：广西民族出版社2004年版，第2676页。

[②] 张声震主编：《壮族麽经布洛陀影印译注·第八卷》，南宁：广西民族出版社2004年版，第2777页。

每日跟小伙子逗乐，唱歌对答到天黑，
在泉边做游戏，在塘边过家家，
一次捞网得两条鱼，一次捞网得两只虾，
吃花鱼当餐，要靓小伙做丈夫，
每日三餐不忧，每晚三餐不愁，
还在人间做什么，快来跟我们住深塘，
在家里挨丈夫吼，在家里挨婆婆骂，
去田间不合意，去坡地也不中意，
快来跟我们住深塘。①

按照民间的说法，难产遇难者的魂会勾魂作祟，把人的生魂也带到他们的世界里去，给家庭带来危害，造成更多的非正常死亡事件。所以，布麽要举行破狱降塘法事，把鬼界里的魂接出来。布麽要请鬼王王曹放回殇死者的魂，用鸡、鸭、鹅、金银与纸钱祭供，用鸭头狗头为亡魂替身抵命，主管鬼域世界的王曹才放魂，由布麽领遇难者之魂返回其祖宗神、先人灵魂居住的地方。

（4）祖先灵魂的安息之地

一般人死之后要请布麽送魂离开人间，归入祖先的安息之地，从此和祖先一起生活，不再返回人间。布麽要负责把鬼魂送到目的地，一路上引导其走陆路、水路，指引其走过五条街、五道门、五座桥，最终来到祖先和仙人生活的世界，过上美满的生活。②

这里的世界又是怎样的呢？"这地方不上租税，每天闲着绣花，每天摆竹桌喝酒，那是吃好粮食的地方，那是拿碎银喂鸡的地方，那是鸡啄米、会飞的地方……"③ 这里一派田园风光，死去的人都过着安乐、祥和的幸福生活，是个世外桃源。这也是壮族人理想中的家园。

因此，在壮族人的观念中，始终存在不同于现实生活世界的一些特殊

---

① 黄桂秋：《壮族麽文化研究》，北京：民族出版社2006年版，第219页。
② 张声震主编：《壮族麽经布洛陀影印译注·第五卷》，南宁：广西民族出版社2004年版，第1414页。
③ 何正廷主编：《壮族经诗译注》，昆明：云南人民出版社2004年版，第446页。

世界，有些看得见摸得着，有些看不见摸不着，类似于"异次元空间"，如森林界、巫界、殇死者之鬼界以及祖先灵魂的安息之地等。这些空间作为人类三大空间概念"三界"外的某个"第四界"，虽然存在，却往往不为人力所达。只有布麽能够进入这些特殊空间，与其中的神、鬼进行交流，完成其特殊任务。

2. 时间的两段式

布洛陀神话亦体现了壮族先民的时间观念，他们把时间划分出"前""后"两大阶段，其分割点往往有一些特殊或大的事件发生。在壮族人的观念中，历史的前一段并非当下民众生活的世界，而是发生在"以前"的时代，迥异于我们生活的世界。转折点之后迈入的新阶段，使用现在的历法与时间，这才是我们生活的世界。

在"以前"的时代，世界和现在差别很大。天地压得很低，人们生活很不方便，便把天地撑高。以前的草木会说话，会走动，布洛陀让他们不要到处乱跑，它们才扎根地上。从前的水牛硕大无比，漫天的洪水才淹到它的脊背。从前的稻谷谷粒大如柚子，谷穗长如马尾。那时的动物都会说话，人长生不死，那时人神可以来往、通婚……我们可以看到，那个时代的世界是混沌一体的，精神更为至上，交流更为自由广泛，条条框框的束缚更少……但随着时间的推移，在一个转折点上，进入了我们现实的世界，造就了当下的生存法则，人在宗教和社会条约的指引下生存，其现实性增加，人们更为理性。天地之间有了文字历书和律法，有王和官来管理，社会的伦理道德为大家所普遍认可，人类社会更有秩序和规范。

这种从原有状态进入现有状态的转折，在世界各民族的神话、史诗中都有所反映。如最典型的洪水神话，世界毁灭重建的神话等，都体现了人类社会以及人类自身的转变。《圣经·创世纪》中说，亚当和夏娃偷吃了分辨善恶的果实，被逐出了伊甸园，从此人类开始堕落，面临着从事劳动和走向死亡的命运。彝族史诗《查姆》则描绘了世界从独眼人、直眼人到横眼人的变化。《查姆》叙述了"洪水淹天"前人类社会的三个时代。第一个时代是"拉爹"时代，又称独眼睛时代。这时，猴子变成人，话也不会说。儿子见不着爹，爹见不着儿子。树叶做衣裳，树果当饭吃，没有房子也没有火。第二个时代是"拉拖"时代，即长眼睛时代。这时人没有首领,不分尊卑,没有礼仪。第三个时代是"列文"时代,即横眼睛时代。这时社会上已经出现了王——皇帝。人认识了多种事物,懂得了河水、树木、粮食与金银的作用,并逐渐产生了图画和文字,懂得了历法和天文,还创造了纸、笔、麻棉与绸缎等。① 之后洪水淹天地,人类才再生。

在进入现实世界之前,世界是异质的,只是因为发生了某个关键性的转折事件,世界才形成了今天的格局。以前的世界很神奇,缺乏理性和现实,犹如童年的梦。布洛陀神话通过这类叙述梳理出自我生存与发展的时间纵轴,将神奇的时代与当下区分开来。

3. 时空的构造

布洛陀神话中壮族的空间概念以"三界"加上灵活变化的"第四界"为特征,其对时间的划分也显示出两段式的前后差异,时空构成了一个基本的四维结构。在这个不断向前发展的时空结构中,壮族先民很早就注意到了事物不断运动的本质。在他们的思维模式之中,时间和空间成为一切物质运动、发展的框架与基础。

在这种时空的认知下,壮族人追求一种对客观对象更深入、更客观、更完整的思辨,形成了对于事物"是什么""怎么样"等不断深化、升华的认识,体现了族群思维的丰富和活跃。按照壮族人的时空观念,神话的时间即"布洛陀时代",其空间即布洛陀神话中所涉及的"四界"。从时间的发展上看,在布洛陀时代之后,神圣时间的延续即是"神显"的时间。此时,布麽请神祇降临的各种仪式是导致原先时空秩序重现的必要条件。神灵的出现使得时空重现神圣的性质,仪式时间成为特殊的神圣时间段。神圣空间主要体现在各种仪式以及庙宇的空间里,如田阳敢壮山的布洛陀庙宇、云南文山马关县阿峨新寨的布洛陀山,等等。

4. 数字概念

在时、空之外,数字是表现神话观念与结构的第三个重大因素。布洛

---

① 云南省民族民间文学楚雄、红河调查队搜集,郭思九、陶学良整理:《查姆》,昆明:云南人民出版社1981年版。

陀神话中出现了对某些数字的重复和强调。这一现象带有族群文化选择的偏好，体现了族群思维模式的规律，并构成了特定的隐喻。数字之中蕴含着某种严密的逻辑力量，是"精神领域和人类自我意识结构中的本质力量"①。这些数字，"除了其本身的数字计算意义之外，还兼有某种神秘的、非数字的意义，或者说兼有某种神圣性质的蕴含"②。在壮族布洛陀神话中，这些数字有零、三、十二等。

（1）零

布洛陀神话中多次描绘了开天辟地之前的混沌状态："在远古，天和地相连，光明黑暗不分，混混沌沌，昏昏沉沉。"③经诗中说，"讲述起从前的故事，那时还没有人类，天与地混合在一起，不分白天黑夜，不分高和低，还未造出大地，还未造出月亮和太阳"。④此时，万物都还没有存在，整个世界是沉寂的。此时是一种"零"的状态。

但这个"零"并非就是虚空或者空无一物，它所代表的深层内涵是世界的未开化状态，世界的各种具象都未曾出现，未经创造之手而存在于世。这种最原初的状态，是一切的起源，又演化为"混沌神"⑤"混沌婆"⑥的神祇观念，这也是对"零"起源的崇拜和敬畏意识。布洛陀经诗还叙述了混沌和祖宜婆生十个儿女的情节，又说混沌与祖宜婆的第十个女儿与彩虹儿婚配，生下布其。布其是个骁勇善战的英雄，他与交人斗法受到诅咒，于是便杀牛祭祖宗，才获得自由。⑦混沌是世界起源的一种形式，又被演绎为奇幻英雄史诗。

---

① ［德］恩斯特·卡西尔：《神话思维》，黄龙保、周振选译，柯礼文校，北京：中国社会科学出版社1992年版，第169页。
② 叶舒宪：《中国神话哲学》，北京：中国社会科学出版社1997年版，第192页。
③ 农冠品编注：《壮族神话集成》，南宁：广西民族出版社2007年版，第40页。
④ 同上书，第93页。
⑤ 张声震主编：《壮族麽经布洛陀影印译注·第一卷》，南宁：广西民族出版社2004年版，第220页。
⑥ 张声震主编：《壮族麽经布洛陀影印译注·第三卷》，南宁：广西民族出版社2004年版，第979页。
⑦ 张声震主编：《壮族麽经布洛陀影印译注·第六卷》，南宁：广西民族出版社2004年版，第1838页。

(2) 三

壮族先民将世界分为上、中、下三层。"三"成为他们观念中最稳定的基数。这个数字稳固于天地与人间，是一种恒定的表示和象征。经诗中最常出现的"三界三王置"就是对社会最基本建制和人类认识世界的肯定。老子有言："道生一，一生二，二生三，三生万物。"在孤单一元和有限二元的基础上，三被认为是直接能导致世界多元变化的最小数字。它也是壮族文化中最能体现神话之神圣性和神秘感的数字。神话之中最稳定的角色关系建构是三元的，其叙事最典型的情节亦是三段叙事格局。神话中常见的祭拜"三宝""三兄弟"抢帅印、"三煞神"等说法，就是对数字"三"的强化。

神话通过对"三"的重复描述，为叙事埋下伏笔，为事物的出现埋下伏笔。如经诗《麽请布洛陀》①手抄本里描述的"造火"情节，人们砍木为节破成两块板，夹艾花在当中，两板上下拖拉摩擦，便冒出火星。第一颗火星被萤火虫拿去，往上成为雷火；第二颗火星被草蜈蚣拿去，往下成了"额"火；第三颗火星飞过膝盖，赶快用艾花捂着，拿竹筒来吹燃，便造成了火。该手抄本中的"寻水"篇章说，从前天地未分离时，天很低，媳妇舂米杵杆碰着天，阿公劈柴斧头碰着云，公婆惊叫吓得云逃往远处。天下遭遇三年大旱，田峒里连野菜也不长，三年槽臼无米舂，鱼死在干涸的水车沟里，媳妇去河边渴死，家婆渴死在家里。王感到不对头，祈问于布洛陀和麽渌甲。经过他们指点，众人在三江口汇合处找到一颗大野芋，挖下七丈深的井，终于见水冒出，河里有水流，恢复了正常生活。情节中不断以"三"来表示事件的不同阶段和圆满，强调了该数字的特殊意义。

(3) 十二

梁庭望先生曾经在《"12"与壮侗语诸族的关系》中对"12"这个数字进行了深入透彻的分析。他指出，"先秦百越的社会结构"从"百越→十二部→瓯骆—瓯，瓯可视为百越初步统一的代表，在其下，瓯骆联盟，掌握有百越大权，在它们周围是十二部，十二部分别率领百越。以后

---

① 张声震主编：《壮族麽经布洛陀影印译注·第一卷》，南宁：广西民族出版社2004年版，第49页。

蕃衍为壮侗诸族"。"在汉文典籍中，以百越概称众多的种姓、氏族和部落，但越族后裔习惯于'12'概称，甚至连地名也冠以'12'。由此可知'12'不过是先秦百越的另一种称呼罢了。"①

布洛陀神话之中十二也是个特殊的数词。其内容中时常有"十二块天地归王管""十二个部族""十二国"、人间曾经"十二个太阳"、鬼界的"十二个泉"和"十二个塘"，等等。"国"是壮语的音译，意指一个部族聚居之所。"十二国"也就是十二个部族的意思。这些部族有的"花纹像水牛"，有的"灰黑色如鸟"，有的"叫声像羊"，有的"叫声如蚂拐"②等，是信仰水牛、鸟、羊、蛙等不同图腾的象征。壮族先民最有代表性的十二部族是虎、熊、蛟、鳄、水牛、黄牛、马蜂、羊、蛙、鱼、竹子（潭）和花部落。③

"12"还常用于布洛陀神话仪式过程的各种表述中，以此强调仪式的庄严和神圣，通过过程的量变最终达到质变的结果。如《麽荷泰》中叙述人死后，人们"经过十二次检验"来选棺木，"经过十二次敲击"来制作棺板，布麽"比较了十二个山包"才将坟地确定下来，逝者的灵魂在"十二个情人"的引导下才进入魂界，路途要经过"十二层门"、走"十二段路"，最终才在"十二个地方"中选择其居住之所。④"12"这个数字在壮族文化中积淀了神秘的象征，产生了特殊的能指意义。

除了"零""三""十二"之外，"四""五""七""九"等数字都附上了族群特定思维的色彩。如"四"与壮族人对"四界"、方位的认识都有关系等，在此不展开论述。

数的神奇魔力"证明自身是一种将多重意识力量联结成网的纽带，它把感觉、直觉和情感等领域结成一个统一体"⑤。在神话思维中，"数的作用是把所有现存物、所有事实以及全部'世俗'的东西纳入神话—宗

---

① 梁庭望：《"12"与壮侗语诸族的关系》，《中央民族学院学报》1991年第2期。
② 张声震主编：《壮族麽经布洛陀影印译注·第六卷》，南宁：广西民族出版社2004年版。
③ 梁庭望：《壮族文化概论》，南宁：广西教育出版社2000年版，第455页。
④ 何正廷主编：《壮族经诗译注》，昆明：云南人民出版社2004年版。
⑤ ［德］恩斯特·卡西尔：《神话思维》，黄龙保、周振选译，柯礼文校，北京：中国社会科学出版社1992年版，第169页。

教式的神圣化过程"。① 布洛陀神话中的数字包含了壮族先民对于客观世界与自我的认识,其特殊意味增加了族群的认同感,成为民族文化中固有的表达定式,体现了族群的特定思维特点并积淀于族群的集体无意识之中,成为文化中重要的符号。

三 布洛陀神话的叙事特点

叙事是语言的艺术,语言是民族文化中一个最重要的表征与最核心的部分。布洛陀神话是壮族语言的精粹,它体现了语言的民族性、地域性,鲜明地反映了族群思维的特点。尤其是其韵文部分,经时日淬炼,更显严谨深邃,韵律齐整。布洛陀神话中的时序、时长、频率都有其自身特点。

1. 语言风格与韵律

布洛陀神话叙事语言风格的形成,与壮族生存的地域环境、族群历史、生产生活模式及民族性格等多种因素都有密切关系。

自然环境陶冶人类的性情,培养出不同民族的精神,孕育出风格迥异的艺术形态。19世纪的法国学者丹纳(Hippolyte Adolphy Taine)曾分析过希腊自然环境对希腊民族精神和艺术的影响。他认为,希腊地处丘陵,土地贫瘠;但濒临大海,港湾极多。土地养不活人民,但地势却给予他们航海泛舟、经商征战的天然条件。在这种环境的启发下,古希腊民族好比一群蜜蜂,"生在温和的气候之下","利用一切可以通行的出路去采集,搜寻,造新的蜂房,靠着灵巧和身上的刺自卫,建筑轻盈的屋子,制成甘美的蜜,老是忙忙碌碌的探求,嗡嗡之声不绝"。"就因为此,他们是世界上最大的艺术家。他们的精神活泼可爱,充沛的兴致能想出新鲜的玩意,耽于幻想的态度妩媚动人,"由此创作出充满神奇幻想和冒险精神的希腊神话与史诗②。环境对于语言及其衍生艺术的影响不无道理。

---

① [德]恩斯特·卡西尔:《神话思维》,黄龙保、周振选译,柯礼文校,北京:中国社会科学出版社1992年版,第162页。

② [法]丹纳:《艺术哲学》,傅雷译,北京:人民文学出版社1963年版,第249、270页。

壮族人聚居之处江河众多、烟波浩渺，雾气茫茫，山川秀美，植被茂盛。正如颜之推所言"南方水土和柔，其音清举而切诣"①，壮语发音清晰、平和，语调平缓，语速柔和，总体上给人以清新婉丽的感觉。从总体上看，壮族为岭南世居民族，族群生活相对稳定，与周边民族的关系以和睦为主，从各方面受到汉文化的深刻影响。其民族性格特点主要为吃苦耐劳、温和内敛、耐心忍性、绵里藏针。受其民族性格影响而产生的布洛陀神话，其语言风格生动质朴，韵文叙事用语庄严大方、缜密凝重、韵脚环环相扣，散体叙事平实灵动，描绘细腻，各具特色。

布洛陀经诗用词较为庄严肃穆，多出现各种表示"请"的敬语，如恭请（goq）、盛请（laez）、请（hawj）等，还有不少已经消失的古语，如杀（nye）、想（gyaez）等，并保留了现在壮族地区已消失物种的称呼，如象（cangx），以及想象中的动物凤凰（yungz）的叫法。②

布洛陀神话中的散体篇章语言风格平易朴实、浅近自然、流畅清新。如：

  在远古，洛朵山住着一位不会老死的老人——布洛朵（布洛陀——笔者注）。
  布洛朵已经是白胡须拖地，但是，他神力无比，智慧超群。人们遇着什么为难的事都去找他商量，碰着办不了的事，也要去请他帮忙。③
  …………

叙述娓娓道来，叙事平实，却又引人入胜，一下子就抓住了听众的注意力，引起兴趣。

经诗格式多以五言为主，偶尔有三言、四言、六言和七言。开头往往

---

① ［北齐］颜之推撰、王利器集解：《颜氏家训集解》（音辞·杂艺·终制 第七卷），上海：上海古籍出版社1980年版，第473页。
② 何思源：《壮族麽经布洛陀语言文化研究》，博士学位论文，中央民族大学，2007年，第25—37页。
③ 农冠品编注：《壮族神话集成》，南宁：广西民族出版社2007年版，第40页。

先使用对偶形式，如《麽请布洛陀》的"创造天地"经文①：

原文：	三	盖	三	皇	至
壮文：	Sam	gaiq	sam	vuengz	ciq
国际音标：	ɬaːm²⁴	kaːi³⁵	ɬaːm²⁴	vuəŋ³¹	ɕi³⁵
汉译：	三	界	三	王	安置

原文：	四	盖	四	王	造
壮文：	si	gaiq	siq	vuengz	caux
国际音标：	ɬi²⁴	kaːi³⁵	ɬi³⁵	vuəŋ³¹	ɕaːu⁴²
汉译：	四	界	四	王	造

对偶形式一般在经诗开头使用，虽然不押韵，但念起来却朗朗上口。

麽经中最常见的是押腰脚韵，即在押脚腰韵的同时，有一定规律地出现脚韵，也可称其为"脚腰脚韵"。如摘自《麽请布洛陀》抄本的经文，第一句末字与第二句第三字、第三句末字与第四句第二（三）字、第四句末字与第五局首字构成了脚腰韵格局，而第二句的末字与第三句的末字押脚韵，这段经文就形成了自成一格的腰脚韵模式，用双横短线示意②：

壮文：	Dah	haij	cib	soem	laeg
国际音标：	ta³³	haːi⁵⁵	ɕip²⁴	ɬom²⁴	lak³³
汉译：	河	海	十	庹	深

壮文：	Laemx	daengz	aek	cwez	langh
国际音标：	lam⁴²	taŋ³¹	ak³⁵	ɕɯə³¹	laːŋ³³
汉译：	（水）淹	到	胸	黄牛	头领

---

① 张声震主编：《壮族麽经布洛陀影印译注·第一卷》，南宁：广西民族出版社 2004 年版，第 17 页。

② 同上书，第 23 页。

壮文：	Dah	caiz	cib	soem	gvangq
国际音标：	ta³³	ɕaːi³¹	ɕip³³	ɬom²⁴	kvaːŋ³⁵
汉译：	河	床	十	庹	宽

壮文：	Laemx	daengz	bang	cwez	laemx
国际音标：	lam⁴²	taŋ³¹	paŋ²⁴	ɕɯə³¹	lam⁴²
汉译：	（水）淹	到	背	黄牛	水

壮文：	Laemx	bit	bae	bi	ma
国际音标：	lam⁴²	pit⁵⁵	pai²⁴	bi²⁴	ma²⁴
汉译：	水	荡	去	荡	来

壮文：	Caux	baenz	ngaemz	daz	longx
国际音标：	ɕaːu⁴²	pan³¹	ŋam³¹	ta³¹	loːŋ⁴²
汉译：	造	成	山坳	深	深

此外脚韵使用的频率较高。如①：

壮文：	Pax	coeng	sw	baeuq	daeuj
国际音标：	pa⁴²	ɕoŋ²⁴	ɬɯ²⁴	pau³⁵	tau⁵⁵
汉译：	背	网兜	书	祖公	来

壮文：	Dwngx	maex	san	baeuq	daeuj
国际音标：	tɯŋ⁴²	mai⁴²	ɬaːn²⁴	pau³⁵	tau⁵⁵
汉译：	拐杖	木	棕榈藤	祖公	来

壮文：	Ndang	bux	laux	baeuq	daeuj
国际音标：	daːŋ²⁴	pu⁴²	laːu⁴²	pau³⁵	tau⁵⁵

---

① 张声震主编：《壮族麽经布洛陀影印译注·第一卷》，南宁：广西民族出版社2004年版，第11页。

| 汉译： | 亲（身） | 人 | 大 | 祖公 | 来 |

壮文：	Dwz	bit	maeg	baeuq	daeuj
国际音标：	tɯ³¹	pit⁵⁵	mak³³	pau³⁵	tau⁵⁵
汉译：	拿	笔	墨	祖公	来

经诗中几种韵律交叉使用，以腰脚韵为主，喃诵起来有节奏感，抑扬顿挫，朗朗上口。

2. 时序、时长与频率

（1）时序

布洛陀神话叙事时间一般呈线性发展，但又不可能与"真正"的情节发生时间完全一致。这首先表现在时序上，叙述时间的顺序不可能与被叙述时间的顺序完全平行，存在许多"错时"，即"前"与"后"倒置的现象。错时在叙事文本中即本文叙事次序与情节发生次序的差异，有追述、预述两种。布洛陀神话在不同的场合下分别采用了这两种叙述方式。

追述是回头叙述过去的事情，在事件发生之后讲述所发生的事实，这在叙事文时况上构成一个第二叙述层。布洛陀神话中采用追叙手法。毕竟，其叙事的事件发生在过去的"神圣"时间之内，故而多采用了此方式形成一种整体性的追述。第一叙述层多具有构成某一叙述框架的作用，它预述了故事的开头与结局。如布洛陀神话中开头常见的追述语句如："远古的时候""先辈这么传，在远古……""古人又讲……""很久以前……"等，经诗则以"从前未造……时""以前未懂……"等句式开头，引出所叙述的神话之内容。

预述指提前对某个后来发生的事件进行讲述。如在"汉王与祖王争斗"母题的"引子"部分交代了汉王在叙事中的遭遇，"郎汉告诉后世人，告诉到这世人，到郎汉会飞升，讲述世前的冤家，兄弟要诉说后母，对父亲讲恶毒话……追使郎汉会飞升，变成冤家受磨难……"此后才开始讲述整个完整的汉王与祖王相斗的内容。① 《麼送魊》② 里将逝者的鬼魂送到祖先安息之所,布麼告诉他将走过陆路、水路,过五条街、五道门和五座桥,才能最终去到仙界,去到祖先安息的地方。这也是对逝者将往之路的一种预述。

不论追述还是预述,都发挥着吸引受众的作用,使部分内容预先为人所知,并吊起受众的胃口,使他们产生继续聆听的兴趣。

(2) 时长

布洛陀神话叙述时间的顺序不可能与被叙述时间的顺序完全平行。从时长上来说,叙述时间的总量也不可能与"真正"的故事时间总量完全相等。二者之间形成一定的比例关系,包括了省略、概要、停顿等。

省略中叙事时间段所占的本文篇幅几乎是零。被省略的部分一般是与中心情节线索发展关系不大的部分。如造牛时需要等待牛成形,"七早王去探,九早王去探",③ 在牛成形前这几天发生的叙事内容对于主题并没有帮助,即被完全跨越,没有提及。

概要以概括性的若干短句将一段特定的情节时间压缩起来,只突出表现其主要特征。布洛陀神话开头部分常常以概要的形式讲述其主要内容,或者对其背景进行介绍。如神话《保洛陀》中一开始就对天地的情况进行了概要:"古代,天地间分上中下三界,天上叫上界,地面叫中界,地下叫下界。三界都有人居住,上界由雷公管理,中界由保洛陀管理,下界由龙王管理……"④ 简明扼要地托出了叙事展开的背景。

停顿指在叙事时间相对静止的情况下进行叙述部分,主要是对事物进行描写。如布洛陀神话《娘侄通婚》中对雨的描述:"雨从东方来,雨从西方出。雨颗有大有小,小的落高山,大的降低凹。小雨颗像罐子,大雨颗像坛子。雨下了五天,雨落了七夜。水碓窝冒洪水,水碓尾有洪水冲。

---

① 张声震主编:《壮族麽经布洛陀影印译注·第七卷》,南宁:广西民族出版社2004年版,第2387—2388页。
② 张声震主编:《壮族麽经布洛陀影印译注·第五卷》,南宁:广西民族出版社2004年版,第1407页。
③ 张声震主编:《壮族麽经布洛陀影印译注·第四卷》,南宁:广西民族出版社2004年版,第1379页。
④ 农冠品编注:《壮族神话集成》,南宁:广西民族出版社2007年版,第59页。

大地浪连天……"① 对雨的形态和危害进行了细致的描述。

（3）频率

布洛陀神话叙事所涉及的事件与具体描绘事件的数量不尽相同，有时候叙事中多次发生的相同、相似事件在本文中被一次性概括叙述，有时候叙事中一个事件在本文中被重复叙述。在此基础上，布洛陀神话的频率又可区分出两种基本形式，即单一叙述和概括叙述。

单一叙述即在叙述文中单次讲述在情节中发生一次的事件。在布洛陀神话中，单一叙述是最普遍的。无论事件是大是小，都可以或详或略地一次将其描述出来。布洛陀神话一般在一次叙事中描绘与布洛陀相关的某次行为活动。其中，单一叙述又有一种特殊表现形式，即多次发生的相同相似的事件，被一一叙述出来，形成句子复沓现象，如布洛陀经诗中一遇到困难就要"去请布洛陀，去请麽渌甲"，一讲述天地形成之理时，就要解释"三界三王制，四界四王造"……这类包含话语重复的单一叙述之特殊形式，形成了固定的套语，在经诗和古歌中尤为常见，其与布洛陀神话最初的口头传承方式相关，以便于歌唱、记忆和传诵。

概括叙述，即故事中多次发生的事件在叙述文中只讲述一次，它往往运用在一些只维持或延续原有情节进程的催化事件中。如《布洛陀故事》②中说布洛陀有神力，"比如，什么时候天下雨，去问布洛陀，布洛陀说明天会下雨，明天一定会有雨下；布洛陀说后天天晴，果然后天天就变晴"。文本把多次对天气预测的事件归纳成一次来讲述。

布洛陀神话在叙事语言上保持了自身特色，其风格体现了族群文化特征。其叙事中的时序、时长和频率反映了壮族人民思维的习惯和定式，从多方面展现了布洛陀为首的叙事主角丰富、多维向的行动，使之栩栩如生，令人着迷。

四 布洛陀神话的多重关系隐喻

布洛陀神话最早萌芽和最初发展阶段可上溯至氏族时期，其叙述内容

---

① 农冠品编注：《壮族神话集成》，南宁：广西民族出版社2007年版，第41页。
② 同上书，第45页。

向我们展示了壮族先民所经历时代的神秘古朴、扑朔迷离与神奇莫测。它映现了当时壮族先民与现代人不同的思维方式和表达方式，充满了韵味十足、表现形式多样的隐喻与象征，再现了人与自然及人类社会中的多种关系，内蕴深厚广阔。

1. 人与自然的关系及其形象塑造

壮族先民在氏族公社时期已进入早期农耕社会。他们不仅对早期采集和狩猎时期接触的自然环境有深刻认识，更对初期农业生产中接触的各种自然现象和动植物留下了不可磨灭的印象。种植庄稼的生产活动使壮族先民更为注意有关太阳、雷雨等自然现象，仔细观察和研究稻谷等庄稼及鸟类、蛙类等相关动植物的习性。由于早期社会生产力水平低下，壮族先民在"万物有灵"和"形象、行为之间神秘互渗"观念的支配下，对自身与大自然的关系得出了迥异于今天的答案，这也成为早期布洛陀神话产生和发展初期的思维基础和运行逻辑。

神话中，壮族先民与自然的关系主要分为三类：征服、受制与互不侵犯。

首先，壮族先民通过身体力行掌握了一定的自然资源，种植了水稻等农作物，驯化了不少的野生动物，因而在神话中出现了寻水、造火、赎谷魂、赎牛魂以及赎鸡鸭鹅鱼魂等内容，描绘壮族先民怎样学会寻找水源、生火、种植稻谷、驯化各种野生动物等，叙述了瓯骆先民在探索掌握这些自然资源过程中出现的难题和导致的灾害，并最终实现"物为我用"。虽然在"万物有灵"观念作用下表现出对这些物质灵魂的敬仰，布洛陀神话依然通过叙述人类掌握这些自然资源的过程，表达壮族先民对自身力量的认识和肯定，透露出征服自然的自豪之感。

其次，某些自然现象和自然物与壮族先民的生产生活有密切的关联，但凭借当时人类的力量还没有完全掌握它的运行规律，无法征服它，反而受制于它、依赖于它，这就使人们对这样的自然力量怀有诚惶诚恐的心理，产生了对这些物质上假想神灵的崇拜和敬畏。如雷神即是壮族先民在稻作农业生产中受制于雷雨现象而促成的一个神祇形象。神话里，雷神是布洛陀和图额的兄弟，主管天界，负责人间雨水的事宜。在"汉王和祖王"中说他把受欺负的汉王接到天上，让汉王帮助管理天界，可见其权力之大。他性格暴戾，贪得无厌。世间的人类既要祭祀他，又要同他作斗争。壮族的另一部长诗《布伯》就叙述了雷王因嫌人间祭品太少而不下雨、布伯三斗雷王的生动情节，表现了壮族先民征服自然、改造自然的愿望。

最后，壮族先民通过各种生活实践认识到人类和许多自然物是可以和平共处的，彼此之间只要互不侵犯，就不会给自己带来大的麻烦和伤害。因而，对于这一类的自然物，神话以禁忌、不祥之兆等形式告诫壮族先民远离这些事物和现象，如蛇不入室、猿不进门、虎不拦路以及看见蛇交媾要赶紧避开，等等。如果出现诸如此类的不祥征兆，就要通过禳解仪式来恢复人类与自然界之间的和谐。

可见，壮族先民在实践中总结人类自身与大自然的关系，概括出一定的行动规律和规则。他们初步把自身与大自然区分开来，从物我混同的状态中意识到自我的存在，通过神话等表达和描述征服、改造大自然的愿望和行动。这是瓯骆先民自我意识觉醒的开端。受制于早期人类思维特点，他们依据自然关系和现象塑造出了符合自然品性的一些形象，赋予他们神的品格，并期望通过各种巫术、祭祀活动达成某些愿望和目的。直至今日，壮族人虽然已摆脱了诸多自然条件的束缚，但其塑造的艺术形象却在壮族民间生根发芽、代代流传。

2. 人类社会力量及其关系的投射

早在氏族社会时期，壮族先民就已形成一定的社会生活网，每一个人都具有相对稳定的地位和人际关系。这种关系形成了神话中对应的形象系统和社会组织体系，使神话附上了社会性质的象征和隐喻。基于神话本身的神圣性，它所叙述的社会制度、原则、惯例等都会对规范整个氏族社会关系、维系各种习惯法、树立社会的价值观和道德观等起到重要作用。

如前所述，壮族先民不自觉地遵循"艺术来源于生活"的原则，在图腾崇拜、祖先崇拜等观念的作用下孕育出布洛陀的形象。这一形象是氏族社会里智慧长者的化身，是社会中最有威望和人生经验、得到众人推举、具有神奇力量的首领和巫师的综合体。布洛陀开辟了世界，造出了万物，安排了世界的秩序，随时以和蔼可亲的面目替人们排忧解难。他作为父系氏族部落首领的形象代言人，凝聚了壮族先民整体的向心力，成为社会成员的精神依托。

除了映射氏族中的重要人物，布洛陀神话还生动隐喻了围绕氏族首领而展开的各种社会关系。布洛陀带领众神造天地，反映了早期社会单纯的劳作关系。他派盘古王造天地、派老君制阴阳、派天王氏修天、派地王氏造花草树林、派九头图额造河、派大水牛造田垌、派四脚王造人、派九头仙姑造猪、派四手王造屋、派九头鸟造果，等等。大家共同劳动、集体生存、各司其职、相互协作。可见，早期社会还没有出现明显的阶级分化，壮族先民以优秀的人物为核心，以集体劳作作为共同生存的基本方式。社会基本单位——家庭已出现，此后各种亲属关系，包括父子、婆媳、母女、兄弟、姐妹、夫妻、妯娌等日益稳固，这在各种赎魂和禳解经文中多有体现。

随着生产力的进步，布洛陀神话还反映了社会制度礼仪的变革和人际关系的变化。如"阿吾葬母"故事中，阿吾以牛肉代替母肉分给大伙，改变了古时候集体分食死人的习俗，讲述了丧葬礼仪的初立。这一描述与今天"杀牛祭祖宗"的祭仪也有着一定关系。《母女冤》[①]写父母商量"是女儿就嫁，是男儿就留"，女儿被嫁出去，于是她心怀怨恨对父母不恭敬、回来争家产，从而惹祸上身。这反映出早期社会由母系过渡到父系氏族阶段时财产继承关系的变化。神话让女子服从被嫁命运的安排，重新孝顺父母，全家和睦为终，维护了父权社会的秩序。经诗手抄本中说，[②]布洛陀是母亲迎风受孕而生的第五子，他娶赵姓同年生的姑娘为妻，兄弟们帮彩礼稻米三石三，银子四两二，接媳妇回家。妻子生小孩，岳父岳母、姐妹、亲戚送包布、白米、鸡鸭、背带，家人祭灶神、天宫婆、中楼婆、圣母花婆，做三朝酒、满月酒，出生礼仪传承至今。经诗的赎魂、禳解篇章每每叙述前代人没有规矩导致殃祸，布洛陀立下仪规让今世人遵循，只有按照布洛陀的规定办，才能避免灾祸，远离邪祟。这些神话都成为现实世界中壮族人民的行事原则。

---

① 张声震主编：《壮族麽经布洛陀影印译注·第四卷》，南宁：广西民族出版社2004年版，第1112页。

② 张声震主编：《壮族麽经布洛陀影印译注·第六卷》，南宁：广西民族出版社2004年版，第2284页。

人际关系变化最明显是在父系氏族社会末期部落纷争的阶段。关于三兄弟争夺黄莺印、斑鸠印、青铜钱箱、美貌女子和聪明男子的描写，是部落战争的体现。布洛陀、雷王、图额、老虎四兄弟比试武艺、显示本领的情节，布洛陀靠智慧打败雷王和图额当上大哥，成了人间的主宰，这既象征地反映了人在自然界中努力成为主宰的斗争，也隐喻着同一母部落分化出不同子部落以及这些部落之间纷争的史实。

五　布洛陀神话的文化特质

壮族文化经历了漫长而复杂的发展过程，塑造出今日的特质及其表现形态。早在氏族部落阶段，同一氏族部落成员已经形成一个稳固的团体，拥有相对固定的社会关系，不同的社会经济、生产生活方式、地理环境及精神信仰等就已经开始影响着不同氏族部落的文化，逐渐积淀下民族的文化特质。英国人类学家泰勒被公认为现代文化学的鼻祖，他在其代表作《原始文化》中给出了一个较为完整的文化定义："文化，或文明，就其最广泛的民族学意义来说，是包括全部的知识、信仰、艺术、道德、法律、风俗以及作为社会成员的人所掌握和接受的任何其他的才能和习惯的复合体。"[①] 从氏族社会阶段开始，文化特质不断积淀，发挥着潜移默化的影响，直至今日。

文化具有超时空的稳定性和超强的凝聚力，一个区域的文化模式一旦形成，必然会持久支配每个社会成员的思想和行为。壮族人民在一定的地域环境下，量体裁衣地创造自身文化，不断拓深其内涵。作为民族生存根本的物质生产生活，它在潜移默化中塑造了壮族的品格特征，培养了这一方人民浑然天成的自然心态，形成了他们富有民族与地域风情的性格特点与特殊心理结构。笔者将尝试对布洛陀神话蕴含的壮族早期文化特质进行归纳和总结，以此加深对壮族文化根源的理解。我们将主要讨论壮族先民性格中超越了个体无意识的集体无意识，即个人意识海岛中的海底大陆架

[①] ［英］泰勒：《原始文化：神话、哲学、宗教、语言、艺术和习俗发展之研究》，连树声译，桂林：广西师范大学出版社 2005 年版，第 1 页。

部分，荣格称为人格和生命之根，又叫"种族记忆"，① 它聚积了壮族久远历史以来所有的经验和情感，属于深层心理结构。这种集体意识对于个人有着重要规范和指引作用，约束着群体里的每一个个体。

1. 喀斯特山地稻作文化

瓯骆生存地区属亚热带，这里气候温和，雨量充沛，为稻作农业生产提供了一些便利因素，但喀斯特地貌也给农业生产带来了一定困难。瓯骆地区山多地少，幸而在喀斯特地貌中还点缀着众多的丘陵和小平原。布洛陀神话叙述了开天辟地时，蝶蜂和拱屎虫把石头咬成两瓣，"破石头为两边，劈石头成两块，一块往上升……一块往下落"，上升的成天装雷王，下降的成下界住图额。这显然与瓯骆先民居住环境的喀斯特地貌和突兀险峻的岩石山岭有关，是借地而发的奇思妙想。至今，壮族地区仍然保留这一地貌特点，石山面积大、分布广，仅广西境内壮族聚居的河池、柳州、南宁三个地区，裸露型的喀斯特地貌分别占三个地区土地面积的66%、63%、58%。喀斯特地貌是"九分石头一分土"，生产条件较差。

尽管处于这种自然环境之下，壮族先民从来没有停止过征服自然的奋斗步伐，他们利用自然、改造自然，实现了民族的发展壮大。最初是迈出了农业生产活动的第一步。他们小心翼翼地培育各种庄稼（主要是水稻），从下种开始到收割完毕，一直都牵肠挂肚，提防着可能给农作物带来危害的各种因素，包括水灾、旱灾、虫害、鸟兽啃咬，等等。经过长期稻作农耕的磨砺熏陶，历经劳作的千辛万苦，护苗的仔细耐心，收获的喜悦满足，进而培养了壮族先民坚忍不拔、执着顽强、细密谨慎、脚踏实地、宽容内敛的性格特征，孕育出独特的喀斯特地形稻作文化。

布洛陀神话体现了壮族吃苦耐劳、细心缜密的稻作民族典型性格特征。他们坚韧不拔，终年劳作不息。以稻作生产为例，担秧、插秧、施肥、锄草、挑谷，风吹日晒，雨浇霜打，日日面朝水田背朝天。这种长线农活，对人的体力是一个考验。只有从年初忙到年尾，才能迎来好的收成。吃苦耐劳本是各民族都有的特点，但壮族更甚。宋代，广西仍被称为

---

① ［瑞士］荣格：《心理学与文学》，冯川、苏克译，北京：生活·读书·新知三联书店1987年版，译者前言。

"大法场"(宋·周去非《岭外代答》),直到唐宋元明,都是贬谪犯人的地方。唐诗人沈佺期流放路过广西北流时写道:"昔传瘴江路,今到鬼门关。此地无人老,迁流几客还?"古代这些地方不但气候恶劣,而且平地少,多丘陵山地,并非人类理想的生存之所。在这样的条件下,人们要冒酷热瘴气泡在水田里,其辛苦可想而知。但日久天长,经过壮族先民祖祖辈辈开垦创业、艰苦奋斗,才有了美不胜收的壮乡景色和维系生活的片片稻田。累世的艰辛劳作磨炼出了壮族人民吃苦耐劳的性格特点,对于历史的回忆或许遥远而模糊,但积极奋争民族生存的基本品质已融入他们的血液,在世代子孙的血管里流淌澎湃着。

在布洛陀神话中,开辟世界和造万物的部分最能体现壮族人民吃苦耐劳的品格。布洛陀带领众神开辟天地、造人、造火、造水、造牛、造稻谷、造猪、造鸡鸭、造……尽管其过程中总是一波三折,但造物者在每项工序中都不厌其烦,精细周详。他们马不停蹄,怀着执着的信念和理想,忍受种种痛苦,发挥无穷的创造力,为人类创造出美好的家园。比如造牛的章节里,造牛需要诸多材料、经过诸多道步骤才能完成,体现了造牛诸神严谨的求实毅力和坚定的工作风格。造猪的时候,造物神浪莫公、七奶婆、六虑公分别造出了猪窝、猪、猪槽,规定煮瘪谷潲水来喂猪,人们才开始懂得养猪。造猪的程序配套齐全,不光造猪,连其他与养猪有关的设施都造好、所喂之食也规定好了,细心之至令人赞叹。

稻作生产需要人们足够的耐心与细心。水稻是一种比较娇气的农作物,种植它需要经过整秧田、浸种、育秧、耙田、插秧、回青、分蘖、幼穗分化、孕穗、抽穗、乳熟、黄熟、完熟等十多个大小阶段,从如针的秧苗开始生长的几个月里,人们就必须像抚育婴儿那样给予它精心的护理,随时注意气温、排灌、催肥、耘田、防虫、防病、防倒伏,收割期还要防禽畜祸害和梅雨天气,因此需要极大的毅力,一点儿都急躁不得。在长年累月的劳心劳力之中,壮族人形成了谨慎细心、温厚内敛的性格特征。他们说话慢声细语,脾气温和,行为举止端庄文雅。同样,布洛陀神话中叙事语气的温婉、平和,经诗吟唱的低温内敛,韵文押韵规律的复杂、细密与严谨,等等,都是日常生产生活内容的文化升华。

布洛陀神话中再现了稻作农业民族安土重迁、积极进取和集体合作的精神。水田种植和旱地耕作不同,不是随便找一块地就可以动锄头、开垦，只有阳光充足、地面较平、靠近水源、不旱不涝的地方，才适宜耕作。这种生产模式要求人们有相对稳定的居住地，尽量减少流动。因此，壮民族在开拓了岭西的片片稻田之后，普遍追求稳定的生活，讲究安土重迁，轻易不离开这一片热土。

布洛陀神话展示了壮族坚忍不拔的毅力。在创造了生存的物质空间之后，他们还要面对日常生活中的诸多困难和挫折，唯有不屈不挠，运用群体的智慧，以顽强的毅力解决各种摆在面前的问题和灾难，战胜恶劣的自然条件和形形色色的灾害。神话中，布洛陀、众神和人类坚持具体问题具体分析的原则，针对各种困境提出了不同的解决方案。经诗中列举了72种不祥之兆，提及了三百六十妖七百二十怪，布麽也针对不同的灾祸举行相应的仪式，如"麽唝""麽叭""麽呷"等，分类细致而条理清晰，不厌其烦而逐一解决，体现了稻作民族的突出的耐性。

壮族人民虽然温和内向，不喜迁徙，不爱张扬，耐心忍性，但他们在温和外表下仍然拥有一颗顽强的心。他们虽不富有攻击性，但若要维护自己的劳动成果则十分勇敢。《赤雅》说："俍（壮族称——笔者注）兵鸷悍天下称最。"这就是稻作民族的刚强勇毅。我们亦能从布洛陀神话中体味到壮民族柔中带刚的性格。无论面对多么强大的敌人和对手，布洛陀和他的助手们总是不卑不亢，足智多谋地迂回应对，坚强勇敢地进行反抗。如神话《布罗托惩罚雷公子》[①]中布罗托（布洛陀）与雷公子斗勇，《布洛陀和姆六甲》中，布洛陀与雷王、图额斗智，经诗"葬母仪规"篇章中东林（或阿奢、童灵等）与定下"人死吃人肉"规矩的雷公也有一番较量。这种顽强不屈、敢于使用多种手段进行抗争的精神，始终是布洛陀神话的主题，并不断被后世文学作品所重述，如《布伯战雷神》[②]《岑逊王》[③]《莫一大王》[④]等，都重现了为集体利益而奋不顾身的族群精神。

总而言之，壮族喀斯特地形稻作文化的特质深刻映现在布洛陀神话之中，成就了其繁复的内容和特殊的叙事模式。它赋予了壮族布洛陀神话细

---

① 农冠品编注：《壮族神话集成》，南宁：广西民族出版社2007年版，第36页。
② 同上书，第258页。
③ 同上书，第423页。
④ 同上书，第431页。

腻柔美的叙事风格，缜密精巧的韵律以及包容万物的大视野。

2. 越巫文化

壮族先民保留着人类童年的天真，原始思维观念盛行，越巫活动兴盛。越巫的行为和思维方式在布洛陀神话的形成中发挥了很大作用，并影响了后来的布洛陀传说等。如前所述，在祭祀图腾和祖先等仪式上，祭师和巫师吟唱的祭词和咒语，或者与神话有着密切关系，或者成为经诗的源头，促进了长篇史诗的成型。越巫文化的特质深深地映现在神话作品中。

布洛陀神话对早期宗教仪式多有隐喻和阐释。如《祭青蛙》①揭示了壮族为什么要祭青蛙的缘由，并成为民间的传统节日。《造太阳》②中，造出来的太阳要沾上图额的眉毛和睫毛才能发出万道光芒。图额是壮族人心目中的水神，他的眉毛和睫毛都是具有神力的宗教道具，只要与之进行接触，就获得了特殊的功效和力量。这亦是宗教仪式中常见的接触巫术的表现手法。在布洛陀传说中，也多见巫术的元素。如《鸳鸯泉》中布洛陀让情侣喝下泉水，变成了鸳鸯。泉水所具有的独特功能证明了它即是巫术中的"圣水"。这些神奇功能在神话中被进一步强化。

布洛陀经诗更是越巫文化与早期神话文化等结合的产物，体现出"神巫文化"③的色彩，其中既有对巫术具体操作情节的描述，又有对神话的整合和再造。史书上曾记录越人以卵占卜："卵卜者，握卵而祝。书墨于壳，记其四维，煮截视当墨处，辨壳中厚薄，定吉凶，壮人卜葬，请鸡匠祝神，以卵投地不破者，如获滕公之碑。"④此外，还有竹卜、角卜、米卦、茅卜、石卜、蛙卜、谷卜等。如今，此类巫术行为仍在麼仪式及经诗叙事中延续。经诗中描绘了排除"叭"（殃怪）的方法，事先用芦苇做好的小梯子作为"叭"的代表，布麼在仪式过程中一边念诵经文一边拆掉梯子，直至全部拆完，象征排解了所有的殃怪。又如"砍冤"仪式，

---

① 农冠品编注：《壮族神话集成》，南宁：广西民族出版社 2007 年版，第 55 页。
② 同上书，第 50 页。
③ 刘亚虎：《中华民族文学关系史（南方卷）》，北京：人民文学出版社 1997 年版，第 11 页。
④ 明邝露：《赤雅》，北京：中华书局 1985 年版，第 52 页。

布麽切猪头肉、切蛋，以示将冤怪砍断、消灭。① 这都是模拟巫术的再现。经诗的射日篇章也含有越巫文化的因子。氏族社会的神射手挽开弓箭，把"涂了狗血"②的特殊弓箭射向喷火的太阳，为人间带来了清凉，使人类生活恢复正常。狗血是巫术仪式中具有特别功用的材料。这一情节隐含了壮族先民希望改变恶劣自然气候条件的崇高理想，同时也依稀可辨认出越巫的身影。根据弗雷泽"模拟巫术"的原理，越巫的活动仪式中也可能出现类似射日的模拟仪式。诸如此类遗存在布洛陀神话中的越巫文化及其仪式叙述不在少数。神巫文化促成了布洛陀神话神奇诡谲、想象丰富的艺术风格和跨越时空的叙事艺术效果。

3. 口传文化

在未有文字的世界里，人类文化主要靠口耳相传，口传文化的历史远远长于有文字的历史。壮族文字的发展史并非一帆风顺。布洛陀经诗《造文字造历书》③ 曾经提到了壮族最早的文字发明——刻画文。刻画文源于蝾虫爬出来的纹路，因此称为 sawva，即像虫子爬出纹而得来的字。它又被称为 sawgoek，即本源字、本源书的意思。《摩兵布洛陀》经诗曾叙述人们钻木取火之后，没有找到好的安置之地，引发大火，"lemj daengz bonj sawgoek"（烧到本源书），使得"本源字烧光""四千象形字，灰粉随风扬"。④ 历史上存留下来的刻画文不多，但已有一定的规律，表达一定的思想。可惜在秦统一岭南后就被人为的阻断，无法继续发展。目前搜集到的布洛陀经诗 30 多个手抄本，虽然都是用壮族方块壮字记录下来的，但方块壮字目前只能上溯至隋唐时代，到宋元明时期才广泛成为经诗的记载方式。且壮族各地的方块壮字都有差异，没有形成统一的规范。因此，对于早期文学作品来说，口头传播依旧是其延续和发展的重要途径。布洛陀神话和经诗中深刻体现了口传文化的特质。

---

① 张声震主编：《壮族麽经布洛陀影印译注·第一卷》，南宁：广西民族出版社 2004 年版，第 92 页。

② 农冠品编注：《壮族神话集成》，南宁：广西民族出版社 2007 年版，第 50—51 页。

③ 张声震主编：《壮族麽经布洛陀影印译注·第一卷》，南宁：广西民族出版社 2004 年版，第 40 页。

④ 转引自梁庭望《壮族文化概论》，南宁：广西教育出版社 2000 年版，第 496—497 页。

由于早期壮族社会未形成通用文字,经诗在其形成及早期阶段,仍然以口头创作为主要途径,"口传心授"也是越巫学习和继承经诗的主要方式。至今,布麽和歌手在各种祭祀和婚嫁、节日等特殊时刻演唱布洛陀经诗,通过口头传唱使经诗家喻户晓、妇孺皆知,非单独的经诗抄本所能比拟。经诗抄本主要便于布麽记忆和传承。对于其他的布洛陀神话来说,其传播途径更偏向于口头,通过民间讲述者的叙述和记忆得以世代传播。

口传文学的一个突出特点是其程式化。"程式是一个特定的单元,是特定的含义与词语的组合。它有相对固定的韵式和相对固定的形态,它由歌手群体所共享和传承,反复地出现在演唱文本中。"① 程式化既是为了让听众加深印象,更是为了使演唱者可以顶住现场表演的压力,快速流畅地叙事,其更深地体现了民族文化的底蕴。程式又包括了片语程式、整句程式等。片语程式,如讲述以前的故事,多用"世前……"怎样来形容,如形容造出的天地,时常用"山坳深深""田垌宽宽"等。请布洛陀降临仪式现场时,要:

Lwg	dwz	sw	baeuq	daeuj,
儿辈	拿	书	祖公	来,
Lan	dwz	dwngx	baeuq	daeuj
孙辈	拿	拐杖	祖公	来②

"祖公"即布洛陀,仪式举行时要把他的各种贴身之物、道具取来,多用"拿……来"这个句式,以连排的形式表示布洛陀做麽器具之多,行头之全,营造一定的气势。

整句程式也大量存在。如经诗篇头,常常出现:

---

① 朝戈金:《口头史诗诗学:冉皮勒〈江格尔〉的程式句法研究》,南宁:广西人民出版社2000年版,第204页。

② 张声震主编:《壮族麽经布洛陀影印译注·第一卷》,南宁:广西民族出版社2004年版,第11页。

Sam	gaiq	sam	vuengz	ciq,
三	界	三	王	置,
Siq	gaiq	siq	vuengz	caux
四	界	四	王	造

以此对句引出布洛陀率众神开天辟地、创造万物、安排人间秩序等具体神迹。当遇到困难向布洛陀和麼渌甲求助时，就唱：

Bae	cam	baeuq	lug	doz,
去	请	布	洛	陀,
Bae	cam	mo	lug	gyap,
去	请	麼	渌	甲,
Beauq	lug	doz	caux	hap,
布	洛	陀	就	说,
Mo	lug	gyap	caux	naeuz
麼	渌	甲	就	讲①

通过以上这几句引出布洛陀、姆洛甲如何为壮人指点迷津的内容。诗句的程式化使壮族听众对于经诗人物、叙事背景及情节发展等的认识形成一定模式，在文化框架内提示了经诗的发展进程，它所构建的意象和壮族文化语境统一协调起来，激活了个体对壮族历史文化知识的启悟。同时，程式也使其演唱者能够在这些固定唱词的引导之下，更好地发挥他们的叙事才干。在历史的发展之中，这类词句模式不断累积，最终形成了布洛陀史诗叙事的独特风格。

到目前为止，壮族民间文学还是以口传为主要方式，歌风盛行，歌场常开，以布洛陀神话为代表的口传文化特质源远流长，在其中发挥了重要作用。

---

① 张声震主编：《壮族麼经布洛陀影印译注·第一卷》，南宁：广西民族出版社2004年版，第50页。

4. 群体文化

壮族先民直到隋唐还残留着浓重的氏族社会痕迹，保留了不少氏族群体文化特征。《隋书·卷八十二·南蛮》说："南蛮杂类，与华人错居，曰蜒，曰儴，曰俚，曰僚，曰迤，俱无君长，随山洞而居，古先所谓百越是也。"[①] 可见当时的壮族先民还没有形成成熟的、以阶级关系为主的社会制度，在内部仍然保存了各种形态的农村公社残余形式，采用世代相传的群体生产生活方式。到新中国成立前这种情况也不少，如桂西一带的壮族，通常以同族同姓聚族而居；维系和联结他们的纽带，是大家共同的祖先。每个村寨都有一个寨主，称为族老、村老或都老，不少是公推产生或自然形成（也有一些地区蜕变为由官府委托）。他们主持制定村规民约并监督执行，领导村屯开展农业生产并管理公田，维护村寨社会秩序，调解族内纠纷，仲裁各种案件，施行各种处罚，执掌族内祭祀及其他娱乐活动，处理族外纠纷和关系。人们还重视长幼辈分的"序列"，重视个体之间的协同，形成了在生产生活中尊老爱幼、团结互助的风尚。人们还以集体形式开展各种传统的节日活动和文艺娱乐等。瓯骆先民群体文化之风久盛不衰。

在早期社会生产技术水平极端低下的情况下，人们面对严酷的环境、艰难的条件以及作为异己力量存在的大自然，必须团结协作，齐心合力，以"群"的形式度日，以"群"的状态求取生存。因而，他们共同居住，以集体的方式从事采集、狩猎等生产活动。他们这种比任何后来时代的人们都更需要"群"的境况，比任何后来时代的人们都更具有群体性、协同性的生产生活实践，使他们在心理上充满了对群体的依附感，这种欲望和感情可以说是促使某种形象和叙事萌生的一种深层心理动机。由此，群体文化为神话作品的产生和完善提供了巨大的动力。这种主要以血缘关系为纽带的群体文化，把集体的力量和智慧融合在一起，形成宏大的文化根基，为神话的成形输送了养分。对共同祖先的缅怀、对群体历史的追溯、对共同群体生活的记忆，正是布洛陀神话等叙事作品得以萌生的土壤，也

---

① （唐）魏征等：《隋书》，北京：中华书局1973年版，第1831页。原文有使用反犬旁之处，以单人旁替代。

正是其得以延续和发展的条件。如布洛陀神话母题"稻谷的起源"叙述，为了寻找谷种，人们召开氏族集体议会形式的讨论，村老、寨老统一大家的意见，决定派鸟和老鼠去遥远的地方寻找。村老、寨老作为社会中最具威望的人物，代表了氏族成员的共同意志。整个氏族以群体的方式发挥作用。布洛陀神话还体现了社会中在集体意志下形成的各种习惯法、公序良俗，如尊老爱幼、乐于助人、人人平等与互相协作等。

比较篇

壮族布洛陀神话及其传统并不是孤立的存在，与之同属于壮侗语族的国内布依、傣、侗、水、毛南、仫佬、仡佬、黎等八个民族及其他相关未定语支族群，与之有着共同渊源的国外泰、佬、普泰、些克、黑泰、白泰、红泰、岱—侬、掸等分布在泰国、老挝、越南及缅甸的侗台语民族，在文学及文化表现上都依然存留着他们同为越人后裔的特点。比较的视阈是我们探索个性之美与发现共通之处的利器。正如赛义德所言："比较文学的构成及其初衷是为了获取一种超越自己民族的视阈（perspective），把眼光投向整体而非本民族文化、文学和历史抱残守缺地提供的那一点点东西。"[①] 在此，笔者也将试图通过比较上述民族中的部分文化与文学传统，突破单独研究壮族布洛陀神话的视阈樊篱，以实现他山之石的"攻玉"之效。

一 侗台语族群的"巫"文化传统

侗台语族群作为有着共同文化起源的群体，在各自的语言中依然保留了对早期"越巫"信仰的认知。从北到南的侗台语族尤其是台语支民族语言，多以麽（mo）为核心词，表达与"巫""知识""专业"有关的意思，并通过添加表示男、女、辈分等人称词头，组合成不同意义的相关词汇。笔者曾经在田野调查及相关书籍中获得如下

---

① ［美］爱德华·W. 赛义德：《文化与帝国主义》（Edward W. Said, *Culture and Imperialism*, New York: A Division of Random House, Inc, 1993, p.43）。转引自杨乃乔主编《比较文学概论》，北京：北京大学出版社2002年版，第107页。

词组：

  （1）壮语：mɔː^{24} 巫师

     pou^{42} mo 男巫

     me^{33} mɔt^{33} 女巫师

     mɔt^{33} luːn^{24} 末伦

  （2）布依语①：mo^{24} 摩经、摩术、超度

  （3）西双版纳傣语②：mɛ^{33} mɔ^{55} 巫婆

       mɔ^{55} 巫师、算命人

 德宏傣语③：mo 巫师

     po^{33} mo^{35} 负责祭祀祖先神、竜神的寨主

     mo^{3}5 phan^{5}3 ka^{11}la^{55} 掌握佛历知识的女占卜师

     jaː^{33} mot^{53} 女巫

  （4）水语：ai^{33} pju^{1}3

  （5）毛南语④：mu^{42} 巫

  （6）泰语：mɔː^{215} 宗教仪式专家；拥有特殊技能的人；医生

     mɔː^{215} phiː^{215} 巫师

     mɛː^{21} motː^{215} 女巫

     mɔː^{215} lam^{33} 民间说唱艺术

  （7）佬语：mo phi 巫师

  （8）越南岱—侬语⑤：mɔː^{35} 觋

       mɔː^{35} phiː^{35} 鬼师

  （9）黑泰、白泰、红泰语：mɔː^{35} phiː^{35} 巫师

---

  ① 吴启禄、王伟、曹广衢、吴定川编著：《布依汉词典》，北京：民族出版社 2002 年版，第 377 页。

  ② 喻翠容、罗美珍编著：《傣仂汉词典》，北京：民族出版社 2004 年版，第 268、242 页。

  ③ 德宏傣语由屈永仙提供，特此感谢。

  ④ 梁敏、张均如：《侗台语族概论》，北京：中国社会科学出版社 1996 年版，第 284 页。

  ⑤ Hoàng Văn Ma, Lục Văn Pảo, Hoàng Chí, Từ Điển Tày - Nùng - Việt, Hà Nội: Nhà Xuất Bản Từ Điển Bách Khoa 2006, p. 251.

可见，"麽"（mo）作为早期侗台语族群与"巫术"关联的词，在不同支系分离之前就已经出现。

侗台语族台语支民族用来指称"巫"的"mo"，其发音更为一致。梁庭望先生曾指出，"觋壮话称为魔公（mo，Bouxmo），mo 实为巫的音译，故魔公实际是巫公，也就是男巫"。① "魔公"即"布麽"。周国茂也曾指出，"14 世纪以前，汉语中'巫'的发音仍为'm̥'，与'姆'（摩）的发音 mu 或 mo 近似。"② 梁敏、张均如所构拟的原始侗台语"巫师"一词为 m̥ɔ③，可见该词在侗台语民族中被使用的时间很早。邢公畹更指出了"在汉族、藏缅族、侗台族和苗瑶族的……四族语言中义为'巫'的这个词都能在语音上互相对应"，④ 笔者认为该词应属于这些早期族群共同的底层词。没有保留 mo（巫）的民族，或使用了其他相关词，如侗族、毛南族使用了"匠"的说法，分别为"saːŋ⁶"、"zaːŋ⁶"，古代巫、匠不分，"巫匠亦然"。⑤

侗台语族群内部的"巫"文化衍生了丰富的表现形态。在壮族、布依族地区，男巫布麽（摩，mo）主持赎魂、丧葬等仪式，女巫乜末（meh moed，yah gimq）主持"过阴"、求子等仪式；在东南亚不信仰佛教的傣泰族群中，男巫"mɔ phi"亦主持民间的各类祭祀仪式，信仰佛教的族群则和南部壮族地区一样，盛行由宗教仪式发展出来的"末伦"艺术。这种"同中存异"的现象，留给我们宽阔的比较空间。通过对所信仰神祇、巫术仪式和传承者等多方位、多角度的比较，可以更深刻地洞察这些族群如何将巫信仰在纷繁复杂的环境中顽强地传承下来，并且再次以更适应时代的面貌表达祖辈的信念。

---

① 梁庭望：《壮族文化概论》，南宁：广西教育出版社 2000 年版，第 459 页。
② 周国茂：《一种特殊的文化典籍：布依族摩经研究》，贵阳：贵州人民出版社 2006 年版，第 8 页。
③ 梁敏、张均如：《侗台语族概论》，北京：中国社会科学出版社 1996 年版，第 948 页。
④ 邢公畹：《原始汉藏人的宗教与原始汉藏语》，《中国语文》2001 年第 2 期。
⑤ 同上。

二 侗台语族群典型神祇比较

1. 布依族报陆夺和壮族布洛陀

布依族是中国多民族大家庭中的重要一员，主要聚居于我国西南地区的贵州、云南、四川和广西西北部等地，和汉、苗、侗、仡佬、壮、仫佬、毛南等民族交错相邻。根据2000年第五次全国人口普查数据，全国的布依族人口总数为2 971 460人。其中，贵州地区的布依族有2 798 200人，主要聚居在黔西南布依族苗族自治州、黔南布依族苗族自治州、安顺市、六盘水市、贵阳市、毕节市、遵义市、黔东南侗族苗族自治州等地。云南的布依族人口为54 695人，居住在曲靖地区、文山壮族苗族自治州、红河哈尼族彝族自治州等地。四川的布依族散居于宁南、会东、木理、普格等地。在广西和越南北部也有布依族散居。

布依族自称"布越"（$pu^{31}jai^{31}$／$pu^{31}jui^{31}$／$dzai^{31}$）、"布依"（$pu^{31}ʔi^{31}$）、"布雅伊"、"布仲"（$pu^{31}tsuŋ^{33}$）、"布饶"（$pu^{31}zau^{11}$）、"布曼"（$pu^{31}maːn^{11}$）等。布依族是南北盘江、红水河流域及其以北地带的土著居民。

"摩教"（mo^{24}）"是布依族的民族宗教，是一种由多神教向一神教演变过程中初步具备一神教雏形的宗教形态，属于一种准人为宗教"[①]。它已产生较为固定的神职人员——布摩，通过口传心授为主的传承方式来维系自身固有的体系，流传有较为系统的摩教经书，已较为规范的相关宗教仪式，并发展出基本教义。

摩教以报陆夺为主神，他是布摩的祖师爷，能帮助人类解决任何难题，洞察世界万物，才干突出。报陆夺的原型被认为是"一位杰出的父系氏族或部落首领"，智慧神或创造神。[②] 布摩 WWB（男，1944年生）说报陆夺是一个人，他死了之后，就变成了神，在天上做王。他是一个聪明机智、很能吹牛的人，所以有专门的"摆报陆夺"歌，在夜晚守灵的

[①] 周国茂：《一种特殊的文化典籍：布依族摩经研究》，贵阳：贵州人民出版社2006年版，第9页。

[②] 同上书，第10页。

时候唱。①

贵州黔西南州贞丰县珉谷镇的布摩 YHL（男，1963 年生）说报陆夺很聪明，在禳解各种不顺之事、意想不到的变动、家庭不兴以及突然死亡等灾难时，要请他下来坐镇，护助布摩完成仪式。这种情况下，要在祭祀场地单设一个小桌子，设香炉焚香作为报陆夺的神位，并摆上四个小酒杯，斟酒敬奉。在请报陆夺来坐镇的时候，要诵"请报陆夺经"。YHL 的经文中有一段"请报陆夺经"，原文及翻译如下：

讀邦报兒托（做邦解的报陆夺）

達一报兵所（第一请报陆夺）

達宜报所王（第二请报所王）

達三王兒桃（第三请王兒桃）

達四报兒托（第四请报陆夺）

报兒托爻鲁（报陆夺是远古时代的）

補兒托爻贯（报陆夺是前朝时代的）

菲能弄門四（四面八方的灾难都是你来解）

們四昔門少（四面八方的禳解都是你来造）

門若系欒好（你知道如何造人间粮食的种子）

門若少弯文（你知道如何造人种）

又恒們南汉（你在天上坐王位）

又恒們半在（你在上面处理人间万事）②

布依族摩经中也常见将报陆夺和摩陆呷并举的念词，叙述人类遇到困难的时候就会吟诵"去问报陆夺，去请教摩陆呷"。摩陆呷被解释为报陆夺的徒弟，或者就是报陆夺本人。③ 壮族的布洛陀和姆洛甲，在发音上与布依族两位神祇的发音相去不远。壮族布麽把姆洛甲写成"麼渌甲"等，说他是渌甲地方的布麽，或者是布洛陀的徒弟，也有人认为他就是布洛陀。除了这些解释，在壮族民间还有大量关于姆洛甲的神话，在这些神话

---

① 2011 年 8 月 30 日珉谷镇，笔者与 WWB 进行访谈。
② 2011 年 8 月 29 日笔者记录。
③ 周国茂：《一种特殊的文化典籍：布依族摩经研究》，贵阳：贵州人民出版社 2006 年版，第 4—5 页。

中姆洛甲是女性，她是世界上第一个女人，从花中出生，创造了世界万物和人类，并为社会规定了各种各样的秩序。笔者认为姆洛甲和布洛陀是从同一个神祇发展而来、不同性别的两个神，分析见前"文本篇·人类起源与姆洛甲"。

布依族布摩主持的仪式包括民间超度亡灵、消灾、祈福和驱邪等。WWB介绍说，当地布摩的活动分为大摩、中摩、小摩三种，吟诵经文所用的曲调都不同。大摩主要在烧香、唱"邦弯"（祭歌）的时候唱；中摩则在超度那天请亡人吃早饭和午饭仪式、迎接吊唁客人时使用；小摩则是在用在丧葬上"解邦"的时候使用，以此让亡人离断对世间的挂念。对活人也常进行"解邦"仪式，如"打三朝"、逢年过节、七月半时为婴幼孩"叫魂"，家里出现各种不吉利的现象（如牛暴死等），都要"解邦"，以驱除不祥。妇女生小孩之后也要"解邦"，因为血水污染了水源，会得罪龙王。① 布依族摩仪式与壮族麽教仪式所涉及的范围较为一致，壮族大的仪式有红水河流域的杀牛祭祖宗、扫寨，小仪式有丧葬、赎魂等。作为摩（麽）教仪式的重要特征，布依族和壮族布摩（麽）都常使用铜铃作为通神的重要利器。WWB告诉笔者，无论是何种仪式，他都只需用一个小铃铛做配乐。② 另一位者相镇的布摩YHL则强调，在仪式现场请报陆夺来"坐镇"时，必用铜铃，而且有专门的卦象证明报陆夺的到来。在驱赶邪魔的时候，还会使用利剑，有的经文演唱时还需有鼓、铙、钹等乐器伴奏。③ 这些主要通过汉族道教文化传入的乐器，无论在布依族还是壮族社会中都日益盛行。

布依族摩经亦使用方块布依文，与壮族方块壮字大同小异。常见的布依族摩经有《殡亡经》《请龙经》《访已经》《退仙经》等，经文内容除了祈祷词、古代的神话传说，还有英雄史诗雏形、故事及抒情类内容。祈祷词为祈请之词，如某些仪式开始时念诵经文："不请哪个远处的，不请哪个外姓的，不请哪个上方的，也不请哪个下方的，专请某某

---

① 2011年8月30日珉谷镇，笔者与WWB进行访谈。
② 同上。
③ 2011年8月29日者相镇，笔者与YHL、YHLG进行访谈。

某（祈祷对象）。"① 流传在安龙和册亨一带的布依族摩经中则有丰富的造万物内容，如《造天造地》《造太阳月亮》《造星星造天河》《造雷造闪电》《造风造雨》《造乌云和彩云》《造人烟》《造年造月》《造山造岭》《造树造藤》《造花造草》《造雀鸟》《造狮造虎》《造河造海》《造鱼造虾》《造弓造弩》《造火》《造稻造麦》《造棉造靛》《造歌造木鼓》及《造月琴、姊妹箫》等。此外，经文中情节更完整的英雄史诗雏形、叙事诗等作品则有《安王与祖王》《范龙》《范朗与媚香》《马赛》及《葬母仪规》等。② 布摩 WWB 所使用的经文就有《安王和祖王》《解邦经》《花经》及《抱儿和牙囊》等。相较而言，壮族不同地区的麽经，其所使用的方块壮字也多有不同，仅限于小范围内流传，各地的"布洛陀"写法都不尽相同，布麽在学习经文初期，主要依靠口传心授来解读经文，当对方块壮字熟知到一定程度以后，才能通过抄写等形式传承经文抄本。麽经中也收录了大量的创世神话内容。无论是报陆夺还是布洛陀，摩陆呷还是麽渌甲，都是方块文字不同写法的结果，其相关信仰与神话内容是较为一致的。

以布依族摩经《安王与祖王》与壮族麽经《汉王与祖王》为例，两者内容相似，为同一英雄史诗的雏形。布依族《安王与祖王》见于摩经《招魂经》或《罕王经》中，在超度非正常死亡者的仪式上使用。故事主要内容是：从前盘果王和鱼（龙）女相恋结婚，生下安王。安王长大后，一次打得鱼回家欲烹食，其母告诉他说鱼是舅爷，不能吃。安王不听劝阻，其母一气之下回龙宫。盘果王续娶一个寡妇为妻，生下祖王。安王和祖王本相处很好，但祖王之母欲让祖王独占家业和王位，唆使祖王加害安王，安王被迫离家出走。盘果王因此病倒，安王闻讯后回来探望。祖王以取药为名，欲将安王害死于深井之中。在龙王的帮助下，安王得以脱险。安王对祖王发出多种诅咒，表示要以各种灾害迫使祖王屈服。祖王不服输，最后安王上天，向人间发下痧子、天花、旱灾等。天上还出现了 12 个太阳，晒得地上的石头熔化，人也死了不少。

---

① 周国茂：《一种特殊的文化典籍：布依族摩经研究》，贵阳：贵州人民出版社 2006 年版，第 12 页。

② 同上书，第 11—14、190 页。

祖王这才请鹰做使者,去向安王请降认输,愿意交回王位和权力。最后,安王管上方,祖王管下方,下方对上方每年缴租进贡,解决了同父异母两位王子的纷争。① 壮族的"汉王祖王"也多用于超度非正常死亡之人的仪式中。壮族麽经中,汉王的父亲为"王",没有提及母亲的身份,而布依族的安王之母为鱼(龙)女,带有更浓厚的早期图腾信仰的特点。有的壮族经文中,帮助汉王的神有雷神、玉皇、花婆等,体现出壮、汉民间信仰杂糅的现象。

布依族摩经中有关于砍牛仪式来历的解释,流传在望谟、罗甸、荔波与平塘等地区。故事说,远古时候,人死了之后要被四周的邻里吃掉,但有一个叫作颖的人,在自己母亲死了之后,不忍心让别人来吃掉自己的母亲,就杀了一只牛来款待大家,以替代自己的母亲,从此,丧葬仪式上形成了砍牛的传统。② 壮族的麽经中也有《吝葬母》《童冈葬母》等故事,内容与布依族的叙事相差不多。③ 不论是布依族还是壮族,通过葬母故事表达的都是对人生礼仪的一种规范。

布依族和壮族的摩(麽)经中叙述的内容多有相似之处,但布依族的摩经又有自己的独特之处,如荔波一带的布依族摩经中有爱情叙事歌《范龙》《范朗与媚香》《马赛》等,还有被称为"温"、文学色彩浓厚的经文。④

从句式上看,布依族摩经经文,一般为五言诗句,押脚头韵和脚腰韵。脚头韵为上一句最后一个字与下句第一个字相押韵,脚腰韵为上一句最后一个字与下句第二或第三个字相押韵。如⑤:

---

① 周国茂:《一种特殊的文化典籍:布依族摩经研究》,贵阳:贵州人民出版社2006年版,第31页。

② 同上书,第13页。

③ 张声震主编:《壮族麽经布洛陀影印译注·第五卷》,南宁:广西民族出版社2004年版。

④ 周国茂:《一种特殊的文化典籍:布依族摩经研究》,贵阳:贵州人民出版社2006年版,第14、146页。

⑤ 同上书,第140页。

布依语：　　θaːm²⁴　vaːm²⁴　tɕam³³　paːi²⁴　n a³⁵
汉译：　　　三斧砍前面

布依语：　　ɣa⁵³　vaːm²⁴　tɕam³³　paːi³³　laŋ²⁴
汉译：　　　五斧砍后面

布依语：　　sɯ¹¹　ŋaːi¹¹　vai³¹　ʔdaŋ²⁴　tiŋ²⁴
汉译：　　　早饭时树"叮叮"响

布依语：　　sɯ¹¹　ðiŋ¹¹　vai³¹　ʔdaŋ²⁴　ʔaːu³¹
汉译：　　　晌午时树"嗷嗷"响

　　壮族的布洛陀经诗亦类似布依族摩经，格式多以五言为主，偶尔有三言、四言、六言和七言，对偶句较多，押韵的基本方式有脚腰韵、腰脚韵、脚韵等。脚腰韵是一个较为特殊的押韵方式，并不为布依族和壮族所独有，这种特殊的韵律形式在侗台语各民族中都有发现。它或许是早期侗台语民族文化的特定产物，笔者将在后面"口传形式的比较：五言脚腰韵"部分进行分析。

　　除了摩经，在布依族民间还流传着关于报陆夺的散体神话传说。如布依族聚居的贵州扁担山，山上有一天然石头酷似老人之像，当地布依族老百姓传说那是报陆夺的化身，故有"圣山"之名。贵州贞丰双乳峰的传说也与报陆夺的弟子有关。①

　　从整体文化上来考察，布依族与壮族的摩（麽）教经诗有以下共性特征。

　　（1）布摩（麽）兼有神职人员和歌手两种身份

　　布依族的布摩不但是各类祭祀仪式上的主持人，他们往往还兼有歌手身份。这曾经对摩经的形成产生了很大影响，一方面，民间各类叙事被布摩"择优"带入摩经之中；另一方面，布摩也通过学习摩经，成为布依族的"知识分子"，使得他们在民歌传承过程中发挥了更大的作用。布摩

---

① 百度"双乳峰"词条，http://baike.baidu.com/view/143882.htm? fr=aladdin。

把摩经的部分篇章加以改造，在歌场中演唱，如《鳏寡孤儿歌》《情歌》等。有的年轻人为了学唱布依语民歌，往往要拜布摩为师进行学习，通过对歌来获取心上人的芳心。① 壮族社会中类似现象也很普遍，本书"文化篇·壮族麽教与布麽"已进行了分析，在此不复赘述。

（2）摩（麽）经所描述的布依（壮）族先民经历了相似的社会发展阶段

布依族摩经里描述了布依族先民曾经建立过国家，出现了"王"的称呼。《安王与祖王》中描述的布依族先民社会曾经历了从母权制向父权制过渡的阶段，后出现私有制，进入奴隶制社会。春秋战国到秦汉时期，在布依族地区曾先后出现过牂牁、且兰、夜郎等国家，都与布依族先民有关。② 在壮族的麽经中也能看到相似的情形，从早期以姆洛甲为形象代表的母系氏族社会进入以布洛陀为形象代表的父系氏族社会之后，私有制得到了发展，并进入了被称为"东方奴隶制"的社会阶段。③ 早期西瓯、骆越都是以壮族先民为主体的国家，曾经历了古国、方国时期。

（3）摩（麽）经反映了两个民族先民生产力的进步

摩（麽）经里提及的生产工具、冶炼技术等都表明布依族、壮族在历史上已具有较高的生产力水平。如布依族摩经里讲述"囊"外出周游学会建房技术，回家之后便架炉打制铁斧、砍刀，用来砍伐树木建造房屋。布依族布摩主持仪式时地使用铜鼓。"在布依族居住的古老村寨，凡遇老人过世，布摩都要唱诵《摩经》、敲击铜鼓'十二则'（即用铜鼓演奏的十二段鼓曲）或击铜鼓三槌来超度亡灵。"④ 贵州兴仁县布依族布麽WKH摩经《赎魂篇》之《朵任·果龙》（祭天际·铜源）章节描述了炼铜制铜鼓的内容：

汉字记音（布依语）：故筒俗官拐

---

① 周国茂：《一种特殊的文化典籍：布依族摩经研究》，贵阳：贵州人民出版社2006年版，第71—72页。
② 同上书，第63页。
③ 梁庭望：《壮族文化概论》，南宁：广西教育出版社2000年版，第48页。
④ 蒋英：《从布依族〈摩经〉看铜鼓铸造的历史渊源》，《民族艺术研究》2005年第6期。

汉意内容：活塞装在筒管里
汉字记音（布依语）：官拐倒松拜
汉意内容：装置双式活塞风箱
汉字记音（布依语）：松拜党江纳
汉意内容：双塞风箱置田坝中
汉字记音（布依语）：松龙党江洞
汉意内容：双式炼铜风箱安在坝子中
汉字记音（布依语）：他绍鲁绍乙
汉意内容：首次布置试炼铜炉
汉字记音（布依语）：他绍刚绍帅
汉意内容：先用铁矿去试炼
汉字记音（布依语）：他绍身小绍尼
汉意内容：再次作试炼布置
汉字记音（布依语）：他绍化拜帅
汉意内容：又用铁矿再去作试炼
汉字记音（布依语）：舵金哉菲奶
汉意内容：加进耐燃的柴火
汉字记音（布依语）：小蒿网等奶
汉意内容：横着加放在炉内
汉字记音（布依语）：小蒿疗败若
汉意内容：助燃物放在外面
汉字记音（布依语）：排襄孔妈壤
汉意内容：用虎皮做的风箱来鼓风
汉字记音（布依语）：排襄响妈播
汉意内容：用狮皮风箱来吹风
汉字记音（布依语）：排襄洛妈达
汉意内容：用兔皮风箱来加劲
汉字记音（布依语）：排本拜本妈
汉意内容：风箱鼓风煽来煽去
汉字记音（布依语）：五龙丁吉尽
汉意内容：铜矿烧得红彤彤

汉字记音（布依语）：排达拜达到

汉意内容：风箱柄拉去又拉回

汉字记音（布依语）：王龙射吉坎

汉意内容：铜矿已熔化为液体

汉字记音（布依语）：敌故墨腊汝

汉意内容：欲铸成冠形大铜锣

汉字记音（布依语）：须盘墨腊汝

汉意内容：就成冠形大铜锣

汉字记音（布依语）：敌故碰腊敖

汉意内容：就做成铜镲（大钹）

汉字记音（布依语）：须盘碰腊敖

汉意内容：就成凸形镲

汉字记音（布依语）：敌故年根香

汉意内容：欲做铜鼓过春节

汉字记音（布依语）：须盘年根香

汉意内容：就有过春节的铜鼓

汉字记音（布依语）：敌故年贬向

汉意内容：就有超荐亡人用的铜鼓

汉字记音（布依语）：须盘年贬向

汉意内容：就有超荐用事的铜鼓①

这段经文保存了布依族先民炼铜的深刻记忆。与之相似，在壮族布洛陀经诗中也有"喃诵造铜制铜刀""铜源歌"等篇章。"喃诵造铜制铜刀"②里说，王用铜造铜珠，炼出红铜。外面的汉人来到壮族地区，约壮人和瑶人一起进山，用铜冶炼铜印、铜鼓、罗盘、铃铛等。经文里还常描

---

① 蒋英：《从布依族〈摩经〉看铜鼓铸造的历史渊源》，《民族艺术研究》2005 年第 6 期。
② 张声震主编：《壮族麽经布洛陀影印译注·第三卷》，南宁：广西民族出版社 2004 年版，第 793 页。

述布麽用鸡骨占卜进行铜鼓葬，铸铜鼓祭祀神灵举行丧葬仪式的情节[①]。文山壮族地区《麽荷泰》[②] 中的"铜源歌"，讲述人们如何找到铜矿，冶炼铜来制作铜铃法器等。《広哏佈洛陀》[③] 的"赎鱼魂"篇则提及人们烧炭炼铁制作斧头与柴刀，用它们来砍竹子做成笼子捕鱼。还有的经文[④]说古代的"王"取锡补天，取铜焊地。可见，不论布依族还是壮族先民，都对早期社会金属的使用留下了深刻印象。尤其是用铜做成的铜铃和铜鼓，在这两个民族的精神生活中都占据了重要地位。铁制品则主要用于制作生产工具和武器，如刀、斧、剑等。布依族经文中说的"囊"，是对社会地位高德女性的称呼，其历史记忆甚至可上溯到母系氏族社会时期。

（4）摩（麽）经中展示的动物崇拜传统

①鸟崇拜

布依族摩经中保留了深厚的鸟崇拜印记，如《摩经·祭山经》中就有关于神鸟造人的情节："好妻、好女人是鸟神造。好夫管高地是鸟神造。好地方好伙伴都是鸟神造。"[⑤] 后来，洪水淹天下，燕子王兄妹幸存下来，二人配为夫妻，生下一个畸形儿。他们把畸形儿砍成肉块，变成了越人、苗人和汉人等"一百二十氏人类"。此外，布依族的报陆夺念为 $pau^{35}luɯk^{33}to^{11}$，"陆"与壮族"布洛陀"的"洛"[⑥] 都与本民族语言中"鸟"的发音相似[⑦]。相较之下，有关于"鸟"的词汇及其信仰是为布依族、壮族的共享。如前所述，布洛陀被壮学研究界论证为早期鸟图腾信仰发展的结果，是鸟氏族部落的首领，据此分析，布依族报陆夺身份中也更

---

① 张声震主编：《壮族麽经布洛陀影印译注·第五卷》，南宁：广西民族出版社 2004 年版，第 1407 页。

② 张声震主编：《壮族麽经布洛陀影印译注·第八卷》，南宁：广西民族出版社 2004 年版，第 2777 页。

③ 张声震主编：《壮族麽经布洛陀影印译注·第二卷》，南宁：广西民族出版社 2004 年版，第 216 页。

④ 张声震主编：《壮族麽经布洛陀影印译注·第一卷》，南宁：广西民族出版社 2004 年版，第 420 页。

⑤ 伍文义：《云南布依族传统宗教经典〈摩经〉译注与研究》，广州：暨南大学出版社 2012 年版，第 513—515 页。

⑥ 壮语的"洛"有 lo（ː）(k)、luɯk、luk 等方言音。

⑦ 布依语中"鸟"的读音为"$zɔk^3$"，壮语中"鸟"的读音为"$ɣok^8$"。

可能带有布依族先民早期鸟类崇拜的痕迹。① 布依族摩经中说人类起源于一对"燕鸟王兄妹",对鸟的崇拜又被细化。壮族布洛陀信仰中的鸟崇拜则没有较为明确的鸟类。姆洛甲与"六甲"鸟或鸽子崇拜有关。神话中布洛陀和姆洛甲都有造人之功,也可视之为"鸟生人"的一种隐喻。布依族和壮族相似的英雄史诗雏形《安王与祖王》(《汉王和祖王》)中,"汉王"壮语有"大雁之王"之意,而布依语中"鹅"也读成"xaːn^{35}",这与壮语十分接近。该史诗保留了早期布依族、壮族先民雁鹅崇拜的信息。

布依族鸟崇拜的独立发展与特殊性或许又是"以某种常见的专名来指代通称"② 的结果——燕鸟作为一种与布依族先民接触频繁的鸟类,在后来的摩经中被作为鸟类的统称,成为人类起源的始祖。晴隆一带的布依族,说祖先逃难时得老莺(鹰)③ 帮忙,驮他们到河对岸生活和繁衍,因此,每年农历三月三要祭祀老莺坟和老莺崖。④

②竹崇拜

《逸周书·王会解》中曾经提到南方向中央王朝进贡的名产"路人大竹","路人"为"骆人"之通假,"路人大竹"也就是指生长在骆越地方的巨大竹子。竹子生命力强,柔韧易长,竹笋可吃,竹节用途颇多,在人类早期社会被当成重要的食物和工具来源,故而在布依、壮先民图腾崇拜中占据一席之地。

竹崇拜在布依族早期图腾崇拜中较为突出。竹子在摩教仪式和信仰中扮演了重要角色。与竹有关的仪式主要关乎生育、求子、护佑及丧葬等内容,凸显了图腾与人类之间的血缘关联。如在孕妇临产前,要举行竹神送子的"保福"仪式。舅家两名男性长老带领大家送来两棵约两米高的金竹,两棵竹子竹节相当,顶部留有竹叶,寓意着强盛的生命力。主人家还要在堂屋祭祀祖先,请布摩将竹子搭成"竹门",两竹之间以竹片连出"拱门",在竹门上挂上用红纸剪成的三排小人,以示竹神保佑多子多福。

---

① 陈孝玲:《侗台语核心词研究》,成都:四川出版集团巴蜀书社2011年版,第32页。
② 陈孝玲:《侗台语核心词研究》,成都:四川出版集团巴蜀书社2011年版,第33页。
③ 黄义仁先生在《布依族的图腾崇拜》一文中报道的"老莺",在周国茂先生《一种特殊的文化典籍——布依族摩经研究》一书以及壮族关于《安王与祖王》(《汉王和祖王》)的相似叙事中,均为"老鹰",故在此标注。
④ 黄义仁:《布依族的图腾崇拜》,《贵州民族研究》(季刊)1987年第4期。

布摩要在竹门前念诵摩经，以祈求孕妇生产顺利、儿孙满堂。仪式结束后，竹门被安放在孕妇的卧室门前或床头，以求得其护佑。① 布依族还有为求子而举行的"搭花桥""竹船送子"等仪式。"搭花桥"时，布摩用一节大竹做成"花竹筒"，竹筒里装上纸花，唱诵《摩经·引花经》时用粘有布条的木棒粘出纸花象征即将来主家投胎的孩子。"竹船送子"仪式上，布摩用三节大竹制作竹船，船上放置身缠一只竹的小竹人，在仪式过程中将此竹船放在主家水缸脚或堂屋中柱前进行祭祀。有的布依族地区，家中只有独子或婴儿出生满"三朝"时，要请布摩来祭祀竹神，栽下大金竹或大水竹并保证其成活，以祈求"神竹与儿做伴"。在年长者丧葬超度仪式上，由女婿来设立"大竹神位"以保证逝者得以归入神位，升上天堂。② 与此相似，壮族民间也多竹图腾崇拜。壮族民间丧葬仪式上布麽要使用竹子来作为引魂幡的支撑，有的地方亡人和所请神灵的牌位都要用纸写好挂在小竹竿上。竹为魂之所居，神灵之所附。在屋外吟诵麽经时，要用竹子搭一个亭子供布麽请神、诵经之用。先前，广西百色市凌云县等地方的壮人仍然保留了祭拜竹王庙的传统。③ 在民间祈求生子、顺利生产的"求花"仪式上，也要设立竹子搭建而成的花门，立在妇女或孕妇的门口。

　　盛行竹崇拜的夜郎国被认为是布依族、壮族先民共同建立的国家，所谓"郎"（壮语 rangz），在壮语里至今还是"竹笋"的意思。壮族大姓"蓝"（lamz）也是夜郎国的姓氏。④ 夜郎国曾经是西汉"西南夷"中最大的方国，其势力范围在湘、黔、桂、滇交界处，中心区是北盘江流域。⑤ 今天，这些地方主要的居民仍是布依族和壮族。夜郎王亦被称为"夜郎竹王"，南朝时期范晔《后汉书》⑥ 综合《华阳国志·南中者》的内容记录如下："夜郎者，初，有女子浣于遁水，有三节大竹流入足间，

---

① 伍文义：《云南布依族传统宗教经典〈摩经〉译注与研究》，广州：暨南大学出版社 2012 年版，第 556 页。
② 同上书，第 556—557 页。
③ 梁庭望、农学冠编著：《壮族文学概要》，南宁：广西民族出版社 1991 年版，第 139 页。
④ 梁庭望：《壮族文化概论》，南宁：广西教育出版社 2000 年版，第 126 页。
⑤ 郑超雄：《壮族文明起源研究》，南宁：广西人民出版社 2005 年版，第 272—273 页。
⑥ 宋·范晔撰，唐·李贤等注：《后汉书·卷八六》，第 2844—2845 页。

闻其中有号声。剖竹视之，得一男儿，归而养之。及长，有才武，自立为夜郎侯，以竹为姓。武帝元鼎六年，平南夷，为牂牁郡，夜郎候迎降，天子赐其王印绶。后遂杀之。夷僚咸以竹王非血气所生，甚重之，求为立后。牂牁太守吴霸以闻，天子乃封其三子为侯。死，配食其父。今夜郎县有竹王三郎神是也。"布依族和壮族民间流传的《德者故事》《莫一大王》等英雄史诗和传说，带有浓厚的竹崇拜色彩，对夜郎竹王的史实或有一定隐喻。布依族的德者又被称为"金竹师"，与竹信仰有关联。《德者故事》《莫一大王》等叙事中最常见的情节"竹林养兵""竹鞭赶山""竹箭射京城"等渲染了竹子的特殊神力。布依族《德者的故事》说，英雄的布依族领袖德者被皇帝打败并斩首。官兵走后，他捧着自己的脑袋去问母亲："断头成不成人呀，妈妈？"他的母亲说："断头不成人了，儿呀！"德者无法复活，他一气之下就把脑袋扔进金竹林里了。此后，金竹林天天都发出"呜呜呜"的吹响号。传说，每一节竹子里有德者的一个兵，他们等着德者再生，和他一起战斗。① 镇宁县搜集到的《德者的故事》则说，德者的妈妈按照他托梦的嘱咐，把他的头放进罐子里。和身子一起埋到竹林里。过了九九八十一天，竹林里发出奇怪的声响，装头的罐子也嗡嗡作响，德者的妈妈用开水倒进罐子里。官兵又闻讯而来把竹林烧掉，竹节中骑马的兵将跳出来却都没有头，原来是罐子里的头都被烫死了。② 壮族《莫一大王》里说，皇帝知道莫一有神力之后，就想除掉他。莫一跑回家乡，用竹鞭赶山来堵寨，抵御皇兵。"莫一把鞭拿在手，山山向他来叩头；莫一挥鞭把山赶，山山跑步抢在头。"后因他的母亲无意中道破天机，说出"石头"二字来，山就停止移动了。后来，莫一夫妻在山上种竹子，竹节里面藏着神兵。等到时间足够，神兵就能够从竹子里出来打败皇兵。但时间未到，竹节里的神兵就被皇帝放火烧死了。《莫一大王和十二大龙》中还有向官府卖竹节的情节，说莫一的寡母让官差随便砍竹，竹兵都没有长成就被发现了。后来，莫一大王用剩

---

① 布依族学者周国茂提供的内部资料：《德者的故事》，讲述人：韦泽周，搜集整理：巴伦。

② 贵州社会科学院民族文学研究所、黔南市布衣族苗族自治州文研室合编：《布依族民间故事》，贵阳：贵州人民出版社1982年版，第282—289页。

下的唯一一根竹子做成弓箭,射向京城。第一箭射到城中,第二箭射到宫门,第三箭射中皇帝的洗脸盆,遗憾的是没有把皇帝射死。①

③龙(鳄、蛇)崇拜

西汉《淮南子·要略训》有云:"操合开塞,各有龙忌。"许慎注之曰:"中国人以鬼神之事曰'忌',北胡南越皆谓'请龙'。"南北相对应,此处的"南越"并非国家之名,而应为"南方越族"之意。作为越人后裔的布依族和壮族,至今都还在摩(麽)仪式中保留了"祭龙"之俗。

"龙"是汉语,布依族和壮族的龙崇拜,其来源主要是将本民族的鳄、蛇崇拜,布依语谓蛇为"额",音 ŋɯ[11],谓鳄为"厄",音 ŋɯ[13]。谷因先生认为,布依族的"龙","其原型则既是蛇也是鳄,即把蛇和鳄都视为龙"。②布依族摩经中常见鳄、龙并举、互相替代的情况。经文《访己》中有诗句:"旧贯龙未妈谷考找宗,龙未妈谷考找达",意为"前代龙未来当头作宗,龙未来领头造河",又有"旧女龙上妈谷考找宗,厄上妈谷考找达",意思是"这代龙才来当头作宗,鳄才来领头造河"。经文上下呼应,用"厄"代替了"龙",属于同义置换的情况。壮族地区的"图额"已是一个复合神的形象,主体为鳄,兼有犀牛、河马等多种动物形象。③布洛陀经诗里最早出现的天、地、水三界之王,其中就有水界之王图额。经诗还叙述英雄王曹之母与图额私通,生下王曹,王曹因受舅家虐待,得父亲的帮助后征战各地,成为英雄,死后掌管殇死者之域。经诗中还常见九头"额"和九头"龙"互相替代的诗句,如天地来源说到拱屎虫把石头分成两块:"一块往上跟雷王,一块往下跟图额,雷鸣响在天,图额赶河海水,一块往上去,变最初十柱,一块降下方,造出条龙来,雨落到下方,九头额造沟,九条龙造河,抬头过来坡连坡,伸颈过来山连山,尾巴甩出溪,用脚刨出河;造出天下宽,造成田

---

① 农冠品编注:《壮族神话集成》,南宁:广西民族出版社 2007 年版,第 426—432 页。
② 谷因:《布依族崇龙文化探略》,《贵州民族学院学报》(哲学社会科学版)2000 年第 2 期。
③ 梁庭望:《壮族文化概论》,南宁:广西教育出版社 2000 年版,第 455 页。

峒广。"① 因图额管水，后受汉族的龙文化影响，壮族图额信仰逐渐和龙的概念相合并。

布依族有新春期间在堂屋东向中柱下举行"祭龙"仪式的传统。届时，布摩到家念诵《卧龙》经，"卧龙"为布依语的"出龙"之意。讲述古代的王因为要盖房建寨，"挖着大龙头，挖着大龙骨，龙逃回大海；王养猪羊不成群，鸡鸭不满圈"。王无计可施，只能去请教报陆夺。报陆夺说："先前未请龙，你就来请龙，用过年的猪头请，用大猪尾巴请，用银锭来请，用老窖酒来请；请了鸡鸭就满园，猪羊就满圈，牛就充下圈，马就满上圈。"王按照报陆夺说的做，果然应验了。从此，布依族人民为了祈祷人畜兴旺，家庭稳定，都要举行该仪式。② 农历六月初六，布依族各村的男性要到村社庙前举行祭龙的"访已"仪式，请布摩主持并唱诵《访记》经，"已""记"都是布依语中对大蛇（蟒）神化之后的称呼。经文的内容讲述，住在水边的祖先来到这方来建立寨子，在祭祖日这天，"请我们的祖先过田来，请我们的龙过坝来"，保佑村民人丁兴旺，六畜满圈，粮食钱财满仓。在村寨收成不好、人畜多病等情况下会举行"达龙板"仪式，"达龙板"即布依语"祭寨龙"的意思。在家中诸事不顺的情况下还要单独举行"达龙然"，即祭祀家龙的仪式。③《访记》经本身就是祭祀蛇神所用，却又全篇冠以"龙"之称呼，可见，蛇与龙在布依族信仰中同属一类。④ 文山地区的壮族也普遍保留了农历二月至三月的祭龙习俗，届时由布麽主持仪式并吟诵麽经。大年初一，桂西各地壮族有向龙王焚香、买新水之俗，以祈求风调雨顺、五谷丰登、人财两旺。布洛陀经诗中也多见述对蛇的多种禁忌。

布依族和壮族的龙崇拜，以本民族的鳄、蛇崇拜为基础，在"龙"观念进入后与之合并，"龙""厄"（图额）等观念并现于摩（麽）经中，在民间习俗中得以传承。

---

① 张声震主编：《壮族麽经布洛陀影印译注·第一卷》，南宁：广西民族出版社2004年版，第309页。

② 谷因：《布依族崇龙文化探略》，《贵州民族学院学报》（哲学社会科学版）2000年第2期。

③ 同上。

④ 同上。

(5) 稻作文化

百越是世界上最早进行水稻人工栽培的族群之一。作为百越后裔的布依族和壮族，在摩（麽）经中积淀了深厚的稻作文化传统观念。摩（麽）经中有专门的《赎谷魂经》用于赎谷魂和丧葬仪式上，布依族和壮族人民对谷种的重视可见一斑。

摩（麽）经反映了布依族和壮族先民已具备较高的稻作生产水平，在生产过程中使用了一系列较为专业的生产工具，并对稻作事项已有了较为细分。如布依族《安王与祖王》中描写了安王、祖王共同上山挖田而引起的矛盾，并有"祖宗田""肥沃田"等区分，说明人们已对稻田的性质和土质的肥瘦有了较为深入的认识。用于耕作的水牛也有了细致的分类，包括水母牛、水㸬牛等。它们被视为一笔重要的财产，是犁耕、驯养等稻作生产活动及其副业相应发达的反映。① 壮族麽经《漢皇一科》中描写汉王与祖王的斗争也都是围绕稻作生产进行的："汉王制造三年干旱，祖王用三千水车车水进田……汉王派老鼠和鸟咬田禾，祖王用三千铁夹来夹，用百千弓箭来射杀；汉王派野猪山羊猿猴糟蹋田地，祖王用刀剑去埋伏砍杀……汉王放三万蝗虫、七万螟虫来咬禾稻，祖王赶三万只公鸡进田去啄"，最后，汉王做了柜子，把太阳、星星都装起来，太阳乃万物生长之源，没有了太阳照射，稻禾不长，人类都饿死了。祖王只好和汉王妥协。② 水车的使用是灌溉技术进步的结果。壮族的《赎谷魂》中还提及不同谷类品种，如红糯谷、大糯谷、黑糯谷、粳糯谷、粳米晚谷、籼谷和旱谷等，叙述从二三月杜鹃啼春人们耙田到播谷秧、下肥料、疏通水渠灌溉、牵牛犁田到稻禾抽穗、收割的过程。③ 概言之，摩（麽）经叙事中处处折射了布依族和壮族先民先进的稻作农耕文化传统，稻作生产是关乎全社会生存的大事和现实问题，只

---

① 周国茂：《一种特殊的文化典籍：布依族摩经研究》，贵阳：贵州人民出版社2006年版，第80页。
② 张声震主编：《壮族麽经布洛陀影印译注·第七卷》，南宁：广西民族出版社2004年版，第2384页。
③ 张声震主编：《壮族麽经布洛陀影印译注·第一卷》，南宁：广西民族出版社2004年版，第273—276页。

有掌握了稻作农业资源,才能保证族群的延续和社会的稳定。

布依族的主体来源于百越中的骆越。在《布依族简史》中,这一观点得到了肯定:"布依族来源于百越族系中骆越人的一支","布依族族源是由秦汉时期古代越人中的一支'骆越',以及后来的'俚'、'僚人'、'蛮'、'仲家'逐步发展而形成的。"① 同时黔南的部分布依族,也有从广西迁徙而来的。布依族继承了骆越的诸多文化基因。《广州记》中曰:"交趾有雒田,仰潮水上下,人食其田,名为骆人,有骆王、骆侯,诸县自名为骆将,铜印青绶,即今之令。"从字面上来解释,雒田即骆越之田。布依族民间至今还有"纳洛(那骆)曼""纳洛加"等田名,都是骆田文化的一种历史延续。布依族居住干栏,仍保留文身习俗,以铜鼓为尊,盛行鸡卜,这些都是骆越文化的特征。

布依族和壮族作为汉文典籍记载中"骆越"部族的后裔,保留了相似的报陆夺(布洛陀)信仰,流传着丰富的摩(麽)文本与经口传经诗,传承着相关的民间散体叙事。

2. 水族拱陆铎和壮族布洛陀

水族自称为"虽"(sui^{33}),是百越后裔。据2000年第五次全国人口普查数据,水族人口为406 902人。他们主要聚居于贵州、广西交界,即云贵高原苗岭山脉以南的都柳江和龙江上游一带。贵州省境内的水族人口为369 723人,其中,黔南布依族苗族自治州的水族人最多,三都水族自治县的水族人数为189 128人,三都周边的都匀市、荔波县、独山县和平塘县等均有一定数量的水族分布。除了黔南布依族苗族自治州,黔东南苗族侗族自治州的榕江、丹寨、雷山、从江、剑河、黎平与福泉等县市均有水族分布。广西壮族自治区境内的水族人民主要居住在南丹、宜山、融水、环江、都安、来宾与河池等市县,人口9 995人。水语属于汉藏语系壮侗语族侗水语支,可分为三个方言区,即三洞土语区、阳安土语区以及潘洞土语区,彼此能够通话。水书是水族人民的文字,被称为"泐睢"($l\partial^{24}sui^{33}$),为民间的水书先生所掌握,主要

---

① 《布依族简史》编写组、《布依族简史》修订本编写组:《布依族简史》,北京:民族出版社2008年版,第11页。

用来记录水族天文历法、历史、宗教及伦理等方面的知识。

水族信奉"拱陆铎"（koi^{35}ljok^{43}to^{31}），又写成"公六夺""拱六夺""拱略夺"等。"拱"是对年长男性的尊称，"陆铎"的发音与布洛陀的"洛陀"发音相去不远，二者应为水族和壮族先民共同信仰发展的结果。水书先生"艾莫"在各种生产、节庆、丧葬仪式上祈请拱陆铎赐福护佑。尤其是丧葬仪式上，特别要敬奉拱陆铎，追忆民族起源、繁衍、迁徙、繁荣的历史；驱逐恶鬼的仪式上，也要让拱陆铎来"截断"，让他们不再危害人间。① 拱陆铎的家族共有14个鬼，其他为俺六甲、公三辛、牙三乙、兔四奴、补六夺、公六瓜、补哈浪、公乃西、牙伞尼、公启高、牙报补、补加西和尼加烟等。他们分管水族人日常生产生活、择时日之吉凶、护佑百工之事等，民间在楼上或谷仓内对他们进行祭祀。

一位都匀的水族研究学者 G 曾向笔者介绍当地拱陆铎的信仰情况。② 他说，拱陆铎是民间信仰的创世者，水书先生在运用水书时，都要先供奉拱陆铎。G 的兄长是一名水书先生，他虽然信奉拱陆铎，但并不将之写在所供奉的牌位上，而是需要请来拱陆铎护佑时焚香祭拜、进供即可。如建房时候请水书先生来做仪式，水书先生则要在仪式前请拱陆铎。同一寨子中的女巫原先也供奉拱陆铎的神位，遭受火灾后便不供了。因拱陆铎是最早的造房者，并且十分聪明，故而为水族木匠所推崇，希望得其护佑，这是水族人民对拱陆铎高度心理认同的结果。木匠并不设立拱陆铎的牌位，而是逢年过节去某一个地方烧纸钱，拿酒肉祭供，并在那里粘上鸡毛，表示自己已经进供。在民间，拱陆铎具有一定约束力，作为道德准则、礼俗规则的评判者而存在。如果谁不遵守水族社会的秩序，将会被拱陆铎惩罚。

水族民间还流传着关于拱陆铎的大量口头叙事，有的以水族单歌和双歌等歌谣形式传承，有的以神话和传说等散体叙事形式出现。这些口头叙事，歌颂了拱略铎的丰功伟绩，如创制水书、教人们制造柴刀等各种生产

---

① 黄桂秋：《水族故事研究》，南宁：广西人民出版社1991年版，第25—26页。
② 2011年9月5日，在都匀与G老师（男，1975年生）访谈，因其不愿意透露姓名，特此隐去。

工具、通晓宇宙和历法、掌握生死法术等。如水族古歌中叙述水族先民住在岜虽山山洞中，拱陆铎就教大家起房造屋，改善生活条件。① 歌中叙述了拱陆铎的身世及其作为水族先民首领的身份：②

>陆蒙公 他是陆铎的父亲。
>松落奶 又生了四个女孩。
>……
>岜虽山顶上，干活真忙碌。
>陆铎最伶俐，被推首领全拥护。

古歌还叙述了拱陆铎创造经书的过程：③

>陆铎最聪明，
>他通晓日月星辰。
>他写水书传后代。
>写的水书指引后代人。
>陆铎最聪明，
>他通晓生死法术，
>掌握运行的日月星宿，
>了解人间的善恶心肠，
>与门徒共创立了水书。
>……
>他创造的水书，
>有黑书和白书。
>写黑书，
>教人们惩治冤家对头。

---

① 潘朝霖、韦宗林主编：《中国水族文化研究》，贵阳：贵州人民出版社 2004 年版，第 457 页。
② 同上书，第 458 页。
③ 同上。

写白书,
教人们掌握择日安葬,
使后代得安详幸福。

以双歌形式演唱的《陆铎、陆甲造水书》说①:

初造人 先造陆铎,陆铎公 住燕子洞。
造陆铎 也造陆甲,陆甲公 住蝙蝠洞。
他两个 水族远祖,给水家 创造水书。
……
造天干 也造地支,干与支 推算时辰。
造日月 也造四季,日与月 日夜运行。
造四季 分清冷暖,春夏暖 播种五谷,秋冬冷 收割备耕。
陆铎公 聪明能干,水家人 个个称赞。

这些描述,可以让我们获得对拱陆铎的一个总体印象,他是水族先民中最有智慧、最聪明、创造了水书并被大家推举为首领的一个祖先。他的这些特质与壮族的布洛陀的地位和功绩较为相似,包括:

(1) 被誉为本民族中最聪明的祖先
(2) 被推举为人类的首领
(3) 教人们盖房,自己却居住在山洞
(4) 他创造了文字、历书,教会人们按历法时序生活
(5) 他会卜算,教人们通过仪式活动来趋利避害

甚至连敬奉拱陆铎和布洛陀的方式,都十分雷同——即不必刻意设立他们的神位,而是在需要他们帮助的时候,通过祭祀以祈求、恳请他们前来指点。从神名、神话叙事到民间信仰的表现,拱陆铎和布洛陀所

---

① 潘朝霖、韦宗林主编:《中国水族文化研究》,贵阳:贵州人民出版社 2004 年版,第 460 页。

具有的共性，让我们更坚信二者应为早期水族和壮族先民共同信仰分化的结果。

水族双歌中的那位"陆甲公"，按照水语称谓前置的规律，应为"公陆甲"，"公"为尊称，"陆甲"为名字，与"拱陆铎"（陆铎公）呈现出对应关系。相较之下，壮族麽经中的麽渌甲（姆洛甲）常与布洛陀配对出现，常有布麽又将其视为布洛陀的徒弟或"渌甲"地方的布麽。水族"陆甲公"和壮族"麽渌甲"在创世、制定规则方面的神迹是较为一致的，二者应为同一神祇崇拜发展而来。

与此同时，三都三洞乡水族人民信奉的男神"六甲公"，又称为"公老铎"，即拱陆铎。①"六甲"与姆洛甲的"洛甲"，"老铎"与布洛陀的"洛陀"发音相似，亦应为同一神祇发展演化的产物。

水族《落甲鸟》神话与壮族的姆洛甲崇拜、鸟信仰都有所呼应。该神话说，百鸟原来生活在天上，人间静悄悄的，后来百鸟仙子应人们的请求，将一只只鸟儿放到人间来，春天放一批，夏天放一批。到了秋天，还有一只胆小的落甲鸟不敢往下飞。百鸟仙子告诉它，"你看人间就要收割了，你去告诉人，快收割，快收割，人会喜欢你的"。落甲鸟很高兴，但来到天窗往下一看，人间的高山流水又把他吓住了，它试跳了几次都没敢往下飞。百鸟仙子从身上解下一条花飘带，拴着落甲鸟的尾巴说："往下飞吧，我会帮你牵着的。"落甲鸟于是鼓起勇气飞到人间，百鸟仙子看它快飞到人间，就拿剪刀把飘带剪断，从此，落甲鸟就有了美丽的尾巴。每到秋天，它就从这山飞到那山，不停地叫着"落甲、落甲，快收割"②。如文本篇中关于壮族姆洛甲信仰的分析，姆洛甲来源于壮族先民对于"六甲鸟"的崇拜，六甲鸟是智慧的象征。因此，水族"落甲鸟"神话与壮族"六甲鸟"始祖的崇拜，都源于侗台语族先民早期文化中的鸟图腾崇拜。

前面曾介绍过水族的《泐虽被焚》《陆铎求学》和布依族报陆夺经书

---

① 潘朝霖、韦宗林主编：《中国水族文化研究》，贵阳：贵州人民出版社2004年版，第563—564页。

② 黔南州文艺研究室、三都县文史研究组编：《水族民间故事选：石马宝》，都匀：都匀县人民印刷厂1981年版，第364—365页。

被焚和壮族的大火焚书神话。大火烧毁字书的说法，或有其历史根据。在这些民族先民发明了早期文字之后，适逢秦始皇于公元前219年派出50万大军向岭南进发，五年后攻下岭南，设桂林、南海、象三郡。公元前213年，秦始皇采纳李斯的建议，下令焚烧《秦记》以外的列国史记，对不属于博士馆的私藏《诗》《书》等也限期缴出烧毁。且秦始皇在统一六国之后就推行"书同文、车同轨"的政策，因此，在并入统治领域的壮侗语族群先民地区采取焚书、推行秦朝文字不是没有可能的。这种记忆被存留在侗台语族先民的神话之中，并随着民族的分化而继续被用来解释当今日本民族文字的现状。

水书中的部分符号与广西南宁大明山顶草坪的"天书"、百色市平果县感桑的石刻文、钦州市大寺镇马敬坡商代石磬、石锛上出土的刻画符号都有相似之处。它们都以简单的直线、斜线等线条构成，简洁清晰，书写规整有力，并表达一定的含义。平果感桑发现的石刻文有的还能被水书先生解读。[①] 可见，在汉字影响扩大之前，壮侗语族群先民应产生了共同的刻画文字，或许它还不成熟，或许还处于初步阶段，但它对开启文明之光具有特殊意义。

如今，水书的字体结构主要有三种，其一为类似倒写或反写的古体汉字；其二为象形字；其三为表达发音、使用水语象形字的形声字。[②] 这种借用汉字偏旁的习惯与布依族、壮族摩（麽）经文字的特点相一致，并且文字中都保留了刻画文（象形文）的痕迹。水书或为融合了本族群先民早期刻画文与后期汉字的结晶。

比较支撑拱陆铎和布洛陀信仰的水、壮两大民族文化传统中，其又有两点比较突出的共性。

（1）饭稻鱼羹的稻作文化传统

水族分布的地区多为以喀斯特地貌为主的山区，珠江水系的都柳江、龙江是其主要水源。水族人民种植水稻的土质差异大，有红黄泥、黄泥、灰泡泥、紫土泥、石灰泥和潮土泥等。他们开发了山地中的烂锈泥水田、

[①] 2012年12月中国百越民族史研究会第十六次年会暨岭南民族文化学术研讨会时，广西考古研究所覃芳研究员在会议论文《广西平果县发现的古文字》演讲时提供的信息。
[②] 范禹主编：《水族文学史》，贵阳：贵州人民出版社1987年版，第143页。

煤水田，稻作技术成熟，历史悠久。经过一千余年的积淀，水族已形成了独特的山区梯田稻作文化。水族种植水稻的历史还可以上溯到其未迁徙的时期。正如《中国水族文化研究》一书所云："作为从骆越母体中分离出来的水族，其稻作农业的产生与发展，至晚可以追溯到水族先民还生活在广西邕江流域的时期。正是邕江流域宽阔平坦的河床滩地和水源丰富的沼泽之地，孕育了水族早期的稻作农业。直到今天，生活在黔桂边境广大地区的水族同胞，其'祭谷魂'咒词中，仍然提到祖先在迁徙过程中，从海边带来了谷种，说明水族稻作农业生产，远在水族先民生活于江河湖海的河滨之地的时代，就已经有了一定的发展。"[1]

水族人民发明了对山区梯田的有效灌溉系统，他们根据梯田的不同高度进行巧妙设置，使梯田靠近山坡山泉出水口，并在不同海拔安排水流沟渠，实现梯田自上而下的浇灌，以满足所有水田的用水需求。这在壮族龙胜等高山地区也多有实践，是侗台语民族稻作文明经验的智慧总结。

水族梯田保持了稻田养鱼的习俗，因为水田提供"长流水"使鱼类存活，并能实现鱼类喂食和解决水稻虫害的双向互惠，是水族地区较为常见的种养方式。水族人民在宗教祭祀及各类生活礼仪中时常用到鱼类，水田养鱼的方式显得更为实用和方便。这种基于稻作生产链的养殖，在壮乡也十分常见。

广西龙脊古壮寨梯田

---

[1] 潘朝霖、韦宗林主编：《中国水族文化研究》，贵阳：贵州人民出版社2004年版，第203页。

如前所述，壮族也具有深厚的稻作农耕文化传统，壮族人民在稻作生产工具的发明、稻种培育与筛选等方面都具有了较高的水平。如民间广泛使用的铁质生产农具就有锸、犁、耙、钉耙、脚踏犁、锄、锹、钩刀、镰刀、禾剪等十余种。如脚踏犁，在宋代周去非的《岭外代答》中就说五把脚踏犁就起到了一头耕牛的作用。脚踏犁适用于硬土地、小块坡地等耕牛施展乏术之地。它利用杠杆原理，省力又省时，甚至可翘起重石，是壮族先民的智慧结晶。壮族人民还根据稻作农业生产的需要使用了相应的历法，形成了今日与稻作生产步骤相呼应的岁时年节，如插秧节、谷子节、尝新节、礼田节、青苗节、泼饭节、收镰节、丰收节等。壮族先民在长期栽种水稻的过程中培育了适宜本地种植的各类优质稻种，包括籼稻、糯稻、粳稻等。

壮族麽经及其仪式所涉及的内容，很大一部分与稻作农业生产生活有密切的关系，如大新下雷乡的"麽迷稼"、左江流域为六畜招魂的"麽朗"仪式等。"麽迷稼"往往在开春时举行，各家各户请布麽念经作法，祈求土地神保佑秧苗健康生长，少虫少害，获得丰收。① 对于辛苦为人类耕作、提供劳力的牛、马等大型家畜，左江一带的壮族人民还要请布麽为其招魂，农历正月初二至初四在牛栏里设置香案，将牛绳放入竹篮并念诵招魂词："黄牛魂，水牛魂，鸭魂，请进笼子来，请来栏圈来，来到干净舒适的地方。魂魄逃到十座山岭九个弄场要回来，灵魂逃到山岗上、山坳上都要来，灵魂逃到田峒中都要来……"之后，还要念诵祈祷它们繁殖、健壮、听主人使唤等唱词。②

无论是水族还是壮族，其先民创造的稻作农耕文化基因被世代传承，并因地适宜地得到发展。

（2）鱼图腾崇拜盛行

鱼图腾是水族较为突出的早期信仰内容之一。鱼不但是祭祀和节日仪式上常见的供品，在神话传说等口头叙事中也保持了神秘的色彩。水书先生在迎请拱陆铎时要用六条鱼、六个杯子、六个碗、六双筷子和六个新凳子，并念诵咒语请拱陆铎来就坐宴饮，祈请他赐福护佑。鱼还用于保家保

---

① 黄桂秋：《壮族麽文化研究》，北京：民族出版社2006年版，第24页。
② 同上书，第25页。

寨、驱逐恶鬼的仪式中，起到驱邪避恶的作用。《水书·黑书》中介绍了各类与瞎眼鱼、独眼鱼、歪嘴鱼等有关的"鱼巫术"，使用这些特殊的鱼来放鬼。如正月（农历九月）宜放午方鬼，用鱼三条，可放两鬼；二月（农历十月）宜放子方鬼，用鱼两条，鸡两只，可放三鬼。在水族的婚礼、立新房仪式中，人们也用鱼来表示添丁、和睦、吉祥等生殖和祝福意味。鱼类还是水族丧葬中的主要祭品和重要礼品。通常，人们用鲤鱼或草鱼做成"鱼包韭菜"供奉于逝者灵位之前，前来奔丧的亲朋好友也以送鲤鱼和草鱼为贵。有的人家还会养"养老鱼"，专门候家里老人过世后使用，这样的鱼一养就是几十年。① 水族民间口头叙事也多凸显鱼的特殊性。如《端节的来历》说，水族先祖拱登从塘里捕来活鱼虾，放在鱼篓里让各支系的头人来抓，根据鱼的重量大小安排过端节的顺序。② 民间故事《百褶裙哪里去了》叙述了一条鱼驮着阿秀姑娘脱离饿狼之口的内容，水族人民把鱼类当成了自己的保护动物（图腾）。

与此相似，壮族先民氏族阶段的12大部落中就有信仰鱼图腾的部落，子孙以"闭"（bya）为姓。岭南越人早期以渔猎为生，固有"陆事寡而水事重"之说。至今，龙胜县的壮族人还在石板上刻画"三鲤共首图"，通过一足踏三鲤来认亲。凌云乐业一带的壮族人在大年初一称呼彼此为"鱼"，而忌讳称彼此的名字以及"你""我"等。③ 壮族的水神图额时常会化身为鱼类。壮族麽经中还有《赎鱼魂》，讲述古时候人们烧炭炼铁，制作斧头柴刀，砍下竹子做成鱼簾来捕鱼，后来因为捕鱼太多触犯了图额，鱼魂逃散，鱼群都死光了。人们便请布麽到鱼簾处举行仪式并诵经，赎回鱼魂。④ 在壮族许多祭祀活动中也必须要有鱼，在缺乏鱼虾的壮族山区，祭祀活动中也要找到"手指般粗大的鱼或鱼干"，甚至用木头制作的鱼来作为祭品。⑤ 鱼在壮族典礼中扮演了重要角色，意义非凡。连壮族民

---

① 潘朝霖、韦宗林主编：《中国水族文化研究》，贵阳：贵州人民出版社2004年版，第240—241页。
② 范禹主编：《水族文学史》，贵阳：贵州人民出版社1987年版，第76页。
③ 梁庭望：《壮族文化概论》，南宁：广西教育出版社2000年版，第30页。
④ 张声震主编：《壮族麽经布洛陀影印译注·第一卷》，南宁：广西民族出版社2004年版，第221页。
⑤ 吕大吉、何耀华主编：《中国各民族原始宗教资料集成：土家族卷·瑶族卷·壮族卷·黎族卷》，北京：中国社会科学出版社1998年版，第477页。

间传说中的歌仙刘三姐也是骑着鲤鱼成仙。鱼类作为水族、壮族先民的重要食物来源,被赋予更多的信仰与文化内涵,它不但被人们所敬畏,还曾经被视为族群的标志、亲属和先祖等,在后世文化中留下了丰富的表现形式。对鱼类的共同信仰再次展示了水族与壮族在文化上的渊源。

此外,与壮、水同一语族的布依族也保留了对鱼的信仰。布依族的《招魂词》里描绘了布依族先民首领翁与鱼女相恋的故事,还有布依族祖先鲍尔陀(报陆夺)与南海神鱼姑娘相恋的故事。布依族先民也有在特定节目忌食鱼的习俗,有的地区还要用面捏出花鱼来摆放在神龛上进行祭奠。①

目前,对于水族的来源虽然还存在争议,但《水族简史》(2008)中的观点代表了多数学者的意见:"水族是由'骆越'的一支发展起来的。"② 水族古歌谣曾叙述,水族人民原先住在邕江流域的"邕虽山"地区,但是由于战乱连连,民生不安,他们便朝西北方向不断迁徙,沿河而来到河池、南丹一带,再溯龙江而上,到达了都柳江流域。从此,他们生活在贵州、广西两省交界之地,生活逐渐稳定下来。水族的迁徙古歌《在西雅,上广东》中唱到:"古父老住在西雅。从西雅上广东,在广东做不成吃,在广西积不起钱。哥沿浑水上去,弟顺清水下去,中间公渡过了河,过浑水来到丹州(今广西南丹)。"③ 歌中的"西雅"即"邕虽山"一带。顾炎武《天下郡国利病书》中有云:"牂牁西下邕、雍、绥、建,故骆越也。""今邕州与思明府凭祥县接界,入交趾海,皆骆越地也。"由此可以看出,今贵州南部至南宁、宾阳一带,都是骆越的故地,是水族先民曾经生活过的地方。水族与壮族都是骆越的后裔,他们在信仰与文化上的共通与相似之处,对研究早期骆越文明有着重要意义。

3. 侗族萨岁与壮族布洛陀

萨岁($Sa^{31} si^{323}$)是侗族民间所崇信的一位至高无上的始祖母神,又

---

① 韦启光:《布依族文化研究》,贵阳:贵州人民出版社1999年版,第125页。
② 《水族简史》编写组、《水族简史》修订本编写组:《水族简史》,北京:民族出版社2008年版,第5页。
③ 范禹主编:《水族文学史》,贵阳:贵州人民出版社1987年版,第69—70页。

称为"萨玛天子""萨玛"等,民间亦流传关于她的大量传说。南部侗族地区至今仍供奉其"神坛",认为她能护佑村寨的平安。布洛陀是壮族民间信仰中的男性始祖神,他既是壮族神话中的创世者,亦是壮族民间宗教信仰中的主神。二者作为族群内地位最高的神祇,从神格、信仰表现形式及文化内涵上比较都有所异同,在此进行分析。

(1) 神格特点

布洛陀是壮族的创世神、始祖神、宗教神、道德神和智慧神(覃乃昌,2003)。在布洛陀神话中,布洛陀掌管人间,与管理天界的雷神、管理水界的图额是兄弟,他分开了天地,创造了人类,才有后来人间英雄布伯与雷王的斗争、岑逊王的开山造河。可以说,他是壮族神话中最早出现的神祇之一,在民间信仰中的地位最高。

萨岁是侗族民间信仰中的始祖女神,在村寨中的设有萨坛对其进行供奉。萨坛多为用石块砌成的一个圆形坟墙,高约一米,上面无顶,顶上栽一棵青柏,树下放有一把略略张开的雨伞,伞下堆着洁白无瑕的石英(萨的象征);此外还放有三脚鼎架、锅、火钳、茶杯、筷子等物。据传,这是给萨岁准备的基本生活用具。萨坛前或近旁一般还设有萨场,即祖母广场,供众祭萨和娱乐。在重大节庆和村寨的特殊日子里,例如出战、远行、聚会等,民众要前往萨坛进行祷告、祭祀,让她保护诸事顺利。民间对萨坛、萨岁也有诸多禁忌,如禁止随意进入、攀爬等。

在民间,关于萨岁的来历众说纷纭。神话说混沌初开之时,萨岁与姜良、姜古等人类始祖一起,是神仙养育的;或曰萨岁为三国时的孟婆、陈隋时的冼夫人,或者是唐宋时的杏妮。在侗族民间,萨岁的传说流传广泛,既有散体的萨岁传说,亦有史诗《萨岁之歌》。[①]

从壮族、侗族民间信仰体系来看,布洛陀、萨岁都占据了最重要的位置,是其中最主要的神祇,处于神灵崇拜体系中的最顶端。二者信仰的表现形式、演化过程,都影响着民族性格和文化的特质和发展。

---

① 赵巧艳:《侗族萨岁考辨与研究述评》,《西南边疆民族研究》2014年第2期。

贵州黎平岩洞镇述洞村萨坛，屈永仙摄

(2) 信仰表现形式

从田野调查来看，布洛陀信仰主要集中在民间麽教仪式活动的布洛陀经诗演述、古歌谣及散体神话传承上。然而萨岁信仰主要体现在萨玛节、节庆村寨活动、民间歌谣以及神话传说之中，其侧重点不同，传播渠道不同，因而效果和影响力均有差异。

作为原生神话的布洛陀神话被麽教神职人员纳入宗教经典当中，与壮族原生型民间宗教——麽教密切结合逐渐形成布洛陀经诗，主要依靠布麽口头演绎与麽经手抄本活跃在壮族民间。布洛陀经诗中的布洛陀神话较成体系，神迹叙述完整。虽然经诗抄本保存较多，但目前各种麽教仪式举行的频率越来越低，民间宗教衰落的迹象较为明显。除了在一些偏僻的地区还有日常的仪式活动外，田阳敢壮山的布洛陀祭祀活动规模较大，但只有春祭较为隆重。随着道公、师公活动的日益频繁，布麽的各种法事活动逐渐减少，布洛陀信仰的影响力也遭到削弱。在调查当中，布麽的法事活动多和道公的活动相结合，布麽、道公在主家的同一次活动中各自为"政"，完成自己的任务。久而久之，麽、道虽然有内在差别，但旁观者会越来越模糊二者的界限，甚至将之混为一谈。道公活动一般以团队的形式出现，布麽多为一人单独行动，从声势和人员构成上对比悬殊，导致布麽活动及其信仰面临被蚕食的困境。

除此之外，有关布洛陀神话的散文叙事、风物传说等逐渐失去其特定的信仰色彩，对布洛陀、姆洛甲的祭祀逐渐演变为对后来神祇的祭祀，如道教的三清、佛教的观音等。因而，布洛陀在民众中的影响力逐渐下降。

在侗族村寨中，萨坛是村寨的核心场所。每逢初一、十五，管理萨坛的人都会给萨岁上香。平日出远门或者需要萨岁保护时，人们也会来祭祀萨岁、喝"萨岁茶"，以求福祉。

萨岁信仰最突出的表现形式是祭萨活动"萨玛节"。祭祀萨岁的"萨玛节"活动一般在春、秋两季进行，这是侗族地区最隆重的仪式之一。祭坛一般由村里德高望重的长者管理。祭萨时，先由管萨人烧好茶水，给萨敬香献茶。身穿节日盛装的人们排着队前往祭祀，每人喝上一口萨岁茶，摘一小枝常青树枝插于发髻或衣服上，再跟随手持半开雨伞的寨老绕寨一周，最后来到村寨的场坪上举行活动，气氛庄重而热烈。侗族人民以此来祈求村寨平安兴旺，人人幸福吉祥。一个村寨祭萨时会邀请周围寨子的亲朋好友都来参加。来参加活动的队伍和本村寨的民众一起，在场坪上围成圆圈盛装起舞，齐声高唱赞颂萨岁的"耶歌"，纪念萨岁，与萨岁同乐，并获得她的赐福。这种边唱边舞的形式，被称为"多耶"，气氛古朴而热烈。饭时，家家户户把一张张方桌连接起来，在村街上摆起长长的宴席，尽情宴饮。宴毕，大家又聚集到场坪上载歌载舞，以唱琵琶歌和多耶歌为主。

除了祭萨活动，侗族民间也流传有各种关于萨岁的神话传说、史诗与歌谣。其中一个传说如下：

> 很久很久以前，耐河口上的平端寨有一位孤苦伶仃的侗族姑娘叫仰香。她刚满八岁，就去给伯父放羊养鸭。平端寨有一位穷苦善良的老人名叫贯公（也称"款公"，即侗族古代社会自治和自卫组织——款组织的头领），他见仰香可怜，就指引她到六甲寨去找她的舅舅九库。仰香来到六甲寨上，殊不知舅舅已被迫逃到外乡。仰香在投亲无著的情况下，被当地官家财主李怂庆收为家奴。李家有个长工名叫堵囊，仰香与他同命相怜，年长月久，便相互产生了爱

慕之情。财主李怂庆见仰香人才出众，聪明漂亮，遂起歹意，欲娶之为妾。堵囊得知，救出仰香，一同逃到螺蛳寨上，并被好心的天巴奶奶收留。他们夫妻二人男耕女织，与天巴奶奶一起过着美满幸福的生活。

不久，仰香生下一个女儿，取名叫婢奔。婢奔十八岁那年，有一天，她同父母和众乡亲到九龙山上去挖鱼塘，挖得一把九龙宝刀。财主李怂庆得知此事，借口说挖鱼塘毁了他家的坟山地脉，于是派家丁打手到螺蛳寨打死仰香，妄图夺取宝刀。堵囊和婢奔父女与螺蛳寨上的乡亲一起奋起反抗，赶跑了李家打手。贯公得知此事，知道李家一定要前来报复，于是他星夜赶来献计献策，并将一把神扇送给婢奔。他还联络附近几个村寨与螺蛳寨进行联款，并帮助婢奔攻下六甲寨，杀死仇人李怂庆。在这次联款作战中，婢奔见螺蛳寨青年石道为人忠厚，作战勇敢，武艺高强，便同他结为夫妻。后来她又生下索佩、索美两个女儿。

财主李怂庆的管家王素假装投降，骗取信任，害死石道，结果被婢奔查明真相并杀死王素。李怂庆的儿子李点郎在朝廷做官，得知父亲被杀，田地被分，便启奏皇上派来八万官兵进剿侗乡。李点郎知道婢奔的宝刀厉害，指人人死，砍山山崩，便派人伪装成远方男青年到婢奔家中与索佩、索美行歌坐夜，并趁机偷走了九龙宝刀。婢奔因失去宝刀，抵敌不住，便率领众人退守九层崖。李点郎用重兵围困九层崖。婢奔的神扇也因沾上狗血而失去了神力。她虽然率众与官兵殊死拼搏，终因寡不敌众，最后她和她的两个女儿一起纵身跳下悬崖，牺牲于弄塘凯。婢奔死后化作神女，继续率领侗乡人民与官兵作战，终于杀死李点郎，击败了官兵。从此，婢奔也就成了侗乡人民的保护神、英雄神——萨岁。①

在黔东南，有萨岁山，又名"弄堂概"，位于黎平县肇兴乡宰柳寨山脚下溪间，传说是"萨岁"未成仙之前（婢奔）与官军决战升天之处。

---

① 《侗族文学史》编写组：《侗族文学史》，贵阳：贵州民族出版社1998年版，第83—85页。

在南部侗乡，侗寨建萨坛时都要从萨岁山上捧回一把土，以示把"萨岁"的神灵请到自己的侗寨。逢年过节及其他特殊的日子里，人们都要在各自的村寨里祭祀萨坛，祈求萨岁保佑。在仪式活动之中，民众唱萨岁歌，传诵萨岁的神迹，不同年龄层次的人都在节庆仪式中增强了信仰与集体意识，增长了民族历史文化知识。

萨岁信仰有规模不等的祭祀与多种禁忌，有集体歌谣与节日活动等立体呈现形式，氛围浓厚。从地域分布上看，萨岁信仰从萨岁山为中心，以各个村寨的萨岁坛为分散点，形成了一个有点、有面的网络。其依托于各种年节和事件，且以集体活动为主，使信仰的根基更为扎实，更利于抵御现代与外来文化的冲击。萨岁信仰虽然没有形成严密的宗教制度，但组织萨岁祭祀的寨老、负责掌管萨坛的人员等，都起着维系、传承和宣传萨岁信仰的重要作用。口头传统的演述也对民众起着耳濡目染的教育功用。但随着时代的变迁，关于萨岁的民俗节日与活动也逐渐有向商业集会演变的趋势，原先的信仰意义受到削弱，民众关注的焦点转向各种信息时代的娱乐活动，萨岁信仰在一定程度上被淡化。

相较而言，布洛陀信仰在历史发展进程中以民间宗教为主要依托，建立起一个初步的民间信仰系统，宗教经文整合了布洛陀神话的主要内容，搭建起一个较明确的神灵体系。随着民间宗教势力的衰落，仪式活动数量规模减少，布麽人数锐减，布洛陀信仰也随之面临更快衰落的困境。总之，由于传播途径的单一化，维系信仰网络的缩小，以及社会现代化程度日益加快等原因，布洛陀信仰比萨岁信仰面临更大的传承危机。

（3）文化内涵之比较

布洛陀神话与萨岁神话中多有对社会现实的吸收与影射，具备民族历史的研究价值。如前所述，布洛陀神话中描绘了丰富的早期社会生活内容，如壮族早期先民使用各种生产生活工具的情形，人类经历的早期社会若干制度阶段，等等。

有关萨岁的神话反映了侗族的特定社会历史进程。据历史资料，侗族先民是我国江南一带古越人"骆越"的一支。因躲避战乱及瘟疫，历朝历代屡屡西迁。隋唐时期，他们曾在今广西与广东交界的梧州、湖南与湖北交界的洞庭湖一带居住。史载，唐朝建立之初为扩疆拓土，曾数次驱逐边疆少数民族。截至公元629年,针对居住在岭南、梧州一带"越人"大规模的军事驱逐行动达四次。侗族先民不得不背井离乡,溯江沿河逃往今贵州、广西、湖南交界及湖北西南一带居住至今。在迁徙的过程中,他们要对付欺压他们的各种恶势力,还要解决基本的生存、生活问题。这在萨岁神话中多有反映。萨神的女性身份也体现了女性在侗族历史中曾起过的重要作用。祭祀萨岁的萨玛节,"萨"是侗语祖母之意,"玛"是侗语大之意,"萨玛"即大祖母,对女性长者的敬意可见一斑。

在传说中,"萨"成了率领侗族先民迁徙定居的领袖人物。在侗族古籍《东书少鬼》中,记载了"萨"率领侗族先民从"宜州""潭阳""木秀"等地循江而上,来到今天侗族分布的地区。月寨《嘎萨岁》说,"当初'萨岁',住在'木秀'郡内,'木秀'郡县,出至此地来,牵祖母上河,绎络络,来到'孖约',祖母登上岸"。"萨"是侗族的最高"首领",掌管侗族的一切。她在14岁时,便管理地方,持掌乡事。归利《嘎萨岁》说,"当初'宁王'生'萨岁',年及十四,要'萨'管村子,此树荫荫要'萨'护,六畜牲畜让'萨'管,山川田塘好禾谷"。"萨"是保护民族的"神",她保境安民,保佑人畜兴旺,次业五谷丰登,村寨吉祥平安。高盈《嘎萨岁》:"'萨麻天子'管地方,首先管人,次管寨,三管牲畜牛马鸡鸭和猪羊。"归利《嘎萨岁》:"'萨麻'出军,管此地,出军刚到,闹沉沉。人民耕作,禾谷登,人丁满村。老辈唱歌,即如此。金银满柜,牛满栏。"①

"萨"又是侗族传说中的军事领袖和民族英雄,在历史上和传说中的女性英雄人物如冼夫人、婢奔等事迹,都被用来塑造"萨"的形象。"萨"生前领导侗族人民为保卫乡土而英勇战斗,壮烈牺牲,死后仍然保境安民。

萨岁崇拜是侗族历史上多种信仰和崇拜积淀的结果。其一是图腾崇拜的积淀。侗族民众将蛇看成萨岁的化身。在黎平肇洞、从江洛香、榕江归柳、龙胜平等侗寨,都有关于萨岁变成蛇的传闻。其二,是土地崇拜的积淀。在萨坛建立的仪式中,师公以四方土地神所在方位来决定萨岁偶像和从弄堂概背来之萨岁——"土"的安放方位,这可能是土地崇拜演变的

---

① 摘自邓敏文《"萨岁"其神及其人》,2001年侗族文化与祭祀国际学术研讨会参会论文。

结果。其三是生殖崇拜。对萨岁和萨岁象征物的崇拜，还表现为对母权的尊重和对女性在人类繁衍中神秘贡献的崇拜。

从信仰及叙事内容的分析可看出，以布洛陀为形象代表的父系社会制度阶段，女性地位进一步衰弱，神话内容中表现为布洛陀权威的确立，姆洛甲女神地位的下降。对比之下，侗族的萨岁信仰仍反映了侗族历史上女性曾占据的重要地位，及其意识观念中根深蒂固的、以女性为尊的思想。另外，布洛陀神话的内容主要集中于造世、造人、发展农业生产、确立壮族内部秩序等，表现的是以农业生产为基础的社会生活内容与文化；萨岁神话表现的主要是民族抗争的英勇历史，颂扬本民族不屈不挠的斗争精神，增强族群的凝聚力，更具全民族誓死反抗的英雄悲剧情怀。由此可见，民族信仰与神话叙事亦脱离不了民族生存与发展的历史语境，渗透了民族精神的特质，并作为一种表达民族情感与展示民族精神、文化的重要形式被提炼升华，被赋予族群美好的理想色彩。

侗族史诗《嘎茫莽道时嘉》中还有一位创世女神萨天巴，萨天巴的神迹有生天地、造日月、修整天地、造动物、让萨犹孵蛋生人等，与布洛陀神话母题亦十分相似，由于在"文本篇"中已做过分析，并且对于萨天巴的神格仍存在一些争议，故在此暂不过多讨论。

4. 侗台语各族群的神祇

侗台语不同族群目前已形成了独自的信仰系统，有的保持了较浓厚的早期信仰，有的接受了南传佛教，有的受汉文化与道教影响较深。从这看似独立的不同信仰体系中，依然能够通过比较发现各族群仍然保持的共性，凸显的性。

（1）天神

侗台语族群信仰中都保留了天神的角色。所谓天神，指的是以天空为居所或源自天空的神祇。这些神祇呈现出较为丰富的形态。有的来源于早期的日、月、星辰等天体崇拜；有的与雷雨、闪电、彩虹等气象有关；有的则受到了人为宗教的影响，出现了佛祖、太上老君等。其中，侗台语族群的风雨之神受到了特殊重视。中国国内大部分侗台语族群中，雷神占据了重要的地位；而傣族与境外傣泰民族中的风雨之神多由天神充当，与佛教信仰关系更为密切。

壮族布洛陀神话中提及的天神，既有形态较为模糊的天神（婆），也有与雷雨等自然现象相关的雷公（婆）和风神，还有来自道教的玉皇与太上老君，等等。如左江流域的壮族民众农历大年初一都要在家门口的空地上祭祀天神，祭品包括了酒、肉、粽子、糍粑等壮家上等食品，以此祈祷得到天神的关照。① 但天神中最重要的要数雷公（婆）。如红水河流域壮族信仰的雷神常以女性形象出现，与壮族社会中母系氏族社会之遗存浓厚有关。各地壮族的雷神崇拜，差异较小，如靖西县的雷神，被视为"在天上监视人间之神，凡做出没良心之事的人，会遭雷神惩罚即被雷电击死"。② 雷神脾气暴躁，青蓝色的脸，双眼能射出闪电，鸟嘴、禽足，有翅膀，常手持石斧，雷神崇拜在壮族口头叙事作品中表现突出，如《布伯斗雷王》就是讲述布伯与雷神斗争的故事。壮族的雷神常与淹没世界的大洪水、兄妹婚等母题有关，在《布伯斗雷王》里是如此，在《洪水淹天的传说》《雷公故事》里亦是如此。③ 这些故事的主要情节是雷神与布伯（或其他人）斗，被擒，一对兄妹给雷神水喝，雷神逃回天上，并留下牙齿给兄妹俩耕种。雷神放水淹天下，只剩下兄妹俩躲在牙齿长出的葫芦中逃过一劫，繁衍人类。雷神呼风唤雨、主宰稻作农业命脉——雨水的神力得到突出。民间普遍视青蛙（癞蛤蟆）为雷神的使者和后代，它一叫雷神就会下雨。

　　布依族的天神信仰中有来自道教的玉帝、太白星君、天女等，也有雷神、盘古王等。布依族民间有祭雷习俗，如罗甸布依族将正月里听到第一声雷那天视为"祭雷日"，要做"雷公粽"祭雷。雷神也与洪水淹天、人类起源有关，如《洪水滔天》里面说布依族的祖先布杰抓住雷公，让他下雨，却被儿女伏哥、羲妹放走，引发滔天的大洪水。④ 另有一个《洪水潮天》⑤ 的故事，讲述人间巨人兄弟保根多和保根本相斗并变成雷神的故

---

① 吕大吉、何耀华主编：《中国各民族原始宗教资料集成：土家族卷·瑶族卷·壮族卷·黎族卷》，北京：中国社会科学出版社1998年版，第499页。
② 同上书，第495页。
③ 农冠品编注：《壮族神话集成》，南宁：广西民族出版社2007年版，第4—6页。
④ 汛河搜集整理：《布依族民间故事集》，北京：中国民间文艺出版社1982年版，第7页。
⑤ 贵州社会科学院文学研究所、黔南布依族苗族自治州文研室：《布依族民间故事》，贵阳：贵州人民出版社1982年版，第321—323页。

事：传说远古时候，天上和人间相通。有一对巨人兄弟，哥哥叫作保根多，住在人间；弟弟叫作保根本，住在天上。他们各自有一对硕大无比的翅膀，能飞来飞去。保根本有七个太阳朋友，浑身像一团火。他们结伴在天庭里闲逛，把炽热的火焰和光芒投向人间，使得人间万物都被烤得焦焦的。保根多劝他们不要同时出来，他们不听。保根多就把他们其中六个的眼睛都打瞎了，只留下一个太阳神在天上游来逛去，把火焰和光芒投向人间。保根本知道他哥哥所做的事，深深地被触怒了。他发出巨大的吼声，展翅扑向人间。保根多在屋顶上铺上青苔，又在屋檐下安放大铁笼，抓住了保根本。保根多出去赴西天王母娘娘的宴会，嘱咐儿子伏哥、女儿羲妹千万不要拿东西给保根本吃。保根本变成大公鸡，骗伏哥、羲妹拿来水给他喝。保根本喝了水挣破铁笼，并赠给伏哥羲妹一颗牙齿，让他们种下。保根本回到天上，把天河河岸扒开，人间的万物都被淹死了，只有伏哥羲妹躲在牙齿长出的葫芦里活了下来。保根多在西天喝酒酣睡了好久，回到人间才发现浊浪排空，立马拔起一棵大树，到处戳出洞来排水。保根多来到天河边找保根本，要教训他。保根本知道自己做错了事，不是哥哥的对手，赶紧求饶。他们两个堵好了天河的大洞，就留在天上做了雷神。叫声高昂的是哥哥，叫声低沉的是弟弟，兄弟俩根据人间的需要打雷下雨。伏哥羲妹为了繁衍人类，在人间成了亲，生下五个儿子，据说是仲（布依）、汉、彝、苗、藏的祖先。神话解释了雷神的来历，也映射了布依族先民信仰中的雷神或许是后来才出现的形态。在布依语中，"保根本"的意思是"天上人"，"保根多"的意思是"地上人"①，可见，雷神的雏形是能掌管雨水的仙人。两兄弟都长有翅膀，这与布依族先民的鸟图腾信仰有关。

侗族天神信仰中有萨天巴、天王（帝）、雷公、大母神等，《四兄弟捉雷公》说古时候有四兄弟，分别是长臂手、长腿杆、顺风耳和千里眼，他们为了取雷公胆给母亲治病，设计把雷公关进了铁笼。章良和章妹挑水路过，送水给雷公喝，雷公得救，跑回天上向天王告状，要求天王放下洪水淹死四兄弟。天王给他一瓢水，他全都倒向人间，酿成了洪水滔天。②

---

① "保根本"、"保根多"的布依语含义，特别请教了布依族知名学者周国茂。
② 杨权编著：《侗族民间文学史》，北京：中央民族学院出版社1992年版，第58页。

天王实质上是掌管雨水的天神。

毛南族天神信仰中有昆屯、天皇、雷公等,《盘古的传说》里,天上的雷公脾气暴躁,而地上的土地公公却十分善良,天上有生命的东西都跑到地上来,留在天上的只有云雾风雨。雷公很不服气,要和土地打仗,夺回跑到地上的东西。经过三轮恶战,土地公公用他的智慧战胜了雷公,把雷公锁在石头柱子上。盘和古可怜雷公,朝他喷水,雷公得救,取下门牙交给盘和古去种。雷公发起大洪水,全天下都被淹没了,只有盘和古藏在葫芦里活了下来。他俩经过考验,最终成亲繁衍人类。①

水族有天母、仙王、天仙、天女、伢俣、雷公（母头雷）等天神信仰。水族古歌里关于唱雷公、水龙、老虎和人四兄弟斗法的情节说,人、龙、虎、雷四兄弟分家后,母头雷（雷神）不满人间都是牙娲的子孙,降下瓢泼大雨又打开天河堤坝,想要把人类淹死。一对同胞兄妹得到白发老人的帮助,躲在牙齿种出的葫芦中逃过一劫。他们结为夫妻,繁衍了会说各种语言的人类。② 在水族信仰中雷神保持着女性身份,水语发音为"ni^{42}qam$^?$ŋa^{33}","ni^{42}"为"母亲"之意,"qam$^{42?}$"为"头、脑壳"之意,"ŋa^{33}"为"雷"之意,直接翻译过来就是"母头雷"。阳安土语区水语称雷为"tu^{31}pja^{33}",和壮语雷神发音相似。在整个水族地区母头雷的说法较多,带有浓重的母系氏族时代印记。③

仫佬族天神信仰中有天仙、玉皇、雷王、盘古大王、日月星辰等。仫佬族《伏羲兄妹的传说》中雷王崇拜也和洪水神话结合在了一起：人类始祖伏羲的两个哥哥一个独眼、一个跛脚,他们"残暴凶恶,好吃懒做,世上什么肉都吃过了,要吃天上的雷公肉。他们捞河中水藻铺在房顶上,推老母亲到碓坎里,说要舂死她。老母亲大喊救命。雷公专劈恶人坏人,听到呼救声,从天而降"。④ 两个哥哥抓住了雷公,关在谷仓里。雷公逃

---

① 袁凤辰、苏维光、蒙国荣、王戈丁、过伟编：《毛南族·京族民间故事选》,上海：上海文艺出版社1987年版,第3—9页。
② 潘朝霖、韦宗林主编：《中国水族文化研究》,贵阳：贵州人民出版社2004年版,第6页。
③ 同上书,第30页。
④ 龙殿宝、吴盛枝、过伟：《仫佬族文学史》,南宁：广西教育出版社1993年版,第33页。

脱后发下洪水淹没大地，只剩下伏羲兄妹成婚繁衍人类。在这里，故事的起因是人类要吃雷公肉，雷公成了主持正义的天上判官。这与壮族民间"雷公专门惩罚不孝顺之人"的观念十分相似。

　　黎族天神崇拜中兼有"神"与"鬼"，既有天神、天帝、婺女星等，又有雷公鬼神、太阳鬼神、风鬼神等。① 《黎母山的传说》中，雷公在海南岛的高山放下一颗蛇卵，过了一段时间又把它轰破，卵中走出黎族女始祖黎母。黎母和大陆渡海而来的年轻人结婚，成为黎族的祖先。神话《螃蟹精》里说，螃蟹精凶恶而好吃人肉。雷公和螃蟹精大战并打死了它。螃蟹精一肚子黄水，留了七天七夜，变成了人间的大洪水。洪水淹没了天地，只有躲在葫芦里的兄妹幸存下来，并留在了五指山。他们在雷公的指点下结为夫妻，并生育了黎族、苗族和汉族，等等。② 《南瓜的故事》中洪水虽然与雷公无关，但雷公成了人间德行的裁定者，要惩罚被误认为通奸的兄妹。③ 神话《雷公根》讲述了打占和雷公斗争的故事。④ 《雷公为什么在天上叫》则说人间的三兄弟抓住了要到人间来逞凶的雷公，却被小偷无意中放跑，雷公跑得慢就被砍伤了脚。下雨的时候，雨水浸到伤口雷公便疼痛得轰轰地喊，这就是下雨时的雷声。⑤ 黎族的民间口头叙事中的雷神占据了一席之地，兼具正、反面两种形象。

　　仡佬族天神有玉皇、老天、彻略、女娲、布什略、布比密、雷神、婺女星等。《人皇与四曹人》说人类经历了四曹更替，第二曹用草做的人被雷神用火烧了。⑥ 另有一说，"风吹一曹人，火烧一曹人，水淹一曹人"，

---

① 吕大吉、何耀华主编：《中国各民族原始宗教资料集成：土家族卷·瑶族卷·壮族卷·黎族卷》，北京：中国社会科学出版社1998年版，第652页。
② 广东民族学院中文系编：《黎族民间故事选》，上海：上海文艺出版社1983年版，第3—5页。
③ 同上书，第6—9页。
④ 陈立浩、范高庆、苏鹏程：《黎族文学概览》，海口：海南出版社/南方出版社2008年版，第10页。
⑤ 广东民族学院中文系编：《黎族民间故事选》，上海：上海文艺出版社1983年版，第242—243页。
⑥ 王宪昭：《中国各民族人类起源神话母题概览》，北京：民族出版社2009年版，第129页。

第四曹人才是现在的人类。另有说第二曹人是草扎成的，后来遇到天火就被烧光了。① 仡佬族还有龙王受天庭调派布云行雨之说。《灶神的耳朵为什么聋》提到玉皇管天上，调派雷神劈打恶人。② 在仡佬族神话中，雷神也没有和洪水淹天地的母题结合在一起。

傣族创世神话中提及了许多天神，有英叭（版纳）、浑散、玛哈腊、坤西迦（德宏）、披法等，但没有雷神。虽然没有雷神，但傣族神话中依然有相似的神祇。《太阳的传说》里提到一个神王，"他的名字叫作皮扎祸，是风雨云雾之王。……雷声是皮扎祸神的怒吼；闪电是他眼睛射出的光芒；风雨是他口中吐出的水和气"。③ 他不满英叭创造天地和日月星辰，就把太阳、月亮和星星全都吞没。火神王的七个孩子变成太阳，战胜了皮扎祸。但七个太阳照射大地，被一个英雄青年射下六个，剩下一个照射地球。被射死的太阳掉在地上引发了人间大火，英叭就张开神口，朝地球拼命地吐口水，他吐了一百天的口水，地球上的大雨就下了整整一百天。地球上只有一座皮扎胡山没有被淹没，幸存的人和动物都在上面。一百天后，大雨停下来，洪水消退，人和各种动植物才重新繁衍起来。英叭又称叭英、帕雅英，来源于印度教、佛教的因陀罗（Indra），该神司雷电与战斗。宗教神祇承担了雷神的职能。与傣族神话相似，壮族布洛陀神话中也曾提及洪水淹没世界，只有郎汉等高山没有被淹，谷种就保存在那里。

东南亚的傣—泰民族多受南传佛教、印度教等影响，天神中既有外来的佛祖、帕雅英等，也保留了本民族早期宗教的神祇，比如帕雅恬等。老挝的黑泰有召法（天王）、披法（天鬼）之说。在泰国东北部广泛流传着帕雅恬与青蛙神斗争的神话，说帕雅恬（恬神）不满青蛙神在人间的威望，故不降雨。地球上的生物忍饥挨饿，纷纷找青蛙神诉苦。青蛙神告诉大家，帕雅恬把龙王绑住，龙王不能玩水，就不能向人间喷雨。青蛙神带领大家用智慧战胜了帕雅恬，帕雅恬就让人间每年雨季之初朝天上放射

---

① 中国作家协会贵州分会、贵州省民族事务委员会编：《苗族、布依族、侗族、水族、仡佬族民间文学概况》，贵阳：贵州人民出版社1987年版，第25—26页。

② 王清敏、孙建芳、胡昱主编：《黔北仡佬民间文学作品集》，北京：民族出版社2012年版，第26页。

③ 岩香主编：《傣族民间故事》，昆明：云南出版集团公司、云南人民出版社2009年版，第14—20页。

"芒飞"（火筒），提醒他按时给人间降雨。① 故事中龙王负责降雨，而帕雅恬却是管雨的神。老挝《葫芦出人》说天帝派下三位天使来到人间，因凡人不向天帝供奉，天帝就掀起滔天洪水，把人类都淹死了。后来，葫芦中又生出了人类。《老挝民族的祖先》说天神因不满人们忘记向他请示便发洪水淹没人间，只有高山顶上一户人家的兄妹俩躲进葫芦里存活下来并繁衍人类。② 老挝的红泰人说因为人们骂天，天神生气发下大洪水。洪水退后，葫芦中走出人类。③

将以上天神信仰的相关神祇及神话母题制作成表格，见表1，其内容一目了然：

表1　　　　　　侗台语族群的天神与相关神话母题

民族	天神	洪水等相关母题
壮族	天神、雷公（婆）、风神、玉皇、太上老君	雷神发洪水淹没人间，兄妹成婚繁衍人类；青蛙鸣，雷公下雨
布依族	玉帝、太白星君、天女、雷神、盘古王、保根本	报根本扒开天河，引发大洪水，保根本和保根多变成雷神，保根多的一对儿女成婚繁衍人类
侗族	天王（帝）、雷公、大母神	天王给雷公一瓢水，雷公全部倒向人间，引发大洪水，章良、章妹成婚繁衍人类
毛南族	昆屯、天皇、雷公	雷公发洪水淹没天下，盘和古兄妹成婚繁衍人类
水族	天母、仙王、天仙、天女、伢俣、雷公（母头雷）	母头雷（雷神）降下瓢泼大雨又打开天河堤坝，兄妹成亲繁衍人类
仫佬族	天仙、玉皇、雷王、盘古大王、日月星辰	独眼、跛脚兄弟要杀雷公，雷公逃脱后降下大洪水淹没人间，伏羲兄妹成亲繁衍人类
黎族	天神、天帝、婆女星、雷公鬼神、太阳鬼神、风鬼神	雷神放下蛇卵，成为黎族祖先黎母；雷公杀死螃蟹精，螃蟹精的黄水淹没世界。兄妹成亲繁衍人类

---

① 刀承华译：《傣族民间故事选译》，北京：民族出版社2007年版，第5—6页。
② 张玉安主编：《东方神话传说·第六卷（上）》，北京：北京大学出版社1999年版，第111—113页。
③ 2012年7月11日于老挝琅南塔省 Ban Luang 村搜集，屈永仙翻译。

续表

民族	天神	洪水等相关母题
仡佬族	玉皇、老天、彻略、女娲、布什略、布比密、雷神、婺女星	玉帝调派雷神裁决人间善恶。人类经历了四曹更替，第二曹用草做的人被雷神用火烧了
傣族	英叭（版纳）、浑散、玛哈腊、坤西迦（德宏）、佛祖、披法	皮扎祸是风雨云雾之王；英叭吐口水淹没大地，只留下一座高山
国外傣泰民族	佛祖、帕雅英、帕雅恬、天神、天王（召法）	帕雅恬把龙王绑住，龙王不能降水；天帝发洪水，葫芦中生人；天神发洪水，兄妹成亲，生下葫芦繁衍人类

通过比较可以看出，分布在中国及东南亚的侗台语族群，都在神话中表达了对天神的信仰。这些天神中，有的是产生较晚的至上神，比如玉皇大帝、天王、佛祖和帕雅英，有的是产生较早的自然神（鬼），比如皮扎祸、雷神、风神等。我们可以根据人类思维发展所经历的不同阶段，为它们进行粗略地分类，见表2。[①]

表2　　　　　　　　　　神祇演进

人类思维	人类行为	神祇演变	国内的侗台语族群	国内外的傣泰族群
万物有灵（原始宗教）	巫术	灵魂→精灵、神祇	保根本、雷公鬼神、太阳鬼神、风鬼神	皮扎祸、皮法（天鬼）
（原始）至上神	祭祀、祈祷	天神的分化与分层	雷神、天神（婆）、天帝等	英叭、帕雅恬、天王（召法）、天神等

英国著名的人类学家和宗教学家泰勒在《原始文化》一书中提出，原始人在万物有灵阶段，对于"诸如梦境、昏厥、幻觉、疾病，乃至死亡，感到困惑莫解，亟欲探知其究竟"[②]，并由此产生出灵魂的观念，后

[①] 此处的分类为提供举例说明需要，不同民族在不同信仰阶段停留的时间不相一致，在此仅考虑它当下的主要形态。

[②] 赖永海主编：《宗教学概论（修订版）》，南京：南京大学出版社2004年版，第158—160页。

来才逐步演化出了"精灵"和"神祇"等观念，并由此产生了祖先崇拜与纯粹神灵观念、自然神与自然崇拜，此后又出现种类神崇拜和多神教、至上神崇拜和一神教。①

在万物有灵观念的作用下，人们试图通过巫术来控制自然，实现自己的目的。如人们需要雨水，就要通过巫术来迫使管雨的精灵或神祇听命于己，达成降雨。直至今日，很多祈求神祇降雨的仪式都是早期巫术发展的结果。壮族的《布伯》、国外傣泰民族的《青蛙神的故事》等神话都描述了为雨水进行争夺的内容，遗留着这种巫术的影子。如《布伯》里提及布伯和雷王斗法："雷王马上就变化，变做公鸡把头扬。布伯立刻就识破：'拿谷喂你好来刣。'雷公第二又变化，变做懒猪往下躺。布伯便叫伏羲儿：'铁钩钩住送屠场！'雷公第三又变化，变做骏马把头昂。布伯立刻又问儿：'配上马鞍骑它逛！'雷公第四又变化，变做水牛角弯弯。布伯又叫伏羲儿：'你拿绳子穿鼻梁。雷变水牛我也杀，雷变骏马我也刣。'"② 其中有"变鸡——撒米""懒猪——铁钩钩""骏马——配鞍""水牛——绳穿鼻梁"等四次变化。流传在老挝和泰国东北部的泰佬民族神话《青蛙神的故事》则如此描述帕雅恬（恬神）与青蛙神的战争："恬神吩咐大臣拿武器来分发给士兵们，才发现武器已经坏了，全都不能使用了，恬神只好改变策略，想通过念咒语来制服和战胜青蛙神。青蛙神叫青蛙、田鸡、知了等大声叫嚷，干扰恬神念咒语。恬神又变出蛇把青蛙、田鸡、知了咬死。青蛙神见状又叫老鹰把蛇吃掉……双方进行了一场又一场智慧和神力的较量，但始终不分胜负。"③ 神话里描述了青蛙神和恬神的斗争回合有"青蛙、田鸡等叫嚷——干扰念咒""青蛙、田鸡等——被蛇吃""老鹰——吃蛇"等多次斗争。神话中为雨水而进行斗争的描述是早期人类"互渗律"思维下巫术的隐喻，表达了人们企图通过巫术控制自然的决心。

在这个阶段，人们抽象出了能够掌管风雨的神灵，如布依族的人类两

---

① 吕大吉：《宗教学通论新编（下）》，北京：中国社会科学出版社1998年版，第453—454页。
② 农冠品编注：《壮族神话集成》，南宁：广西民族出版社2007年版，第268—271页。
③ 刀承华编译：《泰国民间故事选译》，北京：民族出版社2007年版，第5—6页。

兄弟保根本、保根多就做了雷神，而黎族则至今保持了"雷鬼"神、"风鬼"神的说法，信仰还尚未完全从鬼转化为神。傣族也产生了管理风雨的鬼，比如"皮扎祸"傣语意为"不好的神"，这或许与风雨将至时阴云密布、狂风大作等景象有关。

随着人类思维的发展，精灵、鬼逐渐向神祇演进。天上的风雨神往往发展成为天神，主管风雨、日月等与天有关的事项。天神又出现了分级，甚至出现了原始至上神。如壮族侬支系、越南的侬族都有祭天之俗，以天为大，但这个"天"又没有具体的形象。东兰县壮族有敬奉"天婆"之俗，天婆被称为"浦更闷"，即"天上婆"，是当地司管风雨的女神。民间为了消除干旱、祛除虫害，就会在村子的中央门外举行"祭天婆"的活动，请魔公（即布麽）唱"天婆救黎民"。① 傣族中也有"披法"之说，亦保留了祭天之俗。西双版纳勐远地区的傣族人，在早稻分蘖时要用白鸡祭天。② 时代的发展与阶级、阶层的出现，都使天神带上了烙印，天神分出职能的不同、职位高低。在布洛陀神话里，雷神就被视为天空中的至上神，依然主管雷雨。西双版纳傣族神话中，天分为16层，英叭住在天上的最高层，是最大的天神。③ 德宏傣族的天神也有若干种，坤西迦被认为是其中"最高之神灵"，是"天神升华的结果，是人们按照人间等级世界构想出来的神灵世界的最高首领。众天神们在坤西迦的统领下各司其职"。④ 帕雅英是佛教神祇中专司雷电的护法神。

综上所述，侗台语民族天神信仰中风雨神和天神的存在是共性。雨水是进行水稻栽培的必须条件，因此风雨神至关重要，后来可能演化为原始至上神"天神"。往西南迁徙的大部分傣泰族群受南传佛教影响，没有形成雷神的信仰，天神往往作为施雨继续掌控雨水，如傣族的英叭吐口水导致洪水淹天地；另外则多有天帝、天神因为不满人类不祭祀、不重视等态

---

① 吕大吉、何耀华主编：《中国各民族原始宗教资料集成：土家族卷·瑶族卷·壮族卷·黎族卷》，北京：中国社会科学出版社1998年版，第551—552页。

② 吕大吉、何耀华主编：《中国各民族原始宗教资料集成：傣族卷·哈尼族卷·景颇族卷·孟—高棉语族群体卷·普米族·、珞巴族·阿昌族卷》，北京：中国社会科学出版社1999年版，第33、50页。

③ 刀承华：《傣泰壮创世神话核心观念的比较研究》，《中央民族大学学报》（哲学社会科学版）2011年第5期。

④ 刀承华：《德宏傣族人生礼仪念词研究》，北京：人民出版社2012年版，第89页。

度而发洪水之说。有时，天王则将施雨之职能转交给龙王（多融合了印度教和佛教的那伽神），如泰东北的帕雅恬统领能下雨的龙王。在没有信仰佛教的傣泰民族中，天神信仰仍然比较强烈，依旧为施雨之神，有"天王"（召法）、"天鬼"（披法）等称呼。老挝黑泰以蛙为天神之子。国内壮族、布依族、侗族等接受儒家与道教文化影响较多的侗台语民族中多有雷神信仰，他们居住区域集中且相互重叠，相互影响的可能性也更大。壮族神话中亦有青蛙是雷神儿子的说法。黑泰和壮族对蛙的崇拜是共通的，其差异在于其父为"天神"还是"雷神"，可能其中一种说法出现了神祇的置换。

考察上述"天神与洪水"神话，天神或雷神往往造成了人间的洪水，洪水母题往往衔接兄妹婚母题。在国内有雷神信仰的侗台语民族中，雷神身份较为复杂，有男有女，有人变的也有鸟图腾形态的。如布依族的雷神是人变成的，他们一开始并不掌管雨水，造成洪水的原因是扒开了天河；侗族的雷神要向天神报告，才能得到天水泼向人间；黎族和仡佬族神话中虽然有雷神，但雷神并没有造成世界的大洪水。在部分神话中，雷神扮演了匡扶正义、裁决恶人的角色，甚至成为天上的至上神。由此可见，雷神的形成曾经历不同的历史阶段，它可能是因雷雨崇拜而自然出现的，也有可能是受其他民族的影响而产生的，比如苗族。苗族著名学者吴晓东在对苗瑶、壮侗语族群的雷神神话进行研究后曾写道："雷与人相斗的故事可能出现在壮侗语族西迁之后，也就是说，可能是受到苗瑶语族的影响。"[①]北宋时期道教神霄、清微诸派提高了雷神的地位，认为他不但可以施雨，还能施行雷法、主天之祸福、持物之权衡及司生司杀，这应该也影响了侗台语民族中雷神的功能。

由此推断，侗台语族群的风雨神信仰应产生于各族群尚未完全分化、迁徙的大约五千年前。风雨之神后来逐步分化，出现了雷神、帕亚恬及召法等多样形态，有的成为至上神。天神信仰不仅在侗台语族群中广泛存在，在汉族中也有悠久的历史。从夏朝以来，"由'上帝'而'天帝'，由'天帝'而'天'，'天'成为至上神观念，到西周才最终形成。从

---

① 吴晓东：《跨境苗族洪水型人类再生神话调查研究》，"南方跨境民族创世与起源神话田野研究"课题成果，内部资料。

此,'天''上帝''天帝'才为一体,成为中国古代至上神观念的专称"。① 古代中原王朝的皇帝自称天子,一直保持着"祭天"之俗。侗台语族群的天神信仰,或受到华夏民族的天神信仰影响,也可能起源不同却有异曲同工之妙。

(2) 人神

此处所提及的人神,主要是指被本民族视为祖先的神祇。他(们)往往是人间第一个(对)人,他们或来自天上,为仙人所造,或出自大地精华,或由自己的祖先衍变而成。他们常常直接承担着生人的任务,在人类文化创造上着力最多。他们也常被视为创造世界与万物之人。在"文本篇"讨论布洛陀神话母题时,已提及大部分侗台语民族的人神神话内容,在此不复赘述,仅列表以便分析,见表3。

此前尚未展开介绍的毛南族卜罗陀,是毛南族信仰中的一位"仙家",他有主宰万物、安排自然界秩序的能力。在民间搜集到的卜罗陀神话有两则,即《为什么老虎生仔少》和《拱屎虫的故事》。《为什么老虎生仔少》说因为老虎本性凶恶残暴,卜罗陀改变了让老虎"一年生十二窝,窝窝十二个"的打算,让黄麂吓唬老虎,老虎忘记了卜罗陀的嘱咐又回来询问,卜罗陀就让老虎"生只生一个,不然就绝窝"。《拱屎虫的故事》里说拱屎虫忘记卜罗陀交代要毛南地方"一分山、二分地、七分田"的叮嘱,说成了"七分山、二分地、一分田",使今日毛南族地区石山重叠,田地稀少。卜罗陀叫它传话让人类"三天吃一餐",它又传成"一天吃三餐"。卜罗陀生气地罚它下到人间来拱屎。② 这两篇神话均是在环江县下南乡搜集到的,从地域来看,当地毛南族处于小聚居、大杂居的环境之中,被壮族文化包围,彼此之间借鉴和交流是必然。毛南族中也有不少使用壮语演唱的仪式巫辞和民间歌谣,可见,两族文化之亲近与密切。以上这两则毛南族神话在壮族布洛陀神话中也有极为相似的异文,如巴马壮族流传的《为什么老虎生仔少》把黄麂改成了黄猄,把"一窝生十二个"改成了"一窝生十个";在广西

---

① 邹昌林:《中国古代至上神——天帝的起源》,《世界宗教研究》2004 年第 4 期。
② 袁凤辰、苏维光、蒙国荣、王戈丁、过伟编:《毛南族、京族民间故事选》,上海:上海文艺出版社 1987 年版,第 357、364 页。

河池、文山地区也有屎壳郎传错布洛陀的话，说成"人一天吃三餐，人老了就死，蛇老了就蜕皮"。的神话，布洛陀就罚它专门拱屎堆。① "卜罗陀"和"布洛陀"发音相似，所流传的故事内容大致相同，流传范围亦十分接近，是民族文化交流的结果。毛南族虽然有卜罗陀信仰，但尚未发现相关仪式支撑，大致可推断是受到了壮族文化的影响。

表 3　　　　　　　侗台语族群的人神及相关神话母题

民族	人神之名	神话母题
壮族	布洛陀和姆洛甲	撑天；造日月；造牛；造（生）人；找水、火、谷种；造文字历书；造麽与禳解仪规；造管理者、安名定姓；让人会说话；造房子；布洛陀战胜雷王、图额、老虎
	伏羲（盘古）兄妹	生人
布依族	报陆夺和摩陆呷	造文字；创立摩教
	布杰	开天地
	布灵	造天地、撑天、造太阳月亮、造星星天河；造雷造闪电；造风造雨；造乌云彩云；造人；造年造月；造山造岭、树和藤、花草、鸟雀、狮虎、河海、鱼虾
	勒灵	造弓弩；造火；造稻和麦、棉和靛；造歌、木鼓、月琴和姐妹萧
傣族	桑木底	制定寨神、勐神的规矩，并让巫师驱鬼；委任各个新勐首领；让部下迁徙，形成不同的语言；教人们盖房子；
	布桑嘎西和雅桑嘎赛	用葫芦籽撒向大地，变出树苗、动物和日月；布桑嘎西到海底取黄泥捏出各种陆地的动物和昆虫，又捏水里的各种动物，给他们取名；用人类果捏出人
	召诺阿和萨丽捧	二人婚配生人
	约相与宛纳	繁衍人类第三代

---

① 农冠品编注：《壮族神话集成》，南宁：广西民族出版社 2007 年版，第 36、50 页。

续表

民族	人神名称	神话母题
侗族	松恩和松桑	第一代人类
	姜（丈）良和姜（丈）美	姜良射日；让燕子取树种，让云雀取五类谷种，让水獭到龙宫取歌本；二人开亲生下肉团，剁碎形成三百六十种姓氏
	萨岁	可变蛇，带领侗人抗击恶霸和主权
毛南族	盘妹与古兄	盘、古兄妹繁衍人类
	卜罗陀	让老虎一窝生一只；让传错话的拱屎虫来人间拱屎
	三界公	教人们养菜牛
水族	拱陆铎	创造文字、历法；造房子
	拱登	顶天；造日月；开创端节习俗
仫佬族	伏羲兄妹	造人烟
	达伙	给人间带回谷种
仡佬族	阿仰兄妹	繁衍人类
	阿利	造房子
黎族	黎母	黎母和男子繁衍人类
	打占	斗雷公，砍断雷公一只脚
国外泰佬族群	布桑嘎西和雅桑嘎赛（布桑该和雅桑该）	创造了须弥山作为宇宙的中心；生人；用仙葫芦籽造日月；仙气跑到身体外变成日月星辰；用泥土捏出牛；制定3个季节
	布热、雅热	拿回谷种
	布纽	飞上天庭从火球中挖下烈火塞进地心
黑泰	Ba Dam, E Va	繁衍人类
红泰	Ai Nong 兄妹	繁衍人类

人神的身份介乎于人与神之间，甚至是从天上下凡的神。他们既具备一些神性特点，有超常的神异能力，如能与神鬼沟通、自由来去天地间等等，但更重要的是他们保留了作为人类祖先的人性特征。他们的名称多冠以各侗台语族群中表示长者的代词，如"布""报""公""拱""雅""姆""萨"等，而不是表示神祇的称呼。他们不带有神的全知视角，也会犯错，不是高高在上俯视人类，而是我们之中的一员。他们如同家族长

辈一样更容易让人产生亲近感，能够给后辈更多的指点和鼓励。如布洛陀住在岩洞里，乐于助人而忘了给自己盖房子；报陆夺和拱陆铎糊涂一时被仙女焚书；姜良、姜妹要靠动物的帮助才能取回谷种、歌书；三界公爱吃牛肉；布桑嘎西、雅桑嘎赛也会产生性欲……这些描述都拉近了人神与人类的距离，增强了我们对他们的认同。

各侗台语民族的人神亦带有浓厚的文化英雄色彩。他们的事迹与我们日常的生产、生活有着更密切的关系，比如造火、取谷种、造房子、造歌，等等，既保障了族群基本的生存，又丰富了人们的生活。他们被各民族视为有血缘关系的祖先，也常常成为各类信仰仪式的主角。如壮族、布依族在麽（摩）仪式上必请布洛陀、报陆夺助力，侗族有隆重的祭祀萨岁之俗。各民族都试图通过不同的形式纪念祖先，祭祀人神，以促成本族民众的认同和凝聚力。有的人类始祖神也充当了创世神角色，比如布洛陀、布杰等，这与始祖信仰的扩大化有关。

各民族的人神与其早期信仰都有着千丝万缕的联系，如布洛陀、姆洛甲信仰中蕴含的鸟崇拜，松恩是从乌龟蛋中出来的，萨岁信仰中的土地崇拜与蛇崇拜，黎母与蛇崇拜等。无论是鸟、龟、蛇崇拜还是土地信仰，都是早期越人的信仰的延伸与发展，卵生也是侗台语族群人神神话中较为突出的一个特点。

泰国清刊（Chiang Kham）傣泐族群的始祖布桑嘎西、雅桑嘎赛

(3) 水神图额

至今仍在侗台语民族之中广泛传承的水神信仰——图额（ngieg）①，是该语族群体内部悠久的稳定信仰。正如覃圣敏先生指出："壮侗语诸民族原来没有"龙"的名称，但有一种'图兀'（即图额，笔者注）……'图兀'生活在水中，主要功能是管水，有时也能腾云驾雾，呼风唤雨。这些都与汉族的龙相当。所以，'图兀'应是壮侗语诸民族最早的龙。"②今日信奉南传佛教为主的傣泰民族也依然保留了图额的信仰和神话，但它与来源于印度的那伽神相融合，内容发生了一些变化。国内大部分侗台语民族接受汉文化影响，龙与图额的信仰也产生了部分融合，形成了一系列关于"龙"的观念。图额在汉语中被称为"蛟龙"，"兼有犀牛、河马等动物形象"。③

侗台语族先民的图额崇拜产生时间较早，在历史上遗留下了不少记载。西汉成书的《淮南子》曰："（越人）被发文身，以像鳞虫"，高诱注曰："文身，刻画其体，内墨其中，为蛟龙之状，以入水，蛇龙不害也，故曰以像鳞虫也。"东汉应劭亦说越人"常在水中，故断其发，文其身，以像龙子，故不伤害也"。《说苑·奉使》记载："彼越天子之封地也，不得冀兖之州，乃处海垂之际，屏外藩以为居，而蛟龙又与我争焉。是以剪发文身，烂然成章，以像龙子，将避水神也。"《汉书·地理志下》亦载，粤地"其君禹后，为帝少康之庶子云，封于会稽，文身断发，以避蛟龙之害。"这些篇章中所提及的"蛟龙"经过了文人的修饰，通冠之以"龙"之名。

纵观侗台语民族的图额信仰，其相关神话主要有两大母题：（1）图额化身与人相恋；（2）图额与铜鼓打架。

侗台语民族神话中常见图额化身人类与青年男女恋爱的情节。壮族的布洛陀神话说图额与壮族姑娘恋爱，还生下了孩子王曹。孟连的傣族说那伽是有脚的，而"额"却没有脚。当地传说，"额"变成了男人，来和傣族的公主谈恋爱，公主生下龙子。至今，傣族所织的龙纹床单，就是为了

---

① 各族群中发音稍有差异。
② 覃圣敏：《广西壮侗语诸民族龙蛇观念的研究》，《社会科学家》1990 年第 6 期。
③ 梁庭望：《壮族文化概论》，南宁：广西教育出版社 2000 年版，第 445 页。

纪念额。①

老挝琅南塔省的黑泰人认为"图额"有善恶两面，是一位神秘的神祇。它会变成很漂亮的小伙子，来找在河边洗衣服的姑娘们玩耍。它还会问姑娘各种问题，例如有没有婆家呀等，如果姑娘还没有婚配，它第二天就会把姑娘带走。与此同时，黑泰人也知道泰国老挝等小乘佛教信仰中常见的蛇神帕雅那②，但却不信仰它。这就可以将图额与帕雅那信仰进行区分。③ 据从越南移居老挝琅南塔省南发村的泰央老人介绍，他们仍有关于图额信仰的记忆，说它会变成年轻的小伙子，来找姑娘们谈情说爱。④

在泰国东北部加拉信府古瓦村，普泰人把图额和帕雅那混淆在了一起，并流传着帕雅那的传说：帕雅那变成了人形，来向公主琅爱求爱。但琅爱公主已与帕亮王子相爱，根本没有注意到它。于是，它变成一只小松鼠，想讨得琅爱公主的欢心。琅爱公主命令卫士将小松鼠抓来，但卫士却把小松鼠射死了。小松鼠死后，却越变越大。除了琅爱公主和鳏夫、寡妇，全城的人都吃了松鼠的肉。但吃了松鼠肉的人，他脚下的土地就会陷落水里。帕亮王子也吃了松鼠的肉，所以他脚下的土地也不断陷落。最后，帕亮王子死了。琅爱公主也跟着帕亮王子一起死去了。这是个悲伤的爱情叙事，但情节中仍保持关于图额的一些信息，即图额与人类之间的爱恋关系、图额与人类的往来。⑤ 可见，东南亚的侗台语族群仍保留着图额信仰的明显痕迹，并流传着蕴含图额神话母题的各类叙事。这些叙事受到新时期新地域文化——例如佛教文化、孟—高棉语族群文化等——的影响，发展成为新的口头传统作品。

图额与铜鼓打架的神话有多种形态，最常见的是描述图额为害，铜鼓挺身而出与图额作战，甚至牺牲自己的性命镇住图额，保卫百姓的安宁。这个情节在壮族、布依族和水族等神话中都能找到。如水族《斗犀》故事中，铜鼓为了制止犀牛发洪水，打败犀牛之后沉入潭中镇犀牛。犀牛是

---

① 2014年10月30日，云南普洱市孟连县傣族XMH（女，45岁）讲述。
② "帕雅"是泰语、老挝语对神祇的称谓，"帕雅那"指南传佛教中替佛祖遮雨的眼镜蛇神那伽。
③ 2012年7月10日采访黑泰人ＬＬ（女，103岁）。
④ 2012年7月11日采访泰央人ＬＫ（男，65岁）。
⑤ 2012年5月20日采访古瓦村普泰人ＹＬ（女，66岁）。

图额的变化形态之一。又如布依族的故事说："它（铜鼓，笔者注）在静谧无声之时，会趁人不注意'逃跑'出去，与天上的龙、虹角斗，与潭里的龙王争宫，与塘里的蟒蛇争位等。"① 图额与龙王的概念被进一步合并。泰国东北部的些克人中也流传着关于图额的叙事。人们说河水中的旋涡就是它出现的痕迹，它居住于湄公河。湄公河的水之所以是红色的，就是因为图额和另外一个神祇帕雅那在水里打仗。他们互相仇恨互不让步。② 帕雅那即那伽，图额与那伽的斗争，隐喻着本土与外来文化曾经的对立与冲突。同时，图额的外形变化多端，有时会变成人形和姑娘结婚。如果有人做了坏事就会被图额吃掉。③

老挝芒飞（高升）节上的芒飞，上有那伽形象
(*Culture and Customs of Laos*, 2009)

在民间口头流传的各类图额叙事，还原了侗台语族先民信仰中源远流长的鳄（蛇）崇拜历史。经过历史浪涛的涤荡，其中的核心母题依然顽强地以各种形式活跃在侗台语族不同的族群之中，以新形式、新组合的面

---

① 吕大吉、何耀华主编：《中国各民族原始宗教资料集成：布依族卷·侗族卷·仡佬族卷》，北京：中国社会科学出版社 2012 年版，第 74 页。
② 2012 年 5 月 19 日笔者采访些克人 J SM，女，89 岁，屈永仙翻译。
③ 2012 年 5 月 18 日笔者采访些克人 RT，女，76 岁，屈永仙翻译。

目出现，显示出坚韧的生命力。这既是对族群早期文化的认同，亦是对先民历史的片段记忆。和百越族群最众所周知的蛇图腾一样，鳄崇拜曾经在越族的信仰体系中占据重要的位置。在中原汉族的"龙"文化进入南方百越领地之后，对于鳄的信仰和崇拜一直顽强地存在着，产生了新的形式和内容，并与"龙"概念的交融。在此基础上，我们可以挖掘侗台语族群早期的鳄崇拜表现形式，包括习俗与节日仪式、出土文物以及民间传用的各类器物，等等。

首先是铜鼓纹饰。铜鼓是侗台语族群很早就使用的重要器具，民间盛传的铜鼓与图额之关系在于"铜鼓镇图额"。但从铜鼓的纹饰入手进行考察，可以发现铜鼓与图额的关系隐晦而深邃，铜鼓或许就是祭祀图额的专用器具。铜鼓纹饰中最普遍的特点，是中间的芒星。直至今日，芒星已经变成了绝大多数铜鼓共有的符号。正如资深的铜鼓研究学者蒋廷瑜先生所言："铜鼓这个纹饰的本来意义并不在于表现太阳，而是表现火星……那时（原始形态的铜鼓存在时期，笔者注）铜鼓还没有脱离炊具，成为专门乐器。作为炊具，鼓面朝下，鼓面中心正是火灼的地方。这个光芒四射的图案就是火的象征。"[①] 在壮族先民的神话里，额火是世界上最早出现的火种之一。火种在铜鼓中出现的意义，与鳄图腾信仰有一定关联。

石寨山铜鼓上大量出现的锯齿纹图案，在排列组合上与栉纹一起构成鳄鱼齿和鳞甲的象征。常见于铜鼓的网纹、圆圈纹、席纹等，可被视为侗台语族先民在制作铜鼓过程中对鳄鱼鳞甲、体型的描摹和再现。

石寨山型和冷水冲型铜鼓上常见的船纹、羽人、舞蹈、鱼鸟装饰，构成了完整的水上祭祀盛典，而这一盛典的朝向对象是早期侗台语族群信仰中极其重要的水中动物——鳄。凌纯声先生有云，铜鼓上的"龙船，以民族学眼光视之，即越人祭水神（蛟龙）时所驾之舟"[②]。在此基础上，丘振声先生进一步指出："越人后裔的一些民族，在划龙舟时仍残存着一些古代'水祭'的遗风，如开船前烧香烧炮，而且时间也不在农历的五月五日。在江南，有的在元夕（农历正月十五日）举行。云南的傣族，

[①] 蒋廷瑜：《壮族铜鼓研究》，南宁：广西人民出版社2005年版，第123页。
[②] 凌纯声：《南洋土著与中国古代百越文化》，载台湾《学术季刊》第2卷第3期，1954年。

按傣历六七月即农历清明节后十日左右泼水节时进行赛龙舟；……这些龙舟节的源头应该是水祭蛟龙图腾的仪式。这与越人'习于水斗，便于用舟'有关系。他们也善于造舟。他们对蛟龙奉若神明，举行水祭，应该是很频繁，也是很隆重的。"① 笔者认为这"蛟龙"即为水神图额。在引入"龙"的概念之前，鳄鱼应为侗台语族先民信仰中的水神形象来源。因此，铜鼓上再现的船祭蛟龙的场面，有虔诚的祈祷者，有祭祀的情境再现——从船到水，从人界到神界，展示了人对大自然与鳄鱼的敬畏景象。在铜鼓之上，多见立蛙雕塑，壮族民间亦有青蛙为雷神与四妹"图额"后代一说。

因此，从民间口头传统到信仰与民俗，都证明了铜鼓与鳄崇拜之间的密切关系。据此推测，精心铸造的铜鼓最初是放入水中作为祭祀图额的重要礼器，但久而久之，人们逐渐忘记了铜鼓与图额崇拜的本来意义，而将这一行为演变成了铜鼓斗图额的传说。

其次是印陶纹纹饰。彭适凡先生在《中国南方古代印纹陶》一书中指出，南方古越族是几何印纹陶文化的主人。② 华南至东南亚地区散布着几何印纹陶的踪影，纹饰包括了方格纹、云雷纹、菱纹与回纹、编织纹、篦点纹、水波纹、叶脉纹和锯齿纹，等等。有些纹饰与侗台语族先民早期的信仰和动植物崇拜有密切的关系。鳄崇拜在南方古代印纹陶上留下了痕迹。林惠祥先生在香港南丫岛遗址上采得的印陶纹片上就曾发现过长身、长口、有足、有尾的动物形——"蛟龙纹"。③ 王圣宝先生在《几何印纹陶纹饰起源于蛇吗》一文中也认为："动植物是古文化艺术的主要源泉……几何印纹陶纹饰起源于鳄及鳄皮花纹。"④ 至今，依然在侗台语族群中流传的图额信仰及其叙事，其原初叙述存在的时间可以被回溯到侗台语族先民尚未分化的数千年前。在这种强大的信仰之下产生了大量的文化展示作品——包括几何印纹陶的纹路等。几何印纹陶中的云雷纹、菱纹、回纹、圈点纹和波状纹等，展示出对鳄鱼鳞甲、体型和出现场景等的模

---

① 丘振声：《壮族图腾考》，南宁：广西人民出版社2006年版，第240页。
② 彭适凡：《中国南方古代印纹陶》，北京：文物出版社1987年版，第320页。
③ 彭适凡：《中国南方古代印纹陶》，北京：文物出版社1987年版，第3页。
④ 王圣宝：《几何印纹陶纹饰起源于蛇吗》，《芜湖职业技术学院学报》第4卷第1期，2002年3月。

拟，表达出侗台语族先民对水神的敬畏之情。

随着文化的融合、信仰的淡化，鳄鱼崇拜虽然逐渐淡出人们的视野，但各类口传叙事仍然丰富着我们的精神生活，成为一种独一无二的历史记忆。

（4）生育女神

侗台语民族大多都保存了掌管生育与保护孩童安康的女神角色。人的灵魂被视为女神花园里的花，女神送花下凡，女性才能怀孕生子。在求子时候多有架桥之俗，桥或为"花桥"，或为真正能通行的桥，寓意接孩子到凡间，修阴德积福。过伟先生曾指出中国南方普遍的"花文化圈"，人的祖先住在花林之中，掌管者是四位花林女神，被称为"花林祖婆"，"人的一生，从生到死都离不开花，生，是因为花魂降临人间，死，是因为花魂已离开人世。今日沅湘上游，湘、桂、黔边的好些民族，仍有对花林祖婆的崇拜，在壮侗语族各民族中尤为流行"。①

广西南宁市上林县的花婆像

如前所述，壮族神话中女始祖姆洛甲本身就具有生育人类、护佑民众

---

① 过伟：《中国女神》，南宁：广西教育出版社2000年版，第191页。

的功能，后衍化为花婆（花王圣母）和娅王，流传有不少相关的散体神话，如广西柳城一带的《花婆送鼻子》、广西田阳的《雅王出殡》、云南文山的《娅王》等，其内容均与生育、看照孩童有关。各地壮族对花婆的称呼不一，又称"花王神""床头婆""花王圣母""万岁婆王"等。民间多举行各种为求子、祈求孩子健康成长的仪式。如由女巫主持的"求花"就是为不育或者没有生育健康孩童的家庭向花婆祈求，请她赐给"好花"的仪式。巫婆在求花仪式上要吟唱"求花经"词：①

  主家真虔诚，天天向神灵朝拜，
  无奈左边无亲郎，无奈右边无亲女，
  老了难自理一切，缺柴无人要，
  缺稻无人耕，生病无人理，
  今天才祭礼花婆，希望花婆多宽恕，
  希望给照顾主人，希望显灵神赐花，
  赐给桃花也欢喜，赐给李花也喜欢，
  桃花管生女，李花管生男，
  干栏屋上有笑语，男左女右排两旁，
  狼来有人堵，虎来有人防，
  一代更强过一代，一代更比一代强，
  农忙有人帮，开垦有人帮，
  干栏香火不间断，神欢人也欢。

  壮族民间也多见布麽主持的架花桥仪式。新婚夫妇要在房门或床头架起花桥，通过祈请祖先及花婆保佑，赐予"花枝"，才能正常生育、顺利产子。通常，花桥是用红色剪纸粘在竹棍上，做成桥的模样，在固定时间进行祭祀。桂西一带的架桥仪式将两碗大米作为桥基，用布匹搭在两碗米之间作为桥梁，所祭祀之神包括龙神、桥头公公、桥尾婆婆、花王圣母、卫房圣母、迎花父母以及栽花父母等诸神。巫师在仪式结束之后，将

---

① 转引自黄桂秋《壮族麽文化研究》，北京：民族出版社2006年版，第70页。

"花包"交给事主（一般为妇女），由事主拿回家供奉起来，直至受孕为止。①

布依族民间亦流行向花婆求子、接花魂和架花桥的仪式。新婚夫妇或者怀孕的妇女，要到娘家取回一对红花，请布麽或女巫来主持仪式，唱诵"接花魂"的经文或歌谣，并将红花插在床上方，同时用红纸剪出一群孩子的模样，贴在卧室门上。布摩所唱的经文描述了人类投胎之前的空中百花园：

> 园中百花好鲜艳，园里花色多耀眼；
> 一朵朵比碗口还大，一蓬蓬比竹蓬还宽；
> 花婆带我去观赏，花婆领我来挑选；
> 千万朵花任我挑，千万朵花任我选；
> 选来选去眼睛花了，挑来挑去心头乱了；
> 就挑这一朵红的水灵灵，就摘这一朵紫的亮晶晶；
> 水灵灵的女儿手才巧，亮晶晶的儿子才勤劳；
> 往后好酒好肉谢花婆，日后好衣好裙谢神母。②

搭花桥则分为两种。一种是用竹子、竹叶制成桥的形状，架在求子夫妇的卧室门上；另一种是在路边的小沟上搭建木桥或者石桥。花婆不但负责送花，还护佑孩童长大到一定岁数，所以需定期祭祀。

布依族民间也有对雅王（娅王）的信仰。摩经《砍牛经》中讲述雅王与龙神结合，生子"元"，元一出生就得到龙神的保佑，后来又当上了氏族的首领。"雅王生吉元，元生金龙出。元落福龙保，三龙带水出，九龙带水洗。"③ 参照壮族信仰体系，可以推测布依族的摩陆呷、雅王和花婆有着内在的联系。

仫佬族民间信奉婆王，又称"花婆""床头婆""花王圣母"。以前，

---

① 吕大吉、何耀华主编：《中国各民族原始宗教资料集成：土家族卷·瑶族卷·壮族卷·黎族卷》，北京：中国社会科学出版社1998年版，第571—572页。
② 韦兴儒：《女巫》，贵阳：贵州人民出版社2001年版，第143—146页。
③ 吕大吉、何耀华主编：《中国各民族原始宗教资料集成：布依族卷·侗族卷·仡佬族卷》，北京：中国社会科学出版社2012年版，第74页。

仫佬族村寨中都有婆王庙,在农历三月三定期祭祀。求子嗣的人们不但要在这天祈求婆王赐花,生了孩子之后还要于农历六月初六来祭祀,叫作"还婆"。在新媳妇房门上要用竹片做成"花棚",在小孩母亲的床头设床头婆的神位。关于婆王的神话如是说:

> 婆王掌管着一座极大的花山,日日忙碌着护理花山上的花。
> 人是婆王花山上的花。
> 她把花的生魂送给谁家,谁家就生小孩。送红花是女孩,送白花是男孩。婆王花山上的花长得茂盛,开得鲜艳,人间的小孩就平安成长,不生病,身体健壮。如果花山上的花生了虫,小孩就生病,有灾难。婆王给花除了虫,孩子的病就会好。婆王在花山上淋花。花湿了水。小孩睡觉时,全身冒汗,衣衫湿透。人死了,生魂回到花山上,还原为花。再由婆王送给他人。这人便到别家投胎去了。①

在仫佬族民间也多架桥、安花的求子仪式。所架之桥有石桥、木桥等。木桥主要在仪式中供鬼师禳解所用,让"踩桥"的亲人通过,这些踩桥的亲人手持红白纸剪成人形的"花童",以示送子。到家中在神龛前"安花"之后,还要将竹片编成的桥架在求子夫妻的卧室门上,并将红、白、黄三色纸剪成的"花童"插在竹桥的两头。②

毛南族也有对生育女神——婆王的信仰,她又被称为花王圣母、万岁娘娘和天尊圣母等。传说婆王掌管花山,山上的花就是人的灵魂。婆王赐给红花(或金花)就生男孩;赐给蓝花(或白花、银花)就会生女孩。因此,不孕不育的夫妻都会举行"求花"仪式,祈求婆王赐花。小孩孱弱多病则被视为他(她)在花山上的那棵花生虫、缺水,得请师公来举行"安花"仪式,除虫浇水。③ 有的地方不但要安花,还要架桥以示接来花魂。

---

① 龙殿宝、吴盛枝、过伟:《仫佬族文学史》,南宁:广西教育出版社1993年版,第22—23页。
② 《中国少数民族社会历史调查资料丛刊》修订编辑委员会编:《广西仫佬族社会历史调查》,北京:民族出版社2009年版,第246页。
③ 蒙国荣、王戈丁、过伟:《毛南族文学史》,南宁:广西人民出版社1992年版,第46页。

德宏傣族民间有关于女神咩判的信仰。人们未出生之前，都是咩判花园里的花，哪家的婴儿出生，就是咩判把花赐到哪家来了。刚出生的婴孩，屁股上黑青黑青的胎记，就是咩判拍打孩子投胎时留下的。但关于咩判，似乎没有相关的祭祀仪式。① 民间还有小孩子夜间哭闹时祭祀床神的习俗，有《夜里小孩哭闹祭床神念词》，请床神开恩不要侵扰婴儿的睡眠。②

侗族也有架桥求子的习俗，有架"阳桥""阴桥"两种。架阳桥则用小杉树或装上东西的茶罐架在暗处，使人误踩上去，使架桥之人得子。架阴桥则是通过修缮、建造路上的石桥或木桥，以此修阴积德，保佑孩子的健康。在侗族民间信仰中与生育、保佑婴孩有关的神也很多，萨花淋是专管小儿荨麻疹等疾病的女神，萨高降（床头之妇）是隐居在床头、主管生育和护佑孩童成长的，萨林隋（门背之妇）是把守大门、驱鬼邪并保护孩子平安的，萨多（天花之妇）是护佑孩子躲过天花之灾的。此外，被视为侗族始祖母的萨岁也具有"送子"功能。在祭萨仪式上，萨岁主祭人会以萨岁的口吻说："你们哪家没男孩，我把男孩带来，哪家没女孩，我把女孩带来。"③ 可见，萨岁也在侗族生育观念中占据了一席之地。

水族也有对生育女神的信仰，如广西水族在求子架桥仪式上或孩子生病时要请鬼师敬房门婆。贵州三都自治县三洞乡的水族，认为母神（娘娘神）主管生育和婴孩的健康。其中"牙老"负责全面保护孩子，"牙龙里"负责把孩子引渡江河到达彼岸，"牙浓"则负责向人间送来男孩、女孩，使家家户户男女平均。在祭祀母神的时候，要请水书先生用红纸剪出诸多人形，象征着人丁兴旺、多子多福。贴在供桌墙壁上或者用竹竿撑住，并摆上红糯米饭、红粽粑、红蛋和酒进行祭祀。④ 各地水族民众多有牵线搭桥、暖桥、修石（木）凳等求子习俗。暖桥后要将红蓝色（代表男孩）、白色竹篾（代表女孩）带回家，表示将孩子的灵魂接入家中。⑤

---

① 信息提供者：中国社会科学院民族文学研究所傣族学者屈永仙（女，1983年生）。
② 刀承华：《德宏傣族人生礼仪念词研究》，北京：人民出版社2012年版，第189页。
③ 吕大吉、何耀华主编：《中国各民族原始宗教资料集成：布依族卷·侗族卷·仡佬族卷》，北京：中国社会科学出版社2012年版，第367、438页。
④ 吕大吉、何耀华主编：《中国各民族原始宗教资料集成·苗族卷·水族卷》，北京：中国社会科学出版社2013年版，第546、563、719页。
⑤ 潘朝霖、韦宗林主编：《中国水族文化研究》，贵阳：贵州人民出版社2004年版，第525—526页。

不少地方还要在新婚夫妇以及产妇的卧室门前搭上花桥,以祈求多子和平安。农历十二月丑日,贵州三都、独山县一带的水族人民过"苏宁喜节",又叫"娘娘节"。"苏宁喜节"是水语"水历四月丑日"的意思,传说这一天,生育女神牙花散会给人间送子,故人们要请水书先生念经、祭祀女神,用红纸剪出小孩的模样粘在主妇卧室的墙壁上,孩子们则成群结伴到各家讨要红色糯米饭、红鸡蛋等。民间传说,古时候瘟疫流行,婴幼儿大量死去,引起了人们的恐慌。在农历十二月丑日这天,人们发现一位仙姑来到水族地区,走到哪家,哪家的孩子就恢复了健康,蹦蹦跳跳,活泼起来。哪家家里没孩子,她就在主妇卧室墙壁上画上孩子,这样,这家人就会有子嗣了。从此,人们就在这天祭祀这位仙姑牙花散,形成了"苏宁喜节"。①

　　黎母不但被视为黎族人的始祖母,还有生育女神的身份。她掌管黎族人的婚姻与生育诸多事宜。②

　　越南高平省下琅县其逐屯的壮族布岱支系民众,亦崇信生育女神花婆(花王圣母),认为每个孩子都是花婆送来的花。在新婚夫妇第一个孩子举行"满月"庆典时,要举行"造桥"仪式,砍竹子搭建竹桥,建造为花婆摆设祭品的竹楼。在仪式上,竹桥和竹楼合成"桥楼",不但放祭品,还放象征子嗣的"花"。③ 国外信仰佛教的傣泰族群,多将始祖母雅桑该视为生育女神。泰国东北部的普泰、佬族人都认为人类是布桑该(布桑嘎西)、雅桑该(布桑嘎赛)的后代。2012年5月,笔者在泰国那空拍侬府(Nakhon Phanom)曾与一位普泰人(phutai)中学校长 CB 访谈,他说小时候曾经听过,男始祖神布桑该在河里用男性生殖器去赶鱼,雅桑该则在对面,张开双腿接住所有的鱼。这种隐喻着女性生育与繁衍的神话母题,再现了女性神祇在人们心目中的特殊地位。

　　泰国闪电女神咩卡拉也与生育相关。④ 咩(姝)卡拉的"咩"是母

---

① 过伟:《中国女神》,南宁:广西教育出版社2000年版,第446页。
② 詹贤武:《黎母庙、黎母神及其司职》,http://blog.tianya.cn/post-3666192-52423154-1.shtml。
③ 潘艳勤:《布岱人的"䢺桥"仪式与"不落夫家"——以中越边境的其逐屯为例》,《广西民族学院学报》(哲学社会科学版)2004年第6期。
④ 刀承华编译:《泰国民间故事选译》,北京:民族出版社2007年版,第3页。

亲的意思,"卡"为腿,"拉"为"下"之意,故咩卡拉可被解释为隐喻女阴与生殖的女神。覃圣敏先生曾得到泰国艺术大学巴妮教授的解释,说咩卡拉的名字"似为富有神奇生育力之女神,母亲神,生育女神"①。

侗台语族群中不信仰南传佛教的民族,较好地保存了花婆信仰与搭桥之习俗。信仰南传佛教的民族依然有此类信仰的痕迹,如德宏傣族的"咩判"。各民族的生育女神多从早期的女神信仰中发展而来,壮、布依、仫佬、毛南等民族形成相对稳定的花婆信仰。与此同时,灵魂常被视为花山上的花,生育被视为花投胎,或来源于早期侗台语民族的"花"崇拜。

架桥之俗已演化出多种形式,有架竹桥、木桥和石桥等,有的是作为象征的仪式之桥,有的是真实的、供人行走的桥。搭桥反映了侗台语民族想要引渡灵魂进入人间、祈祷子孙平安昌盛的愿望。架桥仪式是一种求子、求福仪式,也是一种人生礼仪。人们通过架桥祈祷安康,并以此达成对家庭、社会新成员的认可,是对当事人人际与社会关系的再现。

求子架桥展示了特纳在《仪式过程》中所述的三个阶段,即分离(separation)、边缘(margin)或阈限(limen)、聚合(aggregation):"第一阶段(分离阶段)包含带有象征意义的行为,表现个人或群体从原有的处境——社会结构里先前所固定的位置,或整体的一种文化状态(称为"旧有形式"),或二者兼有——之中'分离出去'的行为。而在介乎二者之间的'阈限'时期里,仪式主体[被称作'通过者'(passenger)]的特征并不清晰。他从本族文化中的一个领域内通过,而这一领域不具有(或几乎不具有)以前的状况(或未来的状况)的特点。在第三阶段(重新聚合或重新并入的阶段),通过过程就圆满地完成了。仪式主体——无论是个人还是群体——重新获得了相对稳定的状态,并且还因此获得了(相对于其他人的)明确定义、'结构性'类型的权利和义务。他的身上被寄予一定的期望值:他所做出的表现应当与某些习俗规范、道德标准相一致,而这些正是在此类职位的体系中对社会职位的承担者的要求。"② 仪式中成为母亲的妇女,生活重心从娘家转换到了婆家,其在社

---

① 过伟:《中国女神》,南宁:广西教育出版社 2000 年版,第 196 页。
② [英]维克多·特纳:《仪式过程 结构与反结构》,黄剑波、柳博赟译,北京:中国人民大学出版社 2006 年版,第 95 页。

会结构中的位置已发生了相应变化,通过"求子""生子"的"阈限时期"之后,她的社会地位重新被得到认可并发生了转换,确定了已存在或将产生的子嗣及其他人际关系。对于作为仪式主角的妇女及结为姻亲的两个家庭来说,他们都迈入了相对稳定的社交新时期,姻亲联盟进一步得到确定和认可。

总而言之,生子虽然是女性身体的一项功能,但侗台语民族又赋予它更多的社会意义。在人们面对无法正常生育、婴儿的残疾与疾病难产等现象时,信仰和巫术成为早期侗台语民族先民解决问题的希望。人们试图通过巫术仪式和对生育神祇的顶礼膜拜来换取族群的繁衍与壮大。信仰与巫术是一剂心理良药。侗台语民族的生育女神多与创世、始祖女神一脉相承,从对早期始祖女神的信仰逐渐演化为以生育为主旨的"花""桥"崇拜。中国南方的"花文化"圈,就以壮侗语民族的花崇拜最为突出,东南亚某些侗台语族群中也延续了这一崇拜内容。花崇拜中偶像的形象多样,仪式丰富(见表4)。从流传地域与传承现状来看,各侗台语民族的先民是早期花崇拜的倡导与执行者。

表4　　　　　　　　侗台语族群生育女神及相关信息

民族	掌管生育的女神	仪式	关联
壮族	花婆	求花、架花桥、祭床头神	姆洛甲、娅王
布依族	花婆圣母	求花、架花桥、祭床头神	雅王
傣族(德宏)	咩判、床头神	祭祀床头神	雅桑该
侗族	萨岁、床头神等	架桥、祭床头神等	萨岁
毛南族	婆王	赴庙求花、架桥	远古女神
水族	母神、房门婆、哑开端、牙花散	架桥、敬房门婆、苏宁喜节	母神
仫佬族	婆王	求花、架花桥、祭祀床头神	早期女神
仡佬族	傩神娘娘	搭桥、演傩戏	早期对偶神
黎族	黎母	黎母庙祭祀	早期女神
国外傣泰族群	雅桑该、花婆、咩卡拉	搭桥、求花仪式	早期女神

三 口传歌谣的形式比较：五言脚腰韵

在无文字社会，歌谣是文化传播和文明传承的重要渠道。直至今日，许多人类的重要历史、道德准则、社会理念和生产生活技艺等，都依然以口耳相传的方式进行着。口耳相传的形式又可分为韵文和散文两种。韵文中以歌谣（包括短歌和长歌）为主，易于记忆、传承和传播。歌谣的格律受到语言、曲调、乐器及民族心理等影响，不易发生改变，否则就不易于创作、流传、配合舞蹈等。歌谣的内容则更容易随着时代的变迁而改变。正如石林先生指出："像汉族民歌以七言四句押脚韵为多见，苗歌不押韵而押调，凉山彝歌押的是音节，朝鲜族民歌讲音节群律，蒙古族民歌不押尾韵而押头韵……"① 不同民族歌谣的格律传承较为稳定，具有鲜明的族群特点，可被视为"鉴定民歌的族群属性的最为可靠的尺度之一"。② 散文则以神话、传说和民间故事等为主。

侗台语民族是古越人的后代，最早关于越人歌谣的记载要数《越人歌》。这首两千多年前就被载于史册的《越人歌》，保存了越人歌谣五言脚腰韵的格律特点。《说苑》中楚大夫庄辛说："会钟鼓之音毕，榜枻越人拥楫而歌。歌辞曰：'滥兮抃草滥予？昌枑泽予？昌州州（䱰）。州焉乎秦胥胥，缦予乎昭澶秦逾渗。惿随河湖。'鄂君子晳曰：'吾不知越歌，子试为我楚说之。'于是乃召越译。乃楚说之曰'今夕何夕兮？搴洲中流。今日何日兮？得与王子同舟。蒙羞被好兮，不訾诟耻。心几烦而不绝兮，得知王子。山有木兮木有枝，心悦君兮君不知。'于是鄂君晳乃（檎）修袂行而拥之，举绣被而复之。"③ 韦庆稳先生曾用壮语释读《越人歌》④，林河先生也曾用侗语释读《越人歌》⑤，二人的

---

① 石林：《侗台语比较研究》，天津：天津古籍出版社1997年版，第51页。
② 同上。
③ 《龙溪精舍丛书》第五函《说苑》第11卷《善说》，转引自韦庆稳《越人歌与壮语的关系试探》，《民族语文论集》，北京：中国社会科学出版社1981年版，第24页。
④ 韦庆稳：《越人歌与壮语的关系试探》，《民族语文论集》，北京：中国社会科学出版社1981年版，第23—46页。
⑤ 林河：《侗族民歌与〈越人歌〉的比较研究》，《贵州民族研究》1985年第4期。

释读都展示出《越人歌》押脚腰韵的特点,但他们分别认为《越人歌》是壮族、侗族先民的歌。欧阳若修先生指出:"按照这样的观点,还可以说《越人歌》是布依族、水族、毛南族、仫佬族和傣族等先民的歌。因为它们的语言或多或少与《越人歌》有关系。我们认为……《越人歌》是壮侗语族先民的歌。"① 越人传统歌谣的五言脚腰韵特点,至今依然在越人后裔及故地盛行。梁庭望先生在《中国诗歌通史(少数民族卷)》中曾归纳了脚腰韵的特点:"多见于壮侗语族民族民间诗歌,其格局是上行的末尾字与下行的中间第三字押韵,即 0000 A,00A00。"② 有学者也称这种押韵方式为腰韵(过伟,1990;石林,1997),由于押韵方式是先末字,后中字,在此统称"脚腰韵"(黄革,1989),便于更直观地理解。

除了脚腰韵,腰脚韵也是侗台语民族歌谣发展出的独特押韵方式。腰脚韵其实是脚腰韵与脚韵的结合,全称其实应为"脚腰脚韵"。"这种歌体的押韵规则是很严格的。它除了要求腰与脚相押以外,还必须押脚韵,即第二句和第三句的末字一定要相押。"③ 在脚腰韵的基础上,壮族发展出了"勒脚歌",侗族有"复合韵"等。

腰脚韵是壮族北部方言民歌"欢"(fwen)的流行押韵方式,又可分为五言、七言、长短句三种。如下面这首歌谣,第一句末尾与第二句中间的第三字押脚腰韵,第二句末字与第三句末字押脚韵,第三句末字又与第四句第三个字押脚腰韵,如此回环反复,构成腰脚韵,用短双横线标示④:

Daengq lwgcoz hauxseng,(嘱咐年轻人)
Gaej luenh hengz luenh gauj,(别乱行乱搞)

---

① 欧阳若修:《关于〈越人歌〉研究的几个问题》,《广西师范大学学报》(哲学社会科学版)1987 年第 4 期。
② 梁庭望:《中国诗歌通史(少数民族卷)》,北京:人民文学出版社 2012 年版,第 16 页。
③ 周作秋、黄绍清、欧阳若修、覃德清:《壮族文学发展史(上)》,南宁:广西人民出版社 2007 年版,第 289 页。
④ 梁庭望、农学冠编著:《壮族文学概要》,南宁:广西民族出版社 1991 年版,第 111 页。

Guhhong couh baenz b<u>au</u>j,（做活就成宝）

Guhcaeg c<u>au</u>x yuengya.（做贼造冤家）

在布洛陀经诗中，腰脚韵也是最常见的押韵方式之一，在本书"文化篇"已分析过，在此不复赘述。布洛陀经诗所记录的内容可以回溯到壮族先民的神话时代，经诗被认为在唐朝之前就已出现，那么腰脚韵出现的时间应不会太晚。有关壮族腰脚韵的批量记载，最早出现在清代李调元辑解的《粤风》之中。《粤风》中记录有 29 首"俍歌"，是明朝时候壮歌的一种。俍歌大多数使用严格的腰脚韵，是典型的壮族"勒脚歌"，即 1—8 句五言歌词构成 3 节 12 行，一般采取 1234 为第 1 节、5612 为第 2 节、7834 为第 3 节的格局，例如①：

第 1 节：（1）咱的歌嘛妹（OOOOA），
（2）歌献给智广（OOAOB）。
（3）咱的歌嘛妹（OOOOB），
（4）唱两句解烦（OOBOC）。
第 2 节：（5）哥虽不啥的（OOOOD），
（6）妹爱哥就还（OODOA）。
（1）咱的歌嘛妹（OOOOA），
（2）唱两句解烦（OOAOB）。
第 3 节：（7）妹来哥就往（OOOOE），
（8）不成双不甘（OOEOB）。
（3）唱的歌嘛妹（OOOOB），
（4）唱两句解烦（OOBOC）。

直至今日，这种押韵和复唱方式仍广泛流传于壮族北部方言地区。这首《传扬歌》就是典型的勒脚歌，韵脚以短横杠标示②：

---

① 梁庭望译注：《〈粤风·壮歌〉译注》，南宁：广西民族出版社 2010 年版，第 21—22 页。
② 梁庭望、罗宾译注：《壮族伦理道德长诗传扬歌译注》，南宁：广西民族出版社 2005 年版，第 5 页。

第一节：(1) daɯ²⁴　　pja²⁴　　ɣin²⁴　　kjoːn⁵⁵　　ɣin²⁴
　　　　　　中间　　　山　　　石　　　都是　　　石

(2) tiːk³³　　piːŋ³¹　　naːm³³　　kjoːn⁵⁵　　naːm³³
　　地　　　平　　　土　　　都是　　　土

(3) bɯn²⁴　　ja⁴²　　bou⁵⁵　　ɣo⁴²　　ŋvaːn³³
　　天　　　也　　　不　　　知道　　思考

(4) naːm³³　　ja⁴²　　di²⁴　　ɣo⁴²　　fan²⁴
　　大地　　　也　　　不　　　知道　　分配

第二节：(5) taːŋ²⁴　　ɕo²⁴　　lap⁸　　tiːn²⁴　　tei³³
　　　　　　当　　　初　　　立　　　天　　　地

(6) fan¹　　jiːŋ³³　　nei⁴²　　bou⁵⁵　　piŋ³¹
　　分配　　样　　　这　　　不　　　平均

(1) daɯ²⁴　　pja²⁴　　ɣin²⁴　　kjoːn⁵⁵　　ɣin²⁴
　　中间　　　山　　　石　　　都是　　　石

(2) tiːk⁸　　piːŋ³¹　　naːm³³　　kjoːn⁵⁵　　naːm³³
　　地　　　平　　　土　　　都是　　　土

第三节：(7) oːk⁷　　dit⁷　　jou³³　　ɣoŋ³¹　　fɯn²⁴
　　　　　　出　　　太阳　　又　　　下　　　雨

(8) ɕi⁴²　　ku³³　　bɯn²⁴　　kjaːp⁷　　kaːn²⁴
　　就　　　做　　　天　　　无常　　变幻

(3) bɯn²⁴　　ja⁴²　　bou⁵⁵　　ɣo⁴²　　ŋvaːn³³
　　天　　　也　　　不　　　知道　　思考

(4) naːm³³　　ja⁴²　　di²⁴　　ɣo⁴²　　fan²⁴
　　大地　　　也　　　不　　　知道　　分配

民国时期，李方桂先生在《武鸣土语》中记录了12首壮歌。这些歌谣一般为五言四句或五言八句（十二句），不但采取腰脚韵的押韵方式，而且还十分讲究平仄。他的另外一本专著《龙州土语》中也提到，虽然龙州当地的壮歌都是七言，并且押韵方式也和汉诗相同，但在故事中出现的歌联却是五言押腰脚韵的歌，可见腰脚韵是壮族传统的押韵方式，后受汉族诗歌影响，才逐渐发生了改变。①

布依族摩经一般也是五言，偶有三言、七言，其押韵方式以脚腰韵为主，兼有脚韵、头尾韵等。如传承于望谟一带的《嘱咐经》保留着特色鲜明的布依族歌谣押韵方式：②

zun³⁵　　soi³⁵　　na⁵³　　pai³⁵　　lɯk³³
起床　　洗　　　脸　　　了　　　儿
（快洗脸吾儿）

zun³⁵　　ʔja³¹　　ta²⁴　　pai³⁵　　lɯk³³
起床　　睁开　　眼　　　了　　　儿
（睁开眼吾儿）

ʔju³⁵　　tɕaɯ⁵³　　laɯ¹¹　　ʔju³⁵　　tɕai²⁴
在　　　近　　　　还　　　　在　　　远
（在近还是远）

zai¹¹　　ma²⁴　　ni³¹　　me³³　　taŋ³⁵
找　　　来　　　这　　　母　　　嘱咐
（母亲嘱咐你）

me³³　　taŋ³⁵　　leu³¹　　ha³¹　　pai²⁴
母　　　嘱咐　　完　　　要　　　走
（嘱咐好将走）

me³³　　taŋ³⁵　　tɕai¹¹　　ha³¹　　ʔjam³⁵
母　　　嘱咐　　完　　　将　　　起步
（嘱咐好将行）

这六句经文中前两句押脚韵，呈对偶排列，第二、三、四、五、六句呈脚腰韵格局，第五、六句同时又有对偶形式，格式复杂。

在罗甸、荔波等布依族聚居的南部地区，依然能找到不少五言押腰脚韵的传统歌谣，尤其是荔波县地莪乡的布依族歌谣，与武鸣壮族的五言歌

---

① 石林：《侗台语比较研究》，天津：天津古籍出版社1997年版，第54—55页。
② 黄振邦译注：《布依嘱咐经》，贵阳：贵州人民出版社2011年版，第41—42页。

谣一样押腰脚韵，讲究平仄。如①：

tuŋ¹¹　ɗai³³　ləm³³　hu³³　tɯ³³
相　　爱　　象　　双　　筷
（相爱象双筷）
tuŋ¹¹　jɯ³⁵　ləm³³　kaw²⁴　wai¹¹
相　　坐　　象　　角　　牛
（相坐象牛角）
zau¹¹　tuŋ¹¹　ɗai³³　lai²⁴　lai²⁴
咱　　相　　爱　　多　　多
（咱相爱多多）
pu³¹　pjo³⁵　mjai¹¹　pu³¹　dun³¹
个　　吐　　口水　　个　　吞
（个吐口水个吞）

毛南族歌谣主要有"比""欢""排见""耍""朗"五种。"比""欢"为最常用的民歌式样，有五言、七言两种格式。毛南族文化与周边的壮、汉文化交流密切。毛南族人民不但唱毛南语歌谣，还唱壮语、汉语歌谣。毛南语民歌"比""欢"与壮族民歌相似，押脚腰韵，腰韵一般押在句中第四个字。无论七言还是五言的"比""欢"，在押腰脚韵的同时，其复唱形式与壮族五言勒脚歌是一样的。如这首汉字记录毛南语的《跟着共产党》七言"比"②，韵脚以双短横杠及波浪线标示：

卜管法能提友盆，（过去黑云压满天）
通村勒民永严孝，（普天下民众苦难言）
东方勒纷屋腾超，（如今东方红日照）
板呢板老托内切。（大小村寨全温暖）

---

① 石林：《侗台语比较研究》，天津：天津古籍出版社1997年版，第60—61页。
② 过伟：《岭南十二枝花》，南宁：广西人民出版社1990年版，第75—76页。

官刮民党那伦豉,（国民党吃人吃到骨）
爱火纷勒恐伦省;（穷人愿卖儿女逃他乡）
卜官法能提友盆,（过去黑云压满天）
通村勒民永严孝,（普天下民众苦难言）

毛主席恩情饶用蓝,（毛主席恩情切莫忘）
年共产党铲坤老;（跟共产党走大道）
东方勒纷屋腾超,（如今东方红日照）
板呢板老托内切。（大小村寨全温暖）

又如这首五言"欢",翻译成汉文后依然保留了腰脚韵格律①：

鼓不打不响,
话不讲不明;
侬有没有情,
唱欢听才懂。

侬有没有意?
唱比喻短长;
鼓不打不响,
话不讲不明。

当阳鉴美玉,
过火识真金;
侬有没有情?
唱欢听才懂。

侗族歌谣亦分南、北两大区域,北部侗歌都是徒歌,形式为男女对答互唱,多以七言为一句,押调而不必押韵。而南部侗族地区的琵琶歌、大

---

① 过伟:《岭南十二枝花》,南宁:广西人民出版社1990年版,第78—79页。

歌、河歌，都押脚腰韵，有的兼押脚韵。其中，琵琶歌以押脚腰韵为主，大多也押脚韵；大歌则既押脚腰韵也押脚韵，脚韵要求一韵到底，脚腰韵则可以换韵；而河歌一般不押脚韵，只押脚腰韵。如下面这首侗族大歌①，韵脚以短横线标示：

pjiu³²³　nu⁵⁵ '　n a̲i³³
表　　哪　　来
（表妹从哪里到这里来？）

pjiu³²³　nu⁵⁵ '　pjiu³²³　n a̲i³³　lui³³　ɕai³³　t a̲ŋ⁵⁵
表　　哪　　表　　这　　下　　寨　　来
（表妹从寨上下来）

pjiu³²³　nu⁵⁵ '　pjiu³²³　nai³³　lui³³　ɕai³³　n a̲i⁵⁵
表　　哪　　表　　这　　下　　寨　　这
（表妹从这个寨子下来）

na³²³　naŋ⁵⁵　t a̲i⁵³　ja⁵³　nuk⁹　tui⁵⁵　l a̲ŋ⁵⁵
脸　　鼻　　带　　红　　花　　李　　桃
（脸色带红象桃李花）

pjiu³²³　nu⁵⁵ '　n a̲i³³
表　　哪　　这
（表妹从哪里到这里来？）

pjiu³²³　nu⁵⁵ '　pjiu³²³　n a̲i³³　lui³³　ɕai³³　w u̲⁵⁵
表　　哪　　表　　这　　下　　寨　　上
（表妹从上寨下来）

pjiu³²³　n u̲⁵⁵ '　pjiu³²³　nai³³　lui³³　ɕai³³　n a̲i⁵⁵
表　　哪　　表　　这　　下　　寨　　这
（表妹从这个寨子下来）

na³²³　naŋ⁵⁵　t a̲i⁵³　ja⁵³　nuk²⁴　ɕu⁵⁵liu⁵⁵
脸　　鼻　　带　　红　　花　　映山红
（脸色带红象桃李花）

---

① 石林：《侗台语比较研究》，天津：天津古籍出版社1997年版，第64—65页。

傣族歌谣的押韵情况又略有不同。西双版纳的民歌形式较为自由，句子和篇幅长短不限，不押脚韵却押脚腰韵。德宏傣族歌谣中最常见的也是脚腰韵格律，如《婴儿满岁向祖先神献礼箩念词》①：

yang hien tsem xao lo xao swa te hpo mon
准备了装在圆饭盒里的洁白的糯米饭
hpap du thao suang kon tuap xuang
请我俩老来用礼箩祭献报答

第一句句尾的 mon 与第二句的第五个字 kon 押韵。

在云南红河沿岸居住的古老傣族支系——傣雅人那里，情况又更为复杂。傣雅人保持了早期信仰传统，不信仰佛教，也没有书写文字，在红河深谷中受外来文化影响小。他们的歌谣也押脚腰韵，且有明显的复沓特点。如下面这首情歌，韵脚用双横线标示②：

kep^{11} tin^{33} tɕu^{11} vau^{24} mo^{33}
鞋　 子　 情人　 没　 擦
（情人的鞋子没擦）
kep^{11} tin^{33} tɕu^{11} vau^{24} saː^{24}
鞋　 子　 情人　 没　 洗
（情人的鞋子没洗）
səŋ^{33} saː^{24} pai^{24} ŋaːm^{53} hə^{11}
不　 洗　 就　 漂亮　 很
（没洗就很漂亮）
na^{11} sə^{11} hə^{33} hə^{11} ŋin^{53}
面　 衣　 抵　 得　 银
（衣服像银子）

---

① 刀承华：《德宏傣族人生礼仪念词研究》，北京：人民出版社 2012 年版，第 249 页。
② 石林：《侗台语比较研究》，天津：天津古籍出版社 1997 年版，第 68 页。

na¹¹　　sə¹¹　　h ə̠³³　　hə¹¹　　x am⁵³
面　　　衣　　　抵　　　　得　　　金
（衣服像金子）
ləm³³　　s a̠m⁵³　　sa¹¹　　ləm³³'　　tɐi³³'
像　　　　金子　　　好　　　一　　　　样
（像金子一样好）

下面这首新平傣雅人歌谣不但有脚腰韵，还在复沓的基础上使了一些脚韵，脚韵的规律不是很明显。其中（1）（2）句与（3）（4）句、（8）（9）句与（11）（12）句形成了复沓格局，韵脚用双横线标示：①

（1）he¹¹ kun⁵³ hɔŋ³¹ he¹¹ hɛu²⁴
（2）siŋ⁵⁵ xam⁵³ kɛu²⁴ kən⁵³ khə⁵³
（3）he¹¹ kun⁵³ hɔŋ³¹ he¹¹ tswaŋ¹¹
（4）siŋ⁵⁵ xam⁵³ nɯ²⁴ kwaŋ³¹ kən³³
（5）ka²⁴ hɔŋ³¹ lei¹¹ ti³¹ ko³³ loŋ⁵⁵ hɛu²⁴
（5）ka²⁴ kɛu²⁴ lai¹¹ ti³¹ la³³ ko³³ loŋ⁵⁵ xam⁵³
（6）loŋ⁵⁵ xam⁵³ tok¹¹ vai³³ khau¹¹
（7）ʔaːi³³ ti⁵⁵ kun⁵³ thau¹¹ va²⁴ hu³¹ va²⁴ vaːi⁵³
（8）ʔaːi³³ ti⁵⁵ tsu¹¹ səŋ⁵⁵ sau⁵³ va²⁴ hu³¹ jaŋ³¹
（9）ko³³ loŋ⁵⁵ xam⁵³ tok¹¹ vai³³ ko²⁴
（10）ʔaːi³³ ti⁵⁵ tsu¹¹ ko²⁴ su¹¹ va²⁴ hu³¹ va²⁴ vaːi⁵³
（11）ʔaːi³³ ti⁵⁵ tsu¹¹ səŋ⁵⁵ sau⁵³ va²⁴ hu³¹ jaŋ³¹

水族歌谣一般为七言，在第三个字后有停顿，呈现出三四三言体的格局。如从三四三言体的角度来看，水族歌谣多盛行押脚腰韵，环环相

---

① 屈永仙：《傣—泰民族两大文化圈及其史诗传统》，载乐黛云、杨慧林主编《比较文学与世界文学（第3期）》，北京：北京大学出版社2013年版，第109—118页。

扣。如①：

ta³⁵	ho⁴²	faːi³⁵	ȶaːi³⁵	pu³³	ho⁴²	ŋ a̱²⁴
地中	种	棉，	边	也	种	芝麻，
ju³¹	laːp⁴³	n a̱ːi⁵⁵	ȶhom⁵⁵	mja²⁴	ndai³³	me³¹?
我	这	人	动	手	得	不？

水族歌谣押韵兼押调，调类相同的字才能押。此外，水族歌谣还有押头韵、尾韵的习惯。②

黎族歌谣一般以五言为主，行数不定，以押脚腰韵为主，韵脚一般出现在句中的第二个字上，有的歌谣中呈现出腰脚韵的规律。如下面这首歌谣，前七句押腰脚韵，第七至第九句则押脚腰韵③，韵脚用双横线标示：

baːn⁵⁵	baːn⁵⁵	laːi⁵⁵	thoːŋ¹¹	ph ɯːn⁵³
讲	讲	见	同	伴
thoːŋ¹¹	ph ɯːn⁵³	doŋ⁵³	loːŋ⁵⁵	k at⁵⁵
同	伴	像	白藤	梢
baːn⁵⁵	baːn⁵⁵	laːi¹¹	thoːŋ¹¹	ph at⁵⁵
同	伴	见	鸟	群
thoːŋ¹¹	ph at⁵⁵	doŋ⁵³	loːŋ⁵⁵	ŋ ai⁵³
鸟	群	如	松	梢
ploŋ¹¹	l ai⁵³	thu¹¹	aːu⁵³	pl aɯ¹¹
家	远	但	人	近
laːi¹¹	vuːk⁵⁵	ploŋ¹¹	phai¹¹	th aɯ¹¹
见	盖	屋	两	边
h aɯ⁵⁵	man⁵³	ga⁵³	ɗau¹¹	g uːŋ⁵³
那	是	咱	兄	弟

---

① 潘朝霖、韦宗林主编：《中国水族文化研究》，贵阳：贵州人民出版社2004年版，第440页。

② 潘朝霖、韦宗林主编：《中国水族文化研究》，贵阳：贵州人民出版社2004年版，第441页。

③ 石林：《侗台语比较研究》，天津：天津古籍出版社1997年版，第75页。

laːi¹¹　khuːŋ⁵³　goːm¹¹　eŋ⁵⁵　lat⁵⁵
如　　　会　　　得　　　小　　野猪
ga⁵³　ŋan⁵³　kat⁵⁵　thoːŋ¹¹　thoːi⁵³
咱　　也　　　分　　　伴　　　匀
…………

仡佬族歌谣有四言、五言、六言、七言、九言、十言、十二言等，以七言为主，一首民歌常为一至四句。虽然现代仡佬族歌谣以押脚韵、句句韵、押调为主，但在《仡佬族古歌》中亦记载了押脚腰韵的情形。如歌谣《三月三·兄妹成亲》虽然每句字数不一样，却保持了脚腰韵格律的特点①，韵脚用短双横线标示：

su³³　keŋ³³　a⁵⁵　ko¹³　mo³¹（九人难却老人意）
maŋ¹³　zə¹³　mo⁵⁵　tʻau⁵⁵　sei³³　ɕi⁵³（勉强留下歇一夜）
zi³¹　ta⁵⁵　su³³　keŋ³³　zi⁵³　vu¹³　tʻau⁵⁵（兄弟九人都已睡）
pau³⁵　tɕau³⁵　kʻau³⁵　kau³⁵　tau⁵³　ma¹³　ta³¹　tɕa³⁵（老翁赶紧造假鞭）

仡佬族古歌中的每一行歌长短不一，但不论句长如何变化，还遗存着脚腰韵的押韵规律。

国外的侗台语民族在歌谣中也保持了脚腰韵或腰脚韵的押韵传统。如泰国泰族民间歌谣"格伦"就押腰脚韵。有学者指出："这（格伦诗体——笔者注）和中国南方傣泰民族的分支民族——壮族的流行民歌'欢'的音韵规则如出一辙。"② 如市井格伦，两句即为一行，一行之内，上一句的最后一个音节与下句句中的某个音节（第二或三、四、五、六等音节）押脚腰韵，往往倒数第二行的最后一个音节又与最后一行第一句的最后一个音节押脚韵；有时，起首的引子单独一句，与下一行的第一

---

① 贵州省安顺地区民族事务委员会编：《仡佬族古歌》，贵阳：贵州民族出版社1991年版，第7页。

② 金勇：《泰国民间文学》，银川：黄河出版传媒集团、宁夏人民教育出版社2011年版，第169页。

句押脚韵；有时两行的第二句之间押脚韵。如七言格伦①：

AAAAAA<u>A</u>
AAAAA<u>A</u>A
AAAAAA<u>A</u>
AAAAA<u>A</u>A
AAAAAA<u>A</u>
AAAAA<u>A</u>A
AAAAAA<u>A</u>
AAAAAA<u>A</u>

越南黑泰人的巫师"布摩"在每年祭祀寨神等神灵时也要唱诵祭词，来源于民间歌谣的这些祭词依然保留了腰脚韵的特点。如这首以越南文字记音的仪式祭词②：

Dú đi xướng quan cạ
Nhịp căm hầu đảy khí mạ thước cắm qua mướng
Tạo chầu xửa qua bản nhá thức da lượng
Tạo chầu xửa qua mướng nhá thức da hản
Da hản quát xấu phẩy
Da páy quát xấu năm
Dăm pay púa on chón
Pay cứ họn xuôi nón cuông thắm
Pay cứ cậu cứ lăm cuông đong

---

① 金勇：《泰国民间文学》，银川：黄河出版传媒集团、宁夏人民教育出版社 2011 年版，第 169 页。
② 屈永仙：《傣—泰民族两大文化圈及其史诗传统》，载乐黛云、杨慧林主编《比较文学与世界文学（第 3 期）》，北京：北京大学出版社 2013 年版，第 109—118 页。

从以上侗台语各民族的歌谣例证可以看出，脚腰韵是他们较为典型的歌谣格律特点，这种格律特点与他们的语言、文化及民族特性都有着深厚关系。尽管侗台语民族分布从中国南方遍及东南亚越南、泰国、老挝、缅甸等国家，语言发生了较大的改变，有的彼此之间不能通话，文化还受到周边不同民族的文化影响，但脚腰韵格律作为一种较为固定的模式，已经植根于民族的审美范式之中，并作为一种歌谣的生成机制为各族群所传承。同时，五言体歌谣是这些民族歌谣中脚腰韵特征最明显的体裁，故其更可能是早期侗台语民族运用脚腰韵的载体。笔者据此认为，五言脚腰韵歌谣或为早期侗台语族群的普遍歌谣形式。

侗台语各族群也曾受到汉语歌谣的影响。但直至今日，在中国壮侗语民族分布区内，人们所唱的汉语山歌一般为七言四句体，押脚韵。即使是在公元2—3世纪的建安时代，以乐府诗为代表的五言诗体盛极一时，它们也没有采用脚腰韵的形式，而是使用了脚韵。直至今日，各地的五言汉族歌谣也没有采用脚腰韵的情况。因此，五言脚腰韵是侗台语民族先民的歌谣艺术格律，是其自身审美与其文化发展的结果，历史悠久而风格独特。在历史发展进程中，受汉文化影响较深的民族，其脚腰韵又与汉族歌谣中常见的脚韵发生了结合，产生了该民族特有的韵律方式，如腰脚韵格律。这种腰脚韵格律在壮族布洛陀史诗传承中发挥了重要作用。随着韵文经诗的发展，布洛陀神话也得到了进一步的整合与保存。

四　瑶族密洛陀与壮族布洛陀神话比较

布努是瑶族中的一个大支系，目前人口约有四十多万。他们从洞庭湖、武陵一带迁徙而来，目前主要聚居在广西都安、大化、巴马三个瑶族自治县，散居于马山、上林、东兰、凌云、田林、田东及云南富宁等县市。[①] 布努瑶的语言属于苗瑶语族苗语支。他们长期和壮族比邻杂居，形成了处于壮族大文化圈内的布努瑶小文化圈。布努瑶的语言使用分为四种

---

① 张声震主编：《中国瑶族布努支系·密洛陀古歌·序》，南宁：广西民族出版社2002年版，第1页。

情况，有日常所使用的交际语、年轻人谈恋爱所使用的"撒露"语、中老年人演唱民族史歌所使用的"吩"语、巫师祭祀鬼神所使用的"撒耕"语言（宗教语言）。"撒耕"语最为古老，是由古汉语语词和古瑶语语词混合构词的语言，也是巫师演唱《密洛陀之歌》的主要语言。"吩"语是单纯以古壮语语词、古瑶语语词混合构词的语言；① 可见，布努瑶族自从洞庭湖一带迁徙到壮族聚居的红水河流域时，与当地壮族文化的交流十分密切。正如农学冠先生所言："如瑶民聚唱《密洛陀》，除用本民族语言和混合一些较古的汉族语言来表达之外，还有一种方式是用较古的壮语来演唱。从此可看出瑶族接受了汉壮族的文化，而听瑶民聚唱《密洛陀》的壮民也接受瑶族的古老文化，因为壮民听懂瑶民所唱的壮话，从而受到神话艺术魅力的吸引和再传播。"②

1. 神祇的比较

瑶族布努支系信仰的密洛陀是至高无上的女神和创世者。密洛陀全名为"密本洛西·密阳洛陀"（$mi^{21} pɛ^{43} lɔ^{221} θi^{232} \cdot mi^{21} jan^{221} lɔ^{221} θɔ^{13}$），"密本""密阳"都是"娘"的意思，而"洛西""洛陀"则意为"古老的"，因此，"密本洛西·密阳洛陀"即为古老的母亲。在交际语言中，"密本洛西·密阳洛陀"被简称为"密洛陀"。③ "密洛陀"和"布洛陀"的名称结构一致，"密"是"母亲"的意思，"布"则是"男性长者"的意思，我们可以从称谓上看到密洛陀信仰带有浓厚的母系氏族社会色彩，而布洛陀信仰则是父系社会的产物。有的布努瑶族也将"密本洛西·密阳洛陀"这一名称分解为两个词，视为两个人。据《广西都安下坳区瑶族社会历史调查报告》，下坳区的瑶族民众认为"万物和人的始祖是一男一女，女的是米罗纱，男的是布罗梳，他们都是由风吹才产生出来的"④，米罗纱即密本洛西，密阳洛陀即布罗梳，呈现出对偶神的结构。而壮族的

---

① 张声震主编：《中国瑶族布努支系·密洛陀古歌（上）》，南宁：广西民族出版社2002年版，第40页。
② 农学冠：《岭南神话解读》，南宁：广西民族出版社2000年版，第86–87页。
③ 张声震主编：《中国瑶族布努支系·密洛陀古歌（上）》，南宁：广西民族出版社2002年版，第44页。
④ 转引自农学冠《岭南神话解读》，南宁：广西民族出版社2000年版，第82页。

神话里也有布洛陀的母亲感风孕而生布洛陀、姆洛甲迎风受孕等风孕母题。

  壮族的对偶神布洛陀、姆洛甲在发音上与布努瑶语相去不远。姆洛甲也被称为"娓洛西",即聪明师傅的母亲。① 莎红整理的古歌说密洛陀有一个"聪明的师傅"。② 这些都显示出壮族、布努瑶族信仰内容的交汇。农学冠先生曾指出,壮、瑶两个民族经常互请巫师"喃巫",如七百弄的瑶族在小孩生病或生孩子的时候,经常请壮族巫师来举行仪式。"在这种场合,壮族巫师则选取《巫丙布洛陀》有关章节来喃,以避邪扶正。这种活动在客观上就起到了把壮族《布洛陀》介绍给瑶族听众的效果。在历次的政治动乱中,壮族的巫师为了安全起见,也常常把自己抄存的《布洛陀》唱本悄悄转移到边远偏僻的瑶族山乡,从而使瑶民有更多机会运用壮族的师公唱本来从事宗教活动。"③ 从更大的范围来看,不但壮族信仰和神话有布洛陀,且布依族有报陆夺,水族有拱陆铎,毛南族也流传着卜罗陀的神话,因此,布洛陀及其早期信仰具有更广泛的壮侗语民族文化根基,外来的可能性更小。而布努瑶作为明清时期才进入红水河流域的外来民族,其相关族群支系中并没有类似密洛陀的信仰,故其受到壮族文化影响的可能性更大。农学冠先生指出:"在无法从瑶语来确定这名字的情况下,可否说是借用壮族神名来创作本民族的神话呢?"④ 综合考虑,瑶族密洛陀借用布洛陀神名的可能性更大一些。

  布洛陀在麽教中被视为创教之祖,他开天辟地、创造万物并安排人间秩序、调和社会矛盾。但受现代文化冲击,布洛陀信仰在普通壮民生活中的影响日益下降,虽然各地的布麽仍在仪式上念诵布洛陀经诗,但节日活动式微。田阳敢壮山祭祀布洛陀的节日活动正在复兴,但对整个壮文化的持续影响仍有待考察。文山州壮族布麽 ZTH 老先生曾告诉笔者,虽然当地布麽都知道布洛陀是最大的神,但除了在仪式上诵及布洛陀,请他来坐阵,平日里不需要祭祀布洛陀,也没有节日来纪念他,这让他感觉很困

---

 ① 丘振声《〈布洛陀〉与图腾崇拜》,农冠品编注:《壮族神话集成》,南宁:广西民族出版社 2007 年版,第 760 页。
 ② 转引自过伟《岭南十二枝花》,南宁:广西人民出版社 1990 年版,第 147 页。
 ③ 农学冠:《岭南神话解读》,南宁:广西民族出版社 2000 年版,第 88 页。
 ④ 同上书,第 82 页。

惑。相较而言，密洛陀信仰通过全民的布努节活动，延续了不同年龄阶层对密洛陀的认知，使密洛陀作为布努瑶民至高女神和祖母的地位无法被动摇。《密洛陀古歌》中说："为把名字永留人世，为使声誉永存人间，今天我才来唱洛西，今夜我才来诵洛陀。唱洛西叮嘱子女，诵洛陀叮嘱后人。让子孙知道洛西的理，让后人懂唱洛陀的歌。子孙一代继承一代，子子孙孙生生不已。"[①] 人们把密洛陀文化视为族群的根基，通过节日、集会和歌谣演述等方式来传承它。

2. 信仰叙事内容的比较

布努瑶的密洛陀信仰主要表现在和仪式密洛陀古歌、民歌及神话传说等演述中。布努瑶族在达努节（农历五月二十九，密洛陀生日）上要举行"大还愿"仪式，请12位道公来分为主客双方连唱五天五夜。"道公"在布努语中称为"m̥o^{33}pje^{43}"（hmuob byeed），其中"m̥o"为表示"巫"的"mo"。布努瑶无文字，故关于密洛陀信仰的叙事都是以口耳相传的方式延续至今。在婚恋过程、迁居、怀孕、生病、续寿补粮以及丧葬仪式上，都要演述密洛陀古歌的部分章节。[②]

以2002年出版的《密洛陀古歌》为例，古歌中分为"造神""造人"两个篇章。"造神"篇包括"密洛陀诞生""造天地万物""封山封岭""造动物""迁罗立""射日月""抗旱灾""看地方""罗立还愿"九个部分，讲述符华赊·法华凤靠施符诵法生了4位始祖神——种子神、水神、雷神和人类神。人类神即为密洛陀。密洛陀用"气"和"风"孕育造神，造了14位"工神"，他们为人类世界服务，各司其职地进行创世。密洛陀还叫风孕育而生六大武神及三位女神，他们射日月，与太阳、月亮、蝗虫、猴子、天旱灾害进行抗争，创造出一个适宜人类居住、发展的环境。密洛陀造天地，种树植草，造出水和雨，还造出各类飞禽走兽。"造人"篇包括"造人类""分家""密洛陀寿终""逃难""各自一方"等。密洛陀先后用糯米饭、酒曲、泥土、石头和铁来造人，均以失败告

[①] 张声震主编：《中国瑶族布努支系·密洛陀古歌·序》，南宁：广西民族出版社2002年版，第34页。

[②] 同上书，第2页。

终。最后，密洛陀用蜂蜡造人，造成了世界上最初的四对男女。他们分成四个族群：第一对男女是大汉族，第二对男女是本地的汉族，第三对男女是壮族，第四对男女是布努瑶族。四对男女分家，到了不同的地方居住。第四对男女来到山里，结为夫妻，生下四男三女，为蓝、罗、韦、蒙四姓。后来，瑶人因为办婚礼的礼仪超过大汉族而被攻打，他们逃到深山密林去隐居。密洛陀古歌中还提到各类祭祀活动，包括罗立还原、祭生育神、为密洛陀"补粮"、大还愿以及各类大祭等。① 布努瑶族民间还流传着关于达努节的各种神话传说。如神话《达努节》② 不但解释了达努节的由来，还栩栩如生地描绘了密洛陀及其配偶布洛西如何出现并创造世界万物的过程。

农学冠先生曾将密洛陀与布洛陀神话内容列表进行比较，笔者在此基础上添加了比较的内容，见表5：

表5　　　　　　　　密洛陀与布洛陀神话主要内容比较

密洛陀（女）	布洛陀（男）
4位始祖神 （种子神、水神、雷神和密洛陀）	天地最初4王 （雷王、图额、布洛陀和老虎）
感风孕生神	母亲感风孕生布洛陀
射日月	射日月
抗旱灾	（找水）
造天地山川	造天地山川
种树植草	找谷种
造水、雨	找水
造飞禽走兽	造各类动物，尤其是家畜家禽
造人	造人
人类分家	无
迁徙	无
各类祭祀活动	造麽，确定仪规

① 张声震主编：《中国瑶族布努支系·密洛陀古歌·序》，南宁：广西民族出版社2002年版，第4—5页。

② 陈玮君编：《世界著名民间智慧故事选》，石家庄：河北少年儿童出版社1987年版，第344页。

续表

密洛陀（女）	布洛陀（男）
布努节	无
杀老虎	无
造房屋	造房屋
无	造文字历书
无	造铜鼓
无	造皇帝土官

从表格对比中可以看出，布努瑶民和壮族人民在世界的最初结构方式、始祖创世的内容上具有较高的相似性。二者的空间布局都采取天、地、水的三层格局，以雷王、本民族的始祖以及水神作为最高神。布努瑶和壮族的韵文神话叙事都以五言句式为主。始祖神不但开辟了人类生活的空间，还创造了各种适合人类生存发展的自然条件，使人类得以解决温饱、居住等各类基本的生存问题。布努瑶有较长的迁徙历史，最终才来到红水河流域居住。在密洛陀神话中也深刻地反映了这段族群历史。由于壮族是土著居民，社会发展较快，布洛陀神话中更注重反映文字和文明的发展、社会统治阶层的出现、社会秩序的构建、贫富的差距等，展示出父系社会的繁荣发展。密洛陀神话通过讲述人们要过布努节的缘由，强调了密洛陀在布努瑶历史中的重要作用，神话、节日及仪式的多方营造使密洛陀得以作为布努瑶文化的象征积淀至今，并带有母系氏族社会女性崇拜的色彩。相较而言，布洛陀信仰的传承更多以经诗的形式强调布洛陀作为麽教创始人的特殊贡献，除了仪式上请布洛陀前来，在民间少有单独祭祀及相关节日依托。故布洛陀神话及信仰的传承在现代文化面前遭受的冲击更大。

"红水河是《布洛陀》和《密洛陀》的故乡"①，二者流传的地域有一定的重合。瑶、壮作为文化上互通有无的两个民族，密洛陀和布洛陀神话的内容存在相似是必然的，但由于两个民族所经历的历史与社会发展阶

---

① 转引自农学冠《壮族〈布洛陀〉与瑶族〈密洛陀〉的比较》，载农冠品、过伟、罗秀兴、彭小加主编《岭南文化与百越民风——广西民间文学论文集》，南宁：广西教育出版社1992年版，第44页。

段、所采取的生产生活方式、社会结构模式、文化传播与交流方式的不同，使密洛陀和布洛陀信仰及其叙事在具体内容及细节上存在诸多迥异。瑶族密洛陀和壮族布洛陀是民族智慧与信仰的结晶，都是本民族文化独特精神的再现。

附录1 广西布洛陀信仰调查日志

2005年12月30日

　　今天到田阳县布洛陀办公室搜集相关的图片。上午10点左右，对民族局的干部卢暾进行了采访，了解一些布麽的活动情况。他关注的重点主要在整个县的民族来源、民族关系和风俗习惯等问题上，正准备出一本关于田阳风俗民情的书。他说龙河村有一位老道公，可兼作道、麽，和他联系之后，争取让我们多采录一些现场做麽的仪式。除此之外，档案局的李宗鸿老师为我们提供了很多敢壮山上祭祀布洛陀、举行歌圩的照片，在县委宣传部那里也搜集到不少照片和信息文档，都十分有用。

　　下午又对田阳布洛陀旅游开发办公室党组书记莫实坤进行了一个多小时的访谈。莫书记介绍了布洛陀在田阳的多种文化内涵、他参与的布洛陀神庙等的重建工作，阐释了在田阳当地人信仰中姆娘（姆洛甲）和观音的区别。在敢壮山上，人们虽然以观音像来代替姆娘，这源自壮族文化中缺乏神像的观念，当观音塑像到处都可以买到的时候，限于经济实力的民间信仰者直接用观音像来代替姆娘的像，是有其合理性的。但在信仰姆娘的人们心目中，并没有用观音完全代替姆娘，姆娘才是壮族文化中女性文化的深层代表。而"敢睇"内的将军像虽然和关帝存在一定的混淆，但在这一带，关帝虽然有时被用作门神，但人们并不供奉香火，所以二者本质是不一样的。除了祖先之外，土地庙在这一带是人们贡献香火较多的。村子里常常根据情况隔段时间进行祭祀土地神、聚餐的活动。莫书记说，他们村子里布麽的活动越来越少，他本身也没有参加过这类仪式或活动。据他所知，其他偏远地区仍然存在此类仪式，如坡洪镇琴华村仍然有一位50多岁的老布麽，但不知道姓名。他说，打击封建迷信把传统文化也当作糟粕扫掉了,这一点是十分令人心痛的。因此,我们当前的工作就是要尽快挽救这些可贵的民族文化遗产。

2005 年 12 月 31 日

今天上午我和旅游局的黄强副局长、布洛陀办的谈洁主任、黄德健秘书等到敢壮山朝圣。

到敢壮山脚不过上午 9 点,但门票已经收了将近 100 块钱。我和考哥两个人上山,把祖公祠、姆娘祠、将军洞的功德箱都打开,把钱收齐,点了点,总共 150 元,看庙的老王伯伯得到了 30% 的提成,45 元。之后,笔者从将军洞开始往上走,拍一些照片,从姆娘岩拍到了祖公祠。一年没有来,这里的建设又完善了很多。姆娘祠那里有两位老人守在门口左右侧,给人算命。其中有位 82 岁的老伯,田东人。笔者问他村子里还有没有布麽,还有没有表演,他说已经没有了。但他从小就知道布洛陀和姆洛甲的很多故事,比如五子山的故事、鸳鸯泉的故事。可见,布洛陀和姆洛甲在田阳一带的影响力很大。拍完山上的景观后,下山拍十二个图腾柱,包括青蛙、牛、鹅、鸡、鹭、鳄、狗、猴,等等。之后和考哥一起用红色颜料修复敢壮山下碑林的名人碑。罗汉田老师和时国轻博士到那坡镇去看一个曾经被两次炸毁、又重新建起的一座庙——文昌阁,他们向当地知情者了解了其中的一些情况。

布洛陀神像及牌位

姆娘神像及牌位  　　　　　　　守护大将军神像及牌位

大将军岩洞门口香火缭绕

敢壮山远景

敢壮山十二图腾塑像之一——蛙

2006 年 1 月 2 日

今天和时国轻博士两人采访了广西古籍办的黄桂秋主任、广西壮学中心覃乃昌研究员两位学者，收获不小。

上午 9 点到黄桂秋老师办公室，谈到中午 11 点。通过他的解释，笔者对麽教的认识更加深刻了布洛陀麽经是按照文本基本一字不变地唱，而布洛陀山歌属于"欢安"，即田阳（安圩）的排歌，完全由歌手自由演绎，没有什么程式化的规律。现将黄老师的主要观点整理如下：

（1）学者从麽教角度研究壮族布洛陀较晚，而水族、毛南族学者从宗教角度来研究本民族民间宗教则比较早，在这两个民族中仍保留大量的民间宗教经书，群众信仰根基也很深厚。但他们没有类似敢壮山这样的朝拜圣地，因此，敢壮山作为壮族麽教圣地具有重要作用。

（2）与师公、道公相比较，麽教才是本土的壮族民间信仰。他与师公、道公相比较，重在念麽，其他跳神等仪式次要，有时念麽经时念三次，顺着一章章念，然后倒过来一章章地念，而且必须达到倒背如流的地步。麽经与稻作农业关系密切，强调稳定和谐，麽经中的篇章总是怀着一种商量的口气，让人与神互相尊重对方，通过让布麽与神相商量的途径，达到解决问题的目的。

（3）提出姆洛甲是灵魂界的王（补充四界中的巫界，而蓝鸿恩认为第四界是老虎掌管），壮族巫婆在农历 7 月 18—21 日有组织地祭姆洛甲，把她当作自己的父母来哭诉，办三天三夜的丧事仪式，称为"哭娅王"，这是大地之母死而复生的一个过程。

（4）探究壮族各支系语言形成和分化的历史是我们研究壮族文化的基础。

下午 4 点到覃乃昌老师家里，聊完吃过晚饭后才回来。他的主要观点如下所述。

（1）布洛陀是珠江流域原住民族的人文始祖。这些民族当中以壮、水、布依等民族对于布洛陀的崇拜最深远、最明显。

（2）刚开始研究布洛陀文化时介入的学者学科不一，对于布洛陀这一人物的看法也不一致，现在，学者们普遍认识到他是一位文化始祖神，而不是真正存在的历史人物。

（3）除了田阳地区，在河池地区、环江毛南族自治县都有布洛陀的传说、布洛陀山。在桂林永福县苗族中也有布洛陀传说。

（4）现在广西壮学会正在打造环大明山的龙母文化，这一文化源自母系氏族社会，可以说是比布洛陀文化更早产生的壮族文化。二者交相辉映，印证了壮族母系、父系氏族社会的辉煌。

2006年1月3日

上午9点半，笔者和时国轻博士赶往青秀山，采访广西社会科学院民族所的覃圣敏副所长。他给我们介绍了布洛陀的形象，认为布洛陀是一个智慧型的人物，同时也是产生时间很早的一位人文始祖，是传说中的人物；但也有的学者认为，布洛陀不是人，而是类似宗教中的职称。他认为，第一版的《布洛陀经诗译注》在壮译汉方面存在若干问题，而八卷本的《麽经布洛陀经诗影印译注》则更趋于完善，从各地搜集来的经诗，分别让本地的学者进行翻译，用国际音标标出后，最终翻译成汉语。这就可以更全面地阐释不同壮语方言中布洛陀文化的深刻意义。"布洛陀经诗"是壮族的大百科全书，但追根溯源，姆洛甲文化也不应该忽视。在神话里，有的版本说姆洛甲是布洛陀的母亲，有的版本说姆洛甲与布洛陀是夫妻，其中的文化内涵值得我们进一步深入研究。所以，我们在挖掘布洛陀文化的时候，不能忽视姆洛甲文化与之的呼应性。现在壮族地区流传的花婆信仰是姆洛甲信仰的发展和演化。2004年在上林举办的"唐城唐碑学术研讨会"时，主办方安排参观的韦氏庙中就供奉花婆。

覃圣敏老师告诉我们，在他的家乡上林一带也有布洛陀信仰的痕迹，尤其是西燕一带仍有布洛陀经诗传承。这是我们今后扩大布洛陀考察范围的一个方向。每年农历十二月初八、九，上林洋渡都有民间自发举办的歌墟。壮族值得挖掘的传统文化事象还很多。

下午3点到文联采访广西作家协会的农冠品教授。农教授致力于壮族神话的整理与研究，对布洛陀文化的研究也比较深入。他曾参加《布洛陀经诗译注》第一版的出版工作，80年代初就开始接触布洛陀神话。他认为布洛陀文化是一个逐渐丰富的过程，布洛陀神话最初在文学史中的表现形式为布麽口头散文体的讲述，随着时代和原始宗教的发展，才形成了今天的"布洛陀经诗"。因此，涉及布洛陀的民间文学至今仍然是散体和韵体并存。布洛陀作为神话人物，最先为民间文学爱好者和研究者所关注。他将在年内推出一本新的《壮族神话集成》，尽可能收录更多已出版的壮族神话资料。至于布洛陀现在在政府的介入下，逐渐由神话人物向人文始祖转变，地位逐渐提高，体现了壮族文化及其古籍研究的不断深入。

2006年1月8日

根据卢暾老师提供的线索，笔者和时国轻博士上午到田阳县龙河村采访YFM老人家。他今年70岁，祖上六七辈都做过道公。他12岁就开始随父学徒，做道公已有20年了。最近他有两个道场要主持：一个是进新房驱鬼的仪式；另一个是给人祝寿的仪式。他保存了很多道经，如《祝寿开启书科》《天地水阳科》，等等。

下午，在黄明标老师的带领下，我们到右江边上参观了一个考古工地、精忠庙、伟人庙、东慕岛的玉皇阁等。通过这次参观，加强了我们对田阳深厚文化积淀的了解。

将军庙

祭树神

2006年1月9日

上午，到田阳县广播电视总局与岑甘明主任了解情况。在他的带领下，广电总局录制了不少歌圩、敢壮山的原始资料，但他这几天比较忙，只能改日再录制相关资料。下午，和时国轻博士到水月宫采访一些佛教信徒。目前，田阳共有佛教信徒两千余人，增长速度较快。水月宫是当地的佛教信徒募款重新修建的，花了好几万块钱。同时，他们还新建了一座岑三爷庙。岑三爷被认为是田州岑氏瑛的子孙，之前的庙已被毁。

岑三爷庙

晚上，去黄明标老师家归还资料，还向他请教了古歌的一些问题，他认为，布洛陀古歌无穷无尽，是歌手发挥的结果，但也有一些固定的主题上，如造天地、造人、造牛等。

2006年1月10日

ZSC（男，1940年生）布麽，壮族，今年66岁，小学三年级的文化水平。他四岁丧母，六岁丧父，是伯父一手把他培养成人。他有两子两女，现在和儿子、媳妇们住在一起，负责照顾两个孙子。他们家的经济收入主要来自种田、养牛，以及两个儿子在外打工挣回的钱。

从ZSC 40多岁开始，养育他的伯父就传授给他做麽的方法。伯父会做麽，也是ZSC的爷爷传授的，听说他们祖上几代人也都会，但做麽的行当在周家至少已传了三代人。ZSC 49岁时，伯父帮他挑好日子，在一碗生米饭上插上三支香、摆上一个熟鸡蛋，敬告布洛陀、祖先等诸位神祇，ZSC正式出师单独为别人做法事了。

ZSC只会做麽，不会做道。近些年来他主要是做解难、解冤的法事。而今年他只做了一次麽，也是为非正常死亡者解冤。从布麽活动之少可见这一壮族传统仪式消亡速度之快。做法事时，和道公做道时使用剑、符、锣、镲、铙等法器和乐器不一样，他只需要拿一个小铜锣作为诵经时的伴奏，时而摇晃一个小铃铛启神。做麽时同样要在一碗生米饭上插上三支香、摆上一个熟鸡蛋，敬告布洛陀、祖先等，然后开始诵经。他以前经常和道公一起做法事，如村祭活动、非正常死亡者的赎魂仪式，等等。他和道公班的人各干各的活，各诵各的经，但因为道公班人多，所以吃饭、休息等都一起行动，便于主家人招待。他有做麽时的服装，帽子上有四个角，表示东、西、南、北四面山峰，衣服是一件右襟斜系口、土黄色的长袍。据他所说，他的爷爷、伯父也都有类似的"麽服"，但物随人去，逝世后这些东西都烧掉了。

他有一本堂弟ZSY抄写的《麽漢王》，主要讲述汉王、祖王兄弟相争的事情。

除了《麽漢王》，ZSC没有其他的唱本，但他仍然可以背诵"布洛陀经诗"的一系列内容，例如布洛陀造天、造地、造人、造牛羊、造谷物，等等。在我们采访中，他为我们唱了一段布洛陀造谷物的经诗。

在 ZSC 的观念里，除了布洛陀，汉王的神位是最高的。他说，他们在下面做法事，布洛陀和汉王都能看得见，他可以和他们通话、沟通，只有他们指点，布麼才知道如何把法事做好。现在人们去建设敢壮山，到那里烧香、祭祀，这些神祇都能看得见。

念诵麽经

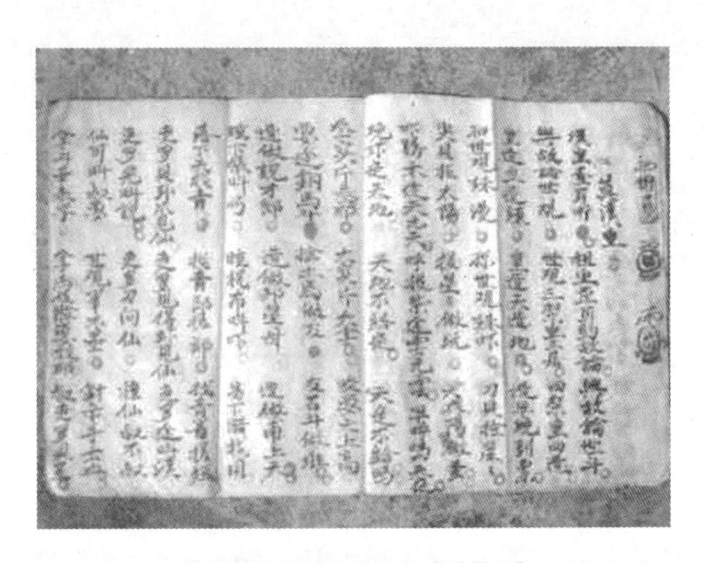

ZSC 使用的麽经手抄本《麽漢王》

2006 年 1 月 11 日

上午，笔者到民族局，复印该部门里保存的田阳师公唱本。宗教局的梁兴国局长正在发动各基层的宗教管理人员，协助我们搜集田阳地区的布麽信息。

下午，黄明标老师告知我们，他母亲请了一个年轻人正在家里做超度仪式，说如果我们有兴趣可以过去看。于是我们吃完午饭，匆匆忙忙赶往仪式现场。做超度仪式的小师傅姓黄，1979 年生，读到小学六年级，自称是神授的道公。由于黄明标老师的母亲算卦之后，根据算命先生说祖上曾有人自杀而亡、近年来家事不顺的种种迹象，特请本村这个小师傅来念诵经诗、消灾祈福。仪式上混杂了儒、释、道的文化意象，与布洛陀关系不大。小师傅还请了两个老奶奶帮他念经。

我们看过之后参观了村里的北府庙。庙里供奉的主神是托塔天王李靖，旁边还挂有烈士黄日就公的灵牌。另一侧供着观音菩萨。

北府庙　　　　　　　　　托塔天王与烈士同在

2006 年 1 月 12 日

今天上午，田阳县旅游局的莫秀美局长带我们去找一个歌手 CMF。

她今年76岁，信佛，家里供着观音。她会念唱很多佛经。据她自己说，她平时不会唱布洛陀创世古歌，只有有人请她去敢壮山还愿，插上香火，神仙下凡附身于她，她才会唱。她那里有大量的佛教经书，如《观音慈航普渡经》《罗汉观世音经》等，起码有七八十本。还有一些唐皇调山歌唱本，如《唱瓦氏夫人》等，但数量比较少。

2006年1月13日

今天白天到文化馆寻找关于布洛陀古歌、音乐的一些磁带。

晚上和莫秀美局长一起，拜访了田阳县的歌王HDJ（男，1941年生）老师。由于去年已经详细采访过他，今天只做一个简单的回访。黄老师说他会唱大量的布洛陀古歌，古歌是他师傅一句一句教下来的，没有唱本，他唱的时候也是谨按师傅所教的唱，没有任何改变。他说神汉、巫婆们唱的布洛陀古歌是神灵附体才会唱的，和他努力师从、学习演唱古歌的情形不一样；而且他和巫觋演唱的歌调也不一样，他们唱的是巫调，HDJ唱的则有山歌调、喃调、唐皇调等。山歌调在对山歌时使用，唐皇调是平时休闲、大家聚会时唱的调，喃调则主要用于搭配、过渡时的演唱。田阳县旅游局采录了三盒磁带，我们准备进行整理。HDJ自己把已经这些布洛陀古歌内容誊写下来。

2006年1月15日

在罗老师的带领下，我们一行五人于中午12点到达琴华，再次采访ZSC老人家，进一步了解他手中麽经的情况。由于做麽长期受到压制，周老人家还是存在心理戒备。罗老师给他做了很多思想工作，希望他在今后能更加主动的配合我们的田野工作。适逢老人家的女儿、女婿回家探亲，他十分高兴，表示今后将尽量配合我们的工作。我们又请ZSC老人家为我们释读了他的麽经抄本，在他家吃了午饭。

2006年1月16日

今天和罗汉田老师到百色采访"布洛陀经诗"的主要搜集者之一黄子义先生。我们向他介绍了从周老布麽那里发现的《麽汉王》。他兴奋地说，我们找到的那本经诗，是右江河谷南部山区发现的第一本《麽汉王》

抄本，是至今搜集到的"汉王与祖王"的第三本，之前两本分别在巴马、玉凤地区被发现。县领导知道这件事后，也十分高兴。县政府黄文武常务副县长专门向我们详细了解情况，希望能够好好研究该手抄本。为此，他还让我们专门写了一篇新闻稿，附于文后。

附件：田阳南部山区发现《布洛陀经诗·唱汉王祖王》

由中国社会科学院民族文学研究所罗汉田教授、李斯颖硕士以及中央民族大学宗教与哲学学院时国轻博士组成的考察小组，于2005年12月20日至2006年1月20日在田阳"布洛陀文化"田野基地进行为期一个月的田野考察。其间，考察小组深入六联、新民、百峰、琴华、天安、新洞、百合等村屯，对与布洛陀相关的社会历史文化作细致的实地调查。这次调查的重大收获之一是，在坡洪镇琴华村搜集到《布洛陀经诗·唱汉王祖王》一本以及关于布洛陀经诗唱本保存的重要线索。有三十多年布洛陀经诗唱本搜集工作经验的原百色地区民族事务委员会主任黄子义认为，考察小组所搜集到的这一本《布洛陀经诗·唱汉王祖王》，是在田阳境内右江南岸南部山区发现的第一本《布洛陀经诗》师公经抄本，从而证实了田阳南部石山地区有布洛陀文化的流行以及布洛陀经诗抄本的流传。

2006年1月17日

上午，根据宗教局提供的信息，我们到坡洪乡天安驮兰找HSS老人家，他是一个道公，不会做麽。但他为我们提供了一个信息，说村里原来有一位叫作SSL的布麽，于20世纪60年代困难时期就已经去世了。这个信息告诉我们，布麽的活动地域并不局限于田阳的河谷地区，在田阳南部石山区依然有他们活动的身影。返回到坡洪城镇，又采访了走洞村的老支书LWG，他又给我们提供了新的信息：SSL的徒弟叫HXL，HXL的弟子叫BJR。他自己曾经历并协助若干次的做麽活动，我们计划与他多联系，获取更多信息。

2006年1月18日

今天，罗汉田老师带笔者访问了田阳那坡镇百合村岩屯的ZTY（男，

1946年生）。他今年60岁，小学文化水平。他从1986年开始做道，偶尔也做麽。他们村子几年前曾举行过一次村祭活动，道公和布麽一起做法事。村祭仪式从农历十月初十开始，每逢三年做一次小仪式，七年做一次大仪式。大仪式历时七天，主要过程如下所述。

准备工作：由当年轮班的主持人请道公或地理先生确定当年活动的吉日，发动全村筹款并布置各项工作。

第一天：在稻田里选出一块比较宽的场地，竖起一根较高的竹子，挂上纸幡，祭坛就在竹竿下。请来社神。道公和布麽白天分别喃诵自己的经书。全村58岁以上的男人为首，每户派一位男性参加。晚上整个道公班就到村里各家各户进行扫宅仪式，把邪恶的东西去赶出去。主人家给道公班一碗白米，一块钱左右的象征性封包。在道公们的带领下，按照长幼次序排起长队，把扫宅时从全村搜集到的象征邪恶的各种垃圾和物品统一埋到村口三岔口处，并在上面插上红旗，以表明人鬼的界限，鬼不犯人。回来后，大家聚餐。晚上开始打醮。

第二天：把社神请到祭坛处，并从祭坛处开始在村中游行。全村人用猪、羊、鸡、鸭等祭祀，祭品杀好褪毛，但不煮熟。

第三天：把社神按原路线再抬回祭坛处。

第四天：道公、布麽念经，晚上踩花灯。

第五天：各家各户在祭坛旁边摆上一桌祭品，包括鸡、鸭、鱼、肉、瓜、果、糖、饼，等等。道公主持整个祭祀仪式，仪式完后祭品可以分给在场的人们一起分享，也可以全部拿回家。

第六天：把生祭的猪、羊等煮熟，开始熟祭。仪式后把社神送回庙里，举行安座仪式。

第七天：仪式基本结束，进行收尾工作。

2006年1月19日

今天到新洞村采访HYR老人家，他是个道公。另外还有一位叫BYH的退休小学教师，据说也会做麽。和他们了解了一些情况，但涉及麽的内容不多，可以继续跟进。田阳的布麽资源还很丰富，可惜我们的时间太短暂，今后在这些已知的线索上进一步挖掘，肯定能有更大的收获。

2006 年 1 月 20 日

田野工作基本结束,做一个总结。

这一次工作的收获不小,主要包括:(1)分清了布麽与道公。他们中有的人身兼二职,既会做道也会做麽,而有的人只单纯会一种。(2)找到了右江河谷第一本布洛陀经诗,同时这本经诗还是为数不多的"麽汉王祖王"的内容。(3)搜集了部分布麽名单,掌握了一定的考察线索。但由于工作时间、经费不足,仍留下了很多遗憾:(1)没有参与到真实语境下的布麽演唱布洛陀经诗的仪式。(2)没有建立完整的布麽信息档案。(3)我们明知有些经诗的存在,却没有足够的时间与精力去深入搜索。(4)没有更深入地思考到麽经与布麽背后的壮族文化背景。在今后的工作中,我们将在这些方面进行改进,争取在下一次的田野作业中有更大的收获。

附录2　云南文山布洛陀文化调查日志

2010年8月8日

　　我和屈永仙于中午到达文山广南县贵马村，听说隔壁石洞村有人去世，布麼在主持仪式，于是我们就赶过去调查。

　　逝者为LSP，男，53岁，一子一女，得了急性病过世。他的家人不太欢迎我们，怕犯了禁忌。布麼LZG带我们过去，在他们家门口封了50元封包，和他的妻子、儿子表达了慰问，说清了我们的目的，他们才让我们进屋。

　　LSP家中来访的客人一波又一波，门前挂起了高高的纸幡，门口贴着白事对联：大事难当 呜呼 水流东海不回头；日落西山明日见。他们属于云南沙支系的壮族，自称"布瑞"，因此请来做法事的布麼也是沙支系的，名叫LRG，50多岁。

　　一进家门，逝者的祭坛面对门口，摆着大大的纸做的房子。祭坛又分上下，右侧悬挂一块生猪肉、一面铜鼓。逝者棺木与门口呈直线。据LRG介绍，有人来献酒的时候，则敲铜鼓。夜晚时候，布麼则唱《指路经》《超度经》。我们在场时，逝者的女婿、女儿、妹妹都拿着厚礼来

主屋祭坛

敬献、上香，儿子则每次都要到屋外迎接，以示郑重。女儿牵来一条小黄牛犊作为献礼，在屋外杀掉。女婿请来铜鼓舞队进行表演，以寄托对岳父的哀思。铜鼓舞的队员都是贵马村的，其中有布麽LZG的儿媳妇沈凤兰。还有亲属陆续送来煮熟的整鸡、酒等，每进献一次，布麽都要敲鼓诵经，告知逝者。而祭拜的队伍中还有民间音乐家，弹着二胡和三弦，替吊唁者表达悲痛和怀念之情。

2010年8月9日

贵马村隶属广南县那洒镇，地处那洒镇西南边，辖贵马、石洞、者克等24个村民小组。现贵马村民小组有265户，1170人，包括六个生产队，有侬、沙、厅三个壮族支系。在村子里，三个支系都有各自的布麽，侬支系的布麽（自称"摩侬"）是LZG先生，厅支系的布麽（自称"摩厅"）是SZG（男，1949年生），沙（自称"布瑞"）支系的布麽（自称"摩瑞"）是QAK。三个支系语言上的差别主要体现在声调上的不同，服饰上瑞支系的服饰和侬支系、厅支系的不太一样。

我们上午参观了贵马村的老人厅，观摩了在达马河与普济桥边祭祀杨七郎的活动。下午，村子里的几位老人聚集到LZG家里，制作了七色糯米饭。之后我们又采访了SLW、LZG等人。

贵马老人厅是村子的中心，周围有几个小商店，有小广场以及卖菜的一条街。老人厅的二楼供有神位及其左右护法，所供之神被称为"皇厅索"，牌匾上有专门的解释，现抄录于下：

> 皇厅索简介：本境神，壮语称"皇厅索"。"皇厅索"意是为广大民众探索、寻求利益和幸福的皇帝。"皇厅索"也称"神农氏"，是上古神话传说中农业和医药的发明者。相传远古人民过采集渔猎生活，他用木制造耒耜，教民农业生产。又传他曾尝百草，发现药材，教人治病。一说"皇厅索"即炎帝，上古时候帝王之一，一般称炎黄（即炎帝和皇帝），当今中国人均习惯自称为炎黄子孙。

皇厅索的神位

参观过老人厅之后，我们又来到达马河边，观摩杀牛祭祀杨七郎的活动。整个活动由村中长老主持，年轻壮丁参与，其间不允许讲话交谈，为默祭。年长者带领年轻人杀牛祭祀，聚餐后将牛肉分成多份，分发村里各户。

此后，我们回到 LZG 家中，参观妇女们制作七色糯米饭。米饭做好后，LZG 在家中天井祭祀七郎神。

下午采访音乐传承人 SLW。SLW 是贵马村的音乐传承人，他会弹三弦、拉二胡、吹笛子和箫，曲目包括：《梅花三弄》《将军令》《仙家乐》《大鹧鸪》等，曾带领铜鼓队到文山、昆明等地区表演。据他所述，他们的铜鼓舞是广南地区唯一的铜鼓舞，从沈家老人那里学来。当地的铜鼓舞，在白事的时候用皮鼓，红事的时候用铜鼓。

原来，贵马村的铜鼓放在 DLF 家中，现被县博物馆拿去展览了。铜鼓又分公母，DLF 家中的是公鼓，母鼓则在旁边的者克村中，收藏者也姓戴。公鼓上有青蛙立雕，而母鼓上则没有。公鼓的声音比母鼓的声音响亮。逢大年初一、初五及各种节日，都要使用公铜、母鼓一起进行表演。

据传说，贵马村和者克村之所以一个村子保存一面铜鼓，是因为两家戴姓原为两兄弟，始祖名为 DBF，后来分家之后，就各自保存了一面铜鼓。

他告诉我们，当地有"不裸多"，这是他亲自给我写下来的汉字，即布洛陀。根据其所述，我画了一个神祇"不裸多"及贵马村其他神祇"处""者""皇厅索"所在的位置。

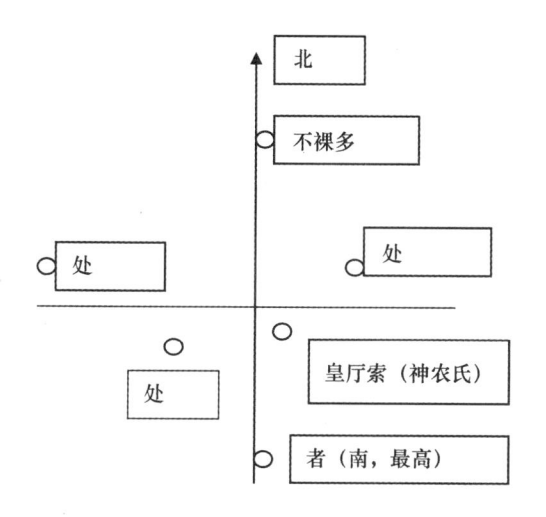

```
                    ↑
                  ┌─────┐
                  │  北  │
                  └─────┘
                  ┌──────┐
                 ○│不裸多│
                  └──────┘

  ┌─────┐                ┌─────┐
  │  处  │○             ○│  处  │
  └─────┘                └─────┘
─────────────────○──────────────→
            ○     ┌──────────────┐
  ┌─────┐         │皇厅索（神农氏）│
  │  处  │        └──────────────┘
  └─────┘         ┌──────────────┐
                 ○│者（南，最高） │
                  └──────────────┘
```

采访布麽 LZG

LZG，男，1948 年生，自幼母亲去世，因此被梁家抱养，有三个兄弟，大哥 LZGA，56 岁，三弟 LWL，四弟 WWW。儿子 WLX，儿媳妇 SFL，二人育有二子 WCT（24 岁）、WCY。LZG 还有三个女儿 WY、WX 和 WJ。

他 30 多岁就开始做麽。结婚是在广南第二中学读初一的时候（13 岁）父母包办的。他读完初中之后，作为知识青年回乡工作，在省医疗队培训之后，当了八年的赤脚医生，后面又当过生产队长和会计。当时由于养家的任务太重，他只好去学做麽，挣点"外快"。后来他得了关节炎，病好之后就开始真正做起布麽来。

LZG 第 14 代的祖先 WGF 从砚山过来入赘，原来姓高，后改姓王，成为王家的后代。他的爷爷也是侬支系的布麽，特殊时期时，伯伯曾将经文藏在房梁上。他的父亲 WZH 也学做麽，但是学得不好，他们都已过世。改革开放以后，LZG 才开始和伯伯 WZY 学做麽。WZY 在 2001 年过世，享年94岁。LZG的伯伯去世以后，他就开始接班，没有举行什么特殊的仪式。

贵马村梁、王、戴三姓最多。今年祭祀杨七郎（侬智高）的主持人是WZY。LZG告诉我们说，每个村子里都有老人厅，但贵马村的做得最好。这里的村民相信神农氏最灵，他曾为民学医、尝百草、种庄稼。

贵马村有布洛陀信仰，但是没有碑文。LZG说村上有一棵树，布洛陀住在那里管理村寨，他为人正直，以前外出打仗，都要向布洛陀打卦问吉凶。现在外出的人，如出去做生意等，都会向布洛陀祈求护佑。甚至发生盗窃案件，人们都要去请他指点迷津。祭祀布洛陀一般在每年三月间，按生产小组轮流组织。祭"者"神的时候，用公牛做祭品，男子才上山参加活动。

贵马村的祭祀对象主要有龙山上的"者"、老人厅、布洛陀、杨七郎（侬智高）等。祭祀"者"用公牛，在三月属鼠那天祭祀，所有的祭品祭神之后被大家分食干净，不能带回家。祭祀布洛陀则用母牛，在农历三月属龙那天，一户人家派一个人参加，剩下的分了打包带回家。

采访布麽SZG

SZG，男，1949年生，为布厅支系的布麽。据王明富老师介绍，布厅属云南壮族沙支系，从广西迁徙而来，操壮语北部方言。布厅在贵马村有100户左右，主要姓沈。此外还有黄姓五户，据说原来只有两户。SZG的师爷是SZD，后传给SRJ、SZY。SZY30多岁就肝硬化过世了。只有SJR继承了衣钵。SLW又是SZG的岳父，因此SZG才有机会和他学习做麽。SLW的书没有传给SZG，而是传给了他的第三个儿子，可惜的是他儿子并不学做麽。SZG又和自己的叔叔学习了三年多的时间，叔叔去世之后，他从45岁就开始自己做麽，现在有一个徒弟，是贵马村的村长SZL。

SZG说，祭龙的时候要唱麽经。祭龙树的时候，需要卜卦。请龙的时候才能唱布洛陀，让他护佑五谷丰登、牛马平安。

办丧事的时候，布麽带令牌、刀、书等前往。贵马村发丧时一般不用铜鼓，只有戴氏家族的人才用。一般人请先生来测，先生会看黄历、算日子。布麽则唱经。发丧的当天从早上唱经到发丧为止。届时，请祖师（没名字）降临，供奉两份荤菜（男左女右），烧过纸钱之后，就可以开始唱经了。他们将逝者的灵魂送回祖先在的地方,祖先从广州、广西、南京等地方迁徙过来。贵马村有布洛陀的树,祭龙的时候一起祭祀。SZG认为,布洛陀没有后人和儿女,他找不到好日子盖房,归仙的时候就住在大树下,而姆洛甲就是布洛陀。

SZG 念诵丧葬经文

布洛陀麽经用于祈求风调雨顺,这经文内容是祖传的,但在家里也不能唱。只有在祭祀那天才能唱。祭祀布洛陀时用一只公鸡、一只母鸡、一大块猪肉(等于杀猪),目前第五生产队负责祭祀布洛陀。除了布洛陀,村中还要祭祀头龙、二龙、三龙。祭祀的用品由全村人集资,管理分到各个生产队。龙山的祭祀现在由第一生产队负责。生产队之间可以相互帮忙祭祀。说到各支系布麽之间能不能互相帮忙,SZG说只能帮念经,而且必须要本支系的布麽(或其徒弟)烧香请来本支系的祖师爷来之后,才能帮忙唱经。布麽每次活动所得的费用都由主家自愿封给,最多的160块,少的时候60块、30块。献祭的时候要摇铃,意思是请献祭神衹吃饭,诵经的时候则不需要摇铃。

布厅、布侬的经书都是三本,其内容差异也不大,但唱的音调不同。

SZG 手里的三本经书,第一本的内容是唱述谁人归仙,第二本内容讲述三亲六戚来了上祭、献礼,第三本内容讲述亡魂开始上路。

此外,布厅支系的人还分布在西畴等地。贵马村沙支系村民家中的空棺朝东平放,而布侬、布厅村民的空棺材头朝祖宗神位平放。

采访布麽 QAK

QAK(男,1955 年生)是贵马村沙支系(自称"布瑞")的布麽,权家在贵马村就他家一户,和梁家关系很好。

下午,六点左右,我们来到他家,他正在家中为两个孙子招魂,因为明天过节(七郎节),所以为孙子招魂,希望孩子能健康、平安地长大。

他在家中焚香请神供上整鸡和鸡内脏,并立起两个鸡蛋代表两个孙子,放上两件衣服。他请来南斗、北斗、观音菩萨、管生魂的九子娘娘奶太婆,边诵经边往鸡蛋上放置米粒,直到有一颗立在鸡蛋尖上,才算成功。然后他将衣服放到祭坛上方撩动,结束后将鸡蛋和米粒、一炷香拿回房间的火笼边上,以示生魂到家。插香火处放置的小纸人叫作卯郎,他们是神祇的抬轿人。最后将卯郎和纸钱拿到屋外烧化。

超度亡灵的时候,布麽首先招魂,让亡魂吃早饭、晚饭,然后再将其送到天堂。

QAK 经文中的第三本是 LCP 的经书。另外他还和 DLK 学过做麽,戴的两个儿子都没学成,就传授给了 QAK。

QAK 学习做各种法事已有 20 多年的历史,一开始因为家里条件不好,学习做麽以增加收入。

他唱的经文中有"南京应天府,富贵州也古"的句子,说那是祖先居住的地方。他认为,亡魂逢年过节才变成风回到家中。布麽叫生魂,有的赶着去投胎,所以叫不回来,另外命大的叫得回来,命短的则叫不回来。

QAK 好学。他三十年前曾到广南其他地方学习做法事。他有一位师父,称为"老爷"。这位"老爷"以前是个地主,因此手里有些经文也不敢做法事,都给了他。他从这位师傅那里学会了解妇女不孕、犯命等法事。那时候他还没有结婚。结婚之后他才正式开始学做麽。

招魂的法事他是和另外三位师傅学的,他们是 LYL、SDR(SZG 的父亲)、SZJ，但这三个人都已经过世。

　　他认为布洛陀原来是个人，是个地理先生，会看日子，他把生命寄在树上。祭祀布洛陀时要用一对鸡（公鸡、母鸡）。他为我们唱了一段布洛陀经，内容为请布洛陀下来，享受祭品，请他保佑本村寨平平安安。全部内容要唱完需要一个小时左右。这个也是他向三个师傅学的。祭祀布洛陀只能在户外和山上举行，而不能在家里做，否则会让人拉肚子。祭祀时要一起祭祀布洛陀和姆洛甲。

QAK 为孙子招魂

晚上继续采访布麽 LZG

　　夜晚在 LZG 家，他继续介绍其他情况。

　　贵马村大年初一迎新水，要唱铜鼓歌。

　　葬礼时唱报恩经，一般要唱三个晚上，一个晚上唱三个小时左右。

　　他的师傅 SRJ 是贵马村最有名的布麽，已经过世十多年。他会堪舆、看风水、有罗盘，LZG 曾经和他学过新房上梁等仪式。他们有一个团队，四周来请去做法事的人很多。经文有汉语、壮语两种，到汉族人家中做法事则唱汉语，到壮族人家中做法事则唱壮语。法事包括解小儿（叫魂）、解不孕等，器具包括铃铛、木鱼等。仪式又分大套和小套，大套使用铙、钹、鼓等大器，唱《报父母恩》等；小套为超度时用，只拿扇子做道具，唱《起根法》等经文。《起根法》等经文中讲述了盘古开天地、人类起源，直至人会病死为止，就像讲故事一样。唱的时候拿绸缎垫凳子，拿着扇子，以此证明壮族人很富裕。LZG 自己拥有的法器、乐器包括了剑、铜锣、扇子和木鱼等。

LZG 演示仪式场景

送老人（逝者）上路，要经过 12 道路，过 12 道门，过 12 个寨子，第 12 个才是祖公在的地方。那里风水好，有田有牛有马，无忧无虑。

LZG 告诉我们，经文中又唱到铜鼓的来历：从前有位老妈妈，停在村边的竹林里，采到铜，拿回来做什么就能变成什么，于是就开始铸成铜鼓，祭祀时候使用。

布洛果（goek）是指布洛陀的根源，需要十二段才能说得清楚，即所谓"十二洛陀起根"。

祭祀布洛陀主要在三月求雨之时，头龙祭的是布洛陀，二龙祭的是龙树"处"，三龙祭的是另外一种龙树"者"。

妇女解血塘一般都请布麽去做，也有请村子一个叫作 LPL 的女巫（Yaj mued），她已经 70 多岁了，只有初一、十五才去做。

此外，为凶死、在外面死的人办丧事时，都要请布洛陀，请龙树。但由于杀牛耗资太大，常常改杀六七只鸡鸭鹅等，或者用猪。届时，请祖师六合、布洛陀、"者"和"处"，诵词中说明因为逝者的命不好，所以才死在外面，因此需要布洛陀去领回来。之后要打卦，如果此时有一只鸟或者蝴蝶飞过来又飞走，这才算将魂招回来了。布麽还要向逝者喊话，说今日用鸟（蝴蝶）请你回来，和祖宗在一起。LZG 说，凡是壮族的地方都是使用这个方法请这些魂回来。

他也认为布洛陀和姆洛甲是同一个人。布洛陀没有徒弟，没有接班人，他是世界上最聪明的人。布洛陀是一个人（而非神），他的名字就是"很聪明"的意思。

他认为女巫做的"走阴"是假的，所谓走阴就是让死人的灵魂来和活人讲话。

LZG 自己曾经当过赤脚医生，所以不需要治病的经文。

给小孩子叫魂，请的是王母娘娘、菩萨娘娘、九太婆、九太子等，不请祖师爷——六合之神。

关于侬智高：他说 YZX 比较懂，因为他是一位知识分子。杨六郎六月初五过广南，杨七郎六月三十、七月初一过贵马，因此他们就祭祀杨七郎。

他又向我们解释了经文《用猪法》：唱的是造猪、买猪、献猪给逝者的内容。

在我们的请求下，他摇起铜铃，给我们唱了布洛陀经。第一节讲述的是盘古分天地的事情。盘古分天地之后，才有了一年四季，人才能在地面上生活，世界才成了今天的模样。经过了 12 个阶段，人才变成了今天的样子。布洛陀他很聪明，就住在树上。

第二节讲述的是种子的来源。原先世界上没有种子，什么样的种子都是狗带来的，所以人要尊敬狗。从前有一只狗，他到海上一处有种子的地方，打滚把种子藏到身上，才带到了人间来。

第三节寻水。从前山坡上没有水，人们找到水之后，人才能喝水，才生活到了今天。

第四节造坡。从前没有坡，出来一个太阳又掉下去，后来造出坡来，坡才能把太阳顶上去，才有了白天黑夜。

第五节造箱。箱子放到坡上变出动物，放到田地上变成粮食，放到寨中才成人，放到地上成玉米。

第六节，讲述过去没有人见到过水，也没有水洗澡。人见到了水，洗过澡，才分出男女，才成为夫妇，生儿育女。用野麻来编成布，拿来包小孩。用水洗孩子，洗三个月才长大，洗八个月才会走路、会说话，十六七岁才变聪明。姑娘要找婆家就去找富裕的家庭，不要去找穷困的家庭。如果不知道这些事，就要去问布洛陀。什么事情都不懂，就要去请教布洛陀，遇到天灾人祸都要去请布洛陀。

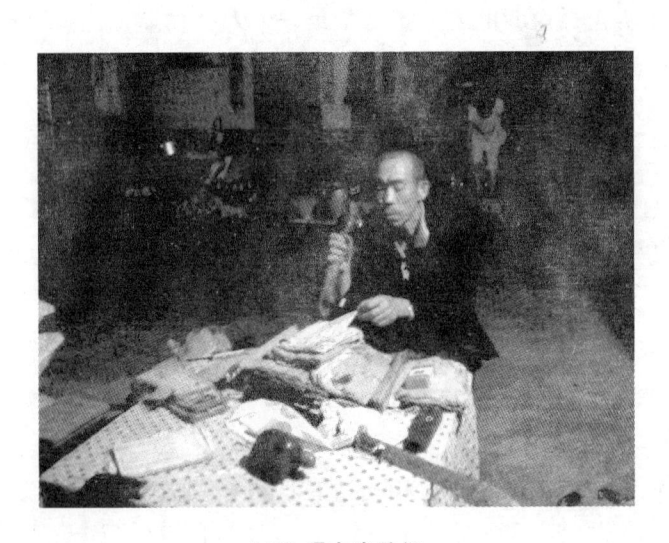

LZG 唱布洛陀经

2010 年 8 月 10 日

一早与 LZG 前往后龙山，山上是布洛陀神树（龙树）所在的地方，获得以下信息：到龙山祭祀都要唱布洛陀经，祭祀二龙、三龙都要唱，因为他们都是"龙"。

LZG 说：二龙也是龙神。祭祀时，祭品给龙神而不是布洛陀，也不用给布洛陀献酒。祭品全部都用七色粑粑祭，绿色的是用河草做，其他的用染料做成。还要准备七个酒杯、一碗水、一小碟盐巴。人们在山上煮鸡、煮肉，敬献给龙神。请布洛陀来，是帮看请不请得来神人们要祈求什么，他可以给予帮助。现在负责祭祀二龙的是第四生产组。

布洛陀在后龙山上，二龙是"处"，三龙为"者"，他们来到贵马村停顿下来，于是形成了贵马村三山汇合的格局。祭龙都是要七杯酒，在家祭神则是五杯酒。祭神后都要卜卦，以预知明年收成好坏。

一个有意思的现象是，在祭龙之前，都会念几句"phu^{55}"族话，连LZG都不知道这几句话是什么意思，只是按照祖辈传下来的念。这里原来是彝族人的地方，壮族是后来才来的，推测他说的pu族即彝族。这样，神才能听懂，才能把神请来。按我的理解，他们不光祭祀自己的神，也要祭祀原住民的神，这样才能风调雨顺。

下午，在村子中心采访了村长SZL。他1960年生，2010年4月份经过无记名投票刚刚当上村长，他能当上村长，主要是靠在村里的良好声望。他是麽厅QAK的徒弟，已学做麽两年，他的父亲SRH、叔叔SRJ都是布麽，因此，他为了贵马村大家族沈家的利益才去学做麽。现在他经常去帮助做麽，已经掌握了方块壮字的读法，吹拉弹唱都会。丧葬时唱的经文他都已经会唱，但叫魂的仪式还不会做。目前他可以读经书但还不那么熟练。师傅教他如何看经文、读懂经文的意思，然后跟着照唱、照念。

LZG与布洛陀神树

他说按理他属鼠，不适宜做布麽，一般需要有"宰相命"的那种人才做得。但师父说他机灵，也可以做。禁忌为不能吃狗肉、先死后杀的动物的肉（过刀的才吃）。SZL认为布洛陀是一个人，祭祀他让人不生病。

LZG也在旁边，补充说有的比较讲究生肖，属牛、属鸡的不能做布麽，因为祭祀的时候用到黄牛、鸡，一般不用水牛。属猪的也不怎么做。

据SZL介绍，贵马村委会下辖27个自然村，除了人数最多的壮族外，还有苗、瑶、彝等少数民族，各民族都有通婚现象，只是多寡不同。贵马村现所在的地方，原来是彝族（他亦称为"普族"）的地方，后来壮族来到这里。传说壮族人比较聪明，用木制的假刀枪把彝的真刀枪换走，彝族人没有武器就被赶走了。龙山、"者"、"处"、老人厅都是彝族人祭祀的地方，因此邀请懂念彝语的老先生在祭祀的时候念。每年都要在这些地方杀鸡、敬酒祈求贵马村风调雨顺。在这些地方不准污染环境，不准砍伐花草树木。

2010 年 8 月 11 日

一早，LZG 的侄女 SLY 带来生辰八字和一件衣服，让他帮解"犯八宫"。念完经后，LZG 将黄色的纸、衣服送回给 SLY，让她贴在床头。经文是汉字写的，用云南方言演唱。布麽同时也做道教的法事，博采众长。

2010 年 8 月 13 日

WSY，男，60 岁，广南阿用村壮族沙支系的布麽。WSS，73 岁，是 SSY 的堂兄，也是布麽。两人经常合作进行各种民间宗教仪式活动。他们的爷爷 WZP 教会他们做麽，而他们的祖辈中 WXF、WB、WBY 也都是布麽，经书上有他们抄写经文时留下的名字，但辈分已经不清楚。WSY 现收了两个徒弟，经常外出做道教法事。

布麽 WSS 　　　　　　　　　布麽 WSY

他们现在主要做的仪式有祭侬智高、布洛陀和龙树、超度亡魂等。周边许多村落都请他们去,包括汉族的村子,他们甚至去过广西的隆林、西林县。如果汉族请,他们则唱汉语的经文。

WSY 手中的经书有十余本,包括了汉族、壮族的送亡经,如《灵宝玄科》《九幽度亡》《引麻根》等。他家堂屋中除供奉祖先神位外,左侧还有"祖师六合无穷高明大帝之神位"。他的法器有铜剑、铜铃等,还有祖传下来、做法事时挂在身上的织绣条幅,用以显示身份。在他看来,布洛陀和姆洛甲是夫妻。

2010 年 8 月 14 日

今天我们到达广南县小广南村。LMS,63 岁,是广南县小广南村的布麽。他 30 岁开始做麽,有经书《塘降》《添粮》《解变化到头》等。《塘降》是孕妇生产前给孩子叫魂之用,《添粮》是给老人祝寿、延寿之用,《解变化到头》则是给出生到 20 岁的年轻人招魂之用。

小广南布麽 LMS

他解释说,只有在死在外面的人,丧葬仪式上才唱布洛陀经诗,请布洛陀来帮忙。但布洛陀只管布侬,他是最聪明的人,管布侬的"阴间"。这类仪式上人们以公鸡喊魂,布麽诵经,同时以伞遮住灵位,请来若干神祇。当地习俗，杀生之前都要念布洛陀经。他给我们展示了杀生之前"压鬼入水"的仪式。他把布洛陀写成汉字"不东多"，把姆洛甲写成汉字"坡多干"。

据他所述，当地山歌中还唱有关于布洛陀的事迹，人们遇到大事小事都问布洛陀，包括开天辟地、升高天地等。

2010 年 8 月 18 日

上午，我们来到了马关县马夹村的布麽。该村有一个洞经音乐小组，小组中的一位成员 LGZ，已有 78 岁高龄，他是当地有名的地理先生，会测算、看风水，有经书《解关煞八宫流年》《谈大洞经科仪》等。平日村子里解冤、建房、延寿、叫魂多请他主持仪式。

马夹村中已没有布麽，如有人亡故，则要到村外请布麽来主持送亡仪式，地理先生可以帮忙。从布麽和地理先生的合作关系中，我们可以看到壮汉文化相互依存、共生的关系。

马夹村中有龙树两棵，亦被称为"布洛陀"。

马夹村老人厅

下午，我们走访了马关县马尾村的布麽。马尾村七个自然村，姓代、李、王、罗的较多，四个村子主要是壮族土支系的人聚居，其他两个村子为壮族侬支系的聚居，还有一个村子以汉族为主。其中，土支系先来到这里聚居，侬支系是通婚之后来到这边居住的。这里的土支系为尖头土。他们和平头土支系的差别在于服饰中的帽子，身上的服装则差不多，两个支系可以互相通话。

这里的节日也不少。二月节要祭龙树，杀猪，请布麽念经，禁工六天，祭祀用的肉煮好后分到各家各户，拿回来祭祖宗；三月份过清明节；五月过端午节；六月节为第二次祭龙（树）的时间，要杀猪、鸡，六月节是小年，山中还有火神庙，农历六月二十四日要杀猪祭祀，以防火灾；七月则祭祖，七月初九（或十一、十三）日把祖宗接回来，七月十四又送走；八月过尝新节，用新米煮饭敬祖宗；此外还有春节等。

DZX 拿着父亲的鸡卜经

马尾村的布麽 DZX 是小学老师，59 岁，属壮族土支系中的尖头土。他和我们介绍，村里有三个布麽，但都不是家传的。学做麽，可以和侬支系的布麽学，也可以学习汉族道公的东西。一般来说，葬礼上地理先生用罗盘择坟地、看风水，布麽则负责诵经，将逝者的魂送出去。如果不请布麽也可。但有些亡者，经过地理先生算出属于"冷伤"亡的，则必须请布麽来诵经，将魂叫回来归祖。布麽来诵经，一般带一个徒弟帮忙。这里的出殡仪式，有自己的特点。布麽念过抬棺材的经文之后，丧乐队在前，把纸质的供品等都烧掉，孝子要趴在路上，将棺材从他身上抬过去，往复两回，才将棺材送上山去。

布麽还解"犯神"，做法是用一只或两只鸡作为祭品，念壮语的经文，没有经书，靠口耳相传。

DZX 老师的父亲 DTF，85 岁，也是布麽，他师从村里侬支系的布麽学艺，又收了两个徒弟 DCG、DWX。据他所说，龙山里面的神就是布洛陀，布洛陀很聪明，人们万事都去问他，生病了也去问他，他就能告诉你冲犯了什么神，需要如何解。他不属于家神，是外面的神，所以要在外面祭。

2010 年 8 月 19 日

在阿峨新寨，我们采访了一位 78 岁的老人家——LXQ。他告诉我们村子里最后一个布麽 TGP 前阵子已经去世了，村子里没有布麽了。他没有徒弟，但是留有经书以及铜铃、铜剑等法器。老人家说，以后丧葬等需要布麽时，只能到外村去请了。布洛陀居住的树"美洛陀"在太阳山上，他保佑寨子风调雨顺，庄稼有好收成。原先他居住的大栗树已经枯死，现又重新栽种了一棵沙树。祭祀时以一公一母两只鸡、猪肉为祭品，由各个生产小组轮流主持。王明富老师曾撰文专门介绍了阿峨新寨祭祀布洛陀活动的全过程。

附录3　贵州布依族报陆夺与水族拱陆铎信仰调查日志

一　贵州贞丰布依族布摩情况调查

贞丰县全县总人口为42万人，居住有布依族、苗族、黎族、回族等11个少数民族。少数民族人口共19万多人，占全县总人口的48.6%，其中布依族近16万人，苗族3万多人，仡佬族1700多人，回族1200多人，黎族1400多人，其余6种民族人口较少（2010年）。布依族在贞丰县13个乡镇均有分布，而白层镇、鲁容乡、鲁贡镇、沙坪乡布依族人口最多，占本乡镇总人口的85%以上，其余的分布在其余九个乡镇的部分村寨。

贞丰的民间信仰包括道教、佛教、伊斯兰教及自然崇拜等。贞丰县政府所在地珉谷镇一带有贞观庙、石菩萨庙，还有一座清真寺。这里的布依族地区最主要的信仰是民间"摩"信仰，基本上每个村寨都有布摩，用汉语又称为"摩公"。布摩主要负责主持村寨中的丧葬仪式、叫魂、打卦、鸡卜、禳解及搭花桥等。本次调查笔者采访了两个布依族布摩。

1. 相镇萝卜寨村坪寨组布麽 YHL

2011年8月30日，笔者来到贞丰县者相镇萝卜寨村坪寨。寨里有60多户，300多人，余姓为寨中的大姓。寨中的布摩首领（头摩）YHL，男，1963年生，小学文化。他们家已知的布摩传承已有四代，第一代YCP，第二代YSY，第三代YQX，第四代YHL。该寨中只有以YHL为首的布摩班子，其他成员XZZ（73岁）、YYZ（73岁）、YYG（59岁）、YHK（43岁）、XHC（47岁）也均为男姓。其中XZZ、XHC不是本寨的，但都是萝卜寨村人。

YHL 的班子属于布摩中的高派。布摩的民间宗教"摩"信仰分为两派：平派和高派。平派的仪式程序较简单，只是将逝者送入天上，但不送入天堂。只是送鬼魂离开人间，不再来骚扰家人，不会到处找东西吃，在人间成为游魂。他们的经书主要有"送鬼经"，包括"嘱咐经"等。高派的程序就要复杂一些，包括了立幡、超度逝者入天堂、唱叙事歌、绕棺及解邦等过程。

YHL 手里有的经书包括：(1)《摩好月多亮》，这是将逝者放入棺中后描述操作步骤的经文，还有亲友来吊唁时唱的经文。(2)《孝经歌》包括"卷一·暗语弯房""卷二·暗语·弯房"，这些是在深夜唱的问答歌，唱给亲友和后辈听的，类似于民歌。叙事的内容描述逝者去后，家人怎么孤单，如何悲伤，子女都成为了孤儿，等等。(3)《开路一宗》是超度经，送逝者上天，经过十二个关卡，到达祖宗居住之地，那里是祖先生活的地方，有祖宗的田。经文中一般记载布依族来自于江西西苏，也有说来自于四川、湖南的，所以也要送回那里去。(4)《绕棺科》，深夜举行绕棺仪式时候唱，带着小辈绕棺而行，以示思念和哀思。这个唱的经文包括"嘱咐经"，也是"砍嘎"时候唱的经文。"砍嘎"的仪式在者相、北盘江一带比较流行。"砍嘎"意为杀牛以为逝者消灾免难。牛为丧家准备，仪式由"布摩"主持。举行时，将牛拴于"鬼桩"上，"布摩"引领孝子、女婿等绕着鬼桩转舞，"布摩"念完《砍嘎经》后，剪下牛毛分给众孝妇们，意为"留牛种"。由女婿带着唢呐手前往请"师公"到场发号施令随着师公一声令下，执行者一刀砍下牛头，牛血喷洒，观众欢声若雷。然后大家就地煮牛肉，大碗喝酒，大块吃肉，尽饱方散，再现了"砍替食肉"的古朴景象。此外，还要赶冥场。"好格"就是赶冥场的意思，即逝者的贸易集市。这个要请外家（女主人娘家）来坐镇，维持集市的秩序。主人家则要给外家送红包，让他们戴孝帕。(5)《莫赧才》是唱女婿的摩经，在女婿及其家人来的时候唱。设灵堂的第一个晚上女婿来献祭礼，逝者是男性则要献纸马，供他们路上使用。此外还要献猪、金山、银山、花幡等。(6)《解邦经》，即解各种不利和灾难。

做高派的程序包括以下几个步骤：第一天，封棺、迎客；第二天立幡（恒高），晚上唱古歌（孝经歌）的一半；第三天"好格"，即赶冥场。晚上唱《莫赧才》，深夜唱古歌（孝经歌）剩下的一半。第四天早上解邦,唱诵"嘱咐经",送逝者上路。平派则只需要唱《摩好月多亮》,包括"嘱咐经",唱完一整天之后再发丧。

布麽做丧葬法事时只需祭祀老祖公,而不需祭祀报陆夺。现 YHL 家里并没有报陆夺的神位,只是和一般的布依族家中一样有祖宗的神位。

祭祀报陆夺往往是在解各种灾难时候,包括禳解各种不顺、意想不到的变动、家庭不兴及突然死亡等。届时,请报陆夺下来坐镇,护助布摩的仪式。如对意外死亡的人,要在屋外做一个接魂禳解的仪式,然后才走正常的丧礼程序。据 YHL 介绍,该仪式一般是在屋外搭一个神台,供上安王、祖王的神位,位置根据逝者的生辰八字而摆,分为坐东朝西、坐南朝北不等。在左侧另外供奉逝者神位,写上生辰八字,以活鹅供。在逝者桌前又单小桌子表示报陆夺的神位,摆上四个小酒杯,斟酒上供。只有这些情况下才请报陆夺来,其余仪式均不需要请报陆夺。

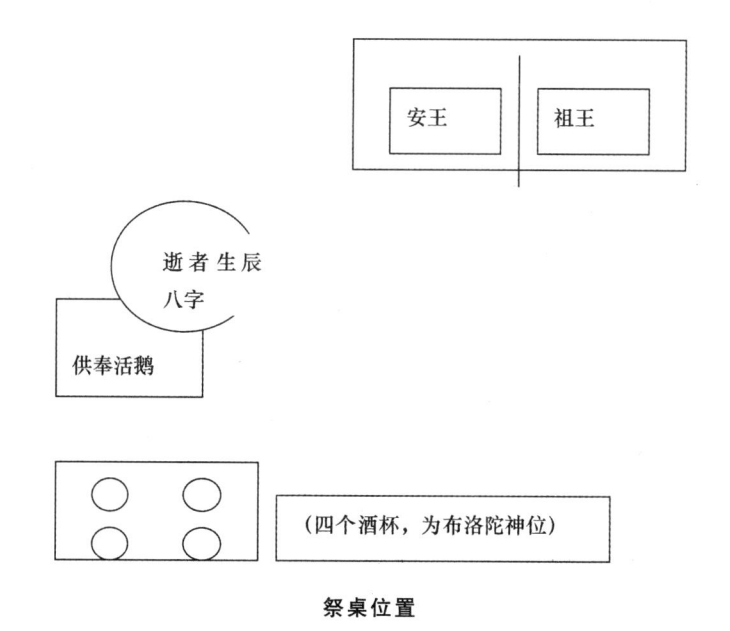

祭桌位置

有意思的是,笔者与 YHL 访谈的时候,YHL 家里刚刚做完"扫屋"的仪式,以祈求家里平安、万事顺利,忌讳外人进入家门,尤其是女性,所以整个访谈是在他的屋外完成的。由于 YHL 的汉语表达不是很好,他的哥哥、贞丰县民政局的干部 YHLG(1957 年生)承担了大部分的翻译工作。

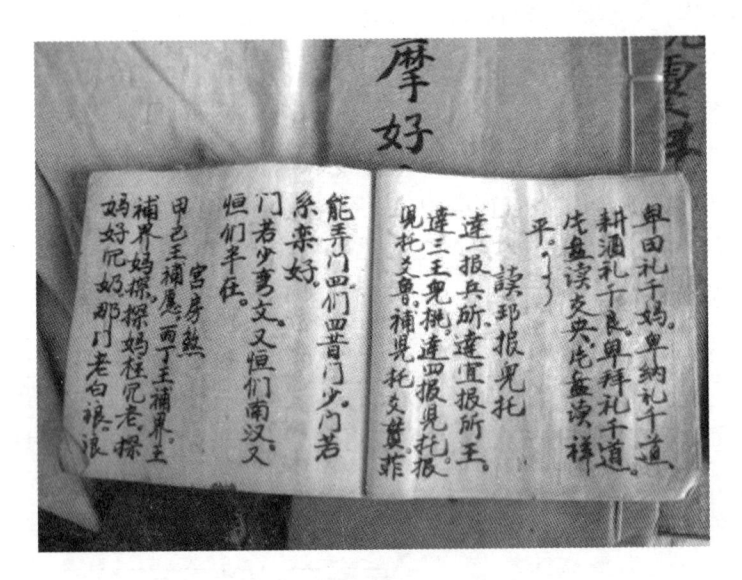

布依族摩经

　　YHLG 为笔者讲述了小时候听过的关于报陆夺的神话：传说报陆夺很聪明，经常利用自己的智慧帮助穷人。他小时候家里很穷，在地主家帮忙干活，以维持生计。当时洪水淹没天下，他就和地主说：主人你坐水缸里，水缸又稳又安全。报陆夺就坐葫芦。地主急忙爬进缸里，最后沉没在洪水之中。报陆夺坐的葫芦瓢到了海岸，就幸存下来了。接下来讲的就是伏羲造人烟的故事。所以在当地的布依族中，流行了一句谚语"仆坐葫芦，主人坐缸"。寓意着说话对象的聪明才智。这是关于布依族报陆夺故事的存在语境，可惜其信件范围日渐狭小，如在坪寨采访时当地的农妇都不知晓报陆夺为何人物。

　　YHLG 为贞丰民政局的干部，文化水平较高，在采访的过程中，当笔者询问他弟弟 YHL 报陆夺的身份时，他隔三岔五强调只要记住报陆夺是布依族中最聪明、地位最高的神就可以了。

2. 珉谷镇必克村布摩 WWB

　　2011 年 8 月 31 日，笔者来到珉谷镇必克村。该村有三千多人，近六百户，是黔西南最大的布依族村寨之一。村中布依族有韦、危、岑、陆、王、梁等姓，其中大姓为韦、危、岑、梁等，一姓都达一百多户。汉族较少，有黄、陈、李、周、罗等姓。

布依族布摩 WWB，男，1944 年生人，初中文化水平，1961—1965 年期间曾当过民办老师，后因要照顾父母回家务农，育有 2 子 1 女。他们家从事做摩活动十多代，他既是布摩又是道公，同时还是阴阳先生。

他最先学习的是阴阳先生的知识。在 20 多岁的时候开始学习做摩，摩经为他的父亲 WQF 口传心授，没有手抄本。超度经为祖父 WGD 所授。WWB 介绍，他祖上最早的、知道名字的布摩，叫作 CDX，相传为者相乡过来的。WWB 同样为当地布摩班子的首领人物（头摩），成员包括 WWZ（78 岁，WWB 大哥，也是阴阳先生）、WXZ（男，63 岁）、WLY（男，62 岁）三人。

布摩 WWB 唱摩经

WWB 做摩多为超度、禳解（解邦）仪式，仪式属于平派，不砍牛（"砍嘎"）。超度的经文为"摩鬼魂"，内容包括请师父、为逝者开路、让逝者吃早饭和午饭、唱孝男报恩经、孝女报恩经和孝婿报恩经等，来客人的时候要唱迎客歌。此外还要唱"解邦经",在大门处"断刀",也即斩断不吉之物的意思。等出殡七日之后,再接亡魂回来歆享供品。

当地的布依族还有安花、立花的习俗。WWB解释说,花是人的魂,如果人觉得不舒服,就要举行安花的习俗。管花的神仙很多,包括甲己、抱平所、牙可太等。

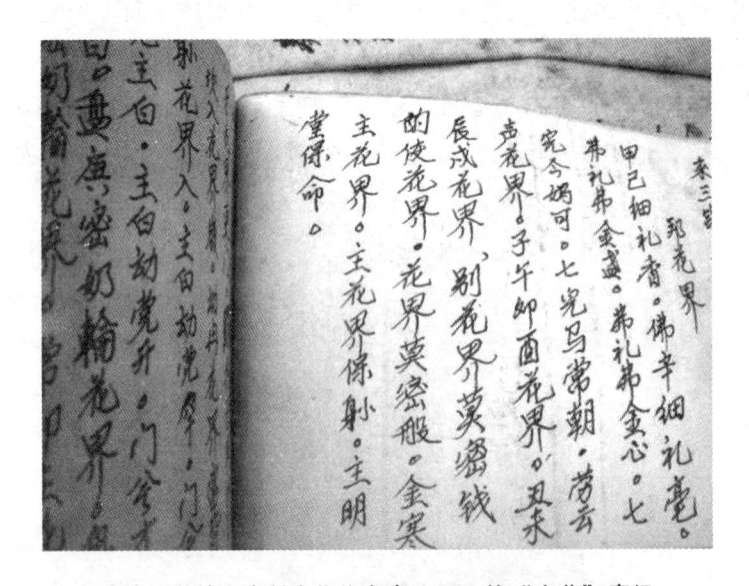

贞丰珉谷镇必克村布依族布摩WWB的"安花"摩经

他手里还有一本经文《漢皇楚皇》,讲的是"安王与祖王"的故事。这本经文是"砍嘎"时候才用,是"大摩"的经文,但现在他不做"砍嘎"的仪式,所以这本书不用了。他和我说,估计是前辈人有做这个仪式的,所以留到了今天。他手里保留的汉文、布依方块字经文有三百多本,各有用途。

WWB告诉我,仪式中唱民歌的时候,会提到报陆夺。他认为,报陆夺是一个人,他死了之后,就变成了神,在天上做王。他是一个聪明机智、很能吹牛的人,所以有专门的"摆报陆夺"歌,在夜晚守灵的时候唱。其中有一首歌,内容与壮族的"东林葬母"故事大同小异,讲述的是远古时代流行死后食人的风俗,有一个男子的父亲死后,村寨里的人们就来到家里,要求吃父亲的肉。他不允许众人吃他父亲的肉，拿出以前曾经拿回家的、别人家父亲的肉还给各家，并宰牛款待大家。

他同时也是道公，在汉族人丧葬仪式上就做道教仪式，用鼓、铙、钹等乐器。他说道、摩原本是一家，是一个师傅教出来的，但是有一次过河，师傅过不去，让他俩背过去。道公穿的比较好，不愿意背师傅过河，再三推脱，而布摩则什么都不说，就背着师父过河了。由于两个人表现不一，所以现在道公做法事，要拜四面八方，才能请来祖师爷，而布摩只用一个小铃铛，就可以请来祖师爷。WWB说布摩以前做仪式时身穿龙袍，现在都没有了。除了小铃铛外，布摩还以两把剑护法。

贞丰珉谷镇必克村布依族布摩 WWB 的剑

二 贵阳都匀阳和水族乡 WG 村 H 寨调查

都匀东南部有阳和、基场、奉合三个水族乡。阳和水族乡距市区约44公里，东邻三都水族自治县丰乐镇，南与独山县接壤，西毗奉合水族乡、王司镇，北抵基场水族乡。阳和乡境内山脉纵横，落差明显，海拔最高1650米，最低565米，总面积55平方公里。阳和别称"外套"，辖10

个村民委员会，79个村民小组，12465人，居住有水、苗、布依、汉等民族，其中水族10 160人，占总人口的83%（2010）。全乡耕地面积6 411.68亩。阳和水族乡挨着三都水族自治县，虽然划归不同的行政辖区，但属于同一地域文化圈内，水族传统文化保存的较为完好。

H寨位于阳和水族乡东部花合山山顶，是个小寨子，原名NZ寨，后因频繁遭受火灾后，故2006年改名为H寨，寄予美好的愿望。全寨只有18户，60多口人，基本为蒙姓，此外还有韦姓、吴姓、潘姓。寨子位于一个山脊处，地理位置好，视野开阔。寨子虽然很小，但有利于在短时间内更清晰地观察到作为水族社会最基本单位——村寨的运作情况。村中耕地面积65.8亩，其中水田59.6亩，主产水稻（2010）。山中部有WG上寨、下寨。

1. 村落祭祀传统和节日

H寨保持了水族传统的信仰传统，包括各种祭祀和节日活动。我的田野协助人Y老师给我进行了详细的介绍。

（1）祭祀

H寨水族人民主要的祭祀活动包括：农历正月初一祭天、正月十六祭山神、七月十五祭鬼神、11月18日祭祀巨鳖、12月24日祭祀各家土地神、12月30日祭祀家中土地神龛。

农历正月初一祭天、祭祖先，地点为家中的神龛处，祭品为水果和酒水，点香燃烛烧纸，分户进行祭祀。

正月十六在EG田埂的杉木处、枫香树处祭祀山神，祭品以水果、酒为主，点香燃烛烧纸，多为个人行为。

七月十五日则祭祀鬼神，一般在自己家门口祭祀，点香燃烧纸钱，以酒水供。

H寨的枫香神树

11月18日，祭祀巨鳌，为全村集体行为，点香烧纸钱，以水果、酒、刀头生肉祭供。巨鳌被本村人认为赐福之物，镇火灾，巨鳌其实就是H寨新寨碑的所在地。

12月24日，各家族祭祀土地神，当地又称之为"土地菩萨"，点香燃烛烧纸，并以水果、酒水祭供。当地习俗，各家族都有属于自己的土地神，一般都在田间地头，以便大家祭祀。

Y老师所属家族的土地神

在H寨下方山腰处的WG下寨，村中有一块大石头，也是全村的寨神，它关系着全村人口的平安、五谷丰收、六畜兴旺，因此不能随便移动，逢年过节也要集体祭祀。据说村中修建道路的时候，为了不动这块大石头，还特地改道，可见民间对于它的信仰程度很高。

农历十二月最后一天祭祀家中土地神，在神龛处点香燃烛，烧纸钱，以水果、酒水供。

（2）传统节日

除了这些比较重要的祭祀之外，水族还有许多传统的节日，包括清明节、四月初八、六月初六和端节等。

端节

端节当地水语叫"借端",其隆重程度相当于汉族的春节,是水族人民最重要的节日。端节是水族地区范围最广、人数最多且历时最长的节日。2002年,该民俗节日被列入国家首批非物质文化遗产保护名录。

端节是按水族的历法推算出来的。据水书记载,水历一年分为12个月和春、夏、秋、冬四季。农历九月为其岁首,农历八月为其岁尾,每月用子、丑、寅、卯、辰、巳、午、未、申、酉、戌、亥记日。每年水历十二月下旬至次年二月上旬(即农历八月下旬至十月上旬),每逢亥日或午、未日,各地各村寨按习惯轮流过端。都匀王司镇内、外套的水族居民过第一个亥日;三都水族自治县水龙乡的马连、拉佑,大河镇的苗草,周覃镇的水东等地过第二个亥日;周覃镇的廷牌、恒丰、和勇及荔波县水维等地过第三个亥日;三都县的中和、地祥、三洞、九阡及荔波境内的部分水族过第四个亥日;三洞的腊领,九阡的水昂、水碾、峦董等地过第五个亥日。端节从首批过节到末批过节,一般相隔49天,若遇水历十二月有三个亥日,则相隔61天。这是水族人民在秋收后,为庆祝丰收、预祝来年顺利而举行的盛大节日。

水族中有"过端不过卯,过卯不过端"的传统区分,而且各地区过节的先后次序是不能颠倒或混淆的。关于这种风俗,较一致的传说是,古代水族的祖公拱登有两个儿子,哥哥被分住到上边的内外套地区,弟弟被分住到下边的九阡地区。原先约定好,丰收后到祖公处团聚庆祝。后来感到相距路远,往来不便,就决定哥哥过端节,弟弟过卯节。时至今日,各地水族基本上是同宗同姓的一同过节。

端节之前,家家洒扫庭院,将居室内外收拾得干干净净。节日的前一天,过节村寨敲响铜鼓,辞旧迎新。节日里杀鸡宰鸭吃新谷,并要以鲜鱼炖汤,准备好新米鲜汤招待亲朋。除夕(戌日晚)和初一(亥日)晨祭祖,忌食荤,但忌荤不忌鱼。祭祖的主品是鱼包韭菜,原因是传说先人们曾以九种菜和鱼虾做成的药驱除过百病。它的做法是将韭菜、糟辣及葱、姜、蒜等调味品填进清洗好的鱼腹,捆扎好后清炖或清蒸而成。

端节时,青年男女在"端坡"周围奏乐歌舞,而且举行赛马、斗牛、文艺演出、放映电影、亲友欢聚会餐等活动。邻近的苗、侗、布依、壮、瑶、汉等民族兄弟都会前来参加。

三月初三

水族人民做花色糯米饭，对歌娱乐。

清明节

受汉族影响，水族人民在清明前后和期间举行祭祖活动，扫墓、缅怀先祖。

铜鼓节

清明节后第一个卯日，都匀市阳和、奉合、基场水族乡的水族人民要过铜鼓节。届时，人们跳铜鼓舞、芦笙舞，进行赛马、斗牛、对歌等活动。

四月初八

吃糯米饭，敬牛王，感谢牛一年的辛苦耕作。

六月六

都匀水族人民过六月六。每家每户要出钱出粮用来煮酒、买肉聚餐。水书先生举行仪式，以谢谷魂。据Y老师的介绍，他们不但在稻子结穗的时候祭谷魂，而且在办完喜事、白事之后都要祭谷魂，因为办事时候可能因为不注意、孩子淘气等浪费很多粮食，所以要请水书先生祭谷魂，以表示自己的歉意，求谷魂原谅，不要因此而不产粮食了。

2. H 寨过端节

2011年9月4日，位于黔南都柳江流域的都匀市阳和、奉合、基场三个水族乡四村八寨的水族同胞迎来了一年一度的"端节"。这是水族地区的"第一端"，它拉开了水族地区"过端"的序幕。

据Y老师介绍，端节原来是各乡过各乡的，近些年来为了方便招待来客，让端节过得更热闹一些，所以阳和、奉合、基场三个水族乡选择了共同庆祝端节活动，按年轮流做东。

今年轮到基场水族乡举办的端节庆祝活动，以往的端节活动上水族同胞都要举行祭典仪式，开展斗牛赛马、斗鸟斗鸡、剪纸、山歌对唱、颂水书等独具特色的民间比赛活动。今年的庆祝活动则略显简单一些。仪式在乡政府所在地举办，从下午一点开始，由副乡长蒙胜利主持，表演了水族、苗族的歌舞和现代舞蹈。到乡政府看节目的水族、苗族、布依族民众大概有百余人。另外，还有苗族、水族的手工刺绣展览和出售。

基场端节，表演节目的水族姑娘服饰（乌约寨）

据调查，这里过端节的主要是水族，部分迁徙到这里的布依族也过端节。部分苗族受到影响，也过端节。如本人采访的来表演的苗族女性说，阳立寨的苗族就过端节，杀鸡、杀鸭祭祖庆祝。而前来参加端节表演、观看庆祝活动的翁奇下寨、基场高寨、拉水的苗族则不过端节。

基场端节上，表演节目的苗族（阳立寨）

端节集会结束后，还有斗牛、赛马等活动，各族人民在一起其乐融融，处处欢声笑语。

下午回到 Y 老师在 H 寨的祖屋，家里已经来了很多亲戚，其中还有不少苗族。

正式过端是 9 月 5 日。这天一早，Y 家中就来了舅爷、姑妈、姨夫等长辈，从九点多开始，他们就坐下吃饭、喝酒，庆祝端节。端节上必不可少的是田里的鲤鱼、小南瓜和茄子，所以端节有时又被称为"瓜节"。家里来的亲戚越多、辈分越高，说明你的家族越受重视。所以，Y 老师三兄弟也十分高兴，陪亲戚们喝酒、谈天，饭桌上时不时传出欢快的笑声。水族人吃饭喜欢打酸汤火锅，把鱼、肉、菜都放入锅里的酸汤中，煮熟后蘸辣椒制成的蘸水进食。他们吃田里的小鲫鱼，并不取出内脏，而是整条放入酸汤中煮熟，由主人家从尾部将鱼肉剥离下来，分给长辈、亲友。这里的水族人喜欢将剥剩的鱼头、鱼骨统一放在一个碗内，喜欢吃的人自行取用。

吃到一点钟左右，Y 大伯家的大哥将饭菜准备好了，一行人又移到他家继续吃饭喝酒。男性一桌，女性一桌。过了两个小时，二伯家的兄弟又将饭菜准备好了，一行人又到这边开始吃新的饭菜，喝酒谈天。他们告诉笔者，端节就是这么过，轮流到各兄弟家吃饭，热热闹闹，增添喜气。人丁兴旺、声望高的家族才能汇聚人气，吸引亲朋好友都来聚餐，这对整个家族来讲十分重要，也会影响周边乡邻对他们的看法。男人们喝酒聊天，女人们也聚在饭桌边上，唱歌、说悄悄话，有的亲戚们并非能够天天见到，所以要多说些感激的、祝福的话，唱些迎客歌，感谢这些亲戚的到来，诉诉彼此的近况。

水族的民歌有其独特的民族风格，形式多样，可分为双歌、单歌、蔸歌、调歌和诘歌五种。双歌，水语称为"旭早"，"旭"就是"歌"的意思，"早"就是"双、对"的意思。水族的双歌又分为两类：一类是敬酒、祝贺、叙事类双歌；另一类是寓言性双歌。单歌，水语叫"旭挤"，"挤"就是"单"的意思。单歌演唱时有单唱、双唱和集体唱三种形式，单唱是一人唱或者是一男一女对唱，双唱是以两人为一方对唱，集体唱是以三人以上为一方对唱。

这里的水族民歌已基本使用汉语来演唱，一般唱单歌的单唱、双唱和集体唱。只有古歌是用水语演唱，但会唱的人也不太多。Y 的二嫂 WGX、姑妈 MRX 等都是很会创编民歌的歌手，只要短短数秒，就能编出两句歌词，然后和一起唱歌的同伴将歌词唱出来。WGX 和 Y 的大嫂 WDQ 是很好的搭档，两人配合十分默契，过去还经常被人请到红白喜事上去唱歌。

关于过端节的顺序，民间还有这样一个传说：传说水族的远祖有四个儿子，分别在四个地区安家落户。三年过后，四兄弟遵照远祖的吩咐，纷纷回来向远祖敬献丰收的果实。就在全家欢聚的日子，远祖不幸得了急病，自知命在旦夕，便叫老大从鱼塘里捉来一条大草鱼，砍成四节用菜包好。煮在锅里。然后把四个儿子叫到床前吩咐说："我们迁居到三都后，还没有自己的节日，我死后，就以安葬那天为节。你们按各自所得的那节鱼的顺序过节。"结果老大得鱼头，老二得鱼尾，老三、老四分别得二、三节鱼身。不久，远祖去世，葬于亥日，于是四兄弟以亥为节，并按鱼的顺序，分别纪念远祖。自此之后水族聚居的四个地区，从 8 月中旬起，每隔 12 天的一个亥日，就有一个地区过节，这一习俗一直延续到今天。

Y 老师给笔者讲的端节故事，则说水族三兄弟从远处迁来，来到三都地区，是安家的好地方。按照水族的习惯，好东西要先让给年纪小的。于是，哥哥们就把这里让给弟弟居住，自己继续往前走，各位兄弟则在半路安家，大哥则来到都匀。从此，他们分别在从三都到都匀的地方上生活。逢年过节，兄弟们还要聚集在一起，探望祖公，庆祝节日。但因路途遥远，祖公便让这些兄弟们下河捞鱼，按捞出的鱼的大小轮流过节。老大捞出的鱼最大，因此都匀的老大最先过节。其他地区的依照捞出的鱼的大小过节。因此，其实从都匀到三都，水族人民并不是按粮食成熟的先后顺序过节，而是按照水族人民的说法，按照捕得的鱼的大小顺序过节。

3. 水书先生家族

水书先生在水族民间又被称为"鬼师""巫师"，水语为"艾行"。民间认为他们能与鬼神对话。古代的水族先民都很崇拜和迷信天地鬼神等超自然力量。据统计，现在民间的"鬼"有 300 多个。人们事无巨细，都要祈求神灵的启示，然后根据神灵的启示决定如何行动。

水族的占卜是一种十分古老的文化现象，目前水族民间多利用一些无生命的自然物所呈现出来的形状来预卜吉凶，经过神圣的求卜过程，那些自然物也获得了神圣的象征意义。水族人民笃信它们呈现出来的形状不是人为的结果，而是神灵和上苍的赋予，是神灵的启示和告诫，人们应该根据神灵的启示或告诫，趋吉避凶。

据介绍，水书先生经常使用"石卜"，又称为"吊石头"，这是水族鬼师测鬼的普遍方法。其做法为：用绳栓住一块石头（略为长形），取病人少许衣巾夹于绳上，鬼师向石块呵一口气，然后合掌提起来悬于空中，成静止状态，经鬼师念咒之后，视石块的摆动来判断凶吉和测定为何鬼何神，若石块有摆动则认为是某鬼某神；再咒，石块又摆动，则认为是以某种牲畜或家畜许给某鬼某神已得同意，等等。

水书先生在水族民间非常受尊重。人们请水书先生"改鬼"（一种祭祀），不仅仅是为了预知自己的命运和前途，更希望得到超自然力量的帮助，禳灾除祸，解救危难。一些生活跌宕、精神不快、疾病缠身、诸事不顺的人，常常将消灾除难、改变困境的希望寄托在水书先生身上，求其指点迷津，用占卜来预卜年成丰歉以及卜居、卜宅、卜葬、卜老、卜寿、卜名、卜财和卜子等。

（1）拱陆铎与水族社会

拱陆铎的家族共有14个鬼，民间在楼上或谷仓内对其进行祭祀。祭祀时以六尺白布铺地，安放六个新编制的草凳，安放六个酒杯、六双筷子，贡六条酸鱼、煮熟的母鸡、一碗糯米饭以及一升米。水书先生"艾莫"在各种祈求生产、节庆、丧葬上祈请拱陆铎赐福护佑。尤其是丧葬仪式上特别要敬奉拱陆铎，追忆民族起源、繁衍、迁徙、繁荣的历史；驱逐恶鬼的仪式上也要让拱陆铎来"截断"，让他们不再危害人间。[①] 民间亦流传有《陆铎公的歌》《迎请陆铎公》《陆铎、陆甲造水书》等神话叙事。从其形式上来看，包括了水族单歌、双歌等口头传统类型；从内容上来看，歌颂了拱略铎的丰功伟绩，如创制水书、教人们制造柴刀等各种生产工具、通晓宇宙和历法、掌握生死法术等。如《陆铎、陆甲造水书》[②]

---

① 黄桂秋：《水族故事研究》，南宁：广西人民出版社1991年版，第25—26页。
② 潘朝霖、韦宗林主编：《中国水族文化研究》，贵阳：贵州人民出版社2004年版，第460页。

《陆铎公的歌》① 等。

据 Y 老师介绍,拱陆铎信仰主要表现在意识形态方面,而物质的、可见的形态则较少。如 Y 的堂兄 MYK,虽然是水书先生信奉拱陆铎,但并不将之写在供奉的牌位上,而是需要时只焚香祭拜、进贡即可。原先水族丧葬仪式时停棺家中,由水书先生选日子祭祀拱陆铎,请人唱水族古歌。水书先生稍等同于汉族社会中的"阴阳先生"。如果死的时间被认为"不吉利",还要举行解邦仪式。除此之外,水书先生也会做叫魂、解除不利等小仪式。

但现在的丧葬仪式大多从简,三天之后就下葬了,一般葬到公墓去,如果不能够葬到公墓去,则会先葬到自己家的田中。所以,很少再请水书先生。社会中也出现了对水书先生的"信任危机",担心水书先生有意作梗,选择不好的下葬日,从而影响家庭的兴旺。意外死亡的则要请水书先生或祭师来超度。丧葬仪式现多由主人家自己主持,有时候也请祭师,祭师会丧葬仪式,但不会使用水书。有的家庭条件宽裕的,也请道公来,但水族社会信仰道公的不多。

(2) 水书传承家族

Y,1975 年生,阳和乡 H 寨人。他们家族是 H 寨的大家族,人数大概有 20 余人,他们家祖传水书六代,他自己也对水书颇有研究。他原来是小学教师,后因懂水书,作为特殊人才引进高校。他既是笔者进行水族文化调查的向导,也是笔者采访的对象。

Y 家的水书传承,到他和他堂兄这一代已经是第六代。他们知道的、传承水书的第一代先祖,叫作 MYF。据说 MYF 做水书先生时,有一次替外家发丧,只能在外边做仪式,不应见到外家,可惜外家将他叫回去,因此破了戒不幸意外身亡。他有五个子女,只有一人有后代,在这个意外之后,水书就以家族秘传的方式存在,仅供家里使用,而不对外宣传。水书传承经过了 TML、MJG 父子之后,传到 Y 的大祖父 MEH 这里,他也是 Y 堂兄 MYK 的亲祖父。

Y 的高祖 MJG 育有五个子女,大儿子 MEH 专门学习水书中的白书,

---

① 潘朝霖、韦宗林主编:《中国水族文化研究》,贵阳:贵州人民出版社 2004 年版,第 457 页。

二儿子 MEM 专门学习竹编技术，三儿子 MEP 专门学习武术和水书中的黑书，四儿子 MES 专门学习木工，他是 Y 的亲祖父。五儿子 MEH 专门学习诗书。可见这位高祖对子女的发展作了精心的规划。

专门学习水书的 MEH 文化水平较高，儿子 MRZ 在当地名望甚高，当过保长之类的职务，办过私塾，多得乡邻敬重。但解放后他被划为地主，坐牢时就病死在狱中。MRZ 的儿子 MYK、MYZ 为祖父抚养，MYK 从祖父那里学会了如何做水书先生，现在是 H 寨唯一的水书先生。但他现在的活动极少，以务农为主。

Y 的父亲 MRX 也懂水书，写得一手好毛笔字，他曾在省水利厅工作，后因为家庭原因放弃工作，回到家中照顾母亲和年幼的妹妹。他抄写了不少的水书，包括丧葬仪式上的经文、祭谷魂的经文等。Y 从小的时候就和父亲学习水书，有较好的功底。长大后，他又和堂兄 MYK 专门学习水书。此外，又拜了一位潘洞村毫银寨的老水书师 MJC（1940 年生）为师。老水书师 MJC 已知家传四代，代代水书师的水书知识都十分精湛。MJC 先生是经过贵州省认可的第一批高级水书师。相传，水族民间常用的水书主要有正七卷、壬辰卷、营造卷、丧葬卷、时辰卷、星宿卷、巫术卷等，MJC 先生在 Y 的帮助下，其水书收入《水书·婚嫁卷》《水书·正七卷》等水书集成中。

Y 父亲的水书

水书传承在H寨日趋式微，Y老师出于民族的责任感和自己的兴趣爱好，积极地学习水书，将其文化系统保存下来，以各种渠道发扬光大。他母亲的葬礼，他请了水书先生来择日、主持。他父亲的葬礼，由他根据水书自己择日，举行仪式。但他的身份，更多的是作为水书的研究者，所以他的水书知识并不是以服务水族民间社会为主。而他堂兄MYK由于家庭的变故，一蹶不振，在村寨中所从事的以水书指导、服务乡邻的活动不是太多。与水书先生活动的萧条相比照，女巫的活动倒是很频繁，这说明水族社会还是需要有一定的民间信仰来维系。

4. 水族丧葬仪式

水族人有着浓厚的祖先观念，其丧葬仪式充分体现了他们对于长者的敬重之情，并展示了他们传统的各种信仰习俗。据Y老师介绍，当地水族地区的丧葬仪式主要程序包括报丧、入殓、择吉、安葬、立碑、除服用等六个阶段。

水族有一种特别的典祭形式用于对逝者的祭悼，叫"开控"。水族人民认为把丧事办得隆重一些，才算对父母有孝心，只要是经济条件能勉强应付或能借到钱，就要举行开控。开控是在安葬的前一天晚上开始，或者是已经安葬的数年后，由水书先生另择吉日进行。"控"的规模大小依家境而定，分为小控、中控、大控和特控。"开控"即设置灵堂，祭悼逝者。开控时要在灵前点香焚纸，摆设鱼、豆腐、酒、饭等祭品。殷富人家还要悬挂三面、五面或七面铜鼓，再配上锣、钹，昼夜敲击。民间认为，铜鼓声有上通天神、下达海龙的神力，可令神仙来给亡灵安慰和指路，使逝者上天成仙或入海为龙。"开控"期间还要聘请谙熟水族社会历史和迁移路线以及逝者生平的水书先生，请他们颂扬逝者一生的为人处事，吟唱水族祖居和迁移路线，祈祝逝者魂归祖先故地。

水族丧葬中同样很具有民族特色的就是砍牛风俗。砍牛时，手持大砍刀的两名职业人士待时辰一到，便举刀朝牛的"翁堆"（颈脖处）砍去，第一刀砍过后，第二刀只能对第一刀的刀印砍去，绝对不容许砍伤其他部位（眼、耳、鼻、头等），此后继续按此规则砍牛，直到牛按需要的方向倒地死去。

砍牛时如果牛绕圈累了跪倒在地也不行，必须拉打站起来，直到砍死自然倒地规则是只准站着死，不许跪着生，并听任牛血流遍地。水族民间认为，牛血是阴间的水，这一来便可让逝者在阴间有牛耕田、有水插秧，可得安生。在撒秧前还要将神圣的枫叶放在田边一角，并划出一小块田作为逝者耕种之地。民间认为这样便可以得到先人的保佑，丰收有望。

杀牛后要让牛最后倒往丫牛桩所设定的吉利方向才能达到祭祀目的。为此，当牺牲的牛快倒下时，在场的人就蜂拥而上，把牛扭到该方向并将之推倒。因为，牛倒下之后再扭到吉利方向是无济于事的，如果倒下的方向是凶方向，或许还会招来祸殃。尔后将一双牛角从牛头上削下来，悬挂在孝家堂屋的中柱上，以表示对亡灵的怀念和孝子尽孝并一代一代传下去，牛角排得越多，越体现出主家的富裕、子孙发达，同时也使山上的野兽、恶神望而生畏，不敢进家侵害人畜。

水族每个家族都有公共墓地，水族人的墓室很有特色，用石柱、石板、石条垒砌的长方形墓室，多为二三层，底层埋于土中，放置棺木，中上层露出地面，高 1 至 2.5 米，里面放有各种随葬物。

Y 老师的祖母和母亲去世的时候，他们家都分别砍了两头牛。他的父亲去世的时候，他们专门花 16 000 多元从黔东南运来了一头斗牛，以表示对父亲的尊重和哀思。在 H 寨，有专门替主家安排丧葬程序的团队，但由于 M 家与他们的关系有些敏感，所以没有请他们帮忙。据说都匀一带此类团队较多，他们可以唱水语的古歌，追古溯源。Y 父亲和母亲的墓地，都不在寨子的千家坟，而是在其他被认为风水更好的地方。按当地的传统，有能力将父母葬到外面去的十分了不起并受人尊重。

Y 的父亲是 2010 年清明节时候去世的。按当地的风俗，为父母守孝都要三年时间，但这个"年"又不是一般意义上的年，为父亲守孝以七个月为一年，为母亲守孝以九个月为一年。因为母亲有生育之恩，故而一"年"要多出两个月。但为父母守孝又不能守满三年，有一个儿子至少减一个月，因为当地有"守得太满，利于亡人；守得太短，利于活人"之说，为了让两边都能"双赢"，为父母守孝的子女都会选择恰当的时间，来举行除服的仪式，结束守孝期。这次，笔者赶上了 Y 三兄弟在为父亲守孝之后的除服仪式。

2011 年 9 月 4 日凌晨一点钟，Y 一家三兄弟到路边为父亲接魂。据

Y 家中存留的、父亲去世时砍的黔东南斗牛的牛角

他介绍，他的父亲因为病重，在送回家的途中就过世了。因此他们三兄弟要到路边接魂。一般水族人家中就不会有这样的仪式。他们从木楼的二楼正门口搭上梯子，直通一楼，并搭上白布。叫回魂后，用公鸡接魂，将鸡和一杆秤一起放在白布上，祭供在祖宗牌位及父母遗像前，然后焚香烧纸，以饭、肉、烟、酒等祭供。过了一定的时辰，杀掉公鸡。Y 此次还有一个心愿，就是将父亲遗留下来的水书"捎给"他，即将水书在祭奠的香火上燎绕一下，父亲才能在阴间使用这些书。仪式过后，家中守孝的白色"奠"字、白色对联等全都撕除、烧毁，戴孝帕者要将孝帕置于烟火上熏飘一次，以示戴孝奠念结束。Y 贴上了自己新写的、红色的祖先牌位及对联。到了清晨，参加 M 家除服仪式的亲友都陆续到来，一般带一只鸡、一壶酒、一些香和纸钱交给主家。Y 家按照习俗，将鸡杀来祭奠，留一鸡腿肉、一点糯饭给来者带回去。收礼时，米、酒都也要留少许给客带回家，这样亲戚家才能吉利。Y 的姑妈、丈母娘送来的不是鸡，而是乳猪，以示礼重。

5. 女巫

在 H 寨，由于水书先生活动的缺失，民间一位女巫——WDL 的活动十分频繁。当地水族把女巫称为"尼（牙）侯"，内部也称"尼良"、"尼禁"，但 60 岁以上的人才习惯称她们"尼禁"，和壮族女巫"尼禁"

的叫法相似。

WDL 生于 1938 年，育有两个儿子。据说她开始做巫，是因为觉得身体不舒服，每天精神恍惚，而周围的人都会知道她要成为女巫，只有她自己不知道。她 1979 年摆桌供奉神祇后就开始做巫。她在这一带的名气较大，四邻八方如基场水族乡等地方都来请她做巫。按她家人的说法，WDL 有时候一天有好几次小仪式，平均下来一天至少一次。

她原先在自己的房间里设有各种神位，包括拱陆铎等。所敬的神主要是她的父亲 WYH 以及和她父亲有来往的前辈。WDL 的娘家势力很大，她的父亲是当地有名的地主，曾为都匀市的官员，她兄弟的儿子在荔波、凭祥等地工作。与其父来往的人都是名绅之类，包括 WPM（她的叔父）、WDH、LXB、HDF、WHP 等 20 余人。2005 年的时候寨子遭遇大火，所有牌位都被烧毁，于是她也未再设牌位。

WDL 平日所做的各种仪式分为致吉、驱凶两种：致吉的包括保财、求福、保土地丰产丰收等；驱凶的则包括驱除导致夫妻感情不和的鬼、驱除半路鬼，等等。她做巫时先请神附体，附体之后让人问卦，解答疑惑，看是否需要做禳解仪式。需要做禳解仪式则另外确定吉日，再来一次。附体问卦需要收人民币一块二或者一斗米。禳解仪式一般需要准备一只公鸡，祭祀之后给她一半作为答谢。她的活动一般选择农历单数一、三、七等日期。在 2011 年 9 月 3 日采访她的时候，她曾戴上做巫时使用的头巾，于是就开始哈欠连天，说有一种透不过气的感觉。据她说，有人来请她做巫时，她自己也不清楚在做什么，因为都是在神附体的情况下完成的。

9 月 4 日，笔者观摩了一次 WDL 做巫的仪式。来的人是 CZP 的奶奶，因为 CZP 最近身体不"新鲜"（当地话，意思是不舒服），被"半路鬼"纠缠，所以要帮 CZP 断除"半路鬼"的纠缠，恢复健康。CZP 的奶奶也姓蒙，和 WDL 有远亲关系，都是水族。同来的还有 CZP 的姐姐 CZQ，帮助奶奶打下手，杀鸡、处理杂事。她们来自基场水族乡乌约寨。CZQ 告诉笔者，她们其实是布依族，但祖上迁居到这里，现在只会说水族语言，过端节。

做断除"半路鬼"的仪式主要包括以下步骤：焚香烛，蒙上帕子，呼叫神的名字，请神附身。然后念诵经文，杀鸡。后又蒙上帕子，以鸡飨神。念诵经文，请鬼离去。其中的经文，既有水语，也有贵州本地方言。

在仪式进行之时，CZQ 觉得她的小儿子最近哭闹比较厉害，是不是犯了什么神，又想问孩子的前途，于是拿了一块钱，让 WDL 帮看看是怎么回事。WDL 告诉她没什么问题。最后请神离去。仪式结束。结束后三个人在仪式场地吃午餐，要将锅里的吃完才离去。剩下的半只鸡、一袋米都是给 WDL 的谢礼，由 CZQ 送到她家里去了。

女巫 WDL 戴头巾

搭桥仪式

搭桥是水族民间为保小孩平安而举办的一种活动。据当地水族老人说，搭桥意为修桥补路，以乞求神灵祖先保佑婴幼儿健康成长，一生平安。搭桥一般都在桃花开的时候举行，姨妈姊妹都要送花糯米饭和酒，到田间地头祭祀神灵祖先。

搭桥要搭两处：一处是在家里；另一处是在外头的桥梁处。水书先生和女巫都可以主持搭桥仪式。搭好的桥逢年过节要拿糯米饭、红鸡蛋祭祀，在家里的桥增加"桥花"。如果要参加别人家的搭桥仪式，则需要先"暖"家里的桥才能去参加别人的仪式。

笔者在 H 寨水族人家中多看见搭的桥，一般有小孩的家庭都会为小孩搭桥，以保证小孩身体健康。

拴线仪式

拴线仪式是当地百姓经常经历的一种小仪式。如果一个人觉得不舒服，就会请女巫来拴线，以让灵魂稳固，拴住健康。拴线并不选用红线，而往往是白线、蓝色的、白蓝相间的线，不但拴在手上，也拴在腿上。据说原来水书先生也做这类仪式。在 H 寨，做此类仪式的都是 WDL 一个人。

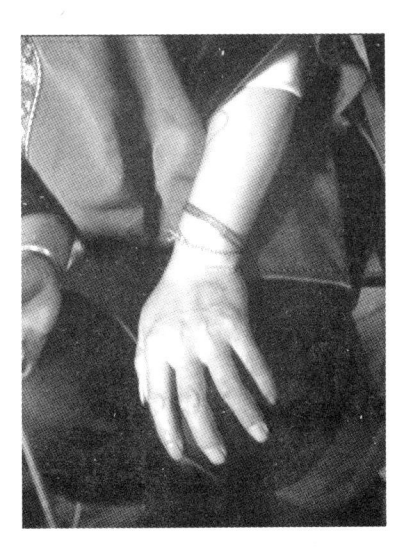

Y 为儿子搭的桥　　　　　　　　水族拴线，以求身体安康

6. H 寨的神话传说

在 H 寨，从 Y 老师处采集了三则神话传说。

（1）铜鼓的传说

在都匀水族地区的翁勇寨寨脚，有一摊烂窑田，其中有一方水塘，潭水幽深，时常看见塘中水花翻动，那一带的人家都认为是龙在翻身所致。有一年，附近人家的小猪仔经常莫名其妙地丢失，后来经过观察，发现是塘中的龙将小猪捉去，于是在一次水花翻动的时候，寨老组织村民在高处将一面铜锣扔到水塘里，突然电闪雷鸣，下起倾盆大雨，只见闪出一道耀眼的亮光，水塘开了一道很大很深的口子，汹涌的水浪也随着亮光涌下山去，进入了当地人称为鼻子岩脚下的铜鼓潭中，那道亮光就是龙，据说，那条龙从此就在铜鼓潭中，还时不时作孽害人，因为没隔几年，在铜鼓潭游泳的人就有一例溺水身亡。

翁勇寨是水族蒙氏到都匀落户的第一个地方，从这里，子孙后代才分散到四处居住。

（2）鼻子山的故事

当地的鼻子山，因酷似人的侧面而得名，水语称为"敢列"。传说有一天，当地一个小伙子，上山打柴，看到两个人在下棋，他看得津津有味，便忘记了回家。那两个人下棋下得累了，便让他帮忙到旁边的橘子树上摘橘子下来吃。他摘了两个橘子给他们，没有摘给自己。其实这两个人是神仙，由于这个小伙子没有给自己摘橘子，神仙认为他悟性还不够，就让他下山回家了。回到山脚下，他当年放在那里的扁担、斧头把全都烂了。回到家里，他的父母、亲人也都老了。他这才知道他看一天的棋，人间已经过了若干年。但当他再返回两个神仙下棋的地方，却再也找不到他们的踪影了。

根据当地的说法，鼻子山又和对面的丹泉寨有着特定的对应关系，只要鼻子山上有火，丹泉寨必定要发生大火，据说已经灵验很多次了。

贵州阳和H水族寨对着的的鼻子山

(3) 灵验的石头

传说 H 寨正对着 WG 下寨的大石崖，如果掉落了几块石头，寨子里就会有几个人死亡。如果滚落下来的石块越大，则说明将要去世的人的声望越高、地位越重要。

7. 女歌手

WGX，女，46 岁，阳和乡人，不识字。她从小喜欢唱山歌，有时间就喜欢到山上听别人对歌，记歌词。长大一些，她就和姐妹们一起到山上对歌，内容很广泛，有情歌、劳动歌、排歌，等等。她还专门和自己外公最小的弟弟 WDS 学习唱歌。她们唱的歌内容很广，去坡上唱歌的时候常唱的有"烦恼歌"，内容有对自己生活不满意的倾诉，希望有人能安慰自己、互相应和的歌。她不会识字，丈夫就帮她记歌词，教她唱。妇唱夫随，十分恩爱。她唱的都是汉语歌。

以前人家办喜事、建新房等都喜欢请她和她的大嫂 WDQ 去唱歌。WGX 的创编能力特别强，只要几秒钟，就能编得出应景的、押韵的歌词，和大嫂唱出来。她们唱的有结亲、送亲的歌，要和新郎（新娘）那边来的歌手对歌，一比高下，此外，还有客人来时候唱的迎接歌、感激歌，等等。

她 1991 年和 Y 的二哥结婚后，就到都匀做生意。现在生意做得很好，夫妻俩承包了一片果园。闲暇之余，他们也会到都匀的百子桥唱歌。那里是都匀的歌场，布依族、水族和汉族人民都到那里唱歌、听歌。但各族民歌的曲调不一样，一听就能听得出来。年纪大了，不再唱谈情说爱的歌，唱的多是姊妹歌。

调查总结：

（1）布依族的报陆夺、水族的拱陆铎信仰与壮族的布洛陀信仰有相似之处，为同一神祇在不同民族中的演变。水书先生在社会中有重要地位，但受现代化冲击，活动范围日渐缩小。水书作为 2002 年第一批非物质文化遗产名录的成员，亟须专门保护和研究。

（2）布依族、水族民间宗教及信仰的发挥作用很大。民族传统在一定程度上得以保留，如端节、搭桥等节日和风俗等在民间依然盛行，但普遍缺乏有意识的主动保护，需要采取更强有力的措施来实现民族文化的有效传承。

附录4 麻栗坡壮族"麽荷泰"仪式调查日志

2014 年 7 月 29 日

  上午 9 点多钟,在云南文山麻栗坡县大王岩宾馆的房间里与布麽 ZTH 老人家访谈,八布乡竜龙小学的青年教师赵余线也在场。获得与 ZTH 老人家访谈的机会,是赵余线老师帮忙联络的结果。赵余线也是壮族文化研究的热爱者,在此次"盘古暨大王岩画研讨会"上亦有发言。

李斯颖采访布麽 ZTH 老人家,赵余线拍摄

  ZTH,男,1945 年 5 月生人,从 1980 年就开始学习做麽。他说,当地壮族传说自己从广西迁徙来到文山,时间大概是道光年间。他向笔者展示了他进行赎魂仪式所使用的经书《浪汉王》(卷一、二、三),经书的封皮上还贴有标签，上面写有"《荷泰书》（卷一、二、三）""ZTH 收藏""厅""清代"等字样。ZTH 老人家告诉笔者说，这是文山州整理民间古籍时拿去做的登记。经书里面讲述的是汉王和祖王两兄弟相争的故事。汉王是大老婆生的孩子，祖王是小老婆生的孩子，因为祖王想要当王霸占家产设计杀害汉王，汉王就跑走了。后来，祖王告诉汉王说父亲生病了，汉王就回家来看望父王，被祖王陷害于井底。幸得图额（水神，ZTH 老人家写成"溺"）搭救，汉王上天。汉王在天上造出 16 个月亮，暴晒大地，祖王让人把太阳都射下来。天底下一片黑暗。祖王请大老鹰飞上天去向汉王求情，请他回人间当王，请他给人间一个太阳、一个月亮。汉王不肯再回人间，要求人们给他丰富的祭品，从此人和动物的亡魂都归汉王管。汉王这才在甲戌、甲申时间给了人间一个太阳。

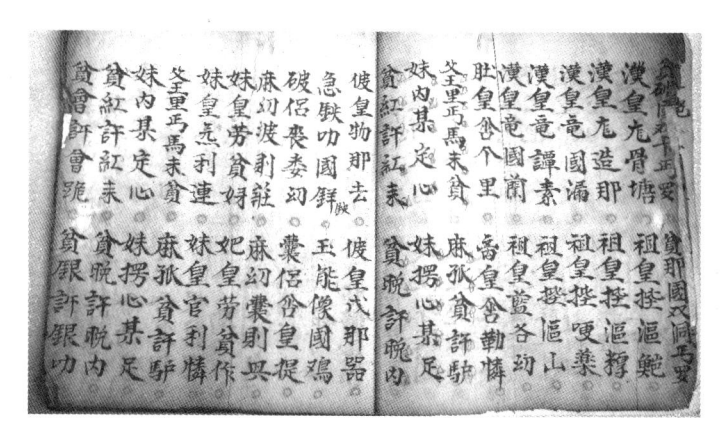

《浪汉皇》经书抄本

经书《论伤塘降》讲述的是赎魂的事情，用于生孩子及孩子满月前等祈求平安的仪式上。地下有 12 个塘，人的灵魂如果犯了错，就要被关在这些塘里，布麽叙述仪式对象曾经犯过的错，才能把灵魂解救出来。ZTH 老人家说，人和动物都是人的魂变的，汉王负责分配灵魂的再生。管血塘的王曹是一位王子，是壮族信仰中最后一位王。王曹的妈妈曾经天天到河边玩耍，与河里的图额（龙）相恋，王曹的妈妈怀孕以后，龙告诉她生下儿子就叫王曹，生下女儿就叫仙女。他还交给王曹的妈妈一副弓箭，叫她交给孩子，有事的时候用弓箭射入海中，图额就会出来帮忙。王曹生活在舅舅家，一直被欺负，打猎分得的肉也不给他。他问母亲谁是自己的父亲，母亲就交给他弓箭，让他去找图额。王曹来到水边，将箭射入水中，图额就出来了。他和父亲诉说了自己受欺负的事情，并请父亲替他报仇。父亲让他不要和外家记仇，让他当管鬼魂的王。笔者问 ZTH 老人家，汉王和王曹都是王，怎么区分？ZTH 老人家告诉笔者，王曹只是小的王，管血塘里的鬼魂，他还是归汉王管。

经文《林、岳、班、鲁、刘、陆姓回老广西之路》是沙支系的送路经，被 ZTH 老人家标号为"沙之系送路经"。这是他抄写的经文，用于送沙支系的亡魂上路回老家。经文讲述如何将亡魂送到墓地，再从墓地送到父母和爷爷奶奶的居所，最后回到广西并上到天上。里面提到的家族，如平莫的岳姓、那沙的林姓都是从广西来的。侬、蒙、陆、卢、汪姓等都是从者安来的。第五本经文里提及的王姓都是从那劳来的。他向笔者展示的第六、七本经文都是属于沙支系的，如《南京应天府晒石谷村清河郡》（"沙之系送路经卷之十一"）。

ZTH 目前是州级非遗传承人，他希望能够申请到国家级传承人的资格，他认为自己会做云南壮族三个支系侬、沙（厅）、瑞的麽，应该有资格成为国家级传承人。他说州里也帮助他申请过，但至今尚未成功。他的师傅是本村的 WDB（已故），传授给他沙支系做麽、汉族做道的方法。此外，还有一位 LDB（已故），传授给他做"汉道"的方法。他说，汉族道教的唱经要使用鼓、锣、镲等东西，一般 4—5 个人；而唱壮族的麽就只用铜铃，1—2 个人即可。

他还向笔者出示了其他经书，如《黑思仪力媪》用于叙唱女儿追忆母亲生前怀胎的辛苦；《孤思仪力腮》叙唱儿子追忆母亲养育之恩；《黑故梦用》讲述的是去世的人因为做梦做得不好的兆头，随即就得病的情形；《开麽晚鲁黑解迷玄科（沙之系送路经卷一）》讲述的是逝者生前开始生病，后因病重不幸去世；《黑故漏玄科》讲述的是人死就要埋的道理。这些都是壮族做麽的经文，最少需要两个人配合念诵，一个人念上句，另外一个人念下一句。也可三四个人搭配念诵。而《如法开经玄瘟神咒》这类则是汉族的道经。

ZTH 老人家告诉笔者，壮族不同支系的丧葬仪式都要先诵"麽荷泰"（厅支系经书），再念其余的不同经文，虽然"麽荷泰"的经书是来自厅

（沙）支系，但仍通用于各支系的丧葬仪式，甚至 ZTH 老人家在为汉族人家做丧葬仪式时，都要诵"荷泰"经书赎魂（超度）。在沙支系的丧葬仪式上，唱完三本"荷泰"经书后，要为广西来到麻栗坡的沙支系"麽沙"，念之前提及的沙支系经书；在侬支系的丧葬仪式上为侬支系"麽侬"，大概有五六本经文，姓氏有陆、沈、罗等；当地的赵、骆、李等姓氏家族，虽然现在是壮族，但祖源是湖南、江西、河南、贵州、广西等地方的汉族，在这些家族人员的丧葬仪式上就要请"师公"，念完"荷泰"经书后唱汉族道教的经文。他说，丧葬一开始都要请布洛陀来坐镇，他是世上最大的神，沙支系的麽经里涉及布洛陀不太多，侬支系的经文里提及较多。笔者问他经文中的《水魂经》讲什么的，他告诉笔者说那是叫生魂的经文，如小孩子掉到水里回来哭闹、脸色蜡黄不健康等情况，都要请布麽来作法，叫回生魂。《叭求花捞他妣》则是沙支系的经文，祈求花母花娘赐予"花"，即为求子的经文。壮族一向把未出世的孩子视为天上的"花"。ZTH 老人家说在麻栗坡还有自称为"壮"这一支系的，姓覃，来自南宁。

笔者问 ZTH 老人家，布洛陀是怎样一个神？他说，布洛陀和麽渌甲是师徒两个人，做麽有不懂的都要去问他们。他也不太清楚他们是男是女，但是没有听说他们是"两口子"的说法。而当地的师娘，只有生病的时间很长、连作麽都没有好转的情况下，才去找她们做仪式。她们主要做叫魂、走阴等仪式。

笔者又问 ZTH 老人家，麽和道有什么不同？ZTH 老人家说，麽也是道，道也是麽，道教的教主是太上老君，麽侬的教主应该是布洛陀，而沙支系的仪式属于汉族的道教，信奉太上老君。笔者又问他有没有对布洛陀的祭祀？他回答说没有特殊的祭祀，只是在请布洛陀来的时候烧香，请他指点。他自己也对这点感到很疑惑，说如果布洛陀不是大的神，不会每场仪式都要请他来，但说他是大的神，但又没有对他的专门祭祀。

笔者又问他丧葬仪式中什么时候用铜铃，什么时候用铜锣、铙等其他乐器。他说，在"荷泰"仪式上吟诵 3 本经文的时候要用铜铃，两三个人一起配合唱，专用于头天赎魂的时候。后面唱"送路经"时，在来自汉族的那部分家庭的丧葬仪式上才使用其他铜锣、铙、木鱼等乐器。唱完三本"荷泰"经文后，再念诵侬支系的经文就什么乐器都不用，只是单纯地用嘴"麽"，最少也要两个人配合，多的三四个人配合也行。

ZTH老人家和笔者说，他明天要做一场"荷泰"，在麻栗坡那都村公所的下者勒村，于是我们临时决定，吃完午饭就下乡。

赵余线老师是骑摩托车过来的，他还得骑摩托车回去。笔者和ZTH老人家则搭乘小面包车，花了一个多小时到八布镇。路上，ZTH老人家给笔者介绍说，在"荷泰"仪式上，来自汉族的家庭要挂神像，壮族则没有神像。当地的习俗，如果家里出现各种不好的事情，就要请布麽"打扫屋子"，要做"打扫"的幡，上头写个"玉"字。当地的壮族下葬只有一次，ZTH老人家认为葬两次是不好的风俗，会打扰亡人的安息。他说，从广西来的瑶族，原来葬两次，将亡人送到搭好的小棚子里，等几年烧了之后，再烧掉，捡骨放进坛子。

ZTH老人家说，竜龙寨之所以得名，就是因为传说水井旁边有龙。当地人对龙的祭祀，就是大年三十晚上，要焚香祭拜水井，请龙和大家同享节日盛宴。大年初一的时候，要到井边挑新水，以祈求家人健康平安。

下午三点钟左右，来到ZTH老人家在八步镇的家中，这是一栋三层的小楼房。他的大儿子在家中做明天要用的幡，他和大儿子一家住在一起。他有两个儿子，一个女儿。目前，大儿子和两个孙子都在和他学着做麽、制作丧葬仪式的用品。

ZTH老人家说，他曾经多次到越南那边做麽。作为边民，有对方的人来请，很容易过去。麻栗坡往南，国境之外是越南的河江省，他去的地方有侬支系、沙支系的壮族以及少量的汉族。过越南也主要做丧葬、为孩子叫魂的仪式，曾经一年多达十余次。他说越南那边已经没有太会做麽的人，就算有，他们也少有经书，相比之下，他们觉得中国这边的布麽更权威，做的法事也更有效果。他还去过富宁等地做麽。麻栗坡当地的

ZTH家挂着的幡，长达三米多

傣族被视为"汉傣",还是从越南那边迁过来的,不做麼。当地的仡佬族都"麼汉",即丧葬时候使用汉族的丧葬仪式。

ZTH老人家说八步镇当地的布麼和师娘打交道并不多,各自做各自的,他觉得师娘做的那一套,并不是很"灵验"。当笔者问及当地有没有布洛陀的故事,他说没有,经文里提到创世,从无到盘古造天地。他和王明富老师的看法相似,认为盘古并不是一个人,而是造天地的一群人。

八布乡壮族过的节日主要有春节、清明节、端午节、六月初一、七月初一、七月半、八月十五等节日。六月初一在这边又叫"六月郎"节,祭祀牛郎织女。笔者问ZTH老人家这边过不过三月三,他说从广西来的瑶族才过。

ZTH老人家有一个道名"ZFM",有一个号名"ZXG",都是他的老师WDB(男,1937—1990)取的。道名用于仪式中向祖辈师父报告时用,号名是师父起给他表扬他有"贤德"的,用于平日同辈之间相互称呼。师傅WDB在1987年为他举行了长达10多个小时的"过法"仪式,这样,ZTH老人家具有了正式资格,可以单独主持仪式了。ZTH老人家对师父十分孝顺,每次单独主持仪式后所得的

写有ZTH道名和号名的经文抄本封皮

财物全部交给师父分配,一直到师父去世后他还把所得交给师母,几次之后,师母叫他不要再送来,他才开始自己处理主持仪式所得。

在ZTH家里,他把没有带上麻栗坡县城的经文展示给我们,有"麼汉"的经书、"麼沙"的经书以及"麼侬"的经书等。

"麽汉"的经书

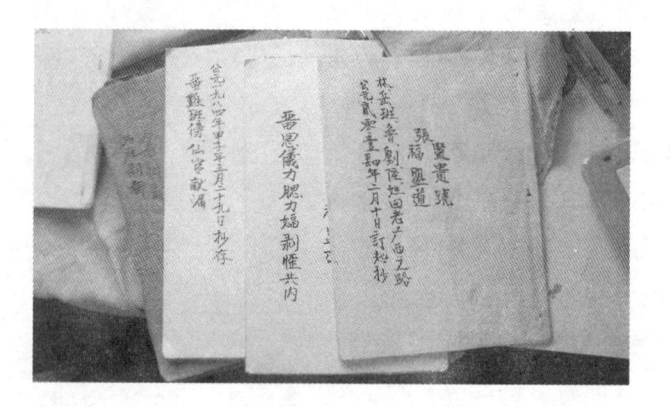

"麽沙"的经书

"麽侬"的经书

附录4 麻栗坡壮族"麼荷泰"仪式调查日志 / 391

　　ZTH 老人家还向我们展示了在仪式中使用的帽子以及他所使用的鸡卜经书。

ZTH 仪式中使用的帽子

ZTH 的鸡卜经书

　　ZTH 老人家展示了他装在大竹筐里的木鱼、铜铃以及铜锣等伴奏乐器，还有道教的令牌等。

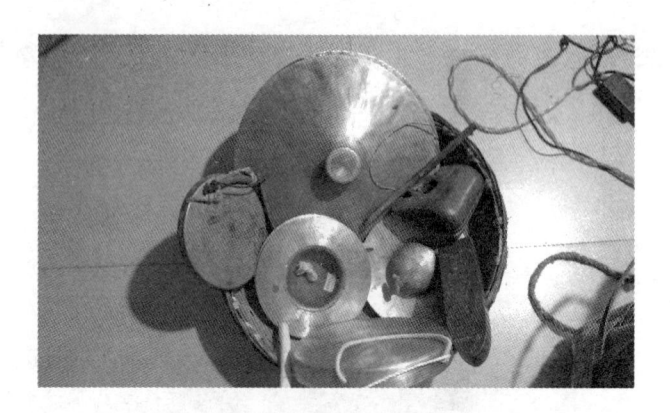

各类伴奏乐器

铜铃在壮族麽仪式活动中具有特殊的伴奏作用,且有着深厚的历史渊源,笔者对它十分感兴趣。ZTH 老人家特意为笔者演示了铜铃的使用方法,即在念诵经文的时候,将铜铃沿着身体前后方向直线摇动。

ZTH 老人家真是"活到老学到老"的典范,他不但自己会用摄像机拍摄自己对唱山歌、举行仪式活动的内容,还会使用电脑,将资料导入电脑中,这对一个年近七十的老人来说,着实不容易。聊天的过程中,他说平时录制的仪式中念诵经文的声音往往会被乐器盖过,担心他百年之后无人能读他的经文,于是临时起意,决定和我们一起在他的房间把"荷泰"的经文从头到尾诵读一遍。这项工作从下午四点多开始,一直持续到了晚上十点左右。之后,他还向我们展示了他在"麽汉"时所需要使用的雷神等神像;以及长幅的挂布,上面画有一些神祇及禁忌的情况。

ZTH 老人诵"荷泰"经文

长幅挂图

2014 年 7 月 30 日

早上，者勒的主家派了车子来接 ZTH 老人家，笔者就搭了顺风车。路上 ZTH 老人家介绍，下者勒大概有 50 多户人家。请他去做麽（赎魂）的这家，老父亲叫 JDJ，脑出血之后到医院里没有救活，几天前刚刚下葬，虚岁 61。前几天的下葬仪式也是 ZTH 老人家和他的徒弟们做的。因为是在外面去世，所以尸体不能运入家中，而是停放在了家门路口的空地那里，此次的"赎魂"仪式也将在那里进行。ZTH 老人家说，J 家是从广西广东那个方向迁到八布乡来的，原来老祖宗是汉，现在是侬族。JDJ 的妻子叫作 ZXM，64 岁，是竜龙寨子嫁过来的。他们生养了三个孩子，大女儿 JJX（39 岁），大儿子 JJF（37 岁），二儿子 JJD（34 岁）。

我们来到他们家，J 家的两个儿子过来给 ZTH 老人家磕头、敬烟，表示敬意。他的徒弟 LXW 已经在那里折纸制作道具了。LXW，44 岁，1970 年生，壮族侬支系人。他从 1995 年就开始和 ZTH 老人家学做法事。他说，现在仪式都简单了，以前还要跳纸马舞。另有一个本村人 LYB（男，70 岁）前来帮忙，他原来学过做麽，但不单独主持仪式，知道布洛陀但不知道麽渌甲，在仪式中和 ZTH 老人家他们一起诵经，张罗各种事宜。另有吹唢呐的 YZL（男，60 岁），也是本村人。

这时，女主人 ZXM 到大门口，笔者和她表明了来意，她十分热情，与笔者合影。因为是布麽带来的人，在后面的仪式活动中主家人任由我在身边摆弄各种设备却没有任何不满，这让我心怀感激。

J家门口上已经贴上红纸，还拴有一个小蜂窝，寓意着家族像蜜蜂一样繁衍生息，人丁兴旺。房子前的小空地上，来帮忙的几个亲戚正在用竹子做挂幡的架子。屋里的祖先牌位前也搭起了竹架子，仪式上会将把逝者的灵魂从外面接回屋里，放到此处。ZTH老人家和LXW把需要用的对联、字符、牌位等写好之后，人们揭去盖在祖先排位上的白纸，贴上黄色的对联，把竹架子前逝者的牌位写好，准备停当。之前停尸的地方也用竹子搭起了一个棚子，这就是ZTH老人家他们准备进行赎魂仪式的地方。棚子中有一个小桌子，用大米堆积的香案插上了香，下面摆放了五个酒杯、五双筷子，棚子周边三面分别摆有九个酒杯、九双筷子，三面共计27个酒杯、27双筷子。ZTH老人家说，中间的供桌供奉祖师，桌边的是给周边的野鬼吃的，他们吃饱了就不再来骚扰逝者和家人。几个纸箱上用竹竿挂着的是五方龙王的神位，另一侧的小桌子是逝者的供桌。

路口搭建的竹亭以及神祇牌位、JDJ的供桌

仪式开始，LXW在屋中逝者的灵位前诵经，洒酒敬奉，将前来的恶鬼收于谷把上，再将谷把放入竹箩之内，让他们不要来和亡人争食。主家次子将竹箩挂在厅堂祖先牌位旁。之后，用伞遮挡灵位处的引灵幡和灵牌，将其移到屋外赎魂处的小亭子前，并将灵牌放在靠近亭子的第一个纸箱中。之后，LXW在灵位旁唱经，众子女跪拜磕头。然后，ZTH老人家来到亭子里，摇起铃铛诵经。他解释说这就是"开坛"了。

此后，ZTH 老人家开始念诵"荷泰"经文，并让人在祭桌旁杀两只鹅、两只鸡和一头猪，粘了这些动物血的纸钱被焚化，以示"捎给"了逝者。祭桌下放了一把谷穗和一只鸡。LXW 解释说那是要把鸡拴到稻把上，鸡有吃的，才能引来魂。ZTH 老人家说，因为仪式中要用到鸡，所以要叙述"鸡的来源"，经文中说，原来大水淹天下，淹到珠穆朗玛峰那边，鸡过不来，鸭子驮它过来，从此鸡为鸭孵蛋。念诵"荷泰"由 ZTH 老人家、LYB 和 LXW 三人轮流合作。

仪式中间时有穿插，唱完一段"荷泰"经，ZTH 老人家还要领逝者的子孙在灵牌前焚香磕头祭酒，并沿逆时针方向绕圈。经过三个多小时的唱诵，

LXW 在请亡灵入座以及收恶鬼

"荷泰"经文唱诵完毕。门口有人放炮，ZTH 老人家领主家子孙在祭桌前沿逆时针绕圈，并回到灵牌前吟诵经文。之后，LXW 和 LYB 带领主家的子孙，在灵牌旁边开始了汉族的"破地狱"仪式，将亡者的灵魂从地狱中解救出来。一边是 ZTH 老人家独自在亭子里念诵"荷泰"经文；另一边是 LXW 在吟诵"破地狱"经并用大刀做出劈砍的动作。演唱"破地狱"经文的时候，使用了小皮鼓来伴奏，而"摩荷泰"只需要小铜铃伴奏即可。即使在这远离汉文化中心的边境山区，壮汉文化的共存依然在演绎着民族文化融合的生动范例。

那被宰杀的两只鹅和两只鸡的毛已拔干净，被重新放到竹亭里的供桌上来，此外还摆上了被杀的那只猪的猪头。ZTH 老人家用酒淋上它们，表示它们已被供给亡灵。

最后，三个布麽用白布搭桥，把逝者的灵魂接回屋里的灵位。

接灵

当地民间对"麽"和"道"有较清楚的认识。笔者趁机问了一下主人家的大女儿JJX,她说做摩和做道不一样,现在家里做的这个是"麽"不是"道"。做道"吹吹打打"较多而且唱的不是壮语,当地人较为认可的还是布麽做"麽"。

土地庙(赵余线摄)

笔者和赵余线老师抽空还到J家旁边的土地庙看了一下,庙中没有碑石,供奉有香。

笔者问ZTH老人家汉王和鹅有没有什么关系?因为发音都为"han",

得到了否定的回答。

ZTH老人家的助手LXW则对仪式有些不同的解释。他说仪式要祭祀龙神、风神等，风神遇到人就会把人害死，所以要唱经，把人的魂解救出来。

赵余线老师的大爹ZKM（男，1953年生）就是这个村的人，原来曾经向隔壁村LJF先生学习做麽，但由于种种原因而没有学成。他说LJF的大儿子也是布麽，能够做"改邦"等小仪式。他领我们到家中看一个布幡，按当地习俗，这种幡下头垂着长穗并系上铜钱，在丧葬仪式过程中被风刮后就缠在一起，形成一个"结"，"结"越紧越不容易打开，说明仪式越成功，子孙越有福，家庭越兴旺。仪式结束后，布幡要挂在祖宗神位的旁边。

ZKM也知道布洛陀，他说布洛陀是一个会做"麽"收魂的人。他曾经在一个家庭生活，主人家让他做什么他都做，主人家却煮饭也不给他吃，最后还把他撵走了。他在山坡上躺着，还有人要来用网网住他、抓他。他就告诉别人说，你们不要杀我，我会做麽赎魂，赎魂之后家庭才会和睦安康。因此，大家就请布洛陀来做麽。当笔者问他知不知道麽渌甲时，他说，"'麽渌甲'指的就是做麽的那些先生。"当说到汉王，他说汉王就是"鹅"，是一位像法官一样判定人好坏的神，要用鹅、鸡去敬献他。

ZKM还听过不少相关的神话，但不能"款"（当地人称讲故事为"款"）出细节。如"鸡帮鸭孵蛋"的事，说从前水淹天，鸭驮鸡还生，鸡帮鸭孵蛋。如"兄妹婚"的故事说，从前水淹天的时候，只剩下两姊妹（当地称兄妹为"姊妹"）躲在葫芦里生存了下来。洪水退去之后，两姊妹用两块木板测试天意，一块阳一块阴，得到天的同意之后才做夫妻，生下了现在的人，有壮、汉、瑶族等。他还给笔者讲述了另外一个关于木匠的神话：从前，有

ZKM在展示下摆结成团的布幡

个木工,到山上帮人干活,他的妻子就让女儿给父亲送饭。女儿到了干活的地方,看到有很多人,她不认得哪个是自己的父亲,又返回来问母亲。母亲说:"哎,脸上有个大瘊子的就是你的父亲。"女儿又要山上找,终于找到了父亲。父亲也很惊讶,说:你是我的女儿呀!……(中间他遗忘了)。后来父亲放火烧了山上的木柴,木灰飘下来,壮族、瑶族在山底,所以被灰染得比较黑,而苗族在山上,所以比较白。

ZTH老人家说,晚上要在亡者灵牌那里杀猪拉线,即将猪用白色的线栓到灵牌上,意思是把猪送给亡灵。仪式上麽"汉"经,如《目连救母》等。由于笔者自身原因不能在主人家过夜,ZTH老人家特意为我录制了仪式的视频。

越南的侬族与身穿八布镇侬族上衣的笔者合影(赵余线摄)

2014年7月31日

今天一早,正好是八步镇的集市,赵余线老师带笔者去赶集。集市上,穿着壮族、瑶族、苗族服饰的中老年妇女很多。大家从周边赶来,采购各种生产生活必需品。我们一路走过卖各种日用品、农具和农作物、茶叶等的摊子,在桥上甚至还有卖狗的小集市。

这里离边境不远,越南那边的侬族也会过来赶集。越南的侬族服饰和这边稍有不同。

在路边,有几位老人家凑在一起卖侬族的服装,从头饰、衣服、鞋子、腰带到背包,应有尽有。路边有好几个摊点和店面卖当地苗族的服饰,还卖当地苗族节日活动以及对歌、芦笙舞等民族文化的光碟。

在逛过早市之后,正好接到了ZTH老人家的电话,他说准备要举行仪式了,让我们过去。于是,赵老师又用摩托车带笔者回到了J家。才进入J家的门,顿时觉得热闹了很多,今天很多亲戚来吊唁,年纪较大的都穿着当地壮族侬支系的服装，头饰很特殊，服装以深蓝色为主。女人孩子们聚在厨房帮忙、聊天。

来吊唁的亲朋好友

客厅祠堂那面墙以及左右两边的墙都挂上了神像。ZTH 老人家告诉笔者，今天主要是"麽汉"，所以挂上了汉族的神像。居中为上清、玉清、太清。

摆放神龛的那面墙以及两边的墙都挂上了神像

ZTH 老人家给笔者画了一个神像分布示意图，但实际的摆放稍有差异，这也体现出民间信仰的观念性以及在实际操作中的灵活性。北面墙上从西往东依次挂着关元帅、邓元帅、北斗、十二列曜的神像,东面墙(祖先神龛)上从北到南依次挂着三宝左、中宝、三宝右、右圣、太清、玉清、上清、上元官、中元官、下元官、左师的神像,南面墙上从西往东依次挂着:马元帅、赵元帅、十二列曜、南斗、邓元帅、赵元帅的神像。所挂神像以道教神祇为主,其中太清、玉清、上清神像居中,三神像下摆的桌子上是师坛,往西靠门口处摆放逝者的灵坛,灵坛的南面有招请坛。大门北面的墙内壁设功曹的神位。今天和昨天诵的经不太一样,唱的经文是七言汉语,抄本也是汉字,抄本有《南无报恩德菩萨·摩诃莎》《灵宝超度亡灵真经全部》《拔亡扬幡 法事如常》等,融合了佛教、道教的经文内容。所用的仪式器具有木鱼、钹、小皮鼓等。木鱼常用于念词之时,唱诵经文则多使用小皮鼓伴奏。由于使用皮鼓等伴奏,声音嘈杂,ZTH老人家他们配备了小扩音设备,演唱经文的时候就不必太费力气。

亲朋好友送来吊唁之礼

　　演唱了大约一个多小时的经文之后,就到了向逝者"进干礼"的时候了。LYB 和 LXW 轮流主持,诵进礼词,并指导来祭拜的众人跪拜、放下礼物。一般的亲朋好友送来的主要是活的鸡鸭、酒、糯米、粑粑等,帮忙主持仪式的一位表兄弟拿灵台上的香在鸡鸭等活物及重要祭品身上点一下,以示标记为逝者之物。姻亲家庭进献的礼物则要贵重得多,J 家女主人的三个兄弟(娘家舅)每个人都送来杀好的猪一头、鸡、糯米等,像猪这样的大礼,就要在猪身上栓白线,拉到逝者的灵牌上,以示让逝者收纳。另外，两个儿媳妇的娘家、女儿的婆家也分别送来了杀好的猪、鸡、糯米等。

屋外，J 家的女主人正在给逝者做新衣，六套深蓝色的小衣服，让他带到另外一个世界里去穿。门口的小场地上挂了八个很大的幡，其中一个是主人家的，剩下的分别是三个舅舅、一个女儿、两个儿媳娘家和另一女儿（到叔叔家当女儿）送来的。

随着送礼程序的结束，仪式也转移到了屋外挂着幡的场地。

逝者的灵牌被移到主幡之下，专门有人撑伞挡住灵牌，不让"见天"。供桌上摆上了猪头等祭品，LXW 念诵七言汉语方言经文，子女敬三次茶、敬酒、敬纸钱、敬果。

后大家将灵坛移回屋内原处，LXW 和 LYB 又继续诵经，并开出了开路行程牒文、地契、请水疏文等"文件"，供逝者路上使用。ZTH 老人家告诉笔者，下午还要有四本经文要念诵，都是汉语经文。

屋外场地上挂着七个送来的幡，以及一个主幡

2014 年 8 月 1 日

今早 ZTH 老人家他们做的是"打扫"仪式。ZTH 老人家说，在送逝者的灵魂上路之后，屋里也要举行"打扫"等仪式，在早上举行。仪式上"麽壮"，内容有改变吃人习俗的故事等。ZTH 老人家是这么说的：以前社会上人死了要把死人的肉分来吃。有一个年轻人看到牛生产很辛苦，

回来和妈妈说起这个事。妈妈说，"我生你更辛苦"，他深为触动，等别人分死人肉给他吃的时候他就不吃，把肉腊起来。到他妈妈死的时候，他就不准别人吃他妈妈的肉，说要把别人的肉还给他们。但是别人不同意，说我们要吃新鲜的，不要腊肉，他就杀猪给大家吃。所以形成了现在的风俗。

"打扫"仪式不长，ZTH老人家上午10点左右就返回八步镇，我们两人搭乘到麻栗坡县城的皮卡车，到半路下车，上午12点换乘到文山市的中巴，下午到达文山市。

晚上接到王明富老师电话，说ZTH老人家在他那里，笔者便过去复印资料，再了解些情况。王明富老师认为

在屋外摆的祭坛

ZTH老人家所做的仪式带进了汉族道教的内容，在砚山、西畴、丘北等县的壮族群众至今依然不能接受汉族的道教文化，砚山、西畴等地的布麽在仪式中什么汉族仪式乐器都不用，最多用铜铃。这与笔者认为布麽早期仪式活动中只使用铜铃的观点相吻合。

我们三人又对布洛陀进行了讨论。ZTH老人家认为，布洛陀就是太上老君。他说，"先无天无地，先无日无月，先无山无水，老君开天地，盘古造日月，传下水龙鱼"，既然最早的神是太上老君，太上老君就是布洛陀了。ZTH老人家的推理很自然，在他看来，布洛陀是最大的神，太上老君也是最大的神，那两者就是同一个人了。辩证地看，太上老君是来源于汉族的道教神，是ZTH老人家在学习了道教仪式及经书之后引入的，他同时认为布洛陀是最高的神，这是壮族文化的传统信仰。从他的这个观点，我们也能见证壮汉文化在历史潮流中日益融合的趋势。

附录5 壮文声母、韵母与声调表

壮文属表音文字，有 26 个字母，字母字形与英语的 26 个字母一致。目前所使用的壮文方案以壮语北部方言为基础方言，以壮语武鸣音为标准音。壮文方案有 22 个声母，108 个韵母以及 8 个声调，拼写次序采取"声母+韵母+声调"的格式。声调中又分为 6 个舒声调和 2 个塞声调，第一调不标调号。

表1　　　　　　　壮文声母与国际音标对照表

壮文	b	mb	m	f	v		
国际音标	p	b	m	f	v		
壮文	d	nd	n	s	l		
国际音标	t	d	n	θ	l		
壮文	g	gv	ng	h	r		
国际音标	k	kv	ŋ	h	ɣ		
壮文	c	y	ny	ngv	by	gy	my
国际音标	ɕ	j	ɲ	ŋv	pj	kj	mj

表2　　　　　　　壮文韵母与国际音标对照表

壮文	a		e	i	o	u	w
国际音标	a		e	i	o	u	ɯ
壮文	ai	ae	ei		oi	ui	wi
国际音标	aːi	ai	ei		oːi	uːi	ɯːi

续表

壮文	au	aeu	eu		iu		ou				
国际音标	aːu	au	eːu		iu		ou				
壮文		aw									
国际音标		aɯ									
壮文	am	aem	em		iem	im	om	oem	úem	um	
国际音标	aːm	am	eːm		iːm	im	oːm	om	uːm	um	
壮文	an	aen	en		ien	in	on	oen	uen	un	wen	wn
国际音标	aːn	an	eːn		iːn	in	oːn	on	uːn	un	ɯːn	ɯn
壮文	ang	aeng	eng		ieng	ing	ong	oeng	ueng	ung		wng
国际音标	aːŋ	aŋ	eːŋ		iːŋ	iŋ	oːŋ	oŋ	uːŋ	uŋ		ɯŋ
壮文	ap / ab	aep / aeb	ep / eb		iep / ieb	ip / ib	op / ob	oep / oeb	uep / ueb	up / ub		
国际音标	aːp	ap	eːp		iːp	ip	oːp	op	uːp	up		
壮文	at / ad	aet / aed	et / ed		iet / ied	it / id	ot / od	oet / oed	uet / ued	ut / ud	wet / wed	wt / wd
国际音标	aːt	at	eːt		iːt	it	oːt	ot	uːt	ut	ɯːt	ɯt
壮文	ak / ag	aek / aeg	ek / eg		iek / ieg	ik / ig	ok / og	oek / oeg	uek / ueg	uk / ug		wk / wg
国际音标	aːk	ak	eːk		iːk	ik	oːk	ok	uːk	uk		ɯk

表3　　　　　　　　　　壮语声调

调类	调号	调值	壮文
第一调	不标	24	son 教
第二调	z	31	mwngz 你

续表

调类	调号	调值	壮文
第三调	j	55	hwnj 上
第四调	x	42	max 马
第五调	q	35	gvaq 过
第六调	h	33	dah 河
第七长调	p、t、k	35	bak 嘴
第七短调	p、t、k	55	daep 肝
第八长调	b、d、g	33	bag 劈
第八短调	b、d、g	42	daeb 叠

后　　记

　　第一次真正对布洛陀神话展开田野调查是在 2003 年春季。当时，中国社会科学院民族文学壮族老学者罗汉田先生带我走访了田阳的几位布麽，他们所讲述的布洛陀神话，所使用的麽经抄本和道具等等，都深深地吸引了我。我渴望了解书本之外、壮族民间活形态的布洛陀，这也成为我此后十余载从事布洛陀神话与信仰探索的一个开端。

　　壮族布洛陀文化的世界犹如汪洋大海，而我却只是一只畅游其中的小鱼。在进行各类调查与访谈时，我每每为新获得的资料而兴奋不已，感觉自己离布洛陀的本真又近了一些。但在撰写各类调查报告与学术文章时，却又产生了盲人摸象后的焦灼，唯恐自己以偏概全，摸着布洛陀文化中的一只"耳朵"或者"大腿"就妄下论断，说自己懂了。这种焦灼又变成了动力，促使我更迫切、持续地投入到对布洛陀神话与信仰的田野工作与求索之中。人说"十年磨一剑"，本人愚钝，十余年过去只完成了这本研究小书。它是对自己田野经验与学术思考的一个总结，是本人对布洛陀神话的理解、对布洛陀文化的一些领悟，愿与大家分享。

　　在此，我要感谢求知路上给我指引的老师们。在跨入学术研究领域之前，我就有幸在大学期间得到恩师梁庭望先生的教诲。梁庭望先生为壮学研究之泰斗，治学严谨，是我的学术启蒙人，没有他的关怀，或许我将与研究工作擦肩而过。硕士与博士导师刘亚虎先生悉心指导我完成博士论文《布洛陀神圣叙事形态及其文化内涵研究》，它是本书得以成形的奠基。民族文学所的前辈罗汉田先生带我深入田野，帮助我迅速找到自己的定位。中国社会科学院科研局的朱渊寿先生和民文所的诸位良师——朝戈金、汤晓青、巴莫曲布嫫、王宪昭、吴晓东和毛巧晖等，在我工作、读博和撰写书稿期间给了我无私的指导，我将永远铭记于心！王宪昭和吴晓东研究员通读了全文并给出宝贵的修改意见，使我得以大刀阔斧完成修改。所里其他从事科研与行政工作的老师和同事们，尤其是已退休的何淙老师、在多次田野调查中担当翻译工作的好友屈永仙，曾对书稿的成形给予了多方面的支持，特此感谢！

同时，感谢学术界，尤其是壮学界前辈覃乃昌、覃圣敏、覃彩銮、黄桂秋、郑超雄、李锦芳、王明富、黄明标等老师对我的教导和启发，他们在各种可能的场合下都尽力指引我理解布洛陀文化，免费赠与各种相关研究专著和材料，提供各种丰富的田野信息。周国茂、周国炎和黄镇邦老师热情帮助我进行布依族文化调查、安排行程并联络访谈对象；韦述启和孟耀远老师对我的水族文化调查给予了无私的支持；高泽强和王海昌老师亲自带我下乡进行黎族文化调查……往事历历在目，良师益友不胜枚举，他们为推进民族文化、敞开胸怀分享与奉献的精神将指引我继续前行！在学术领域之外，我始终铭记在田野调查中来自不同工作岗位、以多种方式支持我的朋友们，铭记配合我进行调查的访谈对象，没有你们的善意与耐心，就没有我今日的收获。

此外，我还要感谢我的父亲李武彪先生和母亲覃桂青女士，我的先生邓延庭博士以及我的妹妹李斯玺。没有你们的呵护、鼓励和支持，我无法顺利完成书稿。

付梓之际，特别感谢责任编辑张林老师、责任校对石春梅的辛勤工作，本书40余万字，校对量大，但他们从未抱怨。他们认真不懈和耐心负责的精神深深感染着我。没有他们的默默付出，本书难以出版。

学海无涯，本书只是我从事民族文学与文化研究的开端。我深知书稿存在诸多问题、疏漏和不足，本人期待听到专家、学者和读者的批评意见。

2016年9月